控制

吉莉安·弗琳

施清真 譯

Gone Girl

Gillian Flynn

目錄

獻給老布萊特：我的生命之光

以及

小弗琳：我的生命之光

愛情涵蓋世間無限的變形；謊言、憎恨，甚至謀殺，全都糾結於愛情之中；愛情終究是一朵略帶血腥味的艷麗玫瑰，綻放出與愛意全然不同的神采。

——劇作家東尼．庫許納，《幻影》

第一部　男孩失去女孩

尼克・鄧恩

事發當日

一想到我老婆，我的腦海中總是浮現她那顆頭顱。先說形狀吧。第一次見到她時，我最先看到她的後腦勺，她的頭顱好像一顆閃亮、堅硬的玉米顆粒，也像一個河岸上的化石，各個角度都帶點俏皮的味道。維多利亞時代的人們會說她的頭顱「形狀秀美」。你輕易就可以想像她頭蓋骨的輪廓。

我到哪裡都認得出她那顆頭顱。

還有她腦子裡想些什麼。我可不會忽略她的思緒。她的大腦小腦圈圈纏繞，種種思緒穿梭其間，好像瘋狂爬行的蜈蚣。我像個小孩子一樣想像自己剖開她的頭蓋骨，挖出她的腦漿細細檢視，試圖捕捉她的思緒，弄清楚她的念頭。**愛咪，妳在想些什麼？**這是我們婚姻生涯中，我最常提出的問題，即使我沒有大聲說出來，也沒有詢問那個能夠提出解答的人。**你在想些什麼？你的感覺如何？你是誰？我們對彼此做了什麼？我們接下來該怎麼辦？**我猜想每一段婚姻都籠罩在這些問題的陰影之中。

清晨六點整，我啪地睜開雙眼。我的眼睫毛可不像小鳥拍拍翅膀似地顫動，我也不是眨眨眼睛，慢慢清醒。我的清醒是機械式，眼睫毛啪地睜開，好像令人毛骨悚然的腹語娃木偶：周遭一片漆黑，然後時鐘冒出6-0-0——我一睜開眼睛就看見，衝著我迎面而來——**好戲登場！**6-0-0，感覺不太一樣。我很少整點時分醒來。我是那種在亂七八糟時刻醒來的傢伙：8：43、11：51或是9：26。我的生活不需要鬧鐘。

6—0—0，清晨六點整，太陽爬過高高低低的橡樹樹梢，露出夏日之神的猙獰面目。陽光流瀉河面，直逼我們的房子，灼灼的反光好像一隻修長、火辣辣的指頭，透過我們薄薄的窗簾直直指向我罵道：**你曝光了。你將會曝光。**

我在床上翻來翻去，這床從紐約搬到我們的新家——雖然已經住了兩年，我們依然把這裡稱爲「新家」。這棟租來的房子位於密西西比河畔，一看就知道是郊區新富的住家，小時候，我家附近的房屋都是錯層式，屋裡的地毯又粗又硬，當時我渴望擁有這種新貴階級的住家，房子通常大坪數，設計了無新意，而且非常、非常新——恰是那種我老婆肯定討厭的房屋，而她也確實不喜歡。

「進屋之前，我是不是應該卸除我的靈性？」她剛到的時候就說了這句話。其實這是個妥協：愛咪要求我們在我小小的密蘇里家鄉先租個房子，而不是購屋，因爲她堅信我們不會被困在這裡太久。但是所有出租的房屋都集中在這個開發失敗的社區裡：這裡像是一個小型的鬼城，四處都是降價求售的豪宅，一棟棟受到經濟不景氣牽連的法拍屋，整個社區還沒興盛就已沒落。這是個妥協，但是愛咪根本不這麼想。對愛咪來說，這是我加諸在她身上的懲罰，好像我拿把刀子狠狠地、自私地刺她幾下。我居然像是穴居人一樣使出蠻力，把她拖到一個她極力想要避開的小鎮，迫使她住在那種曾經飽受她嘲弄的房屋裡。如果只有一方認爲自己做出讓步，我猜這就稱不上是妥協，但是我們之間的妥協往往就是如此。我們其中一人總是氣呼呼，而那人通常是愛咪。

愛咪，妳不能把妳的委屈怪到我頭上。妳這股密蘇里怨氣應該怪罪於經濟不景氣、時運不佳、我的爸媽、妳的爸媽、網際網路，以及使用網際網路的人們。我曾經是個作家，撰寫一些關於電視、電影和書籍的文章。那個時候啊，人們依然閱讀刊登在報紙上的文章，也依然在乎我的觀感。我在一九九〇年代末期來到紐約，那段時期是最後的榮景，但是當時卻沒有人察覺。紐約到處都是作家，而且是真正的作家，因爲那裡有好多雜誌，而且是真正的雜誌。那個時候啊，網際網路依然像是某種頗具異國情調、被人收養在出版界角落的寵物——你丟塊狗餅乾給它，看著它被小小的皮帶拴著跳舞，噢，好可愛，它肯定不會半夜把我們給殺了。你想想：那個時候啊，剛剛步出校門的大學畢業生能夠來到紐約，而且**有人付錢讓你寫作**。我們都不知道自己著手進行的事業，十年之間將會煙消雲散。

我工作了十一年，然後丟了飯碗，沒錯，就是如此突然。全國各地的雜誌社忽然受到經濟蕭條的牽連，紛紛關門大吉，作家們也跟著完蛋。（我說的是像我這樣的作家：我們是一群想要成名的小說寫手，平日沉思默想，腦筋不夠靈活，不曉得如何架設部落格、設立捷徑、或是發布推特，基本而言，我們是一群頑固、愛吹牛的老傢伙。）我們就像製作女帽、或是汽車無線電天線的商家：我們的時代已經過去了。我被解聘之後的三個星期，愛咪也丟了工作，充其量我也只能這麼說。（這會兒我可以感覺愛咪在我背後盯著我，冷冷嘲弄我花了大把時間討論我的事業、我的霉運，卻只一筆帶過她的境遇。她會跟你說，那種行爲相當典型。**尼克就是那樣**，她會這麼說。其實她想說的是：**就像尼克總是……**，所謂的「……」代表**我通常會做出的事情**，而且通常都不是好事。）接連好幾個星期，我們兩個失業的成年人穿著睡衣和襪子，在我們布魯克林的褐砂石華屋晃來晃去，我們不管未來，信件放著不拆、胡亂丟過桌子和沙發，早上十點大啖冰淇淋，下午睡個長長的午覺。

然後，有一天電話響了。來電者是我的雙胞胎妹妹。瑪戈一年前也丟了飯碗，從紐約搬回我們的家鄉密蘇里州北卡賽基——這位小姐什麼都比我早一步，甚至連狗屎運也要搶著占先。瑪戈從我們出生長大的老房子裡打電話過來，聆聽她說話之時，我眼前浮現她十歲的模樣：一頭黑色的短髮，身穿吊帶短褲，坐在外公外婆家後面的碼頭上，身子像個舊枕頭一樣懶洋洋地往前一縮，瘦弱的雙腿懸在水面上晃來晃去，低頭看著河水流過她那魚白的雙腳，雖然只是個小孩，但她臉上的神情卻是如此專注、如此泰然自若。

就算傳達壞消息，小戈的聲音依然親切溫煦，瑟瑟沙沙：我們那位不服輸的老媽不久於人世。我們的老爸幾乎已經不行了——他那個（惡毒的）腦袋，他那顆（可悲的）心臟，兩者都已隨著他邁入灰色地帶，混混沌沌——但是現在看來，我們的老媽會比老爸更快邁入永生。大約六個月，說不定一年，小戈說。我聽得出來她已經自己跟醫生會談，孜孜不倦地記了筆記，我也聽得出來她正含著淚水，試圖解讀她自己潦草的筆跡，比方說日期與劑量。

「他媽的，我看不懂這是什麼，是不是9？這樣眞的說得通嗎？」她說。我打斷了她，我的眼前出現了一項差事、一個使命，我老妹把它像顆李子一樣擺在手心，呈現在我的面前。寬慰之餘，我幾乎哭了出來。

「我會回去，小戈。我們會搬回去。妳不必自己一個人承擔一切。」

她不信。我可以聽到她在電話線另一端的呼吸聲。

「我是認眞的，小戈。我爲何不搬回去？這裡沒有什麼值得眷戀。」

她長長嘆了口氣。「愛咪呢？」

我倒沒有好好考慮這一點。我只是設想自己把我的紐約客老婆，連同她的紐約客嗜好和紐約客自尊一起打包，把她帶離她紐約客父母的身邊——遠離喧囂、刺激、虛幻的曼哈頓——讓她遷居到一個密西西比河畔的寧靜小鎮，而且一切都會OK。

當時的我並不了解這種想法是多麼愚蠢、多麼樂觀，沒錯，我也不曉得我這種尼克的典型作爲，將會導致多麼悲慘的後果。

「愛咪會沒事的。愛咪……」我當時應該說：「愛咪很愛老媽。」但是我不能跟小戈說我老婆很愛我們的老媽，因爲即使過了一段時間，愛咪依然幾乎不了解我的老媽。她們只碰過幾次面，結果都讓兩人一頭霧水。愛咪經常過了好多天之後依然試圖剖析兩人的對話——「她當時的意思是不是……」——好像我老媽是某個來自苔原的原住民農婦，老農婦抱著生犛牛肉和一堆便宜的小東西，試圖從愛咪手中換取一些東西，而愛咪根本無意交換。

愛咪向來懶得了解我的家人和我生長的地方，但是不知怎麼地，我居然認爲搬回家鄉是個不錯的點子。

我清晨即起，鼻息溫暖了枕頭。我換個念頭，今天不該放馬後砲，也不該心存懊惱，而是應該採取行動。我可以聽到樓下傳來好久沒有聽過的聲音：愛咪正在準備早餐。她重重拍打木製廚櫃（碰！啪！），翻弄錫鐵和玻璃容器（叮！噹！），排列整理金屬和鐵製鍋罐（刷！嘩！），各種聲響交織成廚房交響樂，劈劈啪啪奏出最後的樂章。一個烤蛋糕的鐵盤沿著地板鏗鏗鏘鏘滾動，好像鐃鈸一樣轟地撞上牆壁。她八成正在烹製某道令人驚艷的佳餚，說不定是法式薄餅，因爲法式薄餅相當特別，而今天愛咪八成想要準備一道特別的菜餚。

今天是我們結婚五周年紀念日。

我赤腳走到樓梯邊緣，站定聆聽。我慢慢踏過地毯——又厚又軟的地毯鋪滿整個地面，愛咪二話不說就表示厭惡——試圖決定自己是否已經準備下樓加入我老婆。愛咪人在廚房，渾然不覺我的猶豫。她輕輕哼唱某首輕快、聽起來熟悉的歌曲，我豎起耳朵，試圖聽出那是什麼——民歌？搖籃曲？——然後我意識到那是電視影集《風流軍醫俏護士》的主題曲〈自殺是不痛不癢〉。我下樓。

我在門口徘徊，看著我老婆。她奶黃色的金髮紮了起來，馬尾辮好像跳繩一樣輕快地晃來晃去，她心不在焉地吸吮被燙傷的指尖，繼續輕輕哼歌。她唱給自己聽，因爲她是毀壞歌詞的大王，功力無人能及。我們剛開始約會的時候，收音機播放著創世紀合唱團的歌曲：「她似乎有著無形的碰觸，」①愛咪低聲吟唱，歌詞卻成了「她拿起我的帽子，擺在櫃子最上層」②，當我問她怎麼可能認爲她正在哼唱的歌詞近似原意，她跟我說她始終覺得歌曲中的女子果眞深愛那個男人，因爲她把他的帽子擺在櫃子最上層。當時我就曉得自己喜歡上這個對於任何事情都有一套說詞的女孩，眞的好喜歡。

回想一樁溫暖的往事，心中卻興起一股全然的寒意，這有點不對勁吧。

愛咪盯著平底鍋裡吱吱作響的法式薄餅，舔去沾在手腕上的某樣東西，神情之中帶著當太太的驕傲。如果我把她擁入懷中，她聞起來會像是漿果和糖粉。

當她察覺我穿著骯髒的四角內褲、頭髮亂七八糟、躲在那裡偷偷觀看之時，她往後靠向流理臺，開口說道：「嗯，帥哥，哈囉。」

恐懼與苦澀悄悄爬上我的喉頭。我對自己說：**好，上戲囉**。

我太晚過去上班。搬回家鄉的時候，我和我老妹做了一件蠢事。我們始終想要開一間酒吧，而我們也眞的做了。我們跟愛咪借了八萬美金，對於愛咪而言，以前這個數目根本不算什麼，到了那時，她的身邊卻幾乎只剩下這麼多錢。我發誓一定連本帶利還給她。我不願成爲那種跟老婆開口借錢的男人——我可以感覺我老爸一聽到這個點子，嘴唇馬上一撇。**嗯，男人千百種**，雖然下半句從來沒有說出口，但我知道老爸的意思：**而你是出了毛病的那一種**。這是老爸最傷人的一句話。

但是說眞的，此舉是基於實際的考量，從生意的觀點而言，這也是一個明智之舉。愛咪和我都需要轉換跑道，而酒吧將是我下一個事業。有一天，她會找到適合她的行業，找不到也無妨，但是在此同時，我們將運用愛咪僅存的信託基金賺錢營生。在我的童年記憶中，酒吧跟我租下的巨無霸豪宅一樣，兩者皆具有象徵性的地位——大人才會去那種地方，做些大人該做的事情。說不定因為如此，所以生計遭到剝奪之後，我才會堅持買下酒吧。我想藉此提醒自己畢竟還是一個成熟、有用的男子漢，即便我已經失去足以證明自己還是堂堂男子漢的事業。我不會再度犯下同樣錯誤：那群曾經充滿潛力的雜誌作家們肯定持續遭到排擠——網際網路、經濟不景氣和美國大眾都是罪魁禍首，人們寧願看電視、打電玩，或是借用電子科技通報友人下雨天真是差勁！但是大熱天在清涼陰暗的酒吧啜飲一口波本威士忌，沒有任何一個應用程式能夠打造那種飄飄然的快感。世人總是需要喝杯小酒。

我們的酒吧位居街角，帶著殘破的美感，最優美的特點是那座維多利亞式的酒吧櫃檯，橡木雕製的櫃檯體積龐大，而且刻著龍頭和天使臉孔——在塑膠當道的狗屎年代，這座櫃檯無異是件過度奢侈的木製品。除了櫃檯之外，酒吧其他部分其實相當差勁，展現各個世代最粗劣的設計：艾森豪總統時代的亞麻地板邊緣捲起，好像一塊燒焦了的吐司；鑲嵌木板的牆壁感覺曖昧，好像直接抄襲七〇年代自家拍攝的小電影；鹵素落地燈碰巧具有九〇年代風情，好像稱頌我以前的宿舍寢室。整體感覺卻是出奇溫馨——看起來不太像個酒吧，反而像是被某位好好先生遺忘的待修屋。酒吧氣氛亦相當愉快：我們跟當地的一家保齡球館共用停車場，酒吧的門一被推開，外面馬上傳來球瓶被擊倒的嘩啦聲，歡迎酒客入內。

我們把酒吧命名為**酒吧**。「大家會以為我們故意嘲弄，而不是創意破產。」我老妹這麼想。

沒錯，我們自以為展現紐約客的聰慧——其他人都不了解店名蘊含的戲謔，只有我們兄妹心領神會，參透背後的意涵。我們想像當地民眾皺皺鼻子：你們為什麼把酒吧命名為**酒吧**？但是我們的第一位顧客，那個戴著雙光眼鏡、身穿粉紅色慢跑運動衣的灰髮女士說：「我喜歡你們的店名。這就好像電影《第凡內早餐》，奧黛麗．赫本的貓咪叫做『小貓』。」

在那之後，我們的優越感大幅下降，這樣也好。

我慢慢開進停車場，靜候保齡球館傳來一陣球瓶被擊倒的聲音——**謝謝**、**朋友們**、**謝謝**——然後走出車外。我觀賞一下周圍，這番殘破的景致依然令我心儀：黃金磚瓦砌成的郵局，四平八穩地坐落在馬路對面，旁邊有一棟不起眼的米白色辦公大樓，如今郵局星期六不再營業，辦公大樓也已永遠關門大吉，這個城鎮已經沒落，怎麼樣都稱不上繁華。去他的，這個城鎮甚至稱不上獨一無二。密蘇里州有兩個卡賽基市，嚴格而言，我們是「**北卡賽基**」，聽起來像是一個雙子城市，但是另一個卡賽基遠在數百哩之外，而且比我們繁華多了。那是一個一九五〇年代的典雅小鎮，近來郊區擴充膨脹，變成一個中型城市，被人稱之為進步繁榮。僅管如此，北卡賽基依然是我老媽的家鄉，她也在此撫養我和小戈長大成人，因此，此地具有某種歷史意義，最起碼懷藏著我的過去。

我穿過停車場冒出雜草的水泥地，朝向酒吧前進，我直直盯著街尾，看到大河。這就是為什麼我始終深愛我們的小鎮：小鎮不是安然坐落在某個斷崖之上，俯瞰密西西比河——我們就在密西西比河之上。我可以走到小路盡頭，往下跨三步，輕輕鬆鬆踏進大河，順著河水漂到田納西州。市中心每一棟建築物都有一道道手繪的直線，標示出一九六一、一九七五、一九八四、一九九三、二〇〇七、二〇〇八、二〇一一年間，河水曾經上漲到何處，未來也會繼續標示。

河水現在並未急漲，但是水流湍急，暗潮洶湧。一群男人排成長長一列，沿著河岸快速移動，他們低頭盯著雙腳，肩膀緊繃，一步一步往前走，不曉得走向何方。我看著他們，其中一人忽然抬頭看我，他的臉被陰影遮住，只見一團橢圓形的漆黑。我把頭轉開。

我感到一股強烈的衝動，想要馬上走進室內。走了二十呎，我的脖子已經冒出汗珠。太陽依然從空中怒目相視。你曝光了。

我膽顫心驚，加快腳步。我需要喝一杯。

---

① 原文「She seems to have an invisible touch」，出自「創世紀合唱團」一九八六年單曲〈無形的碰觸〉（Invisible Touch）。

② 原文爲「She takes my hat and puts it on the top shelf」。

愛咪・艾略特

二〇〇五年一月八日

日記一則

哈啦啦！寫下這些事情之時，我露出微笑，笑得像是被收養孤兒一樣燦爛。說來難為情，但是我好快樂，我像是彩色漫畫裡面的少女，少女紮個馬尾辮，開心講電話，頭上的對話泡泡裡寫著：**我遇見一個男孩！**

但我果真遇見了。這可是一樁嚴謹眞確、可以驗證的事實。我遇見一個好棒的男孩子，一個英俊、風趣、酷呆了的大帥哥。讓我描述一下情景，因爲我必須爲了兒孫們仔細描述。（噢、拜託，我才沒有想得那麼遠呢。兒孫們！哈！）即使如此，我還是得說一說。現在不是新年，感覺卻非常像是一年之始。冬天到了，天黑得早，而且非常寒冷。

我新交的朋友卡爾蔓說服我跟她去一趟布魯克林——我跟她幾乎不熟，只能算是半個朋友，也就是那種你不好意思放她鴿子的朋友——參加她那些作家朋友的派對。請注意，我喜歡作家派對，我喜歡作家，我爸媽是作家，我自己也是個作家。每次塡寫表格、問卷，或是任何詢問我從事什麼行業的文件時，我依然喜歡信手寫下作家二字。好吧，我撰寫人格心理測驗，而非當代重大議題，但是我依然認爲稱呼自己是個作家，倒也不失公允。我打算利用這本日記磨練文筆：收錄細節、寫下觀察、少用形容詞、直接敘述呈現，諸如此類的狗屎寫作技巧。（**笑得像是被收養孤兒一樣燦爛**，拜託，我的文筆不算太差吧。）但是說眞的，我確實認爲光是憑著我那些測驗題，我就有資格名列作家之林，最起碼是個榮譽會員。這樣說沒錯吧？

在一個派對上，你發現自己周遭都是才華洋溢的天才型作家，他們受聘於眾所矚目、備受推崇的報紙和雜誌，你卻只為女性雜誌撰寫人格心理測驗。當有人問你從事哪一行的時候，你會：

a）感到不好意思，開口說道：「我只是一個撰寫測驗題的作家，沒什麼意思，愚蠢極了！」

b）出言攻擊：「我是個作家，但我正在考慮改行從事某種較具挑戰性、較有意義的工作——怎麼了？你**從事那**一行？」

c）以自己的成就為傲：「我運用我在心理學碩士班獲得的知識，撰寫人格心理測驗——噢、順便跟你說一件有趣的事情：我相信你知道一套廣受喜愛的童書《神奇的愛咪》？我就是這個系列的故事來源。沒錯，勢利眼的蠢蛋，這下你沒話說了吧！」

答案：C，**絕**對是C。

反正啊，派對主人是卡爾蔓的一個好友，他幫一份電影雜誌撰寫影評，卡爾蔓說他非常風趣，一時之間，我擔心她想幫我們牽紅線：我才不想讓別人幫我安排。我必須受到突襲，毫無防備，好像一隻被愛情沖昏了頭的猛獸。不然的話，我太怯生，臉皮太薄，我感覺自己試圖裝出迷人的模樣，然後意識到自己顯然過於刻意，然後我會加倍努力，彌補先前的虛情假意，結果簡直變成麗莎·明妮莉：你瞧，我身穿緊身衣，貼著閃閃發光的亮片，頭上戴著圓頂硬禮帽，攤開雙手東揮西舞，露出兩排潔白的牙齒，一邊跳舞，一邊苦苦哀求你愛上我。

但是，不，卡爾蔓滔滔不絕地描述她的朋友，聆聽之際，我意識到一點：**她喜歡他**。這樣就好。

我們爬上三層歪曲的樓梯，走進熱鬧滾滾的屋裡。一陣熱氣迎面而來，人聲沸騰，到處都是作家：好多人戴著黑框眼鏡，頭髮蓬鬆散亂；好多人身穿仿牛仔襯衫和雜色的高領毛衣；黑色的羊毛雙排釦外套胡亂堆放在沙發上，有些已經散落到地上；一張電影《亡命大煞星》的德文海報①，遮住一面油漆剝落的牆。收音機播放著法蘭茲．費迪南的歌曲〈約我出去〉②。

一群傢伙在一張撲克牌桌附近晃來晃去，派對的酒全都擺在牌桌上，他們每喝幾口就再倒一點酒到杯子裡，全都非常清楚酒剩得不多，快要不夠喝。我擠了進去，像個街頭藝人一樣把我的塑膠杯擱到中央，一個身穿太空侵略者運動衫、面目慈善的傢伙在我杯裡放了兩、三塊冰塊，摻入一些伏特加。

桌上有瓶蘋果綠的烈酒，看起來好像喝了會送命，派對主人出於嘲弄買下這瓶酒，除非有人出去買酒，不然我們很快就必須打開這一瓶，但是每個人顯然都認為自己上一次已經出錢出力，似乎沒有人打算出去。這絕對是個一月分的派對，大家聖誕節和新年假期吃多了，現在肚子還是太撐，攝取過多糖分而心情不佳，人人既懶散又易怒。在這種派對裡，大家喝酒過量，大逞口舌之能，爭相鬥嘴，就算主人提醒大家室內禁菸，大家仍然朝向敞開的窗戶吞雲吐霧。我們已經在節慶期間上千個派對裡跟彼此閒扯，再也無話可談，我們都感到無聊，但卻不想出去重新面對一月的淒冷；我們的筋骨依然因為地鐵階梯而痠痛。

派對帥哥主人搶走了卡爾蔓——他們正在廚房角落熱切交談，兩人肩膀往前一傾，臉頰朝向對方湊過去，勾畫出一個心形。這樣倒好。我考慮吃點東西，讓自己做些事情，免得自己像個剛剛轉學的小孩，站在學校餐廳中央傻笑。但是東西幾乎已被吃光。一個巨大的保鮮盒底剩下一些洋芋片殘渣，超市買來的熟食拼盤裡剩下灰白的紅蘿蔔和多節的芹菜條，咖啡桌上擺著一碗黏呼呼的沾醬，看起來根本沒人碰過，桌面到處都是隨手丟置的香菸，好像額外附送的野菜條。我腦筋轉個不停，忽然有股衝動：如果我現在從陽臺跳下去呢？如果我伸出舌頭、舔一舔捷運車廂裡坐在我對面的游民呢？如果我一個人坐在地板中央、吃光熟食拼盤裡的每一樣東西、甚至包括一根根香菸呢？

「拜託別吃那個區域的任何東西，」他說。**那是他！**（砰、砰、砰砰！）但我當時還不知道**那是他**（砰、砰、砰砰）。我知道這個傢伙會跟我說話，他佯裝不在乎，流露出一股身穿反諷標語運動衫的自滿，但是他相當適合這種調調。他是那種讓人覺得他和很多女人上床的傢伙，那種喜歡女人的男人，那種眞的知道怎樣好好操我的男人。我可眞想好好被操！跟我交往的男人始終脫離不了三種類型：長春藤名校的學院雅痞，堅信自己是費茲傑羅小說裡的人物；油嘴滑舌的華爾街小子，眼睛、耳朵、嘴巴全都閃爍著金錢符號；敏感聰明的文藝青年，人人具有強烈的自知之明，以至於每件事情感覺都像個笑話。學院雅痞們像是技巧不佳的色情影星，吵吵嚷嚷，展現各種高難度的動作，結果卻是乏善可陳；華爾街小子們滿腔怒氣，後繼無力；文藝青年們操起女人像是譜寫迷幻搖滾樂，一隻手在這裡隨便撥弄，一隻指頭撩撥出低低的呻吟……我聽起來很像蕩婦，對不對？暫停一下，讓我數數我已經和幾個男人……十一個。嗯，還不賴吧。我始終認爲「十二」是個合理的終結數字。

「我是說眞的，」「十二先生」繼續說。（哈！）「別靠近那個拼盤。詹姆斯的冰箱裡還有三種食品。我可以幫妳準備抹上芥末醬的橄欖。但是就只一顆橄欖。」

但是就只一顆橄欖。這句話只有一點點好笑，但是感覺已經像是只有我們兩人聽得懂的玩笑，而且是那種時間愈久、一再回味、愈講愈有趣的玩笑。我心想，一年之後，我們會在夕陽西下之時沿著布魯克林大橋散步，我們其中一人會悄悄說：「**但是就只一顆橄欖**，」兩人隨之放聲大笑。（然後我發現自己胡思亂想。眞糟糕，如果他知道我已經想到一年之後，他肯定跑開，而我也不得不鼓勵他趕快逃跑。）

我必須承認，我之所以微笑，最主要是因爲他長得很好看：那種讓人分心的好看，那種讓人看了頭昏眼花的好看，那種讓人想說又不敢說的好看——「你知道你長得很好看，是吧？」——你只想說出這個大家都看得出來的事實，然後繼續聊天。我敢打賭男人都討厭他：他看起來像是八〇年代青少年電影裡的有錢渾小子——渾小子專門霸凌敏感的怪咖，結果被人砸了一臉奶油派，鮮奶油在他豎起的衣領上慢慢融化，學校餐廳的每個人則大聲叫好。

但是他沒有表現出那副德性。他叫做尼克。我喜歡這個名字。這個名字讓他看起來像是一個親切、規矩的男人，而他也確是如此。當他跟我說他的名字之時，我說：「喔，這個名字很實在。」他神情一亮，滔滔說出：「沒錯，尼克是那種可以和你一起喝啤酒、你吐在他車子裡他也不會在乎的傢伙，尼克好耶！」

他說了一連串不怎麼樣的俏皮語。他提到的電影雙關語當中，我聽懂了四分之三。嗯，說不定三分之二。（自我提醒：租《犯賤情人》③）。我無需開口，他就主動幫我續杯，而且不知怎麼地，爲我搜刮到最後一杯好酒。他已經在我身上插了一把旗子，當眾宣稱我屬於他：**我最先來到這裡，她是我的、她是我的**。交了幾個緊緊張張、彬彬有禮、崇尚後女性主義的男友之後，這會兒我成了別人的屬地，感覺倒是不錯。他的笑容非常吸引人，好像貓咪的微笑。他對著我微笑的模樣，好像是一隻剛吃了小鳥、吐出黃色羽毛的小貓。他沒有問我從事哪一行，這點跟其他人不一樣，令人欣喜。（我有沒有提過我是個作家呢？）他用那種滑溜溜、輕飄飄的密西西比口音跟我說話：他在漢尼拔郊區出生長大，漢尼拔是馬克．吐溫的家鄉，也激發馬克．吐溫寫出《湯姆歷險記》。他跟我說他十幾歲的時候在蒸汽船上打工，爲觀光客送上晚餐，表演爵士。當我笑笑時（我這個驕寵、討人厭的紐約女子，從來不曾大膽造訪廣大樸實的中央地帶，許多非我族類住在那些州府耶），他用他那軟綿綿的密西西比口音說，密蘇里是個奇妙的地方，也是最漂亮的一州，世界上沒有任何地方比密蘇里更美。他的眼睫毛好長，眼中閃爍著淘氣的光芒。我可以看到他小時候的模樣。

我們共乘一部計程車回家，街燈光影朦朧，計程車急速前進，感覺好像有人追著我們。車子開到距離我家十二條街之處，已是清晨一點，紐約街道不曉得爲什麼大塞車，因此，我們悄悄下車，走入寒冷，迎向「接下來如何」的大哉問。尼克陪我走回家，他的手搭在我的背上，兩人的臉都凍僵了。我們轉個彎，附近的糕餅屋正在進貨，一袋又一袋糖粉慢慢運送到地下室，好像一包包水泥。四下一片漆黑，我們只看到送貨員的身影在銀白香甜的雲霧之中隱隱晃動。街上白茫茫，尼克把我拉到他身邊，再度露出他那獨特的微笑，然後伸出兩隻指頭揪起我的一縷髮絲，一路輕撫到髮梢，輕輕拉兩下，好像拉扯鐘鈴。糖粉飄落，爲他的眼睫毛鑲上白邊。靠過來之前，他先拂去我唇上的糖粉，這樣他才可以嘗嘗我的芳唇。

---

① Ihre Chance war gleich Null! 中文是「他們的機會低於零！」。

② 法蘭茲．費迪南（Franz Ferdinand），蘇格蘭搖滾樂團，〈約我出去〉（Take Me Out）出自二〇〇四年單曲唱片。

③《犯賤情人》（*The Sure Thing*），一九八五年的校園青春喜劇片，主角包括約翰．庫薩克。

尼克．鄧恩

事發當日

我用力推開酒吧的門，悄悄走進漆黑之中。從早上到現在，這會兒總算可以好好吸口氣。我深深吸進香菸和啤酒的氣味，悄悄滴流的波本威士忌濃烈辛辣，擱了太久的爆米花微微刺鼻。酒吧裡只有一個客人，獨自坐在吧檯遠遠的一側；這位上了年紀的女士叫做蘇，她和她先生每個星期四都過來喝一杯，但是她先生三個月前過世，現在她每個星期四自己一個人過來，而且始終不太和人說話，只是邊喝啤酒邊做填字遊戲，維繫一項昔日的儀式。

我老妹在吧檯後面工作，她的頭髮夾到後面，看起來像個女書呆子。她把啤酒杯從冒著肥皂泡的熱水裡拿進拿出，兩隻手臂紅通通。小戈苗條纖細，五官相當特別，這倒不是表示她不漂亮，只是你得花點時間才看得習慣。她下巴寬長，黑色的雙眼骨碌碌，鼻子秀氣、微微翹起，如果這是一部老電影，男演員一看到她，肯定輕輕一搖軟呢帽，吹聲口哨說：「唉呦，那個婆娘眞是正點！」三〇年代脫線喜劇的天后，擺到這個精靈公主當道的年代，不見得總是討喜，但根據我和我老妹相處多年的經驗，我知道男人們喜歡我老妹，而且非常著迷，我這個做哥哥的不免感到兩難，既感到驕傲，也頗爲小心。

「他們還做甜椒火腿片嗎？」她問個問題表示打招呼，頭抬也不抬，反正知道就是我。一看到她，我的心情通常馬上放鬆，此時也是如此：事情或許算不上一帆風順，但會OK。

我的雙胞胎妹妹小戈。這幾個字我已經說了好多次，感覺不像是眞正的話語，反倒像是讓人安心的口訣：我的雙胞胎妹妹小戈。我們誕生於七〇年代，當時雙胞胎相當罕見，感覺有點神奇，好像是獨角獸的表親或是小精靈的手足。我們甚至有一點雙胞胎的心靈感應。在這個世界上，我只有在小戈面前才感到完全自在。我覺得我沒有必要對她解釋自己的行爲。我不必澄清、不必懷疑、不必擔憂。我不必告訴她所有事情，再也無此必要，但是我和她分享最多心事。我能跟她說多少，就跟她說多少。我們背貼著背，我罩她，她罩我，如此度過娘胎裡的九個月。這已成爲我們一輩子的習慣。雖然我臉皮非常薄，但是很奇怪地，我從來不在乎她是個女孩。我能怎麼說呢？她始終就是那麼酷。

「甜椒火腿片？那是一種午餐的三明治肉片，對不對？我想他們還做。」

「我們應該訂一批，」她說。她對我揚起眉毛。「我想試試看。」

她二話不說就幫我倒了一杯藍帶啤酒，杯子看起來不太乾淨，當她注意到我瞪著汙漬斑斑的杯口之時，她把杯子舉到嘴邊，伸出舌頭舔去汙漬，留下一圈口水印，把杯子穩穩地擺到我面前。「我的王子殿下，這樣好多了嗎？」

小戈堅信老爸老媽把每樣東西的精華都留給我，我是他們計畫中的兒子、他們唯一負擔得起的小孩，她只是夾緊我的腳踝，偷偷溜到世界上，無異是個不受歡迎的陌生人（尤其是對我們老爸而言）。成長過程當中，她覺得她不得不自己照顧自己，偶爾接收別人穿不下的衣服，老爸老媽不時忘了簽同意書，零用錢不夠花，什麼事情都做不好，簡直就是小可憐。我幾乎不忍心承認，但她想的倒也不見得不對。

「沒錯，我卑微的僕人，」我邊說邊像個國王一樣揮揮雙手，示意來者退下。

我蜷縮在我的啤酒之前。我必須坐下來，好好喝兩杯。我的神經依然因爲今早的事而緊繃。

「你怎麼回事？」她問。「你看起來很煩躁。」她對著我甩彈肥皀泡沫，泡沫的清水多過肥皀。冷氣機轟轟運轉，吹亂我們的頭頂的髮絲。我們不必整天駐守酒吧，但是我們卻常常待在這裡。酒吧已經成為我們小時候始終欠缺的玩具屋。去年一個夜晚，我們喝得醉醺醺，用力扯開一個個存放在老媽地下室的紙箱，當時老媽還沒走，但是已經病入膏肓，我們需要找些慰藉，於是我們回顧一下小時候的遊戲和絨毛玩具，一邊啜飲啤酒，一邊嘖嘖讚嘆，宛如在八月間歡度聖誕節。老媽過世之後，小戈搬進我們的老房子，我們慢慢把玩具一件件重新安置在酒吧。一個已經不香的草莓甜心娃娃（我致贈給小戈的禮物），突然端坐在高腳凳上；一個缺了一隻輪子的迷你風火輪小汽車（小戈致贈給我的禮物），突然出現在角落的架子上。

我們正在考慮是否引進「桌上益智遊戲之夜」，即便我們大部分的客人年紀太大，我們那副「飢餓小河馬」或是「生命之旅」，八成無法激起他們的懷舊之情。「生命之旅」附有小小的塑膠汽車，你必須在小車裡插上小小的塑膠尖頭爸媽和小小的塑膠尖頭寶寶。我已經不記得怎樣才能成為贏家。（今日益智遊戲問答：如何成為「生命之旅」的贏家。）

小戈重新倒滿我的啤酒，也幫自己續杯。她左眼的眼瞼稍微下垂，現在是十二點整，我心想她不知道已經喝了多久。過去十年，她過得不太順遂。我這個老妹熱愛冒險，聰明絕頂，橫衝直撞，勇敢無懼，她大學輟學，九〇年代末期搬到紐約，她是dot.com風潮的創始元老之一，接連兩年賺翻天。二〇〇〇年科技股崩盤，她的財富隨之煙消雲散。小戈依然沉著鎮定。當時她才二十出頭，安心得很。她再度登場，念完學位，穿上套裝，加入投資銀行家之列。她只是中級職員，沒什麼值得炫耀之處，也不該受到責難，但是二〇〇八年金融危機之時，她很快就丟了工作。直到她從老媽家打電話給我，我才知道她已經離開紐約。我放棄了，她跟我說。我苦苦哀求，勸誘她搬回來，但是電話另一端只傳來悶悶的沉默。掛了電話之後，我急忙跑到她在曼哈頓下東區的公寓，發現她心愛的榕樹盆栽枯死在防火梯上，當下即知她永遠不會再回來。

酒吧似乎讓她開心。她管帳，也幫客人倒酒。她不時從放小費的罐子裡偷拿一些錢，但是話又說回來，她工作確實比我賣力。我們從來不談過去的生活。我們是鄧恩一家，胸中已無大志，很奇怪地，我們卻不在意。

「所以囉，怎麼樣？」小戈說，她向來以此展開對話。

「嗯嗯。」

「嗯嗯，怎麼樣？嗯嗯，不太好。你看起來很糟。」

我聳聳肩，表示同意；她仔細端詳我的臉龐。

「愛咪？」她問。這個問題倒是簡單。我又聳聳肩——這次表示確定，隱含我還能怎麼辦之意。

小戈擺出饒富興趣的神情，手肘靠在吧檯上，雙手托住下巴，往前一傾，準備深入剖析我的婚姻。小戈，一人專家小組。「她怎麼了？」

「今天不太開心，如此而已。」

「別爲了她心煩。」小戈點了一支菸。她每天只抽一支，不多不少。「女人都是瘋子。」小戈認爲自己不屬於大家泛稱的「女人」，提到女人二字，總是語帶嘲諷。

我把小戈吐出來的煙霧吹回去。「今天是我們的結婚紀念日。五周年。」

「哇。」我老妹把頭往後一歪。她曾經一身紫羅蘭，擔任我們的伴娘——愛咪的媽媽稱她爲「美艷、黑髮、披掛著紫水晶的女士」——但是她不會記得結婚紀念日這種事情。「好傢伙，你完蛋了，這麼快就到了結婚紀念日。」她又朝著我噴一口煙，懶懶地跟我玩二手菸致癌的遊戲。「她打算玩她那套……嗯，你怎麼說來著？不是拾荒遊戲——」

「尋寶遊戲？」我說。

我老婆喜歡玩遊戲，遊戲大多費人思量，不但如此，她還喜歡把生活融入遊戲之中，每年結婚紀念日，她總是精心設計一套尋寶遊戲，每則線索引向下一個埋藏線索之處，直到我抵達終點，取到禮物。她爸媽慶祝結婚紀念日時，她爸爸始終爲她媽媽設計尋寶遊戲，你別以爲我看不出兩人的性別角色，也別以爲我搞不懂其間的暗示，但是我跟愛咪的成長環境不一樣，她家是她家，我家是我家，在我的記憶之中，我老爸上一次送東西給我老媽，他買了一把熨斗，沒有包裝，直接擱在廚房流理臺上。

「我們要不要賭一賭今年你會讓她多麼生氣？」小戈邊說，邊對著啤酒杯口的一圈泡沫微笑。

我永遠猜不出尋寶遊戲的線索，而這正是問題所在。我們在紐約慶祝結婚一周年紀念，七則線索之中，我只猜出兩則，而那是我表現最好的一年。第一則線索：

此處略似牆裡的一個小坑，

但是去年秋天的一個星期二，我們在此熱情親吻。

你小時候可曾參加拼字比賽？主持人宣布單字之後，你腦中一片混沌，絞盡腦汁想要看看自己拼不拼得出來？沒錯，就是那種感覺，那種一片空白的恐慌。

「一個愛爾蘭酒吧，酒吧附近不太像是愛爾蘭區？」愛咪試圖喚醒我的記憶。

我咬咬嘴唇一側，開始露出不曉得該怎麼辦的表情，我審視一下我們的客廳，好像答案說不定從中冒出。她再給我一分鐘的時間，感覺極爲漫長。

「我們下雨天迷了路，」她的聲音帶著懇求，眼看著快要轉爲氣惱。

我正式露出不曉得該怎麼辦的表情。

「麥克麥恩酒館，尼克，記得嗎？當時下著雨，我們在唐人街找那家港式飲茶餐廳，餐廳應該在孔子雕像附近，但是唐人街居然有兩座孔子雕像，結果我們淋得像隻落湯雞，隨便躲進一個愛爾蘭酒吧，我們灌下幾杯威士忌，你一把抓住我、吻我，那眞是——」

「沒錯！妳應該把孔子雕像當作線索，我肯定猜得出來。」

「雕像不是重點。重點是那個地方、那個時刻。我只是覺得那眞是特別。」她眉開眼笑地強調最後幾個字，曾有一度，我非常喜歡她那副孩子氣的模樣。

「那確實相當特別。」我把她拉過來，親她一下。「我這一吻啊，算是重演一年前的情景。來，我們這就過去麥克麥恩酒館，重新再來一次。」

麥克麥恩酒館那個虎背熊腰、一臉鬍鬚的年輕酒保，看到我們進去就咧嘴笑，他幫我們倒了威士忌，把下一則線索推過來：

當我心情沉悶低落
只有一處令我開懷。

結果那個地方是中央公園的愛麗斯夢遊仙境銅像，愛咪曾經告訴我——她和我說了，她知道她和我說了很多次——她小時候心情不好就跑到這裡。我完全不記得我們談過那回事。這是眞話，我就是不記得。我的注意力有些缺損，而我始終覺得我老婆有點令人眼花撩亂。「眼花撩亂」，這四個字絕對不誇張，光是站在她身邊，聆聽她說話，你就感到眼花撩亂，好像目視一道明亮之光，她說些什麼倒是其次。她的話語應該相當重要，但倒也不盡然。

到了那天晚上，我們交換真正的禮物之時——結婚一周年是紙婚，我們遵照傳統，選了紙製的禮品——愛咪已經不和我說話。

「我愛妳，愛咪，妳知道我愛妳，」一群群全家老小的觀光客駐足在人行道中央，人人張大嘴巴，忘卻一切，愛咪穿梭其間，我緊跟在後，邊走邊喊。她悄悄穿過中央公園的人群，敏捷地躲過眼光銳利的慢跑族、交叉前進的直排輪族、蹲在地上的爸爸媽媽，以及宛如醉鬼一樣橫衝直撞的幼童，自始至終剛好走在我前面，雙唇緊閉，毫無目標地匆匆前進。我只想趕上她、抓住她的手臂。最後她終於停步，我開口解釋之時，她一臉木然，冷冷的眼光壓制我的滔滔雄辯：「愛咪，我不知道我們爲什麼必須記得相同的事情，也不明白我們爲什麼必須採用相同的方式記在心裡，我不必藉此證明我愛妳，這也並不表示我不喜歡我倆共度的生活。」

附近一個小丑吹破了一個動物氣球，一位男士買了一朵玫瑰，一個小孩舔著霜淇淋，一個千眞萬確、我永誌不忘的傳統於焉成形：愛咪始終非常投入，而我永遠、絕對配不上她的付出。結婚紀念日快樂，混帳東西。

「五周年，嗯，我猜她會非常生氣，」小戈繼續說。「所以啊，我希望你幫她買了一個很棒的禮物。」

「我已經排進行事曆。」

「五周年是什麼婚？紙婚嗎？」

「一周年是紙婚，」我說。我們都沒想到結婚一周年的尋寶遊戲會把兩人搞得那麼痛苦，最後愛咪終於奉上一套精美的信封和信紙，信紙最上頭印著我的姓名縮寫，紙質如此滑潤，我還以爲指尖會感到微微濕潤。我禮尚往來，奉上一個廉價品商店買來的風箏，艷紅的紙風箏象徵公園、野餐，以及夏天溫暖的勁風。我們都不喜歡自己收到的禮物，反而比較欣賞對方手中的東西。這和歐・亨利的短篇小說〈麥琪的禮物〉①剛好相反。

「銀婚？」小戈猜一猜。「銅婚？貝雕婚？拜託，提示一下。」

「木婚，」我說。「木頭做不出羅曼蒂克的禮物。」

坐在吧檯另一端的蘇仔細摺起報紙，把報紙和一張五元美金的鈔票擺在喝乾了的啤酒杯旁邊。她走出酒吧之時，我們默默跟對方笑笑。

「我有個點子，」小戈說。「回家好好幹她一次，然後用你的老二重重甩她，大吼一聲：『賤人，這就是我給妳的木頭好禮！』」②

我們大笑，然後兩人臉頰的同一處都冒出一絲紅暈。小戈喜歡像是丟手榴彈似地，衝口跟我說些這種淫穢、不像妹妹會說的笑話，正因如此，所以高中的時候，學校裡經常謠傳我們偷偷跟對方上床。一對亂倫的雙胞胎。我們太親密：我們講些別人聽不懂的笑話，我們站在跳舞人群旁邊講悄悄話。我確定我不必明說，但你們不是小戈，說不定會曲解，因此容我澄清：我老妹和我從來沒有跟對方上床，甚至連想都沒想過。我們只是非常喜歡對方。

這會兒小戈比手畫腳，模仿用老二甩打我老婆的模樣。

不，愛咪和小戈永遠不會成爲朋友。她們都太重視自己的地盤，小戈習慣在我的生命中扮演大姊頭，愛咪則習慣在每個人的生命中扮演大姊頭。她們雖然住在同一個城市——而且兩度住在同一個城市：以前是紐約，現在是北卡賽基——但是幾乎稱不上熟識。她們好像時間掐得剛剛好的演員，悄悄在我的生命中進進出出，一方剛剛退下，另一方隨即上場，偶爾碰到一起，剛好同處一室，兩人都有點發呆，不曉得該怎麼辦。

愛咪和我認眞交往、互許終身、步入禮堂之前，我經常從小戈的話語中猜出她的想法。小戈說：**說來有趣，但我不太了解她，她到底是一個怎樣的人？**小戈還說：**你和她在一起的時候，好像變了一個人。**小戈又說：**眞正愛上一個人，以及愛上你想像中的她，兩者是不一樣的。**小戈最後加上一句：**最重要的是，她讓你非常快樂。**

那個時候啊，愛咪確實讓我非常快樂。

愛咪對小戈也下了評語：**她很……密蘇里，對不對？**愛咪還說：**你得剛好有那種心情，才能和她相處。**愛咪又說：**她有點黏著你不放，但我想這是因爲她身邊沒有其他人。**

我曾希望我們全都搬回密蘇里之後，她們說不定擺脫前嫌，承認彼此確實意見不同，卸下客套的面具，坦然做自己。但是她們都辦不到。小戈比愛咪風趣，因此，兩人的交手不見得公平。愛咪資質聰慧，氣勢逼人，伶牙俐齒。她的觀點絕佳，講話毫不保留，經常令我火冒三丈，但是小戈總是讓我開懷大笑。嘲弄你的另一半，絕非明智之舉。

「小戈，我以爲我們同意絕對不再提起我的生殖器，」我說。「我以爲我們兄妹的互動之中，妳不會再扯上我的老二。」

電話響了。小戈再喝一口啤酒，拿起電話，翻個白眼，露出微笑。「**他當然在這裡，等等，請等等！**」她對著我以口形默示：「卡爾。」

卡爾·培雷住在我和愛咪對面，他三年前退休，兩年前離婚，離婚之後馬上搬進我們這個住宅區。他以前是個四處出差的推銷員，販售孩童派對用品，過去四十年，他以旅館爲家，我覺得這會兒他待在家裡反而不太自在。他幾乎每天出現在我們酒吧，手裡拿著一袋刺鼻的速食餐點，喃喃抱怨手頭很緊，直到我們送上免費的第一杯酒才住嘴。（根據我在店裡的觀察，我還發現另外一點：卡爾可以自行打點生活，但是酗酒問題相當嚴重。）他總是欣然接納每一樣我們「試圖處理掉的東西」，而且他是認眞的：他曾經整整一個月，只喝Zimas低酒精碳酸飲料，我們在地下室發現這批沾滿灰塵的飲料，日期標示一九九二年，早已過期。若是宿醉未醒、不得不待在家裡，卡爾總會找個理由打電話過來：**尼克，你們家的信箱今天看起來很滿，說不定有個包裹**。或是：**尼克，今天應該會下雨，你最好關上窗戶**。這些理由完全無中生有。卡爾只是需要聽一聽酒杯叮叮噹噹碰來碰去、酒水格格啦啦倒進杯裡。

我接過電話，靠著聽筒搖搖一杯冰塊，好讓卡爾想像自己正在啜飲琴酒。

「嗨，尼克，」電話中傳來卡爾有氣無力的聲音。「抱歉打擾你，我只是覺得你應該知道……你們家的大門敞開，你們那隻小貓也在外面，這樣不太對勁吧？」

我不置可否地嘟囔一聲。

「我願意過去看看，但我不太舒服，」卡爾口氣沉重。

「別擔心，」我說。「反正我現在也應該回家了。」

我沿著江河路朝北前進，車程大約十五分鐘。車子開進我們這個住宅區，我偶爾感到心驚膽跳，附近實在太多空蕩蕩、黑漆漆的房子——有些房子從來沒人住過，有些房子的屋主被趕了出去，一棟棟空屋門戶大張，了無生氣，似乎有點耀武揚威。

愛咪和我搬進來之時，周圍僅存的鄰居們登門造訪：一位端著一鍋燉菜、獨力扶養三個小孩的單親媽媽；一位帶來半打啤酒、家有三胞胎的年輕爸爸（他太太跟三胞胎留在家裡）；一對年紀較大、跟我們隔了幾戶的基督徒夫婦；當然還有對街的卡爾。大夥坐在我們家後面的露天陽臺上，看著緩緩流過的大河。他們全都一臉哀傷地討論浮動利率房貸、零利率、以及零頭期款，然後不約而同地提到只有從愛咪和我的房子可以直接走到河邊，也只有我們沒有小孩。「整棟大房子只有你們兩人？」單親媽媽邊說邊分給大家某種類似炒蛋的東西。

「只有我們兩人，」我笑笑確認，然後吃了一口黏稠的炒蛋，點頭表示好吃。

「好像滿寂寞的。」

這點她說對了。

四個月之後，那位曾說整棟大房子只有你們兩人的女士付不出房貸，一天夜裡帶著三個小孩消失無蹤。小孩用螢光筆繪製的蝴蝶依然貼在客廳的窗戶上，色澤明亮的圖畫受到陽光照射，逐漸褪色。不久之前的一個晚上，我開車經過，看到一個滿臉大鬍子、全身髒兮兮的男人躲在圖畫後面往外看，好像一隻水族箱裡的小魚，淒涼地飄浮在黑暗中。他發現我看著他，一閃退到屋裡深處。隔天我在屋子前面的臺階上留下一個裝滿三明治的褐色紙袋；紙袋在陽光中擺了一個星期，變得軟趴趴，最後被我撿起來丟掉。

四下安靜無聲。這個住宅區始終安靜得讓人發毛。我慢慢接近我們家，自覺車子的引擎轟轟響。開著開著，我可以看到貓咪絕對是站在臺階上。卡爾來電已經過了二十分鐘，但是貓咪依然站在臺階上。這下奇怪了。愛咪非常喜歡這隻小貓，小貓的爪子已被拔除，而且從來沒有走出戶外，因爲可愛的小貓布里克非常愚笨，儘管我們在牠毛茸茸、胖嘟嘟的身上植入追蹤晶片，但是愛咪知道如果布里克跑了出去，她就永遠看不到這隻笨貓。布里克會搖搖擺擺、一頭走入密西西比河——滴哩答拉、滴哩滴拉——一路漂到墨西哥灣，被一隻飢腸轆轆的公牛鯊吞進肚子裡。

結果布里克居然笨到不知道怎麼走過臺階。小貓高高站在前廊，好像一個矮胖卻驕傲的守衛——一等努力的大兵。我慢慢駛進車道，卡爾走出來站在他家門前的臺階上，我下車走向屋子，行走時，我可以感覺一人一貓盯著我，車道兩旁的牡丹花鮮紅嬌嫩，好像等著被人一口吞下。

我正想走到小貓前面擋住牠的去路、抱起牠，忽然看到大門敞開。卡爾已經知會我，但是親眼見證，感覺卻不一樣。大門不是「我出去倒垃圾、很快就會回來」那種半掩，而是大大敞開，給人一種不祥的感覺。

卡爾慢慢晃過來，等著我反應，我覺得自己像個拙劣的演員，準備扮演一位關心的老公。我站在臺階中間，皺皺眉頭，然後兩步作一步，快速衝上臺階，一邊大喊我老婆的名字。

無人應答。

「愛咪，妳在家嗎？」

我直接跑到樓上，沒看到愛咪。燙衣板架著，熨斗開著，一件洋裝等著熨燙。

「愛咪！」

跑回樓下之時，我可以看到卡爾依然呆呆站在門口，兩手貼在臀部，靜靜觀看。我急忙轉身衝進客廳，跑到一半忽然停步。地毯上布滿閃閃發光的玻璃碎片，咖啡桌摔得稀爛，茶几四腳朝天，書本像是撲克牌一樣散落在地上，就連那張笨重的古董椅凳也肚皮朝上，四個小小的椅腳懸空，好像已經一命嗚呼。一團混亂當中，驚見一把銳利的剪刀。

「愛咪！」

我開始奔跑，邊跑邊大叫她的名字。我跑過廚房，一把茶壺已經燒得焦黑；我衝到地下室，地下室的客房空空蕩蕩；我衝出後門，急急穿過我們的後院，跑向延伸到在河面之上的小艇碼頭。我窺視一側，看看愛咪有沒有躲在我們的划艇裡。我曾在划艇裡找到她，划艇繫在碼頭上，隨著水面左右輕晃，她閉著眼睛，面向太陽，波光粼粼，我凝視她沉靜嬌美的臉龐，她忽然張開眼睛，一語不發地瞪著我，我什麼都沒說，掉頭獨自走回屋裡。

「愛咪！」

她不在河上，她不在屋裡。愛咪不在那裡。

愛咪失蹤了。

---

①〈麥琪的禮物〉（The Gift of the Magi），在這篇小說之中，一對貧窮的夫妻幫對方選購聖誕節禮物，先生變賣祖傳的手錶，幫太太買一把髮梳，太太卻剪掉長髮，幫先生買了一條錶鏈，兩人都為了對方，犧牲自己最心愛的東西。

②英文的「wood」也有「勃起」的意思。

愛咪・艾略特

二〇〇五年九月十八日

日記一則

哎喲、哎喲、哎喲，你瞧瞧誰又出現了？尼克・鄧恩，那個布魯克林派對上的男孩，那個在糖粉白霧裡玩親親的男孩，那個玩起失蹤把戲的男孩。八個月、兩星期、兩天以來，他音信全無，然後再度現身，好像一切都在計畫之中。原來啊，他把我的電話號碼搞丟了。他的手機沒電，所以他把電話號碼寫在一張便利貼上，然後他把便利貼塞進牛仔褲口袋，牛仔褲送洗，洗衣機把便利貼絞成紙漿，他試圖辨識，但只認出3和8兩個數字。（他如是說。）

然後他被工作量壓垮，轉眼之間竟是三月，他覺得不好意思，不敢試圖聯絡我。（他如是說。）

我當然生氣。我一直很生氣。但是現在不氣了。讓我描述一下情景。（她如是說。）時間：今日。天氣：颳著九月的強風。我沿著第七大道前進，人行道旁的店家擺出各式餐點——一盒盒裝著哈密瓜、甜瓜和西瓜的塑膠容器安置在冰塊上，好像剛剛捕獲的鮮魚——我仔細檢視，考慮該吃什麼，走著走著，我感覺有個傢伙斜斜靠向我，我瞄了一眼這位莽撞的仁兄，忽然意識到他是何人。原來是他，那個「我遇見一個男孩！」的男孩。

我沒有放慢腳步，僅僅轉頭對他說：

a)「我認識你嗎？」（手腕高超，具有挑戰性）

b)「喔，哇，真高興見到你！」（熱心急切，逆來順受，好欺負）

c)「你給我滾開。」（氣勢洶洶，尖酸刻薄）

d)「嗯，尼克，你確實耐著性子慢慢來，是嗎？」（輕描淡寫，開開玩笑，慵懶自在）

答案：D

現在我們在一起了。我們變成一對。就是那麼簡單。

說來有趣，這整件事情的時機非常湊巧，甚至可以說是大吉大利。（我就會這麼說。）昨天晚上我爸媽剛剛辦了新書派對。《神奇的愛咪和大喜之日》。沒錯，我爸媽非得這麼做不可：在第二十集之中，神奇的愛咪即將步入禮堂！他們送一個先生給和我同名的童書主角，現實生活中，他們卻沒辦法幫女兒覓得良人。哎喲哎喲哎喲，誰在乎呢？沒有人想要看到愛咪長大，我更是不在乎。別管她，讓她身穿及膝的長襪，頭上繫著絲帶；**讓我長大**，別再讓我受限於紙本當中那個比較優秀的自我，讓我擺脫那個我應該成爲的愛咪。

但是**那個愛咪**是艾略特家的謀生工具，而且貢獻良多，因此，我大概不能忌妒她找到一個合適的伴侶。她當然嫁給可靠的安迪。他們會和我爸媽一樣：快快樂樂，開開心心。

儘管如此，出版社的首刷依然少得可憐，想了令人心神不寧。八〇年代時，《神奇的愛咪》新作首刷動輒十萬冊，現在則是一萬，新書發表派對也同樣毫不起色，荒腔走板。書中主角原本是個早熟的六歲小女孩，現在長大成人，變成一個三十歲、即將步入禮堂的新娘，但是講話卻依然像個小女孩，你如何為這麼一個虛構的故事書人物舉辦派對？（「哎呀，」愛咪心想，「你如果不順著他的意思，我親愛的未婚夫肯定變成一個脾氣不好的大怪獸喔……」書裡真的這麼寫。全書從頭到尾都讓我想要痛揍愛咪，朝著她那愚蠢、純潔的私處打一拳。）這書是個懷舊的商品，目的在於誘使那些跟著《神奇的愛咪》一起長大的女孩掏腰包，但我不確定誰會真的想要閱讀。我當然讀了。這書已經得到我的應允——我已經多次點頭應允。我爸媽擔心我或許以為他們藉由愛咪的婚事，愼重譴責我始終保持單身。（「我個人認為女人不應該在三十五歲之前結婚，」我媽媽說，而她自己二十三歲就嫁給我爸爸。）

我爸媽始終擔心我對人不對事，過度在意愛咪——他們總是告訴我，不要過度解讀，對號入座。但我無法不注意到一點：我搞砸什麼事情，愛咪就把那件事情做得漂漂亮亮。比方說，十二歲的時候，我終於放棄學習小提琴，爸媽的下一本新書卻透露愛咪是個小提琴天才。（「哎呀，學習小提琴相當辛苦，但是只有苦練才可以更上層樓！」）十六歲當時，我為了跟朋友到海邊歡度周末，搞砸了青少年網球錦標賽，愛咪卻重申參賽的決心。（「哎呀，我知道和朋友出去遊玩相當不錯，但是如果不去參加比賽，我會讓自己和大家失望。」）我曾經因此抓狂，但是離家就讀哈佛大學之後（可想而知地，愛咪卻選擇了我爸媽的母校），我認定這一切太過荒謬，不值得多想。我爸媽都是兒童心理學家，卻用這種以退為進的方式對待**他們的小孩**，不但不像話，更是愚蠢、怪異，甚至有點滑稽。隨他們去吧。

新書派對和這書一樣錯亂——派對在聯合廣場旁邊的「藍光沙龍」舉行，那種沙龍朦朧暗淡，一張張高背椅，一面面裝飾藝術風格的鏡子，理應讓人自覺是個聰慧的後起之秀。服務生笑得齜牙咧嘴，手中的托盤盛放微微晃動的馬丁尼，貪婪的媒體記者一臉蠢笑，自以為知識淵博，其實腦袋空空，到場收集一些免費的宣傳資訊，然後移駕某個較有看頭之處。

我爸媽手牽著手在場內周旋——他們的愛情故事始終是《神奇的愛咪》系列作品的一部分：四分之一世紀以來，夫妻兩人攜手合作，共同創造出《神奇的愛咪》。他們是心靈伴侶，而他們果眞這樣稱呼對方。這樣倒也合情合理，因爲我猜他們眞的是彼此的心靈伴侶。多年來，我這個寂寞的獨生女默默在旁觀察，因此，我可以爲他們作擔保。他們水乳交融，毫無衝突，他們就像一對重疊的水母——兩人憑著直覺伸張收縮，優游自在地填補彼此的空間，攜手走過人生的旅途。你看著他們兩人，你會覺得所謂的「心靈伴侶」一點都不困難。大家都說來自破碎家庭的孩童，成長過程相當辛苦，但是父母婚姻非常幸福的孩童，也必須面對一些特殊的挑戰。

很自然地，我必須坐在角落靠牆的某張天鵝絨長椅上，遠離群眾的噪音，這樣一來，我才可以接受一小群實習生的訪問，這些可悲的年輕人受命於他們的編輯，不得不過來「搶幾句當事人說的話」。

您未婚，對不對？這麼說來，您看到愛咪終於嫁給安迪，請問心中作何感想？

提問者包括：

a）膽怯、雙眼如豆、把筆記本擱在信差包上面、讓本子不要掉下去的小伙子

b）過分盛裝、髮型俐落、足蹬挑逗高跟鞋的年輕女郎

c）神情熱切、一身復古搖滾打扮的刺青女孩，女孩對**愛咪**表現出高度興趣，你**絕**對想像不到一位復古搖滾風的刺青女孩居然這麼喜歡童書繪本

d）以上皆是

答案：D

我的答覆：「噢，我眞爲愛咪和安迪感到高興，我眞心祝福他們，哈，哈。」

我也回應其他問題，以下各項答覆沒有特定順序：

「愛咪的某些部分確實以我爲藍圖，某些部分只是虛構。」

「我目前是個快樂的單身女郎，身邊沒有可靠的安迪！」

「不，我不認爲愛咪過分簡化兩性的互動關係。」

「不，我不認爲愛咪過時；我認爲這個系列是經典之作。」

「是的，我單身。目前身邊沒有可靠的安迪。」

「爲什麼愛咪神奇迷人、安迪卻只是老實可靠？嗯，你不曉得很多頂尖聰慧的女人都勉強接受可靠的安迪、平凡的喬伊之類的傢伙嗎？不，我只是開玩笑，別寫下來。」

「是的，我單身。」

「是的，我爸媽絕對是心靈伴侶。」

「是的，我希望有一天也能找到我的心靈伴侶。」

「沒錯，單身，X你娘的。」

同樣問題，一再重複，我試圖假裝這些都是發人深省的大哉問，記者們則試圖假裝問出發人深省的大哉問。謝天謝地，吧檯免費供應飲料。

而後，再也沒有人想要訪問我——沒錯，大家很快就失去興趣——負責公關的女孩子假裝這樣也好：這下妳可以回去參加派對囉！我慢條斯理地混入（稀稀落落的）人群之中，我爸媽紅光滿面，一副完美主人的態勢——爸爸露齒大笑，好像史前時代的凶猛怪魚，媽媽高興地點頭，好像搖頭晃腦的老母雞，兩人手指交纏，逗得對方大笑，享受彼此的陪伴，帶給對方無限欣喜——我心想，我他媽的眞是孤單。

我回家，哭了一會兒。我年近三十二歲，不算太老，特別是在紐約市，但是說眞的，我已經好多年不曾眞正爲某人動心。這麼說來，我怎麼可能碰到一個讓我墜入愛河的男人？更別提讓我愛到想要嫁給他的男人？我不曉得自己會和誰在一起，或是可不可能和任何人在一起，我想了又想，又煩又累。

我有許多已婚的朋友——只有少數幸福美滿，但是多數都已成婚。那幾對快樂的夫妻和我爸媽一樣：他們搞不懂我爲什麼單身。我漂亮聰明、爲人親切，工作非常吸引人，家人相處融洽，興趣廣泛，滿懷熱情，而且啊，不妨直說，我的經濟相當富裕，這樣一個女孩，怎麼可能沒有男朋友？他們皺起眉頭，假裝思索能夠幫我介紹哪些單身漢，但是我們都知道好男人都已成婚，半個都不剩，我也知道他們私下認爲問題出在我身上，我有些不爲人知的特質，讓我難以取悅，不知滿足。

那些沒有和心靈伴侶配對的朋友們——也就是那些勉強找個對象的人們——甚至更加鄙視我的單身狀態。找個人結婚並不是那麼困難，他們說。沒有一段關係是完美的，他們說——這些人過一天算一天，基於義務和另一半做愛，勉強接受另一半在床上打嗝放屁，甘願拿電視節目當作話題。對這些人而言，先生們不得已的退讓之詞，比方——說是的、甜心，或是好的、甜心——等於表示他的看法和妳完全一致。他之所以做妳叫他做的事情，因爲他根本懶得跟妳爭辯，我心想。妳這些瑣碎的要求只是讓他心懷怨恨，或是覺得比妳優越，有一天，他會和他那個漂亮年輕、對他毫無要求的同事上床，而妳竟然感到震驚？拜託賜給我一個稍有骨氣、叫我不要胡扯的男人。（但是他也有點喜歡我的胡扯。）而且啊，拜託千萬不要讓我陷入那種瑣碎、無趣、尖酸的關係，你知道的，那種夫妻總是諷刺對方，半開玩笑侮辱彼此，在朋友們面前擺出不屑的模樣，故作嬉戲地吵嘴，朋友們根本不在乎他們吵些什麼，他們卻希望勸誘朋友們站在自己這一邊。不，我不要那種「只要如何如何」的關係：只要如何如何，這個婚姻就會非常美滿，而你總是察覺夫妻雙方都沒想到這張「只要如何如何」的清單，居然涵括好多項目。

因此，我知道自己沒錯，我不要勉強找個對象結婚，但是這種堅持並沒有讓我比較快樂，尤其是朋友們成雙成對，我卻星期五晚上待在家裡，開一瓶酒，幫自己燒一桌好菜，自己告訴自己：**這樣好極了**，好像跟自己約會似地。我點上香水，噴上髮膠，滿懷希望，參加無數派對和酒吧之夜，在人群之中繞了一圈一又一圈，好像自己是一道可疑的甜點。我和親切、英俊、聰明的男士們約會——他們照道理都是黃金單身漢，卻都讓我覺得似乎置身異國。我必須解釋自己是誰，讓他們了解我是何許人。因爲啊，妳必須讓對方認識你、了解你，每一段關係不都是如此嗎？**他懂我。她懂我**。這不就是最簡單、最神奇的一句話嗎？

因此，妳咬緊牙根，和一個個看似理想的黃金單身漢共度夜晚——幽默的話語受到誤解，兩人發窘，結結巴巴；詼諧的評論遲遲得不到回應，錯失良機。說不定他了解妳作出詼諧的評論，但他不確定如何回應，所以他把妳說的話當作黏痰一樣握在手裡，打算過一會再擦拭乾淨。你們又花了一個鐘頭試圖認識彼此、了解彼此，你們再喝幾杯，再花點精神。然後妳回家，躺在冰冷的床上，心裡想著：**今晚還不賴**。而妳的生命之中盡是一個又一個「還不賴」。

然後，當妳在第七大道選購切塊的哈密瓜之時，碰到了尼克．鄧恩。忽然之間，有人認識妳、了解妳，妳也認識他、了解他。你們找到同樣值得記取的往事。（**但是就只一顆橄欖**。）你們的步調相同，眞是速配。你們才剛相識，轉眼之間，妳卻看到兩人在床上看報、星期天享用鬆餅、無緣無故會心一笑、他**的嘴貼上妳的唇**。這些遠遠勝過「還不賴」，妳也知道自己絕對不可能再回頭接受「還不賴」。進展就是那麼迅速。妳心想：**啊，這就是我的下半生。終於被我等到了**。

尼克・鄧恩

事發當日

我起先在廚房等警察，後來燒焦的茶壺味道嗆鼻，焦味慢慢堵住我的喉頭，令人作嘔，因此我晃到前廊，坐在臺階最上面，強迫自己鎮定下來。我不停撥打愛咪的手機，電話一直轉接到語音信箱，語音系統喀答一聲，隨即傳來抑揚頓挫的問候語，保證她會回電。愛咪總是馬上回電。已經過了三個鐘頭，我也已五度留言，愛咪依然尚未回電。

我不指望她會回電。我已經告訴警察：愛咪絕對不會茶壺還在燒水就出門。或是把門開著。或是留下任何等著熨燙的衣物。這個女人啊，辦事絕對搞定，從不放棄任何一項工程（比方說她那個有待改造的老公），就算她認定自己並不喜歡，她也會把事情做完。我們到斐濟度蜜月時，兩個星期中，她擺著臉孔坐在海灘上，埋頭苦讀《發條鳥年代記》，與上百萬頁神祕的文句奮鬥，一邊閱讀，一邊憤憤地瞄著我看完一本又一本懸疑小說。自從我們搬回密蘇里、她丟了工作之後，她的生活繞著一項項無關緊要的小工程打轉（或說退化？），而且執意完成。她不可能放著那件洋裝不管。

還有客廳，種種跡象顯示曾經發生掙扎。我已經知道愛咪不會回電。我只想趕快進行到下一個階段。

這是一天當中最佳的時刻，七月的藍天萬里無雲，緩緩落下的夕陽照映西方，萬物蒙上金橙橙、醉濛濛的光影，好像一幅法蘭德斯畫派的油畫。警察上門。我坐在臺階上，時值傍晚，一隻小鳥在樹上鳴叫，兩名警察慢慢從警車裡走出來，好像過來參加社區的野餐，整體感覺相當悠閒。警察年紀不大，差不多二十來歲，神情自信淡然，看來習於安撫擔心的家長，請他們不要掛念違反宵禁被捕的青少年。其中一人是個西班牙裔女子，一頭黑髮紮成一條長長的辮子，另外一人是個黑人，擺出一副海軍陸戰隊的模樣。我離開家鄉的那段期間，卡賽基多出一些（爲數極少）的有色人種，但是市內依然黑白分明，井水不犯河水。每天的日常作息之中，我看到的黑人都是基於職業所需而四處奔波的職工，比方說送貨員、醫護人員、郵差。還有警察。（「這個地方都是白人，白得讓人不安，」愛咪說，然而，當她住在曼哈頓那個種族大熔爐時，她那群朋友中只有一個黑人。我指控她拿少數族裔妝點門面，炫耀自己有個黑人朋友，結果兩人不歡而散。）

「鄧恩先生？我是薇拉奎茲警官，」那名女子說，「這位是萊爾頓警官。根據我們的了解，你擔心你太太出了事？」

萊爾頓低頭看著路面，嘴裡吸吮一塊糖果。我可以看到他的眼睛隨著一飛沖天的小鳥望向河面，然後他忽然回頭瞪著我，嘴唇一撇，我一看就知道他眼中的我，和其他人眼中的我，全是同一副德性。我是一個勞工階級的愛爾蘭小子，外表卻像個坐擁信託基金的公子哥兒，讓人想要狠狠揍我一拳。我經常微笑，藉此彌補我留給大家的印象，但是並非總是奏效。大學時代，有段時間我甚至戴了一副平光眼鏡，我以爲戴上一副鏡片閃閃發亮的眼鏡，就會給人一種可親、誠摯的感覺。「你知道你戴上眼鏡更像個混蛋吧？」小戈提出分析。於是我扔掉眼鏡，更加賣力微笑。

我揮手示意警察入內。「請進來屋裡看看。」

他們兩位走上臺階，皮帶和配槍晃來晃去，吱嘎作響。我站在通往客廳的走道上，指指遭到破壞的景象。

「噢，」萊爾頓警官說，他劈啪一聲扳扳指關節，忽然之間看起來不再百般無聊。

萊爾頓和薇拉奎茲各自坐在飯廳的椅子上，身子往前一傾，詢問我各種初步的問題：何人、何處，以及過了多久。他們幾乎是豎起耳朵聆聽。他們已經背著我打了電話，萊爾頓也跟我說，局裡派了警探過來。警方這麼重視此事，我還眞是與有榮焉。

萊爾頓又問我一次最近有沒有看到任何可疑的人在附近出沒，而且三度提醒我卡賽基不乏四處晃蕩的游民，這時，電話響了，我衝到飯廳另一邊，抓起電話。

電話裡傳來一個女人的聲音，口氣不太友善：「鄧恩先生，這裡是『安適山丘安養院』。」小戈和我把我們那個深受阿茲海默症所擾的老爸安頓在那裡。

「我現在不方便說話，等一下再打電話給妳，」我口氣很衝，掛了電話。我非常討厭安適山丘的女性職員，她們板著一張臉，看了讓人不舒服。她們的薪水低得不像話，或許因爲如此，所以她們從來不笑、或是安慰別人。我知道我不該拿她們出氣，但我老媽已經入土爲安，我老爸卻苟延殘喘，想了就讓我火冒三丈。

這個月輪到小戈寄支票過去。我確定七月輪到小戈出錢。然而，我也確定她堅信這個月輪到我。我們已經碰過這種狀況。小戈說我們肯定在下意識之中、不約而同地忘了寄支票，其實我們眞正想要忘記的是我們的老爸。

我告訴萊爾頓，我前一陣子在隔壁的空屋裡看到一個奇怪的陌生男子，這時，門鈴響了。門鈴響了，這話如此稀鬆平常，好像我正在等著披薩外送。

兩名警探走了進來，臉上帶著值班接近尾聲的倦意。男性警探手腳瘦長，又瘦又高，臉孔非常狹長，縮出一個尖細的下巴。女性警探出奇地醜陋——一對圓圓的小眼睛好像鈕扣一樣釘在臉上，鼻子又長，歪七扭八，皮膚凹凸不平，布滿小小的斑點，灰撲撲的長髮毫無光澤，簡直不是一般的醜。我喜歡醜女。撫養我長大成人的三位女性——我外婆、我老媽、我老妹——看起來都不順眼，但是她們聰明、和善、風趣、踏實，全部都是好女人。愛咪是頭一個和我認真交往的美女。

那位醜陋的女士先開口，講的話和薇拉奎茲警察小姐一模一樣。「鄧恩先生？我是隆妲．邦妮警探，這位是我的辦案夥伴吉姆．吉爾賓警探。根據我們的了解，你擔心你太太出了事。」

我的肚子咕咕叫，聲音大到大家全都聽見，但是大家全都假裝沒這回事。

「鄧恩先生，我們四處看看，好嗎？」吉爾賓說，他的雙眼冒出眼袋，鬍鬚散亂斑白，他的襯衫平整，但是穿在他身上感覺皺皺的；他看起來好像應該散發出香菸和發酸咖啡的臭味，但是他沒有。他聞起來像是戴爾香皂。

我帶著他們快走幾步，來到客廳，我再度指指亂七八糟的現場，兩位年紀較輕的警察小心翼翼蹲在那裡，好像等著被人發現他們正在搜集某些有用的線索。邦妮帶著我走向飯廳的一把椅子，離開那些**顯示曾經發生掙扎的跡象**，但是依然看得到客廳。

隆妲．邦妮跟我確認我告訴薇拉奎茲和萊爾頓的基本細節，她從頭到尾確認一次，小小的眼睛始終專注地看著我。吉爾賓一隻膝蓋跪在地上，仔細檢視客廳。

「你有沒有打電話給那些說不定和你太太在一起的人，比方說你們的朋友或是家人？」隆妲．邦妮問道。

「我……沒有，我還沒打電話。我先前正等著你們過來。」

「喔。」她笑笑。「讓我猜一猜：你是老么。」

「什麼？」

「你是家裡的小么兒。」

「我有一個雙胞胎妹妹。」我察覺她默默對我做出某些評斷。「妳幹嘛問這個問題？」愛咪心愛的花瓶躺在地上，花瓶撞到牆角，但是依然完好無缺。這個花瓶是我們的結婚禮物，堪稱日式風格傑作，每個星期我們請人來打掃家裡時，愛咪總是把花瓶收起來，因爲她確信花瓶會被摔破。

「我只是猜想你爲什麼等著我們出現，你習慣讓別人帶頭，對不對？」邦妮說。「我小弟就是這樣，這和出生排行有關。」她在記事本裡記下幾筆。

「好吧。」我一臉不高興地聳聳肩。「妳想不想知道我是什麼星座？或者，我們可以開始了嗎？」

邦妮對我親切地笑笑，等著我講下去。

「我沒有馬上行動，因爲啊，嗯，她顯然沒和朋友在一起，」我邊說，邊指指一團混亂的客廳。

「鄧恩先生，你在這裡已經住了兩年，是嗎？」她問。

「九月就滿兩年。」

「從哪裡搬過來？」

「紐約。」

「紐約市？」

「是的。」

她指指樓上，意思是說可不可以上去看看，我點點頭，跟著她上樓，吉爾賓跟隨在後。

「我在紐約是個作家，」我還來不及制止自己就脫口而出。即使我們已經搬回來兩年，我還是受不了別人以爲我始終只知道這樣過日子。

邦妮說：「聽起來令人肅然起敬。」

吉爾賓說：「哪一類作家？」

我依循上樓梯的步伐回答問題：我幫雜誌寫稿（上樓一步），內容關於流行文化（上樓一步），那是一本男性雜誌（上樓一步）。走到樓梯頂端之時，我轉頭一看，瞧見吉爾賓回頭望著客廳。他忽然轉過身來。

「流行文化？」他一邊抬頭大喊，一邊邁步爬上樓梯。「你到底必須寫些什麼？」

「流行文化，」我說。我們走到樓梯頂端，邦妮等著我們。「電影、電視、音樂，你知道的，不包括浮誇的精緻藝術。」我眉頭一皺。浮誇的精緻藝術？我還眞是臭屁，一副自己很強的模樣。你們這兩個鄉巴佬說不定需要我翻譯，把我們東岸知識分子的英文，翻譯成你們中西部傢伙聽得懂的語句。好，讓我慢慢說：**我—隨—便—寫—些—看—了—電—影—之—後—的—感—想！**

「她喜歡看電影，」吉爾賓指指邦妮說。邦妮點頭表示同意。

「現在我是**酒吧**的老闆，」我補了一句。我還在專科學院開了一門課，但是我忽然覺得沒有必要說這麼多。我又不是在和人約會。

邦妮把我和吉爾賓擋在走道上，凝視著臥室裡面。「**酒吧**？我知道那個地方，我一直想要過去瞧瞧。我喜歡這個店名，相當形而上。」

「聽起來是個明智之舉，」吉爾賓說。邦妮慢慢走向臥室，我們跟隨在後。「在啤酒堆裡過活，倒是不賴。」

「有些時候，答案就在酒瓶瓶底，」我說，然後察覺自己言詞不當，再度皺皺眉頭。

我們走進臥室。

吉爾賓大笑。「我完全了解那種感覺。」

「你們看到熨斗還開著吧？」我開口。

邦妮點點頭，推開我們衣物間的門，衣物間寬敞，她走了進去，隨手打開電燈，一邊朝著後面走過去，一邊伸出戴著乳膠手套的手輕輕撫過襯衫和洋裝。走著走著，她忽然喊叫一聲，彎下腰，轉過身來——她手裡拿著一個方方正正、銀紙包裝的盒子，包裝非常精美。

我的胃部一陣緊縮。

「誰過生日？」她問。

「今天是我們的結婚紀念日。」

邦妮和吉爾賓像是蜘蛛似地抽搐了一下，然而兩人都假裝沒這回事。

等到我們回到客廳時，兩位年輕的警察已經離開，吉爾賓跪到地上，望著上下顚倒的椅凳。

「嗯，我當然有點驚慌，」我開口。

「我一點都不怪你，尼克，」吉爾賓正經地說。他那雙淡藍色的眼睛適時眨了一下，看了讓人不安。

「我們能不能做些什麼？我的意思是說，找出我太太的下落，因爲她顯然不在家裡。」

邦妮指指牆上的婚紗照：我身穿正式禮服，笑容凝滯在臉上，露出一排白牙，兩隻手臂硬邦邦地抱住愛咪的腰；愛咪的金髮緊緊纏成一個髮髻，噴上髮膠，面紗隨著鱈魚角海邊的微風飄動，她的眼睛睜得好大，因爲她總是在攝影師按下快門的那一刻眨眼睛，而她拚命想要避免。那是國慶日隔天，煙火的硝酸味混雜著鹹鹹的海風——夏日悠悠。

我們曾在鱈魚角度過快樂的時光。我記得在那之前的幾個月，我發現我的女友愛咪家境相當富裕，她是獨生女，父母皆是創新天才型的人物，而且非常寵愛她。多虧那套我記得小時候讀過的《神奇的愛咪》童書系列，愛咪的爸媽甚至多少算是某種偶像。愛咪從容不迫、沉著謹慎地向我解釋這一切，好像我是一個剛從昏迷之中清醒過來的病人。她似乎已經被迫說過好多次同樣的話，而且結果始終不佳——她坦承自己是個富家千金，人們的反應卻過分熱切；她透露自己的神祕身分，這種身分卻是出自他人之手。

愛咪和我說她是誰、她是什麼人，然後我們前往艾略特家在南塔凱特海灣的古蹟宅邸，一起出海航行。我心想：**我是一個來自密蘇里的男孩，這會兒跟著一些見聞遠比我廣闊的人飄然渡海。就算我從現在開始增廣見聞、揮霍度日，我依然趕不上他們**。我倒不是忌妒，而是感到心滿意足。我從不奢望致富或是成名，我老爸老媽不是那種做著春秋大夢、想像孩子登上總統寶座的父母，他們相當實際，眼中只見自己的小孩成爲某某上班族，從事某某行業。對我而言，光是接近艾略特一家，航行掠過大西洋，回到那棟一八二二年的古宅，我就喜不自勝。宅邸原由一位捕鯨船船長興建，經過艾略特一家重新修復，華美而優雅，已被列入文化古蹟，我們在屋裡烹調、享用有機食材餐點，我甚至不知道這些有益健康的食材叫做什麼。比方說藜麥。我記得自己當時以爲藜麥是一種鮮魚。所以囉，一個蔚藍的夏日，我們在海灘上舉行婚禮，群聚在帳篷之下吃吃喝喝，白色的帳篷被海風吹得上下翻騰，好像一張張船帆。婚禮進行了幾個鐘頭之後，我拉著愛咪偷偷溜到暗處，走向大海，因爲啊，我感覺一切都非常不眞實，我甚至相信自己已經變成一閃即逝的微光。霧氣蒙上我的肌膚，觸感冰涼，把我拉回現實，愛咪拉著我往回走，朝向金光閃閃的帳篷前進，眾神正在那裡享用盛宴，每樣餐點都是豐盛的美食。我們的交往過程，我自始至終都有這種感覺。

邦妮往前一傾，看看照片中的愛咪。「你太太非常漂亮。」

「沒錯，她確實很美，」我說，感覺胃部輕輕翻攪。

「今天是結婚幾周年？」她問。

「五周年。」

我的雙腳微微抖動，好想**做些什麼**。我不想和他們討論我老婆多麼漂亮，我要他們出去搜尋我那個該死的老婆。但是我當然沒有大聲說出來；我通常不會大聲說出心中的想法，就連應該勇於表達之時，我也保持沉默。我把事情悶在心裡，藏放在內心各個角落，幾乎已經到了令人恐懼的地步；我的內心深處埋藏著數百個盛放憤怒、沮喪、恐懼的瓶子，但是你從表面絕對看不出來。

「五周年，嗯，很重大喔。讓我猜猜，你們在休士頓餐館訂了位？」吉爾賓說。休士頓餐館是市內唯一的高檔餐廳。你們**真的應該試試休士頓餐館**，我們搬回來的時候，我老媽跟我說，她以爲這是卡賽基獨特的小祕密，而且衷心希望我老婆會喜歡。

「當然，休士頓餐館。」

這是我對警方說出的第五個謊言，而我才剛起頭呢。

愛咪・艾略特・鄧恩

二〇〇八年七月五日

日記一則

我滿心愛意，有如一隻興奮的哈士奇犬！我滿懷癡情，愛得放肆，愛得病態，沉醉在婚姻的熱情之中，有如一隻快樂忙碌的小蜜蜂！我手忙腳亂，打點一切，簡直繞在他身邊團團轉。我變成了一個怪物。我變成了人妻。我發現自己操控談話——手法有點笨拙，不太自然——只爲了讓自己大聲說出他的名字。我變成了人妻，我變得乏味無趣，我已經被迫交出我那張獨立自主、年少輕狂的女性主義會員卡。我不在乎。我管理他的支票簿，確定收支平衡。我幫他剪頭髮。我變得非常復古，說不定哪天拿個六〇年代的小錢包，抹上鮮紅的唇膏，身穿粗呢絨外套，匆匆走出大門，一搖一擺走到美容院。沒有任何事情讓我心煩。一切似乎都將平安順遂，每一個憂慮變成一個晚餐之時和他分享的趣事。親愛的，我今天殺了一個流浪漢……**哈哈哈！啊，我們好樂！**

尼克像是一杯上好的烈酒：他賦予每件事情正確的觀點。不是不同的觀點，而是正確的觀點。和尼克在一起的時候，就算晚了幾天付電費，就算最近撰寫的人格心理測驗有點無趣，我也覺得沒有關係（我剛剛寫的一道題目是：「你會是哪一種樹？」不、我沒有開玩笑，我確實寫了這種題目。我是一棵蘋果樹！

簡直毫無意義！）真的，就算最新一集《神奇的愛咪》評價極差，飽受書評人圍攻，剛開始銷售平平，隨之急遽下滑，我也不在乎。我哪管我把我們的房間漆成什麼顏色、交通阻塞害我遲到多久，或是我們送出去回收的物品是否眞的再生利用。（紐約市府啊，拜託老實跟我說，你們眞的做到資源回收嗎？）這一切全都不重要，因爲我已經找到速配的伴侶。那就是尼克，悠閒、沉穩、聰明、風趣、單純的尼克，心中沒有苦惱、快快樂樂的尼克，溫和善良的尼克，陽具傲人的尼克。

我對自己的不滿全都塞到腦海深處。說不定這就是我最愛他的一點：他讓我變了一個人。不是讓我感覺如何，而是眞正變了一個人。我變得風趣，我變得活潑，我變得勇氣百倍。我自在愉快，百分之百心滿意足。我是個人妻！這幾個字說出口，感覺好奇怪。（說眞的，紐約市府，關於資源回收一事——拜託嘛，跟我眨眨眼睛、暗示一下就好。）

我們一起做些蠢事，比方說上個周末，我們開車前往德拉瓦州，因爲我們兩人都不曾在德拉瓦州做愛。讓我描述一下情景，因爲這會兒我果眞爲了兒孫們描述。我們開車越過州界——**歡迎來到德拉瓦州！**告示牌上標示著。以及：**小小的奇觀**。還有：**美國第一州**。以及：**購物免稅**。

德拉瓦州，一個面貌多端的州府。

我指示尼克開上我看到的第一條泥土小徑，我們轟轟隆隆開了五分鐘，直到開抵一個四周都是松樹的地方。我們沉默不語。他把車座往後一推，我拉高我的裙子，我沒穿內褲，我可以看到他嘴角下垂、臉頰放鬆，他慾火中燒之時，就會露出這種吃了麻藥、意志堅定的表情。我爬到他身上，背對著他，面向擋風玻璃。我被推得緊貼著方向盤，我們一起扭動的時候，喇叭模仿我的呻吟，發出輕微的叭叭聲，我把手貼在擋風玻璃上，手掌抹過玻璃，啾啾作響。尼克和我在任何地方都可以達到高潮；我們都不會怯場，也都以此自豪。然後我們掉頭開車回家，我嚼著牛肉乾，光溜溜的腳丫子跨在儀表板上。

我們非常喜歡我們的家——那棟拜《神奇的愛咪》所賜的房子。我爸媽幫我們在布魯克林高地買了一棟褐砂石華屋，放眼望去，曼哈頓盡入眼簾。這樣相當奢華，讓我有點罪惡感，但是完美至極。我不時覺得自己是個被寵壞的富家女，但我盡可能與這種感覺奮戰，很多裝潢都自己動手。我們花了兩個周末粉刷牆壁：春天的嫩綠、淺淺的鵝黃、天鵝絨般的深藍，最起碼就理論上而言。結果顏色和我們的想像全都不一樣，但我們還是假裝喜歡。我們在家裡擺滿從跳蚤市場買來的小玩意；我們為尼克的唱盤選購黑膠唱片。昨天晚上，我們坐在舊地毯上，一邊喝酒，一邊聆聽唱片，夜幕漸漸低垂，曼哈頓的燈光漸漸亮起，尼克嘆口氣說：「我始終夢想過著這種生活，這和我想像中一模一樣。」

周末的時候，我們躺在四層被毯下聊天，陽光照在黃色的毯子上，我們窩在毯子裡，兩人的臉頰都暖烘烘。就連地板都讓人開心。我們一進門，兩排舊木板就嘎嘎作響，好像跟我們打招呼。我愛極了，這是我們的家，全都屬於我們。每樣東西都訴說著動人的故事：那把陳舊的落地燈，那個擱在我們咖啡壺旁邊、奇形怪狀的陶土馬克杯，杯裡只裝了一支迴紋針，除此之外毫無用途。我整天思索幫他做些什麼貼心的事情——說不定出去買一塊薄荷香皂，亮綠的肥皀躺在他的手掌心，好像一顆溫暖的小石頭，或是幫他烹調一片薄薄的鱒魚，端上餐桌，藉此讚頌他在蒸汽渡輪打工的時光。我知道自己好可笑，但是我愛極了——我從來不曉得自己會因爲一個男人變得如此可笑。我倒是鬆了一口氣。我甚至爲他的襪子著迷，他就是有辦法讓脫下來的襪子變得好可愛，襪子糾纏在一起，好像被小狗從另一房間叼了過來。

今天是我們結婚一周年紀念日。即使大家一直不停告訴我們，結婚第一年相當辛苦，好像我們是單純幼稚、準備上戰場的孩童，但是我依然滿心愛意。感覺並不辛苦。我們注定走上禮堂。今天是我們結婚一周年紀念日，尼克中午出門上班，我爲他準備的尋寶遊戲正等著他，所有線索都攸關我們兩人，以及過去一年的生活。

我親愛的老公一患感冒

餐館將會售出這道菜餚

答案：總統街「泰鎮」餐廳的海鮮酸辣湯。今天下午，餐廳經理將端著一碗試喝的熱湯和下一則線索，在餐廳裡等著他。

還有唐人街的麥克麥恩酒館和中央公園的愛麗斯夢遊仙境雕像。我們會遊遍紐約市區，最後一站將是富爾頓街的生鮮魚市，我們會在市場買兩隻鮮美的龍蝦，坐計程車趕回家，尼克會坐在我旁邊，緊張地抖動雙腳，我會緊緊抱住裝著龍蝦的箱子，回家之後，我會把龍蝦丟進我們舊爐子上的新鍋，展現我的十八般武藝——我這個小女子可是曾在鱈魚角度過好多個夏天——尼克則跑到廚房外面，咯咯傻笑，假裝害怕。

我先前建議出去吃漢堡，尼克則想要上館子——他建議選一家五星級的豪華餐廳，道道佳餚準時送上，服務生頻頻提到名人，藉此自抬身價。因此，龍蝦是最理想的折衷，龍蝦也象徵大家說了又說、不停耳提面命的一點：婚姻攸關妥協。

我們會放上一張老唱片，女歌手會為我們唱出一首首爵士老歌，在她慵懶深邃的歌聲中，我們會享用沾了奶油的龍蝦，滾到地板上做愛。我們會啜飲尼克喜愛的上好威士忌，徐徐陷入微醺。我會獻上我的禮物——那套他覬覦已久、Crane & Co. 特製的信封和信紙，信紙最上頭印著他的姓名縮寫，字型採用無襯線體，色澤暗綠，乾淨俐落，奶黃的信紙質感滑潤，紙質厚重，濃濃的墨水不會暈開，妥善保留他創作出來的文字。信封信紙，餽贈作家的好禮，或許也適合送給作家太太，因為她說不定正在設法索求一、兩封情書。

然後我們說不定會再做一次愛做的事。再加上深夜的漢堡大餐，再來一些威士忌。你們瞧瞧：這就是本地最快樂的神仙眷侶。誰說婚姻相當辛苦？

尼克・鄧恩

事發當晚

邦妮和吉爾賓把訪談移到警察局，警察局看起來像是一個生意清淡的社區銀行，他們把我單獨留在一個小房間，我在那裡待了四十分鐘，強迫自己不要動來動去，從某個程度而言，假裝鎮定就是保持鎮定。我縮在桌旁，下巴擱在手臂上，耐心等候。

「你要不要打電話給愛咪的爸媽？」邦妮先前問我。

「我不想引起他們驚慌，」我說。「如果過一小時還是沒有她的消息，我再打電話。」

同樣對話已經進行了三次。

最後兩位警探終於走了進來，隔著桌子坐到我對面。這副情景真像電視影集，令人發噱，我強迫自己不要笑出聲，過去十年來，我半夜胡亂轉臺，已經多次在電視上看過這種小房間，而且這兩位警探——一臉倦容，神情專注——表現得像是電視演員。百分之百虛假，迪士尼樂園的布景警局。邦妮甚至拿著一個咖啡紙杯和一個素色文件夾，兩者看起來都像警探節目的道具。我忽然感到可笑，一時之間，我覺得我們都在演戲：來，**讓我們玩玩老婆失蹤的遊戲**。

「尼克，你還好吧？」邦妮問。

「我很好，妳幹嘛問這個問題？」

「你在微笑。」

輕佻的心情悄悄滑落到鋪了磁磚的地上。「對不起，這一切非常——」

「我了解，」邦妮邊說，邊帶著撫慰的神情看看我。「非常奇怪，我了解。」她清清喉嚨。「首先，我們想要確定你在這裡待得舒服，你需要什麼東西，請儘管開口。你現在提供愈多資訊，對我們愈有幫助。但是你隨時都可以離開，這點絕對不成問題。」

「你們需要什麼都行。」

「太好了，謝謝你，」她說。「嗯，好吧，我想先請問一些討人厭的問題，先解決一些讓人不高興的事情。如果你太太真的遭到綁架——這點我們還不確定，但是如果碰到這種狀況的話——我們希望逮捕那個傢伙，當我們捉到他的時候，我們希望一舉將他定罪，讓他無路可逃，沒有狡辯的餘地。」

「沒錯。」

「好，我們必須先確定你沒有涉案，只有幾個簡單的問題，花不了太多時間，這樣一來，那個傢伙就不能反咬我們一口、辯稱我們沒有排除你涉嫌的可能性，你知道我的意思吧？」

我呆呆地點點頭。我不太清楚她的意思，但是我想要盡量擺出全力配合的模樣。「你們需要什麼都行。」

「我們不想讓你大爲驚慌，」吉爾賓說。「我們只是想要面面俱到。」

「沒問題。」始終是老公，我心想。大家都知道下手的始終是老公，這麼說來，他們爲什麼不乾脆一點：**我們覺得你涉嫌，因爲你是她老公，而下手的始終是老公。**你只要看看Dateline ①就曉得了。

「好、好極了，尼克，」邦妮說。「讓我們先做口腔黏膜測試，這樣一來，才可以比對在你家中採集的證據，排除所有不屬於你的ＤＮＡ。這樣行嗎？」

「當然。」

「我也想檢查一下你的雙手，看看有沒有殘餘的彈藥。讓我再重複一次，這只是以防——」

「等等、等等，你們發現什麼證據、讓你們覺得我太太——」

「不、不，尼克，」吉爾賓插嘴，他拉了一張椅子到桌邊，把椅子倒轉，椅背貼著桌緣。我心想，警察眞的這麼做嗎？說不定某個聰明的演員這麼做，然後警察跟著模仿，因爲他們看到演員扮演警察，而且覺得這麼做很酷？

「這只是一些明智的例行程序，」吉爾賓繼續說。「我們試圖面面俱到：檢查你的雙手、採集你的口腔黏膜樣本，如果我們也能看看你的車子……」

「當然可以，我說過的，你們需要什麼都行。」

「謝謝你，尼克，我眞的非常感激，有些傢伙故意刁難，只是因爲他們可以故意刁難。」

我剛好相反。拜我老爸之賜，我的童年縈繞著沒有說出口的責難；他是那種鬼鬼祟祟、伺機找事情發火的男人。小戈因而變得自我防衛機制超強，絕不承受莫須有的罪名，我則因而變成一個唯唯諾諾、不經思考就服從權威的馬屁精。老媽，老爸，老師：**先生、或是女士，您怎樣方便，我就怎麼做**。我渴望不斷贏得別人的認同。「爲了讓大家相信你是好人，你簡直不惜說謊、騙人、偷竊——他媽的，你甚至願意殺人，」小戈曾經這麼說。我們當時在Yonah Schimmel排隊購買薯蓉餡餅②，離小戈以前在紐約的公寓不遠——我記得這些細節，你就曉得我對於那一刻是多麼銘記在心——我忽然失去胃口，因爲她說的百分之百正確，而我始終不自覺。就連她說出這番話的時候，我心裡也想著：**我絕對不會忘記這一點，我將永遠牢牢記住這一刻**。

兩位警探和我閒聊國慶日的煙火、天氣等等，在此同時，他們檢測我的雙手有沒有殘餘的彈藥，而且拿著棉花棒輕輕抹一下我的口腔內部。假裝一切正常，我默默告訴自己，好像正在看牙醫。

檢查完畢之後，邦妮又端了一杯咖啡擺在我面前，捏捏我的肩膀。「對不起，這是我的工作中最不討喜的部分。你覺得你現在有辦法回答幾個問題嗎？這對我們眞的非常有幫助。」

「好的，沒問題，趕快問吧。」

她把一個細長的錄音機擺在我面前的桌上。「你介意嗎？這樣你才不必重複回答同樣的問題……」她打算錄下我說的話，這樣一來，我才無法改變說詞。**我應該打電話給律師**，我心想，**但是只有犯了罪的人才需要律師**，因此，我點點頭，表示沒問題。

「好，我們談一談愛咪。」邦妮說。「你們兩個住在這裡多久了？」

「剛滿兩年。」

「她原本來自紐約市。」

「沒錯。」

「她上班嗎？有沒有找份工作？」吉爾賓問。

「沒有。她以前撰寫人格心理測驗。」

兩位警探互相看看：**人格心理測驗？**

「她幫青少年和女性雜誌寫這些東西，」我說。「你知道的，『妳是不是善妒的那一型？做一做我們的測驗，妳就會知道答案！男孩子是不是覺得妳太咄咄逼人？做一做我們的測驗，妳就會知道答案！』」

「眞有意思，我很喜歡那些測驗，」邦妮說。「我不曉得眞有這種行業。撰寫測驗，嗯，好像那是個事業。」

「不，那不是，再也不是。網路上到處都是免費的測驗，愛咪撰寫的測驗比較睿智——她以前是個心理學碩士——啊，我的意思是，她是個心理學碩士。」她人還好好的，我怎麼可以用過去式？我一時口誤，尷尬地笑笑。「但是睿智依然不敵免費。」

「然後呢？」

我聳聳肩。「然後我們搬回這裡。她目前多少算是賦閒在家。」

「喔！這麼說來，你們有小孩囉？」邦妮提高嗓門，好像剛剛發現一些好消息。

「沒有。」

「喔，那麼她大部分時間都在做些什麼？」

這也是我的問題。愛咪以前始終忙東忙西，我們搬在一起住的時候，她埋頭鑽研法式料理，展現超快的刀工，做出一道創新的紅酒燉牛肉。她三十四歲生日之時，我們飛往巴塞隆納爲她慶生，她好像連珠炮一樣和當地人對話，又是捲舌，又是顫音，令我大爲震驚，原來她已經花了好幾個月，偷偷學習西班牙文。我老婆聰明絕頂，一點就通，而且具有強烈的好奇心。但是她對一件事情的狂熱，通常肇因於競爭之心：她非得讓男士們讚嘆、女士們忌妒不可。**愛咪當然燒得出法式料理**、**說得出流利的西班牙話**、**種花蒔草**、**打毛線**、**跑馬拉松**、**短線炒股**、**開飛機**，**而且做這些事情的時候**，**儀態始終像是走秀的模特兒一樣優雅**。她必須時時刻刻都是神奇的愛咪。但是密蘇里這個地方，女士們在Target③購物，她們辛勤烹調慰藉心靈的舒食餐點，她們自嘲幾乎忘光了高中時代選修的西班牙文。競爭引不起她們的興趣。她們雙手一攤，欣然讚許愛咪拚命追求的各種成就。對我這個爭強好勝的老婆而言，落戶在一個居民們全都是庸才的市鎮，可能是個最可怕的下場。

「她有許多嗜好，」我說。

「有沒有任何事情讓你擔心？」邦妮說，神情憂慮。「你不擔心嗑藥或是酗酒問題？我不是毀謗你太太，但是很多家庭主婦藉著藥物或是酒精度日，情況比你猜想的普遍。她們閒閒沒事，自個兒在家，日子感覺格外漫長。如果酗酒變成嗑藥——我說的不是海洛因，說不定只是醫生開的止痛藥——嗯，目前這一帶有很多可怕的傢伙，專門販賣毒品。」

「最近販毒問題愈來愈嚴重，」吉爾賓說。「局裡前一陣子解聘了一些警員——五分之一的警力耶，因此，我們原本就人手不足。我的意思是說，目前情況很糟，我們應付不來。」

「上個月有個乖乖牌家庭主婦因爲購買奧施康定，被打斷一顆牙齒。」

「不，愛咪說不定小酌一、兩杯，但她沒有嗑藥。」

邦妮瞪了我一眼；這顯然不是她想要聽到的答案。「她在這裡有沒有一些好朋友？我們想要打電話給她們，只是以防萬一。我無意冒犯，但是一牽扯到嗑藥的問題，有時候另一半始終被蒙在鼓裡。大家都會感到羞愧，特別是女人。」

嗯，朋友。我們住在紐約時，愛咪每個星期都換一批新朋友；對她而言，交朋友就像一項規畫中的工程，她剛開始總是非常興奮：寶拉教她唱歌，而且聲音「wicked good」④。（愛咪中學就讀於麻塞諸塞州的寄宿學校；她偶爾對我擺出一副英格蘭地區貴族小姐的模樣，忽然冒出一句：「wicked good」，我愛極了。）還有時裝設計課堂上的潔西。但是一個月過後，當我問起寶拉或是潔西時，愛咪經常瞪著我，好像我隨便編出這些名字似地。

還有那些始終圍繞在在愛咪身旁的男人。他們跟在她後面說東說西，熱心地幫她做些她老公辦不成的事情，比方說修理椅腳，或是追蹤購買她最喜愛的亞洲進口茶葉。愛咪發誓他們只是好朋友，她巧妙地跟他們保持適當距離——不至於走得太近，讓我不太高興，但也不至於離得太遠，這樣一來，她勾勾手指，他們就幫她跑腿。

在密蘇里嘛……老天爺啊，我不知道。這時我才意識到自己真的不知道。你真是個大混蛋，我心想。我們在這裡已經住了兩年，剛開始的幾個月，一群群朋友相約碰面，表達歡迎之意，忙亂應酬了幾個月之後，愛咪卻沒有交到任何固定見面的朋友。她的生活中只有我老媽和我——這會兒我老媽已經過世，而我們一說起話來，多半不是跟對方抬槓，就是反駁對方。搬回來一年之後，我曾經虛情假意地問她：「鄧恩太太，妳喜不喜歡北卡賽基啊？」「你的意思是新卡賽基？」她回答。我拒絕問她所謂的「新卡賽基」是什麼意思，但我知道那是一種侮辱。

「她有幾個好朋友，但是大多都在東岸。」

「她爸媽呢？」

「他們住在紐約，紐約市。」

「你依舊還沒有打電話給他們其中任何一人？」邦妮笑笑地問，臉上浮現一絲困惑。

「我一直忙著其他每一件你們吩咐的事情，我還沒機會打電話。」我已經簽字同意他們追蹤我的信用卡、提款卡和愛咪的手機，我也已經提供小戈的手機號碼，以及一位酒吧常客的姓名，這位叫做蘇的寡婦，想必可以證實我什麼時候到達酒吧。

「家裡的么兒，」她搖搖頭。「你真的讓我想到我的小弟。」她稍作停頓。「這是一種讚美，我發誓。」

「她非常寵他，」吉爾賓邊說邊在筆記簿裡草草記上兩筆。「好，你大約七點半離開家裡，十一點左右在酒吧露面，當中幾個鐘頭，你待在沙灘。」

距離我們家北方十哩之處有個沙灘灘頭，沙灘混雜著細砂、淤泥和啤酒瓶碎片，垃圾桶塞滿保麗龍杯和骯髒的尿布，有些已經溢出桶外，算不上是個吸引人的地方。但是沙灘的逆風之處有張野餐桌，採光良好，如果直直盯著河面，你可以忽略周遭那些垃圾。

「我有時帶杯咖啡和報紙，只是過去坐坐，你得充分享受夏日時光。」

不，我在沙灘上沒有和任何人說話。不，沒有人看到我。

「那裡平常沒什麼人，」吉爾賓同意。

如果警方訪談任何認識我的人，他們很快就會發現我很少過去那個沙灘，我也從來不曾帶杯咖啡過去，只爲了享受早晨時光。我一身愛爾蘭人的蒼白肌膚，而且沒有耐心閒閒坐著沒事幹——我可不是海灘男子。我之所以向警方這麼說，原因在於那是愛咪的點子，她建議我一個人到那裡坐坐，這樣一來，我才可以看著我心愛的大河，好好想想我倆的生活。今天早上我們吃了她烹調的法式薄餅之後，她和我這麼說。她倚在桌旁、往前一傾，開口說道：「我知道我們最近碰到一些問題，我依舊非常愛你，尼克，我知道我有許多需要努力之處，我想要當你的好老婆，我想要你當我的老公，而且過得開心。但是你必須決定你想要什麼。」

她顯然已經做過演練；說話的時候，她臉上露出驕傲的微笑。就連我老婆對我表達善意時，我心裡依然想著：**她當然非得把一切安排得像齣舞臺劇。我獨自坐在河邊，河水急急流過，微風徐徐，吹亂了我的頭髮，我遙望地平線，思索著我倆的生活，她想要營造出這幅畫面，我不可以只是到Dunkin' Donuts坐一坐。**

你必須決定你想要什麼。我已經決定我想要什麼，這個決定對愛咪卻不是好消息。

邦妮擱下筆記簿，抬起頭來，神情愉悅。「你可不可以告訴我們你太太的血型？」她問。

「嗯，啊，我不知道。」

「你不知道你太太的血型？」

「說不定是O型？」我猜猜。

邦妮皺皺眉頭，然後像是練習瑜伽似地長長吐了一口氣。「好吧，尼克，我們正在進行下列事情，幫忙追查愛咪的下落。」她一項項列出：警方已經監控愛咪的手機，發放愛咪的照片，追蹤愛咪的信用卡，警方也已查訪這一帶登記有案的性犯罪者，仔細搜尋人口稀疏的鄰里。我們家裡的電話已經裝上竊聽裝置，以防有人來電索取贖金。

我不確定該說什麼。我絞盡腦汁，拚命回想臺詞：電影演到這個階段，先生通常說些什麼？端視這人有罪、或是無辜而定。

「我不能說我因此感到放心。你們——你們認為這是綁架還是失蹤？究竟怎麼一回事？」我覺得自己正在主演一齣電視劇，我也從劇中獲知統計數據：案發四十八小時之內若是毫無線索，案子很可能不會偵破。剛開始的四十八小時非常重要。「我的意思是說，我太太不見了，我太太失蹤了！」我意識到這是我頭一次表達出憤怒和驚慌——我早就該用這種語氣說話。我老爸心中懷藏各式各樣的憤恨、怒氣和鄙夷。我這輩子始終避免變得像他一樣，因此，我變得根本無法表達負面情緒。這也讓我看起來更像個混蛋——我心裡或許七上八下，胃部劇烈翻騰，而你從我臉上絕對看不出端倪，更別指望我和你說些什麼。我要嘛控制過頭，要嘛完全失控，這始終是我的問題。

「尼克，我們非常重視這個狀況，」邦妮說。「化驗室的那些傢伙正在你家四處採證，他們會提供訊息讓我們繼續追蹤。就目前而言，你告訴我們愈多關於你太太的事情，對我們愈有幫助。她是一個怎樣的人？」

我想到一些先生們常說的語句：她很親切、她人很好、她很支持我。

「妳的問題是什麼意思？」我說。

「形容一下她的個性，」邦妮提示。「比方說，你幫她買了什麼結婚紀念日禮物？珠寶嗎？」

「我還沒買禮物，」我說。「我本來打算今天下午去買。」我等著邦妮又笑笑說「家裡的么兒」，但是她沒有。

「好吧，嗯，那麼你和我說說她這個人。她外向嗎？她——嗯，我不知道怎麼說——她很『紐約客』嗎？比方說，有些人或許覺得她粗魯無禮？說不定惹人生氣？」

「我不知道。她不是那種隨便和誰都能交上朋友的人，但是她也不至於——她不至於粗魯到讓人想要……傷害她。」

這是我第十一個謊言。愛咪今天確實粗魯到讓我想要傷害她，最起碼有些時候想要動手。我特指「今天」的愛咪，今天的她，和當初我愛上的那個女人，幾乎是不一樣的兩個人。我們的感情由濃轉淡，好像走向和童話故事相反的結局。過去短短幾年之中，以前那個開懷大笑、輕鬆自在的愛咪，簡直像是褪下昔日的自己，把層層表皮和靈魂留置在地板上，從中走出一個尖酸刻薄、暴躁易怒的女子。我老婆不再是我老婆，而是一個刺鐵絲條纏繞而成的繩結，她向我挑戰，看我敢不敢動手解開，但是我的手指笨拙、麻木、緊張兮兮，根本無法勝任。我這十隻鄉巴佬的手指未經調教，只能做些粗簡的工作，怎麼可能解開精細、危險的**愛咪謎團**？當我舉起鮮血淋淋的手指時，她嘆一口氣，悄悄翻開她心中那本詳載我每一項缺陷的筆記簿，永遠不忘寫下我的過失、弱點、以及不盡人意之處。我以前那個愛咪啊，她趣味橫生，幽默風趣，她讓我開懷大笑，我他媽的已經忘了那種感覺。她也笑口常開，她笑得開懷，笑聲從喉嚨深處那個手指狀的凹口傳出來，那是最為悅耳的笑聲。她好像發放一把鳥食一樣拋開心頭的委屈：原本握在手中，下一刻便煙消雲散。

她不是現在這副模樣，也不是我最害怕的那種女人：她變成一個滿心憤怒的女子，而我向來不知道怎麼和生氣的女人相處。她們激起我令人不悅的一面。

「她喜歡指使人嗎?」吉爾賓問。「凡事一把抓?」

我想到愛咪那本涵蓋未來三年的行事曆，你若翻到明年，你果眞會發現各個約診時間，比方說皮膚科醫生、牙醫、獸醫。「她做事情很有計畫——你知道的，她絕對不會想到什麼就做什麼。她喜歡列一張表，做完一件，就畫掉一件，把事情全部搞定。正因如此，所以這一切都沒有道理——」

「我猜那樣可能讓你抓狂，」邦妮同情地說。「如果你不是那一型的話。你的個性似乎相當悠閒。」

「我猜我確實比較懶散，」我說。然後我補了一句我應該說的話：「我們彼此互補。」

我看看牆上的時鐘，邦妮碰碰我的手。

「你何不現在就打電話給愛咪的爸媽?我確定他們會相當感激。」

現在已經過了半夜，愛咪的爸媽九點鐘就上床睡覺；他們對於這種早早上床的習慣，感到出奇地自傲。他們現在八成已經睡得很熟，因此，這通電話肯定將被視爲深夜的緊急來電。他們始終八點四十五分關掉手機，因此，瑞德·艾略特必須起床，一直走到走廊盡頭，拿起那具老式的聽筒；他八成翻找他的眼鏡，抱怨桌上的檯燈。他會告訴自己，電話可能因爲種種理由響起，不見得傳達壞消息，他沒有必要爲了這通深夜來電擔心。

我打了兩次，每次都在電話還沒接通之前就掛掉。當我終於等到電話接通時，接電話的是瑪莉貝絲，而不是瑞德，她低沉的聲音在我耳邊嗡嗡響，我只說了一句「瑪莉貝絲，我是尼克」，腦中就一片空白。

「尼克，怎麼回事?」

我深深吸口氣。

「告訴我，愛咪出事了嗎?」

「我——嗯，對不起，我應該早點打電話——」

「該死的，趕快告訴我。」

「我們找……找不到愛咪，」我結結巴巴地說。

「你們找不到愛咪？」

「我不知道——」

「愛咪失蹤了？」

「我們不確定，我們還在——」

「從什麼時候就失蹤？」

「我們不確定，我今天早上剛過七點離開家裡——」

「而你等到現在才打電話給我們？」

「對不起，我不想——」

「老天爺啊，我們今天晚上還出去打網球，打網球！我們大可……我的天啊，警方涉入了嗎？你通知他們了嗎？」

「我現在人在警察局。」

「不管由誰負責，麻煩請他過來聽電話，尼克，拜託。」

我像小孩子一樣跑過去找吉爾賓。我岳母想要和你說話。

打電話通知艾略特夫婦之後，一切變得正式。這樁緊急事件——愛咪失蹤了——迅速傳播到外界。

正要走回訪談室的時候，我聽到我老爸的聲音。有些時候，當我感到特別羞愧之時，我耳邊便浮現他的聲音。但這回果真是我老爸在講話，他果真在此。賤人、賤人、賤人，他的話語噗噗啪啪，好像某種從惡臭泥沼中冒出來的東西。我這個失智的老爸，習於衝著所有惹他生氣的女人大罵**賤人、賤人、賤人**，就連那些稍微令他不悅的女人也逃不了。我盯著會議室一瞧，看到他坐在裡面一張靠牆的長椅上。他曾經是個英挺的男子，個性激烈，下巴有個凹痕。**嚇人的夢幻帥哥**，我阿姨曾經這麼形容他。這會兒他坐著低頭喃喃自語，金色的頭髮亂七八糟，褲子沾了泥巴，兩隻手臂有刮傷，好像先前奮力爬過荊棘樹叢，一道口水沿著下巴閃閃發光，好像蝸牛爬過的痕跡。他伸一伸、拉一拉手臂尚未退化的肌肉，一個神情緊張的女警坐在他旁邊，嘴唇生氣地噘起，試圖不理他：**賤人、賤人、賤人，我跟妳說啊，賤人**。

「怎麼回事？」我問她。「這是我爸爸。」

「你接到我們的電話？」

「什麼電話？」

「請你過來接你爸爸。」她一個字、一個字說出來，好像我是個十歲的笨小孩。

「我——我太太失蹤了。我整個晚上幾乎**待在這裡**。」

她搞不清狀況，不知如何接口。我可以看得出她正在考慮是否放下身段，說聲抱歉，問問怎麼回事。然後我老爸又開始喃喃念叨**賤人、賤人、賤人**，她決定保持高姿態。

「先生，『安適山丘』找了你一整天，你爸爸今天清晨從防火出口晃了出去，你也看得出來，他身上有些刮傷和擦傷，但是沒有受傷。我們幾個鐘頭之前把他接回來，他沿著江河路往前走，搞不清楚方向。我們一直試圖聯絡你。」

「我一直都在這裡，」我說。「就在該死的隔壁房間裡，怎麼可能沒半個人把這兩件事情湊在一起？」

賤人、賤人、賤人，我老爸說。

「先生，請你不要用這種語氣跟我說話。」

賤人、賤人、賤人。

邦妮請一位男警官開車送我老爸回去，好讓我完成與他們的問答。我們站在警局外面的臺階上，看著我老爸坐進車裡，他嘴裡依然喃喃念叨，從頭到尾都無視我的存在。車子駛離之時，他甚至沒有回頭。

「你們父子不親？」她問。

「我們是典型的『不親』。」

清晨兩點左右，警探們完成問話，他們匆匆把我推進警車，請我好好睡一覺，明天早上十一點回來警局，準備出席中午的記者招待會。

我沒問我可不可以回家。我已經請他們送我到小戈家，因為我知道她會熬夜等門，陪我小酌一杯，幫我做個三明治。說來可悲，那個時候，我只想要有個女人幫我做個三明治，絕口不提任何問題，除此之外，我別無所求。

「你不想出去找她？」我吃東西的時候小戈主動提議。「我們可以開車逛逛。」

「聽起來沒什麼意義，」我遲緩地說。「我能上哪裡找她？」

「尼克，這件事他媽的非常嚴重。」

「我知道，小戈。」

「那就表現出你知道的模樣，好嗎？藍斯，別他媽的一副癡呆，myuhmyuhmyuh。」她發出大舌頭似地的噪音，每次想要表達我的猶豫不決，她就發出這種噪音，再加上翻翻白眼、擺出困惑的神情，然後祭出我的法定名字。我已經有副這種臉蛋，實在不需要再配上「藍斯」這種名字。她遞給我一杯威士忌。「喝下去，但只喝這一杯，你明天最好不要宿醉未醒。他媽的，她可能在哪裡？老天爺啊，我覺得好想吐。」她幫她自己倒了一杯，喝了一大口，然後試圖慢慢啜飲，在廚房裡走來走去。「尼克，你不擔心嗎？說不定哪個傢伙在街上看到她，不分青紅皀白把她綁走？朝她頭上重重一擊，而且——」

我嚇了一跳。「妳爲什麼說**朝她頭上重重一擊**，妳他媽的什麼意思？」

「對不起，我無意讓你這麼想，我只是……我不知道，我只是一直想著某個瘋子。」她在她的酒杯裡多倒一些威士忌。

「提到瘋子，」我說。「老爸今天又跑出來了，他們發現他沿著江河路亂逛，他應該已經回去『安適山丘』。」

她聳聳肩，意思是：**好吧**。這是過去六個月來、我們老爸第三次偷溜出來。小戈點了一支菸，依然想著愛咪。「我的意思是，有沒有哪個人可以和我們談談？」她問。「或是做些什麼？」

「老天爺啊，小戈！在這個節骨眼上，妳非得讓我覺得自己更沒用嗎？」我厲聲說道。「我不曉得我應該做些什麼。坊間沒有《老婆失蹤入門指南》，警察和我說我可以離開，所以我就離開，我只是遵照他們的指示。」

「你當然聽他們的話，」小戈喃喃說。長久以來，小戈始終試圖激起我的叛逆感，但是屢試屢敗，成效不彰。高中的時候，我是那個趕在宵禁之前回家的小孩；在雜誌社工作時，我是那個謹遵截稿時間的寫手，即使是莫須有的截稿時間，我也不會錯過。我重視規則，因爲你若遵守規則，事情通常就會進行順利。

「他媽的，小戈，再過幾小時我就得回去警察局，妳能不能對我好一點？就算是一下下也行。我已經嚇破膽了。」

我們互瞪了五秒鐘，雙方動也不動，然後小戈又幫我倒滿一杯酒，算是道歉。她在我旁邊坐下，一隻手搭在我肩上。

「愛咪眞可憐，」她說。

---

① Dateline是美國國家廣播公司的新聞節目。

② Yonah Schimmel是紐約下東區知名的麵包坊，專門販售各式猶太糕點。

③ Target是美國第二大平價連鎖量販店，全美將近一千八百家分店。

④「wicked good」的意思是「棒極了」，「wicked」是英式口語，表示好正點、好棒、好酷等等，新英格蘭地區的住宿學校通常具有英式貴族氣息，愛咪當然會使用一些英式口語。

愛咪・艾略特・鄧恩

二〇〇九年四月二十一日

日記一則

我真可憐。讓我描述一下情景：坎貝兒、伊絲蕾和我在蘇活區的塔布歐餐館吃晚餐，餐點包括多種羊乳起司烘餅、羊肉丸子，以及芝麻葉沙拉，我不確定這些料理有什麼值得大驚小怪。但是我們顛倒順序：先吃晚餐，然後再到坎貝兒事先預約的小凹室小酌，凹室像個小型衣帽間，你在裡面閒混聊天，其實和在自家客廳裡差不多，但是價錢可不便宜。沒關係，有時做些蠢事、趕趕時髦也無妨。我們身穿亮麗的緊身洋裝，足蹬又尖又細的高跟鞋，全都過度盛裝。盤中的食物分量不多，一口口精美的食品和我們一樣中看不重吃。

我們先前已經商討把老公們找來一起喝一杯。因此，晚餐之後，我們擠在凹室之中，一位女服務生送上Mojito雞尾酒、馬丁尼和我的波本威士忌，女服務生狀似參加試鏡，爭取飾演一位滿懷夢想、甫入大都會的年輕女孩。

我們快要無話可談：今天是星期二，而每個人都懷著星期二的心情。大家小心啜飲，以免過量：伊絲蕾和坎貝兒明天早上似乎各自有事，我必須工作，因此，我們都不打算縱情狂歡，反而愈來愈沒勁，愈來愈遲鈍，感覺百般無聊。若不是等待可能出現的先生們，我們說不定已經離開。坎貝兒一直偷看她的黑莓機，伊絲蕾從不同角度檢視自己鍛鍊有素的小腿。約翰先抵達——他大聲向坎貝兒道歉，露出開朗的微笑，一一親吻大家，看起來好開心、好快樂，這傢伙大老遠穿過市區，趕在雞尾酒時間結束之前過來一趟，這樣他才可以快快喝下一杯，陪同太太一起回家。喬治過了二十分鐘之後才出現——他唯唯諾諾、緊緊張張地說聲工作太忙，伊絲蕾厲聲對他說：「你遲到了**四十分鐘**。」他陰沉地回了一句：「是喔，眞抱歉我得賺錢給我們兩個人花。」同其他每個人交談時，他們幾乎沒和對方說半句話。

尼克始終沒有出現，也沒有來電。我們又等了四十五分鐘，坎貝兒表示掛念（「說不定臨時必須趕稿，」她說，然後對著約翰微笑，好好先生約翰從來不會讓臨時冒出來的截稿時間干擾太太的計畫）；伊絲蕾對她先生的怒氣漸消，因爲她意識到他只是我們這群人之中、第二差勁的混蛋（「妳確定他甚至沒有傳簡訊給妳嗎？」）。

我只是笑笑說：「誰知道他在哪裡——我待會兒和他在家裡碰頭。」這下換成在場的男士們看起來受到打擊：**妳的意思是說我還有其他選擇？我今晚不必出現、而且不會遭殃？不會有罪惡感、不會滿肚子氣、不會怏怏不樂？**

嗯，說不定你們兩位沒這麼幸運。

尼克和我啊，有些時候，我們嘲笑女人們爲了證明先生們對自己的愛，支使先生們做出種種奇怪的事情：毫無意義的差事，各式各樣的犧牲，永無止盡的小小讓步，全都無聊至極。我們笑了又笑，稱這些男人爲**跳舞**的小猴子。

尼克會沾著棒球場的汗臭味回到家中，他會滿身大汗，因爲喝了太多啤酒而懶洋洋，我會窩在他的大腿上，問他球賽進行得如何、他的朋友傑克開不開心，他會說：「喔，他患了**跳舞小猴傳染病**——可憐的珍妮芙這個星期壓力好大，非常需要他在家陪她。」

或者，他辦公室的好朋友不能和他出去喝一杯，因爲這個傢伙的女朋友非常需要他過去一家小餐館、與她一個外地來的朋友吃飯，這樣一來，他總算可以和她的朋友碰面，她也可以秀一秀她的猴子多麼聽**話：我一打電話他就過來，你看看他多麼人模人樣！**

穿這件，別穿那件。現在就做這件家事；等你有空再做這件家事，而所謂的「等你有空」，我的意思是「現在」。你絕對必須爲了我，放棄種種你心愛的東西，這樣一來，我才可以證明你最愛我。這是女性的無謂之爭——當我們遊走於我們的讀書會和雞尾酒會時，我們詳細陳述另一半爲我們做的犧牲，沒有幾件事情能讓女人更加開懷。我們一說，對方馬上做出反應，而反應通常是：**「噢、噢，好貼心喔！」**

我眞高興自己不和她們同一國。我不是其中一分子，我不會因爲施加感情威脅而沾沾自喜，我不會強迫尼克扮演快樂的老公——那種聳聳肩、神情愉快、善盡本分的老公，那種一聽到**親愛的、拜託你把垃圾拿出去倒**，馬上聽命行事的老公，那種每個老婆夢想中的老公。每個女人都想嫁給那種男人，就像每個男人都幻想娶到一個甜美、火辣、悠閒、喜歡性愛和烈酒的女人。

我自認夠有自信、安全感夠強、也夠成熟，我不需要尼克時時提出證明，我知道他愛我。我不需要跳舞小猴使出那些可悲的把戲，好讓我和朋友們一說再說；我甘願讓他做他自己。

我不知道女人爲什麼很難做到這一點。

從餐館回到家中，我的計程車慢慢停在門口，尼克剛好也從他的計程車裡下車，他站在街上，朝著我張開手臂，咧嘴大笑——「小寶貝！」——我衝過去、跳進他的懷裡，他的臉頰緊緊貼著我的臉頰，鬍碴有點刺人。

「你今天晚上做了什麼？」我問。

「幾個傢伙下班之後一起打撲克牌，我跟他們小聚一會。妳不介意吧？」

「當然不介意，」我說。「聽起來比我的聚會有趣。」

「哪些人出席了？」

「喔，坎貝兒、伊絲蕾和她們那兩隻跳舞的小猴子，無聊得很，你逃過一劫、無趣的一劫。」

他把我擁入懷中——那雙強勁的臂膀喔！——一把把我抱到臺階上。「天啊，我愛妳，」他說。

然後我們做愛、喝杯烈酒，躺臥在我們柔軟的大床上，筋疲力盡，肢體交纏，墜入甜蜜的夢鄉。是喔，我眞可憐。

尼克・鄧恩

事發之後一日

小戈勸我別喝太多，我沒聽進去。我一個人坐在她的沙發上，喝乾半瓶酒，等到終於覺得應該休息之時，體內的腎上腺素卻第十八度激增：我翻翻枕頭，慢慢闔上雙眼，忽然之間，我老婆出現在眼前，她的金髮沾滿鮮血，凝結成塊，她低聲啜泣，痛得難以辨識方向，沿著我們的廚房地板爬行，身上滿是刮痕，邊爬邊大叫我的名字：**尼克、尼克、尼克！**

我一而再、再而三拉扯酒瓶，強迫自己入睡，卻是屢試屢敗。睡眠就像一隻貓咪：只有在你忽略牠的時候，牠才會悄然而至。我灌下更多酒，繼續念誦口訣：不要多想，牛飲一口，**腦袋淨空**，牛飲一口，**說真的，現在馬上腦袋淨空**，馬上淨空，牛飲一口，**你明天必須頭腦清醒，你需要睡眠！**牛飲一口。熬到快要天亮時，我終於迷迷糊糊打了個盹，勉強睡了一小時，醒來之後感到宿醉，雖然不至於無法行動，但也相當厲害。我頭昏腦脹，迷迷糊糊，遲鈍呆滯，說不定還有一點醉意。我搖搖晃晃走到小戈的速霸路車旁，一步一步感覺怪異，好像兩隻腳倒著長。我暫時借用這部車；我主動提供我那部Jetta舊車和筆記型電腦讓警方檢查，警方也已欣然接收——這一切都只是形式，他們跟我保證。我開車回家，幫自己拿幾件像樣的衣服。

三部警車停在我家那條街上，少數幾個鄰居在附近晃來晃去。我沒看到卡爾，但是珍・泰弗爾站在那裡——這位女士是個虔誠的基督教徒——還有三胞胎的爸爸麥克——他家那三個人工受孕的三胞胎已經三歲大，名字分別是崔尼狄、陶弗和塔路拉。（「光聽名字，我就討厭那三個三胞胎，」愛咪說。愛咪對於何謂時尚，具有一套嚴苛的標準，當我提到「愛咪」這個名字曾經相當流行之時，我老婆說：「尼克，你知道我名字背後的故事。」我完全不曉得她在說些什麼。）

珍避開我的注視，遠遠跟我點點頭，但我下車時，麥克大步走向我。「老兄，眞的好遺憾，我能幫什麼忙，請你儘量開口。什麼事情都行。我今天早上割了草，所以你最起碼不必擔心這事。」

麥克和我輪流幫社區裡遭到棄置的法拍屋割草——春天下了大雨，庭院的雜草變成叢林，引來一批批浣熊，浣熊四處遊蕩，半夜翻找啃食大家的垃圾，偷偷溜進大家的地下室，在大家的前廊晃來晃去，好像家中懶惰的寵物。割了草似乎也趕不走牠們，但是最起碼這會兒我們看得見牠們跑出來。

「謝謝、謝謝你，」我說。

「老兄啊，我太太，她聽到這個消息之後，整個人歇斯底里，」他說。「百分之百歇斯底里。」

「啊，眞是抱歉，」我說。「我得——」我指指我家的門。

「她只是坐在那裡，對著愛咪的照片一直哭。」

我相信一夜之間，網路上肯定冒出千百張愛咪的照片，只爲了滿足諸如麥克老婆之類的女人，因應她們可憐兮兮的需求。我可不同情這些無理取鬧、喜歡小題大作的女人。

「嗨，我得問問你——」麥克開口。

我拍拍他的手臂，再一次指指大門，好像趕著處理事情。我趁他來不及問出任何問題之前，趕緊轉身敲敲自己家裡的大門。

薇拉奎茲警官陪同我上樓，走進我自己的臥房，進入我自己的衣帽間——途中行經那個方方正正、包裝精美的銀色禮盒——讓我翻尋我自己的東西。這個一頭褐髮、紮個長辮子的年輕女孩肯定主觀評斷，認定我是哪一種人，我在她面前挑選衣物，感到相當緊張，結果盲目抓了幾條長褲和幾件短袖襯衫，呈現出半休閒的裝扮，好像正要參加一場研討會。心愛的人失蹤了，我卻必須挑選合宜的服飾，我心想，這倒不失爲一個有趣的寫作題材。唉，我心中那股急於尋找寫作角度的貪婪，實在難以收斂。

我把衣服全都塞進一個袋子裡，轉身繞了一圈，看著地上的禮盒。「我可以看看裡面是什麼嗎？」我問她。

她猶豫了一下，決定謹愼爲之。「不，對不起，現在最好不要。」

盒子邊緣的包裝紙已被仔細割開。「有誰看過裡面是什麼嗎？」

她點點頭。

我繞過薇拉奎茲身邊，走向盒子。「如果已經有人看過，那麼——」

她站到我前面。「先生，我不能讓你這麼做。」

「這太荒謬了，這是我太太送給我的禮物——」

我後退一步，繞過她身邊，彎下身子，伸手碰碰盒子的一角，這時，她忽然從我背後制止，一隻手臂橫跨在我胸前。一時之間，我勃然大怒，**這個女人竟然膽敢在我自己的家裡指使我**。不管我多麼努力，試圖當個我老媽的乖兒子，我老爸的聲音依然不請自來，聲聲縈繞在我的腦海之中，留下可怕的念頭和下流的話語。

「先生，這裡是犯罪現場，你——」

愚蠢的賤人。

她的辦案夥伴萊爾頓忽然跑了進來，一起出手制止我，我奮力擺脫他們——好、好、X你娘——他們卻架著我下樓。一個女人趴在大門附近，沿著地板仔細巡視，我猜她正在進行血跡噴濺型態分析。她抬頭看看我，一臉木然，然後繼續埋頭工作。

開車回小戈家換衣服時，我強迫自己放鬆。調查過程當中，警方將做出一連串煩人而愚蠢的事情，這不過是其中之一（我喜歡那些合理的規則，而不是不合邏輯的規定），因此，我必須冷靜下來：**別和警察作對**，我告訴自己。若有必要，重複一次：**別和警察作對**。

走進警察局時，我碰到邦妮，她說：「你的岳父岳母到了，尼克，」她的語氣帶著鼓舞，好像問我要不要吃一個溫熱的瑪芬蛋糕。

瑪莉貝絲和瑞德．艾略特手攬著手，站在警察局中央，看起來好像擺姿勢拍張高中畢業舞會的照片。我眼中的他們總是這副模樣：兩人臉貼著臉、下巴貼著下巴，耳鬢廝磨，輕拍對方的雙手。每次造訪艾略特家，我總是不停清清嗓子，停都停不下來——**我要進來囉**——因爲艾略特夫婦可能在家中任何一個角落親熱。每次離開對方身邊，他們總是四唇相貼，擁吻道別，走過他太太身邊之時，瑞德還會偷捏一下他太太的臀部。這一切對我來說相當陌生，老爸老媽在我十二歲的時候離婚，我想我年紀很小的時候，說不定曾經看到他們不得不親吻對方，比方說聖誕節或是生日，兩人吻得生澀，不帶情慾。即使是婚後最快樂的那段歲月，他們的溝通純粹也只是爲了處理事情：**我們牛奶又喝光了**。（我今天會買一些。）**我要妳把這件衣服好好燙一燙**。（我今天會處理。）**買牛奶那麼困難嗎？**（一陣沉默。）**妳忘了打電話叫人修理水管**。（嘆氣一聲。）**他媽的，馬上穿上外套，現在就出去買該死的牛奶**。這些訊息和命令來自我老爸，我老爸以前是電話公司的中級主管，他充其量只把我老媽當作一個不稱職的屬下，最糟的情況呢？他從來沒有動手打她，但是家中經常瀰漫著他那股無名、純粹的怒氣，接連好幾天、好幾個星期揮之不去，家中的氣氛隨之凝重，令人喘不過氣來。他拉長著臉，翹起下顎，高視闊步地走來走去，看起來好像一個受了傷、想要報復的拳擊手。他咬牙切齒，磨牙磨得嘎嘎響，聲音大到在房間另一頭都聽得見，而且他拿東西丟老媽，倒不是對準她扔過去，而是扔到她身邊。我相信他告訴自己：**我從來沒有動手打她**。這點我相當確定，嚴格來說，他始終不把自己視為施虐者。但他把我們的居家生活變成一趟永無止盡的公路旅行，司機怒氣騰騰，方向始終不清，一趟永遠快活不起來的假期。**別讓我把這部車掉頭**。拜託，說眞的，請你把車子掉頭吧。

我覺得老爸的問題不見得出在老媽身上。他只是不喜歡女人。他覺得她們愚蠢，不合邏輯，惹人生氣。**那個愚蠢的賤人**，他最喜歡用這幾個字形容任何一個惹他生氣的女人，比方說路上開車的女性駕駛、女服務生、我們的小學老師，而他甚至從來沒有見過這些老師，因為家長會是媽媽們的天下，充斥著女性當家的氣氛，令他不悅。我還記得一九八四年潔洛丁．費拉蘿被提名為副總統候選人，我們晚餐前在電視上看到報導，我那嬌小和藹的老媽伸手摸摸小戈的後腦勺說：**嗯，我覺得這樣很好**。我老爸啪地一聲把電視關掉，開口說道：**這簡直是個笑話，你們知道這是個該死的笑話，就像看著一隻猴子騎腳踏車**。

又過了五年，我老媽終於決定她受夠了。有一天我放學回家，發現我老爸搬走了。那天早上他還在家裡，到了下午就搬出去。我老媽請我們兄妹坐到餐桌旁邊，對我們說：「你們爸爸和我已經做出決定，我們認為如果我們不住在一起，對大家都好，」小戈突然哭著說：「好極了，我恨你們兩個！」但是她沒有依照常理衝回她的房間，反而走到老媽面前擁抱她。

因此，我老爸走了，我那瘦小而苦悶的老媽變得富態而快樂——非常富態，而且非常快樂——她像是一個吸了空氣、慢慢膨脹起來的氣球，而且表現得好像她從頭到尾都應該這樣過活。不到一年，她就轉變成一個忙碌、熱心、愉快的女士，一直到她過世都是如此，她的妹妹說些「謝天謝地，以前那個莫琳回來囉」之類的話語，讓人覺得以前那個撫養我們長大的女人是個冒牌貨。

至於我老爸，多年以來，我大概每個月和他通一次電話，我們的對話客客氣氣，好像正在播報新聞，複誦一次**已經發生的事情**。關於愛咪，我老爸始終只問一個問題：「愛咪好嗎？」，除了「她很好」外，他不期望誘我做出更多回應。即使六十多歲時漸漸老人癡呆，他依然頑固而冷漠。**如果你始終比別人早一步，那麼你就永遠不會遲到**，我老爸總是祭出這道符咒，就連罹患阿茲海默症也不例外——他比別人早患病，原本慢慢退化，後來忽然急速惡化，迫使我們不得不把我們獨立、憎惡女性的老爸，搬到一個充斥著雞湯和小便異味的大型安養院，安養院中，他身邊全是女人，而且時時刻刻需要她們的照顧。哈！

我老爸有些弱點。我那善良的老媽總是和我們這麼說。他有些弱點，但他無意傷人。老媽好心，所以這麼說，但他確實造成傷害。我猜我老妹可能永遠不會結婚：小戈傷心、生氣，或是沮喪的時候，任何人都不准在她身邊——她生怕男人會瞧不起她女人家的淚水。我也好不到哪裡。我個性中的光明面來自老媽。我可以開玩笑，我可以開懷大笑，我可以逗人開心，我可以讚美、支持、祝賀別人——基本上，我可以是個陽光小子——但我沒辦法應付怒氣騰騰或哭哭啼啼的女人。我可以感覺我老爸的怒氣以一種最醜惡的方式，慢慢湧上心頭。愛咪可以做見證。她絕對會告訴你，如果她在這裡的話。

我看著瑞德和瑪莉貝絲，過了一會兒，他們才看到我。我心想，他們不知道會多麼生我的氣。我拖了好久才打電話給他們，這種行爲簡直不可原諒。因爲我的怯懦，那個打網球的夜晚將永遠烙印在我岳父岳母的心中：夜晚氣候溫煦，黃色的網球沿著球場懶懶跳動，網球鞋吱吱作響，他們度過一個尋常的星期四夜晚，在此同時，他們的女兒卻行蹤不明。

「尼克，」瑞德・艾略特看到我，打聲招呼。他向前跨了三大步，朝我走來，我等著他打我一拳，他卻用力地擁抱我，感覺迫切。

「你還好吧？」他對著我頸邊悄悄說，然後開始搖搖晃晃，最後大聲吞了一口口水，壓下啜泣，緊緊抓住我的手臂。「我們會找到愛咪，尼克，我們絕對找得到，我們要有信心，好嗎？」瑞德．艾略特睜大藍色的雙眼，繼續直直瞪了我好幾秒，然後再度失控——他像個女孩子似地驚叫三聲，聽起來像在打嗝——瑪莉貝絲走到我們中間，把臉埋進她先生的臂彎。

我們鬆手時，她抬頭看我，一雙大眼睛充滿驚恐。「這只是——只是一場該死的惡夢，」她說。「尼克，你還好嗎？」

當瑪莉貝絲問起「你還好嗎」之時，她可不只是出於禮貌，而是嚴肅認眞，好像問了一個攸關存在的重大問題。她仔細端詳我的臉孔，我確定她正在觀察我，而且將會持續注意我每一個思緒和行動。艾略特一家人相信每一項特性都必須經過愼思、評量和分類。每一項特性都有意義，也都派得上用場。媽媽、爸爸、小女兒，一家三口全是擁有心理學博碩士學位的先進人士——他們早上九點之前思索的議題，比大部分人整個月想到的事情都多。我記得有一次晚餐，我婉謝一塊櫻桃派，瑞德頭一歪說：「啊哈！你提倡打破舊習，鄙棄單純、象徵性的愛國主義。」①我試圖一笑置之，表示自己也不喜歡櫻桃奶酥蛋糕，瑪莉貝絲聽了摸摸瑞德的手臂說：「因爲他爸媽離了婚。那些療癒心靈的舒食菜餚、全家人聚在一起享用的甜點，對於尼克而言，都只帶來悲傷的回憶。」

這些人站在那裡，花了那麼多精神試圖了解我，雖然有點愚蠢，卻是非常貼心。答案則是：我不喜歡櫻桃。

到了十一點半，警局已經一片鬧哄哄。電話響個不停，大夥隔著房間大喊大叫，一個女人忽然出現在我身邊，我始終搞不清她叫做什麼，只覺得她好像是個喋喋不休的搖頭娃娃，這時她卻湊到我身旁，我不曉得她已經在那裡站了多久：「……最重要的是，尼克，你必須請大家幫忙尋找愛咪，讓大家知道她的親人愛她，希望她回來。這一切將受到嚴格管控，尼克，你必須——尼克？」

「是的。」

「大家會想要聽聽她先生做個簡短聲明。」

小戈從房間另一頭衝向我。她先前開車送我到警局，然後過去酒吧，停留半小時處理事情，這會兒她又回來，而且一副她已經拋棄我一星期的模樣。她穿梭於一張張桌子之間，悄悄忽略那位顯然奉命帶她過來的年輕警員，表現得相當有尊嚴。

「目前爲止還好嗎？」小戈邊說邊伸出一隻手臂緊緊抱我一下，算是哥兒們的擁抱。鄧恩家的小孩不太懂得擁抱，小戈的大拇指剛好貼在我右胸的乳頭上。「我眞希望老媽在這裡，」她輕聲說，而我也正這麼想。「沒有消息嗎？」她抽開身子的時候說。

「沒有，他媽的，沒有——」

「你看起來好像不太舒服。」

「我他媽的難過極了。」我正要說我是個白癡，沒有聽從她的勸告，喝了太多酒。

「我也會把酒喝光，」她拍拍我的背。

「時間快到了，」公關女士說，她再一次神奇地冒出來。「就國慶日週末而言，出席率還算不錯。」她動手把我們大家趕向一個陰暗的會議室——鋁質百葉窗、金屬摺疊椅，以及一臉無聊的記者們——簇擁大家站上講臺。我一身半休閒的藍色衣裝，感覺像是一場二流研討會的三流主講人，對著臺下一群無處可去、時差調不過來、夢想著等一下要吃什麼午餐的觀眾們演講。但是我可以看到記者們一瞥見我——直言無妨：我這樣一個年輕、長得不賴的傢伙——精神馬上一振。然後公關女士把一塊背板海報擱在旁邊的畫架上，那是一張放大的照片，照片上的愛咪美得不可方物，那張臉孔幾乎讓人不斷自問：**她不可能那麼漂亮，是嗎？**她可能那麼漂亮，她確實那麼漂亮。我瞪著我老婆的照片，鎂光燈此起彼落，紛紛拍攝我凝視照片的模樣。我想到當初我在紐約街頭再度與她相逢的情景：我只看到金髮和她的後腦勺，但我知道那是她，而且我將之視爲一種徵兆。我這輩子看過上百萬顆人頭，但我知道在我前面搖搖晃晃、沿著第七大道前進的那顆人頭，正是愛咪漂亮的小腦袋。我知道那是她，而且我們會在一起。

鎂光燈一閃一閃，我把頭轉開，眼前冒出金星，感覺非常不眞實。人們總是如此形容一些不尋常的時刻。我心想：**X你娘，你們哪知道什麼叫做不眞實**。我的宿醉眞的愈來愈嚴重，左眼眼瞼像是心臟一樣抽動。

相機快門喀嚓作響，兩家人站在一起，大家的嘴巴全都抿成一條細線，只有小戈看起來勉強像個眞實人物，我們其他人全都像是占位子的紙人，一個個被人搬進來架在臺上。旁邊畫架上的愛咪，看起來較具臨場感。我們都看過這類記者會——只不過失蹤的是其他女人。這會兒我們被迫表演電視觀眾們預期的畫面：咖啡喝多了雙眼迷濛，手臂鬆軟下垂，一群擔心、但是抱著希望的家人。

有人報出我的名字；整個會議室不約而同輕呼一聲，語帶期盼。**好戲登場囉**。

後來看到電視播放時，我認不出自己的聲音，也幾乎認不出自己的臉孔。我一張臉喝酒喝得浮腫、軟趴趴，看起來像是貨眞價實的飯桶，剛好肉感到讓人覺得品行不端。我原先擔心自己講話會發抖，結果卻矯枉過正，字字句句發音清楚，好像正在朗讀股票新聞。「我們只希望愛咪平安回家……」支離破碎，完全不具信服力。我倒不如隨便念念數字算了。

瑞德·艾略特向前一步，試圖爲我解圍：「我們女兒愛咪是個乖巧、活潑開朗、生氣勃勃的女孩。她是我們的獨生女，聰明、美麗、親切和善。她眞的是神奇的愛咪。我們想要她回來，尼克想要她回來。」

他伸出一隻手搭在我肩上，拭去眼中的淚水，我不由自主地全身僵硬，耳邊又響起我老爸的聲音：男兒有淚不輕彈。

瑞德繼續說：「我們都想要她回到她所屬之地，和她的家人團聚。我們已經在Days Inn設立指揮中心……」

新聞報導將顯示失蹤女子的先生尼克·鄧恩生硬地站在他岳父旁邊，兩隻手臂交疊在胸前，眼睛炯炯有神，愛咪的雙親低頭啜泣之時，他幾乎是一臉無聊。更糟糕的還在後頭。長久以來，我一直覺得自己必須提醒大家，儘管我一臉傲慢，眼光冷硬，看似混蛋，但我其實是個好人，不是混帳東西。

因此，當瑞德苦苦籲請女兒平安返家之時，我竟然不由自主、冒出一個迷死人的微笑。

---

①蘋果派是最具代表性的美式甜點，瑞德認爲尼克婉謝櫻桃派，藉此抗議以蘋果派代表美國。

愛咪・艾略特・鄧恩

二〇一〇年七月五日

日記一則

我不會責怪尼克。我不責怪尼克。我拒絕——拒絕！——變成某個噘著小嘴、吱吱尖叫、滿懷怒氣的女孩。當初嫁給尼克之時，我對自己許下兩個承諾。第一：我絕對不會要求他做出跳舞小猴的舉動。第二：當他問我是否介意時（比方說：**妳介不介意我在外面待晚一點**，或是：**妳介不介意我和我的哥兒們共度周末**，或是：**妳介不介意我做些我感興趣的事情**），我絕對、絕對不會說：**嗯，我當然不介意**，然後因爲他做了那些**我不介意**的事情，而懲罰他。現在我卻擔心自己瀕臨危險邊緣，眼看著就要打破那些承諾。

但是嘛，今天是我們的結婚紀念日，我孤伶伶地待在我們的公寓裡，臉上沾滿了淚水而緊繃，因爲**啊**，唉，因爲今天下午，尼克留話給我，我已經知道沒好事，我剛聽到他的留言就心知肚明，因爲我聽得出來他從手機打電話給我，我也可以聽到背後男人們在說話。他講得吞吞吐吐，好像試圖決定該說什麼，然後我聽到他那種坐在計程車裡、模糊不清的聲音，顯然已經喝酒喝得頭昏腦脹、講話黏答答。我知道我會生氣——我呼吸加快，嘴唇愈閉愈緊，肩膀上揚，心中浮起那種**我絕對不要生氣，但是我會忍不住冒火**的感覺。男人了解那種感覺嗎？你不想生氣，但是你有必要動怒，幾乎不得不動怒。爲什麼呢？因爲一個合理、完善的規則被打破了。或許不該用「規則」二字。說不定「協議」或是「禮節」比較恰當。但是不管是規則、協議或是禮節，意思全都是「我們的結婚紀念日」。我了解、我眞的了解，我們的結婚紀念日之所以被毀，理由其實非常正當。謠言果然屬實：尼克的雜誌社解聘了十六位寫手，等於是三分之一的員工。尼克這回逃過一劫，但是他當然覺得必須請其他同仁出去喝得爛醉。這些大男人擠進計程車裡，前往第二大道，假裝什麼都不怕。其中幾個人返家回到太太身邊，但是令人訝異地，大部分的人決定逗留在外。我們結婚紀念日的晚上，尼克八成請這些男人喝酒，大夥上脫衣舞夜店和庸俗的酒吧，和二十二歲的辣妹打情罵俏（**我這個朋友剛被炒魷魚，需要人家抱抱**）。尼克請大家再喝一輪之時，這些失業傢伙會盛讚尼克是個大好人，但尼克的信用卡卻是由我付款。在我們的結婚紀念日，尼克會玩得非常開心，但他在留言中提都沒提，反而只說：**我知道我們約好了做些事情，但是……**。

我表現得相當女孩子氣。我只是以爲尋寶遊戲將是我們的傳統：我已在城市各處留下小小的愛情訊息，張張點醒我們過去一年共度的時光。我的尋寶遊戲。中央公園附近有座羅伯特·印第安納的LOVE雕塑，我用膠帶把第三則線索貼在V的凹處，這會兒我可以想像紙條從膠帶上脫落，明天，某個一臉無聊、跟在父母後面踉蹌而行的十二歲小觀光客將撿起紙條，讀一讀、聳聳肩、隨手一扔，紙條便像泡泡糖的包裝紙一樣隨風飄逝。

尋寶遊戲原本將會完美落幕，但這下卻不算什麼。我送他一個做工精美的復古公事包，公事包是皮製的，因爲結婚三周年是皮婚。但是目前尼克的工作稱不上愉快，在這種情況下，送給他一件與工作相關的禮物，或許不是一個好點子。我們的廚房裡有兩隻龍蝦，正如往常。或說感覺應該像是正如往常。龍蝦在木箱裡面恍恍惚惚地亂爬，我必須打個電話給媽媽，問一問能不能明天再處理，或者我得勉強走進廚房，睜著喝酒喝得迷迷糊糊的雙眼，試圖和龍蝦搏鬥，無緣無故地把龍蝦丟進鍋裡烹煮。我正動手殺死兩隻龍蝦，而我甚至不吃龍蝦。

爸爸打電話祝我們結婚紀念日快樂，我拿起電話，我原本打算裝出沒事的樣子，結果一開始說話就哭了出來——我像個小女孩一樣邊說邊哭，嗚哇哇哇，稀哩嘩啦，可怕極了——因此，我不得不告訴爸爸怎麼回事。他說我應該開一瓶酒，借酒澆愁一番。爸爸始終贊同任性一下，縱容自己不開心。儘管如此，尼克如果知道我告訴爸爸，肯定老大不高興，而爸爸當然會表現出慈父的模樣，拍拍尼克的肩膀說：「尼克，我聽說你在你們的結婚紀念日碰到緊急狀況，非得出去喝酒不可，」然後輕笑兩聲。因此，尼克會曉得，而且他會生我的氣，因爲他想讓我爸媽認爲他很完美——當我敘述種種事情、告訴我爸媽他是一個零缺點的女婿時，他總是露出燦爛的笑容。

除了今晚之外。我知道、我知道，我表現得相當女孩子氣。

清晨五點，太陽緩緩升起，日光幾乎像是戶外剛要熄滅的街燈一樣明亮。我始終喜歡看著街燈一閃一閃地熄滅，失眠的時候，有時我會強迫自己起床，黎明時分穿過街道，一盞盞街燈全都啪地一聲熄滅，我始終感覺自己見證了某種特別的景象。喔，街燈全都熄了！我好想大聲宣告。在紐約市區，清晨三、四點並不是最安靜的時刻——太多夜店的酒客在街上遊蕩，大夥一邊跌跌撞撞坐上計程車、一邊大聲呼叫對方，要不就是一邊對著手機大喊大叫、一邊猛抽上床休息之前的最後一支香菸。清晨五點才是最美好的時光，在這一刻，高跟鞋喀嗟喀嗟踏在街上，聽起來帶點挑逗。人們全都窩在家中，整條街都屬於你。

事情的經過如下：尼克剛過四點回到家中，身上帶著啤酒、香菸和炒蛋的味道，醞釀出一股臭味。我還沒睡，等著他回家，我看了一晚上的《法網遊龍》①腦中依然亂哄哄。他坐到我們的椅凳上，瞄了一眼桌上的禮物，一句話都沒說。我回瞪他一眼，他顯然連隨便說聲道歉都不肯——嗨、對不起、今天一團糟。我只要他乾乾脆脆地承認，這樣就好了。

「已經過了一天，我還可不可以說結婚紀念日快樂？」我開口。

他嘆了一口氣，沉重之中隱隱帶著怒氣。「愛咪，我從來沒有過得那麼糟糕，拜託不要再添加我的罪惡感。」

尼克跟著一個從來不會道歉的爸爸長大，因此，當他覺得自己把事情搞砸之時，他便擺出攻擊的姿態。我知道這一點，通常也可以耐著性子熬過去。沒錯，通常。

「好，我只想說結婚紀念日快樂。」

「結婚紀念日快樂。妳想說什麼？我的混帳老公在這個大日子無視我的存在？」

我們靜靜坐了一分鐘，我的胃揪成一團，我不想當壞人，我不應該得到這種待遇。尼克站了起來。

「嗯，昨晚還好嗎？」我冷冷地問。

「昨晚還好嗎？他媽的，昨晚糟透了。我有十六個朋友丟了工作，狀況實在淒慘，再過幾個月，說不定我也會被解聘。」

朋友？跟他出去的那些男人之中，其中一半甚至讓他看不順眼，但我什麼都沒說。

「我知道現在感覺相當慘淡，尼克，但是——」

「對妳而言不算慘淡，愛咪，不，妳永遠不會感覺慘淡。但是對我們其他人而言？那就非常不一樣。」

老調重彈。尼克憎惡我始終不必爲了金錢煩惱，將來也不必擔心缺錢。他覺得這讓我變得比任何人都心軟，我不能說他不對，但我確實有份工作，打卡上下班。我的一些女性朋友百分之百沒有上過半天班；她們帶著同情的語氣提到上班族，那種語氣就好像稱許一個胖女孩「臉蛋眞是清秀」。她們經常往前一靠，低聲說道：「喔、當然，艾倫必須工作，」好像表演諾耶爾．科沃德②的臺詞似地。她們沒有將我歸類爲「上班族」，因爲如果我想要的話，我隨時可以辭職。我可以把時間花在擔任義工、種花蒔草、慈善機構、居家裝潢，我可不認爲忙於這些事情有什麼不對，世間最美好、最優雅的事物，都是出自那些受到大眾蔑視的女人之手。但我有份工作。

「尼克，我跟你同一陣線。不管怎樣，我們都過得去。我的錢就是你的錢。」

「婚前協議書可不是這麼說。」

他醉了。他只有喝醉了才會提到婚前協議書，然後舊恨全都湧上心頭。我已經跟他說了幾百次：結婚協議書純粹是公事公辦。那不是爲了我，也不是爲了我爸媽，而是爲了我爸媽的律師。結婚協議書與我們無關，無關於我，也無關於他。眞的，這些話我已經說了幾百次。

他繞一圈走向廚房，隨手把他的皮夾和皺巴巴的鈔票扔在咖啡桌上，而且把一張紙條捏成一團，隨同一疊信用卡收據扔到垃圾桶裡。

「尼克，你這樣說眞是差勁。」

「愛咪，那種感覺才叫做差勁。」

他走到我們的吧檯——腳步凝重，小心翼翼，一副醉漢的模樣——竟然又幫自己倒了一杯酒。

「你會害自己不舒服，」我說。

他對我揮揮酒杯，意思是叫我少管閒事。「愛咪，妳就是搞不懂，妳根本無法了解。我從十四歲就拚命工作，我沒有參加他媽的網球營、寫作班、SAT補習班，以及紐約市其他人顯然都參加過的各種狗屎課程，因爲我在購物中心擦桌子、幫人割草、開車遠赴漢尼拔、爲了觀光客裝扮成他媽的哈克貝利，半夜還得洗刷漏斗蛋糕的炸鍋。」

我有股大笑的衝動，眞的想要捧腹大笑。尼克說不定會受到這種笑聲的感染，兩人隨即同聲大笑，這些爭執也將被拋在腦後。他已經一再陳述那些卑微的工作。身爲尼克之妻始終讓我想到一點：人們爲了錢，不得不做些差勁的事情。自從嫁給尼克之後，我總是跟那些裝扮成各式食品的打工族揮手致意。

「我必須比雜誌社任何一個人更加努力，甚至只是爲了得到這份工作。二十年了，爲了達到目前的地位，我已經工作了二十年，現在一切都將落空，而且我不知道自己還有什麼謀生技能，他媽的，除非我搬回家，繼續當個與世無爭、自給自足的大老粗。」

「你說不定年紀太大、不能裝扮成哈克貝利，」我說。

「X你娘的，愛咪。」

然後他走進臥室。他從來沒和我說過這種髒話，但是他卻說得好順口，以至於我不得不猜想——而我之前從來不曾做此猜想——他已經想要這樣罵我，說不定想了好多次。我從來沒想過自己會成爲那種被先生幹譙的女人。我們曾經發誓絕對不帶著怒氣上床。妥協、溝通、永遠不帶著怒氣上床——所有新婚夫妻總是一再聽聞這三個忠告。但是最近似乎只有我做出妥協，我們的溝通解決不了任何問題，而且尼克總是帶著怒氣上床。他有辦法收斂他的情緒，就像關掉水柱一樣。

然後我克制不了自己，即便那不關我的事，即便尼克如果知道了肯定大發脾氣：我走到垃圾桶旁邊，掏出那些信用卡收據，這樣一來，我才可以想像他整個晚上去了哪些地方。兩家酒吧，兩家脫衣舞夜店。我可以想像他在每個地方都跟他的朋友們提到我，因爲他八成已經跟他們講過我，如此一來，他才可以隨口諷刺我、抹黑我、貶低我，說得順口極了。我想像他們在一家比較高檔的脫衣舞夜店——那一類夜店奢侈優雅，讓男人們相信自己依然是天生的統御者，女人們應該服侍他們，店裡的音效故意做得很差，音樂劈劈啪啪震天響，這樣大家就無法交談——一個乳頭激凸的女人跨坐在我先生身上（而他宣稱這一切只是無傷大雅的玩笑），長髮披散到腰際，嘴唇上了亮光唇膏，濕潤光滑。但我不應該覺得受到威脅，不，那只是孩子氣的喧鬧，我應該一笑置之，我應該很有風度。

然後我攤開一張揉成一團的筆記簿白紙，看到一個女孩的字跡——漢娜——還有她的電話號碼。我但願這一切像是演電影，電影之中，女孩叫做蜜糖、斑比或是蜜絲蒂，而且在自己的名字上頭畫上兩顆紅心，感覺有點愚蠢，令人不屑。但是她叫做漢娜，是個實實在在的女孩，說不定跟我一樣。尼克發誓從來沒有對我不忠，但我知道他有很多機會。我可以問他誰是漢娜，但他會說：**我不知道她爲什麼把她的電話號碼給我，我不想失禮，所以我就收下**。這話或許屬實，或許是個謊言，他可能劈腿，而且始終瞞著我，甚至因爲我沒有發現，所以愈來愈看不起我。早餐之時，他看著我坐在餐桌另一頭，傻傻地咕嚕咕嚕吃著玉米穀片，心裡說不定想著我眞是個大笨蛋。他怎麼可能尊敬一個笨蛋？

這下我又哭了，手裡還握著寫了漢娜名字的紙條。

他只不過和哥兒們出去喝酒，我卻小題大做，好像滾雪球似地想像他劈腿、即將毀了我們的婚姻，這樣未免太女孩子氣，對不對？

我不知道我該怎麼做。我覺得自己像是一個言詞苛薄、嘮嘮叨叨的潑婦，或是一個逆來順受、忍氣吞聲的笨蛋——我不曉得自己是哪一個。我不想生氣，我甚至不知道我該不該生氣。我考慮是否去住旅館，換他擔心一下**我**在哪裡。

我在原地待了幾分鐘，然後深呼吸一下，走進我們瀰漫著酒氣的臥房。當我上床之時，他轉身面向我，把我抱到懷裡，他把臉埋到我的頸際，我們兩人不約而同、同時開口說：「對不起。」

①《法網遊龍》（*Law & Order*），美國播映季數最長的犯罪影集，一九九〇年開播，二〇一〇年停播，一共播出二十季。

②諾耶爾．科沃德（Noel Coward，1899-1973），英國著名劇作家、作曲家、導演、演員暨歌星，風格睿智辛辣，極富戲劇效果。

尼克・鄧恩

事發之後一日

鎂光燈大作，我趕緊板起臉孔，但是已經太遲了。我感覺一股熱氣直衝脖子，鼻尖冒出一顆顆汗珠。**愚蠢，尼克，愚蠢。**然後，當我正想重新振作時，記者招待會便宣告結束，我來不及爲大家留下其他印象。

我跟著艾略特夫婦走出去，更多閃光燈此起彼落，我低頭閃躲。幾乎走到出口時，吉爾賓快步走過房間，朝我走來，他揮手示意我停步：「尼克，你還眞是大忙人，對嗎？」

我們一邊走回後面的辦公室，他一邊向我說明最新發展：「我們察看了你們家附近那棟被人闖入的房子，看起來似乎有人曾在那裡暫住，所以派人過去採證。我們發現你們社區盡頭另一棟房子裡也有一些白住客。」

「沒錯，這正是我擔心的地方，」我說。「人們四處露宿，整個鎭上到處都是怒氣沖沖、沒有工作的人。」

直到一年之前，卡賽基是一個企業小鎭，而那個企業是「河路購物中心」。購物中心占地極廣，像個小型都市，曾經雇用四千名當地人，也就是卡賽基五分之一的人口。購物中心是個地標商場，一九八五年興建，目地在於吸引中西部的民眾前來購物。我依然記得開幕的那一天：我、小戈、老爸、老媽站在鋪了柏油的巨大停車場上，置身群眾的最後方，遠遠觀看各項慶祝活動——不管到哪個地方，我們的老爸總是想要很快就能脫身，即使是棒球比賽，我們也把車子停在出口旁邊，球賽進行到第八局就離開，可想而知，曬得紅通通、沾了一身芥末醬的小戈和我，老是氣呼呼地說：**我們永遠看不到結局**。這次我們照例站得遠遠地，此舉倒是明智，因爲這樣一來，我們盡覽活動的全貌：群眾站得不耐煩，不約而同把重心從一隻腳換到另一隻腳，市長站在一個紅、白、藍相間的講臺上，**驕傲**、**成長**、**繁榮**、**成功**等字眼轟轟隆隆向我們席捲而來，等著血拚的群眾有如戰場的士兵，手執塑膠封套的支票簿和拼布手提包，裝備齊全。大門一開，群眾湧入冷氣之中，大型商場播放的背景音樂隨之響起，面帶笑容的售貨人員恰好是我們的鄰居。我老爸那天甚至讓我們進去裡面瞧瞧，而且排隊幫我們買了柑橘冰沙，冰沙滿到溢出紙杯，冰涼的紙杯冒出一顆顆水珠。

其後的四分之一世紀，大家對於河路購物中心漸漸習以爲常。後來經濟不景氣，購物中心的店家紛紛關門大吉，最後整座商場終於倒閉，如今兩百萬平方呎的購物中心只剩下空蕩蕩的回音。沒有公司願意收購，沒有企業家承諾重振榮景，沒有人知道應該如何善後，或是那些曾在那裡工作的民眾下場如何，其中包括我那個被「歡樂皮鞋城」解聘的老媽——二十年來，她蹲蹲起起、搓搓揉揉、整理鞋盒、收拾微濕的絲襪，結果不聲不響就被解聘。

基本而言，購物中心一垮臺，卡賽基跟著破產。人們丟了工作，失去房屋。沒有人認爲短期之內情況將會有所改善。**我們永遠看不到結局**。只不過這次小戈和我似乎看得到結局。我們全都看得到。

「破產」一詞恰好符合我的心態。過去幾年來，我始終感到無趣。倒不是發牢騷，好像一個好動的小孩覺得不耐煩（即便我比一個靜不下心的小孩好不到那裡去），而是一股深沉、籠罩在心頭的抑鬱。我覺得一切了無新意，我們似乎再也無法發掘任何新鮮事物，整個社會完全缺乏原創性（但是就連這種批判之詞也了無新意）。有史以來頭一遭，我們看到的一切都是重播再製，而非首度聽聞。我們呆呆看著世界奇景，感到百般乏味。蒙娜麗莎的微笑，埃及金字塔，帝國大廈，叢林猛獸襲擊，上古冰河崩裂，火山爆發，在我的記憶之中，任何一件我直接看到、聽到的奇聞妙事，全都讓我聯想到電影、電視，或是他媽的廣告，就像那句聽煩了的陳腔濫調：看……看……看過囉。說眞的，我全都看過了，但是最糟糕、最令我光火的是：二手體驗的感覺更佳。影像更加清晰，景觀更加敏銳，攝影機的角度和原聲帶音樂操控我的情感，現實再也無法與之匹敵。時至於此，我不知道我們是否依然具有人性。我們大多跟著電視和電影長大，現在又多了網際網路。若是受到背叛，我們知道該說什麼；當心愛的人過世，我們知道該說什麼；如果想要耍帥、裝傻，或是擺出自以為是的模樣，我們知道該說什麼。我們全都遵照同一套破舊的劇本演戲。

在這個時代，你若想要當個眞實的人，以你眞實的面目示人，而不是從難以計數、自動擇取的人格特質之中挑選一套面具，實在相當困難。

然而，如果我們全都假扮某種角色，那麼就沒有所謂的「心靈伴侶」，因爲我們沒有眞實的心靈。

我已經無聊到一切都無所謂的地步，因爲我不是一個眞實的人，其他人也全都不眞實。

若能再度感到眞實，我做什麼都願意。

吉爾賓把我帶到昨天晚上進行偵訊的那個房間，他推開房門，桌子中央擺著愛咪的禮物。

我瞪著桌子中央那個閃閃發亮的禮物，在這個新的場景中，禮物讓人感覺大難即將臨頭，一股懼意徐徐降臨在我心頭，我先前爲什麼沒有發現禮物？我應該發現的。

「打開吧，」吉爾賓說。「我們先前就想請你看看。」

我謹愼地打開盒子，好像盒裡說不定會冒出一顆頭顱。我發現盒裡只有一個粉藍色的信封，上面寫著：第一則線索。

吉爾賓假兮兮地笑笑。「我們正在偵查一樁失蹤人口的案子，這會兒居然發現一個標註著第一則線索的信封。你想想，我們是多麼困惑喔。」

「這是尋寶遊戲，我太太——」

「沒錯，爲了你們結婚紀念日設計的。你岳父提過了。」

我打開信封，掏出一張紙質厚重的天藍色信紙——愛咪慣用的文具——信紙對摺。一股苦澀慢慢爬上我的喉頭。這些尋寶遊戲始終象徵單單一個問題：愛咪是誰？（我老婆在想些什麼？過去一年當中、什麼對她最重要？哪些時刻讓她最快樂？愛咪、愛咪、愛咪，讓我們想想愛咪。）

我咬緊牙根，閱讀第一則線索。有鑑於我們過去一年的種種不快，這個線索肯定會讓我像個壞蛋。我可不需要更多事情詆毀我的形象。

我想像自己是你的學生，
老師又是如此英俊聰穎
我的心智爲之敞開（更別說我的雙腿！）
倘若我是你的學生，你不必送上鮮花
或許只要在你的輔導時間安排一次淘氣的約會
所以囉，趕快動手吧，請你趕緊安排
這次讓我教你兩、三招。

這則線索揭示出一道另類生命軌跡。如果事情依照我老婆的想像發展，昨天當我閱讀這則線索的時候，她八成在我附近晃來晃去，一臉期待地看著我，整個人散發出企盼之情，好像發燒似地：**拜託，你一定要看得懂，拜託，你一定要了解我。**

最後她會說：**你說呢？**我會說：

「喔，我居然看懂了！她說的一定是我的辦公室。我在一所專科學院教書，我是那裡的兼任教授。嗯，沒錯，她說的一定是我的辦公室，對不對？」我瞇起眼睛，又讀了一次。「她今年放我一馬。」

「你要不要我開車載你過去？」吉爾賓說。

「不了，我開小戈的車。」

「那麼我就跟車。」

「你覺得這則線索很重要？」

「嗯，這則線索顯示出她失蹤之前一、兩天到過哪些地方，因此，並不算不重要。」他看看信紙。「這樣很貼心，你知道吧？尋寶遊戲，好像電影的某些情節。我太太和我交換卡片，說不定出去吃頓飯，你們夫妻保持浪漫，聽起來是做對了。」

然後吉爾賓低頭看看鞋子，臉上微微一紅，搖搖車鑰匙，走了出去。

專科學院做做樣子，配給我一間小辦公室，空間只容得下一張桌子、兩張椅子和幾個書架。吉爾賓和我慢慢穿過暑期班的學生們之間，學生們有些年輕得不像話（小伙子一臉無聊，但是雙手可沒閒著，人人忙著傳簡訊或是點選音樂），有些年紀較大，神情熱切，我猜他們被購物中心解聘，試圖重尋事業的第二春。

「你教什麼？」吉爾賓問。

「新聞，雜誌新聞。」一個女孩邊走邊傳簡訊，忘了自己正在走路，幾乎撞到我懷裡。她退到一邊，頭抬也不抬，讓我覺得自己好像是個脾氣暴躁、叫人不要踩上我家草坪的老人。

「我以爲你已經離開新聞界。」

「一個人若是什麼都不會，就去……」①我笑笑說。

我打開門鎖，走進辦公室，我夏天沒有開課，已經好多個星期沒進辦公室，室內塵埃點點，充滿密閉空間的味道。我桌上擺著另一個信封，上面寫著：第二則線索。

「你的鑰匙一直掛在鑰匙圈上嗎？」吉爾賓問。

「是的。」

「這麼說來，愛咪可能借用你的鑰匙、開門進來？」

我撕開信封的一側。

「我們家裡有一副備用鑰匙。」愛咪將每樣東西備份——我容易亂放鑰匙、信用卡和手機，但我不想告訴吉爾賓，再度受到「家中小么兒」之類的話語嘲弄。「你爲什麼問這個問題？」

「噢，我只想確定她沒有麻煩……嗯、我不知道，工友或是某個人。」

「學校裡沒有惡夜鬼王弗萊迪之類的人物，這點我注意到了。」

「我從來沒看過那些電影，」吉爾賓回了一句。

信封裡有兩張對摺的紙條，其中一張畫著一顆心，另一張標示著線索。

兩張紙條。這倒是不一樣。我胃部一陣緊縮，天曉得愛咪打算說些什麼。我翻開畫著一顆心的那一張。我只願先前沒讓吉爾賓跟過來。然後，我看到開頭的幾個字。

我親愛的老公：

我想這裡是個最理想的場所——讓我在這個神聖的學習殿堂和你說一句：你真是一個聰穎的男人。或許我不常對你發出這種讚嘆，但是你的才智令我大為折服：你有辦法引述任何一部電影的臺詞，你選用最美麗的詞彙描述事物，你那些古怪的統計數據和軼事，你那些奇特的論據，你那敏捷的幽默感，在在令人心驚。相處多年之後，夫妻之間說不定忘了當初與對方相遇是多麼奇妙的一件事。我記得我們初識之時，你是多麼令我驚嘆，因此，我想在此和你說一聲：你依然令我驚嘆，而這正是你讓我激賞的一點：你真是**聰穎**。

我冒出口水，吉爾賓站在我背後朗讀，竟然嘆了口氣。「好貼心的一位女士，」他說。然後他清清喉嚨。「嗯、哈，這些是你的嗎？」

他用鉛筆末端的橡皮擦挑起一件女人的內褲（嚴格而言，那是一件性感小內褲——布料單薄、綴著蕾絲、顏色鮮紅的丁字褲——但是我知道女人聽到那個字眼就不舒服——你只要谷歌搜尋「**討厭／性感**小內褲」就曉得了）。內褲原本掛在冷氣的控制旋鈕上。

「喔、天啊，眞是不好意思。」

吉爾賓等我做出解釋。

「啊，愛咪和我有一次……嗯、你也讀了她的字條。我們……你知道的，有時你得添增一點情趣。」

吉爾賓咧嘴一笑。「喔、我懂了，好色的教授和淘氣的學生，我了解，你們兩個眞的做對了。」我伸手想要把內褲拿過來，但是吉爾賓已經從口袋裡拿出一個證物袋，悄悄把內褲放進去。「只是預防萬一，」他說，口氣令人難以理解。

「噢、請不要這麼做，」我說。「愛咪寧死也——」我發現自己說錯話，突然住嘴。

「別擔心，尼克，這只是正規程序，你絕對不敢相信我們必須遵守多少程序，只是以防萬一、只是以防萬一，荒謬極了。你的線索怎麼說？」

我又讓他站在我背後朗讀，他聞起來格外清香，令我分神。

「嗯，那是什麼意思？」他問。

「我不知道，」我說謊。

終於擺脫吉爾賓之後，我漫無目標地沿著公路行駛，這樣一來，我才可以使用我的可拋式手機打電話。無人應答。我沒留話。我又開了一會兒，好像我有任何地方可去似地。然後我掉頭，朝鎮上開了四十五分鐘，和艾略特夫婦在Days Inn碰面。我走進大廳，大廳裡擠滿了「薪資外包廠商協會」的會員——滾輪行李箱擱放在各處，行李箱的主人們啜飲小塑膠杯裡的免費飲料，大夥忙著交際拉關係，一邊扯著嗓門假笑，一邊從口袋裡摸出名片。我和四個男人一起搭電梯上樓，他們全都開始禿頭，身穿卡其褲和高爾夫球衫，鑰匙圈在婚後發福、圓滾滾的肚子旁邊晃來晃去。

瑪莉貝絲一邊開門，一邊拿著她的手機講電話；她朝著電視的方向比一比，輕聲對我說：「甜心，如果你想吃點東西，我們叫了冷食拼盤，」說完就走進浴室，把門帶上，依舊壓低嗓門說話。

幾分鐘之後，她走出浴室，剛好趕上聖路易市的五點鐘新聞，新聞一開始就是愛咪失蹤的消息。「照片選得太棒了，」瑪莉貝絲對著電視螢幕喃喃自語，愛咪從螢幕上回瞪我們。「大家會看到照片，會知道愛咪眞正的模樣。」

我覺得這張大頭照非常漂亮——愛咪曾經一度考慮進入演藝界，因而拍了這張正面半身照——但是令人不安。照片讓人覺得她果眞瞪著你，好像舊式鬼屋裡掛的肖像，眼珠子從左邊移到右邊，滾來滾去。

「我們應該給他們幾張未經修飾的照片，」我說。「幾張平常的生活照。」

艾略特夫婦一前一後地點頭，但眼睛依然盯著電視，什麼都沒說。報導結束之後，瑞德打破沉默：「我覺得好難過。」

「我知道，」瑪莉貝絲說。

「尼克，你還好吧？」瑞德問道，他身子往前一彎，雙手搭在膝蓋上，好像準備從沙發上站起來，但他依舊沒有起身。

「老實說，我感覺糟透了，我覺得自己眞是沒用。」

「你知道吧，尼克，我非得問一問不可，你雇了哪一些人？」瑞德終於站起來。他走到迷你吧檯旁邊，幫自己倒了一杯薑汁汽水，然後轉身對我和瑪莉貝絲說：「有誰想要喝點什麼嗎？」我搖搖頭；瑪莉貝絲想要一杯蘇打水。

「要不要加點薑汁汽水，寶貝？」瑞德問道，說到最後兩字的時候，他低沉的聲音上揚。

「嗯，當然，好的，謝謝。」瑪莉貝絲閉上眼睛，整個人往前一傾，把臉埋在雙膝之間；然後她深深吸口氣，恢復和先前一模一樣的姿態，好像只是做個瑜伽練習。

「我已經列出每個人的名字交給警方，」我說。「但是這一行相當乏味，瑞德，我覺得酒吧不值得訪查。」

瑞德伸手抹抹嘴巴，然後沿著臉頰往上搓揉，兩頰的肌肉被擠壓到眼睛四周。「你說的沒錯，尼克，我們也已列出和我們有生意往來的人，知會警方。」

瑞德和瑪莉貝絲始終把《神奇的愛咪》稱爲「事業體」，從表面而言，我一直覺得這種說法有點愚蠢：這套作品是童書，主角是個完美的小女孩，小女孩出現在每一本封面上，看起來好像把我的愛咪畫成卡通人物。但是《神奇的愛咪》當然是個事業體，而且規模相當龐大（或說曾經相當龐大）。過去二十年來，《神奇的愛咪》童書系列大多時候都被選爲小學教材，最主要是因爲每一章後面附有測驗題。

比方說，三年級的時候，神奇的愛咪逮到她的朋友布萊恩餵班上的烏龜吃了太多東西，她試圖和他講道理，但是當布萊恩堅持多餵一口之時，愛咪不得不向老師告發：「提勃爾太太，我不想打小報告，但是我不確定應該怎麼做。我試過私下跟布萊恩談談，現在……我猜我說不定需要大人的幫忙……」結果引發以下狀況：

1）布萊恩和愛咪說她是一個不值得信賴的朋友，從此不和她說話。

2）愛咪生性害羞的朋友蘇西說，愛咪不應該告訴老師；愛咪應該趁布萊恩沒有注意的時候，偷偷把食物撈出來。

3）愛咪的宿敵喬安娜說愛咪感到忌妒、只想自己負責餵養烏龜。

4）愛咪拒絕放棄原來的主張——她覺得自己那樣做是對的。

誰是對的？

嗯，答案很容易，因爲愛咪永遠是對的，在每一個故事裡都是如此。（你別以爲我和眞實的愛咪吵架時沒有提到這一點，因爲我確實提過，而且不只一次。）

這些測驗題應該可以探測出孩童的人格特質，測驗題由**兩位心理學家親筆撰寫，而且他們都是父母，就和諸位一樣**！您的小孩是一個無法接受被糾正的愛哭鬼、如同書中的布萊恩？或者是一個沒有骨氣的推動者、如同書中的蘇西？或者是一個愛惹麻煩的煽動者、如同書中的喬安娜？或者是一個完美無瑕的乖小孩、如同書中的**愛咪**？在爲數日增的嬉皮父母們之中，《神奇的愛咪》童書系列極爲風行，儼然成爲親子教育的搶手工具，養育下一代的益智經典。艾略特夫婦賺了大錢，曾有一時，全美各小學的圖書館據說都有一本《神奇的愛咪》。

「你是不是擔心這事說不定和《神奇的愛咪》有關？」我問。

「我們確實認爲有幾個人值得追查，」瑞德開口。

我假裝咳嗽，藉此掩飾笑聲。「你覺得茱迪斯．薇奧斯特爲了亞歷山大綁架愛咪，這樣一來，亞歷山大才有機會更常在《可怕糟糕的一天》②之中露面？」

瑞德和瑪莉貝絲不約而同對我露出又驚訝又失望的表情。我這話說得非常差勁，令人作嘔——最近我始終選在不當的時刻冒出不當的念頭，好像腦袋不由自主地放屁。比方說，我一看到我那位警察朋友邦妮，馬上不由自主地輕哼〈瘦巴巴的莫洛麗〉③。隆妲警探告知警方沿著河流搜索我失蹤的老婆，我聽著聽著，腦袋裡居然轟轟響起一句歌詞：**她瘦得和一條通心粉一樣**。**防衛機制**，我告訴自己，**這只是古怪的防衛機制**。我眞希望自己能夠制止。

我小心翼翼地調整一下雙腳的位置，戒慎緊張地開口說話，好像我的話語是一疊搖搖欲墜的精美瓷器。「對不起，我不知道我爲什麼說出這種話。」

「我們都累了，」瑞德解釋。

「我們會請警方逮捕薇奧斯特，」瑪莉貝絲也試圖緩頰。「還有那個賤人貝芙莉．克里瑞④。」聽起來不太像是開玩笑，反而比較像是諒解。

「我想我應該告訴你們，」我說。「就警方的立場而言，在這類的案子裡，他們通常——」

「先從丈夫著手，我曉得，」瑞德打斷我的話。「我和他們說他們在浪費時間，他們問我們的那些問題——」

「相當唐突，」瑪莉貝絲接口。

「這麼說來，他們已經向你們問起我？」我走向迷你吧檯，隨手幫自己倒了一杯琴酒。我連喝三大口，馬上感覺更糟。我的胃部一陣翻騰，胃汁幾乎直衝食道。「他們問了哪些事情？」

「你可曾打傷愛咪、愛咪可曾提過你威脅她？」瑪莉貝絲一一列舉。「你花不花心？愛咪可曾提過你對她不忠？因爲愛咪會質問你，對不對？我和他們說我們可沒有撫養出一個逆來順受的女兒。」

瑞德伸出一隻手搭在我肩上。「尼克，我們應該告訴他們，首先，我們知道你絕對不會傷害愛咪。我甚至告訴警方你在海灘小屋解救了一隻小老鼠，眞的，我和他們說你把小老鼠從黏鼠板上放下來。」他仔細看看瑪莉貝絲，好像她不曉得這回事似地，瑪莉貝絲順著他的意，馬上表達高度專注。「你花了一小時試圖把那個該死的東西逼到角落，然後開車把牠送到郊外，眞的，我一點都不誇張，這聽起來像是一個會傷害自己太太的人嗎？」

我忽然湧起一股強烈的罪惡感與自憐。一時之間，我以爲自己說不定終於放聲一哭。

「我們愛你，尼克，」瑞德說，最後再捏捏我的肩膀。

「我們眞的愛你，尼克，」瑪莉貝絲附和。「你是我們的兒子，除了愛咪失蹤之外，你還得應付這種……涉嫌的陰影，我們眞的非常抱歉。」

涉嫌的陰影，我不喜歡這種措辭。例行訊問或是形式上的調查，聽起來順耳多了。

「他們確實質疑那天晚上你在餐廳的訂位，」瑪莉貝絲邊說，邊瞄我一眼，眼神過度隨意，欲蓋彌彰。

「我的訂位？」

「警方說你告訴他們你在休士頓餐館訂了位，他們查了一下，餐廳卻沒有你的訂位紀錄。他們對於這點似乎非常感興趣。」

我沒有在餐廳訂位，也沒有準備禮物。因爲如果我計畫在那天動手殺害愛咪，那天晚上就無需訂位，也不必購買一樣我永遠無需致贈的禮物。這些都證明我是一個極度實際的殺手。

我的確非常實際——我的朋友們絕對可以告訴警方這一點。

「啊、不，我始終沒有訂位，他們一定搞錯了，我會和他們說。」

我頹然坐到瑪莉貝絲對面的沙發上。我不想再讓瑞德碰我。

「噢、好、好，」瑪莉貝絲說。「她……她今年有沒有幫你設計尋寶遊戲？」她的眼眶又紅了。「在她……失蹤之前。」

「有，他們今天交給我第一則線索。吉爾賓和我在我任教的辦公室找到第二則，我還在試圖想出那是什麼意思。」

「我們可以看一看嗎？」我岳母問。

「我沒有帶在身邊，」我撒謊。

「尼克，你……你會盡力想出來，對不對？」瑪莉貝絲問。

「我會，瑪莉貝絲，我會想出來。」

「我只是不想看到她經手的東西被留在那裡，孤伶伶地——」

我那支可拋式手機響了，我很快瞄了一眼來電顯示，然後把手機關掉。我必須處理掉這個東西，但是現在還不行。

「尼克，每通電話你都應該接聽，」瑪莉貝絲說。

「我知道誰打電話來——只是大學校友會向我募款。」

瑞德走到沙發旁，在我身邊坐下。老舊、過度使用的沙發墊被我們的重量壓得垮下去，結果我們倒向對方，手臂貼著手臂，瑞德倒是不介意，他是那種一接近你、馬上讓你知道我會給你一個擁抱的男人，即使你或許不想讓他抱抱。

瑪莉貝絲繼續提到《神奇的愛咪》事業體：「我們確實認為她可能被某個狂熱的書迷綁架。」她轉向我，好像提出辯護。「這些年來我們碰到不少狂熱分子。」

愛咪始終喜歡追憶那些為她癡迷的男人。我們結婚之後，她不時一邊小酌一邊描述那些跟蹤狂，語氣沉靜而肅穆——那些男人依然存在，始終想著她、渴望得到她。我猜這些故事有點誇大：男人們造成威脅，但是危險的程度始終恰恰好——足以讓我擔心她的安危，但是不足以讓我們請求警方協助。一言以蔽之，愛咪營造出一個假想的世界，在那個世界中，我是個胸肌鼓脹的英雄，捍衛她的名譽，愛咪想要扮演一個年輕閨女，只不過她太獨立、太摩登，以至於不願承認。

「最近呢？」

「最近沒有，」瑪莉貝絲咬咬下唇說。「但是她高中的時候，我們碰過一個心理極度不正常的女孩。」

「怎麼不正常？」

「她纏著愛咪不放。這麼說吧，她沉迷於《神奇的愛咪》。這個女孩叫做希拉蕊．韓迪，她以愛咪最要好的朋友蘇西爲榜樣，剛開始滿可愛的，然後她似乎覺得這樣還不夠——她想要成爲神奇的愛咪，而不是死黨蘇西。因此，她開始模仿**我們**愛咪。她把頭髮染成金色，打扮得像是愛咪，在我們紐約的家裡附近晃來晃去。有一次我走在街上，她忽然跑向我，這個奇怪的小女孩啊，她居然勾住我的手臂說：『我要當妳的女兒，我要把愛咪殺了，當你們的愛咪。因爲你們覺得無所謂，對不對？你們只要有**一個愛咪**就行了。』她那種口氣，好像我們的女兒是故事書的人物，可以讓她重新改寫。」

「我們終於對她發出禁制令，因爲她在學校把愛咪推下樓梯，」瑞德說。「她的心理極度不正常，那種心態不會消失。」

「然後是戴西，」瑪莉貝絲說。

「還有戴西，」瑞德說。

連我都知道戴西。愛咪以前就讀麻薩諸塞州一所叫做「威克夏學苑」的寄宿學校——我看過那些照片，照片中的愛咪身穿網棍球的裙子，戴著髮箍，背景永遠是秋天的顏彩，好像學校不是位居一個小鎮，而是存在於秋意盎然的十月。戴西．柯林斯就讀的那所寄宿男校，通常和愛咪的學校配對。根據愛咪的講述，戴西是個蒼白、浪漫的男孩，交往過程中，他們做了種種寄宿學校男女朋友常做的事情：在冷颼颼的足球場看球，在暖烘烘的大禮堂跳舞，他爲她別上紫丁香胸花，坐上古董積架汽車出遊。每件事情都染上一點中世紀的色彩。

愛咪和戴西交往了一年，而且相當認眞。但是她開始察覺他有些不對勁：他講話的口氣好像他們已經訂婚，也知道他們會生幾個小孩、以及孩子們的性別。他們會生四個小孩，而且全是男孩，恰似戴西自己的家庭，聽了令人起疑。當他帶他媽媽過來見見愛咪之時，愛咪眼見柯林斯太太和自己長得非常像，心中更是不安。這位上了年紀的女士冷冷地親吻她的臉頰，在她耳邊靜靜地、悄悄地說了一句：「祝妳好運。」愛咪聽不出來那是警告、還是威脅。

愛咪和戴西分手之後，他依然逗留在威克夏學苑的校園之中，身披灰暗的外套，靠在光禿禿的橡樹上，好像冬天的鬼影。二月的一個晚上，愛咪參加派對回來之後，發現戴西全身赤裸躺在她的床上，整個人昏昏沉沉，看似輕度嗑藥過量。不久之後，他就離開寄宿學校。

但他依然打電話給她，甚至持續到現在。除此之外，他每年寄給愛咪好幾封信，愛咪總是把那些厚厚的信封拿給我看，然後拆也沒拆就扔進垃圾桶。信封上的郵戳是聖路易市，距離此地四十分鐘車程。「這只是一個可怕、悲慘的巧合，」她和我說。戴西的媽媽來自聖路易市，她知道這一點，但是懶得多問。我曾經翻尋垃圾，撿回一封信讀一讀，信封沾了奶油白醬，觸感黏膩。信件的內容極度無趣：網球、旅行，以及其他學院雅痞們做的事情，筆調阿諛奉承。我試圖想像這位瘦高的男士、這個戴著領結、鼻梁上架著龜殼鏡框的傢伙，飛快衝進我們家，緊緊抓住愛咪精心修飾的柔軟手指，把她塞進他那部高級古董車的車廂，帶著她……前往佛蒙特州覓購古董。戴西，誰會相信可能是戴西？

「其實戴西住的地方離這裡不遠，」我說。「他在聖路易市。」

「嗯，你看吧？」瑞德說。「警方爲什麼沒有馬上展開追查？」

「總得有人追查，」我說。「我會過去一趟，明天搜尋活動之後，我馬上過去。」

「警方顯然認爲嫌犯……就在附近，」瑪莉貝絲說。她的目光停駐在我身上，瞪得稍微久了一點，然後身子輕輕顫動，好像想要甩掉心中的念頭。

① 尼克想說的是：「He who can't do, teaches.」意思是一個人若是無法專精於自己的行業，就去教書算了。

② 茱迪斯・薇奧斯特（Judith Viorst，1931- ），美國記者、心理分析家、童書作家。她以亞歷山大爲主角寫了一系列童書，最出名的是一九七二年出版的繪本*Alexander and the Terrible, Horrible, No Good, Very Bad Days*。

③〈瘦巴巴的莫洛麗〉（Bony Moronie），原唱者爲賴利・威廉斯（Larry William），約翰・藍儂也曾翻唱，歌曲中提到一個皮包骨的女孩莫洛麗：「I got a girl Bony Moronie……」，「Bony」和警探隆妲・邦妮的姓氏「Boney」發音近似，因此，尼克一看到邦妮警探就聯想到這首歌曲。

④ 貝芙莉・克萊瑞（Beverly Cleary，1916 - 2001），美國著名童書作家。

愛咪・艾略特・鄧恩

二〇一〇年八月二十三日

日記一則

夏季時分。小鳥成群。陽光普照。我在展望公園閒逛了一整天，皮膚曬得軟綿綿，骨頭都快散了。我與失意搏鬥，情況稍有進展，因爲過去三天，我身穿同一套硬邦邦的睡衣窩在家裡，成天虛擲光陰，等到下午五點小酌一杯，想想達佛的人民吃了多少苦。看事情的角度要宏觀，不要局限於現況。唉，我猜這套說詞，只是更加剝削達佛的人民。

過去這個星期發生好多事情，而且全都同時發生，我想就是因爲這樣，所以造成一些感情創傷。尼克一個月之前遭到解聘。經濟不景氣據說漸漸減緩，但是似乎沒有人知道這一點，因此，尼克在第二波裁員的時候丟了工作，正如他先前的預測——而且兩波裁員之間只相隔幾個星期：慘了，我們上次解聘的人數根本不夠多。眞是一群白癡。

剛開始我以爲尼克說不定沒事。他列出一長串他一直想要做的事情，有些只是舉手之勞：他換了手錶電池，重新設定時鐘，更換我們水槽下方的水管，重新粉刷所有先前漆過、但是不滿意的房間，基本而言，他把很多事情重新再做一次。找些差事，重來一次，感覺倒也不錯，生命之中若想重頭來過，機會可是少之又少。接下來他著手進行一些比較有分量的工作：他閱讀《戰爭與和平》，考慮選修阿拉伯文，花了許多時間猜測未來幾十年哪一種技能具有市場潛力。我看了很難過，但是爲了他好，我假裝一切沒事。

我一直問他：「你確定你還好嗎？」

剛開始我試著認眞詢問，問話的時候啜飲咖啡，直直盯著他，一隻手搭在他手上。然後我試著輕鬆詢問，隨口一提。然後我試著溫柔詢問，躺在床上，輕輕撫摸他的頭髮。

他的答案始終如一：「我很好，我眞的不想談。」

我寫了一道非常適合這種時候的測驗題：「妳如何面對自己遭到解聘？」

a）我穿著睡衣呆坐，而且吃很多冰淇淋——鬧脾氣具有療癒功效！

b）我在網路寫前老闆的壞話，而且到處散播——發洩的感覺棒！

c）找到新工作之前，我試圖利用多出來的時間，找些有用的事情做，比方說學習具有市場潛力的語言，或是閱讀《戰爭與和平》。

正確答案是C——無異是讚許尼克——但是當我把測驗題拿給他看時，他只是露出苦笑。

幾個星期慢慢過去，他不再忙東忙西，也不再找些有用的事情做，整個人變得呆滯，好像有天早上醒過來，頭頂上忽然多了一塊破舊、骯髒的牌子，牌子上面寫著：**他媽的，何苦來哉？**現在他看電視，搜尋色情影片，用電視看下載的色情影片。他吃很多外送的食物，垃圾桶滿得溢了出來，旁邊堆了一疊保麗龍餐盒。他不和我說話，而且表現出一副說話很痛苦的模樣，好像我是個壞女人，存心害他受苦。

上個星期，我跟他說我被解聘的時候，他幾乎不予理會。

「太糟了，眞是遺憾，」他說。「最起碼妳可以依靠妳那筆錢。」

「我們那筆錢。但是我喜歡我的工作。」

他開始唱起「滾石合唱團」的歌曲〈你不能總是如願以償〉，唱得荒腔走板，音調尖銳，而且搖搖擺擺地跳了幾步。我意識到他喝醉了。時値傍晚，窗外一片蔚藍，天氣非常好，我們家裡卻陰暗潮濕，瀰漫著中國菜發臭的甜膩異味，窗簾也全都拉下。我邁步走過一個個房間，打開一扇扇窗戶，拉開一個個窗簾，微塵隨之紛紛飄散，走到陰暗的書房時，我被地上的一個袋子絆了一跤，然後又踢到一個、兩個，好像卡通影片裡面的貓咪，不愼走進一個全是捕鼠器的房間。我打開電燈，看到地上堆了幾十個袋子，而且全都是男裝店的提袋。一個被解聘的人不會造訪這類高級男裝店，店裡的西裝都是手工訂製，售貨人員把領帶逐條地搭在手臂上，送到安坐在皮沙發椅上的男客人面前。我的意思是，這些鬼東西都是專門訂製。

「尼克，這些是什麼？」

「面試的西裝，如果哪位仁兄又決定雇人的話。」

「你需要這麼多套嗎？」

「我們的確有錢，不是嗎？」他雙手交叉在胸前，冷冷一笑。

「你最起碼把衣服掛起來吧？」幾個塑膠提袋已經被布里克咬開，一套美金三千元的西裝旁邊有一小攤貓咪嘔吐的穢物，一件量身訂製的白襯衫沾滿橘黃色的貓毛，布里克顯然曾經窩在襯衫上打盹。

「不，我沒這打算，」他說，然後對我咧嘴一笑。

我從來不嘮叨，我不是一個嘮叨的女人，而且始終以此自傲。尼克卻逼我不得不碎碎念，因此，我非常生氣。我不介意生活過得懶懶散散，我也可以容忍某種程度的散漫和骯髒。我知道相較於尼克，我的個性傾向A型人格，我也試著小心一點，不要強迫尼克和我一樣吹毛求疵、事事講求完美、按照計畫行事。

尼克不是那種會想到清理冰箱、或是打掃吸塵的男人。他眞的不會想到那些事情。沒關係。眞的。但我的確喜歡維持某些生活標準——垃圾不應該滿得溢出來，碗盤不應該擱在水槽裡、整個星期無人清洗、黏了一層墨西哥捲餅的豆醬。說眞的，我覺得這些要求並不過分，只是像個規矩的大人，尊重和你同住的人。而今尼克什麼都不做，因此，我必須嘮叨，令我非常不悅：**我始終不嘮叨，也始終不想嘮叨，你卻害我變成這種人，只因你無法遵守你那些最基本的承諾。拜託別這麼做**，這樣不行。

我知道、我知道、**我知道**，失業的壓力很大，特別是對男人而言。大家都說失業就像失去一個親人，尤其是對像尼克這樣的男人而言，他始終都有份工作。因此，我深深吸口氣，把心中的憤怒壓縮成一個紅色的橡皮球，想像將之踢到外太空。「好吧，你介不介意我把衣服掛起來？你穿起來才顯得體面？」

「隨妳便。」

鴛鴦夫妻，同被解聘，豈不甜蜜？我知道我們比大部分的人幸運：我一感到緊張就上網查一查我的信託基金。直到尼克使用這個名詞之前，我從來沒有把這筆錢稱爲「信託基金」，因爲金額其實沒有那麼可觀。我的意思是說，多虧我的爸媽，我有一筆美金七十八萬五千四百零四元的存款，看來雖然不錯，但卻不是那種能讓你一輩子不必工作的信託基金，尤其是當你居住在紐約市。我爸媽想要給我足夠的安全感，讓我在學業、事業方面不必基於金錢而做出選擇，但也不至於有錢到想要撒手不管，這就是我爸媽的主要用意。尼克拿這點開玩笑，但是我覺得爸媽這麼做一點都沒錯。（而且非常合理，因爲你想想，他們剽竊了我的童年，寫成一部部作品。）

但是當爸爸來電問說他和媽媽可不可以過來時，我想到我被解聘、**我們同被解聘**，心裡依然相當難過。他們必須和我們談談。事實上，如果方便的話，他們今天下午馬上就得和我們談談。當然可以，我說，但我心裡卻想著：**癌症**、**癌症**、**癌症**。

爸爸和媽媽出現在我們家門口，兩人看起來好像刻意打扮過。爸爸全身上下筆挺工整，光可鑑人，完美無瑕，唯獨眼神帶點陰鬱。媽媽穿了一套亮紫色的洋裝，以前還有人請她演講或是致詞的時候，她總是穿上這種洋裝，她說亮紫色顯現演說者的自信。

他們看起來相當稱頭，但是似乎面帶羞愧。我帶著他們走到沙發旁邊，我們全都坐下，沉默了一秒鐘。

「尼克、愛咪，你們的媽媽和我……我們似乎——」爸爸終於開口，然後停下來輕咳一聲。他把雙手擱在大腿上，大大的指關節看來蒼白。「嗯，我們似乎陷入龐大的財務危機。」

我不知道應該作何反應：震驚、安撫、或是失望？爸爸和媽媽從來沒有向我坦承碰到任何麻煩，我覺得他們沒有太多煩惱。

「其實啊，我們始終缺乏責任感，」媽媽接著說。「過去十年來，我們照常揮霍，好像我們的收入像之前的二十年一樣豐富，但是我們沒有賺那麼多錢，甚至連一半都不到，我們卻拒絕接受這個事實。我們始終……嗯，講得好聽一點，就說是樂觀吧。我們只是一直以爲下一本愛咪系列會賣得很好，但事實卻不是如此，而且我們不斷做出錯誤的決定。我們傻傻地投資，我們傻傻地花錢，現在嘛……」

「基本上，我們破產了，」爸爸說。「我們的房子和你們這棟房子都被拖下水。」

我先前以爲——或說假定——他們付現幫我們買了這棟房子。我不知道他們還在支付貸款。尼克說得沒錯，我果然被保護得太好，我忽然感到極度慚愧。

「誠如我剛才說的，我們做了一些錯誤的投資，」媽媽說。「我們應該寫一本《神奇的愛咪和浮動利率房貸》，我們肯定每一題都答錯，大家會以我們爲戒，就像是愛咪的朋友：予取予求的溫蒂。」

「罔顧現況的哈利，」爸爸補了一句。

「接下來怎麼辦？」我問。

「接下來完全由妳決定，」爸爸說。媽媽從皮包裡摸出一份自製的小冊子，擺在我們面前的桌子上——長條圖、統計圖、圓形圖，全都是由他們家裡的電腦印出。一想到爸媽瞇著眼睛閱讀使用手冊、試圖好好爲我呈現他們的提議，我心裡眞是難過。

媽媽開始遊說：「我們想要問問妳，在我們思考下半輩子該怎麼辦的同時，可不可以從妳的信託基金借一些錢？」

我爸媽坐在我們面前，像是兩個神情急切、渴望得到第一個實習機會的大學生，爸爸的膝蓋不停顫抖，直到媽媽輕輕伸出一隻手指制止。

「嗯，信託基金是你們的錢，你們當然可以從中支借，」我說。我只想讓這一切趕快告一段落；我實在受不了看到爸媽充滿期盼的神情。「你們認爲你們需要多少錢還清所有債務，暫時不必操心？」

爸爸看著他的鞋子，媽媽深深吸口氣。「美金六十五萬，」她說。

「喔。」我只能這麼說。那幾乎是我們的每一分錢。

「愛咪，說不定妳我應該討論一下——」尼克開口。

「不、不，我們辦得到，」我說。「我這就去拿支票簿。」

「其實啊，」媽媽說。「如果妳明天可以把錢匯到我們的帳戶，那樣最好。不然的話，我們得等十天。」

就在那時，我知道他們的狀況果眞危急。

尼克・鄧恩

事發之後二日

我在艾略特夫婦套房的沙發床上醒來，感覺筋疲力盡。他們堅持我留下來過夜，態勢決然——我家依然被封鎖，不得進入——以前一起上館子吃晚餐之時，他們抱持同樣決然的態勢搶著付帳，好客的程度和大自然的威力一樣驚人。**你非得讓我們爲你做這件事情不可**。於是我遵命照辦。我整個晚上隔著臥室牆壁聽到他們打鼾，一人低沉穩定，好像一個粗壯的伐木工人，另一人斷斷續續、氣喘吁吁，好像夢見自己溺水。

我始終有辦法像是熄燈一樣倒頭就睡。**我要睡了**，我對自己說，我雙手托住臉頰，好像禱告似地，Zzzzzz，沉沉墜入夢鄉，有如一個吃了感冒藥的小孩——在此同時，我那失眠的老婆躺在我身邊，在床上翻來翻去。但是昨天晚上我覺得自己像是愛咪，腦筋轉個不停，身體依然緊繃。說眞的，大多時候，我是那種非常自在的男人，愛咪和我坐在沙發上看電視的時候，我經常像一團融化的油蠟一樣隨躺隨坐，我老婆則在我旁邊動來動去，不停變換坐姿。有一次我問她是不是患了「不寧腿症候群」——電視上正在播放這種病症的廣告，演員們的小腿不停晃動，雙手搓揉大腿，人人皺著眉頭，露出苦惱的表情——愛咪說：**我患了「凡事不寧症候群」**。

我看著旅館房間的天花板從灰白變成粉紅，然後一片黃橙，最後我終於勉強起床，結果看到太陽再度隔著河流狠狠照過來，衝著我發出強烈的光芒，似乎對我發出審問。然後我腦中冒出那些名字：叮！希拉蕊・韓迪——這麼一個好聽的名字，竟然被控做出那些令人極度不安的事情；叮！戴西・柯林斯——那個前偏執狂，居然住在距離此地僅僅一個小時車程。我已經聲稱這兩人是我的責任。這是一個DIY的時代：健保、房地產、辦案調查，事事都得自己來。上網搜尋，他媽的自己搞清楚，因爲人手始終不足，每個人都過度操勞。我是個記者。過去十年來，我靠著採訪維生，而且有辦法讓大家說出心裡的話。我足以勝任，瑪莉貝絲和瑞德也相信我辦得到。令人欣慰的是，他們讓我知道他們依然信任我、我這個稍微籠罩在涉嫌陰影下的先生。或者，我只是自欺欺人、認爲自己「稍微」涉嫌？

Days Inn主動提供一間未被充分利用的宴會廳當作「愛咪・鄧恩搜救活動」的指揮中心，宴會廳看來不體面——處處黃褐的汙漬，加上各種室內芳香劑的味道——但是瑪莉貝絲天一亮就動手加以美化：她吸塵打掃，拿起衛生濕紙巾擦拭，安排告示板，布置電話熱線區，在一面牆上掛上一張愛咪的半身照。那張巨幅海報——愛咪冷冷、充滿自信地凝視，那雙眼睛緊跟著你——看起來像是總統競選活動。事實上，等到瑪莉貝絲部署完畢之後，整個宴會廳洋溢著效率與朝氣，好像一位非常不被看好的政治人物，滿懷希望地帶領一群拒絕放棄的忠實支持者急急追趕。

剛過十點，邦妮邊講手機邊走進來，她拍拍我的肩膀，動手檢視一部印表機。志工們一批批抵達：小戈和六位我們亡母的老朋友，還有五位四十多歲的女士，五人全都穿著緊身七分褲，好像正要參加舞蹈排演，其中兩位——身材纖細、一頭金髮、肌膚古銅——搶著帶頭，其他三位欣然退居其次。另外還有一群大聲嚷嚷、滿頭白髮的老太太，每個人講話都比大聲，少數幾位傳起簡訊，這些老人家不曉得哪來這麼多精力，人人表現得如此朝氣蓬勃，以至於你不得不懷疑她們是不是故意炫耀。在場只有一個男人，這個傢伙長得不錯，年紀和我差不多大，穿著體面，獨自一人，似乎沒有意識到大家說不定想要知道他為什麼露面。我看著這名孤獨男子在糕點附近探頭探腦，不時偷瞄一眼愛咪的海報。

邦妮設定印表機，抓了一個看似麥麩高纖的瑪芬蛋糕，走過來站在我旁邊。

「你們有沒有監視每一個和志工說話的人？」我說。「我的意思是，萬一某個人——」

「表達出高度興趣，顯得相當可疑。我們當然會注意。」她剝下瑪芬蛋糕的邊邊丟進嘴裡，壓低聲音：「但是說眞的，連續殺人犯和我們收看同樣的電視節目，他們知道我們曉得他們喜歡——」

「讓自己涉入調查之中。」

「是啊，沒錯，」她點點頭。「所以他們對於這類事情比較小心，但是我們確實會過濾所有看似怪胎的人物，確定他們只是……你知道的，看起來像是怪胎。」

我揚起眉毛。

「比方說，吉爾賓和我兩年前負責偵察凱亞拉．何爾曼的案子。你知道凱亞拉．何爾曼是誰吧？」

我搖搖頭：不、不知道。

「反正啊，你會看到一些對這種事情非常著迷的怪人，你也得特別注意那兩個——」邦妮指指兩位四十多歲的熟齡美女。「因為她們看起來像是那種人。她們喜歡安撫擔心的先生，表現得有點過於熱中。」

「喔，拜託喔——」

「你會嚇一跳的，像你這樣的俊男喔，眞有這回事。」

就在這時，其中一個女子——髮色比較金黃、肌膚曬得更黝黑的那一位——朝向我們望望，她迎上我們的注視，對我發出一個非常溫柔、非常羞澀的微笑，然後像隻等著被愛撫的小貓一樣低下頭來。

「但是她會非常認眞，像是一個全心投入的小女孩，」邦妮說。「所以啊，這樣倒好。」

「凱亞拉・何爾曼的案子結果如何?」我問。

她搖搖頭:沒有破案。

又有四個女人魚貫而入,她們把一瓶防曬油傳來傳去,塗抹在光裸的手臂、肩膀和鼻子上。室內聞起來像是椰子。

「對了,尼克,」邦妮說。「記得我問你愛咪在這裡有沒有朋友嗎?諾耶兒・霍桑呢?你沒有提到她。她留了兩次話給我們。」

我茫然地瞪著她。

「你們社區的諾耶兒?三胞胎的媽媽?」

「不,她們不是朋友。」

「嗯,這倒有趣,她百分之百認爲她是愛咪的朋友。」

「愛咪經常碰到這種狀況,」我說。「她和大家講過一次話,對方就纏著她不放,滿恐怖的。」

「她爸媽也這麼說。」

我考慮該不該直接跟邦妮提起希拉蕊・韓迪和戴西・柯林斯,然後我決定最好不要;如果由我出面查訪,我就比較有面子。我想讓瑞德和瑪莉貝絲看到我擺出動作派英雄的架式。我忘不了瑪莉貝絲瞪著我的神情:**警方顯然認爲嫌犯**……就在附近。

「大家認爲自己和她很熟,因爲那些童書陪伴他們長大,」我說。

「我了解,」邦妮點點頭說。「大家都想相信自己和別人很熟。父母親想要相信他們了解自己的孩兒,太太們想要相信她們了解自己的先生。」

又過了一個鐘頭，志工中心開始瀰漫著家庭野餐的氣氛。幾位我以前的女朋友過來打招呼，把我介紹給她們的小孩。我老媽的一個好朋友維琪帶著三個孫女過來，三個還不到青春期的小女孩全都一身粉紅的衣衫，滿臉羞澀。

孫兒。老媽以前常常談到孫兒，好像自己絕對會當上祖母——每次購買一件新家具，她總是解釋自己偏好這種款式，因爲「等到有了孫子就派得上用場」。她希望有生之年能夠含飴弄孫。她的朋友們全都兒孫滿堂。愛咪和我有一次請老媽和小戈過來家裡吃晚飯，慶祝酒吧開幕以來營收最佳的一周。我宣布我們有一個值得慶祝的好消息，老媽馬上從椅子上跳起來，熱淚盈眶，緊緊抱住愛咪，愛咪也開始啜泣，她窩在老媽令人窒息的懷抱裡喃喃說道：「他說的是酒吧，他只是說酒吧。」然後老媽努力假裝她只是爲了這個消息而興奮。「不急、不急，還有很多時間生幾個小寶寶，」她用她最具安撫效果的聲音說，愛咪聽了又開始啜泣。這倒是奇怪，因爲愛咪已經決定她不要小孩，而且重申了數次，但是我看到她啜泣，明知有悖常理，我依舊升起一絲希望，說不定她改變心意，因爲啊，我們其實沒有很多時間。我們搬回卡賽基之時，愛咪已經三十七歲。她十月就滿三十九歲。

然後我心想：如果到了十月這事尚未解決，我們必須辦個僞生日派對，或是諸如此類的活動，不管怎樣，我們必須爲志工和媒體，舉辦某種慶典——某種重新吸引大家注意的活動。我也必須裝出充滿希望的模樣。

「濫子回頭囉，」有人操著鼻音說。我轉身，看到一個瘦巴巴的男人站在我旁邊，他穿著一件鬆垮垮的運動衫，搔搔臉上的八字鬍。啊，原來是我的老朋友史塔克斯．巴克利。他老是稱我爲「濫子」，即便他不知道應該是「浪子」，說不定甚至不知道「浪子回頭」是什麼意思。我猜他以爲這是一個花俏的同義詞，指稱某人是個蠢蛋。史塔克斯．巴克利聽起來像是棒球選手的名字，而史塔克斯也應該是個棒球選手，只不過他始終欠缺天賦，只能殷殷空想。成長過程中，他是本市最佳球員，但是那樣還不夠好。上了大學之後，他遭逢一生當中最震驚的事實，被球隊裁撤，自此一切化爲烏有。現在他是一個脾氣陰晴不定、四處打零工的毒蟲，他曾經數度過來酒吧，試圖找份工作，我提議一些蹩腳的雜事，他卻一一拒絕，而且一臉不耐煩，嘟嘟囔囔：拜託喔，老兄，你還有哪些工作？你一定還有其他差事吧。

「史塔克斯，」我叫他的名字，表示打招呼，我等著看他心情好不好。

「我聽說警察搞砸了整件事情，」他邊說邊把兩隻手插到腋下。

「現在這麼說還太早。」

「拜託喔，老兄，那些娘娘腔的搜尋行動？他們搜尋市長的小狗都比現在賣力。」史塔克斯的臉頰被太陽曬得紅通通；他靠向我，迎面飄來一股嗆鼻的漱口水和其他異味，我可以感覺他的臉頰散發出熱氣。「他們爲什麼沒有逮捕一些傢伙？鎮上可疑的人相當多，他們連一個都沒抓？一個都沒有？那些藍本子兄弟呢？我剛才問了那個女警探：那些藍本子兄弟呢？她甚至沒有回答我。」

「什麼是藍本子兄弟？一個幫派嗎？」

「那些去年冬天被藍本子工廠解聘的傢伙。沒有遣散費，什麼都沒有。你有沒有看過一些游民在鎮上的停車場晃來晃去，一副非常生氣的模樣？說不定就是藍本子兄弟。」

「我還是聽不懂：藍本子工廠？」

「你知道的，市鎮邊緣那個河谷印刷廠？他們以前印製那些你在大學裡用來寫報告和其他狗屎東西的藍本子。」

「喔，我倒是不知道。」

「現在大家都用電腦、或是諸如此類的玩意，所以囉——噗！——工廠沒了，藍本子兄弟拜拜囉。」

「天啊，我們整個市鎮都關門大吉了，」我喃喃說道。

「那些藍本子兄弟啊，他們喝酒、嗑藥、騷擾大家。我的意思是，他們以前就這麼做，但是他們總得停手，因爲他們星期一必須回去上班。現在他們想幹嘛就幹嘛。」

史塔克斯露出參差不齊的牙齒，對我咧嘴一笑。他的頭髮沾了點點油漆；自從高中以來，他夏天就幫人油漆房屋。「我專門油漆木邊，」他常說，然後等你聽懂這個笑話。如果你沒笑，他會幫你解釋。

「警察有沒有過去購物中心？」史塔克斯問。我聳聳肩，表示不清楚。

「他媽的，老兄，你以前不是記者嗎？」一提到我以前的職業，史塔克斯似乎始終憤憤不平，好像那是一個拖了很久都沒被揭穿的謊言。「藍本子兄弟已經自行在購物中心落腳，私自占用土地、販毒等等，搞得滿有規模。警察隔一陣子過去驅趕，但是他們總是隔天就回來。反正啊，我跟那位女警探說：**搜查他媽的購物中心**。因爲一個月前，幾個藍本子兄弟在那裡輪暴一個女孩。我的意思是，一群一肚子怨氣的男人聚在一起，如果有個女人剛好碰上，肯定沒好事。」

下午開車過去搜索區域的途中，我打電話給邦妮，她一說哈囉，我就開口。

「你們爲什麼還沒有搜查購物中心？」

「尼克，我們會的，我們現正派人過去。」

「喔，好吧，因爲我有個朋友——」

「史塔克斯，我曉得，我知道這個人。」

「他提到那些——」

「藍本子兄弟，我知道，尼克，請相信我，我們會處理。我們和你一樣想要找到愛咪。」

「好，嗯，謝謝。」

我原本理直氣壯，現在卻像是洩了氣的氣球，我喝一大口巨無霸保麗龍杯裡的咖啡，駛向我被指派的區域。今天下午將在三個地方進行搜索：谷利淺灘（現在亦稱爲那個「尼克待了一早上，卻沒被半個人看見的地方」）；米勒小溪林木區（這裡根本不配被稱爲林木區；你透過樹梢可以看見各家速食店）；沃爾基公園，一個設有健行和騎馬步道的自然公園。我被指派到沃爾基公園。

當我抵達時，一位當地的警察正和一群人說話，一行大約十二人，小腿全都粗粗的，而且人人身穿緊身短褲，戴上太陽眼鏡，鼻子上抹了防曬霜。現場看似露營活動的頭一天。

兩組不同的攝影人員到場爲當地的電視臺拍攝畫面。時值國慶日周末；愛咪失蹤的消息將穿插在州展覽會和烤肉大賽的報導之間。一個初出茅廬的記者圍在我身邊團團轉，逼問一連串無意義的問題，我整個人馬上變得僵硬、冷淡，你若稍加注意，肯定覺得我「關切」的表情看來虛假。空氣中瀰漫著一股馬糞的味道。

記者們很快離開，跟著志工們走進步道區。（你發現涉嫌的先生沒有招架能力、任憑你發問，你卻**掉頭離開**，這算是哪門子記者？所有像樣的新聞從業人員肯定全都遭到解聘，留下這一批低薪、不怎麼入流的記者。）一個穿著制服的年輕警員叫我站在各個步道的入口處——對、就是這裡——旁邊有個告示板，版子上張貼一大堆陳舊的宣傳單，愛咪失蹤的布告也夾在其中，我老婆的照片緊盯著我，今天我走到哪裡，她就跟到哪裡。

「我該做些什麼？」我問警員。「我覺得自己像個蠢蛋。我必須做點事情。」林中某處，一匹馬發出哀鳴。

「我們眞的需要你站在這裡，尼克，你只要表示友善，幫大家打氣就行了，」他邊說邊指指我旁邊的一個亮橘色保溫桶。「請大家喝水，如果有人出現，麻煩請他過來找我。」他轉身走向馬廄，我忽然想到，警方說不定故意防著我接近任何可能的犯罪現場。我不確定這代表什麼意思。

我無所事事地站著，假裝忙著檢視冰桶，就在這時，一部休旅車姍姍來遲，慢慢駛近，車身和指甲油一樣鮮紅。指揮中心那幾位中年女士紛紛下車，最漂亮的那一位——也就是被邦妮指名為熱情追隨者的那一位——伸手把頭髮盤高，好讓朋友們把防蟲液噴在頸後。她賣力地揮手驅散車子的廢氣，從眼角偷偷瞄了我一眼。然後她從朋友們身邊走開，鬆手任憑頭髮垂散在肩頭，慢慢朝我走來。她臉上帶著傷心、同情的笑容，那種**我眞的非常遺憾**的微笑，一雙小馬似的褐色大眼睛，粉紅運動衫的下襬剛好垂落在簇新白短褲之上，足蹬高跟涼鞋，一頭鬈髮，戴著金色大耳環。看看**這身打扮**，我心想，**你就知道何謂「參加搜救活動的不當服飾」**。

拜託，小姐，別和我說話。

「嗨，尼克，我是香娜・凱莉，我眞的**非常遺憾**。」她講話的音量過於高亢，有點像是嘶叫，好像某隻陶醉入迷、興奮過度的驢子。她伸出一隻手，她的朋友們沿著步道慢慢前進，邊走邊像是一群小女生一樣回頭看著我們，好像我們是對情侶，我心中不禁升起一股警戒。

我盡其所能招呼她：我遞給她一杯水，向她說聲謝謝，嘴唇一抿，不自在地對她笑笑。香娜看起來完全不打算離開，甚至連我直視前方、看著她的朋友們消失在步道上，她也動都不動。

「在這種時候啊，尼克，我希望你身邊有一群幫你打點的親朋好友，」她邊說邊重重拍打一隻馬蠅。「男人們經常忘了照顧自己，你需要一些療癒心靈的舒食菜餚。」

「我們最近大多吃些冷食拼盤——妳知道的，快速而簡單。」薩拉米臘腸的味道依然𩞄在我的喉頭，肚子裡也冒出一股煙燻味。我意識到自己從早上就沒刷牙。

「喔，你好可憐。唉，冷食拼盤，這樣不行。」她搖搖頭，金色的大耳環跟著在陽光下晃動。「你需要保持體力，好，這下算你鴻運當頭，因爲墨西哥玉米片香雞派是我的拿手好菜，這樣吧，我幫你烤一個，明天帶到志工中心給你。你若想要好好吃頓熱騰騰的晚餐，只要微波一下就行了。」

「噢，聽起來太麻煩妳了，眞的，我們很好，我們眞的很好。」

「好好吃一頓之後，你會感覺更好，」她邊說，邊拍拍我的手臂。

我沉默不語。她試試新的角度。

「我眞的希望這事後來不會……跟游民問題扯上關係，」她說。「我對天發誓，我已經提出多次訴願，上個月有個游民闖進我的花園，我家的動作感測器響了，所以我往外一瞧，馬上就看到他。他跪在泥地上大嚼番茄，狼吞虎嚥，好像啃蘋果似地，臉上和襯衫都沾滿番茄汁和番茄籽。我試圖嚇走他，但是他捧著滿滿一堆番茄跑開，最起碼二十個。那些藍本子兄弟原本就是社會邊緣人，沒有其他技能。」

我忽然感覺自己和藍本子兄弟們同一夥，我想像自己一邊走進他們破落的營區，一邊揮舞著白旗：**我是你們的兄弟，我以前也從事紙本業，電腦也搶走了我的工作。**

「尼克，別和我說你年紀太輕、不記得藍本子，」香娜邊說，邊戳戳我的肋骨，明知不該有反應，但我還是抖了一下。

「我太老囉，如果不是妳提醒，我都忘了藍本子。」

她笑笑：「你多大？三十一、三十二？」

「三十四。」

「啊，小寶寶。」

就在這時，三個精力充沛的老太太慢慢走向我們，其中一人對著手機講話。

三人全都穿著粗厚的純棉花裙、休閒布鞋和無袖高爾夫球衫，露出鬆垮垮的手臂。她們一臉敬意跟我點點頭，然後看到香娜，臉上閃過一絲無法認同的表情。我們看起來像是一對招待大家吃烤肉的夫妻，不太得體。

香娜，拜託走開吧，我心想。

「反正啊，那些游民相當具有侵略性，我的意思是，他們對女人造成威脅，」香娜說。「我和邦妮警探提過，但是我覺得她不怎麼喜歡我。」

「妳爲什麼這麼說？」我已經知道她會怎麼回答，漂亮的女人莫不一再重複這句話。

「女人都不太喜歡我，」她聳聳肩。「沒什麼大不了的。愛咪以前——嗯，她在這裡有很多朋友嗎？」

有些女人——我老媽的朋友、小戈的朋友——曾經邀請愛咪參加讀書會和安麗生活俱樂部，也曾邀她一起到Chili's①聚聚。不出所料地，愛咪大多婉拒，即使去了，也表示不喜歡：「我們點了一大堆油炸的小東西，還喝了**冰淇淋**調製的雞尾酒。」

這會兒香娜看著我，想要知道一些關於愛咪的事情，想要被歸爲和愛咪同一類，而我老婆絕對不會喜歡她。

「我想她說不定和妳面臨同樣問題，」我短促地說。

她微微一笑。

走開吧，香娜。

「初到一個新的地方，實在不容易，」她說。「年紀愈大，愈不容易交到朋友，她跟你差不多大嗎？」

「三十八歲。」

這話似乎又讓她開心一笑。

X你娘的！走開吧。

「聰明的男人都喜歡年紀大一點的女人。」

她笑了笑，從她那個巨大的黃綠色手提袋掏出手機。「來，過來一下，」她邊說邊伸出一隻手臂攬住我。「給我一個大大的墨西哥玉米片香雞派微笑！」

她一副小女孩的模樣，顯然矯揉做作，我真想馬上狠狠賞她一巴掌。她怎麼可以利用一個老婆失蹤的男人提振自尊？我嚥下怒氣，試圖做個一百八十度的轉變。我唯恐先前念頭過於惡毒，試圖和和氣氣、善加補償，因此，當她把臉貼過來、用她的手機拍照之時，我機械性地露出微笑，手機跟相機一樣喀擦一響，我馬上回過神來。

她把手機翻轉過來，我看到我們臉貼著臉，兩人的臉頰曬得紅通通，好像一對在棒球場約會的情侶。我看著自己令人嫌惡的微笑和半張半閉的雙眼，不禁想道：**我絕對討厭這個傢伙**。

---

① Chili's是美國一家墨西哥連鎖餐廳。

愛咪．艾略特．鄧恩

二〇一〇年九月十五日

日記一則

此時此刻，我在賓州西南部、高速公路旁邊的一家汽車旅館寫日記。我們的房間俯瞰停車場，如果躲在硬邦邦的乳白窗簾後面往外看，我可以看到人們在日光燈下閒晃。這裡就是那種人們會四處亂晃的地方。我的感情再度受創。最近發生太多事情，而且一切發生得太快。現在我置身賓州西南部，我老公躺在一堆迷你包洋芋片和糖果之間，故作挑釁地呼呼大睡。洋芋片和糖果購自走廊盡頭的販賣機，我們晚餐就吃這些東西。他氣我沒有風度。我以爲我戴上一副令人信服的面具——我們正踏上一段新的冒險，好棒喔！——但我猜我唬不了人。

這會兒我回頭想想，我們當初好像等待某事發生。那種感覺好像尼克和我坐在一個隔音、防風的巨大玻璃罐子裡，而後罐子忽然翻倒，然後啊——某事上門囉。

兩個星期前，我們兩個失業的人和往常一樣隨便披件衣服，百般無聊，正準備邊吃早餐邊看報，我們通常一語不發，從報頭讀到報尾，最近甚至連汽車夾頁也照讀不誤。

十點左右，尼克的手機響了，從他講話的聲音，我聽得出是小戈打電話來。他聲調輕快，帶點孩子氣，他和她講話的時候總是這種語氣。他以前和我講話的時候也是如此。

他走進臥房，關上房門，把我留在外面，手裡端著兩盤剛做好的班尼迪克蛋，雞蛋在盤中輕輕顫動，我把他那一盤擱在桌上，在他對面的椅子上坐下，心裡想著該不該等他一起吃。如果換成是我，我想我會走出來請他先用，要不就是舉起一隻指頭表示：再等一分鐘就好。我會意識到其他人的存在，比方說我老婆端著兩盤班尼迪克蛋，孤孤單單留在廚房裡。我竟然這麼想，眞是令人慚愧，因爲不久之後，我可以聽到門後傳來尼克憂慮低語、憤然怒吼、輕聲安撫。我不禁猜想小戈是不是和他們家鄉某位男士發生爭執。小戈的感情生活相當波折，即使提出分手的是她，她依然需要尼克握著她的手，好聲好氣地安慰。

因此，當尼克從房間走出來時，我擺出一副**小戈眞可憐**的表情，盤中的班尼迪克蛋愈來愈冷硬，一看到他，我就知道這事不只是小戈的問題。

「他媽的，」他開口，坐了下來。「小戈說我媽患了癌症，第四期，癌細胞已經蔓延到肝和骨頭，這表示病情相當嚴重，而且……」

他把臉埋在手裡，我走過去，把他擁到懷中。當他抬起頭來的時候，他沒有流淚，神情冷靜。我從來沒有看過我老公哭泣。

「我爸已經患了阿茲海默症，現在我媽罹患癌症，小戈實在撐不下去。」

「阿茲海默症？**阿茲海默症**？多久了？」

「嗯，有一段時間了。剛開始他們以爲是某種早期的老人癡呆症，但是不僅只是如此，情況更糟。」

我馬上心想，如果我老公連這種事情都不打算告訴我，那麼我們之間肯定出了問題，說不定甚至無法修補。有時候我老公好像參加某種不爲眾人所知的比賽，與人較量誰最不容易被看穿，我覺得他似乎熱中於此。「你爲什麼連提都沒和我提？」

「我不太喜歡提到我爸。」

「話是這麼說，但是——」

「愛咪，拜託。」他臉上露出那種表情，好像我不講理似地，他似乎非常確定我在無理取鬧，以至於我不禁懷疑自己是否真的胡鬧。

「唉，小戈說我媽必須做化療，但是……她會非常、非常不舒服，她會需要協助。」

「我們是不是應該幫她安排居家護理？比方說聘個護士？」

「她沒有那種保險。」

他瞪著我，手臂交握在胸前，我知道他想要激我說出什麼：他想要激我主動表示願意付錢，但是我們不能這麼做，因爲我已經把我的錢給了我爸媽。

「好吧，寶貝，」我說。「你打算怎麼辦？」

我們站在對方面前，呈現攤牌狀態，好像我們正在吵架，而我卻不曉得我們起了爭執。我伸手想要碰碰他，他只是看著我的手。

「我們必須搬回去。」他瞪視我，眼睛睜得好大。然後手指一彈，好像想要甩掉某種黏巴巴的東西。

「我們花一年時間，搬回家、盡些義務、做些該做的事。我們目前沒有工作，也沒有錢，這裡沒有值得留戀之處。就連妳都必須承認這一點。」

「就連我都必須承認？」他講得好像我已經表示反對似地。我非常火大，但是依然嚥下怒氣。

「我們就這麼辦。我們必須做些該做的事，就這麼一次，我們得幫忙我爸媽。」

我們當然應該這麼辦。如果他好好向我提起，而不是把我視爲敵人，我當然也會和他這麼說。但是他開門見山，打從一開始就把我當作是一個必須處理的問題。我是那個苛薄的反對聲浪，必須予以消音。

我老公是全世界最忠誠的男人，但是他說翻臉就翻臉。說眞的，當他感覺被朋友出賣之時，即使對方是他的老朋友，我也看過他的眼神一沉，從此之後絕口不提那人的姓名。說著說著，他看著我，好像我是一件若有必要、可被棄置的物品。那種眼神啊，眞的令我打冷顫。

因此，我們即將離開紐約：沒錯，決定就是如此迅速，而且沒有太多爭辯的餘地。我們即將前往密蘇里，在那裡找一棟河畔的房屋，定居下來。這一切有如夢幻般荒誕，而我可沒有濫用「荒誕」一詞。

我知道萬事終將ＯＫ。只不過這跟我想像的相去甚遠。這不是我想像中的生活，我不是說這樣不好，只不過……如果你給我百萬次機會，讓我猜猜人生的旅程會把我帶到何處，我絕對猜想不到居然是密蘇里。想到這裡，我不免擔憂。

我們把東西搬上搬家卡車，整個過程充滿些許悲劇色彩：尼克意志堅定，帶著罪惡感，嘴巴緊抿，賣命工作，拒絕看我一眼。搬家卡車在我們窄小的街上停了好幾個鐘頭，阻隔交通，車燈一閃一閃，傳達出危險、危險、危險的警訊。在此同時，尼克樓上樓下不停奔波，一個人從頭負責到尾，扛起一箱箱書籍、廚房用品，以及一張張桌椅。我們打算帶走我們的古董沙發——我爸爸戲稱這張陳舊的大型長沙發是我們的寵物，我們就是這麼喜歡它。我們打算最後再把沙發搬上卡車，那將是一項相當難搞、讓人滿頭大汗的差事，而且需要兩個人協力合作，抬著這個龐然大物下樓可以凝聚團隊精神（**等等，我得休息一下，往右邊抬高，等等，你走太快了，小心，我的指頭、我的指頭！**），而我們非常需要這類操練。沙發扛上卡車之後，我們會到街角的小超市買個貝果三明治和冰鎮的汽水，帶上路享用。

尼克准許我保留沙發，但是家裡其他大件物品將留在紐約。尼克的一個朋友答應接收我們的床；那個傢伙即將來到我們空蕩蕩的家中——家中一無所有，只剩下灰塵和電纜電線——搬走我們的床，然後他會在我們的紐約大床上，過著他的紐約生活：清晨兩點吃中餐外賣，懶懶戴上保險套，和喝得醉醺醺、語不驚人死不休、任職於公關公司的女孩們上床（我們的房子則將被一對吵吵鬧鬧的夫妻買下，先生和太太都是律師，兩人慶幸此時是買方市場，厚顏無恥地簽下這筆交易。我恨他們。）

尼克搬得氣喘吁吁，他每搬四箱，我才搬一箱，我拖拖拉拉，慢慢移動，好像骨頭痠痛，突然之間變得非常嬌弱。我確實感到全身疼痛。尼克跑上跑下，匆匆走過我身邊，他皺著眉頭看看我，突然冒出一句「妳還好吧？」，我還來不及回答，他就繼續往前走，留下我張口結舌，好像卡通影片裡那個嘴巴是個黑洞的人物。我不好。我會沒事，但是現在我不好。我要我老公把我擁入懷中、安撫我、稍稍哄我一下，只要一秒鐘就好。

尼克站在卡車裡，手忙腳亂地整理堆在後方的箱子。尼克以他打包的技術自豪：他負責把碗盤放進洗碗機（或說曾經由他負責），假日出遊也由他打包。但是忙了三個鐘頭之後，他發現我們顯然賣掉、或是送掉太多東西。搬家卡車龐大深邃的後車廂只裝了半滿。一整天當中，只有這事讓我開心。我的腹部湧起一股灼熱、刻薄的滿足感，好像吸進一滴水銀。**好**，我心想，**好極**了。

「如果妳真的想要，我們可以帶走那張床，」尼克說，他的目光飄過我，凝視我後面的街道。「我們有足夠空間。」

「不，你答應把床送給瓦力，那張床屬於瓦力，」我一本正經地說。

我錯了。你只要說聲：**我錯了，對不起，讓我們帶走那張床。初抵一個新的地方，妳應該保留妳那張舒適、熟悉的大床**。對我笑笑，好好對待我。拜託你今天對我好一點。

尼克重重嘆口氣。「好吧，如果妳想要這樣做的話。愛咪，妳決定了吧？」他站在原地，稍微喘氣，然後對著一疊箱子彎下腰，最上面的箱子上用麥克筆草草寫著：愛咪的衣服，冬天。「愛咪，從今之後我們不會再提到那張床，對不對？因為我現在主動提議搬床，我很樂意幫妳把床搬上卡車。」

「你還眞是好心，」我說，連帶著輕哼一聲。我大多採用這種方式回嘴：輕輕一壓，噴灑出我的怒氣。我是個膽小鬼。我不喜歡正面衝突。我抬起一個箱子，走向卡車。

「妳說什麼？」

我對他搖搖頭。我不想讓他看我掉眼淚，因為那樣只會惹得他更生氣。

十分鐘之後，樓梯傳來隆隆巨響——砰！砰！砰！尼克自個兒拖著我們那張沙發下樓。

我們離開紐約時，我甚至無法往回看，因為搬家卡車沒有後窗。我從側窗沿路看著天際線，（**倒退中的天際線**——維多利亞式的小說之中，作者描寫前景黯淡的女主角被迫離開祖宅時，不都是這麼形容嗎？）但是此起彼落的高樓之中，唯獨不見那些知名的摩天大廈——克萊斯勒大樓、帝國大廈、熨斗大樓始終沒有出現在那個閃閃發亮、小小的長方形側鏡之中。

前一天晚上，我爸媽過來一趟，送來那個我小時候非常喜歡的家傳咕咕鐘，我們三個抱在一起哭泣，尼克站在一旁，雙手插在口袋裡亂動，答應好好照顧我。

他答應照顧我，我卻感到害怕。我感覺某事出了差錯，錯得一塌糊塗，而且只會更糟。我不覺得自己是尼克的太太。我根本不覺得自己是個人；我是某件被人搬上搬下的東西，比方說一張沙發或是一座咕咕鐘。我是某件若有必要，即可被扔到垃圾場，或是丟進河裡的東西。我再也沒有眞實感。我覺得我說不定會消失。

尼克・鄧恩

事發之後三日

除非某人想要讓她被尋獲，否則警方找不到愛咪。這點倒是相當明白。警方已經搜尋每一個青綠和黃褐之處：綿延、汙濁的密西西比河，每一條步道和健行小徑，附近一處處樹木稀薄的貧瘠林區。如果她還活著，某人必須把她交還給我們；如果她死了，大自然也會交出她的屍體。這是一個十分明白的事實，就像是舌尖會嘗到酸味。我走進志工中心，意識到大家也都了解這一點：中心瀰漫著挫敗的氛圍，感覺毫無生氣。我漫無目標地晃到擺放糕點的區域，試圖說服自己吃點東西。吃塊丹麥酥吧。我逐漸相信沒有任何一種食品比丹麥酥更令人沮喪，這種糕點似乎一送來就已經不新鮮。

「我依然認為是那條大河，」一位志工和他的朋友說，兩人都用髒兮兮的手指挑揀糕點。「大河就在那傢伙的家後面，還有什麼比這樣更容易？」

「到了現在，她應該已經漂浮在漩渦、水閘或是諸如此類的地方。」

「如果她被分屍就不會。大腿、手臂被砍斷……屍體可能一路漂流到墨西哥灣，最起碼漂流到密西西比州的圖尼卡。」

我趁他們沒有注意到我之前轉身離開。

我以前的老師柯爾曼先生坐在一張打牌的桌子前面，他弓著背面對熱線電話，忙著草草抄下一些訊息。當我迎上他的目光之時，他手指頭在耳朵旁邊畫圈圈，表示對方是個神經病，然後指指電話。他昨天對我說：「我孫女被一個酒駕的司機撞死，所以……」藉此表示跟我打招呼。我們喃喃說了幾句話，然後不自在地拍拍對方。

我那支可拋式手機響了——我想不出該把手機藏放在哪裡，所以隨身帶著。我用它打了一通電話，對方現正回電，但我沒辦法接聽。我把手機關掉，迅速看了室內一眼，確定艾略特夫婦沒看到我的舉動。瑪莉貝絲在黑莓機上敲個不停，然後把黑莓機拿遠一點，方便看清楚簡訊。當她看到我時，她邁開步伐，快步朝著我走過來，她把黑莓機舉到面前，好像那是一道護身符。

「從這裡到曼菲斯需要多久？」她問。

「開車的話將近五小時。曼菲斯有些什麼？」

「希拉蕊．韓迪住在曼菲斯，那個愛咪高中時代的**跟蹤**狂。你看看多麼湊巧啊？」

我不知道該說什麼。什麼都不說，行嗎？

「嗯，吉爾賓敷衍我，**我們不能批准這筆花費**，**我們不能把錢花在調查某一件發生在二十多年前的事情**。混帳東西，那個傢伙總是以為我瀕臨崩潰；他跟瑞德講話的時候，如果我在旁邊，他便完全忽視我的存在，好像我是一個需要我先生為我解釋事情的小笨蛋。混帳東西。」

「市府破產了，」我說。「瑪莉貝絲，我確定他們真的沒有這個預算。」

「嗯，我們負擔得起。我是認真的，尼克，那個女孩瘋瘋癲癲，而且我知道她這些年來試圖聯絡愛咪。愛咪跟我說的。」

「她從來沒有跟我提過。」

「開車過去得花多少錢？五十美金？沒問題。你可以過去一趟嗎？拜託答應我，拜託？直到有人和她談了，我才可以把這事拋在腦後。」

最起碼我知道她說的沒錯，因爲她女兒和她一樣具有這種窮擔心的毛病：愛咪可以花上整晚的時間擔心忘了關爐子，即便那天我們根本沒有做飯。或是，大門鎖了嗎？我確定嗎？她凡事都朝最壞的方面著想，因爲絕對不僅只是大門沒鎖，而是大門沒鎖、有人闖了進去、等著姦殺她。

我覺得皮膚上冒出一層層閃亮的汗珠，因爲我老婆的憂慮終於成眞。她擔心了這麼多年，結果竟然成眞，這是一種多麼可怕的滿足感。

「我當然可以過去一趟。而且我會順道繞到聖路易市，看看另外那位仁兄戴西。沒問題，包在我身上。」我轉身，準備做出戲劇性的退場，走了二十呎，史塔克斯忽然再度出現，整張臉依然盈滿睡意。

「聽說警察昨天搜索了購物中心，」他邊說邊搔搔下巴，他的另一隻手上拿著一個塗了糖霜的甜甜圈，甜甜圈依然原封不動。他那條迷彩褲前方的口袋鼓出一塊，形狀頗似貝果。我幾乎開他玩笑：**你口袋裡是一塊糕點，還是你……**

「啊，沒什麼。」

「**昨天**，他們**昨天**才去，一群混蛋。」他低頭四處張望，好像擔心警察偷聽他說了什麼。他靠向我。

「你今天晚上過去，他們晚上會在那裡。白天他們待在河邊，或是出去揮舞旗幟。」

「揮舞旗幟？」

「你知道的，坐在高速公路出口附近，手裡拿著**被炒魷魚，拜託、幫幫忙，需要錢買啤酒**之類的標語，」他邊說邊掃描室內。「老兄，揮舞旗幟耶。」

「好吧。」

「晚上他們在購物中心，」他說。

「那麼我們晚上過去，」我說。「你我二人，以及隨便哪位仁兄。」

「喬依和邁奇．希爾山姆，」史塔克斯說。「他們會樂意加入。」希爾山姆兄弟比我大三、四歲，兩人是鎮上惡名昭彰的小混混。他們是那種天生什麼都不怕、不畏痛苦的傢伙，學生時代精於運動，整個夏天穿著短褲跑來跑去，鍛鍊大腿肌肉，打棒球，喝啤酒，接受各種奇怪的挑釁，比方說穿上直排輪鞋衝進排水溝，或是光著身子攀爬水塔。星期六晚上沒事幹的時候，這類傢伙經常袒胸露背，眼露凶光，你也曉得準會出事，說不定多半沒好事，但是絕對會出事。希爾山姆兄弟當然樂意加入。

「好，」我說。「我們今晚過去。」

我那支可拋式手機在口袋裡響了起來，這個鬼東西就是不能好好關機。手機再度響起。

「你接不接？」史塔克斯問。

「不接。」

「老兄，每通電話都應該接聽，你真的該接。」

當天剩餘的時間沒事可做。警方沒有安排搜尋活動，無需分發更多傳單，熱線電話全都有人接聽。瑪莉貝絲開始請志工們回家；大夥只是站在各個角落，吃吃東西，狀似無聊。我猜想史塔克斯把早餐桌上的一半食品裝進口袋帶走。

「警探們有沒有任何消息？」瑞德問。

「什麼都沒有，」瑪莉貝絲和我都回答。

「這樣說不定很好，對不對？」瑞德問，眼神之中帶著希望，瑪莉貝絲和我都遷就他，沒有點破。是啊，當然。

「你什麼時候前往曼菲斯？」她問我。

「明天。今天晚上我和幾個朋友打算再搜尋一次購物中心，我們覺得昨天搜尋得不夠徹底。」

「太好了，」瑪莉貝絲說。「我們就是需要這種行動。如果我們懷疑先前做得不夠徹底，我們就自己動手。因爲啊，我只是——我只是覺得，截至目前爲，他們所做的事情都不怎麼樣。」

瑞德伸出一隻手按住他太太肩膀，顯示瑪莉貝絲已經多次壓下怒氣，說出這話，瑞德也已聽過好多次。

「我想跟你一起去，尼克，」他說。「今天晚上，我也想去。」瑞德身穿粉藍高爾夫球衫和橄欖綠休閒褲，頭髮油亮，有如黑色的頭盔。我想像他試圖跟希爾山姆兄弟擊掌示好，略微迫切地祭出他那套「我和你們同一夥」的招式——**喂，我也喜歡喝杯啤酒，你們那支球隊如何啊？**——臉頰不禁一熱，那種場面肯定相當尷尬。

「當然，瑞德，當然。」

接下來的十個鐘頭沒有排定任何行程，我可以好好處理一些事情。警方已把我的車子還給我——我想他們已在車中仔細蒐證、吸塵掃除、採集指紋——所以我搭一位志工的便車前往警局，這位精力充沛的祖母級志工和我單獨在一起，似乎有點緊張。

「我只是開車載鄧恩先生到警察局，但我半小時之內就會回來，」她和她的一個朋友說。「不會超過半小時。」

吉爾賓尙未把愛咪的第二則線索列入證物；他先前看到那件內褲過於激動，懶得管線索。我坐上自己的車子，用力推開車門，車裡的熱氣慢慢消散時，我靜靜坐著，再讀一次我老婆的第二則線索：

想像我的模樣：我爲你瘋狂
我倆的未來絕不含糊
你帶我來到這裡，讓我聽你閒聊
聊著你的童年歷險：皺巴巴的牛仔褲和遮陽帽
別管別人怎麼想，在我們眼中，他們全被甩到一旁
讓我們偷偷親吻……假裝我們剛剛結了婚

她說的是密蘇里州的漢尼拔。漢尼拔是馬克．吐溫的童年故鄉，成長過程當中，我夏天在那裡打工。我戴上一頂舊草帽，穿上一件看似破舊的長褲，打扮成《湯姆歷險記》的哈克在鎮上晃來晃去，一邊露出小流氓似的微笑，一邊鼓吹人們造訪冰淇淋商場。這種故事會讓你成爲晚宴的嘉賓，最起碼在紐約市行得通，因爲其他人的經驗都無法匹比。從來沒有人感嘆說道：喔、沒錯，我也是。

所謂的「遮陽帽」是一個只有我們兩人了解的笑話：我頭一次告訴愛咪我打扮成哈克時，我們出去吃晚飯，開了第二瓶酒，她已經有點醉意。她喝酒的時候笑得特別開心，臉頰紅通通，惹人愛憐。她隔著桌子靠向我，好像我身上有著磁鐵。她一直問我有沒有保留那頂遮陽帽、願不願意戴上遮陽帽讓她瞧瞧，我說：老天爺啊，妳爲什麼認爲哈克可能戴著一頂遮陽帽？她吞了一口口水說：「喔，我的意思是草帽！」好像「草帽」和「遮陽帽」可以交互使用。在那之後，每次觀看網球比賽的時候，我們總是讚美球員們的「運動草帽」。

但是愛咪提到漢尼拔，這倒是一個奇怪的選擇，因爲我不記得我們在漢尼拔玩得特別開心或是不開

心，我們只是去過那裡。我記得幾乎整整一年前，我們在漢尼拔閒逛，指東指西，一邊閱讀景點提示一邊說：「這倒有趣，」另一個人跟著說：「沒錯。」在那之後，我再度造訪漢尼拔（我抑制不了一股懷舊之情），愛咪沒有同行，我那天高興極了，笑得合不攏嘴，感覺萬事順心。但我和愛咪同遊時，氣氛卻是沉悶死板，有點尷尬。我記得我提起小時候曾經到此遠足，這事有點愚蠢，說著說著，我注意到她的眼神變得木然，我好生氣，我偷偷花了十分鐘的時間幫自己打氣——因爲啊，我們婚姻走到這個階段，我已經非常習慣生她的氣，感覺幾乎是種樂趣，就像是咬指甲：你明知應該停下來，咬指甲也不像你以爲的那麼有趣，但是你就是沒辦法不咬。從表面上看來，她當然察覺不出異狀。我們只是繼續往前走，閱讀景點提示，指東指西。

搬家之後，我們的美好回憶竟然如此稀少，以至於我老婆不得不把漢尼拔納入她的尋寶遊戲之中，想了令人心驚。

我二十分鐘就抵達漢尼拔，我開過壯觀的法院——這棟鍍金時代的建築物，如今只靠著地下室一家炸雞翅餐館支撐——經過一間間宣告破產的社區銀行和關門大吉的電影院，朝著河邊前進。我把車子停在緊鄰密西西比河的一塊平地，直直面對馬克·吐溫觀光渡輪。停車免費。（免費泊車，這是多麼慷慨、多麼新奇之舉，始終令我興奮不已）。旗幟懶洋洋地懸掛在路燈燈桿上，旗上畫著一個滿頭白髮的男人。海報在熱氣之中捲了起來，天氣非常炎熱，熱氣騰騰，有如吹風機的熱風，即使如此，漢尼拔似乎安靜得出奇，感覺詭異。我沿著商店街往前走，幾條街道都是販售百納被、古董和太妃糖的商店，行走之時，我看到更多「吉屋出售」的招牌。貝琪·柴契爾①的屋子關閉整修，整修的經費卻尚未籌措。你花十元美金就可以在湯姆家的白籬笆題上你的姓名，但是感興趣的人不多。

我坐在一家商店的臺階上，店面空空蕩蕩，我忽然心想，我已帶著愛咪走到一切的盡頭。說眞的，我們置身末路，眼看著一種生活方式瀕臨瓦解，以前只有提到新幾內亞的部落，以及阿帕拉契山的吹玻璃工人時，我才會採用這種措辭。經濟蕭條促使購物中心走上末路，電腦促使藍本子印刷廠關門大吉，卡賽基宣告破產，姊妹市漢尼拔不敵那些比較喧鬧、比較光鮮、比較卡通化的觀光景點。我心愛的密西西比河深受亞洲鯉魚所擾，鯉魚溯流而上，蹦蹦跳跳流入密西根湖，嚴重侵蝕密西西比河的生態。《神奇的愛咪》系列乏人問津。我的事業和她的事業走到盡頭，我老爸和我老媽走到盡頭。我們的婚姻走到盡頭，愛咪走到盡頭。

鬼魅般的汽船笛聲自河上飄來。我的襯衫背面已經全部濕透。我強迫自己站起來，勉強自己買張觀光船票。我走過愛咪和我曾經遊覽的路徑，我老婆的身影始終在腦海中相隨。上回與愛咪同遊之時，天氣也非常炎熱。**你真是聰穎**。在我的想像之中，她跟著我漫步，臉上露出微笑。我感覺胃裡升起一股油膩。

我徐徐逛過主要景點，始終想像老婆相隨在側。一對白髮夫妻停下腳步，凝視哈克貝利的屋子，但是懶得進去。街尾有個男人打扮成馬克．吐溫——一頭白髮，一身白色西服——男人從一輛福特汽車裡走出來，伸伸懶腰，看看冷清的街道，低頭走進一家披薩店。走著走著，那棟裝有護牆楔形板的建築物映入眼簾，建築物是個法庭，塞繆爾．克萊門斯（馬克．吐溫）②的父親曾經在此處理案件。法庭前面的告示牌標示：J．M．克萊門斯，治安法官。

讓我們偷偷親吻……假裝我們剛剛結了婚。

愛咪，妳讓事情變得好容易、好單純，愛咪，妳好像真的想要讓我找到其他東西、讓我覺得自己很行。拜託繼續下去，我將會打破紀錄。

裡面沒人。我跪到沾滿灰塵的木板地上，仔細查看第一張長凳下方。如果愛咪把線索擱置在公眾場所，她總是將之貼在某樣東西的底側，藏放在口香糖和灰塵之間，結果證明她的做法確實沒錯，因為沒有人喜歡查看東西底側有些什麼。第一張長凳下面空無一物，但是有張小紙片懸掛在後面那張長凳下面。我爬過去，扯下愛咪專用的藍色信封，一小片膠布隨之飄落。

嗨，親愛的老公：

你找到了！你真是一個聰穎的男子。說不定我也有點功勞，因為我今年決定不要逼你絞盡腦汁，追尋我腦海之中種種神祕難解的回憶，藉此尋獲寶藏。

我遵循你心愛的馬克．吐溫所言：

「我們應該如何處置那位首先倡導慶祝周年紀念日的仁兄呢？光是殺了他，還算是便宜他。」

我終於想通了：你每年都說，尋寶遊戲的用意應該在於頌揚我倆，而不是考驗你是否記得過去一年當中我說些什麼、想些什麼。你八成以為一個成熟的女子會自己想通這種事情，但是嘛……我猜這就是為什麼我們需要老公。我們需要老公們點出那些我們想不通的事情，即便必須花上五年的時間。

因此，我現在花幾分鐘的時間，在這個馬克．吐溫小時候眷戀之地，謝謝你的詼諧。你真的是我見過最聰明、最風趣的人。我的感官記憶極為清晰：過去這些年來，你始終靠在我的耳旁——此時此刻，當我寫下這些話語時，我依然可以感覺到你的鼻息搔弄著我的耳垂——只為我輕聲訴說，只是為了逗我一笑。一個試圖讓太太開心的先生，我心想，好一個寬厚、慷慨的老公。而且你總是挑選最恰當的時機逗我開心。記得那次伊絲蕾和她那個跳舞小猴老公逼我們過去讚美他們的小寶寶嗎？我們乖乖造訪他們出奇完美、過度花俏、到處都是抱枕的家，看看他們的小寶寶，跟他們一起吃早午餐。他們如此自以為是，而且擺出一副非常體諒的嘴臉，稱許我們沒生小孩是明確的決定，在此同時，他們那個醜巴巴的小男嬰坐在那裡，全身上下沾滿口水和紅蘿蔔泥，說不定還有一些糞便——而且光溜溜，只穿了一件鑲邊的圍兜和一雙毛織的鞋子——當我啜飲橘子汁時，你靠過來悄悄說：「我等一下就會這麼打扮。」我真的笑得噴出橘子汁。那種時刻，你解救了我，你選了最恰當的時機逗我開心。但是就只一顆橄欖。所以囉，讓我再說一次：你真是**詼諧**。好，親我一下！

我覺得靈魂洩了氣。愛咪想用尋寶遊戲把我們拉回彼此身邊。但是一切都已太遲。當她先前忙著撰寫這些線索時，她卻完全不曉得我的心境。**爲什麼，愛咪？妳爲什麼不早點這麼做？**我們的時機總是不恰當。

我攤開下一則線索，讀一讀，塞進口袋，然後開車回家。我知道該去哪裡，但是我還沒做好心理準備。我無法承擔另一個讚美、另一番來自老婆的甜言蜜語、另一個表達談和的象徵。我對她的感情從苦澀變爲甜蜜，轉變得太快。

我回到小戈的住處，一個人在那裡待了幾個鐘頭。我一邊喝咖啡，一邊開著電視隨便轉臺，既是焦慮，又是氣憤，胡亂打發時間，等著晚上十一點開車過去購物中心。

我的雙胞胎妹妹七點出頭回到家中，她一個人在酒吧工作了一天，這會兒看來憔悴。她瞄了一眼電視，和我說最好把電視關掉。

「你今天做了哪些事情？」她邊說邊點燃一支香菸，然後一屁股坐到我們老媽那張舊牌桌旁邊。

「支援志工中心……我們打算十一點過去搜查購物中心，」我說。我不想和她提起愛咪的線索，我已經夠愧疚了。

她分發接龍紙牌，一張接著一張重重攤放在桌上，藉此表示不滿。我開始踱步。她不理我。

「我只是看看電視，以免自己胡思亂想。」

「我曉得，我了解。」

她翻開一張騎士。

「我非得做些事情不可，」我邊說邊在她的客廳裡走來走去。

「你再過幾小時就過去搜查購物中心，不是嗎？」小戈說，沒有繼續幫我打氣。她又翻開三張紙牌。

「妳似乎覺得那是浪費時間。」

「噢、不，嗨，每個角度都值得追查，警方藉由一張停車罰單逮到『山姆之子』殺人魔，不是嗎？」

小戈是第三個和我提起這一點的人；當案子碰到瓶頸時，大家肯定不停念叨這一點，好像誦經似地。

我在她對面坐下。

「愛咪最近沒有讓我那麼生氣，」我說。「我知道的。」

「或許沒有。」她終於抬頭看我。「你怪怪的。」

「我覺得我非但不感到驚慌，反而只是一直想著她多麼讓我生氣。因爲啊，我們最近的狀況非常不好。那種感覺好像我不應該如此擔心，因爲我沒有權利爲她擔心。我猜我就是這麼想。」

「老實說，你最近怪怪的，」小戈說。「但是目前的情況確實奇怪。」她按熄她的香菸。「我不在乎你在我面前表現得如何。但在其他人面前，你必須小心一點，好嗎？人人都有偏見，而且很快就形成。」

她繼續玩接龍，但我需要她的關注。我繼續說話。

「我說不定哪個時候應該跟老爸談談，」我說。「我不知道我會不會跟他提到愛咪的事情。」

「不，」她說。「別說。一提到愛咪，他表現得比你更奇怪。」

「我始終覺得她一定讓他想起以前的女朋友，或是某一個跟他無緣廝守的女人。自從他──」我猛然把手往下一揮，表示他的阿茲海默症病況──「他變得粗魯無禮，但是……」

「沒錯，但是在此同時，他似乎想要給她留下好印象，」她說。「基本而言，這就像是一個十二歲的混帳男孩困在一個六十八歲的混帳老人軀體裡。」

「每個女人不都認爲所有男人打心眼裡都像是十二歲的混帳男孩嗎？」

「是喔，如果男人的心容得下一個十二歲男孩的話。」

十一點八分。瑞德站在旅館的自動門旁邊等我們，他在黑暗中瞇起眼睛，試圖認出我們。希爾山姆兄弟開他們的小貨車；史塔克斯和我坐在後面的載貨平臺上。瑞德身穿卡其布高爾夫短褲和燙得筆挺的米爾德伯利運動衫，快步走向我們。他雙手穩穩搭住輪蓋，一躍跳上平臺，動作出奇輕快，他介紹大家認識，好像正在主持自己的行動脫口秀似地。

「瑞德，我眞的好遺憾愛咪出了事，」我們快速駛離停車場時，史塔克斯大聲說。其實我們不趕時間，但是希爾山姆兄弟依然飛速駛上高速公路。「她人眞好，有次她看到我在外面油漆房子，我流汗──嗯，流汗流得半死……嗯，一身是汗，她開車到便利商店幫我買一杯超大杯可樂，帶著可樂回來，爬上梯子送給我。」

他在說謊。愛咪根本不在乎史塔克斯、或是他喝些什麼，她甚至不屑撒泡尿在他的杯子裡。

「聽起來像是愛咪，」瑞德說。我心中忽然升起一股不請自來、有欠斯文的惱怒。或許我依然存有記者的本色，但是事實就是事實，大家不能僅僅爲了配合自己的心情，所以把愛咪視爲親愛的摯友。

「米爾德伯利，對不對？」史塔克斯指指瑞德的運動衫繼續說。「你們的橄欖球隊超棒。」

「沒錯，我們確實很棒，」瑞德說，臉上又露出大大的笑容，然後他和史塔克斯開始在引擎的噪音、風聲和黑夜中，似是而非地討論人文學院的橄欖球運動，一路聊到購物中心。

喬依．希爾山姆把車停在超大地標商場Marvyns③的外面。我們全都跳下車，伸展一下雙腿，搖搖身子提振精神。夜晚相當悶熱，月光銀白。我注意到史塔克斯的運動衫上印著：**節省瓦斯，放屁放到廣口瓶裡**——說不定是反諷，說不定不是。

「好，這個地方和我們正在進行的事情，危險得不得了，我不想騙人，」邁奇．希爾山姆開口。他這些年來粗壯了不少，和他兄弟一樣；他們不但胸腔鼓了起來，全身上下全都大了一號。兩個傢伙並肩而站，加起來肯定五百磅。

「邁奇和我以前來過一次，只是爲了——嗯，我猜我們只想看看這裡變成什麼樣子，結果幾乎被揍得慘兮兮，」喬依說。「所以我們今晚絕不馬虎。」他從貨車裡取出一個長長的帆布袋，拉開拉鍊，露出半打棒球球棒。他一臉嚴肅地分發給大家。把球棒遞給瑞德時，他猶豫了一下：「嗯，你要一支嗎？」

「噢，我當然要，」瑞德說，大家全都點頭表示讚許，現場洋溢著一股友善的朝氣：**老傢伙，眞有你的**。

「來，」邁奇說，帶領我們沿著外牆前進。「前頭Spencer's④附近有一扇門的鎖被敲爛了。」

就在那時，我們經過歡樂皮鞋城黑暗的櫥窗。我這輩子大半時間，老媽都在那裡工作。我依然記得一個星期六的早上，她穿上那套亮桃紅色的長褲套裝參加招聘會。四十歲的她，生平頭一次應徵工作，而且是在那個最奇妙的地方面試——購物中心耶！她興奮地出門，回家的時候，她一臉紅通通，咧著嘴大笑：我們絕對無法想像購物中心多麼繁忙、商店的種類多麼繁多！她將在其中哪一家上班呢？她應徵了九家！成衣店、音響店，甚至一家玉米花專賣店。一個星期後，當她宣布她將成爲鞋店的正式員工時，小戈和我都覺得不怎麼樣。

「妳得接觸各式各樣的臭腳丫，」小戈抱怨。

「我有機會接觸各種有趣的人，」我們的老媽更正。

這會兒我望向黑漆漆的窗戶，整個鞋店空空蕩蕩，只剩下一個丈量鞋碼的量尺歪歪斜斜地靠在牆邊。

「我媽媽以前在這裡工作，」我和瑞德說，迫使他跟著我駐足於此。

「這是怎樣的地方？」

「這是個不錯的地方，他們以前對她很好。」

「我是說他們做些什麼？」

「喔，鞋子，他們做鞋子。」

「沒錯！鞋子。這樣很好，我喜歡。某種人們眞正需要的東西。而且一天接近尾聲之時，你知道你完成了什麼：你把鞋子賣給五個人。不像寫作，對不對？」

「鄧恩，來！」史塔克斯靠在前頭開著的門邊；其他人已經入內。

走進去的時候，我以爲我們會聞到購物中心的氣味：整館中央空調，聞起來假假的，欠缺實質。但我反而聞到塵土、陳腐的草皮等等室內不該有的氣味。整座建築物非常悶熱，好像被困在床墊裡面，幾乎令人暈眩。我們當中有三人拿著巨型露營手電筒，燈光一照，眼前的景象令人不安，恍如彗星撞上地球、殭屍橫行、人類淪亡之後的市郊。泥濘的購物車在白白的地板留下一圈圈汙痕，一隻浣熊在女洗手間門口咬嚙狗餅乾，兩隻小眼睛像是鎳幣一樣閃閃發亮。

整座購物中心安靜無聲；邁奇的聲音發出回音，我們的腳步聲發出回音，史塔克斯帶著醉意的輕笑發出回音。我們不可能突襲，如果我們原先有此打算的話。

當我們走到購物中心的中庭長廊之時，整個區域似乎突然膨脹：周遭樓高四層，黑暗中，電扶梯和手扶梯層層交錯。我們齊聚在一個乾涸的噴水池旁邊，等著某個人帶頭。

「嗯，兄弟們，」瑞德帶點懷疑地說。「我們有何計畫？你們都知道這個地方，我卻不熟，我們必須想出如何有系統地——」

這時，我們聽到身後傳來鏗鏘巨響，一道防盜閘緩緩上升。

「嘿，那裡有個人！」史塔克斯大喊。他拿起他的手電筒緩緩照過一個身穿連帽雨衣的男人，男人從一家飾品店的門口衝出來，全速跑離我們。

「制住他！」喬依大喊，然後邁開腳步趕上去，厚厚的網球鞋重重踩踏磁磚地。邁奇拿著手電筒緊跟在後，燈光對準那個陌生人，兩兄弟粗聲粗氣地大喊——**不要跑，嗨，老兄，我們只是想要問個問題**。男子甚至沒有回頭看一眼。**我說不要跑，X你娘的混蛋！**聲聲嘶喊之中，男子保持沉默，但他加快腳步，沿著購物中心的走廊往前衝，身影在手電筒的燈光中忽隱忽現，雨衣好像披肩一樣在他身後撲撲拍打。然後那個傢伙展現特技：他跳過一個垃圾桶，閃過一座噴泉，最後滑過一道金屬防盜閘的下方，消失在Gap服飾店裡。

「他媽的！」希爾山姆兄弟的臉頰、脖子和手指頭全都紅通通，好像心臟病發作似地。他們輪流對著閘門咕噥，拚命想要把它抬高。

我跟著他們一起雙手放低，但是抬高到半呎，閘門就動也不動。我躺到地上，試圖從閘門底下穿過去：先是腳趾頭，然後是小腿，最後腰被卡住了。

「不，行不通，」我咕噥一聲。「他媽的！」我撐著站起來，拿起手電筒照進店裡。展示間空空蕩蕩，只有一堆腳輪衣架，衣架被人拖到展示間中央，好像正要升起營火。「這些商店的後頭相連，直通垃圾間和水電管線，」我說。「他現在說不定已經跑到購物中心另一頭。」

「好，那麼我們就過去購物中心另一頭，」瑞德說。

「你給我出來，混帳東西！」喬依大喊，他的頭微微往後仰，眼睛眯成一條直線，喊叫聲迴盪在室內。我們邁開腳步，拖著棒球球棒，像是小混混一樣往前走。希爾山姆兄弟不一樣，他們兩人拿著球棒沿路敲打店門和防盜閘，好像正在一個特別危險的戰區進行軍事巡邏。

「你最好出來，省得我們過去追你！」邁奇大喊。「噢、哈囉！」一家寵物店門口有對男女抱在一起，兩人坐在幾條軍用毛毯上，頭髮都因汗水而濡濕。邁奇聳立在他們面前，重重喘息，抹去眉毛上的汗珠。這就像是戰爭電影的場景：滿心挫折的士兵碰上無辜的村民，接下來準沒好事。

「你他媽的想要幹嘛？」坐在地上的男人問。他骨瘦如柴，臉孔削瘦凹陷，好像快要融化，頭髮及肩，糾結成一團，雙眼上翻，眼神哀戚：好一個受到劫掠的耶穌基督。女人的狀況稍佳，手臂和雙腿乾乾淨淨，圓圓胖胖，平直的頭髮油膩膩，但是經過梳理。

「你是藍本子兄弟嗎？」史塔克斯問。

「我哪是什麼兄弟，」男人喃喃自語，雙臂交叉在胸前。

「X你娘的！講話尊重一點，」女人怒斥，然後看起來好像快要哭了。她把臉轉開，假裝看著遠方的某個東西。「大家誰也不尊敬誰，我受夠了。」

「我們想問你一個問題，老兄，」邁奇邊說邊朝著男人移過去，他踢踢男人的鞋底。

「我不是藍本子兄弟，」男人說。「我只是運氣不好。」

「胡說。」

「這裡很多不同的人，不僅只是藍本子兄弟，但是如果你想找他們那一夥……」

「去啊、去啊，那麼你就去找他們啊，」女人說，嘴角緩緩下垂。「去煩他們啊。」

「他們在大洞那邊，」男人說，我們一臉困惑，他指了指前方。「那一頭的 Mervyns，走過以前那個旋轉木馬就到了。」

「X你娘的謝啦，」女人喃喃自語。

旋轉木馬所在之處只剩下一個環形烙印，購物中心即將關門大吉之前，愛咪和我曾經過來騎乘木馬。我們兩個成年人，並排坐在架高的小兔子上面，因為我老婆想要看看我小時候經常逗留的購物中心，也想聽聽我的故事。我們之間並非只是爭吵。

通往 Mervyns 的路閘已被打穿，因此，百貨公司好像總統紀念日的清晨大拍賣一樣店門大敞，歡迎嘉賓。裡面已經淨空，只剩下一些櫃檯，櫃檯以前擺設收銀機，現在則是一打毒蟲的落腳處，人人亢奮的程度不等，倒臥在標示著珠寶、美容用品、寢具的招牌下方。一盞盞瓦斯露營燈照亮招牌，燈光一閃一閃，好像夏威夷風情的提基火把。我們走過的時候，幾個傢伙勉強張開眼睛，其他人則不省人事。遠遠的角落有兩個小伙子，年紀比青少年大一點，兩人急躁地複誦《蓋茲堡演說》。而今我們正陷入一場慘烈的內戰……一個男人四肢一攤、躺臥在一張地氈上，他身穿筆挺的牛仔短褲、潔白的網球鞋，好像正要參加他小孩的兒童樂樂棒球。瑞德瞪著他，好像說不定認得這個傢伙。

卡賽基毒品氾濫，嚴重的程度遠超過我先前所知：警察昨天才到此搜查，吸毒的人卻已重回此地，像是一群揮之不去的蒼蠅。我們慢慢走過一群群肢體交疊的人們，走著走著，一個非常肥胖的女人騎著電動機車朝我們呼嘯而來，她一臉粉刺，汗水淋漓，牙齒有如貓牙。

「你們要嘛掏錢，要嘛滾開，因為這裡可不是課堂展示和討論，」她說。

史塔克斯拿起手電筒照她的臉。

「X你娘的！把那個鬼東西拿開。」史塔克斯依言照辦。

「我在找我太太，」我開口。「愛咪・鄧恩，她從星期四就失蹤了。」

「她會出現的。她會醒過來，自個兒拖拖拉拉走回家。」

「我們擔心的不是毒品，」我說。「我們擔心的是這裡的一些男人。我們聽到一些謠言。」

「沒關係，梅蘭妮，」有人大聲說。一個瘦高的男人站在青少年服飾部門邊緣，男人靠在一個赤裸的人型模特兒上，他看著我們，斜斜咧嘴一笑。

梅蘭妮聳聳肩，看似無聊惱怒，駕著機車離去。

男人繼續盯著我們，但是朝著青少年服飾部門後方大喊，試衣間下面隨即冒出四雙腳，每個試衣間顯然都有人借住。

「嗨，朗尼！嗨，大家聽好！那些混蛋回來囉，總共五個人，」男人說。他把一個空啤酒罐踢向我們，在他身後，三雙腳開始移動，男人們慢慢站起來，一雙腳毫無動靜，此人顯然睡著、或是不省人事。

「沒錯，混帳東西，我們回來了，」邁奇・希爾山姆說。他手執球棒，好像緊握撞球桿一樣高高舉起，重重敲打人型模特兒的胸乳之間。模特兒搖搖晃晃倒向地面，她倒下之時，那個藍本子兄弟優雅地移開手臂，好像這些都是預演的一幕。「有個女孩失蹤了，我們需要一些資訊。」

三個男人從試衣間走了出來，加入他們的朋友。三人全都穿著兄弟會派對運動衫：彩染希臘字母，熱帶島嶼斐濟。一到夏天，這類運動衫便大量湧入當地慈善機構——學生們大學畢業，褪下了昔日的紀念衣衫。

男人們全都肌肉糾結，青筋暴露，結實得讓人害怕。一個傢伙從他們身後、角落最大的一個更衣間走了出來，這位仁兄——想必是朗尼——留了長長的八字鬍，頭髮紮成馬尾辮，手裡拖著一節長長的水管，身穿印有 Gamma Phi 字樣的運動衫。朗尼正是購物中心的警衛。

「你們有何貴幹？」朗尼大喊。

我們無從奉獻這塊土地，我們無從使之成爲聖地，我們無從將之神化……那兩個小伙子扯著嗓門繼續複誦，聲音高亢到幾乎像是喊叫。

「我們要找愛咪．鄧恩，你說不定在電視上看到她，她從星期四就失蹤了，」喬依．希爾山姆說。

「她人很漂亮，而且相當親切，被人從家裡綁走了。」

「我聽說了，那又怎樣？」朗尼說。

「她是我太太，」我說。

「我們知道你們在這裡搞些什麼把戲，」喬依繼續說，講話的對象僅限於朗尼，朗尼則把馬尾辮甩到身後，挺直下巴，褪色的刺青蓋滿手指。「我們都曉得那個輪暴事件。」

我瞄了瑞德一眼，看看他好不好；他正盯著地上赤裸的人型模特兒。

「輪暴，」朗尼說，猛然把頭往後一仰。「你他媽的講什麼輪暴？」

「你們這些傢伙，」喬依說。「你們這些藍本子兄弟——」

「藍本子兄弟，好像我們某種工作團隊似地。」朗尼不屑地哼了一聲。「我們又不是野獸，你這個混帳東西。我們不會綁架女人。大家不願意幫助我們，卻又不想感到愧疚。**你瞧，他們那一群強暴犯，不値得我們幫忙。**胡說！如果工廠把積欠的工錢還給我，我他媽的馬上離開這裡。但是我什麼都沒有。我們大家全都一無所有，所以才會待在這裡。」

「我們會給你錢、數目不小的一筆錢，如果你們可以告訴我們任何關於愛咪失蹤的消息，」我說。

「你們認識很多人，說不定聽說了什麼。」

我掏出她的照片。希爾山姆兄弟和史塔克斯一臉驚訝，我意識到他們認爲此舉只是堂堂男子漢的拖延戰術——他們當然這麼想。我把照片推到朗尼面前，我以爲他幾乎懶得看一眼，但是他反而往前靠近一點。

「噢、他媽的，」他說。「你們說的是**她**？」

「你認得她？」

他看起來居然有點難過。「她想要買一把槍。」

---

① 貝琪・柴契爾（Becky Thatcher），《湯姆歷險記》的主要人物之一，是湯姆心儀的女孩。

② 馬克・吐溫的本名是塞繆爾・克萊門斯（Samuel Clemens），其父J・M・克萊門斯是位律師。

③ Marvyns，美國老牌連鎖百貨公司，總部設於加州，二〇〇八年宣告破產。

④ Spencer's，美國連鎖禮品店，全美超過六百家分店。

愛咪・艾略特・鄧恩

二〇一〇年十月十六日

日記一則

向我自己說聲紀念日快樂！我已經在密蘇里州住了整整一個月，而且努力學習成爲一位優良的中西部居民。沒錯，我已經戒除所有東岸人士的習性，也已贏得戒癮互助會的獎勵晶片（這裡的人大概用洋芋片作爲晶片）。我勤做筆記，尊重傳統，我在討人厭的密西西比進行田野訪查，成了當地的瑪格麗特・米德。①

嗯，讓我們瞧瞧，最近有何新發展？尼克和我最近捲入所謂的「咕咕鐘難題」（這個名稱是我自己取的）。我爸媽珍惜的家傳咕咕鐘，一擺到我們的新家，看起來可笑極了。話說回來，我們從紐約帶過來的家當，看起來也和新家完全不搭調。我們那張莊嚴的大沙發，連同那張相同款式的小椅凳，如今頹然地擺在客廳裡，好像一對草原上的大象母子，睡夢之中忽然中了麻槍，醒來之後發現自己被關在這個奇怪的樊籠裡，四周圍繞著蓬鬆的仿毛地毯、合成的木材和光滑的牆壁。我眞想念我們的舊家——那些數十年歲月留下的縫隙、刻痕和凹凸（暫停！且讓我調整心態）。但是新家也不錯！只是不一樣。咕咕鐘可不這麼認爲。它也很難適應新家：小小的咕咕鳥不再整點報時，有時晚了十分鐘，有時提前十七分鐘，有時延遲四十一分鐘，咕咕鳥搖搖晃晃、好像喝醉酒似地冒出來，而且叫聲淒厲——咕……咕……咕……——每次都把布里克嚇得從藏身之處跳出來，雙眼大張，一本正經，尾巴豎直，歪頭看看嗚嗚叫的小咕咕鳥。

「哇，你爸媽肯定非常恨我，」每次我們站在噪音所及之處，尼克就和我說。但是他夠聰明，不至於提議我們丟棄咕咕鐘。其實我也丟掉它，畢竟整天待在家裡的是我（失業的也是我）。我只是坐待鐘聲呱呱響，好像一個在戲院看電影的觀眾好整以暇，等著後面那個瘋狂影迷大聲尖叫——每次傳來尖叫聲，我既是鬆了一口氣（尖叫了！），又是氣憤（尖叫了！）。

新居派對之時，咕咕鐘引發一陣騷動（**啊，你們看看，一個古董鐘耶！**），老媽媽莫琳堅持辦個新居派對，其實，老媽媽莫琳並不堅持，她只是認定確有此事，而後此事就會成真，比方說，我們搬過來的隔天早上，她端著自製的炒蛋和量販的衛生紙，出現在我們家門口（哪種炒蛋吃了需要大量衛生紙？）。從那時開始，她就不停提起新居派對，好像確有此事似的。**嗯，你們打算什麼時候舉辦新居派對？你們有沒有想過我應該邀請哪些人參加？你們打算辦個新居派對，還是一個比較有趣的聚會，比方說你們提供點心，請客人們自己帶酒過來？但是傳統的新居派對總是不錯。**

而後冒出一個日期，而且就是今天。外面飄著十月的細雨，鄧恩家族的親朋好友甩掉雨傘上的水滴，老老實實地在那張莫琳今天早上帶給我們的地墊上抹淨雙腳。地墊是從好市多買來的，上面寫著：**來者是客**。在密西西比河域居住滿月之後，我對於量販採購已經略有所知。共和黨員選擇山姆會員超商②，民主黨員選擇好市多，但是每個人都大量採購，因爲這裡的人不像曼哈頓的居民，大家都有空間儲存二十四罐罐裝甜酸黃瓜。而且，這裡的人不像曼哈頓的居民，大家都會使用二十四罐罐裝甜酸黃瓜。（此地的聚會必定備有醃漬食品，旋轉餐盤上擺滿直接從罐中取出的酸黃瓜和西班牙橄欖，還有鹽塊。）

讓我描述一下情景：室內氣味嗆鼻，每個人的衣袖和頭髮都沾上雨天的味道，戶外的氣息跟著大家進到屋裡。年長的女士們——莫琳的朋友們——端出各種不同的食物，食物裝在可放進洗碗機清洗的塑膠容器裡，她們日後將索回這些容器，而且一問再問。我現在曉得我應該把容器清洗乾淨，開車將它們一個個物歸原主——好像跟冷凍保鮮盒共乘——但剛剛抵達這裡時，我不知道這套規矩。我乖乖把塑膠容器送出去回收，結果必須全部重新購買。莫琳最要好的朋友維琪馬上認出她的容器簇新，是個購自商店的冒牌貨，當我解釋自己先前搞不清楚狀況，她張大眼睛，表示訝異：喔，他們紐約人就是這麼做。

回到新居派對：年長的女士們是莫琳的朋友，大夥很久以前一起參加家長會，還有一些是讀書會的朋友和皮鞋歡樂城的同事，莫琳曾在那家鞋店工作，每星期四十小時，協助特定歲數的女士套上好穿的粗跟高跟鞋（她一眼就猜得出對方穿幾號的鞋子——女鞋八號，窄碼！——她常在派對上耍出這套把戲娛樂大眾）。老媽媽莫琳的朋友們全都非常喜歡尼克，而且每個人都說得出這些年來尼克為她們做了哪些貼心的事情。

年紀較輕的女士們——也就是可能和我交上朋友的那批人——一式染成金黃、層次分明的俐落短髮，一式露出腳踝的空包鞋。她們是莫琳朋友的女兒，全都非常喜歡尼克，而且每個人都說得出這些年來尼克為她們做了哪些貼心的事情。她們大多因為購物中心倒閉而失業，要不就是先生們因為購物中心倒閉而失業，因此，她們全都主動提供「簡易經濟食譜」，而這些食譜通常不脫罐頭湯、奶油和零食洋芋片烹調而成的煲鍋。

男士們和藹可親，他們聚集在角落，一邊談論球賽，一邊對我露出親切的微笑。

每個人都非常親切，說真的，大家親切得不得了。莫琳這位鄰近三州最努力抗癌的患者把我介紹給她的朋友們，那副模樣好像在向大家炫耀一隻新近添購、有點危險的寵物：「這位是尼克的太太愛咪，愛咪在紐約市出生長大。」她那些富態、親切的朋友們馬上拍拍雙手，不停重複紐約市！紐約市！好像患了某種奇怪的妥瑞氏症，而且說出某些令人不知如何回應的話，比方說：**哇，那一定很棒**。再不就是微微擺動雙手，輕輕哼唱西洋老歌〈紐約、紐約〉。莫琳以前的同事芭芭拉裝腔作勢、慢吞吞地說：「**紐—約—市！**拿副套索過來。」我一臉困惑、瞇起眼睛看著她，她說：「喔，那是七〇年代一個墨西哥莎莎醬的廣告！」我還是聽不懂，她紅著臉、一隻手擱在我的手臂上說：「我不會眞的把妳吊死。」③

說著說著，大家全都咯咯輕笑，坦承從來沒有去過紐約，或是只去過一次，而且不怎麼喜歡。我接著說：**你會喜歡的**，或是：**不是每個人都喜歡紐約**，或是：**嗯、嗯**，因爲我已經腸枯思竭，不曉得該說什麼。

「友善一點，愛咪，」我們在廚房裡補給飲料時，尼克在我耳邊說。（中西部的人們喜歡兩公升裝的汽水，而且不多不少，始終是兩公升，你也始終把汽水倒進巨大的紅色塑膠單人杯裡。）

「**我很友善啊**，」我輕聲抱怨。這話眞的很傷感情，因爲你如果問問大家我是否友善，我知道在場的每個人都會點頭贊同。

有些時候，我覺得尼克眼中的「我」，其實並不存在。自從我們搬到這裡之後，我已經參加純女性的聚會，以及慈善步行籌款活動，我幫他爸爸做了煲鍋，幫忙販售抽獎活動的票券，我拿出自己最後一筆錢資助他和小戈，好讓他們兄妹買下那家他們始終想要的酒吧。我甚至把支票夾在一張啤酒杯形狀的卡片裡——**爲你祝福！**——尼克只是勉強擠出一聲謝謝。我不知道能做什麼。我正在嘗試。

我們分送一杯杯汽水，我努力微笑，更加盡力展露歡顏，擺出親切友善的模樣。我請問大家還需要什麼，讚美女士們烹調的美味沙拉、蟹肉沾醬，以及裹上鮮奶油起司和義式乾香腸的酸黃瓜片。

尼克的爸爸和小戈一起抵達，他們沉默地站在門口的臺階上，一派中西部的陰鬱。比爾．鄧恩瘦長結實，依然英俊，額頭上貼了一小塊ＯＫ繃，小戈臉色陰沉，頭髮用髮夾夾著，避開她爸爸的目光。

「尼克，」比爾．鄧恩邊說邊跟尼克握握手，他走進屋內，對著我皺皺眉頭，小戈跟著進來，一把把尼克拖到門後，悄悄和他說：「我不曉得他現在狀況如何，我的意思是，我不知道他腦袋裡想些什麼，比方說心情不好或者只是想要胡鬧，我完全不知道。」

「好、好，別擔心，我會看著他。」

小戈生氣地聳聳肩。

「我是說眞的，小戈，喝杯啤酒，休息一下，接下來的一個鐘頭，妳不必承擔照顧爸爸之責。」

我心想：**如果換作是我，他肯定抱怨我太敏感。**

年紀較長的女士們圍著我團團轉，她們告訴我，莫琳始終宣稱尼克和我感情很好，她們說莫琳沒錯、尼克和我顯然是天生一對。

我比較喜歡這些善意的陳腔濫調，而不是那些我們婚前聽到的鬼話。**婚姻是個妥協，也是一項辛苦的差事，而後需要更多努力、溝通與妥協。而後就只是一項差事。**入此門者，了斷希望④。

以前紐約那個訂婚派對最爲糟糕，每位賓客都喝得太多，怒氣騰騰，好像每對夫妻前往俱樂部途中全都吵了一架，或是想起過去某些爭執。比方說我媽媽好友的八十歲老母親蘋克．莫瑞亞迪，老太太在吧檯前面攔住我——她扯著嗓門大喊：「愛咪，我得跟妳談談！」語調急切，好像在急診室似地。她扭擰一個個戴在瘦弱手指上的戒指——扭一扭，轉一轉，吱吱作響——撫弄我的手臂（老人家上下其手，冰涼的手指殷殷垂涎你那柔軟、溫暖、青春的肌膚），然後蘋克老太太告訴我，她那個結褵六十三年的先生，生前「管不住他的老二」。她咧齒笑笑，說出這話，笑意之中帶著**我一隻腳已經進了棺材、可以說說這種事情**的意思，白內障的眼睛一片混濁。「他就是管不住他的老二，」老太太急切地說，她牢牢抓住我的手，觸感冰冷，好像死神的緊握。「但是他愛我，勝過他愛她們任何一個。**我知道，妳也知道。**」這則故事的要旨是：莫瑞亞迪先生是個對太太不忠、陰險下流的蠢蛋，但是，你知道的，婚姻是個妥協。

我快快退開，邁步周旋於眾人之中，對著一張張發皺的臉孔微笑，人至中年，臉孔隨之鬆垮，顯露出疲態與失望，在場的每一副臉孔都是如此。眾人大多喝得醉醺醺，隨著他們那個年代的歌曲翩翩起舞，眾人聆聽鄉村俱樂部的放克音樂搖搖擺擺，看來更加可悲。我慢慢走向法式落地窗透透氣，有人忽然捏捏我的手臂，原來是老媽媽莫琳，她睜大那雙動過雷射手術的眼睛，神情跟哈巴狗一樣熱切，嘴裡塞了一塊夾了羊奶起司的小餅乾，勉強開口說：「和某個人結婚，兩人長相廝守，不但不容易，而且相當可敬，我很高興你們兩個許下承諾，但是，老天爺啊，有些時候，你會希望自己始終不曾踏進禮堂。如果你只懊惱**幾天**，而不是**幾個月**，那就算是不錯囉。」我看起來肯定非常驚愕——我百分之百感到震懾——因爲她很快又說：「但是話又說回來，你們會過得快快樂樂，我知道你們會的。**你們兩個**都會。很多、很多快樂時光。所以囉，你們只要……親愛的，我剛才說了那些話，眞是抱歉。我只是一個離了婚的笨老太婆，喔，天啊，我酒喝多了。」然後她結結巴巴說聲再見，穿過其他一對對滿懷失望的夫妻，匆匆離去。

「妳不應該在這裡，」比爾．鄧恩忽然說，而他說話的對象是我。「妳爲什麼在這裡？妳不准待在這裡。」

「我是愛咪，」我邊說邊摸摸他的手臂，好像這樣說不定會喚醒他。比爾始終喜歡我；即使他想不出和我說些什麼，我也看得出來他喜歡我，因爲他看著我的那種神情，好像我是一隻珍奇的小鳥。這時他板著臉孔，朝著我挺起胸膛，好像一個神態滑稽、等著幹架的年輕水手。幾呎之外，小戈已經放下盤子，動身朝向我們走過來，好像準備捉住一隻蒼蠅。

「妳爲什麼在我們家裡？」比爾．鄧恩說，嘴巴一撇。「妳眞是膽大包天。」

「尼克？」小戈喊了一聲，音量不大，但是急迫。

「讓我來，」尼克冒了出來。「嗨、爸，這是我太太愛咪。記得愛咪嗎？我們搬回來，這樣一來，我們才可以常常見到你。這是我們的新家。」

尼克狠狠瞪了我一眼：先前我堅持邀請他爸爸。

「尼克，我只是想說，」比爾．鄧恩說，這會兒他指指點點，伸出食指戳向我的臉頰，整個派對靜了下來，幾位男士慢慢地、謹慎地從另一頭走過來，扭絞雙手，準備採取行動。「**她不屬於這裡**。那個小賤人以爲她想幹嘛、就能幹嘛。」

老媽媽莫琳飛奔進來，一手攬住她的前夫，她始終有辦法應付各種場面，向來如此。「她當然屬於這裡，比爾，這裡是她的家，她是你兒子的太太，記得嗎？」

「我要她滾出去，莫琳，妳聽懂了嗎？」他甩開她，又朝著我走過來。「愚蠢的賤人。愚蠢的賤人。」

我不確定他說的是我還是莫琳，但是他又看著我，抿緊嘴唇。「**她不屬於這裡**。」

「好，我走，」我邊說邊轉身，直接走出大門，邁入雨中。**此話出自阿茲海默症病人之口**，我心想，試圖一笑置之。我在社區繞了一圈，等著尼克出現，把我帶回我們的家。雨點輕輕打在我身上，弄濕了我。我真的相信尼克會追出來。我朝著屋子轉身，卻只看到緊閉的大門。

---

① 瑪格麗特．米德（Margaret Mead，1901-1978），美國知名文化人類學家。

② 山姆會員超商（Sam's Club），美國大型量販連鎖店。

③「New York City ?! Get a rope.」語出七〇年代一個電視廣告，廣告中幾個德州牛仔圍在一起用餐，吃著吃著，莎莎醬用罄，廚師遞過來另一罐莎莎醬，其中一個牛仔發現這罐莎莎醬是紐約市製造，眾人隨之圍到廚師旁邊大喊：「New York City?!」一個牛仔接著大喊：「Get a rope!」。

④ 原文「Abandon all hope, ye how enter」，語出但丁《神曲．地獄篇》。

尼克・鄧恩

事發之後四日

清晨五點，瑞德和我坐在空空蕩蕩的「愛咪・鄧恩搜救活動」的志工中心啜飲咖啡，等著警察調查朗尼。愛咪從高掛在牆上的海報瞪視我們，照片看來哀傷。

「我只是不明白，如果她害怕的話，她爲什麼不跟你講？」瑞德說。「她爲什麼不告訴你？」

一年三百六十五天，愛咪居然選在情人節前往購物中心買槍，我們的朋友朗尼就是這麼說。她有點困窘、有點緊張。**說不定我有點傻……我只是認爲我眞的需要一把槍**。但最重要的是，她非常驚慌。某人讓她緊張不安，她告訴朗尼。她沒有說出更多細節，但是當他問她需要哪一種槍之時，她說：**那種很快就能夠阻擋某人的槍**。他叫她過幾天再過來，她依言照辦。他沒辦法幫她弄到一把槍（「老兄，那可不是我的專長」），但是這會兒他但願自己當初辦到了。他對她記憶深刻；幾個月來，他不時想起這位甜美、一臉懼意、試圖在情人節買槍的金髮女郎，納悶她的近況如何。

「誰會讓她害怕？」瑞德問。

「瑞德，再跟我說一次戴西的事情，」我說。「你見過他嗎？」

「他來過我們家幾次。」瑞德皺起眉頭，想了起來。「他長相不錯，非常渴望得到愛咪的注意，把她當成公主似地。但我始終不喜歡他。當初兩人甜甜蜜蜜——他是愛咪的初戀，年輕的戀人，兩小無猜——

即使是那個時候，我也不喜歡他。他對我非常無禮，實在講不過去。他占有慾非常強，時時刻刻摟著愛咪。他不肯試著對我們好一點，這一點我覺得非常奇怪，大部分的年輕男孩都會想要取悅父母親。」

「我就想要取悅你們。」

「而你也辦到了！」他露出微笑。「你的緊張恰到好處，感覺相當貼心。戴西則是非常惡毒。」

「戴西的住處距離這裡開車不到一小時。」

「沒錯。希拉蕊．韓迪呢？」瑞德邊說邊揉揉眼睛。「我不想要侮蔑女性，但是她比戴西更恐怖。因爲購物中心那個叫做朗尼的傢伙，他沒說愛咪怕的是個男人。」

「不，他只說她害怕，」我說。「還有那個叫做諾耶兒．霍桑的女子——那個住在我們附近的鄰居。她跟警方說她是愛咪的好友，而我知道她不是。她們甚至稱不上是朋友。她先生說她最近相當歇斯底里、看著愛咪的照片掉眼淚，當時我以爲他說的只是網路上的照片，但是……如果她手邊眞有愛咪的照片呢？如果她跟蹤愛咪呢？」

「我昨天忙東忙西的時候，她試圖跟我說話，」瑞德說。「她在我面前引述了一些《神奇的愛咪》的文句，嗯，其實是出自《神奇愛咪與摯友之爭》：『最要好的朋友，也就是最了解我們的人。』」

「聽起來像是希拉蕊，」我說。「長大成人的希拉蕊。」

剛過清晨七點，我們跟邦妮和吉爾賓在公路旁邊一家IHOP①碰面，正式和他們攤牌：我們正在進行一些應該由他們處理的事情，著實荒謬。發現線索的居然是我們，實在說不過去。如果當地警局沒有能力處理，我們就該尋求聯邦調查局的協助。

一個富態、琥珀色眼睛的女服務生記下我們點的菜，幫我們倒了咖啡，她顯然認出我是誰，而且一直在聽得到我們講話的地方晃來晃去，直到吉爾賓叫她走開。但是她像是家中揮之不去的蒼蠅，她很快送上我們點的菜，速度快得出奇，而且趁著重新倒滿飲料和分發餐具之時，偷聽我們的談話。她不停來來回回，聽到一些斷斷續續、脫口而出的激烈爭辯：**我們無法接受……謝謝**、**我們不需要咖啡……我們不敢相信……嗯**、**啊**、**當然**、**好**、**黑麥麵包……**

我們還沒講完，邦妮就插嘴。「兩位，我了解你們當然想要參與，但是你們的行爲相當危險，你們一定得讓我們處理這類事情。」

「但是你們並未處理，而這正是問題所在，」我說。「如果我們昨天晚上沒有過去購物中心，你們永遠無法得知這個關於買槍的消息。你們跟他談話的時候，朗尼說了什麼？」

「就是你提過的那些事情，」吉爾賓說。「愛咪想要買一把槍，她很害怕。」

「你似乎覺得這個消息沒什麼了不起，」我厲聲說道。「你認爲他說謊？」

「我們不認爲他說謊，」邦妮說。「那個傢伙沒有理由招惹警察注意。你太太似乎令他印象相當深刻，他非常……我不知道怎麼說，他似乎因爲你太太發生這種事情而忐忑不安。他記得特定細節。尼克，他說她那天圍了一條綠色絲巾，你知道的，不是冬天的圍巾，而是那種象徵時尚的絲巾。」她揮舞手指，藉此表示她認爲時尚相當幼稚、不值得注意。「祖母綠，想起來了嗎？」

我點點頭。「她有一條祖母綠的絲巾，經常搭配牛仔褲。」

「外套上頭還有一支別針——金黃、草寫的字母A？」

「沒錯。」

邦妮聳聳肩：**嗯，那就對囉**。

「你不認爲或許他對她印象深刻到了……綁架她的地步？」我問。

「他有一個牢不可破的不在場證明，」邦妮邊說邊瞪著我，眼光銳利。「老實說，我們已經開始追查……不同性質的動機。」

「比較……針對個人，」吉爾賓加了一句。他一臉懷疑地看著他的鬆餅，鬆餅上面堆著草莓和一層層蓬鬆的鮮奶油，他動手把草莓和鮮奶油刮到盤子的一側。

「比較針對個人，」我說。「這是不是表示你們終於決定和戴西·柯林斯或是希拉蕊·韓迪談一談？或者我必須出面？」事實上，我已經答應瑪莉貝絲今天過去找他們。

「我們當然會的，」邦妮說。她帶著懷柔的口氣，好像一個女孩安撫她那挑剔的媽媽，答應自己會注重飲食。「我們懷疑這會是一個線索——但是我們會跟他們談談。」

「嗯，太好了，你們多多少少試圖善盡職責，謝啦，」我說。「諾耶兒·霍桑呢？如果你們懷疑家裡附近的某個人涉案，諾耶兒就住在我們社區，而且她似乎非常迷戀愛咪。」

「我知道，她打了電話給我們，她已經在我們的名單上。」吉爾賓點點頭。「我們今天會處理。」

「好。你們還打算做什麼？」

「尼克，說眞的，我們希望你能夠爲我們抽出一點時間，讓我們多聽聽你的見解，」邦妮說。「配偶們通常沒有意識到自己知道那麼多事情。我們希望你多想一想那次爭執——你們的鄰居泰弗爾太太，她……嗯，愛咪失蹤之前的晚上，她不經意聽到你和愛咪大吵一架。」

瑞德忽然把頭轉向我。

珍·泰弗爾，那位送上煲鍋、信奉基督教、再也不敢迎上我目光的女士。

「我的意思是說，目前這種狀況，可不可能因爲——艾略特先生，我知道這話相當不中聽——愛咪受到某些藥物的影響？」邦妮問，眼神一派天眞。「我的意思是說，說不定她曾經接觸鎭上某些不太正派的傢伙，除了購物中心那些人之外，市內不乏其他販毒人士，說不定她應付不來，所以需要一把槍。她想要買槍保護自己，而且不想告訴她先生，其中必有緣故。尼克，我們希望你再仔細想想，晚上十一點左右，你和愛咪起了爭執，在那之後，再也沒有別人聽到愛咪的聲音——」

「除了我之外。」

「沒錯，除了你之外。請你再想想，從那時開始，直到隔天中午，你人在哪裡？如果你在鎮上走動，比方說開車到沙灘，或是在碼頭附近閒晃，一定有人看到你，即使那人只是……你知道的……出來遛狗。如果你能夠協助我們，那將會……」

「很有幫助，」吉爾賓把話說完。他叉起一顆草莓。

他們都一臉專注、和善地看著我。「那將會很有幫助，尼克，」吉爾賓更加懇切地重複一次。我之前從來沒有聽過他們提起那場爭執，我也不曉得他們獲知此事，這會兒他們刻意在瑞德面前告訴我，而且裝出一副他們並非有意逮到我說謊的模樣。

「當然沒問題，」我說。

「你介不介意告訴我們那是怎回事？」邦妮問。「我是說那次爭執？」

「泰弗爾太太怎麼和你們說的？」

「既然我可以直接請問你，我何必採信她的說詞？」她倒了一些奶精到咖啡裡。

「那次爭執眞的沒什麼意義，」我說。「所以我才始終沒有提起。我們只是鬥嘴，夫妻有時不免小吵一架。」

瑞德看著我，好像不曉得我在說些什麼似地：鬥嘴？你說的鬥嘴是什麼意思？

「那只是——關於晚餐，」我說謊。「結婚紀念日的晚餐有何打算。你知道的，愛咪對於這些事情相當傳統——」

「龍蝦！」瑞德插嘴。他轉向兩位警探。「愛咪每年都幫尼克烹煮龍蝦。」

「沒錯，但是我們在鎮上到處都買不到龍蝦，這裡沒有養在水缸裡的活龍蝦，所以她感到相當挫折。我已經在休士頓餐館訂位——」

「我以為你說你沒有訂位，」瑞德皺起眉頭。

「嗯、噢、對不起，我搞混了，我只是想到這個點子，但我真的應該做些安排，乾脆空運幾隻龍蝦過來。」

兩位警探皆不自覺地露出不以為然的表情。**多麼高檔喔**。

「其實不會很貴。反正啊，我們為了這件蠢事爭吵，那種爭執愈吵愈僵，搞得比原本嚴重。」我咬了一口鬆餅，我可以感覺一股熱氣從衣領底下急速攀升。「但是不到一個鐘頭，我們就拿這事開玩笑。」

邦妮只說：「嗯。」

「你的尋寶遊戲進行到哪裡？」吉爾賓問。

我站起來，把錢放在桌上，準備離開。我不應該被當成被告。「沒有進展，時機還不太對——發生了這種事情，讓人很難專心思考。」

「好吧，」吉爾賓說。「既然我們得知她幾個月前覺得受到威脅，因此，尋寶遊戲不太可能是個偵察角度。但是請你隨時告訴我們狀況，好嗎？」

我們全都匆匆走向炎熱的室外。瑞德和我坐上我們的車子時，邦妮大喊：「嗨，尼克，愛咪還是二號吧？」

我朝著她皺皺眉頭。

「二號尺寸？」她重複一次。

「沒錯，她是，我想是吧，」我說。「沒錯，她是。」

邦妮做出一個不置可否的表情，坐上她的車子。

「你覺得那是什麼意思？」瑞德問。

「他們兩個啊，誰曉得？」

駛向旅館途中，我們大多沉默不語，瑞德瞪著窗外一排排一閃而過的速食餐廳，我想著我的謊言——我的種種謊言。我們必須轉繞幾圈尋找停車位；「薪資外包廠商年會」顯然相當搶手。

「你知道嗎？說來有趣，我在紐約住了一輩子，居然是個城市鄉巴佬，」瑞德說，手指握住車門把手。「當愛咪提到搬到這裡，和你一起搬回密西西比河域時，我腦海中出現……草地、農舍、蘋果樹、以及那些莊嚴古老的紅色穀倉。但是我得跟你說，這裡眞的非常醜陋。」他笑笑。「整個市鎭裡，除了我女兒之外，我想不出來有哪樣東西稱得上美麗。」

他下車，邁開大步，快快朝著旅館前進，我並未試圖趕上。我比他晚幾分鐘走進中心，在中心後方找著一張隱蔽的桌子，在桌邊坐下。我必須趁著線索消失之前完成尋寶遊戲，研究出愛咪打算把我帶到何處。在這裡待幾個鐘頭、盡了該盡的義務之後，我會處理第三則線索。在此同時，我拿起電話撥號。

「喂，」對方聽起來不耐煩，背後傳來嬰孩的哭聲，我可以聽得出來對方吹開臉際的髮絲。

「嗨，請問妳是——希拉蕊．韓迪嗎？」

她掛電話。我又打過去。

「哈囉？」

「嗨，我想我們剛才被切斷了。」

「拜託你把這個電話號碼列入『拒絕接受電話推銷名單』——」

「希拉蕊，我不是推銷任何東西，我打電話想和妳談談愛咪・鄧恩——愛咪・艾略特。」

對方默不作聲，小寶寶又開始哇哇叫，聽起來像是笑聲，也像是大發脾氣，頗具威脅性。

「她怎麼了？」

「我不知道妳是否在電視上看到這則新聞，她失蹤了。她從七月五日就失去蹤影，而且可能在涉及暴力的情況下失蹤。」

「喔，眞是遺憾。」

「我是她先生尼克・鄧恩，我只是試著聯絡她的老朋友們。」

「是嗎？」

「不曉得妳最近有沒有和她聯絡。」

她對著電話吸氣、吐氣，重複了三次。「你是不是因爲高中那些狗皮倒灶的事情，所以打電話過來？」背後更遠之處傳來另一個小孩的聲音，孩子撒嬌地大喊：「媽—媽，我—要—妳—過—來。」

「等一等，傑克，」她對著背後大喊，然後繼續和我說話，語氣非常激動：「對不對？這就是你爲什麼打電話給我？因爲那已經二十年前的事情，他媽的，二十幾年囉。」

「我知道、我知道，拜託，我非得問一問不可，如果不問的話，我就是個混蛋。」

「你他媽的老天爺啊，我現在是三個小孩的媽。我從高中之後就沒跟愛咪說過話，我已經學到了教訓，如果我在街上看到她，我會掉頭就跑。」小寶寶嚎啕大哭。「我得掛電話了。」

「我不會耽誤妳很多時間，希拉蕊——」

她掛了電話，我的可拋式手機幾乎馬上發出震動，我置之不理，我得找個地方，把這個該死的東西收好。

我可以感覺附近有人，而且是個女人，但是我暗自希望她會走開，所以我沒有抬頭一看。

「現在還不到中午，你看起來卻像是累了一整天，可憐的小寶貝。」

香娜・凱莉。她把頭髮紮高，梳成像是泡泡糖女郎的馬尾辮，她對著我噘起塗了亮光唇膏的嘴唇，以示憐憫。「你準備嘗嘗我的墨西哥玉米片派嗎？」她端著一個熱騰騰的派餅，烤盤剛好在乳房之下，保鮮膜布滿一道道水蒸氣。她講話的模樣，好像自己是個八〇年代音樂錄影帶之中、頂著一頭蓬鬆亂髮的女歌手：You want summa my *pie*？

「我早餐吃得很飽，但是，謝謝，妳人眞好。」

她不但沒有走開，反而坐了下來。她穿著青綠色的網球裙，腳上一雙毫無汙點的網球鞋，雙腿的乳液抹得非常均勻，幾乎可以反射光線。她用鞋尖踢我一下。「甜心，你睡得還好嗎？」

「我撐得住。」

「你需要睡眠，尼克，如果筋疲力盡，你誰都幫不了。」

「我說不定再過一會就離開，試試補充幾小時睡眠。」

「我認爲你應該這麼做，我是說眞的。」

我忽然對她升起一股強烈的感激。我那種「媽媽的乖兒子」心態徐徐浮現，危險啊，快快將之壓垮，尼克。

我等著她走開，她必須走開——大家已經開始看著我們。

「如果你要的話，我現在可以開車送你回去，」她說。「你說不定就是需要睡個午覺。」

她伸手碰碰我的膝蓋，我忽然覺得非常生氣，她怎麼沒有意識到她必須走開？**把玉米片派留下，妳這**

個死纏不放、緊跟不捨的賤貨，走開吧。「爸爸的乖兒子」心態也逐漸浮現。同樣危險啊。

「妳爲什麼不跟瑪莉貝絲報到呢？」我唐突地說，而且指指我那位站在影印機旁邊、忙著影印無數張愛咪照片的岳母。

「好。」她還是不走，所以我乾脆不理她。「那麼我就讓你自己處理囉，希望你喜歡那個派。」

我可以看得出來她受到拒絕，心裡老大不高興，因爲她走開的時候看也不看我，只是掉頭慢慢離去。我感到抱歉，考慮該不該道歉，對她和氣一點。**別追著那個女人跑**，我命令自己。

「有任何消息嗎？」問話的人是諾耶兒．霍桑，她走過來，站到香娜剛剛退開之處。她比香娜年輕，但看起來比較蒼老——身材富態，乳房鬆垮、間距甚大。她皺著眉頭。

「目前沒有。」

「你顯然應付得來。」

我對她猛點頭，不確定該說什麼。

「你曉得我是誰嗎？」她問。

「當然知道，妳是諾耶兒．霍桑。」

「我是愛咪在這裡**最要好**的朋友。」

我必須提醒警方：關於諾耶兒，只有兩種可能性。她要嘛是個汲汲爭取曝光、滿口謊言的賤貨——失蹤女性的摯友，她顯然喜歡被冠上這種名號——要嘛是個瘋子。她狂熱跟蹤愛咪，想要和愛咪交朋友，當愛咪躲開她之時……

「諾耶兒，妳有任何關於愛咪的消息嗎？」

「當然有，尼克，她是我**最要好**的朋友。」

我們想用目光壓倒對方，互瞪了幾秒鐘。

「妳願意跟我分享嗎？」

「警方知道我在哪裡，如果他們真的想和我談談的話。」

「那將會很有幫助，諾耶兒，我一定會請他們找你談談。」

她兩頰豔紅，有如表現派畫家揮灑而出的顏彩。

她走開，我心中浮現那種揮之不去、超乎控制的惡毒念頭：X你娘的！女人都是瘋子。沒有任何限定是誰，比方說有些女人，或是很多女人。女人都是瘋子。

天色完全變黑之後，我開車過去老爸的空屋，愛咪的線索擺在我旁邊的座椅上：

你把我帶到這裡，或許因而心存愧疚
我必須承認感覺有點奇怪
但是我們沒有太多地方可去
我們做出決定；我們把這裡變成我們的家
讓我們好好愛護這棟褐色的小屋
我火辣辣的親愛伴侶，請對我表達些許善意！

這則線索比其他幾則更加含意模糊，但我確定自己猜對了。愛咪終於原諒我搬回家鄉，勉強接受卡賽基。你把我帶到這裡，或許因而心存愧疚……（但是）我們把這裡變成我們的家。所謂「褐色的小屋」是我老爸的房子，房子其實漆成藍色，但是愛咪又提到一個只有我們兩人了解的笑話。我始終喜歡這些只有我倆能夠領會的笑話——它們讓我覺得自己和愛咪心意相通，程度遠超過坦承交心、熱情歡愛、或是徹夜長談。「褐色的小屋」攸關我老爸，除了愛咪之外，我從來沒和任何人提過此事：老爸老媽離婚之後，我很少見到老爸，以至於我決定把他想像成一個故事書裡的人物。那人並非眞的是我老爸——那個應該愛我、寵我、花時間陪我的父親——而是一位慈善、不曉得爲什麼很重要的大人物「布朗先生」②，「布朗先生」非常忙碌，協助美國政府做些非常重要的事情，而且（非常）偶爾拿我作爲掩護，方便他在鎭上活動。我把這事告訴愛咪，愛咪聽了熱淚盈眶，這倒不是我的本意，我原本只想表示孩童的想法很有趣。她和我說，現在她是我的親人、她對我的愛足以彌補十個不稱職的父親、我們是一家人、我們兩人都是鄧恩，然後她悄悄在我耳邊說：「我倒想派給你一樁你很在行的差事……」

至於所謂的「表達善意」，則是另一個懷柔之策。我老爸完全落入阿茲海默症的魔掌之後，我們決定把他的房子賣掉，於是愛咪和我清掃房子，把東西裝箱，捐給慈善機構。愛咪當然快手快腳，迅速果斷——裝箱，封箱，扔到一旁——我則仔細檢查老爸的私人物品，速度非常緩慢。對我而言，每樣東西都是線索。這個馬克杯的咖啡印漬比其他杯子更深，肯定是他的最愛。馬克杯是個禮物嗎？誰送給他的？或是他自己買的？我始終想像老爸認爲上街購物有損男子氣概。但是檢視他的衣櫃之時，我看到五雙鞋子，雙雙閃亮簇新，依然擺在鞋盒裡。他是否想像自己是個比較不一樣、比較善於交際的比爾·鄧恩，而不是自個兒慢慢放鬆心情的獨行俠，所以買了這些鞋子？他有沒有到「歡樂皮鞋城」請老媽幫忙？老媽是否只把他當成眾多顧客之一、隨意展現親和力？我當然沒有和愛咪分享這些冥想，因此，我肯定給人一種混水摸魚的印象，而我確實經常藉故偷懶。

「來，這箱捐給慈善機構，」她說，正好逮到我坐在地上、背靠著牆、盯著一隻鞋子。「拜託把鞋子放進箱子裡，好嗎？」我覺得不好意思，衝了她一句，她也回罵，然後……又是老樣子。

我得替愛咪說幾句話，她確實問了我兩次要不要談一談、是否確定要把房子賣掉。有時我省略這類細節。這樣對我比較方便。事實上，我希望她看穿我的心思，這樣一來，我就不必放下身段，像個女人一樣把話說得清清楚楚。有時我和愛咪一樣難辭其咎，我們都喜歡玩那套「猜猜我在想什麼」的遊戲。我也省略了這一點，不予提及。

我非常喜歡省略某些細節的謊言。

十點鐘剛過，我慢慢把車停在老爸家的前面，房子小小的，適合首次購屋的年輕人（或是再也不需要購屋的老年人），兩間臥室、兩間浴室、飯廳，廚房有點過時，但是狀況不錯。前院那個「吉屋出售」的招牌已經生鏽，房子上市已經一年，依然沒有買主。

我走進悶熱的屋裡，熱氣朝著我席捲而來。房子第三度遭竊之後，我們裝了一套平價的防盜系統，這時，警鈴開始嗶嗶響，好像炸彈倒數計時。我輸入密碼，這組密碼曾讓愛咪抓狂，因爲它違反每一條設定密碼的守則。我用了我的生日：81577。

密碼遭到拒絕。我再試一次。**密碼遭到拒絕**。一串汗珠滾下我的背部。愛咪始終威脅改變密碼。她說如果那麼容易被猜中，設定密碼有什麼用？但我知道眞正的原因：她厭惡我用了我的生日，而不是我們的結婚紀念日。我再一次把**我**擺在**我們**前面。我心中那股稍微懷念愛咪的情意煙消雲散。我再度用力按按號碼，警鈴繼續嗶嗶響，我也愈來愈恐慌。嗶嗶、嗶嗶、嗶嗶，倒數計時——直到警鈴大作，表示有人入侵。

Woooonk-woooonk-wooonk！

我的手機應該會響，好讓我下達解除警報的指令：**沒事，只是我這個大白癡**。但是手機沒響。我等了整整一分鐘，警鈴讓我想起電影之中遭到魚雷破壞的潛水艇。屋裡密不通風，悶在屋裡的暑氣籠罩著我，我的襯衫背面已經濕透，天殺的，愛咪。我細看警鈴，搜尋保全公司的電話號碼，但是一無所獲。我拉張椅子過來，動手拆除警鈴；我把警鈴從牆下卸下來，讓它懸掛在電線上，這時，我的手機終於響了。電話另一端傳來惡狠狠的聲音，質問愛咪第一隻寵物的名字。

Wooonk-wooonk-wooonk！

對方的語氣百分之百不當——自以爲是、暴躁易怒、毫不關心——那個問題也是百分之百不當，因爲我不知道答案，我也因而怒氣沖天。不管解決多少則線索，我依然碰到愛咪一些雞毛蒜皮的問答，讓我感到氣餒。

「喂，我是尼克·鄧恩，這裡是我爸爸的房子，這個帳號是我開的，」我怒氣沖沖地說。「所以，我太太第一隻寵物叫做什麼，他媽的一點都沒關係。」

Woooonk-woooonk-wooonk！

「先生，請你不要用那種口氣跟我說話。」

「喂，我只是到我爸爸家裡拿一樣東西，我馬上離開，好嗎？」

「我必須馬上通知警方。」

「你可不可以關掉這個該死的東西，讓我好好想一想？」

Woooonk-woooonk-wooonk！

「警鈴關掉了。」

「警鈴還沒關。」

「先生，我已經警告你一次，不要用那種口氣跟我說話。」

妳這個X你娘的賤貨。

「妳知道怎樣嗎？X你娘的！算了。X你娘的！X你娘的！X你娘的！算了。」

一掛電話，我馬上想起愛咪第一隻貓咪的名字：史都華。

我又打了一次電話，這次是個不同的接線生，這人比較講理，她關掉警鈴，謝天謝地，而且取消知會警方。我眞的沒有心情解釋自己的行爲。

我在單薄廉價的地毯上坐下，強迫自己呼吸，一顆心怦怦跳。過了一分鐘，我的肩膀和下巴放鬆，雙手不再握拳，心跳也恢復正常。我站起來，一時之間考慮該不該掉頭就走，好像給愛咪一些顏色瞧瞧似地。但是站起來之時，我看到一個藍色的信封留置在廚房流理臺上，好像一封分手信。

我深呼吸，吸氣、吐氣——此乃新的處事態度——打開信封，抽出上面畫了一顆心的信紙。

嗨，親愛的：

嗯，我們兩個都有需要努力之處。就我而言，我過分追求完美，偶爾自以為是（說是「偶爾」，是否有點一廂情願？），就你而言？我知道你擔心自己有時太疏離、太冷漠、沒辦法表現出溫柔或是呵護的一面。嗯，我想告訴你——而且在你爸爸的房子裡和你說——你錯了。你不是你爸爸，你必須知道你是個好人，甜蜜溫柔，親切和善。我懲罰你，因為有些時候，你無法看透我的心思，也無法在我希望的那一刻、表現得跟我預期中一模一樣。你是一個實事求是、有血有肉的男子漢，我卻因而和你過不去。與其信任你、讓你找到自己的方向，我反而命令你做東做西。我對你存有疑慮：我不相信不管我們犯了多少錯誤，你始終愛我、希望我快快樂樂。對於任何一個女孩子而言，這樣應該足夠了，不是嗎？我擔心我對你做出一些不實的指控，你卻漸漸信以為真。因此，我在此告訴你：你真是

溫暖。你是我的太陽。

愛咪若在我身旁，誠如先前的計畫，她八成和以前一樣鑽到我懷裡，臉頰貼在我的頸際。她會親我一下，笑笑說：**你啊，你知道的，你是我的太陽**。我的喉頭一緊，我最後再度環顧老爸的房子，關上大門，阻隔熱氣，轉身離去。我坐進車裡，手忙腳亂地打開信封，信封上標示著第四則線索，我們肯定已經接近遊戲的終點：

想像我的模樣：我是一個壞透了的女孩
我必須受罰，這麼一說，表示我已受到懲處
而那個地方，就是你存放結婚五周年的精美禮品之處
這種安排若是感覺刻意，容我說聲對不起！
就在那裡，我們曾經正午縱情歡樂
然後出去喝杯雞尾酒，一切都是如此歡暢
所以喔，請你滿懷欣喜，馬上輕輕嘆氣跑過去
把門打開，迎接你的大驚喜

我的胃部一陣緊縮。我不知道這則線索是什麼意思。我再讀一次，連猜都猜不透。愛咪不再對我手下留情。我畢竟無法完成尋寶遊戲。

我忽然感到盛怒。他媽的一天！邦妮跟我過不去，諾耶兒瘋瘋癲癲，香娜火冒三丈，我老婆最後又重重踩我一腳。這個該死的一天至此告一段落，我受夠了，此時此刻，只有一個女人不會讓我光火。

小戈看了我一眼——我驚慌失措、嘴巴緊閉、被老爸家搞得熱衰竭——讓我在沙發上坐下，大聲宣布她打算做頓晚晚餐。過了五分鐘，她把我的餐點放在一個古舊的電視餐盤上，小心翼翼地一步步走向我。鄧恩家最傳統、最可靠的食療餐點：烤起司三明治，烤肉風味洋芋片，塑膠杯裡盛著……

「這不是 Kool-Aid ③，」小戈說。「是啤酒。Kool-Aid 感覺有點開倒車。」

「小戈，妳這樣非常呵護我，也非常奇怪。」

「明天輪到你做菜。」

「我希望妳喜歡罐頭湯。」

她坐到我旁邊，從我盤中偷拿一片洋芋片，隨口問道：「你認為警方為什麼問我愛咪的身材是否還是二號？」她的口氣幾乎過度隨意。

「老天爺啊，他們眞是窮追不捨。他媽的！」

「這不會讓你驚慌嗎？說不定他們找到她的衣服或是其他什麼的？」

「他們會要我過去指認，不是嗎？」

她想了想，一臉苦惱。「言之成理，」她說。她依然一臉苦惱，直到看見我瞪著她，她才露出微笑。

「我錄了球賽，你要看嗎？你還好吧？」

「我沒事。」我覺得糟透了，肚子作怪，神經緊繃。說不定是那則我無法破解的線索，但是忽然之間，我覺得自己遺漏了什麼。我犯下某些嚴重的錯誤，我的大錯也將引發大災難。說不定是我的良知正從祕密的坑窖奮力爬到地面。

小戈播放球賽，接下來的十分鐘，她什麼都不說，只是一邊評論球賽一邊啜飲啤酒。小戈不喜歡烤起司三明治；她直接從罐子裡抹一團花生醬塗在沙丁魚上。廣告的時候，她按下暫停，開口說道：「如果我有老二，我肯定大幹這一罐花生醬，」邊說邊故意把餅乾屑灑到我身上。

「我想如果妳有老二，肯定招惹各種各樣的壞事。」

紅雀隊落後五分，接下來的一局平平淡淡，她快轉過去。等到下一節廣告時，她按下暫停，開口說道：「我今天打電話變更手機的月費計畫，等候時間播放的歌曲是萊諾·李奇——你到底有沒有聽過萊諾·李奇的歌？我喜歡〈Penny Lover〉，但是那首歌曲不是〈Penny Lover〉，反正啊，終於有個女人接起電話，她說客服中心的代表們全都以路易斯安那州的巴頓魯克爲基地，這可奇怪，因爲她講話沒有口音。但她說她在紐奧良長大，而且很少人知道——你怎麼稱呼來自紐奧良的人？紐奧良人？反正啊，很少人知道紐奧良人沒什麼口音。然後她提到我的月費計畫，也就是計畫A……」

小戈和我之間有個遊戲，遊戲的靈感來自我們那個嘮叨的老媽，老媽習慣講一些極爲平凡無奇的故事，而且講個不停，小戈甚至確信她一定是偷偷惡搞我們。至今十年以來，小戈和我每次講話碰到瓶頸，其中一人就會打破僵局，講些關於修理家電用品或是折價券集點須知之類的事情。但是小戈比我更有能耐，她可以滔滔不絕，一個接著一個，不停說下去——那些故事又臭又長，眞的令人厭煩，但聽久了反而覺得荒誕滑稽。

小戈正要開始講到她的冰箱電燈，而且完全沒有停歇的跡象，我心中忽然充滿強烈的感激，於是我湊過去，親親她的臉頰。

「你幹嘛親我？」

「只是想說謝謝。」我覺得眼中盈滿淚水。我轉頭看看其他地方，看了一秒鐘，眨乾淚水。小戈說：

「所以囉，我需要一個AAA電池，那種電池居然跟電晶體電池不一樣，結果我得找到收據，退回電晶體電池……」

我們看完球賽，紅雀隊輸了。球賽結束之後，小戈把電視調到靜音。「你想談一談，或是做些其他事情分心嗎？什麼都行。」

「妳得休息了，小戈。我大概隨便轉臺，說不定睡一覺，我需要睡眠。」

「你要一顆安眠藥嗎？」我這個雙胞胎妹妹堅信採行最簡易的方式。她才不聽放鬆心情的音樂或是鯨魚的聲音；丟顆安眠藥到嘴裡，陷入無意識之境。

「不了。」

「如果你改變主意的話，安眠藥放在醫藥櫃裡。若有哪個時候需要藥物幫助睡眠……」她在我身邊再逗留幾秒鐘，然後邁起一貫的步伐，快步沿著走廊往前走，即使顯然沒有睡意，她依然關上房門，因爲她知道此時最體恤的舉動，莫過於讓我一個人靜靜。

很多人缺乏這種天賦，不曉得什麼時候應該滾開。人們喜歡說話，而我的話始終不多。我暗暗與自己對話，但是這些話語很少延伸到唇邊。她今天看起好漂亮，我經常這麼想，但是不知怎麼地，我沒想過大聲說出來。我老媽健談，我老妹健談，我被教養成一個習慣聆聽的男子。因此，當我一個人坐在沙發上、沒人講話之時，我感覺有點沒勁。我翻閱小戈的一本雜誌，胡亂轉臺，最後剛好看到一個黑白的舊電視節目：兩個戴著軟呢帽的男人低頭草草記筆記，在此同時，一位漂亮的家庭主婦解釋她先生遠赴佛雷斯諾，兩個警察聽了更加愼重地互看一眼、點點頭。我想到吉爾賓和邦妮，胃部不禁絞痛。

我口袋裡的可拋式手機發出吃角子老虎玩具的聲響，表示我收到一則簡訊：

我人在外面，開門。

---

①IHOP的全名是「International House of Pancake」，美國一家連鎖餐廳，專賣鬆餅，也備有三明治、沙拉、牛排等美式食物。

②布朗先生的原文是「Mr. Brown」，「Brown」亦有「褐色」之意。

③Kool-Aid是一種小朋友們喜歡的即沖式水果飲料。

愛咪・艾略特・鄧恩

二〇一一年四月二十八日

日記一則

就是必須繼續撐下去，老媽媽莫琳如是說，當她說出這話之時——口氣決然，字字斬釘截鐵，好像果眞是個可行的因應之策——這句陳腔濫調不再只是一組字詞，而變得具有某種眞實性。而且可行。沒錯，**就是必須繼續撐下去，正是如此！**我心想。

中西部的人對於任何事情都不會小題大作，我確實喜歡這一點。大家甚至對於死亡都不會大驚小怪。老媽媽只是繼續撐下去，直到癌症令她功能衰竭，而後她就撒手西歸。

因此，我**保持低姿態**，善用逆勢，眞的，我一點都不誇張，我深深尊奉老媽媽莫琳所言。我保持低姿態，盡我該盡的本分：我開車載老媽媽莫琳去看醫生、做化療，我倒掉汙濁的髒水，幫尼克爸爸房裡的花瓶換上清水，我帶餅乾過去招待員工，這樣一來，大家才會好好照顧尼克的爸爸。

我盡量善用逆勢，而情況之所以惡劣，大部分肇因於我老公——那個把我帶到這裡、那個爲了就近陪伴自己病弱父母、迫使我離鄉背井的男人——他似乎已經完全不關心我，以及他自己病弱的父母。尼克已經將他爸爸一筆註銷；他甚至不願意提到那個男人的名字。每次我們接到安適山丘安養院來電，我知道尼克始終希望這是一通傳達他爸爸死訊的電話。至於老媽媽莫琳，尼克只陪他媽媽做過一次化療，然後就宣稱他受不了。他說他討厭醫院、他討厭生病的人、他討厭時間一秒一秒過得好慢、點滴滴速跟糖漿流動一樣緩慢。他就是辦不到。我試圖勸他再試一次，我也說些你得盡你的義務之類的話，藉此勸他有骨氣一點，他竟然叫我做做看，於是我接手，我眞的做了。老媽媽莫琳當然承擔他的過錯。有一天，我們坐在醫院裡，有一搭沒一搭地用我的電腦看一部浪漫喜劇片，但是大部分時間都在閒聊，點滴一滴、一滴慢慢滴落，好慢……好慢……電影裡精力充沛的女主角被沙發絆倒，老媽媽莫琳轉頭對我說：「尼克不想做這類事情，妳不要太苛責他，我把他寵壞了，我始終太溺愛他——妳怎麼可能不寵他呢？你看看他那張臉喔。所以啊，他沒辦法面對困難。但我眞的不介意，愛咪，眞的。」

「妳應該介意，」我說。

「尼克不必證明他愛我，」她邊說邊拍拍我的手。「我知道他愛我。」

我敬佩老媽媽莫琳無私的愛，眞的，我非常敬佩。因此，我沒有和她說我在尼克的電腦裡發現一份出版提案。他打算撰寫回憶錄，內容是一個曼哈頓的雜誌作家返回故鄉密蘇里，照顧年老病弱的雙親。尼克的電腦裡存放著各種奇怪的資訊，有時我忍不住略微窺探，藉此了解我老公的想法。他的搜尋紀錄讓我一窺他最近想些什麼：黑色寫實電影、他曾經任職的雜誌社、一份關於密西西比河的研究報告，研究的重點在於可不可能從此地順水漂流到墨西哥灣。我知道他腦海中浮現什麼景象：他想像自己跟哈克貝利一樣，順著密西西比河漂流而下，而且沿路撰寫見聞。尼克總是尋找寫作題材。

我偷偷點閱，看著看著，忽然發現這份出版提案。

《雙面人生：追憶種種終點與起始》是一部專爲X世代男性撰寫的回憶錄。X世代的男性，man-boy的原型，初次擔負照顧年老雙親之責，體驗隨之而來的緊張與壓力，《雙面人生》將格外引起他們的共嗚。《雙面人生》將詳述：

——我逐漸了解紛擾不安、曾經冷淡而疏離的父親

——我摯愛的母親大限之期不遠，面對母親之死，我不得不從一位無拘無束的年輕人，轉變成為一家之主

——我那位世居曼哈頓的妻子滿心怨懟，因為她必須暫且告別先前舒適的生活。在此我必須一提，我的妻子是愛咪．艾略特．鄧恩，也就是暢銷童書系列《神奇的愛咪》的靈感來源。

這份提案始終沒有完成，我猜這是因為尼克意識到他永遠不可能了解他那位曾經冷淡而疏離的父親；也因為尼克正在推卸「一家之主」之責；也因為我並未對於我的新生活表現出任何怨懟。沒錯，我略感挫折沮喪，但是沒有怨恨到足以讓他著書描述的地步。多年以來，我老公始終讚美中西部人士共享的感情特質：堅忍克制、謙遜內斂，冷冷淡淡！但是這種人不適合成為回憶錄的主角。請你想像一下書封：書中人物大多中規中矩，**然後撒手西歸**。

儘管如此，我還是有點不高興。「我那位世居曼哈頓的妻子滿心怨懟」，說不定我確實……頑固。我想到莫琳始終如此親切和善，我擔心尼克和我不是天生一對，如果他跟一個喜歡照顧先生、善於料理家務的女人在一起，說不定會快樂一點，我卻欠缺這些技巧：我但願自己是那種女人，我但願自己始終知道尼克愛用哪一種牌子的牙膏、隨口就說得出他的襯衫衣領尺寸，我但願自己是個無私無我、有情有愛的女人，只要能讓我的男人快樂，我的心中就充滿無盡的喜悅。

我曾用那種方式跟尼克相處，但是無法持久。我不夠無私無我。獨生女啊，誠如尼克經常指出。

但我努力嘗試。我繼續撐下去，尼克卻在鎮上四處晃蕩，好像又變成一個小孩。他很高興回到這個他

理所當然就足以叱吒風雲的小鎮——他已經瘦了大約十磅，換了新髮型，買了新牛仔褲，看起來帥斃了。但我僅僅從他來去匆匆的身影之中得知他很開心。他始終匆匆回家，或是趕著出門，總是假裝非常忙碌。**妳不會喜歡那種場合**，每次我提議跟他一起出去，或是詢問他正要去哪裡，他總是如此答覆。當他爸媽再也派不上用場之時，他就拋棄他們，同樣地，他也一腳把我踢開，因爲他的新生活容不下我。他必須花點精神，讓我在這裡感覺自在，而他不願這麼做。他想要自己過得快活。

別想了、別想了，我必須**從光明面著想**。真的，一點都不誇張，我必須把我的老公從我晦暗的思緒抽取出來，在他身上打上愉悅歡欣的金黃之光。我必須多花點精神，好好仰慕他，就跟以前一樣。尼克喜歡受到仰慕。我只願尼克也能爲我這麼做。我忙著爲尼克設想，腦袋裡亂烘烘：**尼克尼克尼克尼克尼克**！但是當我想像他在想些什麼的時候，我聽到我的名字像是薄薄的水晶一樣鏗鏘一聲，一天只響一次，說不定兩次，然後快速消散。我只願他時時想著我，就像我時時想著他。

這樣錯了嗎？我甚至再也不曉得。

尼克．鄧恩

事發之後四日

她站在街燈的橘黃光影中，身穿一件單薄的夏日洋裝，頭髮因爲溼度而微微鬈曲。安蒂。她從門口衝進來，手臂張得大大的，想要給我一個擁抱，我噓了一聲：「等等、等等！」趁著她緊緊抱住我之前趕緊把門關上。她把臉頰貼上我的胸膛，我一隻手擱在她光裸的背上，閉上雙眼。我又是放鬆，又是驚慌，一顆心上上下下：那種感覺就好像你終於不再抓癢，卻意識到那是因爲你已經把皮膚抓破了一個洞。

我有個情婦。事情發展至此，我得跟你說我有個外遇。就算你一開始不至於討厭我，這會兒八成也會對我心生厭惡。我有一個漂亮、年輕、非常年輕的情婦，她叫做安蒂。

我知道。這樣很不好。

「寶貝，你**他媽的**爲什麼沒有打電話給我？」她說，臉頰依然貼著我。

「我知道，甜心，我知道，妳只是沒辦法想像，這整件事情簡直是個惡夢。妳怎麼找到我？」

她緊緊抓住我。「你家裡暗暗的，所以我想了想，試試小戈家。」

安蒂知道我的習慣，也知道我的行蹤。我們在一起已經好一陣子。我有一個漂亮、非常年輕的小三，而且我們在一起已經好一陣子。

「我好擔心你，尼克，擔心得**快要瘋**了。我在瑪蒂家裡，電視一開，哇塞，你忽然出現在電視上，我看到一個長得好像你的傢伙講到他太太失蹤，然後我意識到，哇塞，那就是你耶。你能想像我多麼震驚嗎？而你甚至沒有試著聯絡我？」

「我打電話給妳了。」

「什麼都別說，耐心等一等，直到我們通話之前，什麼都別說。那是對我下命令，不是試著聯絡我。」

「我沒有太多機會落單；我身邊總是圍著一大堆人，愛咪的爸媽、小戈，還有警察。」我對著她的頭髮吹氣。

「愛咪就這麼不見了？」她問。

「她就這麼不見了，」我從她身邊掙開，坐到沙發上。她在我旁邊坐下，大腿緊貼著我的大腿，手臂輕輕擦過我的手臂。「某人綁走了她。」

「尼克，你還好嗎？」

她那一頭巧克力色的長髮有如波浪般一簇簇、一圈圈地散落在下顎、肩膀和乳房之前，我看著一簇髮絲隨著她的呼吸而晃動。

「不、不怎麼好。」我示意她別出聲，指指玄關走道。「我老妹。」

我們一語不發，並肩坐在沙發上，電視一閃一閃地播放警探老片，戴著軟呢帽的男人們正在逮捕犯人。我感覺她的手悄悄伸到我的手裡，她靠向我，好像我們安然坐定，享受電影之夜，儼然是對懶懶散散、無憂無慮的情侶。然後她把我拉向她，吻上我的唇。

「安蒂，不行，」我輕聲說。

「沒錯，我需要你。」她又吻我，爬到我的大腿上，然後她跨坐在我大腿上，雙腿圈住我，棉質洋裝拉高到膝蓋之處，一隻夾腳涼鞋掉落到地上。「尼克，我一直好擔心你，我需要感覺你的雙手貼著我，我滿腦子只有這個念頭，我好害怕。」

安蒂是個肢體性的女孩，這可不是暗示她只想要上床，而是她喜歡擁抱別人、碰觸別人。她時常輕撫我的頭髮，或是友善地搔搔我的背。她從碰觸之中得到滿足和肯定。好吧，沒錯，她也喜歡上床。

她迅速一扯，俐落地脫掉洋裝，她把我的雙手移到她的乳房上，我像隻小狗一樣，老老實實起了反應。**我想操妳**，我幾乎大聲說出來。**你眞是溫暖**，我耳邊浮起我老婆的聲音。我縮到一旁，我好累，整個房間天旋地轉。

「尼克？」她的下唇被我的唾液沾濕。「怎麼了？我們出了問題嗎？是不是因爲愛咪？」

安蒂始終給人一種年輕的感覺——她芳齡二十三，當然讓人覺得年輕——但是這會兒我意識到她年輕得不像話，簡直到了危險、無須承擔責任、招引災禍的地步。聽到她說出我老婆的名字，我心中總是一震。她經常提到我老婆，她喜歡談論愛咪，好像愛咪是個夜間肥皀劇的女主角。安蒂從來不把愛咪視爲情敵；她把愛咪當成一個戲劇人物。她問起愛咪和我在一起的日子，一直問個不停：**你們以前住在紐約的時候都做些什麼？比方說，你們周末的時候常做什麼事？**有一次我跟她說我們去聽歌劇，她聽了目瞪口呆：**你們去聽歌劇？她穿什麼？長禮服嗎？**有沒有圍上披肩或是貂皮？**她戴了哪些珠寶**、梳了什麼髮型？還有：愛咪的朋友們是哪些人？愛咪和我聊些什麼？愛咪是個怎樣的人？說眞的，她到底是個怎樣的人？她是不是跟書裡那個女孩一樣完美？「愛咪」是安蒂最喜歡的床邊故事。

「我老妹在另一個房間裡，甜心，妳甚至不應該過來，老天爺啊，我好想要妳，但是妳眞的不應該過來，寶貝。妳得等到我們知道目前面臨什麼問題。」

你眞是聰穎，你眞是詼諧，你眞是溫暖，來，親我一下！

安蒂依然跨坐在我身上，乳房坦露在外，乳頭因爲空調而激凸。

「寶貝，我必須確定我們沒事，這就是我們目前面臨的問題。我只有這個要求。」她緊緊貼向我，感覺溫暖而挑逗。「我只有這個要求，拜託，尼克，我好害怕，我知道、我知道你現在不想談，沒關係，但是我需要你……跟我在一起。」

我好想吻她，就像我頭一次吻她一樣：我們的牙齒互相碰撞，她的臉頰稍稍傾斜，歪向我的臉頰，她的長髮輕輕搔著我的手臂，我們喇舌熱吻，火辣鹹濕。我滿腦子只想著那個吻，我只能回想那種感覺多麼美好，因爲其他念頭都是不智而危險。我好想把她拖進臥室，但是此時此刻，唯一阻止我的原因倒不是這麼做是錯的——自始至終，我已經錯了好多次——而是目前這個時刻，這麼做眞的相當危險。

而且因爲愛咪。最終而言，還是因爲愛咪。過去五年來，她的聲音始終停駐在我耳裡，這會兒我老婆的聲音不是斥責，聽來反倒覺得甜蜜。我老婆那三張小小的字條讓我感覺如此感傷、如此濫情，想了眞是不好受。

我絕對沒有權利濫情。

安蒂鑽進我的懷裡，我心想，警察不知道有沒有在小戈家附近布線、我會不會很快就聽到敲門聲。我有一個非常年輕、非常漂亮的外遇對象。

我老媽始終告訴她的孩子們：如果你打算做某一件事、而且想要知道該不該動手，你只要想像這事刊登在報上，昭告天下，你就曉得該不該做。

尼克・鄧恩，曾幫雜誌社撰稿，二〇一〇年遭到資遣，自尊心尚未平復。這位較爲年長的已婚男子，同意在北卡賽基專科學院開設新聞課程，而且很快就濫用職位，與一位純眞、易受感動的女學生發生婚外情。兩人天雷勾動地火，打得火熱。

這種事情毫不爲奇，可說是陳腔濫調，作家們最害怕落入這種老掉牙的情節，我卻一頭鑽了進去。

好吧，且讓我把更多陳腔濫調做個串連，以娛大眾：這事逐漸發生，我從來不想傷害任何人，我沒有想到自己會愈陷愈深，但這不僅只是逢場作戲，也不僅只是提振我的自尊，我真的愛上安蒂，我真的愛她。

我教的那門課——「如何投入雜誌事業」——共有十四名學生，學生們程度不等，全都是女孩，說不定我該說女士，但我想女孩比較貼近事實。她們都想到雜誌社工作。她們可不是那種滿手油墨的報紙記者，而是光鮮亮麗的雜誌作家。她們都看過電影；她們想像自己縱橫曼哈頓，一手端著拿鐵，一手拿著手機，伸手招攬計程車，一不注意跌斷了名家設計高跟鞋的鞋跟，陷入一位迷人、和藹可親、頭髮亂得令人心動的男士懷中，而他正是她的心靈伴侶。她們完全不知道自己選了這門主修是多麼愚蠢無知。我原本打算據實相告，藉由我遭到解聘一事警惕大家。但我不想當個悲劇人物。我想像自己半開玩笑、若無其事地提到此事——遭到解聘沒什麼大不了的，正好多出時間寫小說。

然而，我把第一堂課花在回答許多充滿敬畏的問題，我自吹自擂，廢話連篇，簡直是個他媽的混蛋。我甚至不忍說出實情：第二波裁員之時，我被叫進總編輯的辦公室，我心中充滿不祥感，在眾人的注目下走過一長排小隔間，彷彿死刑犯走向刑場，但我依然暗自希望會聽到不同的消息，比方說，此時此刻，雜誌社比以往更需要你。沒錯！我將聽到一番鼓舞人心、大家一起努力的訓詞！但是事實卻非如此。我的上司只說：**很不幸地，我猜你知道我為什麼請你進來**，然後揉揉眼鏡下的雙眼，表示他是多麼疲倦、多麼灰心。

我想要感覺像個光鮮、酷帥的贏家，因此，我沒有跟學生們提起我已踏上窮途末路。我告訴她們，家裡有人生了重病，所以我必須回來照顧，沒錯，我告訴自己，這是眞話，完全屬實，極為崇高。甜美、一臉雀斑的安蒂坐在我面前幾呎之處，一雙藍色的大眼睛，巧克力色的長髮有如波浪般起伏，雙唇豐潤，微微張開，手腳纖細，乳房豐滿得不像話，而且絕對貨眞價實——她是一個新奇、讓人想要大幹一場的洋娃娃。我也必須強調，她跟我那個優雅、帶著貴族色彩的老婆截然不同——安蒂散發出暖意和薰衣草的清香，不停敲打她的電腦做筆記，提出「你如何讓新聞來源信任你、對你坦誠相告」之類的問題，聲音嘶啞性感。當時我就暗自心想：**他媽的！這個女孩從哪裡冒出來？這是個玩笑嗎？**

你自問：**爲什麼？**我始終對愛咪忠貞不二。在酒吧裡，如果有個女人愈來愈挑逗、她的撫摸愈來愈讓人心動，我始終是那個早早離開了的男人。我不會出軌。我不喜歡出軌的人（或說以前不喜歡？）：我覺得這種人不老實、無禮、缺乏氣度、恃寵而驕。我以前從來不曾屈服。但話又說回來，以前我過得快快樂樂。我不想說答案就是如此單純，但是以前我的日子始終開心，如今卻不是如此，而安蒂剛好出現在我面前，下課之後稍作逗留，詢問一些關於我的問題，愛咪從來不問這類問題，最起碼近來已經不關心。安蒂讓我覺得自己是個值得費心的男人，而不是那個失業的白癡，那個忘了放下馬桶蓋的笨蛋，那個不管想做什麼、始終就是做不好的糊塗蟲。

有一天，安蒂帶給我一個鮮紅嬌嫩的的五爪蘋果（如果我把這段出軌的戀情寫成回憶錄，書名肯定叫做《鮮紅嬌嫩》）。她請我讀一讀她寫的一篇東西，那是一篇特寫，主角是聖路易一家酒吧的脫衣舞孃，讀起來很像《閣樓》雜誌的讀者論壇。我閱讀的時候，安蒂開始啃食我的蘋果，她湊過來靠在我肩上，雙唇沾了蘋果汁，顯得有點可笑。我心想：**他媽的，這個女孩試圖引誘我**。我覺得自己好愚蠢、好訝異，儼然是個上了年紀的班傑明．布拉多克①。

策略奏效。我開始把安蒂視爲一種逃避、一個機會、一種不同的選擇。我回到家中，經常看到愛咪窩在沙發上，整個人縮成一團，瞪著牆壁，一語不發，從來不率先開口跟我說話，始終等著我打破僵局，永遠玩著那套遊戲，不停挑戰我的心智——今天怎樣才能讓愛咪開心？我經常心想：**安蒂不會這麼做**，好像我了解安蒂似地。**安蒂八成覺得那個笑話很有趣，安蒂八成喜歡那個故事**。親切、甜美，豐滿的安蒂，一個來自我家鄉的愛爾蘭女郎，個性平實而開朗。安蒂坐在我課堂的前排，看來柔軟可人，看來對我感到興趣。

想到安蒂的時候，我不會像是想到我老婆一樣胃部隱隱作痛——那種一再拖延、始終不想回家的感覺，在那個家裡，我已不受歡迎。

我開始想像說不定會發生什麼事。我開始渴望她的觸摸——沒錯，就是如此，像是一首八〇年代的三流單曲——我渴望她的觸摸。大體而言，我渴望觸摸，因爲我老婆躲避我的愛撫：在家裡的時候，她像是小魚兒一樣溜過我身邊，悄悄躲到廚房或是樓梯間，離開我的視線之外。我們靜靜坐在沙發上看電視，各自占據一個坐墊，與對方保持距離，好像坐墊是個救生艇。在床上的時侯，她轉身背對我，把毯子和床單推到我們之間。有次晚上醒來，我知道她睡了，所以我稍稍拉開她睡衣的肩帶，把臉頰和手掌貼在她光裸的肩上。當晚我再也無法入睡，深以自己爲恥。我下床，躲到浴室裡自慰，腦海中浮現愛咪昔日充滿慾望、熱情凝視的模樣，她那雙睫毛濃密、有如明月一樣皎潔的大眼睛細細打量我，讓我覺得自己好重要。完事之後，我坐進浴缸裡，隔著排水閘凝視排水管，我的老二垂靠在左大腿內側，像是某隻可憐兮兮、被沖到岸上的小動物，我坐在浴缸裡，滿心羞愧，試圖不要哭泣。

所以囉，我出軌了。事情發生在天氣異常、忽然下起大雪的四月初。不是今年四月，而是去年四月。我一個人在酒吧工作，因爲那天晚上是小戈的「老媽之夜」：我們輪流休假，待在家裡陪伴我們的老媽，收看三流的電視節目。老媽惡化得很快，撐不過一年，說不定來日不多。

其實當時我的心情還過得去——老媽跟小戈窩在家裡，一起看一部安奈特．芬妮契洛②的海灘派對電影。酒吧生意繁忙，熱鬧滾滾，在那樣的夜晚之中，每個人似乎都度過快樂的一天。漂亮美眉善待那些不起眼的傢伙，大家一輪一輪請陌生人喝酒，原因無他，只是因爲想要請客。氣氛相當歡樂。然後夜晚接近尾聲，該打烊了，大家紛紛離去，我正要關門之時，安蒂忽然用力把門推開，跨步入內，幾乎跌到我身上，我可以聞到她鼻息之間淡啤酒的清香，以及她髮間的柴煙熏香。我向來只在課堂上看到她，這會兒她出現在一個新的環境，我心中一震，一時不知如何是好。安蒂來到酒吧。好吧。我考慮應該如何應對。她像個海盜女郎一樣大笑，把我推回店裡。

「我剛跟一個非常差勁的傢伙約會，你非得跟我喝一杯不可。」雪花凝聚在她波浪般的長髮上，臉上甜蜜的雀斑閃閃發亮，臉頰泛著明亮的粉紅光澤，好像有人甩了她兩巴掌。她的聲音非常迷人，好像一隻毛茸茸的小鴨子，起先可愛得不像話，而後百分之百性感誘人。「拜託，尼克，我得忘掉那個差勁的傢伙。」

我記得我們大笑，我記得自己心想，跟一個女人在一起、聆聽她銀鈴般的笑聲，感覺是多麼輕鬆。她穿著牛仔褲和喀什米爾V領毛衣；她是那種穿上牛仔褲比一身洋裝好看的女孩。她的臉蛋和軀體散發出漫不經心的風情，但是散漫得恰到好處。我回到吧檯後面的老位置，她坐上高腳椅，雙眼估量著我後面的一瓶瓶烈酒。

「這位女士，妳想喝些什麼？」

「給我一個驚喜吧，」她說。

「Boo！」我大叫一聲，嘴巴像是親吻一樣噘起。

「好、好，現在倒杯酒，讓我驚喜一下。」她往前一靠，乳房因而往上推擠，乳溝貼著吧檯。她戴著一條細細的金項鍊，項鍊的墜飾悄悄滑進毛衣裡面的胸乳之間。**別變成那種傢伙**，我心想。**那種對著墜飾滑落之處重重喘氣的傢伙**。

「妳想喝哪種口味？」我問。

「你給我喝什麼，我都喜歡。」

那句話簡簡單單，話語中的單純，打動了我的心。我可以做出某件事情取悅一個女人，而且不費吹灰之力。**你給我喝什麼，我都喜歡**。我感覺如釋重負，幾乎難以消受。然後我知道我對愛咪已經沒有感情。**我再也不愛我的老婆**，我一邊想著一邊轉身抓了兩個酒杯。**甚至一點都不愛**。我已經完全抹去愛意，心中毫無負擔。我調了我最喜歡的雞尾酒「耶誕清晨」：熱騰騰的咖啡加上冰涼的薄荷杜松子酒。我跟她一起喝了一杯，她笑得花枝亂顫——那種豪氣干雲的笑聲！——我幫我倆再倒一輪。我們一起喝酒，喝到打烊的時間過了一小時。我三度提到太太二字，因爲我看著安蒂，心中暗想脫掉她的衣服。我提出了警告，最起碼我做得到這一點：**我有太太，妳看著辦吧**。

她坐到我前面，雙手托著下巴，抬頭對我微笑。

「陪我走回家吧？」她說。她已經提過她住的地方離市中心很近、哪天晚上她得過來**酒吧**打聲招呼。她有沒有說她家離**酒吧**多近呢？我心中已經準備就緒：我曾多次想像自己慢慢走過幾條街，朝向她居住的那棟不起眼的磚石公寓走過去。因此，當我忽然置身戶外、陪她走回家時，我並不覺得有什麼不尋常——我耳邊沒有響起警告的鈴聲，殷殷告誡：**這樣頗不尋常，我們不該這麼做**。

我陪她走回家，我們逆風而行，雪花從四面八方飛撲過來，我幫她重新繫上紅色的毛織圍巾，一次、兩次、三次，到了第三次的時候，她已經穩穩在我懷裡，我們的臉靠得好近，她的臉頰泛著粉紅的色澤，神情愉快，好像乘坐耶誕假期的雪橇。換作其他數百個夜晚，這種事情絕對不可能發生，但是那天晚上卻是可能。談天，醇酒，暴風雪，圍巾。

我們同時抓住對方，我把她推向一棵樹，讓她貼靠在樹上，藉此爭取一些活動空間。一堆白雪從細長的樹枝傾倒而下，墜落到我們身上，我們大爲震懾，但這個略帶喜感的一刻只讓我更想摸摸她，立刻愛撫她的全身。我一隻手伸到她的毛衣裡，另一隻手探向她的雙腿之間，而她也沒有抗拒。

她從我懷裡抽身，牙齒打顫。「跟我上去吧。」

我暫且停手。

「跟我上去吧，」她又說了一次。「我想和你在一起。」

性愛不太理想，最起碼第一次只是普通。我們的身體熟悉不同的韻律，始終不是非常搭調，而且我已經好久沒有進入一個女人體內。我很快就達到高潮，我繼續抽送，撐過三十秒的關鍵時刻，我的陽具慢慢在她體內委靡，但是剛好持久到讓她達到高潮，然後我才完全軟掉。

因此，第一次的經驗雖然不錯，但是有點失望，不如預期。女孩子失去童貞之後，心裡肯定有著同樣感受：**就這樣啊？大家何必大驚小怪？**但我喜歡她整個人緊緊纏住我，我也喜歡她和我想像中一樣柔軟。稚嫩的肌膚。**青春**，我帶點羞愧地想著，腦海中浮現愛咪坐在床上、不停地憤憤塗抹乳液的模樣。

我走進安蒂的浴室，撒了一泡尿，看看鏡中的自己，強迫自己說出口：**你對老婆不忠，你碰到男人最基本的考驗之一，你卻無法通過考驗，你不是一個好人**。我想了想，居然不覺得心煩，於是我又心想：**你真的不是一個好人**。

可怕的是，如果性愛果真火辣刺激，說不定那會成爲婚姻出軌唯一的藉口。但是第一次的經驗只是不錯，這會兒我已對老婆不忠，我不能僅僅因爲一次不好不壞的經驗，毀了我忠貞的紀錄。因此，我知道我們還會再有下一次。我沒有對自己做出下不爲例的保證。我們又上床，第二次相當不錯，第三次棒極了。很快地，安蒂和愛咪成了活生生的對比，愛咪是東，安蒂就是西：安蒂和我一同歡笑、逗我開心，她不會馬上反駁我，或是對我放馬後砲，她從來不會對我怒目相視，她爲人隨和，一切都他媽的毫不費勁。我心想：**愛上一個人會讓你想要更上層樓——沒錯、沒錯，但是說不定愛情、真正的愛情，也會准許你安然做你自己。**

我打算告訴愛咪。我知道我必須這麼做。我瞞著愛咪，一瞞瞞了幾個月。我一再相瞞，如此又過了幾個月。我之所以不提，大多是因為膽怯。我受不了這種對話，也不想解釋自己的行為。我無法想像自己必須跟瑞德和瑪莉貝絲討論離婚一事，而他們肯定會干預這場紛爭。但是老實說，部分原因亦是出於現實考量——我是如此實際（自私？），想了幾乎可鄙。我之所以尚未跟愛咪提到離婚，部分原因在於愛咪出錢資助**酒吧**。基本而言，她是**酒吧**的老闆，她也絕對打算取回經營權。我不忍看到我的雙胞胎妹妹強作鎮定，眼睜睜看著自己又浪費了兩年光陰。因此，我任憑自己沉浮於這種悲慘的情境中，假定愛咪某個時候將會主導一切。她會要求離婚，而我得以成為無辜的一方。

這股慾望——不必受到指責就得以脫身——著實可鄙。我愈感覺可鄙，愈渴望安蒂，而她也曉得如果我的事情刊登在報上，以供陌生人翻閱，我並不像表面上那麼惡劣。**愛咪會和你離婚**，我一直想著。**她不能讓這事拖得太久**。但是隨著春天的腳步漸漸遠去，夏天正式登場，秋天和冬天接著悄然而逝，我成了一年四季都對老婆不忠的男人——情婦也已和顏悅色地表示不耐——我顯然必須採取某些行動。

「我的意思是，尼克，我愛你，」安蒂說。此時此刻，她坐在我老妹的沙發上，感覺非常不真實。「不管發生了什麼事。我真的不知道還能說什麼，我覺得自己……」她雙手一攤。「好笨。」

「別這麼想，」我說。「我也不知道說些什麼。沒什麼好說的。」

「你可以說不管發生什麼事，你依然愛我。」

我心想：**我再也不能大聲說出這話**。我曾說過一、兩次，當時我倆耳鬢廝磨，我興起一股莫名的渴求，在她的頸邊嘟囔幾句。但是我說也說了，做也做了。接下來，我想到我們留下哪些蛛絲馬跡，我實在應該多多注意我們往來頻繁、半公開的戀情。如果她的住處設有安全監控裝置，我的行蹤肯定已經被錄下。我買了一支可拋式手機，專門接她的電話，但是留言和簡訊直通那支她習用的手機。我曾經寫給她一封黃色情書，這下我可以看到媒體大肆渲染，人人皆知我運用押韻的手法，讚嘆她的私處令我著迷。還有一點：安蒂芳齡二十三。我猜各種電子媒體肯定都將捕捉我的話語、我的聲音、甚至我的照片。前一陣子的一個晚上，好妒、好奇、占有慾強烈的我，草草檢閱她手機裡的照片，我看到一、兩位她的前任男友在她的床上露出驕傲的笑容，我認定到了某個時候，我也會成為其中一員──我有點想要成為其中一員──不曉得為什麼，我竟然不擔心被拍下這種照片，即便照片可被下載，而且如果有人存心報復，照片一秒鐘之內就傳送給上百萬人。

「目前的情況非常怪異，安蒂，我只想請妳耐心一點。」

她從我懷裡抽身。「你不能說不管發生什麼事、你依然愛我？」

「我愛妳，安蒂，我眞的愛妳。」我迎上她的目光。現在說聲**我愛妳**相當危險，但是不說也很危險。

「那麼你就上我，」她悄悄說。她動手拉扯我的皮帶。

「我們現在必須非常小心。我……如果警方發現我們的事，肯定非常、非常不妙，甚至比不妙更糟糕。」

「你就是擔心這事？」

「我的太太失蹤，而且我有一個祕密的……女朋友，沒錯，這樣看起來很糟，好像犯了罪。」

「這話讓我們的感情聽起來很低俗。」她的乳房依然坦露在外。

「大家不認識我們，安蒂，他們**會**認為我們之間很低俗。」

「天啊，這聽來像是某部俗濫的黑色寫實電影。」

我笑笑。我教導安蒂鑑賞黑色寫實電影──亨弗萊・鮑嘉和《夜長夢多》③、《雙重保險》④，以及所有經典之作。我可以教導她一些事情，這是我們之間最吸引我的一點。

「我們爲什麼不乾脆跟警察坦白？」她說。「那樣不是比較——」

「不，安蒂，想都別想，不行。」

「反正他們會發現——」

「爲什麼？他們爲什麼會發現？甜心，妳跟任何人提到我們嗎？」

她怯怯地看我一眼。我感覺糟透了：這不是她想像中的夜晚，她先前非常期盼見到我，想像我倆熱情相聚，藉由肉體安撫彼此，我卻忙著自保，爲自己脫罪。

「甜心，對不起，我只是必須知道，」我說。

「我沒有提到名字。」

「沒有提到名字？這話是什麼意思？」

「我的意思是，」她說，終於慢慢拉上洋裝，「我的朋友們和我媽媽知道我跟某人約會，但是不曉得名字。」

「妳也沒有做出任何描述，對不對？」我急急問道，口氣之急迫非我所願。我覺得自己好像忙著支撐一個正在崩塌的天花板。「這事只有兩個人知道，安蒂，妳我兩人。如果妳肯幫忙、如果妳愛我，拜託只有妳知我知，這樣一來，警察就永遠不會發現。」

她伸出指頭輕輕撫過我的下巴。「如果——如果他們永遠找不到愛咪呢？」

「妳和我，安蒂，不管發生什麼事，我們都會在一起。但前提是我們必須小心。如果我們不小心，結果可能——似乎糟到我說不定必須坐牢。」

「說不定她和某人私奔，」她邊說邊把臉頰貼向我的肩膀。「說不定——」

我可以想像她那天眞的腦袋轟轟運轉，把愛咪的失蹤變成一樁淺薄、不體面的浪漫故事，揚棄任何跟故事內容不相符的眞實細節。

「她沒有私奔，事情嚴重多了。」我一根指頭擱在她的下巴底下，好讓她抬頭看著我。「安蒂，我必須請妳非常認眞看待此事，好嗎？」

「我當然非常認眞，但是我非得多和你談談、多和你見面不可，我好害怕，尼克。」

「我們只是需要耐心一點。」我緊緊抓住她兩邊肩膀，好讓她不得不看著我。「我太太失蹤了，安蒂。」

「但是你甚至不——」

我知道她要說什麼——**你甚至不愛她**——但她夠聰明，馬上住嘴。

她伸出手臂抱住我。「唉，我不想吵架，我知道你關心愛咪，我知道你一定眞的非常擔心，我也是，我知道你承受……我不敢想像那種壓力，所以我願意比以前更低調，如果以前那樣還不夠低調的話。但是請你記住，這事也影響到我。我必須聽到你的消息，一天一次，你有空就打電話給我，即使只講幾秒鐘也行，好讓我聽聽你的聲音。一天一次，尼克，每天都得打電話給我，不然的話，我會發瘋。」

她對我笑笑，輕輕說聲：「來，親我一下。」

我非常輕柔地吻她。

「我愛你，」她說，我親親她的頸際，喃喃回應。我們靜靜坐著，電視螢幕一閃一閃。

我任憑自己閉上雙眼。**來，親我一下**。誰也曾經這麼說？

剛過五點，我往前一傾，忽然驚醒。小戈起來了，我可以聽到她在走道盡頭走動，浴室水聲嘩嘩響。

我搖醒安蒂——**五點了**、**五點了**——我一邊保證我愛她、我會打電話給她，一邊急急把她推向門口，好像一個羞愧的一夜情人。

「記住，每天打電話，」安蒂輕聲說。

我聽到浴室的門打開。

「每天，」我說，一邊開門一邊躲到門後，安蒂轉身離去。

當我轉過頭來，小戈站在客廳裡，她的嘴巴大張，一臉訝異，但是身體其他部位散發出震怒；她雙手插腰，怒目相視。

「尼克，你他媽的大白癡！」

---

① 班傑明．布拉多克（Benjamin Braddock），電影《畢業生》（1967）的男主角。

② 安奈特．芬妮契洛（Annette Funicello，1942- 2003），美國歌星暨女演員，迪士尼「米老鼠俱樂部」最出名的明星之一，曾經拍攝多部海灘派對電影。

③《夜長夢多》（*The Big Sleep*），改編自錢德勒的偵探小說，一九四六年上映，主角包括亨弗萊．鮑嘉，是黑色寫實電影的經典之作。

④《雙重保險》（*Double Indemnity*），一九四四年上映，名導演比利．懷德的代表作之一。

愛咪・艾略特・鄧恩

二〇一一年七月二十一日

日記一則

我眞是個白癡。有時，我看看自己，心裡想著：相較於他媽媽，難怪尼克覺得我可笑、瑣碎、驕寵。莫琳來日不多。她用開朗的微笑、以及寬大的繡花運動衫掩藏她的疾病，大家問她身體狀況如何，她總是回答：「喔，我沒事，但是啊，甜心，你好嗎？」她來日不多，但是她不打算承認，目前還不想。因此，當她昨天早上來電，問我要不要跟她和她的朋友們出去走走時——她今天精神不錯，想要趁機盡量多出門——我馬上答應，即便我知道我對她們打算做的事情興趣缺缺，比方說玩紙牌遊戲、打橋牌、上教會指使大家把東西分類。

「我們十五鐘之內就到，」她說。「穿件短袖的衣服喔。」

打掃。一定是打掃。某些需要耗費體力的重活。我隨便套上一件短袖襯衫，十五分鐘一到，我幫莫琳開門，分秒不差。她戴頂毛線針織帽遮住光頭，跟她兩個朋友一起咯咯傻笑。她們全都穿著繡花運動衫，運動衫縫上鈴鐺和緞帶，胸前噴上捐血媽媽的字樣。

我以爲她們組了一個嘟哇音樂的樂團。但是接下來我們全都爬進蘿絲的克萊斯勒老爺車——那部祖母級的汽車眞的非常老舊，前座座椅一整排，沒有分隔，車裡飄著老祖母的香菸味——開心上路，前往捐血中心。

「我們排在星期一和星期四，」蘿絲一邊解釋，一邊從後視鏡看看我。

「喔，」我說。你能做出什麼答覆？喔，星期一、四最適合捐血！

「你一個星期可以捐兩次血，」莫琳說，運動衫上的鈴鐺叮叮響。「第一次賺二十美金，第二次三十美金，這就是爲什麼大家今天心情都很好。」

「妳會喜歡那裡，」薇奇說。「大家坐著閒聊，好像美容院一樣。」

莫琳捏捏我的手臂，輕聲說道：「我再也不能捐血，但是我想妳可以代替我上場，說不定藉此賺點零用錢——女人手邊有些小錢，倒也不錯。」

我很快吞口口水，嚥下怒氣：我手邊曾經不只一些小錢，但是我把錢給了妳兒子。

停車場有個骨瘦如柴的男人，男人穿著一件過小的牛仔布外套四處晃盪，像隻流浪狗似地。捐血中心裡面倒是乾乾淨淨，燈火通明，飄著松脂的清香，牆上掛著白鴿和薄霧的海報。但是我知道我辦不到。針頭。鮮血。我眞的辦不到。我沒有其他恐懼症，但是我非常害怕這兩樣東西——我是那種被白紙割傷也會昏倒的女孩。不曉得爲什麼，我就是受不了皮膚有個缺口：脫皮、割傷、刺傷都一樣。莫琳做化療的時候，我始終不敢看他們幫她打針。

「嗨，凱莉西！」我們進去的時候，莫琳大聲打招呼。一個身材壯碩、身穿類似醫院制服的黑女人大聲回答：「嗨，莫琳！妳好嗎？」

「喔，我很好，好極了——但是啊，妳好嗎？」

「這事妳已經做了多久？」我問。

「好一陣子了，」莫琳說。「凱莉西是每個人的最愛，她的注射技巧高超，針頭順順地扎進去，對我而言尤其理想，因爲我的靜脈會滑動。」她抬高前臂，讓我看看一條條青藍的靜脈。我剛認識莫琳的時候，她人胖胖的，但是現在已經不是如此。說來奇怪，其實她胖胖的比較好看。「來，試試看，把指頭按在靜脈上。」

我環顧四周，暗自希望凱莉西會帶我們進去。

「來，試試看。」

我用指尖碰碰靜脈，感覺靜脈從指尖下滑開。我體內忽然升起一股燥熱。

「啊，這就是妳們新招收的成員？」凱莉西問道，忽然之間，她已經站到我旁邊。「莫琳一直吹噓妳多棒，來，我們得請妳塡寫一些表格——」

「對不起，我不行，我怕打針，我怕看到血，我有非常嚴重的恐懼症，一點都不誇張，我眞的不行。」

我意識到自己今天還沒吃東西，我忽然感到一陣暈眩，頸背虛弱。

「這裡每個人都非常重視衛生，妳會得到妥善照顧，」凱莉西說。

「不、這跟妳們無關，眞的，我從來沒有捐過血，我的醫生對我非常不滿，因爲我甚至無法應付每年抽一次血，檢驗……嗯，膽固醇。」

我們反倒靜靜等候，一等等了兩小時。薇奇和蘿絲被縛在捐血機器旁邊，好像是個被採割的作物。捐血中心甚至在她們的指頭上做記號——紫色的燈光一照，記號就會現形——這樣一來，她們在任何地方每星期的捐血次數都不會超過兩次。

「像是〇〇七電影的那一套，」薇奇說，然後她們全都咯咯傻笑。莫琳輕輕哼唱〇〇七電影的主題曲（我想大概是吧），蘿絲用手指比畫出一把槍。

「妳們這群老母雞不能偶爾安靜一點嗎?」一個白髮蒼蒼的女人隔著四張椅子大喊。她往前一傾,隔著三個半躺半臥、油膩骯髒的男人——三人手臂上都刺著青藍的刺青,下巴的鬍碴又粗又硬,恰如我想像中會去捐血的男人——抬起那隻沒被扎針的手臂,五指一揮,打打招呼。

「瑪麗!我以爲妳明天才會過來!」

「我確實打算明天過來,但是我已經一個星期沒有領到失業救濟金,家裡只剩下一盒早餐穀片和一罐奶油玉米!」

她們全都大笑,好像吃不飽是件趣事似地——這個小鎮有時令人無法忍受,人人如此絕望、如此不願面對現實。抽血機器嘎嘎作響,血液經由長長的塑膠管從體內流向機器,人人像是……被採收的作物,我開始感到噁心,放眼望去都是血液,公開呈現在眾人眼前。血液不是應該隱藏在大家看不到的地方嗎?深紅,暗紅,幾近紫色。

我站起來,走進浴室,潑了一些冷水到臉上。我走了兩步,感覺周圍的聲音漸漸消失,視線縮小到只剩下針孔大小。我意識到自己的心跳和脈搏,昏倒時,我說了一聲:「喔,對不起。」

我幾乎不記得乘車回家。莫琳幫我蓋上被子,旁邊擺了一杯蘋果汁和一碗湯。我們試圖打電話給尼克,小戈說他不在**酒吧**,他沒有接手機。

那個男人不見了。

「他小時候也是這樣——到處晃來晃去,」莫琳說。「罰他待在他房間裡,就是最可怕的懲罰。」她把一條冷毛巾安置在我的額頭上;她的呼吸帶著一股阿斯匹靈的味道,有點刺鼻。「妳只管休息,好嗎?我會一直打電話,直到我把那個小伙子找回家爲止。」

尼克回家之時,我在睡覺。我醒來,聽到他在沖澡,我看看時間:晚上十一點零四分。他肯定終究去了一趟酒吧——下班之後，他喜歡沖個澡，去除殘留在皮膚上的啤酒味和爆米花的鹹香。（他這樣說。）

他悄悄上床，當我張著眼睛、轉身面向他時，他看到我醒著，似乎很驚慌。

「我們試著聯絡你，試了好幾個鐘頭，」我說。

「我的手機沒電。妳昏倒了？」

「我想你說過你的手機沒電。」

他暫時不說話，我知道他接下來即將說謊。明知對方不老實，你卻不得不耐心等候，做好心理準備，面對即將到來的謊言，那是一種最糟糕的感覺。尼克很老派，他需要他的自由，他不喜歡解釋自己的行爲。他可能整個星期都曉得他打算和朋友們出去，但是他依然等到牌局開始一個鐘頭之前才淡淡地說：「嗨，如果妳不介意，我想我今天晚上和朋友們打打撲克牌，」如果我已經安排其他事情，這下我就成了壞人。妳絕對不會想要變成一個不讓先生出去打撲克牌的老婆——妳不會想要變成那個一頭髮捲、手持擀麵棒的潑婦。因此，妳嚥下妳的失望之情，說聲沒關係。我認爲他這麼做並無惡意，他只是從小在那種環境裡長大。他爸爸以前愛做什麼就做什麼，而他媽媽始終忍氣吞聲。直到她和他離婚爲止。

他開始說謊。我甚至連聽都不聽。

尼克・鄧恩

事發之後五日

我靠在門上，盯著我老妹。我依然聞得到安蒂的氣味，我好想靜靜獨享這一刻，只要一秒鐘就好，因爲這會兒她已經離開，我可以陶醉在想像中的她。她嘗起來始終像是奶油糖果，聞起來像是薰衣草。薰衣草洗髮精，薰衣草乳液。薰衣草帶來好運，她曾經跟我解釋。我需要好運。

「她幾歲？」小戈雙手扠在腰上質問我。

「妳想要從這裡問起？」

「尼克，她幾歲？」

「二十三。」

「二十三，太棒了。」

「小戈，不要——」

「尼克，你他媽的不知道這下多麼糟糕嗎？」小戈說。「糟糕，而且愚笨。」她用了dumb這個孩童的字彙重重責罵我，好像我又是成了十歲大的孩童。

「這不是一個理想狀況，」我小聲地承認。

「理想狀況！你……你欺騙你老婆，尼克。我的意思是，你怎麼搞的？你始終是那種好男人。或者，我始終是個大笨蛋?」

「不是。」我盯著地板，就像小時候老媽叫我坐到沙發上、跟我說我不該那麼差勁、做出某某事情。

「現在呢?你是一個欺騙老婆的男人，你絕對沒辦法洗刷這種名聲，」小戈說。「老天爺啊，連老爸都沒有對老媽不忠。你實在——我的意思是，你老婆失蹤。誰曉得愛咪在哪裡，你卻在這裡勾搭一個小——」

「小戈，我很高興看到妳不計前嫌，挺身爲愛咪辯護，但是妳始終不喜歡愛咪，甚至從一開始就看她不順眼。自從發生了這些事情之後，妳好像——」

「好像我同情你失蹤的老婆，沒錯，尼克，我相當關切，沒錯，我確實如此。記得我先前說你表現得很奇怪嗎?你——你表現出來的模樣，簡直愚蠢極了。」

她一邊在房裡踱步，一邊嚙咬大拇指的指甲。「警察如果發現此事，唉，我連想都不敢想，」她說。

「我他媽的好害怕，尼克，這是我頭一次眞的爲你感到害怕，我不敢相信警察尙未發現此事，他們肯定已經調閱你的通話紀錄。」

「我用可拋式手機。」

她聽了稍微躊躇。「這樣甚至更糟，這樣好像……預謀犯罪。」

「預謀出軌，小戈，沒錯，在這方面，我確實犯了罪。」

她暫且讓步，頹然坐在沙發上，試圖慢慢接受這項新發現的事實。說眞的，小戈知道此事，倒是讓我鬆了一口氣。

「多久了?」她問。

「剛滿一年。」我強迫自己不再盯著地板，抬頭直視著她。

「一年多了？而你始終沒有告訴我？」

「我怕妳會叫我放手。我怕妳會看不起我，然後我就不得不放手。但我不想放手，我跟愛咪之間——」

「一年多了，」小戈說。「我甚至從來沒有起疑。我們八千次喝得醉醺醺聊天，你卻始終信不過我，提都沒提。你把事情瞞得這麼緊，百分之百跟我保密，我不知道你怎麼做得到。」

「我只隱瞞了一件事。」

小戈聳聳肩，意思是：這下我怎能相信你？「你愛她？」她帶著開玩笑的口氣問問看，表示覺得極不可能。

「沒錯，我眞的覺得我愛她。以前這麼想，現在也是。」

「你知道你若是果眞和她約會、定期和她見面、和她住在一起，她八成也會對你挑三揀四，對不對？她會發現一些你讓她抓狂的事情，提出一些你不喜歡的要求，而且跟你發脾氣？」

「我不是十歲的小孩，小戈，我知道男女關係是怎麼一回事。」

她又聳聳肩，意思是：你知道嗎？「我們需要一個律師，」她說。「一個具有公關技巧的好律師，因爲媒體已經到處探聽。我們必須確定媒體不會把你變成一個行爲惡劣、拈花惹草的先生，因爲如果媒體得逞，我想一切都完了。」

「小戈，妳講得有點極端。」其實我同意她的看法，但是我受不了聽到小戈大聲說出來。我必須加以推翻。

「尼克，目前的情況確實有點極端。我會打幾個電話。」

「隨妳便，如果這樣讓妳比較安心的話。」

小戈伸出兩隻指頭在我胸前猛戳一下。「你他媽的別跟我來這一套，藍斯。『噢、女人都是那麼大驚小怪。』鬼扯！老哥，你的處境眞的非常糟糕，你眼睛放亮一點，好好集中精神，開始幫我修正這個狀況。」

小戈把頭轉開，我感覺到襯衫底下、剛剛被她猛戳一下之處，依然隱隱作痛。謝天謝地，小戈走回她的房間。我呆坐在沙發上，然後我一邊躺下，一邊答應自己我會醒來。

我夢見愛咪：她趴在地上，匍匐爬過我們的廚房，試圖掙扎爬到後門，但是她血流滿面，遮掩了視線，而且她移得好慢、好慢。她那顆漂亮的頭顱右邊凹了進去，看起來殘缺不全，感覺怪異。鮮血從她的一縷長髮慢慢滴落，她痛苦呻吟，低聲叫喚我的名字。

我醒來，心知應該回家了。我必須看看那個地方——犯罪現場——我必須勇敢面對。

大熱天，戶外空無一人。我們的社區跟愛咪失蹤那天一樣空空蕩蕩，冷冷清清。我踏進我家大門，強迫自己吸口氣。房子這麼新，感覺卻像是鬧鬼，而且不是維多利亞時代小說當中那種浪漫的鬼魅氣氛，而是百分之百陰森、他媽的荒涼，著實奇怪。一棟具有歷史的房子，房子的屋齡卻只有三年。化驗室人員已經踏遍家中；地上黏答答、髒兮兮，到處都是汙漬。我在沙發上坐下，沙發飄散出某個人的氣味——不是我的想像，而是確有此人，那人擦了一種嗆鼻的刮鬍水，聞起來陌生。儘管天氣炎熱，我依然打開窗戶透透氣。布里克慢慢走下樓梯，我把牠抱起來拍一拍，牠滿足地咕嚕咕嚕叫。某人——某個警察——已經爲牠盛滿貓食。把我家搞得亂七八糟之後，這倒不失是個善意之舉。我小心翼翼把牠放在樓梯的最低一階，上樓走到臥室。我解開襯衫的鈕扣，俯身橫躺在床上，把臉埋在枕頭裡，我們結婚紀念日的早晨——**事發的早晨**——我就是凝視著同樣這個天藍色的枕頭套。

我的手機響了。小戈。我接起電話。

「艾倫．亞波特製播了一個中午的特別節目，現在正在播出，節目的內容關於愛咪，你……嗯、我……情況不太理想。你要我過去嗎？」

「不，我可以自己收看，謝謝。」

我們都遲遲不掛電話，等著對方道歉。

「好吧，我們等到節目播完之後再說。」

《艾倫．亞波特現場直擊》是個有線頻道的節目，專門報導失蹤、遭到謀殺的女性，主持人艾倫．亞波特曾任檢察官，鼓吹受害人的權利，永遠一副怒氣沖沖的模樣。節目一開始，頭髮吹出造型、上了亮光唇膏的艾倫目光灼灼地盯著攝影機。「今天為大家報導一則令人震驚的消息：一名年輕漂亮的女子，同時也是《神奇的愛咪》系列作品的靈感來源，宣告失蹤。家中遭到徹底破壞。先生藍斯．尼克勞斯．鄧恩是個失業的作家，目前經營一家用他太太的錢買下的酒吧。觀眾們想要知道他多麼擔心嗎？請看看這些他太太愛咪．艾略特．鄧恩七月十五日失蹤之後所拍攝的照片，當天正是他們結婚五周年紀念日。」

鏡頭一轉，螢幕上出現那張我在記者招待會的照片：咧嘴一笑，十足是個混蛋。下一張照片我一邊走出車外，一邊像是選美皇后一樣微笑揮手。（當時我正揮手回應瑪莉貝絲的問候；我之所以微笑，原因在於我揮手之時總是面帶微笑。）

接下來是那張手機拍攝、我和香娜．凱莉的合照——香娜就是那位烘烤墨西哥玉米片派的女士。我們臉貼著臉，煥發出珍珠般的潔白光彩。然後香娜本人出現在螢幕上，艾倫將古銅色肌膚、身材曼妙、一臉嚴肅的香娜介紹給美國大眾，我全身蹦出針刺般的汗珠。

艾倫：好吧，藍斯．尼克勞斯．鄧恩——香娜，妳可不可以為我們描述一下他的態度？大家出外搜尋他失蹤的妻子之時，妳遇見了他，而藍斯．尼克勞斯．鄧恩……他怎樣？

香娜：他非常沉著、非常友善。

艾倫：對不起、對不起，友善而且沉著？他太太失蹤了，香娜，哪一種男人會表現得友善而且沉著？

那張荒誕的照片再度出現。不知道為什麼，我們看起來甚至更加愉快。

香娜：其實他有點打情罵俏……

你應該對她好一點，你應該吃她那個該死的派。

艾倫：**打情罵俏？**天知道他太太在哪裡，而藍斯．鄧恩居然……嗯，抱歉，香娜，但是這張照片真是……令人作嘔，除此之外我不知道該怎麼形容。一個無辜的男人看起來不會是這副德性……

基本而言，接下來的單元只有一個重點：挑撥離間、唯恐天下不亂的艾倫．亞波特不停質疑我為什麼沒有不在場證明：「藍斯．尼克勞斯．鄧恩為什麼直到中午都缺乏不在場證明？那天早上他在哪裡？」她操著她那濃濃的德州警長口音質問。她的來賓們同意情況看來不妙。

我打電話給小戈，她說：「嗯，幾乎過了一個星期，他們才把箭頭指向你，算是不錯囉。」然後我們咒罵了一會兒：X你娘的！香娜，妳這個瘋狂的狗娘養的婊子。

「拜託你今天積極一點，做些非常有用的事情，」小戈勸告。「這下大家都會睜著眼睛看。」

「就算我想靜靜坐著，我也辦不到。」

我幾乎在盛怒之中開車前往聖路易，腦海中不停播放電視節目的片段，回答艾倫的所有問題，堵住她的嘴。**艾倫．亞波特，妳這個X你娘的婊子，今天我循線追查一個愛咪的跟蹤狂戴西．柯林斯。我找到他詢問眞相**。尼克．鄧恩，好一位英勇的老公。如果手邊有些慷慨激昂的主題音樂，我肯定馬上播放。尼克．鄧恩，好一位善良的藍領階級，單挑恃寵而驕的富家公子。媒體對此肯定極感興趣：偏執的跟蹤狂比平庸的殺妻犯更吸引人。最起碼艾略特夫婦會表示感激。我打電話給瑪莉貝絲，但是只聽到語音信箱。我繼續前進。

我慢慢駛進他居住的那一帶，開著開著，我必須把想像中的戴西，從「有錢」更改爲「非常有錢」、「有錢得令人作嘔」。這傢伙住在拉度市一棟豪宅，房子最起碼價值五百萬美金。潔白的洗磚磚牆，黑色的亮漆百葉窗，煤氣燈，長春藤。我身穿得體的西裝，打上領帶，一副開會談生意的裝扮，但是當我按他家的門鈴時，我意識到在這個社區裡，一套四百美金的西裝不算什麼，登門造訪之時，一身四百美金的西裝比一身牛仔褲更加寒酸。我可以聽到有人足蹬紳士鞋、踢踢躂躂從屋子的後方走來，大門颼地一聲打開，冷氣陣陣迎面襲來，好像冰箱似地。

戴西英挺體面，看起來像是一個大好人，恰是我始終希望給人的印象。或許是因爲他的眼睛或是下顎；他的雙眼細長深邃，眼神柔和，兩邊臉頰各有一個酒窩。你若看到我們站在一起，你肯定認爲他是好人，我是壞人。

「喔，」戴西邊說邊端詳我的臉。「你是尼克，尼克．鄧恩。老天爺啊，關於愛咪的事情，我真的非常遺憾，請進、請進。」

他帶著我走進客廳，客廳氣氛莊嚴肅穆，充滿設計師雕琢而出的陽剛之氣，四處可見顏色漆黑、令人不太自在的皮革。他指指一張椅背看起來格外僵硬的扶手椅；我試圖順應他的敦促，不要過分拘束，但是坐上那張椅子，我卻像是一個受到申誡的學生：坐直，好好**聽訓**。

戴西沒有問我爲什麼坐在他的客廳，也沒有解釋爲什麼馬上認出我。但是近來大家要嘛背著我議論紛紛，要嘛心不在焉地看我一眼，過了一會才恍然大悟我是誰，這兩種狀況已經愈來愈普遍。

「你想喝些什麼嗎？」戴西拍拍雙手說：先談喝些什麼。

「不了，謝謝。」

他在我對面坐下。他一身天藍和米黃色系的服飾，無懈可擊，甚至連鞋帶都好像經過熨燙，但是整體感覺卻相當不搭調。我原本希望他是一個不值得一顧的花花公子，但他卻不是那種人。戴西看起來像是一個典型的紳士：他是那種懂得引述一名偉大詩人的詩作、點一瓶珍貴稀有的威士忌、幫女士選購古董珠寶的男人。事實上，他似乎是那種天生就知道女人想要什麼的男人——我坐在他對面，感覺自己西裝皺巴巴，舉止愈來愈笨拙。我忽然湧起一股強烈的慾望，想要暢談美式足球，放聲響屁。這類傢伙始終讓我火冒三丈。

「愛咪。嗯，有沒有任何線索？」戴西問。

他看起來眼熟，說不定是個演員。

「沒什麼值得追蹤的。」

「她在……家裡被綁架，對不對？」

「沒錯，在我們家裡被綁走。」

然後我知道我在哪裡看過他：他是頭一天搜救行動中、單獨露面的那個男人，也就是那個不停偷瞄愛咪照片的男人。

「搜救行動的頭一天，你去過志工中心，對不對？」

「是的，」戴西從容地說。「我正要提到這事。我但願那天就跟你打招呼，當面表達慰問之意。」

「你還眞是不辭遙遠。」

「你不也是大老遠跑來一趟嗎？」他笑笑。「唉，我眞的非常欣賞愛咪。聽到發生了什麼事之後，我非得做些事情不可。我只是——尼克，這麼說不太好，但是當我在電視上看到這個消息的時候，我只是想著，**啊**，當然。」

「當然？」

「當然有人……想要她，」他說。他的嗓音低沉，好像那種在爐邊說話的聲音。「你知道的，她一直就是那樣，她有辦法讓大家想要她。始終如此。你知道那句陳腔濫調：男人都想要擁有她，女人都想要變成她。這句話套在愛咪身上，一點都沒錯。」

戴西一雙大手交握，擱放在穿著西裝褲的長腿上。不是長褲，而是西裝褲。我無法判定他是不是唬弄我。我悄悄告誡自己審愼爲之。進行任何看似棘手的訪問時，你必須謹遵下列原則：除非有必要，否則避免採取攻勢，先看看對方會不會作繭自縛。

「你和愛咪談過一段相當認眞的感情，對不對？」我問。

「那不只是因爲她的外貌，」戴西說。他把重心靠在一邊膝蓋上，眼神朦朧。「我最近經常想起此事。那是我的初戀。我當然會想起。當年讀了太多哲學書籍，滿腦子空想，只會紙上談兵。」他咧嘴謙謙一笑。「唉，當愛咪喜歡你、對你感興趣時，她的關注是如此溫煦、如此令人安心，好像一缸暖暖的洗澡水似地將你團團包圍。」

我揚起眉毛，以示不解。

「請耐心聽我說，」他說。「你覺得自己棒極了，說不定生平頭一次覺得自己好棒。然後，她看到你的缺點，她意識到你只是另一個她必須面對的普通傢伙——其實你不過是可靠的安迪，而在現實生活中，可靠的安迪絕對配不上神奇的愛咪。因此，她的興趣漸漸消退，你也不再覺得自己好棒，昔日那種冷冰冰的感覺再度浮現，好像你赤裸裸地站在浴室的地板上，一心只想回到澡缸裡。」

我了解那種感覺——我已經在浴室的地板上站了三年——我居然跟這個男人享有同等心情，心中不禁升起一股強烈的憎惡。

「我確定你知道我的意思，」戴西邊說邊眨眼對我微笑。

這傢伙眞是奇怪，我心想。**誰會把另一個男人的太太——失蹤的太太——比喻成一缸他想要浸泡的洗澡水？**

戴西後面有張長長的茶几，茶几擦拭得光可鑑人，桌上陳列著幾張擱放在銀質相框裡的照片。中間那張尺寸特大，照片中的戴西和愛咪是高中生，兩人一身潔白的網球裝——兩人時髦得不像話，如此富貴、如此光鮮，甚至像是希區考克電影中的一景。我想像少年戴西溜進愛咪的宿舍寢室，褪下衣衫丟在地上，好端端地躺在冰冷的床單之間，呑下一顆顆塑膠殼的藥丸，等著被人發現。那是懲罰與憤怒的表徵，但不是那種發生在我家裡的粗暴。我可以看得出警方爲什麼對戴西不感興趣。戴西的目光隨著我的視線移動。

「噢，嗯，你不能怪我留下那張照片，」他微笑。「我的意思是，你會丟掉這麼一張完美的照片嗎？」

「一張我已經二十年不相識的女孩的照片？」我來不及阻止自己就說出口。我意識到自己的口氣咄咄逼人，不太明智。

「我與愛咪相識，」戴西厲聲說道。他深深嘆口氣。「我以前就認識她，我曾經非常了解她。沒有任何線索嗎？我非得問問不可……她的爸爸，嗯，他……他在那裡嗎？」

「當然。」

「我想他不是……這事發生的時候，他肯定在紐約吧？」

「他確實人在紐約，你爲什麼問這個問題？」

戴西聳聳肩，意思是：只是好奇，沒什麼原因。我們靜靜坐了三十秒，直直瞪視對方，看看誰先退讓，但是兩人都沒有眨眼。

「我之所以過來一趟，戴西，其實是想聽聽你能告訴我什麼。」

我再度試圖想像戴西帶著愛咪逃走。他在附近的某處不是有棟湖畔別墅嗎？這類人士都有一棟湖畔別墅。這個世故優雅的男人說不定把愛咪關在某個學院雅痞風格的休閒地下室，愛咪在地毯上踱步，躺在一張布滿灰塵的沙發上睡覺，沙發色澤淡黃，或是斑斕，鮮豔明亮，帶著六〇年代舞廳風情。這樣難道不可信嗎？我只願邦妮或是吉爾賓置身此地，親眼見識戴西那種充滿占有慾的口氣：我認識愛咪。

「我？」戴西大笑。他的笑聲帶著尊貴，沒錯，尊貴二字恰可形容他的笑聲。「我不能告訴你任何事情，誠如你所言，我與她不相識。」

「但是你剛剛才說你認識她。」

「我認識她的程度當然遠不及你對她的了解。」

「你高中的時候跟蹤她。」

「我跟蹤她？尼克，當時她是我的女朋友。」

「後來不是了，」我說。「然而你不願走開。」

「喔，我說不定曾經爲她著迷，但是沒有任何超乎尋常之處。」

「你企圖在她寢室裡自殺，你覺得這樣不是超乎尋常嗎？」

他猛搖頭，瞇起眼睛。他張開嘴巴想要說話，然後低頭看著雙手。「我不確定你在說些什麼，尼克，」他終於說。

「我在說你鬼鬼祟祟跟蹤我太太，高中時代如此，現在也是。」

「這就是你過來找我的**眞正原因**？」他又大笑。「老天爺**啊**，我以爲你爲了籌募懸賞基金，或是諸如此類的事情上門。順帶一提，我非常樂意負責這些費用。誠如我所言，我始終希望愛咪得到最好的一切。我愛她嗎？不。我已經不了解她，再也不了解。我們偶爾通信，但是你今天上門，這倒是很有趣。你把事情搞混了，因爲我得跟你說，尼克，在電視上、甚至此時**此地**，你看起來不像是個擔憂、傷心的先生。你似乎……自命不凡。對了，警方已經跟我談了，我猜這也是你的點子，或是愛咪爸媽的提議。說來奇怪，你竟然不曉得——大家都以爲警方會把所有事情告訴先生，如果先生沒有涉嫌的話。」

我的胃部一陣緊縮。「我之所以過來，原因在於我想親眼看一看你提起愛咪時，臉上帶著什麼表情，」我說。「我得跟你說，你的表情讓我擔心。你變得有點……閃神。」

「你我之中總得有人擔心，不是嗎？」他說，口氣合情合理。

「甜心？」房子後方傳來一個聲音，另一雙昂貴的皮鞋踢踢躂躂朝向客廳前進。「那本書的書名是——」

隱約之中，那名女子看似愛咪，好像愛咪出現在霧氣濛濛的鏡中——兩人膚色完全相同，五官非常相似，但是女子比愛咪年長四分之一世紀，肌膚和五官都像是一塊稍微鬆弛的上好布料。她依然非常優雅，儼然是個悉心保養的女人。她的手肘線條極爲分明，鎖骨好像衣架一樣突出，整個人宛如某件摺紙創作。她身穿一件剪裁合身的寶藍色連身洋裝，具有跟愛咪一樣的吸引力：當她置身房裡時，你會一直轉頭望向她的方向。她對我笑笑，神情卻帶著掠食者的兇狠。

「哈囉，我是賈桂琳．柯林斯。」

「媽，這位是愛咪的先生尼克，」戴西說。

「愛咪。」女子再度露出微笑。她的聲音低沉，好像傳自井底，聽起來帶著共鳴，感覺怪異。「我們這裡一直相當關心那個報導，沒錯，大家都非常感興趣。」她轉頭面向她兒子，神情冷漠。「我們永遠沒辦法忘掉那位高貴的愛咪．艾略特，不是嗎？」

「她現在叫做愛咪．鄧恩，」我說。

「當然、當然，」賈桂琳表示同意。「你最近經歷了這些事情，尼克，眞是令人遺憾。」她瞪了我一秒鐘。「對不起，我肯定……我想像不到愛咪……會和這麼一個美國大男孩在一起。」她似乎不是衝著我說，也不是衝著戴西。「老天爺啊，他的下巴甚至有道凹溝。」①

「我過來看看令郎有沒有任何消息，」我說。「我知道這些年來，他寫了不少封信給我太太。」

「喔，那些信！」賈桂琳笑笑，笑容之中帶著怒意。「把時間花在這種事情上頭，實在非常有趣，不是嗎？」

「愛咪讓你讀那些信？」戴西問。「我倒是相當訝異。」

「不，」我轉頭對他說。「她拆都沒拆就把它們丟掉，向來如此。」

「每一封都丟掉？向來如此？你確定？」戴西說，臉上依然帶著笑容。

「有一次我從垃圾堆裡翻出一封讀一讀。」我又轉頭面向賈桂琳。「我只想看看究竟是怎麼回事。」

「做得好，」賈桂琳對我說，聲調之中帶著一絲滿意。「我也會期望我先生這麼做。」

「愛咪和我始終寫信給對方，」戴西說。他講話跟他母親一樣抑揚頓挫，那種聲調好像顯示他說的每一句話都會引起你的興趣。「我們偏好如此。我覺得電子郵件非常……廉價，而且沒有人加以保留。大家都不保留電子郵件，因爲郵件的本質毫無人情味。大體而言，我擔心我們的下一代。那些偉大的情書——西蒙．波娃致函沙特，馬克．吐溫致函他的太太奧麗薇——我不知道，我一直想著我們會失去什麼——」

「我寫給你的信，你全都留著嗎？」賈桂琳問。她站在壁爐邊，一邊低頭凝視我們，一邊伸出修長的臂膀輕輕撫過壁爐架。

「當然。」

她轉頭面向我，優雅地聳聳肩。「只是好奇問問。」

我打個冷顫，我正想把手伸向壁爐取暖，隨即想到現在是七月。「你這些年來始終如一，照常寫信，我覺得相當奇怪，」我說。「我的意思是，她可沒有回信給你。」

戴西聽了眼睛一亮。「喔，」他只做出這個反應，好像無意之中瞧見煙火。

「我覺得很奇怪，尼克，你過來這裡，詢問戴西和你太太的關係——或是他和你太太爲什麼沒有任何關係，」賈桂林．柯林斯說。「難不成你和愛咪不親嗎？我可以跟你保證：戴西已經幾十年沒有好好和愛咪聯繫，幾十年了。」

「我只是問問看，賈桂琳，有時候，你必須親眼看看。」

賈桂琳邁步走向門口；她轉身，對著我把頭一偏，示意我該走了。

「你眞是英勇，尼克，眞是萬事不求人。你也自己動手搭建露臺嗎？」她取笑露臺二字，動手幫我開門。我凝視她的頸窩，心想她爲什麼沒有戴上一串珍珠項鍊。這種女人總是佩戴一串鏗鏘作響、厚重渾圓的珍珠項鍊。但我可以聞到她飄散出女性的氣味，隱隱帶著淫蕩，感覺怪異。

「跟你見面滿有趣的，尼克，」她說。「讓我們全都企盼愛咪平安返家。在此同時，下次你若想要聯絡戴西？」

她把一張質感厚重的米黃色名片塞進我的雙手之中。「請打電話給我們的律師。」

---

① 原文「cheft chin」，字面意義是下巴有道凹溝，通常表示此人粗獷，具有男子氣概。

愛咪・艾略特・鄧恩

二〇一一年八月十七日

日記一則

我知道這聽來有點像是精神恍惚的少女會做的事情，但是我最近一直循線追蹤尼克的心情，尤其是他對我的態度，我只想確定自己沒有發瘋。我買了一個日曆，任何一天，我若感覺尼克似乎依然愛著我，我就在上面貼上紅心，如果他不愛我，我就貼上一個黑格。過去一年來，日曆上面幾乎都是黑格。

但是現在呢？九天紅心，而且連續九天。說不定他只是需要知道我多麼愛他、我是多麼不快樂。說不定他**改變了心意**。這個片語已經成爲我的最愛。

測驗題：經過一年多的冷漠，忽然之間，妳先生似乎再度愛上妳。妳：

a) 不停抱怨他以前多麼令妳傷心，好讓他多跟妳道歉幾次。

b) 暫時不要理他，時間拖得久一點——這樣他才會學到教訓！

c) 不要逼問他為什麼改變態度——妳知道等到時機成熟，他自然會對妳傾吐，在此同時，多多對他投注熱情，好讓他覺得安心、受到關愛，因為這才是維繫婚姻之道。

d）質問他以前哪裡出了差錯；逼他一談再談，藉此安撫妳自己的焦慮。

答案：C

時值八月，盛夏如此豐美，我實在受不了再貼上任何一個黑格。但是，不，最近沒有黑格，只有紅心。尼克表現得像是我那個貼心、充滿愛意、有點傻呼呼的老公。他從紐約市、我最心愛的商店訂購巧克力，讓我大快朵頤，而且搭配寫了一首傻呼呼的情詩。其實那是一首五行歌謠。

從前有個來自曼哈頓的女孩
只願歇息在鋪著絲緞的眠床
她的先生滑來滑去
兩人的身子碰來碰去
所以他們幹了某件拉丁文發音的淫蕩樂事

如果我們的性生活放蕩不羈，如同詩中的暗示，肯定更加有趣。但是上個星期，我們確實……做了？幹了？那種感覺比上床更加浪漫，但是不像做愛那麼矯情。他下班回家，緊緊吻上我的雙唇，他愛撫我，好像我果眞在他身旁。我幾乎流淚，我最近眞的好寂寞。老公柔情蜜意地吻上妳的雙唇，還有什麼比這樣更頹廢、更墮落？

還有呢？他帶我出去游泳。他從小就在那裡游泳，我可以想像小尼克機械式地打水，臉蛋和肩膀曬得通紅，因爲他拒絕擦防曬油（就跟現在一樣），逼得老媽媽莫琳拿著防曬油追著他跑，一抓到他，馬上在他身上塗抹一層。

他最近帶著我暢遊他童年經常出沒之地。長久以來，我一直對他提出這種要求，現在終於如願。他陪我走到河邊，微風吹拂我的頭髮之時，他靠過來吻我（「眼前是世上我最喜歡的兩個景象，」他在我耳邊悄悄說）。他在遊樂場那個滑稽的小碉堡裡吻我，他曾把這裡視爲他的俱樂部會所（「我始終想要帶一個十全十美女孩子過來，現在妳瞧瞧，我辦到了，」他在我耳邊悄悄說）。購物中心永久歇業之前的兩天，我們並肩騎乘旋轉木馬的木頭兔子，周遭空無一人，我們的笑聲迴盪其間。

他帶我去他最喜歡的冰淇淋店享用聖代，早上店裡只有我們兩人，空氣中瀰漫著甜膩的香味。他一邊吻我，一邊跟我說他曾在店裡結結巴巴地、勉強撐過多次約會。他還說他但願能夠回到過去、告訴高中時代的自己，總有一天，他會帶著他夢想中的女孩來到此地。我們享用冰淇淋，一直吃到不得不蹣跚地走回家，躺到被毯底下，他伸出一隻手擱在我的肚子上，兩人不知不覺打起瞌睡。

我心中那個神經質的聲音當然問道：**他在耍什麼把戲**？尼克的轉變是如此突然、如此宏大，以至於感覺像是……他必定有求於我。說不定他已經做出某事，這會兒搶先好好對待我，等到被我發現的時候，我才不會勃然大怒。我很擔心。上個星期，我逮到他亂翻我那個標示著「鄧恩家！」的檔案箱（以前那段比較快樂的日子裡，我用我最漂亮的草寫字體寫下這幾個字），箱子塞滿各種奇怪的文件，集結出我倆的婚姻生活。我擔心他打算請我把酒吧作爲抵押跟銀行二次貸款，或是以我們的人壽保險作爲擔保來借錢，或是賣掉一些「三十年之內不要動用」的股票。他說他只想確定所有文件井然有序，但是他講得結結巴巴。如果我們吃泡泡糖口味的冰淇淋吃到一半，他突然轉頭對我說：**妳知道吧，二次貸款其實很有意思……**我會心碎，真的，我一定會心碎。

我必須寫下來，我必須一吐爲快。光是看到這些話，我就知道自己聽起來多麼瘋狂、神經質、疑神疑鬼、欠缺安全感。

我不會讓自已最陰暗的一面毀了我的婚姻。我老公愛我。他愛我，他已經回到我的身旁，這就是爲什麼他對我這麼好。這是唯一的理由。

正是如此：這是我的人生，而它終於回返。

尼克·鄧恩

事發之後五日

車子停在戴西家外面，我坐在熱氣滾滾的車裡，搖下所有車窗，查看電話留言。吉爾賓留了話：「嗨，尼克，我們今天必須跟你報告一下狀況，讓你知道幾件事情的最新發展，核對幾個疑點，四點鐘在你家跟我們碰面，好嗎？嗯……謝謝。」

這是我頭一次接獲命令。他沒說**我們可不可以**、**我們想要**、**如果你不介意的話**，而是**我們必須**、**跟我們碰面……**

我瞄了一眼手錶，三點鐘了，最好不要遲到。

夏季航空展三天之後正式登場——噴射機與螺旋槳飛機翱翔密西西比河的上空，上上下下垂直翻轉，低空飛過蒸汽渡輪，觀光客們看得一陣騷動，牙齒格格打顫。等到吉爾賓和隆妲·邦妮抵達之時，彩排練習已經進行得如火如荼。我們聚集在我的客廳，自從事發當天以來，這是我們頭一次全都回到客廳。

我家剛好位居一條飛行路徑：飛機發出介乎電鑽和山崩之間的噪音。我和我的警察朋友們試圖在轟轟隆隆的空檔勉強交談。隆妲看起來比平時更像隻小鳥——她起先靠著一隻腳支撐重心，然後換到另一隻腳，同時環顧客廳，目光灼灼，飄向不同物品和角度，好像一隻丈量鳥巢的喜鵲。吉爾賓在她身邊走來走去，咬著下唇，一隻腳輕踏地面。午後的陽光照得微塵閃閃發光，大批塵埃有如原子彈似地飄散，連屋裡都感覺喧擾浮躁。一架噴射機颼地一聲飛過房子的上空，那種劃破天空的噪音眞是可怕。

「好，幾件事情跟你說明，」四周再度靜下來時，隆妲說道。她和吉爾賓的坐姿好像兩人忽然打算停留得久一點似地。「有些只是做個澄清，有些則是跟你報告，全部都是例行公事，而且跟往常一樣，如果你需要一位律師……」

但是我從我收看的電視節目和電影之中得知，只有犯了罪的傢伙才會祭出律師這張牌。悲傷、憂慮、無辜的先生不需要律師。

「我不需要，謝謝，」我說。「事實上，我有些消息跟你們分享，事關一個愛咪以前的跟蹤狂，她高中的時候曾經跟這個傢伙約會。」

「戴西——嗯，柯令斯，」吉爾賓率先開口。

「柯林斯。我知道你們和他談過話，我也知道基於某種不明的理由，你們對他不怎麼感興趣，因此，我今天自己過去找他，確定他看起來……沒問題。我不認爲他沒問題，我認爲他是那種你們應該深加調查的人，眞的値得好好調查。我的意思是，他搬到聖路易——」

「你們搬回來的三年之前，他就已經住在聖路易。」

「好吧，但是他在聖路易，車程便利，愛咪買了一把槍，因爲她害怕——」

「戴西沒問題，尼克，他人不錯，」隆妲說。「你不覺得他是個好人嗎？其實他讓我想到你。百分之百的陽光小子，家裡的小么兒。」

「我是個雙胞胎，不是小么兒，其實我比小戈早三分鐘出生。」

隆妲顯然試圖故意激我，看看能不能惹我生氣。儘管心知肚明，但是我一聽她指控我是個小么兒，我還是忍不住光火，一股怒氣直衝胃部。

「反正啊，」吉爾賓打岔。「他和他媽媽都否認他曾經跟蹤愛咪，他們也堅稱這些年來，除了偶爾通信之外，他和愛咪甚至很少聯絡。」

「我太太可不是這麼說的。他這些年一直寫信給愛咪，持續了好多年，而且他在搜救行動的現場露面，隆妲，妳曉得這事嗎？他第一天就在這裡出現。妳提過警方會注意那些熱心涉入調查的男人——」

「戴西．柯林斯不是嫌犯，」她重複一次。

「但是——」

這個訊息刺痛我的心，我想要指控她受到艾倫．亞波特的左右，但是說不定我最好不要提到《艾倫．亞波特現場直擊》。

「好吧，這些傢伙呢？這些不停打電話到舉報熱線的傢伙呢？」我走過去、抓起我先前隨意丟在餐桌上的一張紙，紙上寫著姓名和電話號碼。我開始念誦各個名字。「熱心涉入調查：大衛．山姆森、莫菲．克拉克——這些是她以前的男朋友——湯米．歐哈拉、湯米．歐哈拉、湯米．歐哈拉，這個傢伙打了三次電話。狄托．龐特①——嗯，這只是一個愚蠢的笑話。」

「你有沒有回電給其中任何一位？」邦妮問。

「沒有。那不是你們的工作嗎？我不知道哪些人值得追蹤、哪些人瘋瘋癲癲。我沒有時間打電話給某個假裝是狄托．龐特的混蛋。」

「我不會太在乎舉報熱線，尼克，」隆妲說。「誰曉得這些人從什麼地方冒出來？我的意思是，我們接到不少你的前任女友們的來電，她們只想說聲哈囉、看看你好不好。人們是很奇怪的。」

「說不定我們應該開始提出我們的問題，」吉爾賓悄悄提醒。

「沒錯。嗯，我猜我們應該先請問你，你太太失蹤的那天早上，你人在哪裡？」邦妮說，她的口氣忽然帶著歉意，略微恭敬。她扮起白臉，我們都知道她扮起白臉。除非她眞的站在我這一邊。有時警察可能跟你站在同一陣線，這似乎不無可能，對不對？

「我人在沙灘上。」

「你依然不記得有沒有任何人看到你在那裡？」邦妮問。「如果我們能將這件小事從單子上篩除，對我們辦案將非常有幫助。」她暫不作聲，表示同情。隆妲不但能夠保持沉默，而且有辦法讓周遭沉浸在她選擇營造的氣氛之中，好像章魚噴出的墨汁。

「請相信我，我跟你們一樣想要解決這事，但是，不，我想不起來。」

邦妮露出憂慮的微笑。「這就奇怪了，我們跟幾個人提到你在沙灘上——只是隨便提提——他們都說……我們姑且這麼說吧，他們都很訝異。他們說這不像你會做的事情，你不是那種喜歡沙灘的人。」

我聳聳肩。「我的意思是，我是否跑去沙灘、整天躺在那裡？不、我不是。但是早上在那裡啜飲咖啡？當然可能。」

「嗯，這點說不定幫得上忙，」邦妮說，口氣輕快。「那天早上你在哪裡買了咖啡？」她轉頭面向吉爾賓，彷彿想要徵得他的同意。「最起碼可以縮小時間範圍。」

「我在家裡自己泡，」我說。

「喔。」她皺皺眉頭。「這就奇怪了，因爲你家裡沒有任何咖啡的蹤跡，完全沒有。我記得自己心想，這還眞是不尋常。一個咖啡喝上癮的人就會注意到這些事情。」

沒錯，妳只是剛好注意到這事，我心想，我認識一個警察名叫瘦巴巴的莫洛麗……她布下的陷阱是如此明顯，顯然全都假兮兮……

「我把冰箱裡喝剩的咖啡加熱，」我再度聳聳肩，意思是：沒什麼大不了的。

「嗯，咖啡肯定在冰箱裡擺了很久——我注意到垃圾堆裡沒有裝咖啡的紙杯。」

「好幾天了，味道還是不錯。」

我們彼此和對方笑笑：我知，妳知，來拼吧。我眞的想到那個愚蠢的用詞：來拼吧。但從某個方面而言，我也感到欣喜：下一個階段登場囉。

邦妮轉向吉爾賓，雙手擱在膝上，輕輕點頭。吉爾賓又咬咬下唇，最後終於指指椅凳、茶几、以及恢復原樣的客廳。「你瞧，尼克，這點讓我們百思莫解，」他開口。「我們看過數十起入屋行竊——」

「不只數十起，」邦妮打岔。

「很多、很多起。這裡——客廳這整個區域——記得嗎？椅凳四腳朝天，茶几倒下，花瓶摔到地上，」

——他把一張案發現場的照片啪地一聲放在我面前——「這整個區域看起來應該像是發生掙扎，對不對？」

我的頭轟轟作響，趕緊回過神來。冷靜、冷靜。「應該像是？」

「看起來不對勁，」吉爾賓繼續說。「我們一看就覺得不對勁。老實說，整個現場好像經過布設。首先，所有掙扎的跡象都集中在這裡，爲什麼除了客廳之外，其他地方毫無異狀？這點相當奇怪。」他又拿出一張照片，這張是特寫。「你看看這裡、這一疊書？它們應該滑落在茶几的前方——書本原本放在茶几上，對不對？」

我點點頭。

「因此，當茶几被推倒時，書本應該順著茶几倒下的軌跡，大多滑落到茶几前方。但是書本卻掉在茶几後方，好像有人先把書本全都扔到地上，然後再推翻茶几。」

我呆呆地瞪著照片。

「你注意一下，這點也令我非常好奇，」吉爾賓繼續說。他指指壁爐架上三個細長的古董相框，然後他重重踏了一下地板，相框立刻砰然落下，全都正面朝下，掉到地上。「但是不曉得爲什麼，雖然當時現場發生各種狀況，你看看照片，這三個相框卻好端端地立著。」

他拿了一張三個相框的照片給我看。我原本希望他們是愚笨的警察，即使他們逮到我謊稱在休士頓餐館訂位，我依然希望他們是那種出現在電影之中、土裡土氣、一心想要討好別人、信任同鄉的傢伙：**兄弟，你說什麼都行**。我碰到的警察顯然不笨。

「我不知道你要我說什麼，」我喃喃說道。「這眞是——我不知道這是什麼意思。我只是想要找到我太太。」

「我們也是，尼克，我們也是，」隆妲說。「但還有一點。那張椅凳——你記得它被推得四腳朝天嗎？」她拍拍方方正正的椅凳，指指椅凳的四個椅腳，每個木頭椅腳僅僅一吋高。「你瞧，因爲那四個短短的椅腳，所以這個東西下重上輕。椅墊幾乎是擱在地上。來、試試把它推得四腳朝天。」我猶豫不決。

「來，試試看，」邦妮催促。

我推一推，但是椅凳滑過地毯，而非翻過來。我點點頭，我同意，椅凳確實下重上輕。

「認眞一點，如果有必要，跪下去也行。來，把這個東西推得四腳朝天，」邦妮下令。

我跪下去推了幾下，角度愈來愈低，最後終於把一隻手擱在椅凳底下，把它翻過來。僅管如此，椅凳只是一邊翹高，一下子又墜回原處；最後我只好抬起椅凳，用雙手把它翻過來。

「很奇怪，對不對？」邦妮說，聽起來卻不像充滿困惑。

「尼克，你太太失蹤那天，你有沒有打掃家裡？」吉爾賓問。

「沒有。」

「好吧，因爲技術人員做了光敏靈檢測，很抱歉，我得跟你說，廚房地板發出螢光，這表示廚房地板上曾有不少鮮血。」

「愛咪的血型是B^{+}，」邦妮打岔。「我說的可不是小小的割傷，而是**眞正的鮮血**。」

「我的天啊。」一股熱氣忽然堵在我的胸口。「但是——」

「沒錯，你太太設法逃出客廳，」吉爾賓說。「不知怎麼地，根據我們的推測，她勉強逃到廚房——而且沒有弄亂廚房門口那張桌子上的小東西——昏倒在廚房裡，在那裡流失大量鮮血。」

「然後有人小心翼翼地拿了拖把清理乾淨，」隆妲看著我說。

「等等、等等，爲什麼某人試圖隱藏血跡，卻把客廳弄得亂七八糟——」

「我們會找出原因，尼克，別擔心，」隆妲悄悄說。

「我不明白，我眞的搞不懂——」

「來，我們坐下，」邦妮說。她對著我指指客廳的一把椅子。「你吃過了嗎？你要不要吃個三明治，或是其他東西？」

我搖搖頭。邦妮輪流扮演不同的女性角色：一下子是權威女強人，一下子是慈愛的看護，試圖看看何者獲致最佳效果。

「尼克，你們的婚姻如何？」隆妲問。「我的意思是，你們結婚五年，距離七年之癢不遠囉。」

「我們的婚姻還好，」我重複一次。「我們還好，並非十全十美，但是還好、還不錯。」

她鼻頭一皺，意思是：**你說謊**。

「妳認爲她說不定逃家？」我問，語氣顯得過於迫切。「把這裡弄得像是犯罪現場，然後一走了之、搞出落跑太太的花樣？」

邦妮開始列舉種種原因，以示否定：「她尚未使用她的手機，也還沒有刷她的信用卡和提款卡，失蹤幾個星期之前，她也沒有提取大筆現金。」

「還有廚房的血跡，」吉爾賓補了一句。「我的意思是，我依舊不想把事情說得太嚴重，但是你們想想，多少鮮血溢灑在地上？這表示下手的力道……我的意思是，我可沒辦法對自己做出這種事，那些傷口非常深，你太太膽子很大嗎？」

「是的，她很勇敢。」她也非常害怕看到鮮血，但是我暫且不提，靜待兩位聰明的警探想出這一點。

「這似乎非常不可能，」吉爾賓說。「如果她下手把自己傷得那麼重，她爲什麼還拿拖把清理乾淨？」

「所以啊，我們實話實說，尼克，」邦妮說，她雙手搭在膝上，身子往前一傾，這樣一來，她才可以直視瞪著地板的我。「你們的婚姻如何？我們跟你站在同一邊，但是我們需要實情。你最好不要對我們有所隱瞞，因爲單單這樣，你就會看起來像個壞人。」

「我們碰到一些障礙。」我的眼前浮現愛咪失蹤前一晚的身影，她的臉上浮現一塊塊一生氣就冒出來的紅斑，像是出疹子似地。她惡狠狠地說出一句句刻薄、瘋狂的話語，我靜靜聆聽，試圖認同她說的話，因爲那些都是眞的。嚴格而言，她說的每一句話全都屬實。

「麻煩跟我們描述一下這些障礙，」邦妮說。

「沒什麼特定的問題，只是意見相左。我的意思是，愛咪性子很烈，她把一些小事悶在心裡，然後劈劈啪啪地爆炸，但是氣消了就沒事。我們從來不帶著怒氣上床。」

「星期三晚上也沒有氣沖沖地上床？」邦妮問。

「從來沒有，」我說謊。

「你們最常爲了何事爭吵？金錢問題嗎？」

「我甚至不記得我們爲何爭吵，只是一些小事。」

「她失蹤的那一晚，你們爲了哪件小事吵架？」吉爾賓說，他咧嘴斜斜一笑，好像剛剛趁我不備之時，把我逮個正著。

「龍蝦，我已經跟你們提過了。」

「還有什麼？你們肯定不會爲了龍蝦大吵整個鐘頭。」

就在那時，布里克搖搖擺擺地走下樓梯，走到一半停了下來，透過樓梯的欄杆觀望。

「其他一些家務事、夫妻之間的小事，貓砂盆，」我說。「誰清理貓砂盆？」

「你們兩人爲了貓砂盆大吵大鬧？」邦妮說。

「妳知道的，這是原則問題，我的工作時間很長，而愛咪賦閒在家，如果她做些簡單的家事，收拾一下家裡，我覺得倒也不錯。」

吉爾賓猛然晃動，好像一個午睡醒來的病人。「你很傳統，對不對？我也一樣。我一直跟我太太說：『我不會燙衣服，我不會洗盤子，我不會燒飯，所以啊，甜心，我出去逮捕壞蛋，這點我做得到。至於妳嘛，麻煩妳偶爾把一些衣服丟進洗衣機裡。』隆妲，妳結過婚，妳以前也做些家事嗎？」

邦妮顯然不太高興。「我也逮捕壞蛋，白癡。」

吉爾賓對著我翻翻白眼；我幾乎以爲他會開開玩笑——看起來某人的大姨媽來囉——這傢伙已經到了口不擇言的地步。

吉爾賓揉揉狐狸般的下巴。「好吧，你只想要一個家庭主婦，」他對我說，試圖讓這話聽起來合情合理。

「我想要——愛咪想要什麼，我就想要什麼。我真的不在乎。」這會兒我對著邦妮申訴——邦妮‧隆妲警探一臉同情，最起碼看起來不至於百分之百虛假。（她不同情你，我提醒自己。）「愛咪無法決定在這裡該做什麼。她找不到工作，她對酒吧沒興趣，這也沒關係，我和她說，如果妳想要待在家裡，我無所謂。但是當她待在家裡時，她照樣不快樂，而且她等我處理這種狀況，那種感覺好像我必須為她的快樂負責。」

邦妮不置一詞，對我做出有如白開水一樣平淡的表情。

「我的意思是，暫且當個英雄、扮演救星的角色，感覺確實不錯，但是無法持久。我沒辦法讓她快樂起來。她不想要快樂。因此，我以為如果她負責幾件實際的工作——」

「比方說清理貓砂盆，」邦妮說。

「沒錯，清理貓砂盆、採買雜貨、打電話請水電工人過來修理那個滴水滴到讓她抓狂的水龍頭。」

「哇，聽起來果真是個令人開心的點子，哈哈哈哈。」

「但我的重點是，**做點事情**。做什麼都行。好好利用這個機會。不要坐等我幫妳料理一切。」我意識到這會兒自己提高了嗓門，而且聽起來幾乎怒氣騰騰，百分之百理直氣壯，但是我卻感覺鬆了一大口氣。我剛開始撒了謊——貓砂盆——令人訝異地，結果卻冒出絕對的真話。我了解犯了罪的人們為什麼過分健談，因為跟一個陌生人講述你的故事——這人不會大喊鬼扯，也不得不聽聽你的說詞（更正：這人也不得不假裝聽聽你的說詞）——感覺真是太棒了。

「好吧，搬回密蘇里呢？」邦妮問。「你違背愛咪的意願，拉著她搬回這裡？」

「**違背她的意願**？不。我們做了應該做的事情。當時我沒有工作，愛咪也失業，我媽媽生病，我也會為愛咪做出同樣的事情。」

「你這話真是中聽，」邦妮喃喃說道。忽然間，她讓我覺得她和愛咪完全一樣：她們低聲說出該死的反駁，音量控制得剛剛好，這樣一來，我確定聽到她們說些什麼，卻不能斷然肯定。如果我提出我有權提出的問題呢？——妳剛才說什麼？——她的回答始終相同：我沒說什麼。我瞪著邦妮，目光灼灼，嘴巴緊閉，然後我心想：說不定這是計畫的一部分，試探一下你如何應付生氣、不滿的女性。我試圖強迫自己露出微笑，但此舉似乎只讓她更不開心。

「愛咪賦閒在家，或是出去找事，不管如何，你們負擔得起嗎？你們的財務應付得來？」吉爾賓問。

「我們最近有些財務問題，」我說。「我們剛結婚的時候，愛咪相當富有，我的意思是，她非常有錢。」

「沒錯，」邦妮說。「《神奇的愛咪》暢銷系列。」

「是的，八○、九○年代，那些書賺了很多錢，但是出版商放棄這個系列，他們說《神奇的愛咪》氣數已盡，一切隨之走下坡。愛咪的爸媽不得不跟我們借錢，免得破產。」

「你的意思是，向你太太借錢？」

「沒錯、沒錯。然後愛咪僅存的信託基金，大部分都被我們拿來買下酒吧，從那時開始，我們就靠我賺錢養家。」

「這麼說來，當初你和愛咪結婚的時候，她非常有錢，」吉爾賓說。我點點頭。我把自己想像成英雄：太太娘家的狀況急遽惡化，先生不棄不離，陪伴她渡過難關。

「嗯，你們以前的生活方式非常理想囉。」

「沒錯，非常理想、非常棒。」

「現在她幾乎破產，你也面臨和當初非常不一樣的生活，你知道的，那種你因爲娶了她而得以享受的生活。你當初可沒有預料到會有今天。」

我意識到我對自己的想像完全錯誤。

「因爲啊，尼克，我們已經查看你的財務狀況，天啊，情況看來不佳，」吉爾賓開口，幾乎把指控轉變爲關切或是憂慮。

「酒吧生意還不錯，」我說。「剛起步的生意，通常得花三、四年才能擺脫赤字。」

「引起我注意的是那些信用卡，」邦妮說。「美金二十一萬兩千元的卡債。我的意思是，我看了簡直喘不過氣。」她在我面前揮舞一疊紅墨水標註的帳單。

我爸媽對於信用卡小心到了極點——信用卡只作爲特別用途，而且每個月都付清。我們不買付不起的東西。這是鄧恩家的座右銘。

「我們不會——最起碼我不會——但我不認爲愛咪會——我可以看看那些帳單嗎？」我講得結結巴巴，這時剛好有架轟炸機低空飛過，窗檻隨之嘎嘎作響，我們不得不閉嘴，大家安靜十秒鐘，頭昏腦脹地看著樹葉被震得飄落到地上。

「你說你們在家裡大吵了一架，我們也應該相信確有此事，但是這裡的地上連片花瓣都沒有，」吉爾賓喃喃說道，口氣帶著憎惡。

我從邦妮手中取下帳單，看到我的名字，而且只有我的名字。我的名字以各種形式出現在十二張不同的信用卡帳單上——尼克．鄧恩、藍斯．鄧恩、藍斯．N．鄧恩、藍斯．尼克勞斯．鄧恩——金額從美金六十二元七毛八分到美金四萬五千零六十二元三毛三分，每張帳單都尚未繳款，拖延的日期不等，帳單最上方印著馬上繳款，警訊簡明扼要，感覺不祥。

「他媽的！這簡直像是身分被盜用，或是諸如此類的鳥事！」我說。「這些不是我簽的。我的意思是，他媽的，你們看看這些東西：我甚至不打高爾夫球。」某人花了美金七千多元買了一套高爾夫球具。

「任何人都可以告訴你們：我眞的不打高爾夫球。」我試圖做出自嘲的語氣——唉，這又是一件我不擅長的事情——但是警探們不上鉤。

「你認識諾耶兒．霍桑嗎？」邦妮問。「愛咪的朋友，你叫我們調查一下的那個女人？」

「等等，我想要談談這些帳單，因爲它們不是我簽的，」我說。「我的意思是，說眞的，我們必須追查此事。」

「沒問題，我們會追查，」邦妮說，神情淡然。「諾耶兒．霍桑？」

「沒錯，我請你們調查一下，因爲她最近出現在鎭上到處哭訴關於愛咪的事情。」

邦妮眉毛一揚。「這事似乎讓你相當生氣。」

「不，誠如我先前說的，她似乎太傷心，感覺假假的。誇張不實，意圖引起大家注意，有點偏執。」

「我們跟諾耶兒談了，」邦妮說。「根據諾耶兒所言，你們的婚姻讓你太太非常苦惱，你們的財務讓她相當心煩，她也擔心你因爲她的錢才和她結婚。諾耶兒還說你太太擔心你的脾氣。」

「我不知道諾耶兒爲什麼這麼說；在我的印象裡，她跟愛咪講不到五句話。」

「這倒有趣，因爲諾耶兒的客廳擺滿了她和你太太的照片。」邦妮皺皺眉頭。我也皺眉：她眞的跟愛咪合影？

邦妮繼續說：「她們去年十月一起去了聖路易市的動物園，還有她們跟三胞胎野餐、六月某個周末一起划橡皮艇，所謂的『六月』，也就是上個月。」

「我們搬到這裡後，愛咪從頭到尾都沒提過諾耶兒這個名字。我是說眞的。」我趕緊想想上個月我做了什麼事，忽然想到六月的一個周末，我和安蒂出門旅行，但我跟愛咪說我和幾個哥兒們到聖路易一遊。回家之後，我發現她臉頰通紅，怒氣沖沖，她宣稱她周末看了太多爛電視節目、讀書讀得無聊透頂。這會兒警方居然說她去划橡皮艇？不，我無法想像愛咪對這項典型的中西部娛樂產生任何興趣：冰桶跟獨木舟繫在一起，桶中的啤酒冒著泡泡，音樂開得震天響，兄弟會的男孩喝得爛醉，露營營地一攤攤嘔吐穢物。

「你們確定那些照片裡的女人是我太太嗎？」

他們兩人互看一眼，意思是：**這傢伙說眞的嗎？**

「尼克，」邦妮說。「照片裡的女人跟你太太一模一樣，而且諾耶兒・霍桑——三個孩子的母親、你太太在這裡最要好的朋友——表明那是你太太，我們沒有理由懷疑照片裡的女人不是你太太。」

「那個——或許我應該這麼說——根據諾耶兒所言，你爲了錢才跟她結婚的太太，」吉爾賓補了一句。

「我是說眞的，」我說。「近來誰都可以利用筆電竄改照片。」

「好吧，一分鐘之前，你確定戴西・柯林斯涉案，現在你把目標轉向諾耶兒・霍桑，」吉爾賓說。「看起來你眞的想盡辦法找個人承擔責任。」

「沒錯，不然除了我之外，你們怪誰？聽好，我跟愛咪結婚，並不是因爲她的錢。你們眞的應該多跟愛咪的爸媽談談。他們了解我，他們知道我的人格。」**他們並不曉得一切**，我心想，胃部一陣緊縮。邦妮看著我；她似乎有點爲我抱憾。吉爾賓甚至似乎聽都不聽。

「你把你太太的人壽保險金額提高到一百二十萬美金，」吉爾賓說，他故作疲態，甚至伸出一隻手撫過下巴尖細的狹長臉龐。

「愛咪自己處理的！」我很快說。兩位警探只是看著我，靜待下文。「我的意思是，我呈送了文件，但那是愛咪的點子。她堅持這麼做，我發誓。我根本不在乎，但是愛咪說——她說有鑑於她收入銳減，這麼做讓她較有安全感，或者這是個明智的商業決策，他媽的！我不知道，我不知道她爲什麼想要提高人壽保險金額，我沒有叫她這麼做。」

「兩個月前，有人用你的筆電搜尋資料，」邦妮繼續說。「關鍵字是屍體漂浮密西西比河，你能不能解釋一下？」

我深深吸兩口氣，花了九秒鐘鎮定下來。

「老天爺啊，那只是一個愚蠢的小說點子，」我說。「當時我考慮寫本書。」

「是喔，」邦妮回答。

「聽好，我覺得目前的情況如下，」我開口。「電視節目之中，先生永遠是那個殺了太太的壞蛋，很多人看了電視節目，透過這種角度看我，結果一些非常普通、非常單純的事情受到扭曲。目前這種情況已經慢慢變成抹黑迫害。」

「這就是你對那些信用卡帳單的解釋？」吉爾賓問。

「我跟你說了，我沒辦法解釋那些他媽的信用卡帳單，因爲我跟帳單完全扯不上關係。他媽的！追查帳單出處是你們的責任！」

他們並肩而坐，默不作聲，靜靜等候。

「你們現在究竟做了什麼追查我太太的下落？」我問。「除了我之外，你們還在追查哪些線索？」

房子開始震動，天空一分爲二，透過後窗，我們可以看到一架噴射機呼嘯而過，正巧飛過河面，我們的耳朵隆隆作響。

「F—10，」隆妲說。

「不，太小，」吉爾賓說。「肯定是——」

「那是一架F—10。」

邦妮傾身靠向我，雙手交纏。「我們的職責是確定你絕對沒有涉案，尼克，」她說。「我知道這也是你想要的。好，我們只是希望你能夠幫助我們解開一些小小的謎團——因爲啊，那些疑點眞的糾纏不清，我們不斷遭受阻礙。」

「說不定這會兒我該聘請律師。」

警探們再度互看一眼，好像打賭已經分出輸贏。

① 狄托．龐特（Tito Puente，1923–2000），出生在紐約哈林區，人稱「拉丁音樂之父」。

愛咪・艾略特・鄧恩

二〇一一年十月二十一日

日記一則

尼克的媽媽過世了。我最近沒辦法提筆，因爲尼克的媽媽辭世，而尼克失去了感情的基石，心性飄泊。和藹可親、不屈不撓的莫琳。直到過世當天，她依然四處趴趴走，拒絕任何請她放慢腳步的提議。「我只想好好享受人生，直到我沒辦法爲止，」她說。她迷上幫其他接受化療的病友們編織毛帽（做完一輪化療，她就宣布自己百分之百、徹徹底底、完完全全到此爲止，如果多活幾年表示她必須「多插幾支管子」，那麼她沒興趣延長壽命），因此，我將永遠記得她的周圍堆了一團團紅色、黃色、綠色的毛線，毛線色澤鮮豔亮麗，她的手指動來動去，棒針喀喀啪啪，她一邊打毛線一邊講話，音調低沉，令人昏昏欲睡，聲聲有如心滿意足的小貓呼嚕呼嚕叫。

而後，九月的一個早晨，她醒來，但不是眞的清醒，也不是昔日的莫琳。一夜之間，她變成一個像隻小鳥一樣細瘦的女人，全身發皺，戰戰兢兢，雙眼飛快環顧房裡，辨識不出任何東西，包括她自己在內。沒錯，她的轉變就是如此迅速。接下來是安寧療護，安寧之家燈光柔和，備有零食販賣機，供應小杯咖啡，牆上掛著油畫，畫裡的女子戴著小圓帽，山丘綿延起浮，氣氛寧靜祥和。安養之家的目的不在治病、或是幫她抵禦病魔，而只是確定她走得安詳。三天之後，她安然過世，毫不拖泥帶水，恰如莫琳希冀的方式（雖說如此，但我確定她若聽到大家說：**恰如莫琳希冀的方式**，肯定露出不以爲然的表情）。

她的追悼會不算奢華，但是美好溫馨——數百人出席，她那個來自奧馬哈、跟她長得非常像的妹妹代替她招呼來賓，四處忙著幫大家倒咖啡和咖啡甜酒，分發餅乾，講述關於老媽媽莫琳的趣事。我們在一個溫暖、颳著大風的早晨將她下葬，小戈和尼克緊緊依靠彼此，我靜靜站在一旁，感覺像個入侵者。那天晚上，我們躺在床上，尼克任憑我把他抱在懷裡，他的背貼著我，但是幾分鐘之後，他起身、悄悄對我說：「我得出去透透氣，」然後離家外出。

他母親始終**婆婆媽媽地**照顧他——莫琳堅持每個星期過來一次幫我們燙衣服，衣服燙好之後，她常說：「我只是幫你們收拾一下。」她做完事情、離開之後，我看看冰箱裡面，發現她已經幫尼克把葡萄柚剝皮、削片，而且把一片片葡萄柚放在密封保鮮盒裡，我接著打開麵包袋，發現她已經把麵包的邊邊全都切掉，麵包四邊光禿禿，擺回原位。我嫁給了一個三十四歲卻依然不喜歡麵包皮的男人。

但他媽媽過世之後的頭幾個星期，我試著做這些同樣的事情。我切掉麵包的邊邊，我熨燙他的運動衫，我遵照他媽媽的食譜烤了一個藍莓派。「我不需要受到呵護，愛咪，真的沒有必要，」他邊說，邊瞪著那條四邊光禿禿的麵包。「我讓我媽媽做這些事情，因爲這會讓她開心，但我知道妳不喜歡這種呵護別人的花樣。」

因此，我們的關係再度回到黑格。甜蜜、溺寵、貼心的尼克消失了。粗魯、惱怒、氣憤的尼克再度現身。艱困時，你應該倚賴你的另一半，但是尼克似乎更加疏離。他是個離不開媽媽的大男孩，而他媽媽卻已辭世，他不想跟我產生任何牽扯。

需求性愛時，他利用我發洩。他把我壓到桌邊或是床緣，默不作聲地操我，只有最後幾秒鐘匆匆呻吟，然後他放開我，一隻手掌擱在我的背後，這是他表示親密的姿態之一。他喃喃說著：「妳好性感，有時候眞是控制不了自己。」此話的用意在於讓我覺得這只是一場遊戲，但是他的語氣卻是死板板。

測驗題：妳跟妳老公的性生活曾經相當美滿，如今他卻變得冷淡疏離——他只想用他的方式、在他想要的時候跟妳上床，妳：

a）繼續拒絕跟他上床——他不可能贏得這種遊戲！

b）哭哭啼啼，要求他提出他還說不出口的答案，讓你們關係更加惡化。

c）保持信心，你們的婚姻長長久久，目前只是碰到一些小小的障礙——他的心情陷入鬱悶——因此，妳必須試圖諒解，耐心渡過難關。

答案：C。是嗎？

一想到我的婚姻逐步瓦解，自己卻不曉得該怎麼辦，著實令人心煩。我爸媽都是心理學家，因此，你說不定以爲我當然想要跟他們談談，但是我拉不下臉。更何況他們不是婚姻諮商的好對象：他們是心靈伴侶，記得嗎？他們總是興高采烈，從來不曾經歷低潮——自始至終洋溢著婚姻的狂喜。我的生命之中只剩下我的婚姻，我不能跟他們說我連這事都搞砸。他們說不定會再寫一本書，藉由故事對我發出譴責。故事之中，神奇的愛咪讚頌最美滿、最令人心滿意足、完全沒有障礙的婚姻……因爲她全心全意努力經營。

但我擔心。我時時刻刻都放不下心。我知道我上了年紀，不符合我老公的胃口。因爲六年之前，我曾經是他的理想伴侶，因此，我聽過他對年近四十的女性做出無情的評論：那些女人打扮得過度講究，濃妝豔抹上酒吧，顯然不曉得自己缺乏吸引力，眞是可悲。有時他晚上出去喝酒，回家之後，我問他光顧的那家酒吧如何，他經常回答說：「被那些沒希望的貨色擠得水洩不通，」沒錯，他就是如此形容我這個年紀的女人。當時我才三十出頭，因此，我跟著他一起訕笑，好像我永遠不會名列其中之一。如今，我成了他口中的「沒希望的貨色」，而他擺脫不了我，說不定正因如此，所以他這麼生氣。

近來我縱情於跟幼童玩耍，藉此療癒自己的心靈。我每天過去諾耶兒家，跟她的三胞胎玩鬧。他們胖胖的小手撫弄我的頭髮，甜膩的鼻息縈繞在我的頸際，你不難理解女人為什麼總是揚言想要吞食她們的小小孩：**她真是可口！我可以拿支湯匙吃了他！**雖說如此，但是當我看著她的三個小孩搖搖晃晃走向她，小小的臉龐殘留著午睡的睡意，孩子們一邊揉揉眼睛，一邊慢慢走向媽媽，小手碰碰她的膝蓋或是手臂，好像她是他們的基石，好像他們知道自己非常安全……我看在眼裡，有時心中一陣刺痛。

昨天我在諾耶兒家待了一下午，感覺格外需要憐愛，說不定因為如此，所以我做了某件蠢事。尼克回到家裡，看到我在浴室裡，我剛洗完澡，他很快就把我推向牆壁，強自進入我的體內，完事之後，他放開我，我可以看到藍色的牆上留著我濡濕的唇印。他坐在床緣，一邊喘氣一邊對我說：「剛才真是抱歉，我只是好想要妳。」

他連看都不看我。

我走到他身邊，把他攬到懷中，假裝剛剛那事沒什麼不對，純粹是夫妻之間魚水之歡。我說：「我最近一直在想一件事。」

「什麼事？」

「說不定現在是時候了，你知道的，試著懷孕、養育我們的小孩。」話一出口，我自己都覺得這話相當瘋狂，但我克制不了自己——我已經變成那種想要藉由懷孕挽救婚姻的女人。

轉變成為那種你曾經嘲諷的人物，令人感到卑微。

他忽然從我身邊退開。「現在？現在最不適合養育小孩。愛咪，妳目前沒有工作——」

「我知道，但是我原本就打算先待在家裡照顧寶寶——」

「我媽剛過世，愛咪。」

「而這會是個新的開始、新的生活。」

他緊緊抓住我的手臂，整個星期以來，他頭一次直視我的雙眼。「愛咪，妳以爲我媽過世了，這下我們可以快快樂樂地搬回紐約、生幾個小寶寶，妳也得以重享過去的日子。但是我們沒有足夠的財力，我們的錢幾乎不夠我們兩人在這裡生活，妳無法想像我面臨多麼龐大的壓力，我每一天都必須應付我們這個爛攤子，他媽的！我必須養家活口。我沒辦法養活妳、我、幾個小寶寶。妳會希望孩子們享有妳自己小時候擁有的一切，而我辦不到。我們家的幾個小鄧恩沒辦法就讀私立學校，上不起網球班和小提琴課，也沒有夏天度假的別墅。妳會怨恨我們如此貧窮，妳絕對會怨恨的。」

「我沒有那麼膚淺，尼克——」

「妳眞的認爲我們兩人目前的狀況良好、適合生養小孩？」

我們從來不談我們的婚姻，這話已算是最爲近似的評論，而我看得出來他已經後悔開了口。

「甜心，我們都面臨許多壓力，」我說。「我們碰到一些不順遂，我知道這大多是我的錯，我只是覺得自己在這裡好無助……」

「所以我們打算變成那種藉由孩子修補婚姻的夫妻？因爲這樣通常行得通。」

「我們打算生小孩，因爲——」

他的目光變得深邃，幾乎像是狗犬般，然後他又緊緊抓住我的手臂。

「拜託……不、愛咪，現在不行，我沒辦法再承受任何壓力，我也無法再擔心更多事情。我快要崩潰了，我會失控的。」

僅此一次，我知道他在說眞話。

尼克・鄧恩

事發之後六日

最初的四十八小時是所有調查行動的關鍵時刻。如今愛咪已經失蹤將近一星期。今天傍晚，我們將在「湯姆・索耶公園」①舉行燭光追思會，而根據媒體報導，這個公園是「愛咪・艾略特・鄧恩最心愛之處」。（我從來不曉得愛咪曾經踏進公園一步；儘管名稱古典，公園卻是毫不典雅，跟一般的公園沒什麼不同。園中樹木稀疏，沙坑裡始終布滿動物的糞便；此處完全不具馬克・吐溫的風情。）過去二十四小時之內，愛咪失蹤的報導已經登上全國媒體——忽然之間，消息傳遍四處，毫無預警，就是如此。

謝天謝地，艾略特夫婦忠誠守信。飽受警方連珠砲式的拷問之後，昨晚當我正想好好休息時，瑪莉貝絲來電，我的岳母大人已經看了《艾倫・亞波特現場直擊》，她宣稱那個女人是「譁眾取寵、追求收視率的賤人」。儘管如此，今天我們依然花了很多時間擬定對策，研商如何應付媒體。

媒體（我昔日的同僚、我昔日的夥伴！）正在塑造這則報導，而且非常喜歡《神奇的愛咪》這個角度，以及結褵多年的艾略特夫婦。大家不再嘲諷這個童書系列已經沒落，或是兩位作者幾乎破產——這會兒艾略特夫婦博得眾人同情，成了媒體的寵兒。

至於我嘛，我可不討喜。媒體已經提出**幾個值得關切的疑點**。不單只是那些已經遭到爆料之事——我缺乏不在場證明，案發現場可能「經過布設」——而且包括各項確切的人格特質。根據媒體報導，我高中時代跟女孩子約會從來不超過幾個月，因此，我顯然是個大眾情人。記者們還挖出我們把老爸送到「安適山丘安養院」，而且我很少過去探視，因此，我是個不知感恩、拋棄父親的不肖子。「他們不喜歡你，這就是問題所在，」小戈看了新聞報導之後說道。「藍斯，這個問題非常、非常嚴重。」媒體稱呼我為「藍斯」，我的名字因而重現於世。我從小學時代就極度厭惡這個名字，學期初，老師點名時，我總是感覺喘不過氣來：「尼克，請叫我尼克！」每年九月，我始終遵循開學第一天的儀式：「尼克，請叫我尼克！」但是總會有個自作聰明的小孩，利用下課時間大搖大擺地走來走去，矯揉做作、裝腔作勢地說：「嗨，我叫藍藍藍藍斯。」然後大家會忘了此事，直到隔年九月，全部才又重來一次。

如今卻非如此。此時此刻，我的全名——藍斯·尼可勞斯·鄧恩——出現在各個新聞節目之中。全名令人生厭，招致議論，似乎只有連續殺人犯和刺客才會取這種名字，而我無法打斷任何人所言，完全插不上嘴。

瑞德、瑪莉貝絲、小戈和我共乘一部車，一起參加燭光追思會。我不清楚艾略特夫婦獲知多少消息，或是聽了多少關於他們女婿的最新負面報導。我知道他們曉得那個「經過布設」的案發現場：「我打算請幾個我們自己的人過來一趟，他們會提出相反的說法——案發現場顯然呈現掙扎的跡象，」瑞德信心十足地說。「事實的可塑性極高；你只需挑選合適的專家。」

瑞德不曉得其他事情，比方說信用卡、人壽保險金額、廚房的血跡，以及諾耶兒種種具有殺傷力的指控。我老婆這位尖酸刻薄的好友宣稱愛咪受到虐待、心中充滿恐懼，而且她已經接了通告，燭光追思會之後，她將在《艾倫·亞波特現場直擊》露面。諾耶兒和艾倫將在觀眾面前，一同表示對我的厭惡。

並非每個人都討厭我。過去一星期以來，酒吧的生意欣欣向榮：數百名酒客擠進藍斯·尼克勞斯·鄧恩的酒吧，在這個老闆說不定是個殺人犯的地方啜飲啤酒，嚼食爆米花。小戈必須新聘四個小伙子照料生意；她到店裡看了一下，她說店裡擠滿心術不正的怪胎，人人他媽的拉長脖子傻傻觀看，一邊啜飲店裡的啤酒，一邊交換關於我的閒言閒語，令人作嘔。她實在看不下去，她也受不了再過去店裡。但是小戈據理分析，這筆收入將會派上用場，如果……

唉，**如果**。愛咪已經失蹤六天，而我們只想著種種**如果**。

我們慢慢駛近公園，車裡一片靜默，只有瑪莉貝絲的指尖不停輕輕敲打車窗。

「感覺幾乎像是兩對情侶一起出遊。」瑞德笑笑，笑聲尖銳刺耳，漸趨歇斯底里。瑞德．艾略特，天才心理學家，暢銷作者，眾人的好友，這會兒卻逐漸失控。瑪莉貝絲則是訴諸自我醫療：她的藥方是清澈的烈酒，劑量經過精準算計，剛好足以放鬆心情，但是思緒依然清晰。瑞德卻已失去頭緒，這麼說絕對不誇張，我幾乎以爲他的頭顱會像玩具盒裡的小人一樣，砰地一聲從肩膀彈跳而上，呱呱嘎嘎，瘋瘋癲癲！瑞德原本就喜歡跟人閒聊，這下更是變本加厲：他急著想要跟他碰到的每個人交朋友，動不動就伸出手臂環抱警察、記者和志工。他跟旅館「聯絡人」的關係尤其密切，這個笨拙、害羞的小伙子叫做丹尼，瑞德喜歡戲弄他，而且表明自己正在戲弄他。「喔，丹尼，我只是逗逗你，」瑞德經常這麼說，丹尼一聽，高興地咧嘴一笑。

「那個小伙子難道不可以從其他地方尋求認可嗎？」有天晚上，我跟小戈抱怨。她說我只是忌妒那位我視之爲父的男士比較喜歡另一個人。沒錯，我確實眼紅。

我們走向公園時，瑪莉貝絲拍拍瑞德的背，我心想，我好希望有人拍拍我，隨手一拍就好。忽然之間，我忍不住啜泣，發出帶著哭聲的嘆息。我需要某人相伴，但我不確定我想要安蒂或是愛咪。

「尼克？」小戈說。她舉起一隻手，朝向我肩膀伸過來，但我不理她。

「抱歉，哇，剛才眞是抱歉，」我說。「怪哉，情緒一時失控，非常不像我們鄧恩家的人。」

「沒關係，我們都有點脫線，」小戈說，然後望向別處。自從發現我的**情況**之後——近來我們把我的出軌稱之爲**情況**——她變得有點疏離。她的眼神淡然，始終一副深思熟慮的模樣。我拚命克制自己不要怨恨她。

我們走進公園，到處都是攝影小組，不單只是地方電視臺，而且包括全國新聞網。鄧恩一家和艾略特一家繞著群眾走一圈，瑞德一邊微笑一邊點頭，好像一位來訪的達官貴人。邦妮和吉爾賓幾乎馬上出現，好像黏人的小狗一樣湊向我們；他們變得愈來愈眼熟，幾乎像是一件家具，這也顯然是他們的目的。邦妮穿樸素的黑裙和灰色條紋上衣，鬆垮垮的頭髮兩側各有一支髮夾。她在所有正式場合都是這副打扮。**我認識一個女孩，她叫做瘦巴巴的莫洛莉……**夜晚氣候濕熱；邦妮兩邊腋下出現汗漬，好像深黑的笑臉。她也果眞對我露齒一笑，好像她跟吉爾賓昨天沒有對我提出指控——那些都只是指控，是嗎？

艾略特夫婦和我魚貫走上階梯，站上搖搖晃晃、臨時搭建的講臺。我回頭看看我的雙胞胎妹妹，她對我點點頭，打個手勢示意深呼吸，我也記得深深吸口氣。數百張臉孔轉向我們，相機隨即喀喀作響，鎂光燈此起彼落。**不要露出微笑**，我告訴自己，**不要露出微笑**。

數十名身穿運動衫的群眾站在前排，運動衫上印著**尋找愛咪**，我老婆從運動衫上仔細打量我。

小戈先前建議我必須說幾句話。（「你必須趕快露出溫馨的一面。」）於是我依言照辦。我走到麥克風前面，麥克風太低，只到我的肚臍眼，我跟它格鬥了幾秒鐘，只拉高了一吋，這種故障通常讓我大爲光火，但我再也不能在公眾場合大發脾氣，因此，我深深吸口氣，往前一傾，念出我妹妹先前幫我寫的講詞：「我太太愛咪．鄧恩已經失蹤將近一星期，我無法表達我們一家人的痛苦，也難以傳達愛咪的失蹤對我們的生活造成多麼深沉的創傷。愛咪是我的摯愛。她是我們家的中心。在場諸位或許並未全都見過她，但她是一個風趣、迷人、親切的女子。她聰明睿智，溫暖和善。她是我的左右手，從任何一方面而言，她都是我的伴侶。」

我抬頭望向群眾，不可思議地，我居然看到安蒂，她的臉上浮現一絲嫌惡，我趕緊把視線移回我的小卡片。

「我想要跟愛咪白頭偕老，我也知道我的心願將會實現。」

暫停一下。深深呼吸。不要微笑。小戈甚至把這幾點寫在我的小卡片上。**實現、實現、實現……**我的聲音透過喇叭發出回響，緩緩飄向大河。

「若有任何消息，拜託大家務必跟我們聯絡。我們今晚點燃燭光，祈求她很快平安返家。我愛妳，愛咪。」

我環視各處，唯獨避免看到安蒂。公園燭光點點，大家理應默禱一秒鐘，但是幾個小寶寶放聲大哭，還有一個搖搖晃晃的游民不停大聲詢問：「喂、這是幹嘛？你們在做什麼？」有人悄悄提了愛咪的名字，那個傢伙更大聲地說：「什麼？這是爲了什麼？」

人群之中，諾耶兒．霍桑開始從中間往前移動，她的三胞胎跟在身旁，一個緊跟在身後，另外兩個緊抓著她的裙子。在一個完全沒有跟孩童相處經驗的男人眼中，三胞胎看起來全都非常微小，幾乎有點滑稽。諾耶兒強迫大家爲她和三胞胎讓出一條路，邁步走到講臺邊緣，站在那裡抬頭看我。我瞪視她——這個惡意中傷我的女人——然後我頭一次注意到她的腹部隆起，這下我才意識到她又懷孕了。一時之間，我嘴角垮了下來——四個不到四歲的小孩，老天爺啊！——日後這個表情將會引發分析和辯論，人們大多相信我迅雷不及掩耳地接連秀出憤怒與恐懼。

「嗨，尼克。」她的聲音卡在升到一半的麥克風裡，震耳欲聾地傳向群眾。

我開始亂摸麥克風，但卻找不到開關。

「我只想看看你的表情，」她說，忽然放聲大哭，溼答答的啜泣聲席捲群眾，人人全神貫注。「她在哪裡？你對愛咪做了什麼好事？你怎樣對待你太太？」

太太、太太，她的聲音激起陣陣回響。她的兩個孩子警覺心大作，開始嚎啕大哭。

一時之間，諾耶兒哭得好傷心，無法言語，她神情狂野，怒氣騰騰，她一把抓住麥克風的支架，猛然將整支麥克風扯到跟她齊高。我考慮是否該把麥克風抓回來，但我知道自己絕對不可以對這位身穿孕婦裝、帶著三個小孩的女人做出任何事情。我瞄了一眼群眾，搜尋麥克．霍桑的蹤跡——請你控制一下你太太——但是他卻不見人影。諾耶兒轉身對著群眾說話。

「我是愛咪最要好的朋友！」朋友、朋友、朋友，這幾個字眼伴隨著她小孩激烈的哭聲，震耳欲聾地席捲整個公園。「儘管我盡了全力，警方似乎還是不把我當一回事。愛咪衷心喜愛這個小鎮，這個小鎮也喜歡她，因此，我籲請鎮民們支持我的主張！這個叫做尼克．鄧恩的男人必須回答一些問題，他必須告訴我們他對他太太做了什麼好事！」

邦妮從講臺一側衝到諾耶兒旁邊，諾耶兒轉身，兩人緊緊瞪視，邦妮慌張比畫，對著喉嚨作出切斷的手勢，意思是：別再說了！

「他懷了身孕的太太！」

此話一出，大家再也看不到燭光，因為鎂光燈瘋狂地亮起。站在我旁邊的瑞德發出一個好像氣球吱吱叫的噪音，站在臺下的邦妮把手指擱在眉毛之間，似乎想要制止頭痛。鎂光燈瘋狂閃爍，跟我的脈搏一樣狂亂。透過瘋狂的燈光，我看到每一個人。

我遙望群眾，試圖找尋安蒂的身影。我看到她瞪著我，臉龐潮紅扭曲，雙頰濡濕，我們目光相迎，她以口形默示「混蛋！」然後跌跌撞撞地往後退，穿過人群離去。

「我們該走了。」我妹妹忽然出現在我旁邊，她一邊悄悄在我耳邊說話，一邊拉拉我的手臂。我站在原地，鎂光燈對著我一閃一閃，我覺得自己像是科學怪人的怪物，被村民們的火炬激得又怒又怕。**燈光閃了又閃**。我們兵分兩路，開始移動：小戈和我朝向她的車子潛逃，艾略特夫婦張口結舌，呆站在講臺上，被留下來自力救濟。記者們對著我拋來一個又一個問題：**尼克，愛咪懷孕了嗎？尼克，你氣不氣愛咪懷孕了？**我好像不巧碰上冰雹似地低頭閃躲，飛快離開公園：**懷孕**、**懷孕**、**懷孕**，字字迴盪在夏夜之中，剛好趕上蟬的鳴叫。

---

① 湯姆．索耶（Tom Sawyer）是馬克．吐溫小說《湯姆歷險記》的主角。

愛咪・艾略特・鄧恩

二〇一二年二月十五日

日記一則

這段日子眞是不可思議。我必須這麼想，試圖抽離，從遠處加以檢視：啊哈！將來若是回溯往事，這段日子豈非相當怪異？當我活到八十歲、身穿褪色的紫羅蘭洋裝、暢飲馬丁尼、成爲一位睿智而趣味橫生的人物之時，這段日子難道不是一個值得述說的故事？故事怪異、可怕，一段我熬了過來的往事。

因爲啊，我老公非常不對勁。如今我確信如此。沒錯，他悼念他的母親，但是似乎不只於此。我覺得他似乎衝著我來，他倒不是悲傷，但是……有時我可以感覺他盯著我，我一抬頭，看到他一臉不屑，面目猙獰，好像撞見我正在做某件可怕的事情，而非只是早上吃我的玉米穀片，或是晚上梳理我的頭髮。他好生氣、好不穩定，我甚至懷疑他的情緒是不是受到生理狀況的影響——有些人對麥類食品過敏，脾氣變得非常暴躁，說不定一群青黴菌的孢子堵住了他的腦袋。

前幾天一個晚上，我下樓，發現他坐在飯廳的餐桌旁邊。他把頭埋在雙手之中，瞪著一堆信用卡帳單。我看著我老公孤零零地坐在水晶吊燈投射的光影之中，我想要走向他，在他身旁坐下，好像夥伴一樣共同解決問題。但是我沒有走過去，我知道這樣只會惹他光火。他允許我看到他的缺陷，但他卻因爲我知道他的弱點而憎恨我。有時我懷疑他之所以討厭我，是不是肇因於此。

他推我，而且非常用力。兩天之前，他用力推我，我跌倒在地，頭撞到廚房的中島桌，接連三秒鐘，我什麼也看不見。我眞的不曉得如何看待此事。我心中的震懾大於痛苦。當時我跟他說我可以找份自由撰稿之類的工作，這樣一來，我們就可以養育小寶寶、過一過眞正的生活……

「妳認爲我們現在的生活是什麼來著？」他問。

煉獄，我心想。我保持沉默。

「愛咪，妳認爲我們現在的生活是什麼來著？妳說啊？這是什麼來著？根據神奇的愛咪小姐，難道這不是生活嗎？」

「這不是我**理想中的生活**，」我說，他朝著我大步邁了三步，我心想：**他看起來好像打算**……然後他用力推我，我應聲倒地。

我們都倒抽一口氣。他另一隻手握拳，看起來好像快要哭了。他嚇呆了，光是抱歉，不足以形容他的心情，但我必須坦承一事：我曉得我在做些什麼。我刻意挑釁，單挑他每一個痛處，我看著他痛苦掙扎，內心糾結，愈纏愈緊——我要他終究**說些什麼**、**做些什麼**。就算不是好事，就算非常差勁，尼克，拜託你**做些什麼**，不要把我像個鬼魂一樣留在此地。

我只是沒有意識到他會做出**那種事情**。

我從來沒有想過如果老公對我動粗，我會如何應對，因爲我並沒有碰過那種打老婆的先生。（我知道、我知道，誠如Lifetime頻道播出的電影，暴力行爲並不限於某個社經階級。但是話又說回來，**尼克竟會動粗？**）聽起來我像是狡辯，但我居然是個遭受家暴的妻子，聽來似乎荒謬到了極點。《神奇的愛咪和動粗的老公》？

他確實一再道歉。（除了一再道歉之外，人們還會一再做些什麼？一再冒汗？）他同意考慮婚姻諮商，而我從來沒想過他會做出這種讓步。這樣很好，他的本質善良，真的是個好人，因此，我願意將此事一筆勾銷。我也願意相信此事並非常態，而是病態的脫序，肇因於我們面臨的壓力。有些時候，我忘了尼克跟我一樣感受龐大的壓力：他把我帶到這裡，對此，他必須負起責任。我心情鬱卒，悶悶不樂，他卻想要讓我滿足快樂，肯定也是一種壓力，對於一個像是尼克的男人而言——他們這種男人堅信，一個人的快樂完全操之在己——說不定還會讓他大為光火。

因此，他用力推我。事情發生得好快，轉眼之間，我已跌倒在地。這事本身並不可怕，當我躺在地上、眼睛眨動、頭部轟轟作響之時，他臉上的表情才讓我害怕。他那種克制自己、強迫自己不要再度動粗的表情，令人心驚膽戰。他是多麼想要再度動手推我，克制自己又是多麼困難。在那之後，他始終帶著那種表情看我：既是愧疚，卻又不齒於愧疚。百分之百不齒。

這就說到最陰鬱的部分。昨天我開車到購物中心，鎮上半數居民都到那裡購買禁藥，就跟到藥房拿藥一樣容易；我曉得，因為諾耶兒跟我提過：她先生偶爾過去那裡買些大麻。但我不想要大麻，我想要一把槍，只是以防萬一，以防我跟尼克之間真的出了差錯。直到幾乎開到購物中心，我才意識到當天是情人節。情人節，我出外買槍，然後回家幫老公準備晚餐。我暗自心想：尼克的爸爸說的沒錯，妳果然是個愚蠢的賤人。因為啊，如果妳覺得妳老公打算傷害妳，妳大可離開。但是妳不能離開妳那位悼念亡母的老公。妳不能。妳非得是個非常狠心、非常惡毒的女人，否則怎麼做得出這種事？除非真正出了差錯。妳必須真的相信妳老公打算傷害妳。

但是我並非真的相信尼克打算傷害我。

我只是覺得身邊有把槍，心裡較有安全感。

尼克・鄧恩

事發之後六日

小戈把我推進車裡，迅速離開公園。我們飛速經過諾耶兒，她正跟著邦妮和吉爾賓走向他們的巡邏車，她那衣著經過仔細打點的三胞胎跟在後面蹦蹦跳跳，好像風箏的提線。車子吱嘎一聲，疾駛經過亂烘烘的人群：數百張剛剛冒出怒氣的臉孔，箭頭全都指向我。基本而言，我們落荒而逃。嚴格說來也是如此。

「哇，埋伏突襲，」小戈喃喃自語。

「埋伏突襲？」我重複一次，驚嚇之餘，腦中一片空白。

「尼克，你覺得剛才是個意外嗎？那個三胞胎賤貨跟警方做了筆錄，而且完全沒提懷孕之事？」

「說不定他們慢慢洩漏爆炸性的消息，一次洩漏一點點。」

邦妮和吉爾賓已經得知我老婆懷孕，而且決定把這個消息當作一種策略。他們顯然眞的相信我殺了她。

「接下來的一個星期，諾耶兒將在全國每一個有線頻道露面，大談你是個殺人犯、她是愛咪最要好朋友、她必須幫愛咪爭取公道云云。爭取曝光的賤貨，他媽的賤貨！」

我把臉貼在車窗上，頹然坐在車椅上。幾部新聞採訪車跟隨在後，我們在沉默中前進，小戈的呼吸漸趨平緩。我看著大河，一節樹幹起起浮浮，流向南方。

「尼克？」她終於說。「你……嗯……你知道——」

「我不知道，小戈。愛咪什麼都沒跟我說。如果她懷孕了，她爲什麼告訴諾耶兒卻沒跟我說？」

「她爲什麼試圖買把槍卻沒跟你說？」小戈說。「這些全都沒有道理。」

我們躲回小戈家——攝影記者肯定把我家擠得水洩不通——我一進門，我那支正牌的手機就響起。艾略特夫婦來電，我深深吸口氣，躲進我以前的臥室，然後接起電話。

「尼克，這事我得問問你。」電話另一端是瑞德，電視的聲音隱隱響個不停。「我得請你告訴我，你知道愛咪懷孕了嗎？」

我暫不作聲，試圖找出適當的方式解釋愛咪不可能懷孕。

「你回答啊，天殺的！」

瑞德的音量讓我更加靜肅。我小聲回答，語調輕柔舒緩，好像幫聲音披上一件柔軟的羊毛衫，充滿安撫之意。「愛咪和我並沒有打算生小孩，瑞德，她不想懷孕，我覺得她始終沒有想過當媽媽，我們甚至……我們甚至不常親熱，如果她懷孕的話，我會……我會非常訝異。」

「諾耶兒說愛咪看了醫生，證實她懷了身孕。警方已經發出傳票，調閱病歷紀錄。我們今天晚上就會曉得。」

我發現小戈人在客廳，她端著一杯冷掉的咖啡，坐在老媽的牌桌旁邊。她稍微轉向我，角度顯示她曉得我在那裡，但不讓我看到她的臉。

「尼克，你爲什麼一直說謊？」她說。「艾略特夫婦不是你的敵人，你難道不該告訴他們是你不想要小孩的嗎？你爲什麼醜化愛咪？」

我再度嚥下怒氣，胃部因而感覺灼熱。「我好累，小戈，他媽的，我們非得現在討論這些事情嗎？」

「我們還能找到其他更恰當的時刻嗎？」

「我以前確實想要小孩，我們試了一陣子，但是運氣不佳，我們甚至探詢治療不孕症的資訊。但是後來愛咪決定她不想要小孩。」

「你跟我說不想要小孩的是你。」

「我只是試圖裝出不在乎的樣子。」

「啊、太好了，這下又多了一個謊話，」小戈說。「我沒有意識到你居然如此……尼克，你說的完全沒有道理。那天晚上、大家吃飯慶祝酒吧生意漸有起色的時候，我也在場，老媽誤會了，她以爲你們打算宣布愛咪懷孕，愛咪還因而眼淚汪汪。」

「我沒辦法解釋愛咪做過的每一件事，小戈，他媽的！我不知道她一年前爲什麼哭成那樣，好嗎？」

小戈靜靜坐著，橘黃色的街燈籠罩著她，她散發出一圈光暈，有如鎂光燈下的搖滾歌星。「尼克，這事對你將是一個眞正的考驗，」她喃喃說道，依然看都不看我。「你講話始終不老實——如果你覺得說謊能夠避免衝突，你就說些無傷大雅的小謊。你總是不想費心。你跟老媽說你出去練習打棒球，其實你已經退出球隊；你跟老媽說你上教堂，其實你出去看電影。這就像是某種難以控制的怪癖。」

「這事跟棒球非常不一樣，小戈。」

「確實非常不同，但是你依然像個小男孩一樣說些小謊，你依然迫切地想讓每個人覺得你完美無瑕，你始終不願意扮黑臉，因此，你跟愛咪的爸媽說她不想要小孩，你也沒有告訴我你劈腿、欺騙你太太。你發誓那些用你的名字簽下的信用卡帳單不是你的，你發誓你在沙灘上逗留，其實你卻極度厭惡沙灘，你發誓你的婚姻幸福美滿，這會兒我真的不知道該相信什麼。」

「妳在開玩笑，是嗎？」

「自從愛咪失蹤之後，你的所作所爲全是謊言。這讓我非常擔心，我擔心目前究竟是怎麼回事。」

一時之間，四下完全寂靜。

「小戈，妳這話是什麼意思？難不成正是我想的意思？如果是的，我們就出了問題，因爲啊，他媽的！這表示我們之間的某種感覺已經不見了。」

「你記得我們小時候，你跟老媽常玩的那個遊戲嗎？如果我如何如何，你依然愛我嗎？如果我重重打了小戈，你依然愛我嗎？如果我搶了銀行，你依然愛我嗎？如果我殺了人，你依然愛我嗎？」

我一語不發，呼吸過於急促。

「我依然愛你，」小戈說。

「小戈，妳非得聽我說出來嗎？」

她保持沉默。

「我沒有殺害愛咪。」

她保持沉默。

「妳相信我嗎？」我問。

「我愛你。」

她把一隻手搭在我肩上，然後走回她的臥室，帶上房門。我等著臥室裡透出燈光，但是臥室始終一片漆黑。

兩秒鐘之後，我的手機響了。這次是那支我應該丟掉、卻擺脫不了的可拋式手機，因爲我始終、始終、始終必須回應安蒂的來電。一天一次，尼克，**我們必須一天通一次電話**。

我意識到自己在磨牙。

我深深吸口氣。

鎮邊遠處有個西部碉堡的遺址，遺址現已成爲另一個大家都不想造訪的公園，碉堡只剩下一棟兩層樓高的木頭瞭望塔，塔臺周圍是一座座鞦韆和蹺蹺板。安蒂和我曾在這裡會面，兩人躲在瞭望塔的陰影裡耳鬢廝磨。

我開著老媽的舊車在鎮上繞了三圈，藉此確定沒有被人跟蹤。這時會面著實瘋狂——現在甚至還不到十點——但是我再也無權決定我倆何時何地碰面。**我必須跟你見面，尼克，今晚、馬上就得見你，否則我會發瘋**。慢慢駛近碉堡之時，我忽然察覺此處是多麼偏僻，我也忽然意識到此處代表的意義：安蒂依然願意在一個人煙罕至、燈光昏暗的地方，跟我這個殺害懷孕妻子的凶手碰面。穿過濃密刺人的雜草、走向瞭望塔之時，我只看到塔臺小小的窗戶露出她的身影。

她會毀了你，尼克。我快快走過剩下的路程。

一小時之後，我被胡亂推進狗仔隊爲患的家中，靜靜等候。瑞德說他們半夜之前就會得知我老婆是否懷孕，電話一響，我馬上抓起話筒，結果發現對方只是該死的安適山丘安養院。我老爸又不見了，院方已經通知警察，他們講話的口氣一如往常，好像我是個大混蛋。**如果這種事情再度發生，我們就不得不請你父親搬出安養院**。我感到一陣膽戰，非常不舒服：老爸搬過來跟我住，兩個可悲憤怒的混蛋同處一室，絕對是全世界最差勁的哥倆好喜劇片。全劇將以「殺戮式自殺」收場，啪─咚─咚！加入捧腹大笑的音效。

我一邊掛掉電話，一邊遙望窗外漆黑的河流──尼克，別緊張，保持鎮定──這時，我忽然看到船屋旁邊有個縮成一團的人影。我以爲那是一個走丟了的記者，但是看著看著，我從那人緊握的雙拳和僵硬的雙肩之中，看出一些端倪。你若沿著江河路直直往前走，安適山丘安養院距離此處大約三十分鐘。老爸雖然不記得我是誰，但是不知怎麼地，他居然記得我們的房子。

我走到漆黑的戶外，看到他坐在河邊，一隻腳在河面上晃來晃去，雙眼緊盯著河流。他不像上次那樣滿身汙泥，但是帶著汗臭味。

「爸？你在這裡做什麼？大家都很擔心。」

他睜著黑褐的雙眼看我，他的目光清澈銳利，不像一些人上了年紀之後、眼睛變得霧濛濛。但是話又說回來，他的目光若是霧濛濛，或許比較不會令人不安。

「她叫我過來，」他沒好氣地說。「她叫我過來，這是我的房子，我什麼時候過來都可以。」

「你大老遠走過來？」

「我什麼時候過來都行，你說不定恨我，但是她愛我。」

我幾乎大笑。就連我老爸也憑空捏造出他跟愛咪的關係。

幾個站在前院草坪的攝影記者開始拍照。我必須把老爸帶進屋裡，我可以想像他們爲了這個獨家畫面編出的報導：比爾．鄧恩是個怎樣的父親？教養出那種小孩？老天爺啊，如果老爸開始胡說八道，厲聲斥責**賤人賤人**……我打電話給安適山丘，好聲好氣哄騙一番，院方終於答應派一位護理人員接他回去。我特意陪著他慢慢走到車旁，一邊往前走，一邊喃喃安撫他，攝影記者趁機猛拍照片。

我老爸。他離開時，我微微一笑，我試圖讓自己看起來像是一個非常驕傲的兒子。記者們問我是否殺了我老婆，我慢慢退回屋裡，這時，一部警車在門前停了下來。

來人是邦妮，她勇敢穿過狗仔隊，走進屋裡告訴我結果。她的口氣溫婉，好聲好氣地跟我說。

愛咪懷孕了。

我老婆懷著我的小孩失蹤了。邦妮看著我，等我反應——說不定打算將之列入調查報告——因此，我告訴自己：**你必須表現得體，別搞砸了，一個男人聽到這種消息應該做出什麼反應，你就做出什麼反應。**我把頭埋進雙手之間，喃喃自語：**噢、老天爺啊，噢、老天爺啊。**喃喃自語時，我眼前出現我老婆躺在廚房地板上的模樣，她的雙手抱住腹部，頭重重撞到地上。

愛咪．艾略特．鄧恩

二〇一二年六月二十六日

日記一則

我這輩子從來沒有感覺如此生氣勃勃。今天陽光燦爛，萬里無雲，氣候溫煦，鳥兒瘋狂爭鳴，屋外的大河滔滔而流，我是如此生氣勃勃，心中既是害怕，又是興奮，但是絕對生氣盎然。

早上醒來之時，尼克已經出門。我坐在床上盯著天花板，看著陽光一吋一吋地將天花板染上金黃，藍鳥在我們的窗外引吭高歌，我想吐，我的喉嚨像顆心臟似地一伸一縮，我跟自己說我不會吐，接著卻跑進浴室吐出膽汁、溫水和一小團冒著泡泡的青豆。我的胃部一陣緊縮，雙眼流出淚水，上氣不接下氣，在此同時，我縮在抽水馬桶旁邊，開始做起那種女人才會做的算術。我服用避孕藥，但我說不定一、兩天忘了吃——沒什麼大不了，我三十八歲，而且已經服用將近二十年的避孕藥。我不會意外懷孕。

我發現驗孕棒鎖在玻璃櫃後面。我必須追著一位匆匆忙忙、有些邋遢的女人幫忙開鎖。我指指我要哪一個，她不耐煩地在旁等候。她漠然地瞪著我，一邊把驗孕棒遞過來，一邊說聲：「祝妳好運。」

我不知道哪種情況可以稱之爲好運：「＋」或是「－」。我開車回家，讀了三次使用說明，我手持驗孕棒，舉到正確的角度，該舉幾秒，我就舉幾秒，然後我把驗孕棒擺在水槽邊緣，趕快跑開，好像它是一顆炸彈似地。等待三分鐘，因此，我打開收音機，電臺當然播放湯姆．佩蒂的歌曲——你哪個時候打開收音機、不曾聽到湯姆．佩蒂的歌曲？——我逐字哼唱〈美國女孩〉，然後悄悄溜回浴室，好像驗孕棒是某件我必須偷偷接近的東西。我的心噗噗跳，怎麼跳得如此狂亂？我懷孕了。

忽然之間，我衝過夏日的草坪，沿著街道往前奔跑，猛敲諾耶兒家的大門。當她開門時，我放聲大哭，一邊把驗孕棒拿給她看，一邊大喊：「我懷孕了！」

就這樣，除了我之外，還有別人曉得此事，我也因而感到驚慌。

一回到家裡，我心中隨之浮現兩個念頭。

念頭一：下個星期是我們的結婚紀念日，我將利用線索呈現出一封封情書，尋寶遊戲進行到最後，將會有個美麗的古董搖籃等著尼克。我會說服他，讓他相信我們是一家人，彼此相屬。

念頭二：我但願當初買到那把槍。

有些時候，當我老公回到家裡時，我心中升起一股恐懼。幾個星期之前，尼克叫我跟他出去泛舟，徜徉在藍天之下，順著河水一路漂流。當他問我要不要跟他一起去的時候，我雙手緊緊抓住樓梯的欄杆支柱，我一點都不誇張，我眞的死命抓住欄杆支柱，因爲我腦海中浮現一幅景象——他猛搖小舟，起先只是開玩笑，嘲弄我如此慌張，然後他的臉色一沉，露出堅決的表情，我隨之落入水中，河水黃褐泥濘，小樹枝和泥沙漂浮其中，感覺刺人，他壓在我身上，伸出一隻強勁的手臂按住我，直到我停止呼吸。

我克制不了自己。尼克娶我的時候，我是個年輕、富有、漂亮的千金小姐，現在我卻失業、貧窮、不再是三十出頭，而是將近四十歲；我再也不是美女，而是一個就我這個年紀而言、長得還算不錯的女人。我的身價已經下滑，這是不爭的事實。我從尼克看著我的神情即可得知。他那種神情，好像覺得自己受到老千欺矇，而不是誠實下注，賭運不佳。再過不久，他說不定會流露出那種被婚姻綁死的神情。如果沒有這個小寶寶，他可能跟我離婚。但是現在他絕對不會這麼做，因爲他是善良的尼克。這個小鎮重視家庭，他受不了鎮上人人都認爲他是那種拋棄老婆和小孩的傢伙。他寧願留在我身邊，跟我一起受罪。忍受痛苦，滿心憎惡，一肚子怨氣。

我不會墮胎。小寶寶今天已經在我肚子裡待了六個星期，個頭跟一顆扁豆大小相當，眼睛、肺部和耳朵正在成形。幾個鐘頭之前，我走進廚房，找到一個莫琳留下的緊閉式保鮮盒。莫琳在盒裡裝滿各種風乾的豆子，方便讓我烹煮尼克最喜歡喝的湯。我掏出一顆扁豆放在流理臺上，豆子非常袖珍，比我小指的指甲更小。我受不了把扁豆留在冰冷的流理臺上，於是我拾起豆子，擺在我的掌心，伸出指尖輕輕碰了三下。這會兒豆子擱放在我運動衫的口袋裡，這樣一來，我才可以把它帶在身邊。

我不會墮胎，也不會跟尼克離婚，最起碼目前還不會，因爲我依然記得當年一個夏日，他縱身躍入大海之中，身體倒立，兩隻腳打水，然後跳回海灘上，只爲了幫我撿拾一個美麗的貝殼，我任憑自己被陽光照得雙眼目眩，尼克帶著鹹味的雙唇吻上我的雙唇，我閉上雙眼，點點顏彩好像雨滴般在我的眼瞼之內跳動，我心想：**我眞的好幸運，這是我的老公，這個男人將會是我孩子們的父親，我們都會非常快樂**。

但是我說不定錯了。我說不定大錯特錯。因爲啊，有些時候，他看著我的那種神情？那個海灘上的貼心男孩、那個我的夢中情人、那個我小孩的父親？我逮到他看著我，眼神帶著窺伺，好像是個卑鄙的小人，一心忙著算計，我心想：**這個男人說不定會殺了我**。

因此，如果你找到這本日記，而我已不在人世，嗯……

對不起，這樣說不好笑。

尼克・鄧恩

事發之後七日

是時候了。早上八點整，中西部時間早上八點，紐約時間早上九點，我拿起電話。我老婆確實懷了身孕，我確實是首要——也是唯一——嫌犯。我得找個律師，今天就得行動，而且他必須是那種我不想聘用、卻非聘不可的律師。

坦納．波爾特——想來令人反感，卻是非他不可。你隨便轉到任何一個法律頻道，或是以眞實犯罪事件爲主題的電視節目，螢幕馬上冒出坦納．波爾特那張噴了仿曬劑、膚色古銅的臉孔，代表他那位怪咖當事人露出憤慨、關切的表情。三十四歲時，坦納．波爾特爲寇迪．歐爾森辯護，因而聲名大噪。寇迪．歐爾森是芝加哥的餐飲大亨，他被控勒死他挺著大肚子的妻子，而且把屍體棄置在垃圾掩埋場。搜尋屍體的警犬在寇迪的賓士汽車車廂聞到一絲屍體的味道；警方搜尋他的筆電，結果發現某人在寇迪太太失蹤的那天早上，印出一張通往最近一處垃圾掩埋場的地圖。你不用動腦筋就知道他涉嫌重大。但是等到坦納．波爾特使出全部招數之後，每個人——警方、兩位芝加哥西區的幫派分子、一位心懷不滿的夜店保鑣——全都涉嫌，唯獨除了寇迪．歐爾森之外，結果寇迪．歐爾森踏出法庭，請大家喝杯雞尾酒。

其後的十年當中，坦納．波爾特獲得老公雄鷹的名聲——他專門攫取眾所矚目的案件，爲了被控殺妻的男士們辯護。他的成功率大約百分之五十，算是相當不錯，因爲那些案件通常不被看好，受到控訴的被告也極不討喜——劈腿的騙子，自戀狂，人格違常。坦納．波爾特還有一個綽號：**蠢蛋辯護者**。

我跟他約了下午兩點會面。

「我是瑪莉貝絲．艾略特，請您留話，我會盡快回電……」她講話的語氣跟愛咪一模一樣，愛咪卻未能盡快回電。

我趕赴機場，搭機前往紐約跟坦納．波爾特會面。當我請問邦妮我可不可以離開小鎮時，她似乎覺得很逗趣：**警察不會眞的這麼做，那只是電視節目**。

「嗨，瑪莉貝絲，又是我、尼克。我急著想跟妳談談，我想跟妳說……嗯，我眞的不曉得懷孕的事，妳肯定非常驚訝，我也一樣……嗯，對了，我想跟妳說一聲，我打算雇個律師。我想就連瑞德也曾建議我找個律師，所以……嗯，反正啊，妳知道我不善於留言。我希望妳回電話給我。」

坦納．波爾特的事務所在曼哈頓中城，距離我以前上班的地方不遠。電梯載著我一衝直上三十五樓，但是上升的速度非常平穩，直到我的耳朵噗哧一響，我才確定自己在移動。到了二十六樓，一個身穿時髦套裝、雙唇緊閉的金髮小姐走進電梯，她一隻腳不耐煩地輕踏一下，等著電梯門關上，然後厲聲對我說：「你爲什麼不按關門鍵？」我對她露出一個我對暴躁女性展現的笑容——那種「放鬆一點」的微笑、那種愛咪口中「人見人愛的尼克笑臉」。然後這位女士忽然認出我是誰。「噢，」她說。她看起來好像聞到某種腐臭的味道。電梯到了坦納的那一層樓，當我急急跨出電梯之時，她一臉得意，似乎感覺自己想的果然沒錯。

這個傢伙最棒，而我需要一個最棒的律師，但是我也非常憎恨跟他扯上任何關係——這個卑鄙小人，這個喜好賣弄之人，這個為罪犯辯護的律師。我心中充滿既存的恨意，以至於我以為他的辦公室會像是《邁阿密風雲》的拍攝現場。但是「波爾特與波爾特事務所」卻是完全相反——氣氛莊嚴，儼然具有律師事務所的架勢。玻璃門一塵不染，大家身穿上好的西裝，忙著在辦公室之間走來走去。

一名年輕的男子跟我打聲招呼，男人長相俊美，打了一條熱帶水果色澤的領帶，他請我到一個四面玻璃的接待區坐下，氣宇軒昂地問我要不要喝杯水（我婉拒），然後回到一張閃閃發亮的桌子旁邊，接起閃閃發亮的電話。我坐在沙發上，看著天際線，起重機上上下下，好像一隻隻正在啄食的機器大鳥。然後我從口袋裡掏出愛咪的最後一則線索，攤開紙張。結婚五周年是木婚。尋寶遊戲的獎品是不是某件木製品？說不定跟小寶寶有關：一個木雕的橡木搖籃？或是一個木製的波浪鼓？某件送給我們的小寶寶、我們兩人的禮物，我們可以重新開始，重新營造鄧恩一家。

我依然盯著線索時，小戈來電。

「我們之間還好吧？」她馬上問道。

我妹妹以為我說不定是個殺妻兇手。

「有鑑於妳的心態，我們之間怎麼可能還好？我覺得我們之間再也不可能沒事。」

「尼克，對不起，我打電話來道歉，」小戈說。「我醒來，感覺自己精神完全錯亂。我覺得好糟糕、好慌張，我一時嚇慌了，我眞的非常抱歉。」

我依然一語不發。

「你得相信我，尼克，我好累，再加上壓力，所以……我實在非常抱歉……眞的。」

「好吧，」我說謊。

「其實我很高興我們把話說清楚——」

「她確實懷孕了。」

我的胃部一陣翻騰，我又興起那種我好像忘了某個關鍵事件的感覺，我似乎忽略了某事，而且將會付出代價。

「我好抱歉，」小戈說。她等了幾秒鐘。「事實上——」

「我無法談論此事，我真的沒辦法。」

「好吧。」

「其實我人在紐約，」我說。「我跟坦納·波爾特有約。」

她驚呼一聲。

「謝天謝地，你有辦法這麼快就約到他？」

「我的案子就是這麼糟糕。」先前我的電話馬上被轉接給坦納——報上姓名之後，我只等了三秒鐘——我跟他提到我在客廳裡遭到兩位警探盤問，以及愛咪懷孕一事，他聽了馬上叫我趕搭下一班飛機過去。

「我有點嚇慌了，」我補了一句。

「說真的，你這麼做是對的。」

兩人再度默不作聲。

「他不可能真的叫做坦納·波爾特，對不對？」我試圖緩和氣氛。

「我聽說他本來叫做 Ratner Tolb，後來把字母重新組合，才變成 Tanner Bolt（坦納·波爾特）。」

「真的嗎？」

「才不呢。」

我大笑，我不該感到開心，但是笑一笑的感覺很好。然後，那個重新組合字母的大律師，從房間遠遠一端朝我走來。他身穿一套黑色細直條紋西裝，打著一條萊姆綠的領帶，邊走邊伸出一隻手，一副握手談生意的架式。

「尼克．鄧恩，我是坦納．波爾特。請跟我來，我們開始工作吧。」

坦納．波爾特的辦公室似乎以高爾夫球俱樂部的聚會所爲設計藍圖，而且俱樂部高級奢華，只招收男性會員——一張張舒適的皮椅，書櫃裡盡是法學書籍，天然氣壁爐閃爍著火花，火光在空調之中一閃一閃。坐一坐，抽支雪茄，抱怨一下老婆，講些不正經的笑話，這裡是我們男人的天下。

波爾特故意沒有坐到他的書桌後面，他帶著我走向一張二人桌，好像我們打算下棋似地。你我同一夥，這是我們之間的對話，波爾特的用意非常明顯，不說我也明白。來，我們坐到戰情室的小桌旁，好好研究對策。

「鄧恩先生，我的聘用定金是十萬美金。這筆金額顯然相當可觀，因此，我想先說清楚我可以提供什麼，以及我期望你做些什麼，好嗎？」

他眼睛眨也不眨，緊盯著我，臉上露出同情的微笑，等著我點頭。我是客戶，他居然叫我搭飛機過來找他，然後跟我說我必須跳出哪些舞步，好讓我把我的錢交給他，只有坦納．波爾特才有這種本事。

「我打贏官司，鄧恩先生，我打贏那些贏不了的官司，你說不定很快就會吃上官司，而我認爲這個案子——我不想唬弄你——相當棘手。財務問題，婚姻觸礁，太太懷了身孕，媒體已經把箭頭指向你，大眾也已將箭頭指向你。」

他轉動一下右手的印章戒指，等著我秀出我專心聆聽的模樣。四十歲之時，男人的容貌流露出他掙得的成果，我始終聽說這種說法。波爾特四十左右的臉孔保養得宜，幾乎沒有皺紋，鼓鼓的臉頰散發出自尊，看來順眼。這是一個充滿自信男人，他在他這一行獨占鰲頭，而且喜愛他的生活。

「我若不在場，警方不可以進行訪談，」波爾特說。「你自行接受警方訊問，這點令我非常懊惱。但是我們暫且擱下法律問題，民眾的觀感才是當務之急，因爲就目前的情況研判，我們必須假設每一則消息都會遭到爆料：你刷了信用卡，人壽保險，所謂『經過布設』的犯罪現場，被拖把清理乾淨的血跡，老兄，一切看起來都糟透了。這也是一個惡性循環：警方覺得你是凶手，也讓民眾知道這一點。民眾感到震怒，要求警方動手逮捕。因此，我們必須注意幾點，一：我們必須找到一個替代嫌犯；二：我們必須持續得到愛咪爸媽的支持，這一點非常重要；三：我們必須修正你的形象，因爲如果這個案子進入審判，你的形象將會影響陪審團的人選。變更審判的地點已經不具任何意義——有線頻道全天播放，再加上無遠弗屆的網際網路，全世界都是審判地點。因此，我們必須開始扭轉整個局勢，這一點具有絕對的重要性。」

「我也想要扭轉局勢，請相信我。」

「你跟愛咪的爸媽相處得如何？我們能不能請他們發表一篇支持你的聲明？」

「自從愛咪懷孕的事情得到證實之後，我還沒跟他們講到話。」

「懷孕，現在式，」坦納對我皺皺眉頭。「她懷有身孕。提到你太太的時候，絕對、千萬不要用過去式。」

①

「他媽的！」我暫且把臉埋在掌心，我甚至沒有注意到自己說了什麼。

「跟我說話的時候，別擔心這一點，」波爾特一邊說話一邊大方地揮揮手。「但在其他任何地方，你都必須小心，而且非常小心。從現在開始，你若沒有想清楚，拜託你不要開口。好，你還沒跟愛咪的爸媽講到話。我覺得不妥，我想你已經試圖聯絡他們吧？」

「我已經留了幾次話。」

波爾特在黃色拍紙簿上草草寫了幾筆。「好，我們必須假設這點對我們不利。但是你必須找到他們，想辦法跟他們碰面，而且千萬不要在公眾場所，那些場所通常有些混蛋拿著手機拍你——我們可不行再捲入另一場『香娜．凱莉』風波。說不定請你妹妹過去一趟，探查一下情況，看看究竟是怎麼回事。嗯，請她跑一趟，這樣比較好。」

「好。」

「尼克，我得請你幫我列張單子，麻煩你列出這些年來、你為愛咪做的每一件貼心、甜蜜、浪漫的事情，特別是過去這一年。她生病的時候你幫她燉了雞湯，或是你出差的時候寫了情書給她。不要過於浮華。我不在乎珠寶，除非那是你們度假時一起挑選的紀念品。我們需要一些真實、私密的東西，那種浪漫愛情片裡的玩意。」

「如果我不是那種浪漫愛情片的傢伙呢？」

坦納雙唇緊閉，然後慢慢開口。「尼克，編出一些東西，好嗎？你人似乎不錯，我確定過去一年當中，你一定做了某些體貼的事情。」

我想不起來過去兩年之中做過哪一件像樣的事情。結婚頭幾年、我們住在紐約時，我急於取悅我老婆，迫切地想要回到那段你儂我儂的歲月。那段歲月之中，她經常衝過藥妝店的停車場，撲到我的懷裡，只因為她買了一罐髮膠，一時興起，想要慶祝一番。她總是把臉緊貼著我的臉，藍色的雙眼一眨一眨，微黃的眼睫毛纏上我的眼睫毛，我可以聞到她的鼻息，感覺溫熱而平穩。過去兩年之中，我努力嘗試，我昔日的老婆卻悄悄消逝。我真的非常努力——不生氣，不爭吵，不斷奉承，屈服讓步，我成了電視情境喜劇裡的先生：**是、親愛的，當然、甜心**。全身精力他媽的從體內滲出，在此同時，腦袋裡卻急急湧出各種瘋狂的念頭，試圖想出怎樣讓她開心。每個行動，每個嘗試，卻都只讓她翻個白眼，或是輕聲一嘆：唉，你**就是搞不懂**。

等到我們遷往密蘇里時，我只是滿心怒氣。一想到那個時候的自己，我不禁感到羞愧——我變成了一個落荒而逃、小裡小氣、猥猥瑣瑣、好像癩蛤蟆一樣的男人。因此，我不浪漫；我甚至稱不上和善。

「我還得請你列出哪些人可能傷害愛咪、哪些人說不定跟她有過節。」

「我想我應該告訴你，今年年初，愛咪似乎試圖買一把槍。」

「警察知道嗎？」

「知道。」

「你曉得嗎？」

「直到那個她試圖跟他買槍的傢伙跟我說，我才曉得。」

他花了整整兩秒鐘想了想。「這麼說來，我敢打賭他們的理論是，她想要買槍自保，以免你傷害她，」他說。「她被孤立，她感到害怕。她想要相信你，但是她可能察覺某件事情非常不對勁，因此，她想要買把槍，以免她最擔心的事情成眞。」

「哇，你眞不賴。」

「我爸爸以前是警察，」他說。「但是我喜歡買槍這件事情——這下我們只需要找到一個除了你之外、讓她覺得需要擁槍自保的人。沒有任何事情顯得過於牽強。如果她經常因爲一隻叫個不停的小狗跟鄰居吵架，如果她不得不回絕一個跟她調情的傢伙，你想到什麼都行，我全都需要。那個叫做湯米．歐哈拉的傢伙，你曉得哪些關於他的事情？」

「沒錯！我知道他打了幾次電話到舉報熱線。」

「他被控二〇〇五年跟愛咪約會的時候、對她霸王硬上弓。」

我感覺自己張開嘴巴，但是什麼都沒說。

「他們並非認眞交往，有一次他們約在他家吃晚餐，事情有點失控，根據我的消息來源，他強暴了她。」

「二〇〇五年的什麼時候？」

「五月。」

那事發生在我與愛咪失聯的八個月當中——也就是自從我們新年相識、一直到後來我又在第七大道找到她，中間相隔的那段期間。

坦納繫緊領帶，扭轉一下鑲了鑽石的婚戒，仔細打量我。「她從來沒有告訴你。」

「我根本沒聽過這事，」我說。「沒有半個人跟我提過，尤其是愛咪。」

「你或許不相信，但是很多女人依然覺得這種事情是個恥辱，令人羞愧。」

「我不敢相信我居然——」

「跟當事人會晤之時，我始終試圖提出一些新的資訊，」他說。「我想要讓你知道，我非常重視你的案子，我也想讓你了解你多麼需要我。」

「這個傢伙可能是嫌犯？」

「當然，爲什麼不呢？」坦納說，口氣聽來好輕快。「他曾經對你太太施加暴力。」

「他沒有被關起來嗎？」

「她撤銷控訴。我猜她不想出庭作證。如果我們決定一起合作，我會調查此人。在此同時，麻煩你想想每一個對你太太感興趣的人，這人若是住在卡賽基，更是理想，因爲可信度更高。現在嘛——」他翹起二郎腿，嘴巴微張，露出下排牙齒，暫且咬住上唇。他的上排牙齒完美無瑕，好像柵欄一樣平整，相形之下，下排牙齒參差不齊，略微泛黃。「現在我們講到比較棘手的部分，尼克，」他說。「我需要你跟我完全坦誠，不然絕對行不通，因此，請和我說一說你們的婚姻，每個細節、每個最糟糕的部分，請你全都告訴我，因爲如果我知道最糟糕的狀況，我就可以計畫如何因應。但是如果我毫不知情，措手不及，我們就完蛋了。如果我們完蛋，你也跟著完蛋。我倒還好，因爲我可以搭乘我的私人飛機，拍拍屁股走人。」

我深深吸口氣，直視他的雙眼。「我對愛咪不忠，我最近一直瞞著愛咪搞婚外情。」

「好吧。好幾個，還是只有一個？」

「不，沒有好幾個，我以前沒有劈過腿。」

「這麼說來，你只有一個外遇對象？」波爾特問，然後他的目光移向別處，一邊看著一幅遊艇的水彩畫，一邊扭轉他的婚戒。我可以想像他稍後打電話給他太太，一次就好、一次就好，我眞想幫一個不是混蛋的傢伙辯護。

「沒錯，只有一個女孩子，她非常——」

「別說女孩子，千萬別說女孩子，」波爾特說。「女人。一個你覺得非常特別的女人。你剛才是不是正要這麼說？」

當然是的。

「尼克，你知道吧，『非常特別』比較不中聽，你倒不如說——，好吧，這事多久了？」

「剛滿一年。」

「愛咪失蹤之後，你有沒有和她聯絡？」

「有，我用一支可拋式手機和她聯絡，我們也見過一次面。嗯，說不定兩次。但是——」

「見面？」

「沒有人看到我們。我可以發誓。只有我妹妹看到。」

他深深吸口氣，再度看著那幅遊艇畫作。「這個女人——她叫做什麼來著？」

「安蒂。」

「她對這整件事情的態度如何？」

「她一直相當支持我，直到懷孕……嗯，直到懷孕的消息曝光。現在我覺得她有點……煩躁。非常煩躁，非常……嗯，黏人，這個字說不定用得不對……」

「尼克，有話直說，如果她很黏人，那麼——」

「她很黏人，纏著我不放，需要我一再保證，再三安撫。她真的非常溫柔可人，但是她年紀輕，而且最近這幾天顯然相當不好過。」

坦納．波爾特走到迷你吧檯旁邊，拿出一瓶克拉瑪特②，小冰箱裡全都是克拉瑪特。他打開瓶蓋，三口喝光一整瓶，然後用餐巾輕輕擦一下嘴唇。「你必須跟安蒂斷絕關係，永遠、絕對不再跟她有任何聯絡，」他說。我想開口說話，他朝著我伸出手掌。「馬上就斷。」

「我不能就這樣憑空跟她分手。」

「這事沒有爭辯的餘地，尼克，我的意思是，拜託喔，老兄，我真的非得這麼說不可嗎？你懷孕的老婆失蹤了，你不能四處拈花惹草。你他媽的會被關起來。好，目前的重點在於，你必須和她分手，但是不能惹惱她，讓她跟我們作對。你不能讓她心存報復，非得把你們的事情公諸於世，而且好的不說，盡說些其他事情。你一定得讓她相信分手是正確的抉擇，讓她想要維護你的安全。你分手的技巧如何？」

我張開嘴巴，但是他沒等我回答。

「我們會幫你做個沙盤演練，就像我們會幫你演練交互詰問，好嗎？如果你想要聘我，我會飛往密蘇里，我會部署陣營，我們可以好好開始合作。如果你想要我擔任你的律師，我最快明天就可以加入你。你想要聘我嗎？」

「是的。」

晚餐之前，我已回到卡賽基。說來奇怪，坦納一旦斷言我跟安蒂再無相干——她顯然就是不能再待在我身旁——我馬上決定快刀斬亂麻，也不怎麼在乎失去了她。在那短短兩小時的航程當中，我從**我愛安蒂轉變爲我不愛安蒂**，好像穿過一扇門似地。我們的關係馬上蒙上一層陰霾，成了過往雲煙。我跟那個年輕女孩毫無相同之處，我們只是喜歡開懷大笑，做愛之後喝杯冰涼的啤酒，而我居然爲了她毀了我的婚姻，想來真是奇怪。

你當然不介意跟她分手，小戈會說，**這段關係已經變得棘手**。

但是有個理由更加合理：愛咪的身影在我的腦海中愈來愈鮮明。她失蹤了，但是她卻比任何人更貼近我心。當初我之所以愛上她，原因在於跟她在一起時，我成了超級尼克。愛上她讓我生氣勃勃，我感覺自己是個超人。她最自在的時候也不好伺候，因爲她的腦筋始終不斷運轉，轉個不停——我必須竭盡全力，只爲了跟上她的思緒。我經常花一個鐘頭推敲字句，傳給她一封看似隨意的電子郵件。我研習一般人不熟悉的深奧事件，比方說湖畔詩人學派、正式決鬥的禮儀、法國大革命，這樣一來，我才可以讓她時時感到趣味橫生。她的思緒範圍廣闊，極有深度，我跟她在一起，人也變得比較聰明。不但如此，我變得更體貼、更活躍、更有生氣，幾乎是電光四射，因爲對於愛咪而言，愛情就像是毒品、烈酒，或是色情電影，你愈來愈亢奮，永遠不會趨向平穩，每一次迸裂都必須比前一次更強烈，以期保持同樣的亢奮。

愛咪讓我相信我是一個與眾不同的男人，她讓我覺得我跟她程度相當，跟著上她的腳步。我倆因而相戀，卻也因而別離，因爲我無法應付她的要求，當不了一個超人。我開始渴求一段自在、尋常的關係，我恨自己這麼想，最終而言，我意識到我也怪她讓我這麼想。因爲我的緣故，她變成現在這麼一個動不動就生氣、尖酸刻薄的女人。當初我假裝自己是某一種人，結果顯示我是另一種人。更糟糕的是，我說服自己我倆的悲劇完全是她一手造成。我信誓旦旦地指控她是一個滿腔怒火、自以爲是的小人，而我花了好多年，慢慢把自己變成一模一樣的混蛋。

搭機回家的旅途當中，我瞪著第四則線索，一瞪瞪了好久，以至於已經牢記在心。我想要折磨自己。難怪這回她的線索顯得如此不同：我老婆懷孕了，她想要重新開始，讓我們回到過去那段生氣勃勃、快快樂樂的時光。我可以想像她在鎮上東奔西跑，藏匿一張張甜蜜的字條，好像小學生一樣急著等我進行到最後階段——遊戲結束時，她將宣布她懷了我的小孩。木婚。她肯定準備了一個古典的搖籃。我了解我老婆：那一定是個古董搖籃。雖說如此，但是這則線索讀起來卻不太像是出自一個待產媽媽之手：

想像我的模樣：我是一個壞透了的女孩
我必須受罰，這麼一說，表示我已受到懲處
而那個地方，就是你存放結婚五周年的精美禮品之處
這種安排若是感覺刻意，容我說聲對不起！
就在那裡，我們曾經正午縱情歡樂
然後出去喝杯雞尾酒，一切都是如此歡暢
所以喔，請你滿懷欣喜，馬上輕輕嘆氣跑過去

把門打開，迎接你的大驚喜

想出來之時，我幾乎已經到家。**存放結婚五周年的精美禮物之處：**所謂的禮品，一定是某件木製品。所謂的懲處，則是表示把某人帶到木棚。木棚位在我老妹家後面——我們把儲藏割草機零件和種種生鏽的工具儲藏在裡面——木棚殘破老舊，好像恐怖片中、露營客們慢慢被殺光的地方。小戈從來沒有踏進那裡一步；自從搬回老家之後，她經常開玩笑說要把木棚燒掉。但是她反而任之雜草叢生，蒙上更多蜘蛛網。我們總是開玩笑，戲稱那會是一個藏屍的好地方。

不可能吧。

我開車穿過鎮上，臉頰麻木，雙手發冷。小戈的車子停在車道，但我悄悄溜過燈火通明的客廳窗戶，走下陡峻的坡道，很快就脫離她的視線之外，沒有半個人看得到我，非常隱密。

我繞回院子的最後面，木棚出現在林木線的邊緣。

我把門打開。

不不不不不！

---

① 原文中，尼克說：「I haven't spoken with them since it was confirmed that Amy **was** pregnant.」他用了過去式，純屬無心，但有心人士聽在耳裡，可能將之解釋爲尼克覺得愛咪已經不在人世，所以使用過去式。因此，尼克的律師強調「She **is** pregnant」，提醒尼克必須用現在式。

② 克拉瑪特（Clamato），一種加了蛤蜊精華的辣番茄汁，供做調酒之用，通常用來調製血腥瑪莉。

第二部　男孩遇見女孩

愛咪·艾略特·鄧恩

事發當日

這會兒我已不在人世，我開心極了。

嚴格而言，我失蹤了，很快將被視為已經死亡。但是為了方便起見，我們就說我已經不在人世。雖然才過了大約幾個鐘頭，但我的關節已經不再僵硬，肌肉活動自如，感覺好多了。今天早上某個時候，我意識到臉頰怪怪的，感覺不太一樣。我照照車子的後視鏡——令人厭惡的卡賽基已經被我拋到四十哩之後，我那自命不凡的老公在他那黏答答的酒吧閒蕩，大禍即將臨頭，禍事懸掛在一條細細的鋼線上，在他那顆狗屎蛋的頭上搖搖晃晃，他卻渾然不絕——我意識到自己露出微笑。哈！久違了，微笑。

今天的待辦事項清單，擺在我旁邊的乘客座椅上——過去一年之中，我已列出許多這類的清單。待辦事項二十二：割傷自己，一滴鮮血滴在清單之上。但是愛咪怕血，日記的讀者們會說。（啊，日記！沒錯，我們等一下會提到我精心設計、聰穎過人的日記。）不，我不怕，一點都不怕，但是過去一年當中，我始終說我怕血。我大概已經告訴尼克五、六次，當他說：「我不記得妳這麼怕血，」我回答：「我已經跟你提過，我跟你說了好多次！」尼克根本懶得記住別人的問題，因此，他只是認定我說得沒錯。在捐血中心昏倒，那招真是聰明。我真的昏了過去，而不僅只是寫寫罷了。（別著急，何者為真、何者為假、何者不妨為真，我們會把這些弄清楚。）

待辦事項二十二：割傷自己。好久以來，這個事項始終列在清單之上，如今付諸實施，我的手臂疼痛，而且好痛。你必須非常自律，才有辦法自己動手劃下一道深及肌肉的傷口，而不只是被紙割到的皮肉之傷。你必須流很多血，這樣一來，幾個鐘頭之後，人們發現一攤鮮血，引來各種猜測，但是你也不能流太多血，以免昏厥。我先把美工刀按在手腕上，但我看著交錯的血管，感覺自己像是動作片裡的引爆技術人員：卡嚓一聲剪錯管線，你就完蛋了。結果我把刀子按進上臂的內側，我嘴裡還咬著一塊破布，這樣一來，我才不會大聲尖叫。我好好劃出一道又深又長的傷口，然後盤腿坐在家裡的廚房地上，一坐坐了十分鐘，好讓鮮血一滴滴流出來，直到我可以設計出一攤濃厚的血跡。接下來，我故意笨手笨腳地清理，尼克把我痛打一頓之後，就會採用同樣笨拙的方式善後。我要讓家裡述說一個眞假難辨、相互衝突的故事：客**廳現場像是經過布設，但是鮮血卻被清理乾淨：那不可能是愛咪吧！**

因此，自殘是值得的。雖說如此，幾個鐘頭之後，衣袖底下、裹了止血帶的傷口依然灼痛。（待辦事項三十：仔細包紮傷口，確定鮮血沒有滴在不該出現的地方。把美工刀包起來，藏放在口袋裡，過一會兒再丟棄。）

待辦事項十八：布設客廳。翻倒椅凳。完成！

待辦事項十二：包起第一則線索，藏放在稍遠之處，這樣一來，糊里糊塗、搞不清怎麼回事的老公還沒想到找尋線索，警方就搶先一步發現。警方也會將此列入紀錄，我要他被迫開始進行尋寶遊戲（他丟不起臉，絕對會找到寶藏）。完成！

待辦事項三十二：換上普通的衣服，把頭髮塞進帽裡，爬下河岸，河水起起浮浮，距離你只有幾吋，你沿著河岸匆匆前進，直到抵達社區邊緣。即使你知道只有泰弗爾一家看得到河景，而他們肯定上教堂，你依然潛伏前進，因爲你永遠不曉得會發生什麼狀況。你始終比其他人設想周到，你就是這種人。

待辦事項二十九：跟布里克說再見。最後再聞一次這隻小臭貓的鼻息。在牠的餐盤裡裝滿貓食，以免事發之後，大家忘了餵牠。

待辦事項三十三：離開這個該死的地方。

完成！完成！完成！

我可以跟你多說一些我如何部署每一件事，但是我想先讓你了解我這個人。我說的不是**日記裡的愛咪**，那人是個小說人物（尼克還說我不是一個眞正的作家！我幹嘛在乎他說些什麼？），而是**眞正的愛咪**。哪一種女人會做出這種事情？讓我跟你說個故事，一個**眞正的故事**，這樣一來，你就可以了解我是誰。

首先：我根本不應該來到這個世上。

生下我之前，我媽媽流產了五次，還有兩個嬰兒胎死腹中。每次都發生在秋天，好像是個季節性的義務，比方說稻穀輪作。每個小寶寶都是女孩；全都取名爲希望。我確定這是我爸爸的提議——瑪莉貝絲，**我們不可以放棄希望**，爸爸始終樂觀衝動，好像嬉皮一樣熱切眞摯。但是他們卻一而再、再而三放棄希望寶寶。

醫生們命令我爸媽不要再試；我爸媽拒絕聽命，他們不是那種半途而廢的人。他們試了又試，最後終於懷了我。我媽媽根本不指望我會存活，她不忍把我想成是個活生生的小寶寶、一個會跟著她回家的小女嬰。如果發生差錯，我將是第八個希望寶寶。但是我嚎啕大哭地來到世上——好一個充滿活力、粉粉嫩嫩的小寶寶。我爸媽非常驚訝，他們意識到他們甚至從來沒有好好討論，幫一個眞正的小寶寶取個眞正的名字。我在醫院的頭兩天，他們沒有幫我命名，每天早上，我媽媽聽著通往她房間的門被推開，感覺護士在門口逗留（在我的想像中，那名護士小姐始終一副復古的打扮，身上的白裙飄來飄去，頭上的小方帽摺疊有形，好像中餐的外帶盒）。護士在門口晃來晃去，我媽媽頭都沒抬地問她一句：「她還活著嗎？」

我活了下來，他們幫我命名爲「愛咪」，因爲這個女孩子的名字很普通、很受歡迎，那年出生的千百名女嬰都叫做愛咪，說不定這樣一來，天上諸神就不會特別注意到這一個挨靠在其他寶寶之中的小女嬰。我媽媽說如果能夠重新來過，她會把我命名爲莉迪雅。

我從小到大都覺得自己很特別、很驕傲。我是那個不甘遭到遺忘、全力抗爭、最後博得重視的女孩。我的存活機率只有百分之一，但是我辦到了。在此過程當中，我毀了媽媽的子宮——還沒有出生，我就打了一場謝爾曼將軍之役①。我媽媽再也無法生下另一個寶寶。只有我一個、只有我一個、只有我一個，我小時候一想到這一點就雀躍不已。

每個希望寶寶的生日暨冥誕之時，我媽媽總是披著毯子坐在搖椅上，一邊啜飲熱茶，一邊說她只是「給自己一點時間」。沒有任何戲劇化的舉動，我媽媽通情達理，不會大唱悲歌，但是她會變得哀傷而疏離。我這個黏人的小孩才不管三七二十一呢！我會爬到她的大腿上，或是把蠟筆畫塞到她面前，或是忽然想起來有一份非得馬上處理的父母同意書。爸爸會想辦法轉移我的注意力，試圖帶我出去看電影，或是拿些糖果哄我，不管他使出什麼花招都沒用，我才不准媽媽享有那幾分鐘。

我始終勝過那些希望寶寶，因爲只有我活了下來。但是我始終心懷妒意，總是忌妒那七個手舞足蹈、已經夭折的小公主。即使從未努力嘗試，即使從未在世間待上一秒鐘，她們依然被視爲完美無瑕，我則被困在世間，而且每一天都必須努力嘗試，每一天都可能未臻完美。

這樣過日子眞是疲累。我就是這樣過日子，直到我三十一歲。

其後大約兩年，萬事ＯＫ，因爲我有了尼克。

尼克曾經愛我。他以前好愛、好愛、好愛我。但他愛的不是我。他愛的女孩並不存在。我只是假裝自己具有一種特定的面貌，我通常都是這麼做，我克制不了自己，我始終就是如此：我定期變換面貌，就像有些女人定期改變時尚風格。何種面貌感覺良好、令人垂涎、符合時代潮流，我就扮演何種女郎。我覺得大部分的人都這麼做，他們只是不承認，不然就是因爲懶到、笨到做不來，所以不得不安於只有一種面貌。

布魯克林派對的那天晚上，我扮演的是時下流行的女孩，也就是尼克那種男人會喜歡的酷女郎。她眞是一個酷女郎，男人始終把這句話當作終極讚譽，不是嗎？身爲一個酷女郎，表示我這個女孩火辣、聰穎、風趣，喜歡美式足球、撲克牌、黃色笑話、打飽嗝，不但如此，我還會打電動玩具，喝便宜的啤酒，愛搞3P和肛交，熱狗漢堡拚命往嘴裡塞，好像主持世界級狂吃大賽似地，但是不知怎麼地，我的身材依然纖細，因爲最重要的一點是，酷女郎始終火辣。火辣，而且善體人意。酷女郎從來不會生氣；她們只是懊惱地一笑，露出憐愛的神情，她們的男人們想要做什麼，她們就讓他們做什麼。動手吧，惡搞我一通，我不會介意，因爲我是酷女郎。

男人眞的以爲這種女孩確實存在。說不定他們受騙上當，因爲好多女人都甘願假裝自己是個酷女郎。好久以來，我覺得酷女郎令人作嘔。我曾經看著一個個男人——友人、同事、陌生人——被那些討人厭的虛假女性迷得眼花撩亂，我眞想拉著這些男人坐下，冷靜地跟他們說：你約會的對象其實並不存在，而是一個看了太多電影的女人，電影的編劇都是不善社交的男人，而且全都寧可相信酷女郎確實存在，說不定甚至對他們送上一吻。我好想一把抓住這個可憐傢伙的衣領，或是郵差包的肩帶，義正辭嚴地跟他說：那個賤貨並不是眞的那麼喜歡辣味熱狗——沒有人那麼喜歡辣味熱狗！更可悲的是，酷女郎不是爲了自己擺酷，而是爲了男人假裝。噢，如果妳不是一個酷女郎，我拜託妳，千萬不要以爲妳的男人不想要酷女郎。說不定他心儀的酷女郎稍微不一樣——說不定他吃素，所以酷女郎喜歡全麥麵筋，而且善於照料小狗；說不定他是個頹廢派的藝術家，所以**酷女郎**是個刺青、愛看漫畫、戴副眼鏡的書呆小姐；這些都只是不同型式的櫥窗擺設，但是請相信我，他想要**酷女郎**，基本而言，他喜歡什麼，這種女孩就他媽的喜歡什麼，而且從來不會抱怨。（妳怎麼知道妳不是個**酷女郎**？因爲他說出諸如此類的話：「我喜歡堅強的女性。」如果他對妳這麼說，他未來某個時候肯定會跟別人上床。因爲啊，「我喜歡堅強的女性」背後的意思是「我憎恨堅強的女性」。）

我耐心等待風水輪流轉——而且等了**好多年**——等著男人開始閱讀珍．奧斯汀，學習編織，佯裝喜歡大都會雞尾酒，籌辦手作相簿派對，彼此打情罵俏，而我們女孩子則在一旁不懷好意地眨眨眼。然後我們會說：**沒錯，他是個酷男子**。

但是這種情況卻始終沒有發生。全國上下的女性反而一鼻子出氣，聯手降低我們的格調！**酷女郎**很快就成爲標準女性。男人相信她確實存在——她不但只是百萬人之中才有一位的夢中女郎。每個女孩都應該是個**酷女郎**，如果妳不是，那麼**妳**肯定有毛病。

但是妳很難不想變成一個**酷女郎**，特別是對我這麼一個爭強好勝的人而言，我怎能抗拒變成一個每位男士夢寐以求的女孩？遇見尼克時，我馬上知道他想要**酷女郎**，爲了他，我願意一試。你若覺得我做錯了，我也沒話說。重點是，剛開始的時候，我爲他**瘋狂**。我覺得他這個密西西比的外地小子非常迷人、非常不一樣，甚至有點邪門。跟他在一起，感覺好得不像話。他逗出我輕鬆、風趣、自在的一面，我甚至不曉得心中存有這樣的自己。那種感覺好像他把我挖空，然後在裡面塞滿羽毛。他幫我成爲**酷女郎**——除了他之外，我不可能、也不想要成爲任何人的**酷女郎**。我必須承認某些方面趣味橫生：我吃了夾了棉花糖的巧克力餅乾，我赤腳走路，我再也不會白白操心。我看愚蠢的電影，吃些沾滿化學加工品的食物。我不再多想，凡事皆只點到爲止，而這正是重點所在。我喝鋁罐裝可口可樂，而且不在乎如何回收空罐，也不擔心胃裡累積一灘碳酸，酸性強到可以把一枚鎳幣清洗得乾乾淨淨。我們出去看一部愚蠢的電影，我不在乎劇情之中令人不悅的性別歧視、或是全片缺乏重要的少數族群角色，我甚至不在乎電影是否合情合理。我不擔心接下來會發生什麼事情。我不考慮後果，我活在當下；我可以感覺自己變得愈來愈膚淺、愈來愈愚蠢。但我好開心。

直到與尼克相遇之前，我始終有種不眞實的感覺，因爲我始終是個產品。神奇的愛咪必須聰穎、富有原創性、親切、體貼、風趣、快樂。我們只要妳開開心心，我爸媽總是這麼說，但是他們從來沒有解釋怎樣辦到。我們歷經好多教訓，碰到好多機會，我們的環境也比別人強，然而，他們從來沒有教導我如何快樂。我記得自己始終不了解其他小孩。生日派對之中，我經常看著其他小孩咯咯傻笑、扮鬼臉，我也試著照做，但我不了解爲什麼。我經常坐在一旁，頭上戴著一頂生日帽，帽子的鬆緊帶壓著我胖胖的下巴，下巴的肉被擠成兩團，一粒粒生日蛋糕的糖霜把我的牙齒染成藍色，我試了又試，我眞想知道這一切爲什麼有趣。

跟尼克在一起時，我終於明白了。因爲他眞的非常有趣。我好像跟一隻海獺約會。我碰過的人當中，他是頭一個天生開朗、足以與我匹配的對象。他聰穎、英俊、風趣、迷人、癡迷。大家都喜歡他。女人都愛慕他。我以爲我們是最速配的一對：周遭最快樂的夫妻檔。愛情不見得是一種競賽，但是如果你們兩人不是最快樂的一對，我不明白你們爲什麼在一起。

那幾年當中，我假裝是別人；那說不定是我一生當中最快樂的時光，在那之前、以及在那之後，我都不曾如此開心。我無法決定這代表著什麼意義。

但是話又說回來，這一切必須畫下句點，因爲這一切全都不眞實，那不是我。那不是我，尼克！我以爲你知道。我以爲那像是一場遊戲。我以爲我們之間有種默契，對著彼此眨眨眼，你若不問，我就不說。

但是這一切無法持久，結果證明他也無法維持下去：慧黠的戲弄、聰穎的把戲、浪漫情懷、奉承求愛，全都成了過往雲煙，一切全都不攻自破。我變成了我，而尼克卻感到訝異，我好恨他居然感到訝異。我恨他不明白這一切不可能持久，我恨他眞的相信自己的老婆是這個虛構的人物——這個上百萬名手指沾了精液、打手槍自娛的男性憑空想像出的產物。當我請他聽我說話之時，他眞的好像嚇了一大跳。他不敢相信我不喜歡把陰毛剃得乾乾淨淨，一聲令下就幫他吹簫。他也不敢相信當他沒有露面跟我的朋友們小酌一杯的時候，**我眞的**相當介意。日記裡那番荒唐可笑的話？**我不需要跳舞小猴使出那些可悲的把戲，好讓我跟朋友們一說再說；我甘願讓他做他自己**。那完全是**酷女郎**說的屁話。好一個愚笨的賤貨！我必須再度聲明，我實在不明白：如果妳放任男人取消計畫，或是拒絕爲妳效勞，那麼妳就輸了。妳得不到妳想要的東西。這點非常明顯。沒錯，他說不定興高采烈，他說不定讚美妳是最酷的女孩，但是他之所以這麼說，原因在於諸事都順從他的心意。他說妳是**酷女郎**，其實是愚弄妳！男人就會耍出這套把戲：他們試著讓妳覺得自己是個**酷女郎**，這樣一來，妳才會順從他的心意。這就像是汽車銷售員跟你說：**你想要出多少錢買下這個漂亮的東西**？而你卻尚未同意買車。男人說：「我的意思是，我知道妳不會介意我……」這話最令人不齒，因爲**啊，是的，我的確介意**。妳說**啊**！不要認輸，妳這個愚笨的小賤人。

因此，這一切必須畫下句點。我對尼克許下承諾，他讓我感到安全、快樂，我也因而意識到**眞實愛咪**存在於某處，而她比**酷愛咪**更有趣、更複雜、更具有挑戰性。她比**酷愛咪**強多了，尼克卻依然想要**酷愛咪**。妳終於對妳的另一半、妳的心靈伴侶展現出眞實的自我，結果卻造成**他不喜歡妳**，妳能想像這種局面嗎？正因如此，恨意開始浮現。這事我已想了很久，我覺得一切便是肇因於此。

① 謝爾曼將軍之役（Sherman's March），威廉·謝爾曼是美國南北戰爭期間的北方將領，一八六四年底，他率領北方聯軍由亞特蘭大直攻薩瓦那，沿途採行焦土政策，重創南軍，南方由此一蹶不振。

尼克・鄧恩

事發之後七日

我踏進木棚，走了幾步，然後不得不靠在牆上喘口氣。

我知道準沒好事。一想出這則線索在說什麼，我馬上明白大事不妙：木棚，正午縱情歡樂，雞尾酒。這些說的不是我和愛咪，而是我和安蒂。我跟安蒂曾在許多奇怪的地方做愛，木棚只是其中之一。我們能夠碰面的地方不多。她的公寓人來人往，幾乎不宜幽會。汽車旅館的費用會出現在信用卡帳單上，而我老婆既是多疑，人也不笨。（安蒂有一張萬事達卡，但是帳單寄到她媽媽那裡。我坦承這一點想來傷感情。）因此，當我老妹出去上班之時，她家後面的木棚是個非常安全的幽會地點。我老爸捨棄的屋子也相當理想。（**你把我帶到這裡，或許因而心存愧疚／我必須承認感覺有點奇怪／但是我們沒有太多地方可去／我們做出決定；我們把這裡變成我們的家。**）還有好幾次，我們在我學校裡的辦公室碰面（**我想像自己是你的學生／擁有一位如此英俊聰慧的師長／我的心智爲之敞開〔更別說我的雙腿！〕**）還有一次，我帶著安蒂造訪漢尼拔，彷彿重演我跟愛咪的漢尼拔之遊，在鎮上逛逛之後，我們把車子停在一條泥土小路的旁邊，在安蒂的車裡做愛，比上次漢尼拔之遊有趣多了。（**你帶我來到這裡，讓我聽你閒聊／聊著你的童年歷險：皺巴巴的牛仔褲和遮陽帽。**）

每則線索都藏在我曾經欺騙愛咪之處。她利用尋寶遊戲帶我走過每一個我曾出軌的地方。我想像愛咪開著她的車子跟蹤我，我卻渾然不覺，想到這裡，我心中閃過一股強烈的憎惡——愛咪開車跟蹤我到我老爸家、小戈家，以及該死的漢尼拔，看著我操那個甜美的年輕女孩，她的嘴唇扭曲，神情既是不齒，卻又帶點得意洋洋。

因爲她知道她將好好懲罰我。這會兒我們的尋寶遊戲進行到最後一站，愛咪已經準備讓我知道她多麼聰明。因爲啊，木棚裡堆滿每一樣我跟邦妮和吉爾賓發誓我絕對沒有刷卡購買的物品，我甚至發誓我沒有申請那些信用卡。貴得不像話的高爾夫球具、手錶和電玩機、名牌服飾，這些我宣稱從未購買的奇巧玩意堆放在木棚裡，靜靜放置在我老妹的地產上，看起來好像我故意把東西藏放在此，等到老婆死了之後，我才可以找些樂子。

我敲敲小戈的大門，當她一邊抽菸一邊開門時，我跟她說我得讓她看看某些東西，然後我轉身，一語不發地帶她走到木棚。

「妳看，」我邊說，邊把她推向敞開的門。

「那些東西……那些全部都是——刷卡買的？」小戈的聲音高亢而慌亂。她伸出一隻手遮住嘴，朝著我退後一步，我意識到一時之間，她以爲我正在對她懺悔。

雖然只是短短的一秒鐘，但是我們永遠無法忘卻這一刻。光是這一點，我就怨恨我老婆。

「愛咪正在陷害我，小戈，」我說。「小戈，愛咪買了這些東西，她正在**陷害我**。」

她回過神來。她的眼瞼眨了一下、兩下，輕輕搖搖頭，好像想要甩掉「尼克是個殺妻凶手」的影像。

「愛咪正在陷害我，讓大家以爲我是個殺人犯。沒錯吧？她的最後一則線索把我引到這裡，而且，不，這些東西全都不是我的，我毫不知情。這是她的鄭重聲明：**大家瞧瞧：尼克要去坐牢囉！**」我感覺一股氣體聚集在喉際，噗通噗通，力道強勁——我可能痛哭失聲，也可能放聲大笑。我大笑。「我的意思是，我這麼說沒錯吧？他媽的！沒錯吧？」

所以囉，趕快動手吧、請你趕緊安排／這次讓我教你兩、三招。這是愛咪第一則線索的最後幾句話。

我怎麼沒有看出來？

「如果她在陷害你，她爲什麼讓你知道？」小戈依然瞪著那些東西，被木棚裡的物品嚇呆了。

「因爲她做得非常完美。她始終需要得到別人的讚美，時時刻刻都是如此。她要我知道我慘了，她抗拒不了這股衝動。不然的話，她會感到無趣。」

「不對，」小戈邊說邊咬指甲。「不只這樣，還有更多。你有沒有碰過這裡的任何東西？」

「沒有。」

「很好。這麼說來，問題在於……」

「當我在我妹妹的地產上，發現這些能夠將我定罪的證據時，她覺得我會怎麼做？」我說。「這就是關鍵所在，因爲不管她認爲我有何打算、不管她想要我怎麼做，我必須反其道而行。如果她覺得我會嚇得發慌，試圖把這些東西全都處理掉，我跟妳保證，她絕對有辦法讓我被逮個正著。」

「嗯，你不能把東西留在這裡，」小戈說。「不然的話，你絕對會被逮個正著。你確定這是最後一則線索嗎？你的禮物呢？」

「噢，他媽的，禮物一定在木棚的某個地方。」

「別進去，」小戈說。

「我非得進去不可。天曉得她還設計了其他什麼花招。」

我小心翼翼地踏入陰濕的木棚，雙手緊緊貼在身側，踮著腳尖慢慢前進，以免留下任何腳印。平板液晶電視旁邊有個巨大的禮盒，禮盒包上一層愛咪慣用的精美銀色包裝紙，愛咪慣用的藍色信封擺在禮盒上面。我帶著信封和禮盒回到溫暖的戶外，禮盒裡的東西相當沉重，肯定足足三十磅，而且被拆成幾個組件，當我把禮盒擺在我們的腳邊時，各個組件滑來滑去，發出奇怪的嘎嘎聲。小戈不由自主地退後一步，躲開禮盒。我拆開信封。

親愛的老公：

現在是時候了，且讓我花點時間告訴你，我對你的了解，遠超過你所能想像。我知道有些時候，你以為你獨自徜徉於世間，沒人看到你，沒人注意到你。但是請你千萬不要這麼想。我已經把你當作一個研究課題。你動手之前，我就知道你打算做什麼。我知道你去過哪裡，我知道你要上哪裡去。今年的結婚紀念日，我為你安排了一趟旅程：請你隨著你心愛的大河，不停溯流而上。你甚至不必擔心找尋你的結婚周年禮物。這回禮物將自動出現在你面前！所以囉，請你放輕鬆，因為你已經**大功告成**。①

「溯流而上是什麼意思？」小戈問道，然後我深深嘆息。

「她要把我送進監獄。」②

「他媽的！把盒子打開。」

我跪下，用指尖輕輕移開盒蓋，好像預期盒子會爆炸。沒有聲響。我盯著盒裡。盒底擺著兩個木偶，木偶並排躺好，似乎是一對夫妻。男木偶穿著一件雜色的上衣，手執木棍或是手杖，瘋狂地咧嘴一笑。我把木偶先生拉到盒外，他的雙手雙腳狂亂地舞動，好像舞者活動筋骨。木偶太太比較漂亮精緻，也較為僵硬。她露出驚嚇的表情，好像看到某件可怕的事情。她的底下有個小寶寶，你可以拿條緞帶把寶寶繫在她身上。兩個木偶古色古香，龐大笨重，幾乎像是腹語師的人偶。我拿起男木偶，抓住那支用來操弄木偶的厚重把手，他的手臂和雙腳瘋狂地扭動。

「好恐怖，」小艾說。「停。」

兩個木偶底下擺著一張對摺的信紙，藍色的信紙柔潤光滑。信封上出現愛咪瀟灑的筆跡，一眼望去全是三角形的字體和一個個小圓點。內容如下：

> 一則精彩、全新的故事由此開始。「那樣做就對了！」盡情享用吧。

我們把愛咪尋寶遊戲的各則線索和裝了木偶的盒子，全都攤放在我們老媽的廚房桌子上。我們瞪著各項物品，好像試圖組合一幅拼圖。

「如果她打算進行……她的計畫，她爲什麼費心設計尋寶遊戲？」小艾說。

所謂的**她的計畫**，顯然是個爲了方便起見的表達方式，意思是**她假裝失蹤、嫁禍於你，讓你變成一個殺人犯**。**她的計畫**聽起來比較不那麼瘋癲。

「首先，分散我的注意力，讓我相信她依然愛我。我東奔西跑，追蹤她那些線索，認定我老婆想要修好、挽救我們的婚姻……」

一想到她的字條讓我覺得如此感傷、如此濫情，我不禁作嘔。我非常不好意思，羞愧到了極點，那種羞愧的心情深深印到骨子裡，好像成了DNA的一部分，改變了一個人。雖然過了這麼多年，愛咪依然有辦法耍我。她可以寫幾張字條，完完全全贏回我的心。我是一個受到她操弄的木偶。

我會找到妳，愛咪。這話聽來像是相思，其實字字懷著恨意。

「這樣一來，我就不會停下來想想：**嗯，這看起來當然像是我謀殺了我太太，我眞想知道爲什麼？**」

「如果她沒有設計尋寶遊戲，也就是你們的結婚紀念日傳統，警察會覺得奇怪——你也會覺得奇怪，」小戈推論。「看起來像是她知道自己即將失蹤。」

「但是，這個東西讓我很擔心，」我邊說邊指指木偶。「它們頗不尋常，肯定代表某種意義。我是說，如果她只打算暫時分散我的注意力，我最後可能找到任何一件木製品。」

小戈伸出一隻手指，輕輕撫過男木偶的雜色制服。「木偶相當古色古香，肯定是古董。」她翻開木偶們的衣服，男木偶的把手露了出來，女木偶只有頭上一個方形的缺口。「你覺得這是一種性暗示嗎？男木偶有個巨大的木頭把手，好像老二。女木偶缺了把手，只有一個小洞。」

「意思顯然是：男人有陰莖，女人有陰道？」

小戈把手指插進女木偶的洞口，迅速查看一下，確定裡面沒有藏放任何東西。「好吧，愛咪想要說什麼？」

「剛看到木偶的時候，我心想：**她買了小孩的玩具**。爸爸、媽媽、小寶寶，因爲她懷孕了。」

「她眞的懷孕了嗎？」

一股絕望之情席捲我。或說剛好相反。不是迎面而來的海浪，一波接一波向我襲來，而是退潮的海水再度湧現，拉著我一起倒退。我再也不希望我老婆懷孕，但我也鼓不起勇氣，不敢不希望她沒有懷孕。

小戈拉出男木偶，鼻子一皺，然後靈光一閃。「你是個被人操弄的木偶。」

我大笑。「說眞的，我剛才想的跟妳說的幾乎一字不差。但是爲什麼一男一女？愛咪顯然不是被人操弄的木偶，她是木偶大師。」

「還有那句話：那樣做就對了？做什麼就對了？」

「搞砸我這一輩子？」

「愛咪以前有沒有說過這句話？說不定她引用《神奇的愛咪》的某一句話？說不定……」她衝到她的電腦前，搜尋「那樣做就對了」，螢幕上出現「瘋狂一族」③的歌曲〈那樣做就對了〉。「喔，我記得他們，」小戈說。「很正點的一個斯卡樂團④。」

「斯卡樂團，」我說，幾乎瘋狂大笑。「棒極了。」

歌曲攸關一個修繕工，工人能夠處理多項家居裝修——包括水電工程——而且寧願大家付現。

「他媽的！我眞討厭八〇年代，」我說。「沒有一句歌詞講得通。」

「The reflex is an only child，」⑤小戈邊說，邊點點頭。

「He's waiting by the park，」⑥我不加思索地喃喃回應。

「好吧，如果這是一句歌詞，那麼代表什麼意思？」小戈邊說邊轉向我，仔細端詳我的雙眼。「這首歌曲關於修繕工。說不定是某一個可以隨意進出你們家修理東西、甚至布設現場的工人？而且他寧願收取現金，以免留下紀錄。」

「說不定是某個裝設監測錄影機的工人？」我問。「我……我出軌的期間，愛咪曾經出城幾次，說不定她認爲她可以錄影逮到我們。」

小戈狠狠拋來一個質疑的目光。

「不，我從來、絕對沒有在我們家裡幽會。」

「可不可能是某一扇密門?」小戈提議。「說不定愛咪裝設了一道活動嵌板,然後在裡面藏放了一些……我不知道,一些可能幫你脫罪的證據?」

「我想是的。沒錯,愛咪利用瘋狂一族的歌曲作爲線索,讓我尋獲我的自由,我若是有辦法破解這些狡詐多端、融入斯卡音樂的密碼就好囉。」

小戈也大笑。「老天爺啊,說不定我們才是眞正的神經病。我的意思是,我們瘋了嗎?這一切果眞如此瘋癲嗎?」

「不,我們沒有發瘋。她陷害我。不然的話,妳怎麼解釋妳家後院擺了一整座木棚的東西?她拖妳下水,害妳沾染我的壞名聲,這是愛咪典型的作爲。不,這是愛咪在搞鬼。這份禮物,這張輕佻、淘氣、我應該看得懂的字條,全都是愛咪的把戲。不,我們非得回到木偶不可。試試看把那句話和『木偶』加在一起搜尋。」

我頹然坐到沙發上,全身隱隱發痛。小戈扮演祕書的角色。「我的天啊,沒錯!這兩個木偶是潘趣和茱迪。尼克!我們是白癡。那句話、那句話是潘趣的註冊商標:**那樣做就對了!**」

「好吧,那是以前的木偶戲,而且相當暴力,對不對?」我問。

「這下可眞糟糕。」

「小戈,木偶戲相當暴力,對不對?」

「沒錯,兇殘粗暴。老天爺啊,他媽的!她眞是瘋狂。」

「他打她,對不對?」

「我正在讀……好,潘趣殺了他們的小寶寶。」她抬頭看看我。「當茱迪跟他對質時,他出手打她,把她活活打死。」

我的喉嚨湧出唾液，感覺濡濕。

「每次他做了某件可怕的事情，而且僥倖逃過懲罰，他就說：『那樣做就對了！』」她一把抓起潘趣木偶放在大腿上，手指緊緊握住木偶的雙手，好像抱著一個嬰孩。「他能說善道，即使他謀殺了自己的太太和小孩，他依然講得頭頭是道。」

我看著兩個木偶。「這麼說來，她誣陷我，而且安排了一套背景故事。」

「我連想都想不透。他媽的變態狂。」

「小丈？」

「噢、沒錯：你不想要她懷孕，發了脾氣，殺了她和那個還沒出生的小寶寶。」

「不曉得爲什麼，我覺得似乎有點虎頭蛇尾，沒有達到想像中的高潮。」

「當你得到潘趣從未得到的教訓，當你遭到逮捕、被控謀殺，那就是高潮。」

「而且密蘇里州准許死刑，」我說。「這個遊戲還眞是有趣。」

---

①原文 because you are DONE，「you are done」可以解釋爲你完成了某件工作，也可以表示你完蛋了。

②原文「She is sending me up the river」，「send someone up the river」是個俚語，意思是把某人送進監獄。

③瘋狂一族（Madness），七〇年代末期、八〇年代初期盛極一時的英國樂團。

④斯卡音樂（ska）發源於牙買加，原本是該地的傳統樂風，經過輸入及改進，一九六〇年代初期成爲美國流行音

樂的一環，也成爲美國當地拉丁美洲音樂的重要一部分。

⑤ 這句歌詞出自杜蘭杜蘭樂團一九八四年單曲〈The Reflex〉。

⑥ 這句歌詞同樣出自〈The Reflex〉。

愛咪・艾略特・鄧恩

事發當日

你知道我怎麼發現的嗎？我看見他們。我老公就是那麼笨。四月的一個晚上，天上飄著細雪，我覺得好寂寞。我一邊跟布里克喝杯暖暖的杏仁甜酒，一邊看書，雪花飄落，我躺在地板上，聽著刮刮作響的老唱片，就像尼克和我以前那樣（那則日記倒是眞話）。我忽然興起一股浪漫的歡欣：我要過去**酒吧**給他一個驚喜，我和尼克將小酌幾杯，戴著厚厚的手套，一起在空空蕩蕩的街道漫步。我們將走過寂靜的市中心，他壓著我貼在牆上，在宛如糖粉雲朵的白雪之中吻我。沒錯，我是如此急著想要贏回他的心，我甚至願意重新塑造那一刻。我願意再度假裝是另一個人。我記得自己心想：**我們依然可以找出辦法維繫婚姻，保持信心！**我一路追隨他來到密蘇里，因爲我依然相信不管怎麼樣，他將再度跟我墜入愛河。他會像以前一樣濃情蜜意，熱情如火，那種愛情會讓一切變得美好。保持信心！

我抵達**酒吧**，剛好看到他跟她一起離開。我置身該死的停車場，距離他二十呎，他甚至沒有注意到我，我簡直像個鬼魂。他沒有碰她，最起碼還沒有，但我知道這只是遲早的事。我看得出來，因爲他**整顆心都在她身上**。我跟蹤他們，忽然之間，他把她壓著貼向一棵樹——就在市中心！——湊上去吻她。**尼克在搞外遇**，我呆呆地心想，我還來不及逼自己說出任何話語，他們已經走上她的公寓。我坐在臺階上，等了一個鐘頭，我愈等愈冷——指甲發青，牙齒打顫——打道回府。他甚至始終不曉得我已知情。

於是，我有了新的面貌，但這不是我自己的選擇。我成了**嫁給平庸混帳男人的平庸愚笨女人**。他已經一手促使**神奇的愛咪**不再神奇。

我認識一些溫婉善良、平庸無奇的女人，女人們的種種面貌同樣乏善可陳。她們的生活充滿不盡人意之處：男朋友不體貼，體重超重十磅，得不到老闆重視，姊妹愛耍陰謀，先生拈花惹草。我始終高出她們一等，我一臉同情地聆聽她們的遭遇，一邊點頭，一邊想著她們多麼愚蠢。這些女人居然讓這種事情發生在她們身上，眞是缺乏自律。如今我卻成爲她們其中之一！我也是個嘮嘮叨叨、講個不停的女人，大家聽了我的遭遇也會同情地點點頭，心中默默想道：**可憐的笨婆娘**。

我可以聽到大家怎麼說，而且講了又講，一再重複：神奇的愛咪，那個從來不曾出錯的女孩，任憑自己被拖拉到中部地帶，身無分文，她先生還爲了一個年紀較輕的女孩把她一腳踢開。如此平庸，如此不足爲奇，如此耐人尋味。她的先生呢？他可是從來沒有如此快樂。不，我嚥不下這口氣。絕對、絕對、絕對不行。他不可以對我做出這種事，而且他媽的占了上風。不行。

我爲了那個混帳東西更改姓氏。歷史紀錄已經**遭到變更**——愛咪·艾略特變成了愛咪·鄧恩——好像沒什麼大不了的。不，他**不可以占了上風**。

因此，我開始構思一個不同的故事、一個更好的故事、一個報復尼克對我做出這些事情的故事、一個毀了尼克的故事。這個故事也將重建我完美的形象，讓我成爲一個毫無瑕疵、廣受仰慕的英雄。

因爲**啊**，人人都喜歡**死亡女郎**。

捏造自己的死亡，將之嫁禍妳的老公，這樣相當極端。我想跟你說，我相當清楚這一點。那些嘖嘖作聲、發出批評的人們會說：**她應該保留僅存的尊嚴，拍拍屁股離開。大方一點，別跟他計較！以怨報怨，**

難以謂直！沒有膽量的女人才會說這種話，誤把心中的怯懦視爲道德良知。

我不會跟他離婚，因爲這正是他的企求。我不會原諒他，因爲我不想甘心容忍，不予回擊。我還能說得更清楚嗎？那種結果絕對不會令人滿意。壞人得勝？去他媽的！

至今一年多來，當他悄悄上床、在我身旁躺下之時，我在他的指尖聞到她下體的味道。我看著他對著鏡中的自己擠眉弄眼，像一隻色慾薰心、準備出門約會的大猩猩一樣精心打扮。我聽著他說出一個又一個謊言——從哄騙小孩、無傷大雅的謊言，一直講到小題大作、迂迴複雜的藉口。他吻我之時，我在他乾巴巴的嘴唇上嘗到奶油糖果的味道，我在他的唇上可從未嘗過這種黏膩的口味。我感覺到他臉上的鬍碴，他曉得我討厭刺人的觸感，但她顯然喜歡。我的五種感官都承受了背叛之苦，而且爲時一年多。

因此，我說不定變得有點瘋狂。把妳遭到謀殺嫁禍於老公，一般女人說不定不會這麼做，我相當清楚這一點。

但是這麼做眞的非常必要。尼克必須學到教訓。他從來沒有學到教訓！他自小受寵，予取予求，他撒撒小謊，逃避責任，他有他的缺點，他爲人自私自利，然而，他憑藉他那種人見人愛的尼克笑臉，輕鬆自在過日子，沒有人因爲任何事情而斥責他。我認爲這次的經驗會讓他的品格變得更加良善。或者，最起碼會讓他變得比較可悲。他媽的。

我始終認爲自己可以犯下完美的謀殺。那些被逮到的人之所以被逮到，原因在於他們沒有耐心；他們拒絕計畫。我再度露出微笑，同時把這部破爛的逃跑車換到第五檔（這會兒卡賽基已經落在塵土飛揚的七十八哩之外），鼓起精神，準備面對一部急駛而過的卡車——每次有部半掛式貨櫃車駛過，逃跑車就好像快要飛起來似地。但我確實露出微笑，因爲這部車子顯示出我多麼聰明：我用一千兩百元現金，經由Craigslist①買到這部一九九二年的福特嘉年華，這是全世界最袖珍、最不引人注目的車型，而且我在五個月之前購買，這樣一來，沒有人會記得這回事。我在阿肯色州瓊斯柏羅市一家沃爾瑪超市的停車場跟賣主碰面，我皮包裡擺著一捲現鈔，搭火車過去——去程回程都花了八小時，在此同時，尼克則和他的哥兒們一同出遊。（所謂的「和他的哥兒們一同出遊」，意思是「操那個賤女人」。）我在火車上的餐車用餐，菜單上說是沙拉，其實是一團生菜和兩顆小番茄。我旁邊坐著一個農夫，農夫頭一次探視他剛出生的小孫女，這會兒正在回家途中，心情相當惆悵。

出售福特嘉年華的那對夫婦似乎和我一樣不想張揚。太太從頭到尾待在車裡，懷裡抱著一個吸奶嘴的小小孩，看著她先生和我交換現金和車鑰匙。（沒錯，her husband and me，你知道的，受詞「me」，這才是正確的文法。）然後她下車，我上車，就是如此迅速。我從車子的後視鏡看到那對夫婦拿著錢慢慢走進沃爾瑪超市。我一直把車子停在聖路易的長期停車場。我每個月過去兩次，把車子換到新的一處。付現。戴著棒球帽。相當簡單。

那只是一個例子，提供耐心、部署、以及巧思的範例。我對自己相當滿意；我還得再開三小時的車，才會抵達終點：密蘇里州奧查克的森林深處。我租下林中眾多小木屋的其中一棟，房租按周支付，接受現金付款，而且提供有線電視，這一點絕對必要。頭先一、兩個星期，我計畫躲藏在此；消息見報之時，我不想在路上奔波；再者，尼克一旦意識到我躲了起來，他絕對不會想到我躲在這種地方。

這一段高速公路特別醜陋。荒涼頹靡的美國中部。繼續開了二十哩之後，我看到交流道出口附近有個孤零零的加油站，加油站曾是家庭經營，現已遭到廢棄，殘存的部分空空蕩蕩，但沒被木板封死。我把車子慢慢停到一旁，看到女生洗手間的門大開，我走進去——洗手間沒電，但是有一面歪斜的鏡子，也還有水。在下午的陽光和三溫暖般的熱氣之中，我從皮包裡拿出一把剪刀和棕色染髮劑。我剪下一簇簇頭髮，把所有金髮裝進一個塑膠袋。微風襲上我的頸後，腦袋瓜子感覺輕盈，好像飄浮在空中的氣球——我甩甩頭，享受一下這種感覺。我塗上染髮劑，查看一下手錶，在門口晃來晃去，遙望綿延的地平線，放眼望去一片平坦，偶爾出現幾家速食店和連鎖旅館。我可以感覺印地安人的哭泣。（尼克肯定厭惡這種笑話。缺乏原創性！然後他會說：「但是就連這種批判之詞也了無新意。」我必須把他逐出腦海——即使人在一百哩之外，他依然搶了我的話。）我在水槽裡洗頭，自來水溫熱，讓我流了一身汗，然後我帶著一袋頭髮和垃圾回到車裡。我戴上一副過時的細邊眼鏡，照一照後視鏡，再度露出微笑。尼克和我相遇之時，如果我是現在這副模樣，我們絕對不會結婚。我若是醜一點，這一切都不會發生。

待辦事項三十四：改變造型。完成！

我不太確定如何成爲**死亡愛咪**。接下來的幾個月，我將扮演這個角色，對我而言，她是怎樣的一個人呢？我正試圖想出解答。我想她可能是任何一種人，除了我已經扮演過的角色之外。神奇的愛咪，八〇年代學院時尚女郎，嬉皮女郎，動不動就臉紅的純眞女郎，慧黠世故的赫本女郎，語帶嘲諷的聰慧女郎，波西米亞女郎（嬉皮女郎的新近版本），酷女郎，受寵的人妻，不受寵的人妻，心懷報復、受到蔑視的人妻。日記愛咪，這些全都是我曾經扮演的角色。

我希望你喜歡**日記愛咪**。她應該是個令人喜歡的角色，像你這樣的人應該會喜歡她。她非常容易令人喜歡。我始終不明白人們爲什麼將之視爲一種讚美——隨便哪個人都可以喜歡妳，又有什麼了不起？沒關係，重點是我覺得那些日記寫得好極了，而這可不容易。我必須維持一種和藹可親、甚至有點天眞浪漫的面貌，我必須扮演一個明知先生有些缺點（她非得知道不可，否則豈不是一個大笨蛋？），但是依然愛他、全心全意爲他奉獻的女人，在此同時，我還必須引領讀者（以目前的情況而言，所謂的「讀者」是指警方，我迫不及待想讓他們找到日記），讓他們慢慢推論出尼克的確計畫謀殺我。好多線索等著被破解，好多驚奇等著被發現！

尼克總是嘲笑我列出無數張清單。（「妳似乎想要確定自己永遠不會滿意，妳始終忙著列清單，計畫把另一件事情辦得漂漂亮亮，而不懂得享受當下。」）但是這會兒誰贏了？我贏了，因為我列出一張明確的清單，清單的標題是**惡搞尼克・鄧恩**，內容完整精密，程度遠超過以前列出的每一張。清單的項目之一是：**編寫二〇〇五年到二〇一二年的日記**。為時七年，但不是天天都寫，而是每個月最起碼兩篇。你知道這麼做需要多強的自制力嗎？**酷女郎愛咪**辦得到嗎？研究每個星期的時事，對照我以前的日誌，確定自己沒有遺漏任何重要的事情，然後重新編寫，杜撰**日記愛咪**對於每件事情的觀感，你知道這樣多花功夫嗎？大多時候還算有趣。我通常等到尼克過去**酒吧**，或是出去跟他的情婦碰面（他那個老是忙著傳簡訊、嚼著口香糖、索然無趣的情婦，她說不定不是那種配戴俗麗的水晶指甲、穿著臀部包得緊緊的運動褲、屁股上印著商標的女孩，就算不是，但也相去不遠），我就動筆稍微改寫我的生活。

沒錯，編寫日記之時，有時我對尼克的恨意稍減。一個輕佻可笑的**酷女郎**就會浮現這種心情。有些時候，尼克回到家中，身上散發啤酒或是消毒潔手液的臭味（他肯定想用潔手液抹除他跟情婦做愛之後的味道，但他始終無法完全消除臭味——她的下體顯然相當難聞），帶點愧疚感對我笑笑，表現出甜甜蜜蜜、低聲下氣的模樣。我心裡幾乎想著：**唉，我不會堅持到底**。然而，我想像他跟她在一起，她穿著脫衣舞孃般的丁字褲，任由他貶低她的身價，因為她假裝是個**酷女郎**。她假裝喜歡吹簫、美式足球、喝得**爛醉**。我心想：**我嫁給一個大笨蛋，我嫁給一個總是選擇那種女孩的男人，而且當他玩膩了這個愚笨的賤貨，他就再找一個假裝是酷女郎的女孩，他這輩子永遠不會吃苦**。

下定決心，不再動搖。

我寫了一百五十二篇日記，而且我覺得自己始終沒有失去她獨特的聲音。我非常小心地塑造日記愛咪。在我的設計中，如果部分日記公諸於世，警方和社會大眾都會受到她的吸引。日記讀來必須像是某種陰鬱淒美的悲劇。一個溫婉、心地善良的女人——大好人生正等著她，她的生活順遂、事事如意，諸如此類人們用來形容死翹翹女人的語句——選錯了對象，付出最慘痛的代價。他們非得喜歡我不可。喜歡我、她、日記愛咪。

我爸媽當然擔心，但是他們讓我變成這樣，然後棄我於不顧，我怎麼可能爲他們感到抱歉？他們靠著我賺錢，但始終沒有表達真摯的謝意，也從來沒有想過我應該收取版權費。而後，當他們榨光了我的錢之後，我那尊崇女權的爸媽居然讓尼克把我架到密蘇里，好像我是某件不動產、某個郵購新娘、某種可以交換的商品。他們居然給我一座他媽的咕咕鐘，好讓我睹物思人。謝謝妳爲我們服務了三十六年！他們活該相信我死了，因爲說真的，在他們心目中，我沒有錢、沒有家、沒有朋友，跟死了沒什麼兩樣。他們傷心難過，這也活該。如果我活著之時，你們沒辦法照顧我，你們等於已經置我於死地。就跟尼克一樣，他慢條斯理、逐次逐項地摧毀我、拋棄我——妳太嚴肅，愛咪，妳太一本正經，愛咪，妳想太多，妳分析過度，跟妳在一起再也不好玩，妳讓我覺得一無是處，愛咪，妳讓我心情不佳，愛咪。他玩膩了，心生厭倦，他雙手一揮，奪走我的獨立、我的尊嚴、我的地位。我付出，他拿取，一拿再拿。我就是像是一棵愛心樹，被他剝奪了生命②。

那個娼婦。他捨棄我，選了那個小賤人。他謀殺了我的靈魂，這一點就足以是個罪行。說真的，他犯了罪，最起碼對我而言，他是個罪人。

① Craigslist 是美國一個免費的網上分類廣告網站，一九九五年創辦於舊金山，服務項目包羅萬象，廣受美國大眾喜愛。

②《愛心樹》（*The Giving Tree*）是一九六四年出版的經典童話繪本，作者謝爾．希爾弗斯坦（Shel Silverstein），內容描述蘋果樹和小男孩的友情，蘋果樹為了小男孩付出一切，最後只剩下一截樹墩，卻是依舊無怨無悔，男孩老了，只想找個地方歇歇腳，蘋果樹挺直僅存的樹墩，好讓男孩休息，一人一樹相依相伴，蘋果樹滿心歡喜。

尼克・鄧恩

事發之後七日

我必須打電話給坦納——那位短短幾個鐘頭之前才受聘於我、全新登場的律師——說出這番他聽了八成後悔收下聘用訂金的話：**我認爲我老婆正在陷害我**。我看不到他的臉，但是我可以想像他的表情——不以爲然，一臉輕蔑，一個不靠別的、只靠著聆聽謊言維生的男人所露出的疲憊。

「好吧，」沉默了好一會兒之後，他終於開口。「我明天馬上過去，我們必須把這事搞清楚——一切都得公開討論——在此同時，別緊張，按兵不動，好嗎？上床休息，不要輕舉妄動。」

小戈遵從他的勸告；她丟了兩顆安眠藥到嘴裡，快到十一點就拋下我，我則是果真按兵不動，氣呼呼地縮在她的沙發上。每隔一段時間，我就走到外面，兩手扠腰，直直盯著木棚，好像那是一件我嚇得走的獵物。我不確定自己想要達到什麼效果，但我克制不了自己。我頂多只能呆坐五分鐘，然後非得回到戶外、繼續瞪視。

我剛回到屋裡就聽到有人急急敲打後門。他媽的！我的天啊，現在還不到半夜，而且警察會從大門進來，對不對？記者們也尚未盯梢小戈家（但是幾天、甚至幾小時之內，情況就會改觀。）我站在客廳裡，煩悶不安，不知如何是好。那人又開始用力敲門，而且愈敲愈大聲。我暗暗咒罵一聲，試圖激怒自己，而不是驚慌害怕。**面對現實吧，鄧恩**。

我匆匆開門，門口站著安蒂，那個天殺的、跟圖畫一樣美麗、打扮得漂漂亮亮、依然搞不清狀況的安蒂——她哪知道她會把我直接送上絞架？

「安蒂，唉。妳會把我送上絞架。」我把她拉進來，她瞪著我擱在她手臂上的手。「妳他媽的會把我直接送上絞架。」

「我走後門，」她說。我狠狠瞪她，她卻沒有道歉，她硬起心腸，我可以看到她五官真的全都變得冷硬。「我必須跟你見面，尼克。我告訴過你。我已經跟你說我每天必須見到你，或是跟你說話，今天你卻不見人影，電話直接轉到語音信箱、語音信箱、語音信箱！」

「我之所以沒有打電話給妳，原因在於我沒辦法講話。安蒂，拜託喔，我人在紐約聘請律師，他明天一早就會過來這裡。」

「你找了一個律師，這就是為什麼你忙到沒時間打電話給我、花十秒鐘和我說話？」

我好想甩她一巴掌。我深深吸口氣，我必須跟安蒂把事情做個了結。我不單只是想到坦納的警告。我老婆了解我：她曉得我會不計一切避免面對衝突。愛咪指望我做出傻事，她相信我會讓這段婚外情持續下去，她也堅信我終究會被逮到。我必須跟安蒂分手。我必須做得漂漂亮亮。**讓她相信分手是正確的抉擇。**

「他真的給我一些相當重要的建議，」我說。「一些我無法忽視的建議。」

昨天晚上，我不得不跟她見面之時，我們約在那個我們自認屬於我倆的碉堡，我是如此溫柔、如此關切，我做出好多承諾，試圖安撫她。這些都只是昨天的事，她絕對想不到我要跟她分手。她的反應將會相當激烈。

「建議？很好，他是不是建議你不要像個混蛋一樣虧待我？」

我感覺心中升起一股怒氣；這整件事情已經變成高中生的爭吵。我這個三十四歲、一輩子從未像今晚如此悽慘的男人，這會兒竟然跟一個怒氣沖沖的女孩吵嘴，兩人像是高中男女朋友一樣，**跟我在置物櫃旁邊碰面、我們好好談一談？**我用力拉扯她一下，一小滴口水濺落在她的下唇之上。

「我——妳還是搞不懂，安蒂。這事不是開玩笑，攸關我的一輩子。」

「我只是……我需要你，」她邊說邊低頭看看她的雙手。「我知道我一直這麼說，但是我眞的需要你。我辦不到，尼克，我不能像這樣過下去，我在崩潰，我始終好害怕。」

她好害怕。我想像警察敲門，我卻跟一個女孩子在屋裡——那個我老婆失蹤的早晨、跟我上床的女孩。那天早上，我過去找安蒂——自從頭一晚之後，我再也沒有造訪安蒂的公寓，但是那天早上，我直接過去找她，因爲我已經花了好幾個鐘頭打算跟愛咪攤牌，一顆心噗噗跳，心跳聲在耳邊隆隆作響。我試圖跟愛咪說：**我要離婚，我愛上另一個人，我們必須做個了結。我不能假裝愛著妳，我不能玩這種結婚周年紀念的遊戲——這樣做比欺騙妳、對妳不忠更不對。**（我知道這套說辭確有可議之處。）但是我試圖鼓起勇氣之時，愛咪卻先下手爲強，祭出一套她仍然愛我的鬼話（那個說謊的賤女人！），我失去了勇氣，我覺得自己是個百分之百的騙子和懦夫，一心只想從安蒂那裡得到慰藉——我因爲出軌而消沉，卻期望情婦撫慰我的心情，著實自相矛盾。

但是安蒂再也無法撫慰我的心情。正好完全相反。

就連現在，這個女孩依然緊緊抱住我，簡直像是野草一樣不管三七二十一。

「聽好，安蒂，」我說，我重重吐口氣，依然拉著她站在門口，不讓她坐下。「妳對我眞的非常特別。這整件事情，妳應付得非常好——」**讓她想要維護你的安全。**

「我的意思是……」她的口氣有點猶豫。「我覺得好抱歉，我是說我爲愛咪感到難過，這麼說聽起來很愚蠢，因爲我知道我甚至沒有權利爲她擔心、或是爲她難過。除了難過之外，我覺得好愧疚。」她把頭貼在我的胸前。我往後一退，跟她保持一段距離，這樣一來，她不得不看著我。

「嗯，關於這一點，我想我們可以做個補救。我想我們必須補救，」我說，準備一字不漏地搬出坦納那套說詞。

「我們應該去一趟警局，」她說。「那天早上你跟我在一起，我是你的不在場證明，我們直接跟他們說就行了。」

「那天早上，我們只在一起一個鐘頭，」我說。「自從前一天晚上十一點之後，沒有人見過，或是聽過愛咪的行蹤，警察可以說我跟妳見面之前就殺了她。」

「這麼說令人作嘔。」

我聳聳肩。我考慮該不該告訴她關於愛咪之事——**我老婆正在陷害我**——我想了一秒鐘，很快就打消此意。安蒂玩不出跟愛咪同樣等級的遊戲。她會想要和我共患難，而她正把我拖下水。我們若再走下去，她將對我造成不利。我再一次把雙手擱在她的手臂上，重新準備搬出那套說詞。

「安蒂，我們兩人都面對相當沉重的壓力，其中大多肇因於內心的愧疚感。安蒂，我們都是好人，我想我們的價值觀相近，所以我們才受到彼此吸引。我們都不會虧待別人，也不會做出不對的事情，眼下我們都知道，我們做的事情是不對的。」

她傷心欲絕、充滿企盼的神情起了變化——淚水汪汪的雙眼，柔情萬千的觸摸，全都消失無蹤；霎時之間，她的臉上蒙上一層陰鬱，好像一扇百葉窗啪地一聲拉了下來，掩蓋先前的神情。

「我們必須分手，安蒂。我覺得我們都曉得這一點。這麼做很難，但是分手是個正確的抉擇。如果我們如果能夠好好想一想，我覺得我們也會建議自己這麼做。我雖然愛妳，但是我依然是愛咪的先生。我們必須爲所應爲，做出正確的事情。」

「如果她被找到了呢？」她沒說是死是活。

「我們到時候再討論。」

「到時候！在那之前呢？」

我一臉無助地聳聳肩，意思是：在那之前，沒什麼好說的。

「尼克，在那之前呢？我他媽的滾蛋嗎？」

「這麼說很難聽。」

「但你就是這個意思。」她露出假惺惺的笑容。

「對不起，安蒂，但我認爲我們現在不應該在一起。這樣對我相當危險，對妳也不好。我覺得良心不安，我的感覺就是如此。」

「是嗎？你知道我的感覺如何嗎？」她睜大雙眼，淚水一顆顆滾下臉頰。「我覺得像是一個愚蠢的大學女孩，你厭倦你老婆，所以跟我上床，而我也盡量配合，讓你方便極了。你可以回家跟愛咪在一起、跟她一起吃飯、在你那個用她的錢買下的酒吧消磨時間，你也可以跟我在你快要過世的老爸家裡碰面、盯著我的乳頭打手槍，因爲啊，可憐的你，你那個刻薄的老婆絕對不會准許你這麼做。」

「安蒂，妳知道這不是——」

「你這個大混蛋，你算是哪門子男人？」

「安蒂，拜託。」別讓場面失控，尼克。「我覺得妳把一切想得有點誇張，因爲妳還沒有辦法好好討論這件事情——」

「去你的，尼克。你以爲我是某個愚笨的三歲孩童、某個你可以管控的可悲女學生嗎？我從頭到尾都支持你，大家都說你可能是個殺人犯，我依然站在你這一邊。一旦情況變得有點棘手？不、不行，你不可以滿口良知、正確的抉擇、愧疚感，你不可以說什麼爲所應爲、做出正確的事情。你了解我在說些什麼嗎？因爲你是個騙子、一個懦弱、自私的混帳。」

她一邊啜泣一邊轉身離開我，她哭得抽搭抽搭，重重吸進一口口潮濕的空氣，然後發出一聲聲哽咽。我抓住她的手臂，試圖叫她別哭。「安蒂，我不想這樣跟妳——」

「放開我！放開我！」

她向後門移動，我看得出接下來會如何。憎惡和羞辱宛如熱騰騰的氣體一樣從她身上散放而出，我知道她會開一、兩瓶酒，然後她會告訴告訴一個朋友，或是她的媽媽，我們的事情肯定像是傳染病一樣四處散布。

我移到她前面，阻止她走向門口——安蒂，拜託——她手一抬，想要甩我一巴掌，我抓住她的手臂，只是爲了自我防衛。我們的手臂交纏在一起，一上一下，一上一下，好像一對瘋狂的舞伴。

「讓我走，尼克，不然我發誓——」

「再待一分鐘就好，拜託妳聽我說。」

「你，讓我走！」

她朝著我的臉頰湊過來，好像打算吻我。但她卻咬了我一口。我猛然後退，她衝出門外。

愛咪·艾略特·鄧恩

事發之後五日

你可以稱我爲奧查克·愛咪。我在一個叫做「隱匿小木屋」的地方安頓下來（隱匿小木屋，這個名稱豈非最爲適切？），我靜靜坐著，觀看我精心部署的每個細節發揮功效。

我已經不再受到尼克的挾制，但是我卻更常想著他。昨天晚上十點零四分的時候，我的可拋式手機響了。（沒錯，尼克，不是只有你一個人曉得那套老掉牙的「祕密手機」把戲。）保全警鈴公司來電。我當然沒接，但是這會兒我知道尼克已經一路追查到他爸爸家。第三則線索。失蹤之前的兩個星期，我更換警鈴的密碼，而且把我的祕密手機設定爲最先通報的電話號碼。我可以想像尼克手裡拿著我的線索，走進他爸爸灰塵密布、空氣污濁的屋子，笨手笨腳地輸入警鈴的密碼……接下來時限已到，嗶、嗶、嗶嗶嗶！他的手機已被列爲備用聯絡號碼，如果聯絡不到我（而我顯然無法被聯絡上），他們才會打電話給他。

因此，他觸動了警鈴，也跟保全公司的某人講過話，這樣一來，他就留下記錄，顯示他在我失蹤之後曾經進入他爸爸的屋子。這點有利於我的布局。雖然稱不上萬無一失，但不見得非得萬無一失。我已經留下夠多證據，足以讓警方將尼克視爲嫌犯：經過布設的現場，被拖把清理乾淨的鮮血，信用卡帳單。就算是最無能的警察部門，都會發現這些證據。諾耶兒很快就會洩漏我懷孕的消息（如果她還沒講出來的話）。這樣就夠了，特別是警方一旦發現本事高強的安蒂（一聲令下，她馬上幫你口交，這就是她的本事）。因此，這些額外的證據都只是免費贈送的紅利，等於是令人驚嘆的詭雷，狠狠再多惡搞尼克幾下。我是一個布下詭雷的女子，想了眞是開心。

《艾倫・亞波特現場直擊》也是我的計畫之一。這個有線頻道節目是全國收視率最佳的犯罪新聞秀。我非常景仰艾倫・亞波特，我愛極了她如此保護、如此關照每一位在她節目中提到的失蹤女性，一旦鎖定一個嫌犯，她馬上表現出狂犬病瘋狗般的凶殘，而那個嫌犯通常是失蹤者的先生。她是全美女性的正義之聲，正因如此，所以我衷心希望她報導我的故事。社會大眾必須敵視尼克。萬人迷尼克花了好多時間擔心大家喜不喜歡他，這下他意識到大眾對他的仇視，這就像是坐牢，對他而言都是一種懲罰。除此之外，我必須藉由艾倫獲悉調查的近況。警方找到我的日記了嗎？他們曉不曉得關於安蒂之事？他們發現人壽保險的金額突然提高了嗎？坐待愚笨的人們琢磨出怎麼回事，這是最困難的一部分。

我每小時打開我小房間裡的電視，急著看看艾倫是否已經選擇報導我的故事。她非得報導不可，我看不出她怎能抗拒得了我的故事。我長相甜美，尼克英俊挺拔，而且我提供了《神奇的愛咪》的角度。快到中午之時，她突然火冒三丈，保證播出一則特別報導。我沒有轉臺，雙眼盯著電視：動作快一點，艾倫。或是：動作快一點，**艾倫**。我們有個共通點：我們既是眞實人物，也是一個事業體。愛咪和《神奇的愛咪》，艾倫和《艾倫・亞波特現場直擊》。

衛生棉條，洗衣粉，量多型衛生棉。電視上盡是這些廣告，你會以爲除了打掃和流血之外，每一個女人都搞不出其他花樣。

我終於出現了！我首度登場！

艾倫出現在螢光幕上，好像貓王一樣皺眉怒視，我一看就知道接下來相當精采。先是幾張我明豔動人的照片，然後是尼克召開第一次記者招待會的特寫，照片中的他發瘋似地咧嘴一笑，**拜託大家愛我吧！**接下來是新聞報導：民眾已在不同地點搜尋「這位事事順遂的漂亮女子」，結果卻一無所獲。新聞報導：尼克已經自己捅出樓子，他在搜救活動當中跟鎮上一個女人拍了即興快照。此舉顯然勾起艾倫的興趣，因爲她大爲光火。你看看他那副甜蜜動人、每個女人都迷戀我的德性，他的臉頰緊貼著那個陌生女子的臉頰，好像兩人是酒吧優惠時段的好夥伴。

眞是個大白癡。我開心極了。

艾倫・亞波特大談我們的後院直通密西西比河，我接著心想，尼克電腦的搜尋紀錄不知道是否已被爆料——我已經確保紀錄當中包括一篇關於密西西比河域水閘和水壩的研究報告，還有谷歌搜尋屍體漂浮密西西比河。河水說不定把我的屍體一路漂送到大海，雖然可能性不高，但是依然不無可能，過去曾有先例。我想像自己纖細、赤裸、蒼白的屍體微微漂浮在流動的河水之下，一群蝸牛附著在我光裸的腿上，我的頭髮好像海草一樣緩緩漂流，最後我終於漂到大海，我不斷下沉，墜落、墜落、一再墜落，沉到大海海底，我浸水的肉體慢慢剝落，化爲一條條柔軟的細絲，我漸漸消失，沒入流動的海水之中，好像一幅水彩畫，直到只剩下骨頭。想到這裡，我還眞的有點難過。

但是我太浪漫。眞實生活中，如果尼克殺了我，我想他只會把我的屍體包在垃圾袋裡，開車載著我前往方圓六十哩之內的一處垃圾掩埋場，就這麼把我丟棄。他說不定甚至帶著幾樣東西上路——那個不值得修理的烤麵包機，一堆他始終打算丟掉的VHS錄影帶——讓這趟路程發揮最高效率。

我自己也正學習如何充滿效率地生活。一個死翹翹的女孩非得精打細算不可。我有時間擬定計畫，積存一些現金：從決定失蹤到眞正失蹤，我給我自己足足十二個月的時間。人們缺乏自律，沒有耐心等候，這就是爲什麼大多數的殺人犯被逮個正著的原因。我有一萬零兩百美元的現金。如果我一個月之內把一萬零兩百元全都領光，肯定會引來注意。但是我用尼克名下的各張信用卡支領現金——這些信用卡會讓他看起來像是一個貪婪、對老婆不忠的騙子——過去幾個月裡，我還從我們的銀行帳戶支領了四千四百元——一次提領兩、三百元，完全不會引人注意。我還從尼克的口袋裡偷拿十元、二十元，慢慢地、仔細累積存款——這就像是你制定預算，把你原本打算早上到星巴克買咖啡的錢放進一個罐子裡，到了年底，你便存了一千五百元。而且每次過去酒吧，我總是從裝小費的罐子裡偷拿一些錢。我確定小戈怪罪尼克，尼克怪罪小戈，但是他們兩人都不會說半句話，因爲他們都覺得對方很可憐。

但我想說的是，我用錢謹愼。我手邊的現金可以撐到我自殺爲止。我打算躲藏相當一段時間，好讓我看著藍斯．尼克勞斯．鄧恩變成世人唾棄的賤民。我要看著尼克被捕、受審、入獄、身穿橘色的囚衣、戴著手銬、一臉不解與困惑。我要看著尼克滿頭大汗、聲嘶力竭地發誓自己無辜，但是依然脫離不了困境。然後我打算沿著河流往南前進，走著走著，我會碰到另一個愛咪——那個假裝已經過世、屍體漂浮在墨西哥灣的愛咪。到達墨西哥灣之後，我將報名參加「喝酒團遊輪」——某種可以將我帶往大海深處，但是不需要任何身分證明的旅行團。我會喝下一大杯冰涼調製的琴酒，我會吞下安眠藥，趁著大家不注意的時候，我會靜悄悄地從遊輪的一側跳進海裡，口袋裡跟維吉尼亞．伍爾芙一樣裝滿石塊。淹死自己需要相當的自制力，而我的自制力極高。我的屍體說不定永遠不會被發現，說不定過了幾星期、幾個月才重新浮出——屍體卻已腐蝕到無法判定確切的死亡時間——我將提供最後一絲證據，確保尼克會被送上刑臺，五花大綁，施打毒藥，一命嗚呼。

我樂意靜靜等候，看著他命喪黃泉。但是有鑑於我們的司法制度，這說不定得花好多年，我沒有財力，也沒有精力等那麼久。我已經準備加入希望寶寶們。

我確實已經稍微超支。我花了五百美金買了幾樣東西，讓我的小木屋看起來像樣一點——漂亮的床單，一盞像樣的桌燈，幾條沒有因爲長年受到漂白而自行豎直的毛巾。但是我試著將就一點。隔著幾間小木屋，住著一個沉默寡言的男人，這傢伙留了一臉像是「大灰熊亞當斯」①一樣的大鬍子，手上戴著一個寶藍色的戒指，好像那種自己烘製格蘭諾拉麥片的半吊子嬉皮。他有一把吉他，有些晚上，他坐在木屋後面的陽臺上自彈自唱。他說他叫做傑夫，誠如我說我叫做莉迪雅。我們只是點頭之交，匆匆交換微笑，但是他送我鮮魚。至今他已經兩度致贈，魚帶著腥味，但是魚鱗刮得乾乾淨淨，魚頭也已斬除，他把魚裝在一個巨大、冰鎮的冷凍塑膠袋裡送過來。「鮮魚！」他一邊敲門一邊說。如果我沒有馬上開門，他就把塑膠袋留在我的前門臺階上，掉頭離去。我用一個過得去的長柄鍋烹調鮮魚——鍋子依舊購自沃爾瑪，這裡除了沃爾瑪，還有什麼選擇？——味道還不錯，而且免費。

「你在哪裡抓到這些魚？」我問他。

「抓得到魚的地方，」他說。

在櫃檯工作的桃樂絲已經對我產生好感，她從自家花園帶來番茄，我享用帶著泥土清香的番茄、以及飄著湖水氣味的鮮魚，我心想，到了明年之時，尼克將被關到一個聞起來只像是密閉空間的地方，室內飄散著各種人工臭味：腋下止汗劑，舊鞋子，黏糊糊的食物，老舊的床墊。他發現自己被關在牢裡，不但如此，他還意識到自己沒有做錯事，但卻無法證明自己的清白，這是他最深沉的恐懼，也是他最害怕的惡夢。尼克始終最怕被人誤解、受到束縛，在他的惡夢之中，他總是一個犧牲者，受制於種種超乎他能力範圍的狀況。

從那些夢中驚醒之後，他總是在家裡踱步，然後穿上衣服、走到外面、沿著我們家附近的小路走向公園——密蘇里、或是紐約當地的公園——他想去哪裡，就走去哪裡。雖然不太喜歡戶外活動，但是他喜歡待在戶外。他不喜歡登山或是露營，也不知道如何生火。他不會曉得怎麼抓魚、把魚送過來給我。但是他喜歡有所選擇。他想要確定自己可以走向戶外，即便他反而決定留在家裡，坐在沙發上，花三小時收看鐵籠格鬥。

我對那個小賤人安蒂倒是有點好奇。我以爲她不多不少、只能撐上三天，然後就克制不了與人分享的衝動。我知道她喜歡分享，因爲我是她的臉書朋友之一——我臉書姓名是虛構的（我叫做麥德琳·艾爾斯特②，哈！）我的照片則是竊取自一個貸款公司的彈跳式廣告（金髮、笑容可掬、受惠於史上新低的利率）。四個月之前，麥德琳隨機對安蒂發出交友邀請，安蒂像一隻倒楣的小狗一樣確認接受，因此，我對這個女孩子知之甚詳，也相當了解她那群沉迷於雞毛蒜皮小事的朋友。她那群朋友常常打個小盹，喜愛希臘優格和黑皮諾紅酒，也喜歡跟彼此分享這些瑣碎的事情。安蒂是個好女孩，這話的意思是她沒有張貼自己「跑趴狂歡」的照片，也從來沒有上傳猥褻的貼文，這點倒是令人遺憾，因爲當大家發現她是尼克的女友之時，我倒希望媒體發現她狂飲小杯烈酒、親吻女孩，或是自曝丁字褲；這樣一來，大家更容易相信她是破壞家庭的女人。

破壞家庭的女人。當她最先開始親吻我的老公、把手伸到他的褲襠裡、悄悄跟他溜到床上之時，我的家庭一團糟，但是尚未破碎。她幫他口交，納取他的老二，一直吸吮到陰莖根部，這樣一來，當她忍不住想要嘔吐時，他才會覺得自己的陽具格外傲人；她跟他肛交，納取他的老二，讓他深深插入她的肛門；她讓他在她的臉上和奶頭射精，納取他的精液，然後嘖嘖舔拭，**味道眞好**。納取，絕對是納取。她那種類型的女孩就會納取。他們在一起已經一年多了，而且共度每個假日。我詳細查閱他的信用卡帳單（那些眞正的信用卡），試圖看看他幫她買了什麼聖誕禮物，但他小心得令人驚訝。我心想，一個女人如果知道男人只能用現金幫她購買聖誕禮物，不曉得會有何種感受。想必有種解脫的快感。因爲妳如果是個檯面下的女孩，這表示妳不必打電話叫人過來修理水電、聆聽各種關於工作的怨言，或是一再提醒他買一些該死的貓食。

我需要她崩潰。我需要：（一）諾耶兒告訴某人我懷孕了；（二）警察發現我的日記；（三）安蒂告訴某人這段婚外情。我猜我已將她冠上刻板印象——一個每天五次更新自己的近況，而且將之昭告天下的女孩，肯定不了解什麼叫做祕密。她曾在網路上略微提起我老公：

今天看到大帥哥。

（噢，告訴我們吧！）

（我們什麼時候才能跟這個帥男見面？）

（布姬特說讚！）

夢幻男子送上一吻，一切變得更加美好。

（完全正確！）

（我們什麼時候才能跟夢幻男子見面？）

（布姬特說讚！）

但是就她這個世代的女孩而言，她倒是出奇謹慎。她人不壞（就一個賤貨而言）。我可以想像她那心形的臉蛋微微一傾，眉毛輕輕一皺。**我只是想要讓你知道我站在你這一邊，尼克。我支持你。**她說不定還幫他烤餅乾。

這會兒《艾倫．亞波特現場直擊》的攝影機轉向志工中心，中心看起來有點破舊，一個記者正說我的失蹤「對這個小鎮造成震撼」，我可以看到她身後有張桌子，桌上擺了一排爲了可憐的尼克而烹調的燉鍋和蛋糕。就連現在，這個混蛋依然得到女士們的關照。絕望的女人們看到了機會。一個英俊、脆弱的男子——好吧，他說不定殺了他的老婆，但是我們不知道他是否眞的動手，最起碼還不確定。至於目前嘛，有個男人讓妳幫他燒一頓飯，倒也令人心情舒坦，對這些四十多歲的女人而言，這就像是少女時代騎著單車繞過那個可愛男孩的住家。

他們又秀出那張尼克咧嘴一笑的手機照片。我可以想像那個鎮上的賤女人孤零零地站在亮晶晶的廚房裡——一個藉由贍養費購得、專門用來炫耀的廚房——一邊烘烤蛋糕，一邊想像跟尼克講話：不，其實我**四十三歲，不、我沒有開玩笑，我眞的四十三歲！不，我身邊沒有一群追求者，眞的沒有。鎮上的男人不太有趣，他們大多……**

我心中忽然升起一股強烈的妒意，我好忌妒那個跟我老公臉貼臉的女人。她比我現在這副模樣漂亮。我大嚼巧克力棒，接連幾個鐘頭泡在游泳池裡，艷陽高照，游泳池的氯氣讓我的肌膚變得硬邦邦，好像海豹似地。我曬黑了，而我以前從來不曾曬黑——最起碼不是那種油亮亮、值得炫耀的黝黑。皮膚曬黑等於皮膚曬傷，而沒有人喜歡皮膚皺巴巴的女孩；我這輩子始終不忘擦上防曬油，全身油滑光亮。但是失蹤之前，我讓自己曬黑一點，現在我已經失蹤五天，我漸漸曬成棕褐色。「黑得發亮！」經理老太太桃樂絲說：「妳曬到黑得發亮！」我過去支付她下個星期的房租、遞給她一筆現鈔之時，她神情愉悅地說。

我膚色黝黑，棕色的頭髮剪得像一頂頭盔，戴著學究女孩的眼鏡。失蹤之前，我增胖了十二磅——我穿上寬大的背心裙，小心翼翼地加以掩飾，其實我老公哪會注意到我胖了——失蹤之後又胖了兩磅。我格外小心，失蹤之前避免拍下任何照片，這樣一來，社會大眾的眼中只有蒼白、纖細的愛咪。我當然再也不是那副模樣。走路的時候，即使並非搔首弄姿，有時我也感覺自己的屁股東搖西晃。搖搖擺擺，吃吃傻笑③，這不是一首老歌的歌詞嗎？我以前從來不會這樣。我以前有一副嬌美、胖瘦適中、穠纖合度的軀體，各個部位完美均衡。我倒不懷念被男人盯看的滋味。現在我可以走進一家便利超商，然後直接走出來，離開之時，沒有哪個穿著絨布上衣、光著臂膀、四處晃蕩的無聊男子色瞇瞇地盯著我，我也不必聽他嘴裡喃喃說些不三不四、侮蔑女性的髒話，那種感覺相當輕鬆。現在沒有人對我不禮貌，但是也沒有人對我好。沒有人專程爲我效勞，他們不會對我過分殷勤，眞的，他們不會，不像以前那樣。

我跟愛咪兩個模樣，截然不同。

①大灰熊亞當斯（Grizzly Adams，1812-1860），全名 John "Grizzly Adams"，長年居住山區，是加州著名的馴獸師，後人將他的生平事蹟搬上螢光幕，改編成電視和電影，一九七〇年代紅極一時。

②麥德琳·艾爾斯特（Madeleine Elster）是希區考克經典名片《迷魂記》的女主角，由金·露華飾演，麥德琳在片中假裝死亡，正如愛咪一手設計自己的失蹤，因此愛咪特別選了這個名字，而且感到相當得意。

③出自美國著名民歌手伍迪·蓋瑟瑞（Woody Guthrie）的歌曲〈All Work Together〉。

尼克・鄧恩

事發之後八日

太陽升起之時，我拿著冰塊貼上臉頰。已經過了好幾個鐘頭，而我依然感覺被咬了一口，臉頰印上兩道小小的齒痕。我不能追著安蒂跑——這樣做比她勃然大怒更危險——因此，我終於打電話給她。語音信箱。

遏制，這個情況非得受到遏制不可。

「安蒂，我真的好抱歉，我不知道怎麼辦，我不知道怎麼回事，請妳原諒我，拜託。」

我不應該在語音信箱留話，但是我心想：**就我所知，她說不定已經儲存數百通我的留言。**老天爺啊，如果她播放一些最淫穢、最挑逗、最癡迷的留言……任何一個陪審團的任何一位女士，聽了肯定馬上把我送進牢裡。知道我對老婆不忠是一回事，聽到我用師長般的聲音，告訴一個年輕的女學生我有一個巨大、堅挺的——，則是另一回事。

在晨光中，我的臉上冒出紅暈，冰塊融了。

我坐在小戈家前門的臺階上，每隔十分鐘就打電話給安蒂，但是無人回應。我一夜沒睡，神經緊繃，邦妮清晨六點十二分開車緩緩駛入車道，當她手裡拿著兩個保麗龍杯、朝著我走過來的時候，我一句話都沒說。

「嗨，尼克，我幫你買了一杯咖啡，只是過來看看你好不好。」

「是喔。」

「我知道你說不定被你太太懷孕的消息嚇得不知如何是好，」她慢條斯理地把兩球奶精倒進我的咖啡裡——恰是我喜歡的喝法——把咖啡遞給我。「那是什麼？」她邊說邊指指我的臉頰。

「妳這話什麼意思？」

「我的意思是，尼克，你的臉怎麼回事？那裡一大片紅紅的……」她往前靠一點，抓住我的下顎。「好像是個咬痕。」

「一定是疹子，我一緊張就起疹子。」

「嗯、嗯。」她攪拌一下她的咖啡。「尼克，你知道我站在你這一邊，對不對？」

「我知道。」

「我眞的站在你這一邊，我希望你相信我。我只是——但是我已經走到那種你若不信任我，我就幫不了你的地步，我知道這聽起來像是警察說的話，但我是認眞的。」

我們坐在一起啜飮咖啡，有點像是夥伴，感覺怪異。

「所以啊，我想先告訴你，以免你從其他地方聽到這個消息，」她明快地說。「我們找到了愛咪的皮包。」

「什麼？」

「沒錯，皮包裡面沒有現金，但是她的證件和手機都在。我們在漢尼拔尋獲，想不到吧。皮包擱置在蒸汽渡輪碼頭南邊的河岸，根據我們的猜測，有人故意部署，想讓大家以為那個壞蛋出城途中、前往通向伊利諾州的大橋時，隨手把皮包扔到河裡。」

「故意部署？」

「皮包始終沒有完全沉到河底，皮包最上面、靠近拉鍊之處，依然留有指紋。有些時候，即使沉到水裡，指紋依然可以辨識，但是……我不跟你多說技術細節。這麼說吧，根據我們的推論，這個皮包有點像是故意擱在河岸上，確保一定會被人發現。」

「聽起來你似乎不是無緣無故跟我提起此事，」我說。

「我們發現的指紋，尼克，那是你的指紋，這也不值得大驚小怪，男士們經常從太太的皮包裡拿東西。但是，話又說回來——」她笑笑，好像想到一個非常棒的點子。「我得問一問：你最近沒有造訪漢尼拔，是嗎？」

她的語氣如此隨意、如此自信，以至於我腦海中閃過一幅影像：警方把車子還給我，我開車過去漢尼拔的那天早上，他們已經把追蹤器藏在車子底盤的某個地方。

「妳幹嘛問這個問題？難不成我去漢尼拔丟棄我太太的皮包？」

「這麼說吧，假設你殺了你太太，在你們家布設犯罪現場，試圖讓我們認為她遭到外人的攻擊。但是，接下來你意識到我們開始懷疑你，所以你想要部署另一個證據，讓我們繼續調查外人。這只是一個理論，但是，目前我一些同事非常確定你殺了你太太，以至於他們會尋找任何符合他們想法的理論。所以啊，讓我幫幫你：你最近有沒有去過漢尼拔？」

我搖搖頭。「你得跟我的律師坦納・波爾特談談。」

「坦納・波爾特？尼克，你確定你打算走上這條路？我覺得截至目前為止，我們對你相當公平，波爾特，他是……你若走投無路，才會找上他。他是那個罪犯打電話求助的傢伙。」

「嗯，我顯然是你們的頭號嫌犯，隆妲，我必須自求多福。」

「他抵達這裡之時，我們碰個面，好嗎？大家好好談一談。」

「當然沒問題——我們正好有此打算。」

「嗯，一個心中自有打算的男人，」邦妮說。「我期待跟你們碰面。」她站起來，轉身離去時，她回頭大喊：「金縷梅有助於消疹。」

一個鐘頭之後，門鈴響了，坦納．波爾特身穿一套粉藍色的西裝站在門口，我依稀看得出來，這是他「南下」之時的打扮。他檢視周遭，看看停在車道上的車子，評估一下附近的住家。從某個方面而言，他讓我想到艾略特夫婦——他們時時刻刻觀察分析，腦筋永遠轉個不停。

「讓我看一看，」我還沒有打招呼，坦納就對我說。「跟我說木棚在哪裡——你不要跟我過去，不要再靠近那裡一步。然後你一五一十、老老實實告訴我。」

我們在廚房的桌子旁邊坐定——我、坦納，以及小戈，小戈剛睡醒，窩在她的咖啡面前。我像是一個拙劣的塔羅牌算命師似地，把愛咪所有的線索攤放在桌上。

坦納傾身靠向我，頸部的肌肉緊繃。「好，尼克，提出你的證據，」他說。「你太太設計了這整件事情，來，提出證據吧！」他伸出食指猛敲桌面。「因爲啊，我不想大聲嚷嚷你受到陷害，等著當眾出糗，我不能這樣進行下去，除非你說服了我，除非這樣行得通。」

我深深吸口氣，釐清自己的思緒。我的文字技巧始終勝過我的口才。「我們開始之前，」我說。「關於愛咪，你必須了解一點：她非常聰明，這一點非常重要。她的腦筋始終轉個不停，而且深思熟慮，絕對不會停駐在一個層次。她就像是一個永遠挖掘不完的考古遺址：你覺得你已經挖到最後一層，然後你再挖一下，居然貫穿土層，發現底下出現一個全新的坑洞，坑洞之中隧道密布，有如迷宮，還有一個個深不見底的土洞。」

「好吧，」坦納說。「所以……」

「你還必須了解另外一點：愛咪非常理直氣壯。她那種人覺得自己永遠是對的。她喜歡給別人一些教訓，一點一點施加懲罰。」

「好、好，所以……」

「讓我很快跟你說個故事。大約三年前，我們開車北上麻薩諸塞州，交通狀控非常差，讓人發飆。有個卡車司機對愛咪比中指——她不肯讓他插進來——然後他猛踩引擎，轟地一聲擋到她前面。沒什麼危險性，但是在那短短一秒鐘，眞的相當嚇人。你知道有些卡車後面掛著『我的開車技巧如何』的申訴告示牌嗎？她叫我撥電話舉告車牌號碼。我以爲這事就此告一段落。兩個月之後——兩個月之後——我走進臥室，愛咪在講電話，一直重複那個車牌號碼。她編了一套故事：她開車載她兩歲大的小孩出去旅遊，卡車司機幾乎把她逼得翻車。她說這是她第四次打電話申訴，她還說她甚至仔細研究那家公司的運貨路線，這樣一來，她才可以正確指出她那場捏造的事故發生在哪一條公路。她想到每一個細節。她感到非常驕傲。她打算讓那個傢伙被炒魷魚。」

「我的天啊，尼克，」小戈喃喃說。

「這個故事眞是……具有啓發性，尼克，」坦納說。

「這只是一個例子。」

「好，現在請你幫我把這整件事情拼湊起來，」他說。「愛咪發現你對她不忠，她捏造自己之死，她讓那個應該是犯罪現場的地方看起來有點可疑，剛好足以引起人們懷疑。她惡搞你，搞出那些信用卡、人壽保險金額、後面那個小小的男人窟……」

「她特別選在她失蹤前一晚跟我吵架，她還站在敞開的窗戶旁邊，好讓我們的鄰居聽見我們的爭吵。」

「你們吵些什麼？」

「我是不是一個自私的混蛋。基本而言，我們始終爲了這事爭執。但是我們的鄰居沒有聽到愛咪後來跟我道歉，因爲愛咪不想讓鄰居聽到她道歉。我的意思是，我記得自己當時相當驚訝，因爲我們從來沒有這麼快就和好。拜託喔，隔天早上，她還幫我做法式薄餅。」

我眼前又浮起她站在爐子前方的模樣，她舔去大拇指上的糖粉，對著自己輕輕哼歌，然後我想像自己走向她，用力搖她，直到——

「好，尋寶遊戲？」坦納說。「你有什麼理論？」

每則線索都攤開放在桌上。坦納拾起幾則，放手讓它們落下。

「這些都只是惡搞我的額外花招，」我說。「我了解我太太，請相信我。她知道她必須設計尋寶遊戲，不然大家會起疑，所以她設計了遊戲，而且遊戲本身當然帶著十八種不同的意義。你看看第一則線索。」

我想像自己是你的學生，
老師又是如此英俊聰穎
我的心智爲之敞開（更別說我的雙腿）
倘若我是你的學生，你不必送上鮮花
或許只要在你的輔導時間安排一次淘氣的約會

所以囉，趕快動手吧，請你趕緊安排
這次讓我教你兩、三招。

「這是百分之百的愛咪。我讀了線索，心裡想道：嗯，我老婆在跟我調情。不，其實她說的是我……我背著她跟安蒂上床。這是惡搞花招一。因此，我跟吉爾賓過去我的辦公室，你知道那裡有什麼東西等著我們嗎？一件女人的內褲，而且根本不是愛咪的尺寸——警察之前一直詢問大家愛咪穿幾號的衣服，我卻始終不曉得爲什麼。」

「但是愛咪不可能知道吉爾賓會跟你一起過去，」坦納皺起眉頭。

「這個賭注下得好，」小戈插嘴。「第一則線索果眞出現在犯罪現場——因此，警察會曉得這回事——她還在線索之中寫上輔導時間，警察當然過去辦公室看看，不管尼克有沒有陪同。」

「這麼說來，那件小內褲是誰的？」坦納問。小戈一聽到小內褲，馬上一臉不以爲然。

「誰曉得？」我說。「我原先以爲是安蒂的，但是……說不定只是愛咪買的。重點在於內褲不是愛咪的尺寸，大家一看就認定我跟一個不是我老婆的女人在我的辦公室亂搞。這是惡搞花招二。」

「如果你過去辦公室時，警察沒有跟你一起去呢？」坦納問。「或者沒有人注意到小內褲呢？」

「她才不在乎呢！坦納，對她而言，這個尋寶遊戲純粹只是自娛。她不需要這個遊戲，她大費周章，玩得過火，目的只在於確保上百萬則該死的線索四處流通。容我再說一次，你必須了解我太太：她那種人爲了避免出糗或是規避風險，什麼事情都做得出來。」

「好吧，第二則線索，」坦納說。

想像我的模樣：我爲你瘋狂
我倆的未來絕不含糊
你帶我來到這裡，讓我聽你閒聊
聊著你的童年歷險：皺巴巴的牛仔褲和遮陽帽
別管其他人怎麼想，在我們眼中，他們全被甩到一旁
讓我們偷偷親吻……假裝我們剛剛結了婚。

「這條線索說的是漢尼拔，」我說。「愛咪和我去過那裡一次，因此，我從這個角度進行解讀。但是線索也表示另一個我跟安蒂……發生關係的地方。」

「你沒有察覺不對勁？」坦納說。

「不，還沒有，我被愛咪寫的字條迷得團團轉，老天爺啊，這個女人眞的非常了解我。她完全清楚我想要聽到什麼。**你眞是聰明**。**你眞是詼諧**。她若知道她依然有辦法像這樣唬弄我，肯定樂歪了。她甚至不必在我身邊。我的意思是，我先前……老天爺啊，我先前幾乎又愛上她。」

一時之間，我的喉頭緊縮。她朋友伊絲蕾那個衣服穿得不多、令人討厭的小寶寶，唉，那樁往事眞是愚蠢可笑，但是愛咪非常清楚，當初我們深深沉醉於愛河之時，我最心愛的不是那些驚天動地的時刻，也不是那些浪漫到了極點的時光，而是那些只有我們兩人知道的小祕密。如今，她卻藉用每一個小祕密跟我作對。

「你猜怎麼著？」我說。「他們剛在漢尼拔找到愛咪的皮包。我非常確定有人可以出面指證曾在那裡看到我。去他的，我先前用我的信用卡買了觀光票券。因此，這下又多了一個證據，而且愛咪保證我會被

牽扯進去。」

「如果沒有人發現皮包呢？」坦納問。

「這也無所謂，」小戈說。「她讓尼克拚命繞著圈子跑，以此自娛。尼克明知自己對她不忠，而且她又失蹤，但是他非得讀一讀這些甜蜜的字條不可，內心一定充滿愧疚。我確定光是這一點，就讓她非常開心。」

不忠，小戈的語調帶著輕蔑，我儘量保持冷靜，不要露出畏縮的神情。

「如果尼克過去漢尼拔的時候，吉爾賓依然跟他在一起呢？」坦納繼續追問。「如果吉爾賓從頭到尾都跟在尼克身邊、因而知道尼克沒有故意藏匿皮包呢？」

「愛咪相當了解我，她知道我會擺脫吉爾賓，她也知道我不會讓一個陌生人盯著我閱讀這些字條，觀察我的反應。」

「真的？你怎麼知道？」

「我就是知道，」我聳聳肩。我知道，我就是知道。

「第三則線索，」我邊說，邊把線索塞到坦納手裡。

你把我帶到這裡，或許因而心存愧疚
我必須承認感覺有點奇怪
但是我們沒有太多地方可去
我們做出決定；我們把這裡變成我們的家
讓我們好好愛護這棟褐色的小屋

我火辣辣的親愛伴侶，請對我表達些許善意！

「你瞧，我會錯意了，我以為把我帶到這裡表示卡賽基，但是她又擺了我一道，她的意思是我爸爸的房子，而且——」

「你也在那裡幹了安蒂小姐，」坦納說。他轉頭面向我老妹。「抱歉我說了粗話。」

小戈隨手一揮，表示無所謂。

坦納繼續說：「好吧，尼克，你在你的辦公室幹了安蒂，結果那裡冒出一件女人內褲；你在漢尼拔幹了安蒂，結果那裡冒出愛咪的皮包；你在木棚裡幹了安蒂，結果那裡冒出祕密信用卡購買的祕密寶藏。內褲、皮包、祕密寶藏，這些全部都是可以將你定罪的證據。」

「嗯，沒錯，是的，你說的沒錯。」

「這麼說來，你爸爸的房子裡有些什麼東西？」

愛咪・艾略特・鄧恩

事發之後七日

我懷孕了！謝啦，諾耶兒・霍桑、妳這個小白癡，這會兒全世界都知道了。自從她在我的燭光追思會耍出她的花招之後（但是我的確希望她沒有搶了追思會的風頭——長相醜陋的女孩有時眞會搶風頭），一天之內，社會大眾對於尼克的嫌惡迅速膨脹。我心想，圍繞在他四周的怒氣日形高漲，他喘得過氣嗎？

我知道對於《艾倫・亞波特現場直擊》這種全國性、二十四小時、緊張刺激、永遠追求煽色腥的新聞節目而言，懷孕的消息將是重要關鍵。神奇的愛咪雖然勾起大眾興趣，但是神奇的愛咪懷了身孕更是令人難以抗拒。美國大眾不喜歡費心的事情，而懷孕的女人輕而易舉就討人喜歡，無須費心——她們就像小鴨子、小兔子，或是小狗。儘管如此，我還是不明白這些自以爲是、自我陶醉、走路像是企鵝一樣的女人，爲什麼得到如此特殊的待遇。難不成張開雙腿，讓一個男人在妳的兩腿之間射精是一件非常困難的事情嗎？

你知道什麼事情才算是困難嗎？假裝懷孕。

請你集中注意力，因爲這點相當令人佩服。讓我先從我那個腦袋空空的朋友諾耶兒說起。中西部到處都是這種人：心地善良，但是心智好像塑膠一樣——可塑性極高，容易被洗腦。這個女人的音樂典藏全都來自Pottery Barn①，書櫃堆滿廢物連篇的圖文書，比方說《美國的愛爾蘭人》、《密蘇里大學足球隊：圖片歷史輯》、《緬懷九一一》、《蠢蠢的小貓》。我知道我的計畫之中需要一個聽話的朋友——我可以跟她大談尼克做出的種種壞事，我可以讓她變得非常喜歡我，我不費吹灰之力就可以操控她，她不會多想我所說的任何一句話，因爲她覺得我願意跟她傾訴，便是她的榮幸。諾耶兒顯然是最佳選擇，當她跟我說她又懷孕的時候——三胞胎顯然還不夠——我意識到我也可以懷孕。

網路搜尋：如何抽乾馬桶，等待修理。

諾耶兒受邀過來喝杯檸檬汁。好多、好多檸檬汁。

諾耶兒尿尿在我家那個抽乾、無法沖水的馬桶裡，我們兩人都好尷尬！

我，拿著一個小玻璃罐，悄悄把我家馬桶裡的尿液裝進罐子裡。

我，計畫周詳，大家都知道我一直很怕打針和鮮血。

我，偷偷把裝了尿液的玻璃罐藏在皮包裡，約了時間看醫生（噢，我不能驗血，我非常害怕打針……驗尿，嗯，沒問題，謝謝你。）

我，病歷之中出現懷孕的紀錄。

我，跑過去諾耶兒家報告這個好消息。

太完美了。這下尼克多了另一個動機，我成爲一個甜美、失蹤的懷孕女士，我爸媽更加傷心，《艾倫·亞波特現場直擊》無法抗拒。說眞的，在數百件其他的個案當中，《艾倫·亞波特現場直擊》終於正式選上我的案子，眞是令人興奮。這有點像是才藝競賽：你盡其所能，而後超乎你的控制，一切有賴裁判們的決定。

喔，她是多麼憎恨尼克，卻又多麼喜愛我！我倒是寧願我爸媽沒有得到如此特殊的待遇。我在新聞報導當中看到他們，我媽媽瘦弱、黏人，脖子上一條條神經好像細長的樹幹，始終不停收縮。我看到我爸爸的臉孔因爲恐懼而愈變愈紅，眼睛張得太大，笑容變得僵硬。通常而言，他是個英俊的男人，但是他慢慢變得像個諷刺漫畫的人像、一個瘋狂的小丑公仔。我知道我應該對他們感到抱歉，但是我心中毫無歉意。反正對他們而言，我始終只是一個符碼、一個會走路的理想形象、神奇愛咪的本尊。我們的獨生女。我是他們唯一的小孩，隨之而來的卻是不公平的負擔——成長過程當中，你知道你不准讓他們失望，你甚至不准說死就死。家中沒有另外一個搖搖學步的小小孩當作候補；唯獨只有你。因此，你極度渴望做到事事完美，你也因而陶醉在權力之中。兩種心態相互加持，暴君於焉而生。

今天早上，我閒晃過去桃樂絲的辦公室買一罐可樂。辦公室很小，牆面嵌鑲木板，桌子似乎只用來擺設桃樂絲收藏的水晶雪景球，水晶圓球來自各地，每個地方似乎都沒什麼紀念價值，比方說墨西哥灣區、阿拉巴馬、希洛、阿肯色。當我看著這些雪景球之時，眼前浮現的不是天堂美景，而是一個個汗流浹背、皮膚曬得發紅的鄉巴佬，後面跟著哭哭啼啼、笨手本腳的小孩，鄉巴佬一手打小孩，一手端著無法被生物分解的保麗龍杯，杯裡乘滿溫熱的高果糖糖漿飲品。

桃樂絲有一張七〇年代的海報，海報上有隻小貓懸掛在樹枝上——別氣餒、堅持下去！②她對於她的海報可是非常認眞。我喜歡想像她碰到某個來自威廉斯堡、自以爲了不起的潑婦，潑婦戴著眼鏡，鏡框斜長，頗具復古風情，而且留著瀏海，好像五〇年代的性感女郎貝蒂·佩姬，很諷刺的是，她居然也有一張同樣的海報。我眞希望親自聽聽她們討價還價，愛講反話的人一碰到熱心的同好，馬上變得一派認眞，這是他們的終極弱點。桃樂絲還有另一張珍藏的海報，海報貼在可樂販賣機旁邊的牆上，海報上的小小孩在抽水馬桶旁邊睡著了——累到懶得尿尿。我一直考慮是否偷拿這張海報，我可以跟桃樂絲聊天，藉此分散她的注意力，聊天之時，我伸出指尖輕刮，偷偷撕下泛黃的膠帶。若是透過網路拍賣這張海報，我敢打賭一定能夠得到相當數額的現金——我可不介意多些現金進帳——但我不能這麼做，因爲這樣會留下電子**紀錄**，而我已在手邊多本眞實犯罪的書籍當中，讀到許多關於這方面的描述。當心電子紀錄：切勿使用登記在你名下的手機，因爲手機塔臺能夠指出你確切位置。切勿使用你的提款卡或是信用卡。僅可使用網路交通繁忙的公眾電腦。留心可能出現在任何一條街上的監視器，特別是銀行、繁忙的十字路口，或是小雜貨鋪附近。這一帶哪有什麼小雜貨鋪，木屋區也沒有監視器。這點我相當清楚——我問過桃樂絲，假裝關心周遭的安危。

「我們的房客們不是那種監看別人的老大哥，」桃樂絲說。「他們並不是罪犯，但是一般而言，他們也不喜歡引人注意。」

沒錯，他們似乎不喜歡引起任何注意。比方說我的朋友傑夫，他活動的時間始終跟大家不一樣，而且帶著來路不明、數量多到令人起疑的鮮魚回來。他把魚儲藏在裝滿冰塊的大箱子裡，行爲著實可疑。木屋區另一邊的那對夫妻說不定四十出頭，但是兩人嗑藥過度，憔悴不堪，看起來最起碼六十歲。他們大多待在屋裡，偶爾眼神渙散、一路走到洗衣間——他們把衣服堆在垃圾袋裡，拖著袋子匆匆走過停車場，好像慌慌張張進行春季大掃除。哈囉哈囉，他們說，每次都是哈囉兩聲，頭點兩次，然後繼續往前走。先生的脖子有時纏繞著一條大蟒蛇，但是我始終不予置評，他也不置一詞。除了這些老房客之外，木屋區還有不少單身女子進進出出，她們零零散散地出現，身上多半帶著瘀青，有些似乎不好意思，有些看起來非常傷心。

其中一個昨天搬了進來。她一頭金髮，年紀很輕，褐色的眼睛，嘴唇有道裂縫。她坐在她屋前的門廊上抽菸——她的小木屋在我隔壁——當我們目光相遇之時，她挺直身子，翹起下巴，神情高傲，絲毫不帶歉意。我心想：**我必須跟她一樣。我必須好好研究她：我可以暫時變成她這種人——一個受到虐待、個性**

強悍、規避風頭、直到渡過難關的女孩。

早上看了幾個鐘頭電視之後——搜尋任何關於愛咪．艾略特．鄧恩的報導——我套上我那件過緊的比基尼泳裝。我打算游個泳，在泳池裡泡一會兒，暫時不管我那貪得無厭的小腦袋。懷孕的新聞令人滿意，但是還有好多事情，我依舊不知情。先前我花了好多工夫擬定計畫，但是有些事情超乎我的掌控，因而破壞了我設想的狀況。安蒂尚未發揮她的功效。我說不定必須推波助瀾，促使大家發現日記。警方尚未逮捕尼克。我不知道他們究竟發現了什麼，這種狀況非我所喜。我好想打個電話到舉報熱線，悄悄把他們引領到正確的方向。我打算再等幾天，牆上掛了一幅日曆，我把大後天圈起來，旁邊加註「今天打電話」，這樣我就知道自己必須再等多久。他們一找到日記，事情的進展就會加快。

又是一個大熱天，外頭像是叢林般炎熱，知了聲聲逼近。我的吹氣式救生艇是粉紅色，上面是美人魚圖樣，對我而言嫌小——我的手腳都懸盪在水裡——但我可以躺在上面，漫無目的地漂浮一個鐘頭。我發現近來的「我」倒是喜歡這麼做。

我隱約看到一個金黃色的頭顱一上一下，慢慢晃過停車場，然後，那個嘴唇有道裂縫的女孩穿過鐵絲網入口，手裡拿著浴巾、一包香菸、一本書和防曬係數一百二十的防曬油——浴巾取自小木屋，比擦碗的抹布大不了多少。肺癌顯然不足掛齒，皮膚癌才是嚴重的。她好端端地坐下，仔細擦上防曬油，這點跟其他來到此處、遍體鱗傷的女人不一樣——她們擦上嬰兒油，在草坪躺椅上留下油膩膩的汙漬。

女孩跟我點點頭，那副模樣就像男人們在酒吧坐下、對著彼此點頭致意。她正在閱讀雷．布萊伯利的《火星紀事》。啊，一個喜歡科幻小說的女孩。受虐女性當然樂於逃避現實。

「這本書滿好看的，」我丟了一句話過去，好像隨手輕輕扔給她一個海灘球。

「有人把書留在我的木屋裡。不是這一本，就是《神駒黑美人》③。」她戴上一副大大的便宜太陽眼鏡。

「《神駒黑美人》也不錯。但是《黑神駒》④更棒。」

她抬頭看看我，臉上依然架著太陽眼鏡，鏡框又黑又大，好像蜜蜂的雙眼。「是嗎？」

她繼續看書，擺出一副我正在看書的模樣，你通常在人滿爲患的機艙裡看到這種表情，這會兒我成了坐在她旁邊、占著座椅扶手不放、嘴裡喃喃說著「您是出差還是旅遊？」的傢伙，好管閒事，惹人討厭。

「我叫南西，」我說。這是個新名字——而非莉迪雅——附近人滿爲患，我幫自己取了一個新名字，算是不智，但我就是脫口而出。有時我腦筋動得太快，反倒對自己不利。我剛才想著女孩迸裂的嘴唇，以及身上流露的哀傷氣氛，顯然是個被人拋棄的二手貨，然後我想到受虐女性和娼妓，接著又想到我小時候最喜歡的舞臺劇《孤雛淚》，以及劇中那位命運多舛的娼妓南希，南希始終深愛她那位暴戾的情人，一直到他殺了她爲止，想到這裡，我不禁懷疑我那位尊崇女性主義的媽媽和我究竟爲什麼觀看《孤雛淚》，因爲啊，你想想，劇中那首歌曲〈只要他需要我〉，簡直就是稱頌家庭暴力，然後我又想到日記愛咪也遭到她的情人殺害，其實她眞的很像——

「我叫南西，」我說。

「葛芮妲。」

聽起來像是假名。

「幸會，葛芮妲。」

我慢慢漂到一邊，身後傳來葛芮妲刷地一聲按下打火機，煙霧隨之像是浪花一樣飛揚濺散。

四十分鐘之後，葛芮妲在泳池邊緣坐下，兩隻腳懸盪在水裡。「池水，」她說。「燙燙的。」她的聲音沙啞粗硬，既是煙味，也是牧場的土氣。

「好像洗澡水。」

「感覺不太清爽。」

「湖水也好不到哪裡。」

「反正我不會游泳，」她說。

我從來沒有碰過不會游泳的人。「我只是勉強會游，」我說謊。「狗爬式。」

她晃動雙腿，水波隨之輕輕拍打我的救生艇。「嗯，這裡的環境如何？」

「不錯，滿安靜的。」

「很好，我正需要這種環境。」

我轉頭看著她。她戴著兩條金項鍊，左乳附近有個圓嘟嘟、跟顆李子一樣大小的淤青，一個三葉草的刺青剛好落在比基尼線的上方。她的泳裝簇新、櫻桃紅、廉價，泳裝從海灣的便利商店購得，我也在那裡買了我的救生艇。

「妳自己一個人？」我問。

「百分之百一個人。」

我不確定接下來該問什麼。受虐女性之間的談話是否遵循某種我不知道的符碼？

「跟男朋友吵架？」

她對著我揚起眉毛，似乎回答說是。

「我也是。」

「倒不是沒有人警告過我們，」她說。她掬起一手掌的池水，任由池水滴落在她的胸前。「我第一天上學的時候，我媽媽就跟我說：**離男孩子遠一點，他們要嘛對妳丟石頭，要嘛偷看妳的裙子底下。**」

「妳應該製作一件印上這話的運動衫。」

她大笑。「但是這話沒錯，始終屬實。我媽媽住在德州的一個女同性戀村。我一直想著我應該加入她。那裡每一個人似乎都相當快樂。」

「女同性戀村？」

「就像一個……嗯，你怎麼稱呼來著？公社。一群女同志買了一塊地，開始建立她們的社會，好像是這樣吧。男人不准住在村裡。一個沒有男人的世界，聽起來棒極了。」她又掬起一手掌的池水，取下太陽眼鏡，把眼鏡推在頭頂上，拍濕她的臉。「可惜我對女人沒興趣。」

她大笑，笑聲帶著老女人的憤恨與無奈。「好吧，這附近有沒有我可以約會的混帳男人？」她說。「我始終重複這種模式。從一個傢伙身邊跑開，投入另一個傢伙的懷抱。」

「這裡大半時間空空蕩蕩。有個叫做傑夫傢伙，他留了一臉鬍子，其實人滿好的。」我說。「他比我在這裡待得更久。」

「妳打算待多久？」她問。

我暫時默不作聲。說來奇怪，我不知道我究竟打算待多久。我原先計畫待到尼克被捕爲止，但是我不知道他是否很快就會被捕。

「等到他不再找妳，是吧？」葛芮妲推側。

「大概吧。」

她皺著眉頭仔細打量我，我的胃部一陣緊縮，我等著她說：妳看起來很面熟。

「永遠不要帶著剛剛出現的瘀青回到男人身邊。不要給他那種滿足感。」葛芮妲拖長聲音說。她站起來，收拾她的東西，拿起那條小毛巾擦乾雙腿。

「好好的一天就這麼打發了，」她說。

不曉得爲什麼，我對著她豎起大拇指，我這輩子從來沒有做過這種事。

「妳游完泳之後，過來我的小木屋坐坐吧，如果妳想過來的話，」她說。「我們可以一起看電視。」

我帶了桃樂絲致贈的番茄過去，新鮮的番茄捧在手中，好像閃閃發亮的新居落成賀禮。葛芮妲走到大門口，幾乎看都不看我，好像我多年以來經常順便造訪。她一把從我手中搶走番茄。

「太棒了，我剛才正在做三明治，」她說。「找個位子坐坐。」她指指床鋪——小木屋沒有客廳——然後邁步走進小廚房，她的廚房裡也有塑膠切菜板和鈍刀，跟我廚房裡一樣。流理臺上擺著一個塑膠盤，盤裡裝著三明治肉片，她把番茄切片，甜徹心肺的香氣頓時瀰漫室內。她把兩個滑溜溜的三明治和一把小魚餅乾擱在紙盤上，端著盤子大步走回臥室，人一坐下就拿起遙控器，從喧鬧的一臺轉到喧鬧的另一臺。我們並排坐在床沿，一起看電視。

「妳若看到妳想看的節目，就叫我別轉臺，」葛芮妲說。

我咬了一口三明治，番茄片從旁邊滑出來，掉到我的大腿上。

《豪門新人類》⑤，《我愛蘇珊寶寶》⑥，《世界末日》⑦。

《艾倫．亞波特現場直擊》。整個螢幕都是我的照片。我是頭條新聞。我看起來還是非常漂亮。

「妳看到這個了嗎？」葛芮妲問，她看也不看我，那種口氣好像我的失蹤只是一部重播的電視影集。

「這個女人在她結婚五周年紀念日失蹤，她先生從一開始就表現得非常怪異，結果他們發現他提高了她的人壽保險金額，他們剛剛發現他太太懷孕了，而這個傢伙居然不要小寶寶。」

電視跳到另一個畫面，我的照片和《神奇的愛咪》並排出現。

葛芮姐轉向我。「妳記得那些書嗎？」

「當然記得！」

「妳**喜歡**那些書？」

「大家都喜歡那些書，它們好可愛，」我說。

葛芮姐輕蔑地哼了一聲。「它們非常假惺惺。」

畫面出現我的特寫。

我等著她說我好漂亮。

「就她的年紀來說，她……嗯，長得還不賴，」她說。「我希望自己四十歲的時候也那麼漂亮。」

艾倫正把我的故事告訴觀眾；我的照片停駐在螢幕上。

「她聽起來像是一個被寵壞的千金小姐，」葛芮姐說。「高維修女子，嬌生慣養，脾氣暴躁，相當難纏。」

這話真是不公平。我沒有留下任何證據，讓任何人做出這種結論。自從搬到密蘇里之後——嗯，自從我設想出這套計畫之後——我始終小心翼翼，刻意當個低維修、好相處、開開心心的女孩。大家期望一個女人怎麼做，我就怎麼做。我跟鄰居揮手打招呼，我幫老媽媽莫琳的朋友們跑腿，我有次甚至買了一杯可樂給那個永遠髒兮兮的史塔克斯．巴克利。我探望尼克的爸爸，這樣一來，所有的護士都可以出面作證我是多麼和善，我也可以一而再、再而三對著腦筋不清楚的比爾．鄧恩說：**我愛你，過來和我們一起住**，我**愛你，過來和我們一起住**。我只想看看他記不記得住。安適山丘的員工稱尼克的爸爸為「流浪漢」——他總是漫無目標地四處晃蕩。比爾．鄧恩象徵尼克最懼怕的一切，也最能勾起尼克深沉的悲痛，尼克最怕變得跟他爸爸一樣。一想到比爾．鄧恩一而再、再而三出現在我們家門口，啊，我真喜歡這個點子。

「她怎麼給人一種相當難纏的感覺？」

她聳聳肩。廣告時間，先是空氣芳香劑，一個女人對著空中噴灑芳香劑，這樣一來，她的家人們才會開開心心。接下來是衛生護墊，護墊超薄，這樣一來，女人才可以穿上洋裝、出去跳舞、碰到一個日後將爲他噴灑空氣芳香劑的男人。

打掃，流血。流血，打掃。

「妳就是看得出來，」葛芮妲說。「她聽起來像是一個有錢、百般無聊的賤貨。這些有錢的賤女人用老公的錢創辦杯子蛋糕公司、卡片專賣店、精品店之類的小生意。」

住在紐約時，我有一些做這類小生意的朋友——她們喜歡告訴大家她們有份工作，即便她們只做些有趣的小事，比方說幫杯子蛋糕命名、訂購文具、穿上一件她們自己精品店的漂亮洋裝。

「她絕對是其中一分子，」葛芮妲說。「不可一世、驕縱富有的賤女人。」

葛芮妲起身上洗手間，我躡手躡腳走進她的小廚房，打開她的冰箱，在她的牛奶、橘子汁，以及一個裝了馬鈴薯沙拉的塑膠容器裡吐口水，然後悄悄溜回床邊。

抽水馬桶沖水。葛芮妲走回來。「我的意思是，這些都不表示他有權動手殺害她。她只是另一個選錯了對象的女人。」

她直直瞪著我，我等著她說：「喂，等等……」

但是她重新轉頭看電視，她調整一下姿勢，好讓自己像個小孩子一樣臥躺，雙手托著下巴，臉孔朝向螢幕上我的影像。

「噢、他媽的，又來了，」葛芮妲說。「大家眞的痛恨這個傢伙。」

節目開始進行。我的心情稍微好轉，節目神化了愛咪。

坎貝兒．麥金塔，童年友伴：「愛咪眞的是一個非常呵護人、非常具有母性愛的女人。她喜歡當個太太，我也知道她會是個好母親。但是尼克——不知怎麼地，尼克就是不對勁。他冷淡、疏離、非常工於心計——你會覺得他絕對意識到愛咪有多少錢。」

（坎貝兒說謊：她在尼克身旁總是笑得花枝亂顫，她百分之百仰慕他。但是我確定她寧可相信尼克爲了錢才娶我。）

香娜．凱莉，北卡賽基居民：「大家出外搜救他太太的時候，他表現得完全不關心，我覺得眞的非常奇怪。他只是……你知道的，閒聊、打發時間。他跟我調情，但他完全不認識我。我試圖把話題轉向愛咪，但他只是——不感興趣。」

（我確定這個上了年紀、絕望迫切的賤女人，絕對沒有試圖把話題轉向我。）

史蒂芬．史塔克斯．巴克利，尼克．鄧恩的老友：「她是個可人兒，長相甜美，心地善良，尼克嘛？他好像不怎麼擔心愛咪失蹤了。這個傢伙始終如此：自我中心，眼睛有點長在頭頂上，好像他在紐約鴻圖大展，我們都該跟他低頭。」

（我非常討厭史塔克斯．巴克利，那是什麼鬼名字？）

諾耶兒．霍桑，看起來好像剛剛挑染了頭髮：「我認爲他殺了她。大家都不願這麼說，但是我願意。他虐待她，他欺負她，他終於殺了她。」

（好一隻乖乖的小狗。）

葛芮姐瞥了我一眼，她雙手托著臉頰，兩邊臉頰擠壓在一起，臉孔隨著電視的螢光一閃一閃。

「我希望這不是眞的，」她說。「我是說他殺了她。說不定她只是一走了之、從他身邊逃開、安全無恙地藏在某處，這樣想倒也不錯。」

她雙腳前後亂踢，好像一個懶散的泳者。我看不出來她是不是他媽的唬爛我。

---

① Pottery Barn，美國連鎖家飾店，商品款式與價格符合大眾品味，音樂選集也反映出大眾口味，對於一些自認品味不俗的人而言——比方說愛咪——Pottery Barn 缺乏特色，迎合普羅大眾，乏善可陳。

② 這裡說的是一張七〇年代的勵志海報，海報上的小貓咪單手懸吊在樹枝上，旁白則是：Hang In There，字面意思是「緊緊抓住，不要掉下來」，引申爲「不要氣餒」、「堅持下去」。

③《神駒黑美人》（*Black Beauty*）是一本一八七七年出版的英國小說，作者爲安娜．史威爾（Anne Sewell）。主角是一隻性情溫和的黑色良駒，書中描述神駒黑美人歷經各種挫折，但是始終保有一顆溫暖堅定的心，最後終於覓得良主，安享餘年。

④《黑神駒》（*Black Stallion*）是美國作家沃爾特．法利（Walter Farley）的系列作品，《黑神駒》是該系列的第一部，內容描述黑神駒和小主人之間的感情，其後的作品以黑神駒的後代作爲主角，亦被改拍成電影，堪稱青少年文學的經典，愛咪特別提到這一系列作品，有意炫耀自己的閱讀程度。

⑤《豪門新人類》（*The Beverly Hillbillies*），一九六二至七一年，美國ＣＢＳ電視臺的情境喜劇，一九九三年被改編爲電影。

⑥《我愛蘇珊寶貝》（*Suddenly Susan*），一九六二至七一年，美國ＮＢＣ電視臺的情境喜劇，主角包括布魯克．雪德絲。

⑦《世界末日》（*Armageddon*），一九八八年的賣座電影，主角包括布魯斯．威利、班．艾佛列克等。

尼克・鄧恩

事發之後八日

我們遍尋我老爸家的每一個角落，這花不了多少時間，因爲屋裡空空蕩蕩，櫥櫃和衣櫃全都空無一物，看起來簡直可悲。我拉扯地氈的四角，看看有沒有東西掉出來。我檢查一下洗衣機和烘乾機裡面，把手伸進壁爐內部往上摸索。我甚至查看抽水馬桶後方。

「你倒是頗有『教父』①之風，」小戈說。

「如果這是《教父》的一景，我早就找到我們尋找的東西，跑出來開槍射擊。」

坦納站在我老爸客廳的中央，拉拉他那條檸檬綠領帶的末端。小戈和我沾滿灰塵，全身髒兮兮，但是不知怎麼地，坦納身上那件鈕扣領的白襯衫依然白得發亮，好像保有紐約的絢爛與華美。他瞪著一個櫥櫃的一角，一邊咬著下唇，一邊拉拉領帶，一副若有所思的模樣。這個傢伙說不定花了好多年精煉這種表情：**當事人，請你閉嘴，我正在想事情。**

「我不喜歡目前的局面，」他終於說。「很多問題沒有好好控制，除非我們控制得非常、非常嚴密，不然我不會跟警察商談。根據我的直覺，我認爲我們應該搶先一步，也就是說，我們應該趁著警方逮到我們私藏這些物品之前，直接把木棚裡的東西呈報給警方。但是我們如果不知道愛咪想讓我們在這裡找到什麼，也不清楚安蒂想些什麼……尼克，你**猜得到**安蒂的心態嗎？」

我聳聳肩。「氣憤。」

「我的意思是，目前的局面讓我非常、非常緊張。基本而言，我們處於一個極爲棘手的局面。我們必須告訴警方關於木棚的事。我們必須主動出擊，坦白招認我們發現了什麼。但是我必須跟你詳細說明接下來會如何。我們跟警察招認之後，他們會追查小戈。他們會做出兩個推論：一，小戈是你的共犯。她幫你把這些東西藏在她的院子裡，而且她非常可能知道你殺了愛咪。」

「拜託，你在開玩笑吧，」我說。

「尼克，他們如果做出這個推論，就算我們運氣好，」坦納說。「他們可以任意詮釋。他們可以判定小戈竊取你的身分，開立那些信用卡，她用信用卡買了木棚裡那些東西，愛咪發現此事，她們兩人起了衝突，然後小戈殺了愛咪。你覺得這個推論如何？」

「好吧，那麼我們就搶先好幾步，」我說。「我們告訴他們木棚的事，我們跟他們說愛咪陷害我。」

「我認爲這樣做不妥，目前看來更是不可行，尤其是如果我們無法得到安蒂支持，因爲這樣一來，我們就得告訴他們關於安蒂的事情。」

「爲什麼？」

「因爲如果我們告訴警方你的說詞，也就是愛咪陷害你——」

「你爲什麼一直強調**我的說詞**？好像這些都是我自己編的？」

「哈！說得好。如果我們跟警察解釋愛咪怎樣陷害你，我們就必須解釋她爲什麼陷害你。爲什麼呢？因爲她發現你私藏了一個非常漂亮、非常年輕的女朋友。」

「我們眞的非得告訴他們不可嗎？」我問。

「愛咪之所以把她遭到謀殺嫁禍於你，難不成是因爲……她……怎麼說？……覺得無聊？」

我閉緊雙唇。

「我們必須提出愛咪的動機，不然說不過去。但問題是，如果我們主動奉送安蒂，他們卻不相信誣害的理論，那麼我們等於提供警方一個你殺妻的動機。財務問題？確有其事。太太懷孕？確有其事。女朋友？確有其事。這是殺人犯的三大要件，你會身敗名裂，女士們會擺出陣勢，張牙虎爪地把你撕成碎片。」他開始踱步。「但是如果我們按兵不動，安蒂卻自己找上警察……」

「好吧，我們該怎麼做？」我問。

「如果我們現在堅稱愛咪陷害你，我認爲警察肯定一笑置之。這套說詞太薄弱，我相信你，但是它眞的太薄弱。」

「但是尋寶遊戲的線索——」我開口。

「尼克，甚至連我都不了解那些線索，」小戈說。「它們是你和愛咪之間的鬥智遊戲，你說它們把你引入那些……足以將你定罪的狀況，但這只是你的片面之詞。我的意思是，皺巴巴的牛仔褲加上遮陽帽等於漢尼拔？拜託喔。」

「褐色的小屋等於你爸爸的房子，而房子卻是藍色，」坦納加了一句。

我可以感覺到坦納的疑慮。我必須好好讓他瞧一瞧愛咪的人格。她的謊言，她的惡毒，她強烈的報復心。我需要其他人支持我的說法——我老婆不是神奇的愛咪，而是復仇的愛咪。

「讓我們看看我們今天能不能打動安蒂的心，」坦納終於說。

「再等下去不是很冒險嗎？」小戈問。

坦納點點頭。「沒錯，我們必須趕快行動。如果又冒出另一個證據、如果警方拿到搜索木棚的傳票、如果安蒂找上警察——」

「她不會，」我說。

「她咬了你，尼克。」

「她不會。她現在非常生氣，但是她……我不相信她會對我做出這種事情。她知道我是無辜的。」

「尼克，愛咪失蹤的那天早上，你說你在安蒂那裡待了大約一小時，是嗎？」

「沒錯，大概從十點半待到中午之前。」

「嗯，那麼七點半到十點之間，你人在哪裡？」

我考慮著要如何回答。

「你到哪裡去了，尼克——我非得知道不可。」

「我的去向跟這事無關。」

「尼克！」小戈厲聲說道。

「我只是做一些有時早上會做的事情。我假裝離家上班，然後開車到我們社區最荒涼的地方，然後我……其中一棟房子的車庫沒有上鎖。」

「然後呢？」

「然後我閱讀雜誌。」

「你說什麼？」

「我閱讀以前雜誌社的過期雜誌。」

我依然懷念我的雜誌社——我把過期的雜誌藏起來，好像它們是色情刊物似地，而且偷偷閱讀，因爲我不需要任何人的同情。

我抬頭一看，坦納和小戈都非常、非常同情我。

剛過中午，我開車回家。滿街採訪車、以及成群露宿在我家草坪的記者蜂擁而上，我開不進車道，被迫停在屋前。我深深吸口氣，鼓起勇氣走出車外，記者們好像飢腸轆轆的小鳥一樣圍上來，爭相啄食，焦躁不安，隊伍一下子打散，一下子再聚合。**尼克，你知不知道愛咪懷孕？尼克，你有什麼不在場證明？尼克，你殺了愛咪嗎？**

我勉強走進屋內，把自己關在裡面。大門兩側各有一扇窗戶，我鼓起勇氣，趕快拉下百葉窗，在此同時，鎂光燈不停對著我閃動，記者們大聲質問：**尼克，你殺了愛咪嗎？**百葉窗一拉下，戶外的噪音停了下來，感覺就像金絲雀夜晚被蓋上一塊布。

我上樓，順著自己的心意沖個澡。我閉上眼睛，任憑飛濺的洗澡水沖去我老爸家的灰塵。我又張開眼睛，首先映入眼簾的是愛咪的除毛刀。粉紅色的除毛刀擱在肥皂碟上，感覺既是兇惡，又是不祥。我老婆是個瘋子。我娶了一個瘋婆娘。每個混帳總是不停念叨：**我娶了一個變態娼婦**。但是我眞的娶了一個百分之百、貨眞價實的變態娼婦，想到這裡，我心中不禁稍微升起一股惡毒的快感。**尼克，這就是你老婆——全世界最會操控人心的王八蛋**。我不像自己認爲的那麼低劣。沒錯，我是個混蛋，但不是超級混蛋。我之所以出軌，肯定是一種先發制人的反應，我被一個瘋女人綁了五年，潛意識當中想要反抗，因此，我當然會發現自己喜歡上一個單純、善良的家鄉女孩。這就像是缺乏鐵質的人們渴望大啖紅肉。

我拿著毛巾擦乾身體之時，門鈴響了。我探頭到浴室門外，聽到記者們再度高聲大喊：**瑪莉貝絲，妳相信妳的女婿嗎？瑞德，你得知自己快要當外公，心裡的感覺如何？瑪莉貝絲，妳認爲尼克殺了妳的女兒嗎？**

他們並肩站在我家大門的臺階上，兩人臉色陰沉，脊背僵硬。門外大概聚集十二個記者和狗仔隊，但是他們發出的噪音卻好像二十四個人齊聲吶喊：瑪莉貝絲，妳相信妳的女婿嗎？瑞德，你得知自己快要當外公，心裡的感覺如何？艾略特夫婦走進屋裡，兩人眼睛低垂，神情氣餒，喃喃說聲哈囉，我砰地一聲關上大門，把攝影機擋在門外。瑞德伸手輕按我的手臂，瑪莉貝絲瞪了他一眼，他馬上把手移開。

「對不起，我剛剛在洗澡。」我的頭髮還在滴水，沾濕了運動衫的兩肩。瑪莉貝絲的頭髮泛著油光，衣服皺成一團。她看著我的神情，好像我是個瘋子。

「坦納·波爾特？你當眞嗎？」她問。

「妳這話什麼意思？」

「我的意思是，尼克，坦納·波爾特？你當眞嗎？他只幫犯了罪的人辯護。」她往前靠近一點，抓住我的下顎。「你臉頰上是什麼東西？」

「疹子。壓力太大。」我轉過臉避開她。「不，瑪莉貝絲，坦納不是那種人。他是一位頂尖律師，這會兒我需要他幫忙，警方——他們只是緊盯著我。」

「看來確實如此，」她說。「你好像被人咬了一口。」

「那是疹子。」

瑪莉貝絲憤憤地嘆口氣，轉個彎走進客廳。「這就是案發現場？」她問。她的臉垮下來，而且新冒出一道道皺紋——眼睛浮腫，臉頰鬆垮，嘴角低垂。

「我們認爲廚房裡也發生某種……口角和衝突。」

「因爲血跡。」瑪莉貝絲摸摸椅凳，動手試圖把它抬高幾吋，然後放手讓它落下。「我但願你先前沒有動手整理。你把一切弄得整整齊齊，看起來像是什麼事情都沒有發生。」

「瑪莉貝絲，這裡是他的家，他還住在這裡，」瑞德說。

「我還是不明白他怎麼——我的意思是，如果警方找不到任何證據呢？如果……我不知道，他們似乎放棄了，他們好像不管這棟房子，隨便任何人進出。」

「我確定他們已經搜集所需的一切，」瑞德邊說，邊捏捏她的手。「我們何不問一問我們可不可以看看愛咪的東西、讓妳挑一樣具有特殊意義的物品，好嗎？」他瞄了我一眼。「尼克，這樣行嗎？我們身邊如果有一樣她的東西，我們心裡會舒坦一點。」他轉頭看看他太太。「那件姥姥幫她織的藍毛衣。」

「我不想要該死的藍毛衣，瑞德！」

她用力甩開他的手，邁步在客廳裡走來走去，邊走邊拿起各樣東西。她用腳趾頭踢一下椅凳。「尼克，他們說的就是這個椅凳，對不對？」她問。「這張四腳朝天，但是應該翻不倒的椅凳？」

「沒錯。」

她停下腳步，再度踢踢椅凳，目睹椅凳依然屹立不搖。

「瑪莉貝絲，我確定尼克很累，」——瑞德瞄了我一眼，對我露出意味深長的微笑——「就跟我們一樣。我想我們最好把該辦的事情辦好，然後——」

「這就是我過來這裡的目地。瑞德，我不是過來挑一件愛咪的毛衣，像個三歲的小孩一樣把毛衣緊緊抱在懷裡。我要我的女兒。我不要她的東西。她的東西對我不具任何意義。我要尼克告訴我們究竟怎麼回事，因爲這整件事情變得非常醜惡。我從來沒有——我這輩子從來沒有感覺如此愚笨。」她哭了起來，哭著哭著，她抹去淚水，顯然不高興自己掉淚。「我們信任你，尼克，我們把女兒交付給你。拜託你跟我們實話實說！」她伸出顫抖的食指，直指我的鼻子。「那是眞的嗎？你不想要那個小寶寶嗎？你再也不愛愛咪了嗎？你傷了她嗎？」

我好想狠狠打她一巴掌。瑪莉貝絲和瑞德養大了愛咪。你若說她是他們的工作成果，其實一點也不誇張。他們創造了她。我好想說：**你們的女兒才是惡人**，但是我不能——除非我們已經告訴警方。因此，我保持目瞪口呆的模樣，試圖想出我能夠說些什麼。但我看起來像是故意拖延。「瑪莉貝絲，我絕對不會——」

「**我絕對不會、我絕對不可能**，我只聽到你該死的嘴巴裡說出這些話。你知道嗎？我現在甚至連看都不想看你。眞的，我不想再看到你。你這個人怪怪的，你從頭到尾表現出來的模樣，讓人覺得你的內心有所欠缺。就算結果顯示你完全無辜，我也永遠不會原諒你如此看輕這事。你如此漫不經心，難不成你以爲自己丟了一把該死的雨傘！愛咪爲了你放棄一切，她爲了你付出這麼多，這就是她得到的回報嗎？這眞是——你——我不相信你，尼克。我就是過來告訴你這一點。尼克，我不相信你，我再也不相信你。」

她開始啜泣，然後轉身離去。她用力推開大門，奪門而出，攝影記者興奮不已，趕緊拍攝。她走進車裡，兩位記者緊貼著車窗，一邊拍打車窗，一邊試圖讓她開口說幾句話。我們在客廳裡可以聽到他們不斷重複她的名字：**瑪莉貝絲——瑪莉貝絲——**

瑞德留在原地，雙手叉在口袋裡，試圖琢磨出自己應該扮演什麼角色。坦納的話語——**我們必須讓艾略特夫婦繼續站在我們這一邊**——在我耳邊不斷複誦。

瑞德想要說話，我加以制止。「瑞德，請跟我說我能做些什麼。」

「拜託你直說吧，尼克。」

「說什麼？」

「我不想問，你也不想回答，我了解，但是我需要聽到你親口講出來：你沒有殺害我的女兒。」

他又哭又笑，笑聲與淚水交織。「老天爺啊，我沒辦法保持腦筋清醒，」瑞德說。他滿臉通紅，好像受到核能灼傷。「我想不出怎麼可能發生這種事情。我就是想不出！」他依然面帶微笑，一滴眼淚滑到他的下巴，落在他的襯衫衣領上。「拜託你直說吧，尼克。」

「瑞德，我無論如何都沒有殺害，或是傷害愛咪。」他一直瞪著我。「我絕對沒有**動她一根**汗毛，你相信我嗎？」

瑞德大笑。「你知道我剛才打算說什麼嗎？我正想說我再也不曉得應該相信什麼。然後我想想，那是別人講過的話。那是電影裡的臺詞，不是我應該說的話。然後我想了一秒鐘，我在演電影嗎？我可不可以不要再演下去？我知道我擺脫不了。但是在那短短的一秒鐘之內，你心想：**我說些不同的話，然後整個情況都會改觀**。但是情況不會改觀，對不對？」

他神情悲傷，像一隻傑克羅素㹴犬似地匆匆搖頭，然後轉身離去，追隨他太太的步伐走向車子。

我非但不感到難過，反而心生警戒。艾略特夫婦甚至尚未駛離車道，我心裡就想著：**我們必須趕快過去找警察**。我們必須趁著艾略特夫婦尚未當眾表示對我失去信心之前，趕快跟警方說明。我必須證明我老婆不是她假裝的那種人。她不是**神奇的愛咪**，而是**復仇的愛咪**。我忽然想到湯米．歐哈拉——那個三次致電舉報熱線、曾被愛咪指控性侵的傢伙。坦納已經調查他的背景：從他的姓名研判，我以爲他是個雄赳赳的愛爾蘭人，但他不是。他也不是消防隊員或是警察。他幫一個布魯克林的網站撰稿，網站風趣詼諧，水準不錯。根據他張貼在網站上的照片，這個傢伙骨瘦如柴，戴著一副黑色鏡框的眼鏡，黑髮濃密到令人感覺不自在，神情嘲弄，咧嘴一笑，身穿一件 Bingos 樂團的運動衫。

電話一響他就接起。「喂？」

「我是尼克．鄧恩，你曾經打電話給我，想要和我談談我太太愛咪．鄧恩。嗯、愛咪．艾略特？我得跟你談一談。」

他默不作聲，我等著他和希拉蕊．韓迪一樣把電話掛掉。

「過十分鐘再打電話給我。」

我依言照辦。他似乎在酒吧裡，我相當熟悉那種聲音：酒客們喃喃低語，冰塊卡搭卡搭，偶爾有人大叫「再來一杯」、或是跟朋友打招呼，迸出一陣奇怪的噪音。我忽然非常想念我自己的酒吧。

「好，謝謝，」他說。「我非得到酒吧喝一杯不可，這個話題似乎必須搭配威士忌。」他的聲音感覺愈來近，低沉凝重：我可以想像他窩在吧檯前面，護著眼前的酒杯，一手遮住嘴巴講電話。

「嗯，」我先開口。「我聽到你的留言。」

「沒錯，她依然失蹤，對不對？愛咪？」

「是的。」

「我可以請問你一個問題嗎？你認爲發生了什麼事？」他說。「愛咪出了什麼事？」

他媽的，我也想喝一杯。我走進我的廚房——這是僅次於酒吧的最佳選擇——幫自己倒一杯酒。我已經試圖不要貪杯，但是外面陽光灼灼，屋內一片陰涼，再加上一杯散發出濃郁酒香的威士忌，感覺眞好。

「我可以請問你爲什麼打電話給我嗎？」我回了一句。

「我一直收看新聞報導，」他說。「你完蛋了。」

「沒錯。我之所以想跟你談談，原因在於我覺得……你試圖跟我聯絡，我覺得很有意思，因爲……因爲你曾被控強暴。」

「喔，你知道那回事，」他說。

「我知道你曾被控強暴，但我不見得相信你是個強暴犯。我想要聽聽你怎麼說。」

「嗯。」我聽到他灌下一大口、喝乾威士忌、搖搖杯裡的冰塊。「有天晚上我看到這則新聞。你的事情、愛咪的事情。當時我人在床上，吃著泰國菜，不管別人的閒事。愛咪！過了這麼多年，居然又聽到她的名字，我感覺青天霹靂，腦子一片空白。」他跟酒保大叫再來一杯。「我的律師說我絕對不該跟你講話，但是……我能怎麼說呢？我他媽的心太軟。我不能讓你受到曲解。老天爺啊，我眞希望酒吧沒有禁菸。這個話題必須搭配威士忌以及香菸。」

「跟我說一說，」我說。「那個性侵的罪名。那樁強暴案。」

「老兄，就像我剛才說的，我已經看到媒體報導，你被罵得狗血淋頭。我的意思是，你是**頭號嫌犯**。因此，我應該離得遠遠地——我不需要那個女人重回我的生命之中，即便沾上一點邊也不行。但是，他媽的，我但願當初有人幫幫我。」

「那麼你現在就幫幫我，」我說。

「首先，她撤銷控訴——你知道吧？」

「我知道。你當初有沒有動手？」

「他媽的！我當然沒有動手。你呢？你動手了嗎？」

「沒有。」

「喔。」

湯米又大喊再來一杯威士忌。「讓我問問：你們的婚姻還好嗎？愛咪快樂嗎？」

我保持沉默。

「你不必回答，但我打算猜一猜：愛咪不快樂，對不對？誰知道她爲什麼不快樂，我甚至連問都不想問。我可以猜一猜，但我不想問。但我知道你一定曉得這一點：當她不開心的時候，她喜歡扮演上帝的角色，左右人們的喜怒，操縱人們的生死。而且不只是上帝，還是舊約聖經的上帝。」

「意思是？」

「她慢慢施加懲罰，」湯米說。「而且重懲。」他對著電話笑笑。「我的意思是，你應該跟我見個面，」他說。「我看起來不像大男人主義的強暴犯。我看起來像個沒用的蠢蛋。我確實是個沒用的蠢蛋。拜託喔，唱卡拉OK的時候，我的萬無一失點唱曲是抒情搖滾〈Sister Christian〉②，我看《教父2》看到掉眼淚，而且每看必哭。」他喝一口威士忌，然後輕咳一聲，似乎需要一點時間放鬆。

「弗雷多？」

「弗雷多，啊，老兄，沒錯，可憐的弗雷多。」

「一腳跨過，搶在前頭？」③

大部分的男人把體育運動當作哥兒們的共通語言。這句臺詞只有宅男影癡才聽得懂，等於是一般男人討論知名足球賽的一記妙傳。我們都知道這句臺詞，憑著這一點，我們就不必花一整天閒扯你好不好、我好不好，跟對方拉關係。

他又啜飲一口酒。「當時眞是他媽的荒謬。」

「跟我說說吧。」

「你不會錄下我說的話，對不對？沒有人在旁監聽？因爲我可不想被錄音。」

「只有你和我。我跟你站在同一邊。」

「好吧。我跟愛咪在一個派對上認識——這大概是七年之前的事情囉——她好酷，非常風趣、非常古怪、非常……酷。我們一拍即合，你知道的，我沒有碰過太多跟我一拍即合的女孩，最起碼不是愛咪那麼漂亮的女孩。因此，我心想……嗯，我剛開始以爲有人惡作劇。你知道的，陷阱何在？但是我們開始約會，交往了兩、三個月，然後我發現其中的陷阱：她不是我以爲自己在交往的那種女孩。她可以引述有趣的事情，但她其實並不喜歡那些事情。她寧願板著臉，事實上，她寧願我也板著臉、或是不風趣，而這點很尷尬，因爲我幫幽默網站撰稿，但是對她而言，這些全都是浪費時間。我的意思是，我甚至想不出她一開始爲什麼願意跟我交往，因爲她顯然根本不喜歡我。這樣講得通嗎？」

我點點頭，嚥下一大口威士忌。「沒錯，講得通。」

「因此，我開始找藉口，減少跟她見面的次數。我沒有提出分手，因爲我是個白癡，而她非常漂亮。我希望事情說不定會有轉機，但是你知道的，我經常提出藉口，比方說我忙得走不開、截稿時間快到了、我的朋友來訪、我的猴子生病了等等，我也開始和另一個女孩子見面，有點像是約會，只是隨便玩玩，沒什麼大不了。最起碼我**認爲如此**。但是愛咪發現了——我依然不曉得她怎麼發現的，說不定她躲在我的公寓附近監視，但是……**他媽的**……」

「喝一口吧。」

我們兩人都喝一口。

「有天晚上，愛咪過來我家——那時我已經和另外那個女孩交往了大約一個月——愛咪過來，而且表現出我們初識時的模樣。我喜歡的一個喜劇演員在北卡羅萊納州德罕市祕密登臺，她弄到一張盜版光碟，買了一些漢堡，我們看光碟，她一隻腳跨在我的腳上，然後她窩到我懷裡，我們……抱歉，她是你太太。我的重點是：這個女孩知道怎樣使弄我。結果我們……」

「你們發生性關係。」

「沒錯，**兩廂情願**的性關係。然後她離開，站在門口、吻別說再見等等，整套把戲，樣樣不缺，萬事ＯＫ。」

「接下來怎麼了？」

「接下來我只知道兩個警察上門，他們幫愛咪做了性侵檢驗，結果發現她身上『帶有多處與暴力性侵吻合的傷口』。她的手腕曾經遭到勒綁，當他們搜查我的住處，我的床頭板、靠近床墊處冒出兩條領帶，而且，容我引述警方所言，領帶『與勒綁的痕跡吻合』。」

「你有沒有把她綁起來？」

「沒有，我們的性關係甚至不太……**那樣**，嗯，你知道吧。我完全沒有料到會發生這種事情。她一定是趁我起床小便、或是做些其他什麼事情時，把領帶藏在那裡。我的意思是，這下我麻煩大了，情況看起來非常糟糕。然後，她突然撤銷告訴。兩個星期之後，我收到一封用打字機打的字條，寄件人匿名，字條說道：**說不定下次你會三思**。」

「她從來沒有再跟你聯絡？」

「沒錯。」

「你沒有試圖對她提出告訴，或是諸如此類的行動？」

「噢、不、不、他媽的、不。我只是很高興她走了。然後上個星期，我吃著泰國菜，坐在我的床上，看著新聞報導。報導提到愛咪，也提到你。完美的太太，結婚紀念日，沒有屍體，百分之百的大災禍。我發誓，我當場直冒冷汗，我心想：**沒錯，那是愛咪，我的天啊，她晉級到謀殺**。老兄，我是認真的，不管她爲你捏造了什麼，我敢發誓絕對是他媽的毫無破綻。他媽的！你應該感到非常、非常害怕。」

---

① 經典名片《教父》當中，教父的小兒子麥可把槍藏在小餐館的抽水馬桶後面，藉此擊斃仇家，暗殺行動成功之

後，麥可逃往西西里。

② Sister Christian 是舊金山搖滾樂團「夜巡者合唱團」一九八四年的暢銷單曲，也是史上最受歡迎的抒情搖滾歌曲之一。

③ 電影《教父2》當中，麥可的哥哥弗雷多通敵，麥可親手開槍殺了他，兩人之間有段對話：弗雷多：「麥可，我是你的哥哥，而你卻一腳跨過我，搶在前頭。」麥可：「這是老爸的意思。」弗雷多：「我可不想要這樣。我可以處理事情！我很聰明！大家都說我笨……我可不笨……我很聰明，而且我要大家尊敬我！」

愛咪・艾略特・鄧恩

事發之後八日

我玩碰碰船玩得濕淋淋：我們付了五塊錢，玩樂的時間卻物超所値，因爲那兩個被太陽曬昏了頭的少女寧願翻閱八卦雜誌、抽抽香菸，而不願把我們全都趕出水裡。因此，我們玩了三十分鐘，各自坐在除草機引擎驅動的小船上，猛然衝撞彼此，發瘋似地轉圈，然後我們玩膩了，自行離開。

葛芮妲、傑夫和我，怪異之地的怪異三人組。葛芮妲和傑夫一天之內就變成好友，在這個地方，大家會很快交上朋友，因爲你沒有其他事情可做。我覺得葛芮妲正在衡量是否該跟傑夫交往，犯下另一個擇偶的大錯。傑夫八成樂於跟她約會，他比較喜歡她，此時此刻，她比我漂亮多了。廉價的美。她穿著比基尼胸罩和牛仔布短褲，一件備用襯衫塞在褲子後面的口袋，當她想要走進商店（販賣的物品包括運動衫、木雕品、用來擺設的石頭），或是餐廳（供應的餐點包括漢堡、烤肉、太妃糖），她就披上襯衫。她建議我們穿上老西部的服飾，大家一起拍張照片，她的希望肯定落空，因爲我才不想要沾上湖畔鄉巴佬的蝨子。除了這點之外，我當然還有其他理由不願拍照。

結果我們在一個迷你高爾夫球場打了幾輪，球場老舊，假草皮一塊塊剝落，曾經靠著機器驅動的鱷魚和風車，如今停止運轉。傑夫反倒自己來，親自動手轉動風車，啪地一聲拉開鱷魚的大嘴，啪地一聲將之闔上。有些球洞根本無法使用——草皮像是地毯一樣捲起，農舍連帶誘鼠的小土坑全都倒塌。因此，我們在球道之間晃來晃去，沒有人遵循特定順序，甚至沒有人記分。

一切全都漫無章法，毫無意義，昔日的愛咪肯定會被搞得心煩氣躁。但是我正學習四處遊蕩，而且做得還不賴。我比漫無目標更加散漫，我是傲視群雄、無與倫比的超級閒人，我是傷心孩童的頭頭，我們瘋狂穿越空空蕩蕩的遊樂園，人人都因情人的背叛而感到傷痛。我們走過愛情測試器時，我逮到傑夫眉頭深鎖（這傢伙的太太給他戴了綠帽子，兩人離婚，監護權的協議非常複雜）。你捏一捏愛情測試器的金屬把手，然後看著溫度從「只是隨便玩玩」上升到「心靈伴侶」。力道愈大，溫度愈高，你死命用力一捏，眞愛隨之浮現，這種奇怪的邏輯讓我想到可憐的葛芮妲，這個被揍得團團轉的女孩經常伸出大拇指，揉揉胸前的淤青，好像那是一個她可以按下的按鈕。

「換妳了，」葛芮妲對我說。她在她的短褲上抹乾小球——她已經兩次把球打進一灘髒水。

我站上位置，左右搖晃一、兩次，輕輕把我那顆鮮紅的小球直直推入鳥舍入口。小球消失了一秒鐘，然後從一個斜坡重新出現，滾入球洞。消失，重新出現。我頓感焦慮——現今這個階段，每樣東西都重新出現，甚至包括我在內。我覺得我的計畫已經更動，因此焦慮不安。

目前爲止，我曾兩度變更計畫。第一次是那把手槍。我原本打算買把槍，在我失蹤的那個早上，朝著自己開槍；子彈只是劃過小腿或是手腕，絕對不會造成重大危險。我打算在現場留下一顆殘留著我的血肉的子彈。此處曾經發生掙扎！愛咪中槍！但是我意識到這樣似乎過於硬漢，即使對我而言。更別說槍傷可能痛好幾個星期，而我不喜歡疼痛（我手臂上的刀傷好多了，謝啦）。但是我依然覺得買槍這個點子不錯。此舉像是驚悚電影的幌子，雖然沒有造成愛咪中槍的效果，但是營造出愛咪驚慌的氣氛。因此，我打扮一下，情人節當天開車過去購物中心，這樣一來，對方就會記得我。我沒辦法買到槍，但就更動計畫而言，買不到槍也沒關係。

另外一個變動複雜多了。我決定我不打算離開人間。

我有足夠的紀律了斷自己，但是我無法容忍公理不彰。爲什麼我非死不可？即使不是眞的離開人間，但依然不公平。我不甘心，我又沒有做錯任何事情。

這會兒的問題是錢。我居然必須擔心錢的問題，想來眞是荒謬。但是我手邊的現金有限——目前剩下九千一百三十二美金。我會需要更多錢。今天早上，我過去跟桃樂絲閒聊，我跟往常一樣握著一條手帕，以免留下指紋（我跟她說這是我祖母的遺物——我試圖營造某種形象，讓她隱隱覺得我是一個家道中落的南方佳麗，簡直像是舞臺劇《慾望街車》的白蘭琪！）。我靠在她的桌旁，她跟我細述種種繁複的行政程序，提到一種她負擔不起的抗凝血藥——說起健保拒絕給付的藥品，這個女人簡直像是百科全書——然後我說（我只想探測一下情況）：「我了解妳的意思，再過一、兩個星期，我不確定如何籌措小木屋的租金。」

她對我眨眨眼，然後轉頭朝著電視機眨眨眼，電視正在播放一個益智節目，觀眾經常大喊大哭。她已經對我產生祖母輩的關懷，她當然會讓我永遠住下去：反正木屋區的一半空空蕩蕩，讓我住下來也無傷。

「那麼妳最好找份工作，」桃樂絲說，她依然盯著電視，連頭都沒有轉過來。一位參賽者做出錯誤的選擇，丟了大獎，電視傳出嗚哇哇的音效，表達她的懊惱。

「哪種工作？我在這附近找得到哪種工作？」

「打掃，幫人看小孩。」

基本而言，她期望我變成一個支領薪水的家庭主婦，她不是掛了一屋子「別氣餒、堅持下去！」的海報嗎？想了眞是諷刺。

即使先前我們淪落到密蘇里州，我依然從來不需考慮預算問題。沒錯，我不能僅僅因爲自己想要，所以出去買部新車，但是我從來不必擔心日常生活的小事，比方說使用折價券、購買非品牌的商品、或是牢記牛奶的價格。我爸媽向來懶得教導我這些事情，因此，他們讓我無力招架現實世界。舉例而言，葛芮妲抱怨海灣的便利商店獅子大開口，一加侖牛奶索價五塊錢美金，我聽了不禁一驚，因爲店裡的小弟總是跟我索取十塊錢美金。我覺得這個價錢似乎有點貴，但我從來沒想到這個混小子只是隨便說個數字，看看我會不會付錢。

因此，我必須考慮預算，但是我的預算——這筆根據網路估算、保證最起碼能夠讓我撐上六到九個月的現金——顯然失去準頭。因此，我也失去準頭。

打完高爾夫球之後——我贏了，我當然贏了，我悄悄計算分數，所以我知道我贏了——我們走到隔壁的熱狗攤吃午餐，我溜到攤子的角落，拉起襯衫，從綁在腰間的小皮包拿錢，我往後一瞥，赫然發現葛芮妲跟了過來，我還來不及把腰包藏起來就被她逮個正著。

「大富翁啊，妳從來沒聽過皮包這種東西嗎？」她開開玩笑。一個跑路的人需要很多現金，但是跑路的人顯然沒有地方藏放現金——這將是個持續性的問題。謝天謝天，葛芮妲沒有繼續追問——她知道我們都是受害者。我們坐在陽光下的金屬野餐長椅上吃熱狗，白白的麵包夾上一條條加工肉品，還有一堆綠得看起來像是毒藥的甜酸黃瓜，但是啊，這可能是我畢生吃過最美味的食品，因爲我是死亡愛咪，而且我不在乎。

「妳猜傑夫在他的小木屋裡幫我找到什麼？」葛芮妲說。「《火星紀事》作者的另一本小說。」

「雷·布萊波洛，」傑夫說。布萊伯利，我心想。

「沒錯，《闇夜嘉年華》①，」葛芮妲說。「還不錯。」她簡短置評，好像她對一本書只有兩種評價：

還不錯或是不好看。我喜歡或是我不喜歡。沒有討論寫作技巧、主題、結構，以及精微之處，只是好或是不好，把小說當成熱狗。

「我剛搬過來這裡的時候看了那本小說，」傑夫說。「還不錯，令人毛骨悚然。」他逮到我看著他，於是他伸長舌頭、睜大眼睛、裝出一副小妖精的瘋癲模樣。他不是我喜歡的那一型——他臉上的毛髮太粗硬，而且天知道他跟他抓到的那些魚是怎麼回事——但是他長得不錯，滿吸引人。他的眼神非常溫暖，不像尼克那雙冷峻的藍眼睛。我猜想「我」說不定想要跟他上床——他慢條斯理地跟我做愛，整個人緊貼著我，悄悄在我耳邊低語，刺人的鬍碴刮過我的臉頰，不像尼克那樣，尼克操我的時候，我們的身體幾乎不相碰，他找到適當的角度從我後面插入，或是雙手撐在床上從我前方插入，完事之後幾乎馬上下床，走進浴室沖澡，留下我在他的汗水之中喘息，令人感覺非常孤寂。

「舌頭打結了嗎？」傑夫說。他從來沒有稱呼我的名字，好像他若是叫了我的名字，我們兩人就知道我撒了謊。他叫我**這位女士**、**漂亮小姐**，或是**妳**，我心想他在床上不知道會怎麼稱呼我。說不定叫我**小寶貝**。

「只是想事情。」

「這下糟了，」他說，再度露出微笑。

「妳剛才在想一個男孩，我看得出來，」葛芮妲說。

「或許吧。」

「我以為我們打算暫時避開混帳的男人，」她說。「一起養雞。」昨天晚上看完《艾倫．亞波特現場直擊》之後，我興奮得不想回家，因此，我們一起灌下半打啤酒，想像我們退隱到葛芮妲媽媽居住的女同性戀村，一起養雞、曬衣服。我們兩個異性戀女孩成了村中的「樣板女性」，上了年紀、關節扭曲的女士們對我們寬容一笑，神情親切溫婉，只想跟我們交個朋友。我們一身燈芯絨和牛仔布，足蹬厚底鞋，永遠不必擔心化妝、髮型、指甲，不必在意胸部和臀部的大小，也不必假裝自己是個善解人意的太太，或是加油打氣的女友，不管她們的男人做了什麼，她們全都喜歡。

「不是每一個男人都是混帳，」傑夫說。葛芮姐哼了一聲，表示不予置評。

我們手腳軟趴趴，回到我們的小木屋。我覺得像是一個被留在陽光下的水氣球。我只想坐在啪啪作響的窗型冷氣下方，一邊大吹冷氣，一邊看電視。我已經找到一個專門重播七〇、八〇年代影集——比方說《昆西法醫》、《愛之船》和《八個就夠了》的頻道，但是我得先看我最近最喜歡的《艾倫．亞波特現場直擊》！

沒什麼新消息，沒什麼新進展。請相信我，艾倫不介意推測案情，她已經邀請一群據說與我相識的陌生人上節目，他們全都發誓是我的朋友，而且全都對我讚譽有加，即使那些向來不怎麼喜歡我的人也是如此。一個已經往生的人總是博得大家喜歡。

有人敲門，我知道那是葛芮姐和傑夫，我把電視關掉，他們站在我的門口，一副無所事事的模樣。

「妳在做什麼？」傑夫問。

「看書，」我說謊。

他把半打啤酒擱在我的流理臺上，葛芮姐跟在後面。「喔，我們以爲聽到電視的聲音。」

在這些小小的木屋裡，三個人眞的嫌擠，我一點都不誇張。他們暫且擋在門口，緊張之情頓時竄流我的全身——他們爲什麼擋在門口？——然後他們繼續前進，擋在我的床頭桌前面。床頭桌裡擺著我那條藏了八千美金的腰包，一百、五十、二十，張張面額不等。這個藏錢的腰包顏色俗豔，外形鼓脹，醜陋不堪。我不可能一次把所有現鈔全都帶在身邊——我把一些現鈔分藏在小木屋各處——但是我試圖盡量隨身攜帶。當我這麼做的時候，我始終意識到一大疊現鈔的存在，就像一個在海灘上的女孩子意識到自己穿戴了超厚衛生棉。每次花錢的時候，我心中總是興起一股變態的快感，因為每用掉一疊二十元紙鈔，我就少掉一些必須費心藏匿的金錢，也比較不必擔心錢被偷，或是遺失。

傑夫啪地一聲打開電視，艾倫．亞波特——以及愛咪——嗡嗡地現形，影像慢慢清晰。他點點頭，自個兒笑笑。

「想要看……愛咪嗎？」葛芮妲問。

我聽不出來她的語氣有沒有停頓：想要看嗎，愛咪？或是想要看愛咪嗎？

「不了。傑夫，你何不把你的吉他拿過來，我們在門廊上坐坐？」

傑夫和葛芮妲互看一眼。

「喔哇……但是妳剛才在看這個節目，對不對？」葛芮妲說。她指指電視，螢幕上出現我和尼克參加一場慈善晚會，我身穿晚禮服，頭髮高高盤起，露出光裸的頸背，螢幕上的愛咪看起來比較像現在的我，因為現在我剪了短髮。

「這個節目很無聊，」我說。

「啊，我覺得一點都不無聊，」葛芮妲說，然後啪地一聲坐到我床上。

我心想自己真是愚笨，居然讓這兩人進到屋裡。我以為我控制得了他們，殊不知他們是兩隻兇猛的野獸，他們習於找尋攻擊的角度，利用對方的弱點，永遠需索無度，而我卻是個生手。需索無度。那些在後院飼養美洲豹、把大猩猩養在客廳的人們，當他們被自己心愛的寵物五馬分屍之時，心裡肯定浮現跟我現在同樣的心情。

「嗯，你們介不介意……我有點不舒服，我想我曬太多太陽。」

他們似乎感到訝異，甚至有點不悅，我心想自己是否猜錯了——他們說不定沒有惡意，我只是大驚小怪。我想要相信他們。

「當然、當然，」傑夫說。他們慢吞吞地走出我的小木屋，傑夫順手抓起他的啤酒，一分鐘之後，我聽到葛芮妲的小木屋傳來艾倫．亞波特怒氣沖沖地質問：爲什麼……爲什麼不……你怎麼解釋……

我究竟爲什麼放任自己跟這裡的任何人交上朋友？我爲什麼不獨來獨往？如果我被逮到、我怎麼解釋自己的行爲？

我不能被逮到。如果我眞的被逮到，我會成爲全世界最令人痛恨的女人。我會從一個美麗、親切、氣數已盡、先生不忠、懷了身孕的受害者，變成一個惡毒、利用美國善心大眾的賤女人。艾倫．亞波特將以我爲主題，製播一個又一個專輯，憤怒的民眾將紛紛打電話到節目中：「這只是另一個例子：一個被寵壞的千金大小姐爲所欲爲，完全不管其他人的心情，艾倫，我認爲她應該永遠消失——關在牢裡，永遠消失！」就像那樣。事情會變得就像那樣。我已經在網路上讀到關於假扮死亡，或是把假扮死亡嫁禍於另一半的刑責，說法雖然不一，但是我知道社會大眾的反應肯定相當冷酷。在那之後，不管我做了什麼——扶養孤兒，擁抱痲瘋病人——當我過世之時，大家只知道我是那個假扮自己死亡、嫁禍老公的女人。你會記得的。

我不容許這種事情發生。

幾個鐘頭後，我依然醒著，躺在黑暗中想事情。這時，我的大門嘎嘎作響，有人輕輕敲門，想必是傑夫。我考慮了一下，然後過去開門，準備爲先前的失禮致歉。他拉拉他的鬍子，盯著我的擦鞋墊，然後把頭一抬，睜著琥珀色的眼睛看看我。

「桃樂絲說妳在找工作，」他說。

「嗯，我想是吧。」

「今天晚上有份差事，我可以付妳五十美金。」

愛咪．艾略特．鄧恩不會爲了區區五十美金離開她的小木屋，但是莉迪雅／南希需要工作。我非得答應不可。

「兩個鐘頭，五十美金，」他聳聳肩。「我無所謂，只想提供妳一個機會。」

「怎樣的差事？」

「捕魚。」

我確定傑夫開一部載卡多小貨車，但他卻帶著我走向一部亮晶晶的福特掀背車。這款車型象徵心碎與失望，滿懷抱負但卻阮囊羞澀的新科大學畢業生才會開這種車，而不是一個成熟男子的車型。我遵照指示，背心裙裡穿了一件泳衣。（「別穿比基尼，而是那種妳可以穿了下水的連身泳衣，」傑夫告誡；我從來沒有注意到他曾在游泳池附近逗留，但是他對我的泳裝卻是知之甚詳，這點令人受寵若驚，卻也值得警戒。）

我們駛過林木遍布的山丘，他搖下車窗，我粗短的頭髮蒙上碎石路的砂塵，感覺有點像是某支鄉村歌曲的音樂錄影帶：身穿背心裙的女孩探頭出去，捕捉夏夜的微風。我看得到星星。傑夫斷斷續續地哼歌。

他把車停在一家餐廳附近，餐廳底樓架空，藉由竹木支撐，矗立在湖面上，專賣燒烤，最有名的是超大杯的調酒飲料，飲料的名字相當可笑，比方說鱷魚瓊汁、閃電鱸魚，喝完之後，你可以留下杯子當作紀念品。遭到棄置的杯子沿著湖岸漂浮，殘破的杯子上面印著霓虹的餐廳商標「鯰魚卡爾之家」，因此我知道這麼一家餐廳。「鯰魚卡爾之家」有個延伸到湖面上的小艇碼頭，顧客們可以從曲柄轉動的小機器裡購買寵物餅乾，把手中滿滿的小餅乾扔進數百條張著大嘴、靜候在碼頭下方的鯰魚口中。

「傑夫，我們到底打算做什麼？」

「妳用漁網捕魚，我負責殺魚。」他下車，我跟著他走到掀背車後方，車廂裡擺滿小冷藏箱。「我們把魚放在箱裡的冰塊上，轉賣給別人。」

「轉賣給別人？誰會賣偷來的魚？」

傑夫露出他那懶貓似的微笑。「我有一些客戶。」

這下我明白了：他不是大灰熊亞當斯，他根本不是那種彈吉他、愛好和平的嬉皮。他是一個鄉巴佬竊賊，明明頭腦簡單，卻想要相信自己不是那麼單純。

他掏出一張漁網、一盒貓食和一個髒兮兮的塑膠桶。

我絕對無意參與這種非法的捕魚行動，但是「我」卻相當感興趣。多少女人可以說自己曾是魚產走私集團的一分子？「我」興致勃勃。自從死了之後，我又變得興致勃勃。所有我討厭或是害怕的事情，所有加諸在我身上的限制，全都被我甩到一邊。「我」幾乎無所不為。鬼魂就有這種自由。

我們走下山丘，來到「鯰魚卡爾之家」的小艇碼頭，然後爬上船塢，一艘汽艇呼嘯而過，吉米．巴菲的音樂開得震天響，漂浮在水面上的船塢隨之噗噗啪啪。

傑夫把漁網遞給我。「我們手腳要快——妳只要跳進水裡，拿著漁網撈魚，然後把漁網斜斜舉高遞給我。但是網子會很重，而且扭來扭去，所以妳必須作好準備，不要尖叫或是什麼的。」

「我不會尖叫。但是我不想下水，我可以從船塢上捉魚。」

「最起碼妳得脫掉背心裙，不然衣服會完蛋。」

「我沒事。」

一時之間，他看起來惱火——他是老闆，我是夥計，目前爲止我卻不聽他的話——但是接下來他慢慢轉身，拉鬆襯衫，把那盒貓食遞給我，他沒有正面看我，好像有點不好意思，我把窄窄的盒口舉高在水面上，上百條閃閃發亮的大魚馬上弓著背游過來，魚群有如大蛇般游動，魚尾急急劃穿水面，一隻隻大魚在我下方張開嘴巴，爭先恐後呑食一粒粒小圓球，然後好像訓練有素的寵物，紛紛把臉朝向我，乞求更多食物。

我把漁網按到魚群之中，穩穩在船塢上坐定，撐住身子，準備撈起漁網。我用力一扯，漁網裡擠滿六條滑溜溜的鯰魚，鯰魚全都瘋狂扭動，試圖重新回到水中，魚嘴在一格格尼龍網之間一張一合，六隻鯰魚一起使力，漁網被拖得晃來晃去，一上一下。

「拉起來，拉起來！」

我一邊膝蓋頂著漁網，讓網子懸在半空中。傑夫雙手伸進漁網之中，抓住一條大魚，他兩隻手都戴著厚厚的棉織手套，以便抓取。他把雙手移向魚尾，然後緊緊一抓，好像揮舞木棍似地用力一甩，啪地一聲把魚頭重重甩到船塢一側，鮮血四濺，一小片尖銳的魚鱗飛過我的雙腿之間，一塊結實的魚肉打到我的頭髮。傑夫把魚丟到塑膠桶裡，伸手抓取另一條魚，動作有如裝配線作業員一樣熟練。

我們氣喘吁吁、嘟嘟囔囔工作了半小時，抓了四網滿滿的魚，直到我的手臂僵硬，小冷藏箱全都裝滿。傑夫拿著空塑膠桶裝滿湖水，把黏糊糊的內臟沖到魚池之中，鯰魚蜂擁而上，爭相呑食卒歿同類的肝膽。船塢恢復清潔，他最後再舀一桶水，沖一沖我們沾了血的雙腳。

「你爲什麼非得用力把魚甩到地上？」我問。

「我看不得任何東西受苦，」他說。「到水裡泡一泡吧？」

「我還好，」我說。

「才不呢，特別是妳得坐我的車——來、到水裡泡一泡，妳不曉得自己身上沾了多少髒東西。」

我們跑離船塢，朝向附近多石的岸邊前進。湖水深及腳踝，我涉水而行，傑夫卻邁開腳步，手臂瘋狂舞動，拚命往前奔跑，濺起陣陣水花。我等他跑得夠遠，馬上解開藏錢的腰包，用背心裙團團裹住。我把腰包留在岸邊，眼鏡擱在上頭。我放低身子，直到感覺溫暖的湖水襲上我的大腿、肚子和頸部，然後我憋氣，沉到水中。

我游得又遠又快，我不該在水底下待那麼久，但是我想提醒自己溺斃是什麼滋味——若有必要，我知道我可以淹死自己，這點我辦得到——我浮出水面，謹遵紀律地僅僅喘一次氣，這時，我看到傑夫飛速游向岸邊，我必須像隻海豚一樣游回我的腰包旁邊，我跌跌撞撞走上石堆，剛好只比傑夫快一步。

---

①《闇夜嘉年華》（*Something Wicked This Way Comes*），作者是雷．布萊伯利，一九六二年出版，一九八三年曾被改編爲電影，搬上大銀幕。

尼克・鄧恩

八天之後

跟湯米講完電話之後，我馬上打電話給希拉蕊・韓迪。如果我「謀殺愛咪」是個謊言，湯米「性侵愛咪」也純屬捏造，希拉蕊・韓迪「跟蹤愛咪」又何嘗不是子虛烏有？人格違常、毫無良知的人肯定藉由某處獲得經驗，比方說威克夏學苑氣氛嚴峻的大理石廳堂。

當她接起電話時，我衝口而出：「我是愛咪・艾略特的先生尼克・鄧恩，我真的必須跟妳談談。」

「為什麼？」

「我真的需要更多資訊，我想要多知道一些關於妳們的——」

「別說交情。」我聽得出她聲音中的怒意。

「不，我不會這麼說。我只是想要聽聽妳的說詞。我之所以打電話給妳，並不是因為我認為妳跟我太太的失蹤扯上任何關係。不，我不認為妳跟她目前的情況扯上任何關係，但是我真的想要聽聽過去發生了什麼事。我想要知道真相，因為我覺得妳說不定可以幫我了解愛咪的……行為模式。」

「怎樣的行為模式？」

「惹惱她的人都會遭殃。」

她對著電話重重喘氣。「兩天以前，我不會跟你談，」她開口。「但是後來我跟一些朋友出去喝幾杯，電視機開著，你出現在畫面上，記者說愛咪懷孕了，在場的每一個朋友都非常生你的氣，大夥全都憎恨你。我心想：**我知道那種被人憎恨的感覺**。因爲她沒死，對不對？我的意思是，她依然失蹤？尚未發現屍體？」

「沒錯。」

「好，我這就跟你說一說愛咪、我們高中，以及當時發生了什麼事。你等等。」我聽到電話另一端傳來卡通影片的聲音——假假的講話聲，氣笛風琴的音樂——接著驟然安靜無聲，然後傳來一陣啼哭。**去樓下看電視，拜託，去樓下**。

「高一那一年，我是一個來自曼菲斯的孩子，其他每一個人全都來自美國東岸，眞的，我發誓。我覺得自己跟大家不一樣，好像一個怪人，你知道的，威克夏學苑的女孩子，她們似乎都在同一個環境裡長大，語彙、服裝、髮型全都相同。我倒不是受到眾人嫌棄，我只是……沒有安全感，這點我相當確定。愛咪已經是**風雲女孩**，比方說，我記得開學第一天，每個人都認識她，大家都在談論她。她是**神奇的愛咪**——我們全都閱讀這套故事書長大——更別說她非常漂亮，我的意思是，她非常——」

「是的，我知道。」

「沒錯。她很快就對我顯露興趣，照顧我、和我做朋友，諸如此類的事情。她開玩笑說她是神奇的愛咪，所以我是她的跟班蘇西，她開始叫我蘇西，其他人很快也跟著叫，我無所謂，我的意思是，我是個小馬屁精：愛咪口渴，我就幫她倒水，如果她需要乾淨的內衣褲，我就順便幫她洗衣服。你等等。」

我又聽到她的頭髮颼颼掃過話筒。瑪莉貝絲已經帶來愛咪每一本相簿，以防我們需要更多照片。她先前拿了一張愛咪和希拉蕊的合照給我看，照片中兩個小女孩臉貼著臉，咧嘴微笑。因此，我可以想像希拉蕊的近貌，她肯定跟我老婆一樣一頭奶黃色的金髮，五官比較普通，淡褐色的雙眼略微黯淡。

「傑森，我在講電話——拜託你拿幾支冰棒給他們，你連這樣也辦不到嗎？

「對不起，小孩現在放假，我先生從來沒有管過他們，所以他不曉得怎麼辦，連我花十分鐘跟你講電話，他也搞不清楚狀況。抱歉。好吧……嗯，沒錯，我是小蘇西，我們玩這套遊戲，連著好幾個月——八月、九月、十月——一切好極了，我們時時刻刻都在一起，交情非常熱絡。後來發生幾件怪事，我開始意識到我有點惹惱她。」

「什麼怪事？」

「跟我們學校結盟的男校有個男孩子，他在秋季派對上遇見我們兩人，隔天他沒有打電話給愛咪，反倒打電話給我，我確定這是因爲愛咪太令人生畏，但是……過了幾天，期中考成績公布，我的分數比愛咪的分數高一點，大概是四點一和四點零。在那不久之後，我們一個朋友邀請我跟她的家人共度感恩節，她邀我，而不是愛咪。我依舊認爲這是因爲愛咪太讓人害怕。她不是一個好相處的人，你覺得自己必須留下好印象，而且時時刻刻都有這種感覺。但是我可以感覺事情起了一點變化，我看得出她眞的不高興，即便她不承認。

「她反而開始支使我做些事情。當時我不了解，但是她已經開始設計陷害我。她問可不可以幫我把頭髮染成跟她同樣顏色，因爲我的髮色鼠灰，如果染成比較亮麗的金黃色，肯定漂亮極了。她也開始抱怨她爸媽，我的意思是，她總是抱怨她爸媽，但是這會兒她眞的指責他們——他們只把她視爲一個意象、他們愛的不是眞正的她等等——因此，她說她想跟她爸媽搞鬼。她叫我打惡作劇電話到她家，跟她爸媽說我是新版的神奇愛咪。有些周末，我們搭火車到紐約市，她叫我站在她家門外——有一次她叫我跑向她媽媽，跟她媽媽說些我要除掉愛咪、取代愛咪、當她的新愛咪之類的鬼話。」

「妳照辦？」

「那只是女孩子做的一些蠢事。以前沒有手機，也沒有網路霸凌，青少年總得想些花樣打發時間。我們經常打那種惡作劇電話，彼此競爭，看看誰最有膽量、最敢搞怪，這些都只是愚蠢的小事。」

「然後呢？」

「然後她開始疏遠我。她變得冷漠。我心想——我以爲她不再喜歡我。學校裡的女孩子開始對我投以異樣的眼光，我被逐出酷女孩的小圈圈。沒關係，我不在乎。但是有一天，我被叫到校長辦公室，愛咪發生一件可怕的意外，她扭傷腳踝，手臂骨折，肋骨斷裂。愛咪從樓梯上摔下來，而且她說是**我**動手推她。你等等。

「**去樓下**，**現在就**下去。馬上下去！

「對不起，我們繼續吧。千萬不要生小孩。」

「嗯，愛咪說妳推她？」我問。

「沒錯，因爲我是個**瘋**子。我纏著她不放，我想當蘇西，但是後來當上蘇西還不夠——我必須是愛咪。她手邊握有各種證據，而這些證據都是過去**幾個**月她誘騙我製造出來的。她爸媽顯然看過我在她家附近**窺探**。據說我曾經跟她媽媽搭訕。我把頭髮染成金黃色，我買的衣服跟愛咪的衣服同樣款式——那些衣服是我和愛咪一**起逛街之時**買的，但是我無法提出證明。她的朋友們加入行列，異口同聲地表示過去這一個月、愛咪非常怕我。這些全都是鬼扯，但是我看起來像是百分之百的瘋子，完完全全精神失常。她爸媽申請禁制令，我不准接近愛咪，我一直發誓我絕對沒有動手，但是到了那時，我心情糟到只想離開學校。因此，我們沒有抗議學校把我退學，我只想離開她。我的意思是，那個女孩**自己摔斷肋骨**。我嚇壞了——這個十五歲的小女孩有辦法搞出這些把戲，欺瞞朋友、師長和父母。」

「這都是因爲一個男孩、考試成績和感恩節的邀約？」

「我搬回曼菲斯一個月之後，收到一封信。信裡沒有簽名，而且是打字，但是寄信人顯然是愛咪。信中列出一項項我令她失望的事情：英文課下課之後，妳忘了等我，而且忘了兩次。妳忘了我對草莓過敏，而且忘了兩次。」

「老天爺啊。」

「但是我覺得信裡根本沒有列出眞正的原因。」

「什麼是眞正的原因？」

「我覺得愛咪想要讓大家相信她眞的完美無瑕。當我們變成朋友的時候，我慢慢了解她，她並不完美，你知道嗎？她非常聰明、非常迷人，但是她的控制慾非常強，個性僵化，不知變通，小題大作，而且喜歡撒些小謊。這些我都不在乎，但是她在乎。她之所以除掉我，原因在於我知道她不完美。這也讓我想到你。」

「想到我？爲什麼？」

「朋友看到彼此大部分的缺點，夫妻則看到彼此每一個未盡完美之處。如果她讓自己摔下樓梯，只爲了懲罰一個交往幾個月的朋友，那麼她會做出什麼事情、懲罰一個笨到娶了她的男人？」

希拉蕊的小孩接起分機、唱起兒歌之時，我掛了電話。我馬上致電坦納，跟他報告我跟希拉蕊和湯米的對話。

「好吧，我們得知兩個故事，」坦納說。「太棒了！」但是他說話的口氣卻讓我覺得不是那麼棒。「安蒂有沒有跟你聯絡？」

沒有。

「我派了一個手下在她的公寓等她，」他說。「他會很小心。」

「我不知道你有手下。」

「我們必須找到愛咪，」他說，故意不理我剛才的話。「像她那樣的女孩子，我不相信她有辦法躲藏太久。你有任何想法嗎？」

我一直想像她站在海邊某個摩登旅館的陽臺上，身上裹著跟地氈一樣軟厚的浴袍，一邊啜飲頂級白酒，一邊藉由網路、電視，以及八卦報刊追蹤我的淪亡。我想像她喜孜孜地看著媒體不斷報導，瘋狂推崇愛咪．艾略特．鄧恩，我想像她參加她自己的葬禮。我心想，愛咪是否具有自知之明、意識到她竊取了馬克．吐溫的故事？①

「我想像她在海邊，」我說，然後住嘴，感覺自己像是海灘步道上的算命師。「不，我不知道。她可能在世上任何一個角落，我認為我們不會再見到她，除非她決定回來。」

「這似乎不太可能，」坦納吸口氣，神情不耐。「因此，我們試著找到安蒂，看看她怎麼想。我們已經逐漸失去轉圜的餘地。」

然後是晚餐時間。夕陽西下，我又獨自待在我這棟陰魂不散的屋裡。我思索愛咪的每一個謊言，心想她是否真的懷孕。我計算日期。愛咪和我偶爾做愛，次數雖不頻繁，她卻依然可能受孕。但是話又說回來，她會曉得我計算日期。

實情或是謊言？如果這是個謊言，那麼她的用意顯然是置我於死地。

我先前始終認為愛咪和我會當爸媽。我之所以知道自己會跟愛咪結婚，原因之一在於我想像我們一起生兒育女。我記得我們交往還不到兩個月時，我腦海中第一次浮現這個畫面：我從我在克普斯貝的公寓，沿著東河走到一個大家喜歡的小公園，沿途經過狀似超大樂高積木的聯合國總部，各國旗幟在風中顫動。小孩子看了肯定喜歡，我心想。不同顏色的旗幟，考驗自己的記憶力，忙著幫每幅國旗配上國家。**那是芬蘭，那是紐西蘭**。啊，毛利塔尼亞的國旗是個單眼的笑臉。然後我意識到我想的不是隨便哪個孩童，而是**我們的小孩。我和愛咪的小孩看了肯定喜歡**。我們的小孩手腳一攤趴在地板上，一本陳舊的百科全書擺在面前，就跟我小時候一樣，但是我們的小孩不會孤單，我會趴在他旁邊，跟他一起研究旗幟學，這孩子對旗幟愈來愈感興趣，聽起來不太像是鑽研學問，反倒像是惹人厭煩，我老爸對我就是抱持這種態度。但是我對我的兒子可不一樣，我想像愛咪跟著我們一起趴在地板上，兩隻腳在空中踢來踢去，指出帛琉在哪裡，那個黃色的小圓點剛好落在澄藍頁張的中間偏左，我確定那將是她的最愛。

在那時起，那個小男孩不再是個夢想（有時是個小女孩，但大多時候是小男孩）。他必定存在。我經常興起想要當爸爸的渴求，心中一陣刺痛，揮之不去。婚後幾個月，我站在醫藥櫃前面，拿著牙線剔牙，忽然之間，我有一個奇怪的想法：**她想要小孩，是吧？我應該問一問。我當然應該問一問**。當我提起這個問題之時——我問得拐彎抹角，語焉不詳——她說，**當然、當然、總有一天吧**，但是每天早上她依然站在水槽前面，服用她的避孕丸。接下來三年，她每天都這麼做，在此同時，我戰戰兢兢地提起此事，但卻始終沒有說出那句話：**我要我們生個小寶寶**。

我們被解雇之後，時機看起來似乎成熟。忽然之間，我們的生活之中出現不容置疑的空檔。有天早上用餐之時，愛咪咬了一口吐司，抬頭說道：**我不吃避孕藥了**。就是如此簡單的一句話。她停止服藥三個月，肚皮毫無動靜。我們搬到密蘇里不久之後，她幫我們約了醫生，開始尋求醫學之助。一旦動手進行某事，愛咪絕對不會拖拖拉拉：「我們跟他們說我們已經試了一年，」她說。我笨笨地同意——到了那時，我們幾乎連碰都不碰對方，但是我們依然覺得生個小孩倒也合情合理。好吧，我們就這麼說。

「你得盡你的本分，你知道吧，」開車到聖路易途中，她跟我說。「你必須提供精子。」

「我知道。妳為什麼這麼說？」

「我只是覺得你會太自傲。忸怩而且自傲。」

我確實具有這兩種差勁的特質，但是到了生育醫學中心之後，我乖乖走進那個奇怪的橘色小房間，數百名男士曾經置身在此，沒有別的目的，只為了手淫、自慰、自瀆、打槍、打砲、自摸、打飛機、摞管、抹管子、打手槍。

（有時我把幽默當作自己防衛的工具。）

房裡擺著一張尼龍扶手椅、一部電視機、一張桌子，桌上陳列著各式各樣的色情影帶和一盒衛生紙。從女人們的毛髮判斷（沒錯：頭上的髮絲和下體的髮毛），色情影帶八成是九○年代早期拍攝，而且內容普通，稱不上真槍實彈的硬蕊成人電影。（這又是一個值得報導的角度：誰幫生育醫學中心選擇色情影帶？誰決定哪些影帶能夠撩起男人性慾、但不至於侮辱房間外面每一位護士、女醫生、以及滿懷希望、賀爾蒙失調的太太？）

我三度造訪小房間——他們喜歡儲存許多備用品——愛咪卻什麼都沒做。她應該開始定期服藥，但是她沒有，而且愈來愈常忘記。懷孕待產的是她，為了小寶寶奉獻自己身體的也是她，因此，我暫時不逼她，一拖拖了好幾個月，我只是注意藥瓶，看看藥丸有沒有減少。一個冬天的晚上，喝了幾杯啤酒之後，我終於一步一步踏上我們家的樓梯，脫下覆滿白雪的衣物，上床窩到她身旁，我把臉頰湊近她的肩膀，深深吸進她的氣息，讓她的肌膚溫暖我的鼻尖。我悄悄說出那句話——來、**我們一起來，愛咪，我們生個小寶寶**——她說不。我以為她會表現出緊張、謹慎和憂慮——**尼克，我會是個好母親嗎？**——但我只聽到清晰、冷酷的不。直截了當，沒有轉圜，只是一聲不。沒有戲劇化的反應，也沒什麼大不了，她只是再也沒有興趣。「因爲我意識到我會被一件件棘手的事情綁住，」她分析。「換尿布、看醫生、管小孩等等。你輕輕鬆鬆走過來，當個快樂風趣的老爸。我必須負擔一切責任，教養他們做個好人，你只會讓我前功盡棄，但是他們會愛慕你，怨恨我。」

我跟愛咪說這不是眞的，但是她不相信我。我告訴她我不僅只是想要一個孩子，我需要一個孩子。我必須知道我能夠無條件地愛一個人，我也能夠讓一個小小孩時時感覺受到歡迎，無論如何都不會被拋棄。我必須知道我可以成爲一個跟我老爸不一樣的父親，我也可以教養出一個跟我不一樣的男孩子。

我苦苦哀求，愛咪不爲所動。

一年之後，我收到一封通知：除非接獲我們的回覆，否則生育醫學中心將會銷毀我的精子。我把信留在餐廳桌上，等於是個公開的斥責。三天之後，我看到信被扔進垃圾桶裡。在那之後，我們再也沒有討論此事。

到了那時，我已經跟安蒂幽會了好幾個月，因此，我沒有權利生氣。但這並不表示我心中的痛楚已經歇止，我依然做著白日夢，夢想著我們的小男孩，我和愛咪的小男孩。我已經放不下他。愛咪和我會生出一個非常優秀的小孩，事實就是如此。

兩個木偶睜著黑色的雙眼，神情警戒地看著我。我遙望窗外，看到新聞採訪車已經暫時休兵，因此，我走到溫暖的戶外，該出去散散步了。說不定有個落單的小報記者跟蹤我；就算如此，我也不在乎。我穿越我們社區，沿著江河路走了四十五分鐘，然後踏上直直劃穿卡賽基中央的公路。我在噪音和汙濁的空氣之中走了三十分鐘——行經汽車經銷商、連鎖速食店、賣酒的雜貨店迷你商場和加油站，汽車經銷商陳列著一部部卡車，式樣美觀，好像甜點——直到接近通往市中心的分叉點。步行途中，我從頭到尾沒有碰到半個人，只有飛駛而過的車窗之中、一張張模糊不清的臉孔。

將近半夜，我經過酒吧，我好想進去坐坐，但是一看到人群，頓時打消此意。一、兩位記者肯定連夜在那裡守候。我就會這麼做。但是我想在一家酒吧坐坐，我想要置身眾人之中，喝杯小酒，消消火氣。我又走了十五分鐘，來到市中心另一頭的一家酒吧，這家酒吧比較俗麗、吵鬧，酒客們的年紀較輕，星期六晚上，酒吧的洗手間總是沾了嘔吐的穢物。安蒂那群朋友多半光顧這種酒吧，說不定拖著安蒂一起去。如果運氣不錯，說不定我會在那裡碰到她，最起碼躲在吧檯另一頭悄悄揣測她的心情。如果她不在那裡，我就他媽的喝一杯。

我盡量走到酒吧最裡面——沒見到安蒂、沒見到安蒂。一頂棒球帽遮住我的半邊臉，即使如此，當我走過人群時，我依然察覺幾道銳利的目光：人們忽然對著我轉身，眼睛睜得好大，認出我是誰。**他是那個傢伙！對不對？**

時值七月中旬。我心想，到了十月，我會不會變得極度惡名昭彰，以至於萬聖節時，品味低俗的兄弟會大學生裝扮成我的模樣；一頭馬桶蓋金髮，腋下夾著一本《神奇的愛咪》。小戈說她已經接到六通電話，詢問酒吧有沒有販售紀念運動衫。（謝天謝地，我們沒有。）

我坐下，跟酒保點了一杯威士忌，酒保的年紀跟我相仿，他瞪我瞪得稍微過久，似乎在思考該不該服務我。最後他終於勉強把一個小酒杯擱在我前面，不屑地哼了一聲。當我掏出錢包時，他一臉警戒，對著我舉起手掌。「我不要你的錢，老兄，一毛都不要。」

我還是留下現鈔。他媽的混蛋。

當我招招手、試圖請他再幫我倒一杯時，他朝著我的方向瞄了一眼、搖搖頭、傾身靠向那個正在跟他聊天的女人。幾秒鐘之後，她假裝伸伸懶腰，謹慎地朝著我的方向看看。**那是他，尼克·鄧恩。**酒保始終沒有再走過來。

你不能大喊大叫，你不能強迫他過來：喂，白癡老兄，你他媽的到底要不要幫我倒杯酒？大家已經相信你是個混蛋，你不能表現得像個混蛋。你只能乖乖坐著，默默承受。但我不願離開。我坐著，喝乾了的酒杯擱在面前，假裝自己正在苦思。我檢查一下我的可拋式手機，以防安蒂打了電話給我。無人來電。然後我掏出我的正牌手機，玩了一盤接龍，裝出一副全神貫注的模樣。我成了一個在自己家鄉買不到一杯酒的男人，這都是我老婆害的，老天爺啊，我恨她。

「你剛剛在喝威士忌嗎？」

一個跟安蒂年紀相仿的亞裔女孩站在我面前，女孩黑髮及肩，像普通上班族女郎一樣可愛。

「對不起？」

「你剛剛在喝什麼？威士忌嗎？」

「沒錯，我想再喝一杯，但是——」

她走到酒吧另一端，擠到酒保視線所及之處，臉上露出拜託、幫幫忙的微笑——女孩子通常祭出這種笑容，讓大家注意到她的存在——過了一會，她端著一杯威士忌走回來，不是一小杯，而是眞正的威士忌酒杯。

「喝吧，」她把酒杯推過來，我依言照辦。「乾杯。」她舉起自己那杯清澈、冒著氣泡的飲料，我們碰碰杯子。「我可以坐下嗎？」

「我不會待太久，其實——」我四下張望，確定沒有人拿起手機對著我們拍照。

「嗯，好吧，」她露出一個無所謂的微笑。「我可以假裝我不曉得你是尼克．鄧恩，但是我不想羞辱你，假裝你笨到以爲我不知情。順帶一提，我跟你站在同一邊。你最近名聲很差。」

「謝啦，最近……這一陣子出了一些怪事。」

「我是說眞的。你知道大家都說法庭之中存在所謂的『CSI犯罪現場效應』嗎？我的意思是，每一位陪審團員都看了太多集《CSI犯罪現場》，以至於他們全都相信科學能夠證明一切？」

「我知道。」

「嗯，我認爲還有『惡毒老公效應』。大家都看了太多眞實犯罪的電視節目，節目之中，兇手永遠是老公，因此，大家自然而然認定老公是壞人。」

「完全正確，」我說。「謝謝，妳說的一點都沒錯。艾倫．亞波特——」

「去他媽的艾倫．亞波特，」我的新朋友說。「她只不過一個大搖大擺、吵吵鬧鬧、憎恨男人、曲解司法制度的女人。」她再度舉杯。

「妳貴姓大名？」我問。

「再來一杯？」

「這個名字順耳極了。」

結果她叫做蘿貝卡，而且荷包滿滿，酒量極佳（再來一杯？再來一杯？再來一杯？）她來自愛荷華州的馬斯卡廷（亦是密西西比河畔的小城），大學畢業之後搬到紐約，嘗試寫作（這也跟我一樣），她曾在三家雜誌社擔任編輯助理——新娘雜誌、職場媽媽雜誌、青少女雜誌——三家雜誌社在過去幾年全都倒閉，因此，她現在幫一個名爲「誰是兇手」的部落格撰稿，她說（而且傻笑一聲）她來到此地，試圖採訪我。我不得不欽佩這麼一個窮追新聞、毫無忌憚的小女孩：**拜託讓我飛往卡賽基——各個主要電視網都還沒有採訪到他，但是我確信我可以！**

「我最近一直隨同全世界其他人守在你家門外，還有警察局外面，後來我決定我需要喝一杯，你竟然走了進來，簡直是太完美、太怪異，對不對？」她說。她戴了一副小小的圈形金耳環，頭髮塞到耳後，一隻手不停把玩耳環。

「我該走了，」我說。我開始口齒不清，字句含混。

「但是你一直沒有跟我說你為什麼在這裡，」蘿貝卡說。「我得跟你說，你一個人出門，沒有朋友相伴、或是某種支援，我覺得勇氣相當可嘉。我敢打賭很多人不屑地瞪著你。」

我聳聳肩，意思是：沒什麼大不了的。

「大家評斷你做出的每一件事情，但他們甚至不認識你。比方說你在公園的那張手機照片，我的意思是，你說不定跟我一樣，從小被教導要有禮貌，所以你跟那位女士一起拍照。但是沒有人想要相信實情，大家只想……把你逮個正著。你了解我的意思嗎？」

「因為我符合某種典型，所以大家評斷我的為人，我真是受夠了。」

她揚起眉毛；耳環左右晃動。

我想到愛咪坐在她的神祕指揮中心——不管她在什麼鬼地方——即使人在遠方，她依然從每一個角度評斷我，認定我不夠完美。我究竟能夠做些什麼、讓她看了願意撤銷這場瘋狂的鬧劇？

我繼續說：「我的意思是，大家以為我們的婚姻觸礁，但是事實上，在她失蹤前，她還為我設計了一個尋寶遊戲。」

愛咪想要達到下列兩個目標：我學到教訓，接受壞男人應該承受的懲戒；或者，我學到教訓，對她奉上她應得的愛意，像是一個溫馴、和善、忠貞、軟弱的小男孩一樣愛她。

「一個好棒的尋寶遊戲。」我露出微笑。蘿貝卡輕輕皺眉，搖了搖頭。「我太太啊，她始終為了我們的結婚周年紀念設計尋寶遊戲。每則線索都把我帶到一個特別的地方，讓我找到下一則線索，如此進行下去。愛咪……」我試圖熱淚盈眶，但卻成效不彰，只好勉強揉一下眼睛。門口上方的時鐘顯示出凌晨十二點三十七分。「失蹤之前，她已經把每則線索藏好，爲了慶祝今年的結婚紀念日。」

「在她結婚紀念日當天失蹤之前？」

「因爲這些線索，所以我才沒有崩潰。它們讓我覺得自己跟她更親近。」

蘿貝卡掏出她的數位隨手拍相機。「讓我訪問你，用手機錄下來。」

「這個點子不太好。」

「我會把背景交代清楚，」她說。「這正是你目前所需，尼克，我發誓，事情的脈絡與背景。你非常需要這種報導。拜託，幾句話就好。」

我搖搖頭。「太危險。」

「請你重複剛才說的話就行了。我是說眞的，尼克，我跟艾倫．亞波特完全不一樣，我是『反』艾倫．亞波特。你需要我。」她舉起數位相機，相機小小的紅光緊盯著我。

「關掉，我是認眞的。」

「幫幫一個女孩吧。我採訪了尼克．鄧恩？我的事業就此平步青雲，你也做了今年該做的善事。拜託、幫幫忙？我不會對你造成任何傷害，尼克，一分鐘、一分鐘就好，我發誓我只會讓你看起來像個大好人。」

她指指附近一個包廂，我們可以躲在角落，避開任何拉長脖子、傻傻觀看的傢伙。我點點頭，我們重新坐定，小小的紅燈一直緊盯著我。

「妳想要知道什麼？」

「跟我說說尋寶遊戲，那聽起來好浪漫，古靈精怪、羅曼蒂克、眞的非常特別。」

接管說詞，尼克。爲了廣大的群眾和你那下賤的老婆，接管目前的說詞。馬上行動，我心想，我是一個深愛太太、想要找到太太的男人。我是一個疼愛太太的男人，我是一個善良的傢伙。我應該得到大家的支持。我不是一個完美的男人，但是我太太是個完美的女人，從今以後，我會對她百依百順。

說出這番話，遠比假裝悲傷容易。誠如先前所言，我可以明著來。儘管如此，但是當我準備開口說話之時，我的喉頭依然一陣緊鎖。

「我太太啊，她碰巧是我見過最酷的女孩。有幾個男人能夠這麼說？我娶了一個我所見過最酷的女孩。」

你媽的賤女人你媽的賤女人你媽的賤女人。回來吧，這樣一來，我才可以殺了妳。

---

①馬克・吐溫的名著《湯姆歷險記》之中，頑童湯姆逃家當海盜，村民以爲他和朋友們已經遇害，爲他們籌備了葬禮，葬禮當天，湯姆大搖大擺地現身，眾人又驚又喜。

愛咪．艾略特．鄧恩

事發之後九日

我一醒來馬上感到緊張。心神不寧，似有異狀。**我不能在這裡被發現**，我一醒來心中就冒出這些字句，好像腦中忽然閃過一道白光。調查工作進行得不夠迅速，我手邊積存的現金卻迅速消失，傑夫和葛芮妲已經伸出貪婪的觸鬚。而且我身上帶著一股魚腥味。

傑夫先前匆匆跑向岸邊，朝著我捲成一團的衣物和藏了錢的腰包前進，感覺不太對勁。葛芮妲始終對於《艾倫．亞波特現場直擊》表現出高度興趣，那副模樣也令我緊張。我是不是大驚小怪？我聽起來像是**日記愛咪：我老公打算殺害我？或者我只是憑空想像!?!?**我頭一次真的覺得她很可憐。

我打了兩通電話到「愛咪．鄧恩熱線」，跟兩個不同的人講了話，提供了兩個不同的情報。我很難判定他們多快會向警方報告——那兩位志工似乎極度無動於衷。我心情鬱悶地開車前往圖書館，我必須收拾行囊，啓程上路。拿瓶漂白水清理我的小木屋，抹去我在每一樣東西上面留下的指紋，拿起吸塵器吸去任何一根毛髮。殲滅愛咪（以及莉迪雅和南希），一走了之。我若離開，我就會平安無事。就算葛芮妲和傑夫的確懷疑我是誰，只要我沒有被逮個正著，我就會沒事。愛咪．艾略特．鄧恩像是雪怪——眾人慕名，心嚮往之，帶著民間傳奇的神祕——他們兩人則是奧查克的騙徒，眾人馬上就會識破他們疑點重重的說詞。

我今天就離開。當我低著頭走進陰冷、幾乎空無一人的圖書館之時，我心裡做出這個決定。圖書館的三部電腦都無人使用，我上網搜尋關於尼克的最新發展。

自從燭光追思會之後，關於尼克的新聞大多一再重複——同樣的細節說了又說，日漸喧擾，但卻沒有新的訊息。今天有些不同，我在搜尋引擎鍵入尼克的姓名，各個部落格反應激烈，因爲我老公喝得醉醺醺，在酒吧裡接受一個陌生女孩的訪問，女孩還用數位隨手拍相機錄下整個過程，老天爺啊，這個大白癡始終學不會教訓。

尼克·鄧恩的錄影告白！！！

尼克·鄧恩，醉醺醺的宣告！！！

我一顆心跳得好高，口腔裡的小舌開始顫動。我老公又讓自己沾了一身腥。

影片上傳，螢幕上出現尼克，他雙眼迷濛，眼瞼沉重，他一喝醉就是這副模樣。他嘴角一斜，咧嘴笑笑，顯露出他的招牌笑容，而且他講到我，看起來人模人樣。他的神情愉快。「我太太啊，她碰巧是我見過最酷的女孩，」他說。「有幾個男人能夠這麼說？**我娶了一個我所見過最酷的女孩。**」

我心中小鹿亂撞。這已超出我的預期。我幾乎露出微笑。

「她哪些方面很酷？」女孩在旁發問，螢幕上看不到她，她的聲音高亢，帶著姊妹會女孩的歡愉。

尼克侃侃而談，他提到尋寶遊戲，他說那是我們的傳統，他還說我始終記得那些只有我們了解的笑話，如今，他只能憑藉尋寶遊戲思念我，因此，他必須貫徹始終，完成尋寶遊戲。他已將之視爲一項使命。

「我今天早上剛剛越過最後關卡，」他說。他的聲音嘶啞，他剛才一直扯著嗓門，試圖蓋過眾人的聲音。回家之後，他會用溫熱的鹽水漱口，正如他媽媽向來的指示。我若跟他一起待在家裡，他會請我幫他把水加熱，調杯鹽水，因爲他始終抓不準該放多少鹽。「這讓我……了解很多事情。妳知道嗎？在這個世界上，只有她有辦法讓我驚喜。我始終知道其他人想說什麼，因爲人人都說同樣的話。我們全都收看同樣的電視節目，閱讀同樣的書刊雜誌，循環使用同樣的點子。但是愛咪不一樣，她獨一無二，獨特而完美。她對我就是具有這樣的**魔力**。」

「尼克，你認爲她現在置身何方？」

我老公低頭看看他的婚戒，快快轉動兩次。

「尼克，你還好嗎？」

「老實說？不，我不好。我徹底讓我太太失望。我始終錯得離譜。我只希望現在還不會太遲。爲了我，也爲了我們。」

「你感到茫然無助，我是說你的心情。」

尼克直直盯著相機。「我要我的太太。我要她在我身旁。」他吸了一口氣。「我不善於表露感情，我知道這一點。但是我愛她，我需要她平安無事，她必須平安無事，我虧欠她太多，我必須好好彌補。」

「比方說？」

他笑笑，笑聲之中帶著懊惱，就連現在這種時候，我也覺得相當迷人。從前那段比較開心的歲月中，我曾將之稱爲「談話性節目的笑聲」：他頭一低，飛快一瞥，大拇指隨意搔搔嘴角，吸一口氣，格格輕笑，恰似電影明星說出一樁驚人的故事之前展現出的迷人笑容。

「嗯，這不關妳的事。」他露出微笑。「我只是對她虧欠甚多，必須好好彌補。我以前不是一個稱職的先生，最近這幾年，我們過得不順，我……我情緒崩盤，我不再努力嘗試，我的意思是，**我們不再努力嘗試**，這句話我已經聽了上千次，大家都知道這表示婚姻走到了終點——有如教科書的範例。但是我不再努力嘗試，放棄的是我，我沒有負起我應該擔負的責任。」尼克的眼瞼沉重，言語失常，幾乎快要露出濃重的口音。他已經不只微醺，再喝一杯就酩酊大醉，臉頰沾染了酒精的紅暈。我想起他喝了幾杯雞尾酒之後、肌膚散發出的熱氣，指尖不禁一熱。

「好吧，你打算如何彌補？」相機晃動了一秒鐘；女孩拿取她自己的飲料。

「我會如何彌補？首先，我打算找到她，帶她回家。我絕對打算這麼做。然後呢？不管她對我提出任何要求，我全都答應。從現在開始，她要什麼，我就給她什麼。因爲我已經越過尋寶遊戲最後一個關口，而且佩服得五體投地。我覺得自己好微小、好卑微，我太太從來沒有如此鮮活地呈現在我眼前，我從來沒有像現在一樣，百分之百確定自己必須怎麼做。」

「如果你現在能跟愛咪講講話，你會告訴她什麼？」

「我愛妳，我會找到妳，我會……」

我看得出來接下來他將引用丹尼爾·戴·路易斯在電影《大地英豪》的臺詞：「好好活著……我會找到妳。」他始終借用一句簡單的電影臺詞，掩飾心中的誠意，他抗拒不了這種誘惑。我可以感覺他快要說出口，但他制止自己。

「我永遠愛妳，愛咪。」

多麼感人。多麼不像我老公。

我和我那杯晨間咖啡之間，隔著三個胖得不像話的鄉巴佬。他們騎著電動速克達，一身肥肉蔓延到奇巧的電動車外，但卻非得再吃一個滿福堡不可。我在麥當勞排隊，前面停駐了三個人，沒錯，停駐，我一點都不誇張。

其實我不在乎。說來奇怪，雖然計畫有所轉折，但我卻感到愉悅。影片已在網路廣爲流傳，四處散播，而且反應出奇良好。社會大眾興起審愼樂觀的心態：說不定這個傢伙果眞沒有殺妻。沒錯，我逐字引用，大部分的人眞的抱持這種審愼的心態。因爲啊，尼克若是卸下防衛的面具，流露出某種感情，你可以感受到他的心意。看了那段影片之後，沒有人會相信他在作戲，那可不是「暗暗吞下悲傷」的業餘演出。我老公愛我。最起碼昨天晚上是如此。昨天晚上，我躲在擁擠、飄散著毛巾霉味的小木屋，祕密籌畫毀滅他的一生，在此同時，他卻深愛著我。

這還不夠。我當然知道這還不夠。我不能改變我的計畫。但是我卻叫了暫停。我老公已經完成尋寶遊戲，而且墜入愛河。他也非常焦躁不安；我發誓我在他一邊臉頰上看到紅紅的疹子。

我把車子停在我的小木屋前，發現桃樂絲正在敲門。她的頭髮因爲熱氣而濡濕，整個往後梳，好像華爾街油頭粉面的交易員。她最近習慣抹抹上唇，然後舔去指頭上的汗水，因此，當她轉頭面向我之時，她的食指含在嘴裡，好像正在吸吮一根抹了奶油的玉米。

「啊，她出現了，」她說。「游手好閒的懶惰鬼。」

我尚未支付木屋的租金。晚了兩天。我居然遲繳房租；想到這裡，我幾乎大笑。

「桃樂絲，眞的好抱歉，我十分鐘之內就帶著房租過去。」

「我在這裡等一下，如果妳不介意的話。」

「我不確定我會不會再待下去，我說不定打算離開。」

「那麼妳還是欠我兩天的房租，麻煩妳付我八十美金。」

我低頭走進小木屋，解開不怎麼牢靠的藏錢腰包。今天早上，我坐在床上數錢，我花了好長一段時間點數鈔票，儼然像個小氣的脫衣舞孃，最後獲致重大發現：不知怎麼地，我只剩下八千八百四十九美金。

好好活著還眞是花錢。

開門把錢遞給桃樂絲之時（餘額：八千七百六十九美金），我看到葛芮妲和傑夫在葛芮妲的門廊上閒晃，兩人看著現金易手。傑夫沒有彈吉他，葛芮妲沒有抽菸，他們兩人站在她的門廊上，似乎只是為了便於觀察我的動靜。他們都跟我揮手，**嗨**、**甜心**，我懶懶地揮手回應。我把門帶上，開始打包。

我以前擁有好多東西，現在手邊卻只有幾樣零星物品，感覺眞是奇怪。我沒有打蛋器或是盛湯的器皿，我有幾條床單和毛巾，但是沒有一件像樣的被毯。我有一把剪刀，這樣一來，我才可以隨時胡亂修剪頭髮。我想了不禁莞爾，因為當我們搬在一起住的時候，尼克手邊沒有剪刀，也沒有熨斗和釘書機，我記得我當時問他，他手邊連把剪刀都沒有，怎麼可能像個文明人一樣過活？他說他才不是文明人，然後一把將我擁入懷中，把我推到床上，整個人壓在我身上。我當時放聲大笑，因為我依然是個**酷女郎**。我不但沒有思索他為什麼連把剪刀都沒有，反而放聲大笑。

一個女人絕對不該嫁給一個連把像樣的剪刀都沒有的男人，否則準沒好事。這是我的忠告。

我把衣服摺好，放進我的小背包——也就是那三套我一個月前購買、擺在車子裡的衣服，這樣一來，駕車逃逸之時，我才不必從家裡拿取任何衣物。我把旅行用的牙刷、日曆、梳子、乳液和安眠藥丟進去——我曾打算服用藥物，淹死自己，安眠藥就是那個時候買的。還有我那件便宜的泳裝。整個過程幾乎不花時間，一下子就搞定。

我戴上乳膠手套，擦拭每一樣東西。我抽出排水管，撿拾任何一根塞在裡面的毛髮。說眞的，我不認為葛芮妲和傑夫知道我是誰，但是如果他們知情，我不想留下任何證據。清理之時，我不停跟自己說：這就是妳鬆懈的結果。妳沒有多想，妳沒有隨時提高警戒，結果落到這種下場。妳這個女孩，表現得如此愚蠢，活該被逮到，如果妳在前面的櫃檯留下頭髮，那該怎麼辦？如果妳在傑夫的車裡、或是葛芮妲的廚房

留下指紋，那該怎麼辦？妳怎麼可能認爲自己不需要擔心？我想像警察仔細搜尋一間間小木屋，毫無所獲，接下來鏡頭一轉，如同電影的拍攝手法，鏡頭上出現一根頭髮的特寫，長長的髮絲孤零零地沿著游泳池的水泥地飄動，等著將我定罪。

然後我腦海中浮現另一個念頭：**當然沒有人會出現在此地，搜尋妳的下落。**警方只能憑藉幾個騙徒所言，而他們聲稱曾經親眼目睹愛咪·艾略特·鄧恩出現在一個鳥不生蛋的破舊木屋區。微不足道的小人物試圖拉抬自己的重要性，警方將會做出這番推論。

有人斬釘截鐵般地敲門，父母親大剌剌推門而入之前，通常就像這樣獨斷地敲兩下，意思是：**我是這個地方的屋主。**我站在房間中央，考慮該不該開門。砰、砰、砰。這下我了解爲什麼好多驚悚電影使用那種特效——那種神祕的敲門聲——因爲敲門聲跟惡夢達至同樣的功效。你不知道外面有些什麼，但你曉得你會開門。你心中會浮現跟我一樣的念頭：**壞人絕對不會敲門。**

嗨，甜心，我們知道妳在家，開門！

我卸除我的乳膠手套，打開大門，傑夫和葛芮妲站在我的門廊上，兩人背對陽光，身影朦朧。

「嗨，小美人，我們可以進去嗎？」傑夫問。

「我——其實我正想過去找你們，」我說，試圖裝出隨意匆忙的口吻。「我今天晚上就走了——明天或是今晚。我接到家裡打來的電話，我得啓程回家囉。」

「哪一個家？路易斯安納，還是薩凡納？」葛芮妲說。她和傑夫顯然一直談論我的事情。

「路易斯——」

「哪裡都無所謂，」傑夫說。「讓我們進去坐坐吧，我們過來跟妳說再見。」

他朝向我跨了幾步，我想要尖叫或是用力把門關上，但是我想兩者皆非明智之舉。最好還是假裝一切如常，暗自祈禱果眞沒事。

葛芮妲隨手把門帶上，她靠在門上，傑夫則慢慢晃進小小的臥房，然後走進廚房，一邊閒聊天氣，一邊掀開各個櫃子。

「妳必須把每一樣東西清理乾淨；如果沒有清理乾淨，桃樂絲會扣妳的押金，」他說。「她相當一絲不苟。」他打開冰箱，檢查保鮮儲存格和冷凍庫。「妳連一瓶番茄醬都不可以留下來，我始終覺得這很奇怪，番茄醬又不會變壞。」

他打開衣櫃，拿起我已經疊好的木屋床罩組，抖開床單。「我總是抖一抖床單，」他說。「我只想確定沒有東西夾在裡面，比方說一隻襪子、一件內褲、或是妳的私人物品。」

他拉開我床頭櫃的抽屜，蹲下來查看，一直看到抽屜最裡面。「妳似乎整理得不錯，」他說，他笑笑站了起來，雙手從牛仔褲上移開。「全都收拾得乾乾淨淨。」

他看了我一眼，從頭看到腳，然後再往上一瞧。「甜心，東西在哪裡？」

「什麼東西？」

「妳的錢，」他聳聳肩。「別逼我動粗。我和她眞的需要這筆錢。」

葛芮妲在我身後一語不發。

「我有二十美金。」

「騙人，」傑夫說。「妳每一樣東西都用現金購買，連房租都是付現。葛芮妲看到妳手邊有一大捲現鈔。所以囉，把錢交出來，妳可以離開，我們大家不會再碰面。」

「我會報警。」

「妳去報警啊！請便。」傑夫在旁等候，手臂交握在胸前，大拇指擱在腋窩。

「妳的眼鏡是假的，」葛芮妲說。「鏡片不是玻璃。」

我什麼都沒說，我瞪著她，暗自希望她會退讓。他們兩人看起來相當緊張，說不定緊張到改變心意，戲稱只是跟我開玩笑，然後我們三人放聲一笑，雖然心知肚明，但是全都假裝不知情。

「還有妳的頭髮，妳的髮根已經慢慢冒了出來，顏色金黃，比妳現在染的顏色漂亮多了——妳現在這種髮色叫做什麼來著？鼠灰色？——順帶一提，妳的髮型難看極了，」葛芮妲說。「妳在躲避——誰曉得妳在躲避什麼。我不知道妳在躲避某個男人、或是其他什麼事情，但是妳不會打電話報警，所以囉，拜託把錢交出來。」

「傑夫說服妳這麼做？」我問。

「我說服了他。」

我朝向被葛芮妲擋住的大門移動。「讓我出去。」

「把錢交給我們。」

我試圖抓住大門，葛芮妲朝我揮拳，把我推向牆壁，她揮手打了我一巴掌，另一隻手拉高我的洋裝，一把扯下我藏錢的腰包。

「拜託，不要這樣，葛芮妲，我說眞的，住手！」

她火辣、鹹濕的巴掌依然貼在我的臉上，壓住我的鼻子，一根指頭的指尖刮過我的眼睛。然後她把我推到牆邊，我的頭砰地一聲撞上牆壁，嘴巴一閉，牙齒咬到舌尖。掙扎的過程卻是非常靜默。

我一手握住腰包皮帶的一頭，但我猛流淚水，看不清楚，無法跟她爭鬥。她很快從我手中搶過腰包，指尖刮過我手指的關節，留下灼熱的紅印。她又推了我一下，然後拉開拉鍊，點數鈔票。

「老天爺啊，」她說。「這裡」——她數數——「最起碼有一千美金，說不定兩、三千，我的天啊，他媽的！妳搶了銀行嗎？」

「或許吧，」傑夫說。「說不定她竊盜公款。」

在電影裡——在尼克經常提起的電影裡——我說不定一巴掌推向葛芮妲的鼻尖，打得她血流滿面、神志不清、倒臥在地，然後揮拳痛擊傑夫。但是老實說，我不知道怎麼打架，更何況我有兩個對手，我若動手，似乎沒什麼意義。我會衝向他們，他們會捉住我的手腕，我會像個小孩一樣胡亂揮打，大吵大鬧，說不定他們會非常生氣，痛揍我一頓，我從來沒有被人痛打，我好怕別人動手傷我。

「妳要打電話報警，好，妳打啊，」傑夫又說了一次。

「他媽的！」我輕聲說。

「抱歉對妳做出這種事，」葛芮妲說。「妳到了下一個地方之後，小心一點，好嗎？妳必須裝裝樣子，不要看起來像是一個單獨旅行、逃避躲藏的女孩。」

「妳會沒事的，」傑夫說。

他們離開的時候，他拍了拍我的手臂。

床頭櫃上留有一個二十五分錢和一個十分錢的銅板，這些是我在世上僅剩的錢財。

尼克・鄧恩

事發之後九日

早安！我坐在床上，筆電擺在旁邊，盡情享受網路上對我那次即興訪問的評論。我左眼球稍微顫動，昨晚喝了那些便宜的威士忌，今天有點宿醉，但是除此之外，我倒是相當心滿意足。昨晚我布下第一道線，誘使我老婆回家。**我好抱歉，我會補償妳，從現在開始，妳要我做什麼，我就做什麼，我會讓全世界知道妳是多麼特別。**

因爲啊，除非愛咪自己決定現身，否則我就完蛋了。坦納的私家偵探（我原本希望看到一個醉醺醺、狀似幫派電影裡的密探，但那位偵探卻是一個瘦高結實、衣冠楚楚的傢伙）目前依然一無所獲——我老婆做得天衣無縫，讓自己消失無蹤。我必須說服愛咪回到我身邊，利用讚美和降書誘使她現身。

網路上的評論若是透露任何訊息，那麼我這步棋顯然下對了，因爲反應極佳，而且非常正面：

那個冷酷無情的傢伙解凍了！

我就知道他是個好人。

酒後吐眞言！

說不定他根本沒有殺她。

說不定他根本沒有殺她。

說不定他根本沒有殺她。

而且他們不再稱我爲「藍斯」。

我家門外，攝影人員和記者們焦躁不安，大家都想從這個或許根本沒有殺妻的傢伙口中，得到一番聲明。他們對著我拉下的百葉窗大喊大叫；**嗨，尼克，拜託出來一下，跟我們談一談愛咪。嗨，尼克，跟我們說一說你們的尋寶遊戲**。對他們而言，這不過是提升收視率的新花招，但是聽起來遠勝過**尼克、你有沒有殺害你太太？**

過了一會，他們忽然大喊小戈的名字——他們非常喜歡小戈，小戈不會面無表情，擺出一張撲克臉，小戈的傷心、生氣、擔憂全都寫在臉上，你一看就知道；若再加上一些字幕，事情的來龍去脈立即分曉。**瑪戈，妳哥哥是無辜的嗎？瑪戈，跟我們說一說……坦納，你的當事人是無辜的嗎？坦納——**

門鈴響了，我一邊開門一邊躲在門後，因爲我依然衣冠不整；我的頭髮亂翹，內褲皺巴巴，肯定給人留下某種印象。昨天晚上、面對鏡頭時，我有點微醺，酒後吐眞言，一副墜入愛河的模樣，相當討喜。現在我看起來只像個醉鬼。我關上大門，等著網路冒出另外兩則熱切的評論，稱許我昨晚的表現。

「你絕對——絕對——不可以再做出這種事情，」坦納率先開口。「尼克，你究竟是哪根筋不對？我覺得我必須幫你繫上一條那種牽絆小孩的繩索。你怎麼可能如此愚笨？」

「你看到網路上的評論嗎？大家愛極了。我正在扭轉大眾觀感，你不是叫我這麼做嗎？」

「你不可以在缺乏控制的環境下做出這種事，」他說。「如果她是艾倫．亞波特的手下呢？如果她開始問些比較棘手的問題，而不只是**親愛的甜心、你想跟你太太說些什麼？**」他嗲聲嗲氣地問了這個問題，噴了古銅仿曬油的臉孔泛出紅光，一張臉像是灼灼發光的調色盤。

「我相信我的直覺。我是個記者，坦納，我看得出對方在鬼扯，你別小看我。她眞的非常善良。」

他在沙發上坐下，雙腳跨在那張絕對不會自行翻倒的椅凳上。「是喔，沒錯，你太太不也曾經非常善良嗎？」他說。「安蒂也是。你的臉頰還好吧？」

臉頰依然作痛；他一提醒，我臉上被咬傷的部位似乎隱隱抽痛。我轉向小戈，尋求協助。

「這樣做不聰明，尼克，」她邊說邊在坦納對面坐下。「你非常、非常幸運——結果相當不錯，但是可能不是如此。」

「你們眞是小題大作。我們難道不能稍微享受一下嗎？過去九天以來，只有這麼一點好消息，我們不能放鬆三十秒鐘、享受這一刻嗎？拜託？」

坦納一臉尖刻地看著他的手錶。「好，開始計時。」

我開口說話時，他伸出食指，口中喃喃發出 uhp、uhp 的聲響——也就是那種小孩想要插嘴的時候、大人示意他不要講話的噪音。他慢慢放低食指，然後把食指貼在錶面。

「好，三十秒到了，你享受夠了嗎？」他稍作停頓，看看我是否打算說些什麼——那種沉默帶著對立的氣氛，就像是學生搞怪、老師問了一句：你說夠了沒有？然後兩人默不作聲。「現在我們必須談一談。就目前的局面而言，我們必須掌握絕佳的時機，這一點非常重要。」

「我同意。」

「喔、謝啦。」他朝我揚起一邊眉毛。「我想要儘快跟警方聯絡，趕快讓他們知道木棚裡面有些什麼東西。趁著那群庶民大眾——」

「庶民大眾」就行了，我心想，不需要加上「那群」。愛咪曾經指正過我。

「——全都再度對你著迷。嗯，對不起，我說錯了，沒有所謂的『再度』。最後還有一點，記者們已經知道小戈住在哪裡，我們不能繼續隱瞞木棚和裡面的東西，這樣我不放心。艾略特夫婦那邊……？」

「我們不能指望得到艾略特夫婦的支持，」我說。「再也不行。」

坦納再度默不作聲。他決定不要教訓我，他甚至沒問發生了什麼事。

「所以啊，我們必須主動出擊，」我說，我感覺自己充滿怒氣、碰也碰不得、準備出擊。

「尼克，事情略有轉機，但你不能因而覺得誰都動不了你，」小戈說。她從皮包裡拿出幾顆強效藥丸，塞到我的手裡。「趕快擺脫宿醉。你今天必須處於最佳狀況。」

「我會沒事的，」我跟她說。我把藥丸丟進嘴裡，轉向坦納。「我們該怎麼做？我們擬定計畫吧。」

「太好了，我們這麼辦，」坦納說。「此舉極不尋常，但這就是我的作風。我們明天接受莎朗・薛貝爾的訪問。」

「哇，這……你確定嗎？」莎朗・薛貝爾是我夢寐以求的最佳人選：她是當今收視率最佳（三十到五十五歲的年齡層）的新聞主播，而且是全國聯播網（播送範圍超過有線電視網）的女性主播（足以證明我有辦法跟女性族群建立互信互諒的關係）。眾人皆知她不願蹚渾水，極少報導真實犯罪的新聞，但是當她製作此類報導之時，她卻秉持高度正義感。兩年前，她爲一位年輕的媽媽發聲，這位母親因爲搖晃嬰孩致死而入獄，連著幾個晚上，莎朗・薛貝爾提出完整周詳——而且感人至深——的法律辯護，如今，這位母親已經回到內布拉斯加的家中，再婚，而且正在待產。

「沒錯。影片在網路散播之後，她跟我們聯絡。」

「這麼說來，影片確實有所幫助。」我克制不了自己，非得提一提。

「那段影片提供一個有趣的可行之道：影片出現之前，你顯然是凶手。現在雖然機率甚低，但是你可能不是凶手。我不知道你怎麼辦得到，你終於讓大家覺得你似乎真的——」

「那是因爲昨天晚上的訪問確實有個目的：說服愛咪回家，」小戈說。「那是一個主動出擊的策略，之前只是虛僞、縱容、空泛的溢美之詞。」

我對她笑笑，表示感謝。

「好吧，別忘了這個訪問符合我們的需求，」坦納說。「尼克，我可不是亂搞；此舉超乎尋常。大部分的律師會叫你閉嘴，但是我一直想要試試這種方式。媒體已經滲透法律的每一個層面，網際網路、臉書、YouTube氾濫，你再也找不到一個公正客觀的陪審團員。沒有人是白紙一張。百分之八、九十的案件，還沒上法庭之前，你的命運已被裁定。因此，我們何不利用現勢，掌控說辭。但是這麼做有些風險。每一個字、每個姿勢、每個訊息，我都要你事先演練。但是你也必須表現自然、討人喜歡，否則將會達到反效果。」

「喔，聽起來簡單，」我說。「百分之百事先設計，但是完完全全眞心誠意。」

「你遣詞用字必須非常小心，而且我們會事先告訴莎朗，你不打算回答某些問題。她還是會問你，但是我們會教你怎麼回答，**由於涉入此案的警員造成某些偏見，因此，儘管我非常願意坦誠相告，但是很不幸地，我現在眞的無法回答這個問題**——而且你得說得讓人信服。」

「像是一隻會講話的小狗。」

「沒錯，像是一隻會講話、而且不想坐牢的小狗。我們如果能讓莎朗．薛貝爾為你伸張正義，尼克，我們就穩操勝算。此舉極不尋常，但這就是我的作風。」坦納又說了一次。他喜歡這句話；這句話是他的主題曲。他稍作停頓，皺皺眉頭，藉此裝出深思的模樣。他打算說出幾句我不想聽的話。

「你想說什麼？」我問。

「你必須把安蒂的事情告訴莎朗．薛貝爾——因爲這樁婚外情將會曝光，絕對會的。」

「這會兒社會大眾終於開始對我產生好感，你要我改變他們的觀感？」

「尼克，我跟你**發誓**——我已經處理過多少案件？婚外情總會曝光——不曉得為什麼，不曉得經由什麼管道，但是大家總會知情。你若據實相告，我們可以加以掌控。你告訴她關於安蒂的事情，然後眞心誠意地道歉，好像你如果不道歉，性命就會不保。你出軌，你只是一個愚笨、軟弱的男人。但是你深愛你的太太，而且你會好好補償。你將接受訪問，訪問下個星期播出，播出之前，所有內容都不准曝光——因此，電視臺不可以在廣告中提到安蒂，利用婚外情吊一下觀眾的胃口。他們只能使用『爆炸性的消息』這個字眼。」

「這麼說來，你已經跟他們提到關於安蒂之事？」

「老天爺**啊**，當然沒有，」他說。「我跟他們說：我們會提出一個**爆**炸性的消**息**。所以囉，你將接受訪問，而且我們有大約二十四小時的時間準備。訪問播出之前，我們抓準時間，把安蒂和木棚的事情告知邦妮和吉爾賓。**喔、我的天啊，我們幫你們做了彙整：愛咪還活著，而且陷害了尼克！她是一個善妒的瘋子，而且設計陷害尼克！天啊，人心眞是險惡！**」

「既然如此，我們何不告訴莎朗．薛貝爾？跟她說愛咪陷害我？」

「原因之一，你坦承招認安蒂之事，懇求大家的諒解，全國上下因而受到制約，準備原諒你。他們會為你抱憾——美國大眾最喜歡看到犯了過錯的人道歉。但是你不能吐露任何讓你太太難堪的事情；大家都不樂見出軌的先生將責任歸咎於太太。讓其他人在隔天替你發聲：根據**接近警**方的消**息來源**，尼克的太太——那個他發誓全心全意深愛的太太——設計陷害他！這是絕佳的電視題材。」

「原因之二呢？」

「『愛咪為什麼陷害你』，這事解釋起來過於複雜，你沒辦法一言以蔽之，將之簡化為一段媒體可以引用的話。這可不是絕佳的電視題材。」

「我覺得作嘔，」我說。

「尼克，你——」小戈開口。

「我知道、我知道，我非做不可。但是你必須把自己最隱密的事情跟全世界分享，你們能夠想像那種滋味嗎？我知道我非做不可。我也曉得此舉對我們有所助益，這是唯一可能說服愛咪回家的方式，」我說。「她想要讓我當眾受到羞辱——」

「懲戒，」坦納插嘴。「『羞辱』二字聽起好像你覺得自己很可憐。」

「——而且當眾道歉，」我繼續說。「但是我的心情會他媽的非常差勁。」

「我們開始行動之前，我必須跟你實話實說，」坦納說。「跟警方全盤托出——愛咪陷害尼克等等——這樣做有些風險。一旦認定嫌犯是誰，大部分的警察根本不願意轉向。他們不會接納其他可能性。因此，我們若是據實相告，他們可能大笑三聲，然後將你逮捕——不但如此，我們等於事先告知我方的辯護策略。因此，他們可以詳盡規畫如何在法庭上打垮我們。」

「好吧，等等，坦納，這樣聽起來眞的很糟，」小戈說。「相當不妥，極爲糟糕。」

「讓我把話說完，」坦納說。「首先，尼克，我覺得你想的沒錯，我認爲邦妮不相信你是凶手，我認爲她願意接納另一個可能的推論。她在警界的聲譽不錯，行事公正，而且辦案的直覺敏銳。我跟她談過話，感覺還不錯。我覺得各項證據讓她把箭頭指向你，但是我認爲她的直覺告訴她有些地方不太對勁。更重要的是，如果我們眞的上了法庭，我也不會採用『愛咪設計陷害你』這套辯護策略。」

「你這話是什麼意思？」

「就像我之前說的，這事解釋起來過於複雜，陪審團不可能聽得懂。請相信我，你的說詞如果不是絕佳的電視題材，陪審團肯定聽不進去。我們最好採用O．J．辛普森的辯護策略，提出一套簡單的說法：警方無能、警方想要把你定罪、一切都是間接證據、手套尺寸不合等等，諸如此類的嘰哩呱啦廢話。」①

「嘰哩呱啦的廢話，你的辯護策略倒是讓我信心十足，」我說。

坦納的臉上閃過一絲笑容。「陪審團員們非常喜歡我，尼克，我跟他們是同一種人。」

「你跟他們剛好相反，毫無相似之處，坦納。」

「讓我做個修正：他們想要認爲他們跟我是同一種人。」

現在這個時候，不管做什麼事情，我們都得面對一群爭先恐後的狗仔隊，因此，小戈、坦納和我在此起彼落、霹霹啪啪的鎂光燈中走出家門（「別低頭，」坦納提出勸告，「別微笑，但也不要露出羞愧的表情。不要匆忙，步行即可，讓他們拍照，如果你想要責罵他們，先把門關上，然後再破口大罵，你想要怎麼罵都行。」）我們正要前往聖路易，我將在那裡接受訪問，坦納的太太貝琪也將就近幫我演練。貝琪曾是電視主播，後來轉行擔任律師，她是「波爾特與波爾特事務所」的兩位合夥人之一。

坦納和我一部車，小戈開車追隨，後面跟著六部新聞採訪車，一部跟著一部，車車相隨，感覺怪異。但是當聖路易的拱門慢慢浮現在天際線後方之時，我已經不再想著狗仔隊。

等到我們抵達坦納在旅館頂樓的套房之時，我已經準備進行各項必要的工作，一舉搞定我的訪問。我再次渴望有首專屬的主題曲：一個個影像交互重疊，影像中的我整裝待發，準備面對一場大戰。練習拳擊使用的那個速度球，如果打起心智拳擊，不曉得該怎麼稱呼？

一位明艷動人、身高六呎的黑人女士應門。

「嗨，尼克，我是貝琪．波爾特。」

我以爲貝琪．波爾特是一位嬌小、金髮、白皙的南方閨秀。

「別擔心，剛見到我的時候，每個人都感到訝異。」貝琪笑笑，她迎上我的目光，跟我握握手。「坦納和貝琪，我們聽起來好像應該登上《學院時尚權威指南》的封面，是嗎？」

「《學院時尚權威手冊》，」坦納一邊糾正一邊親吻她的臉頰。

「你看看，他竟然知道那本書，」她說。

她帶著我們走進頂樓套房，套房令人一見難忘——起居室一扇扇落地窗，滿室陽光，兩側各自延伸為臥室。坦納先前信誓旦旦地說，基於對愛咪爸媽的尊重，他不能下榻卡賽基的Days Inn，但是小戈和我都懷疑他之所以不能待在卡賽基，原因在於距離最近的五星級旅館都在聖路易。

我們先寒暄一番，閒聊貝琪的家世、學業、事業（樣樣出眾，頂尖成就，令人讚嘆），飲料分送到每個人的手中（汽水加上克拉瑪特辣番茄汁，小戈和我逐漸認定坦納藉此擺架子，他似乎認為這種古怪的飲品塑造出某種形象，就像我大學時代戴上平光眼鏡）。然後小戈和我陷入皮沙發椅之中，貝琪坐在我們對面，她併起兩腿，靠向一側，好像一道斜線，姿態優美而專業。坦納在我們後面踱步，靜靜聆聽。

「好，尼克，」貝琪說。「恕我直言，好嗎？」

「好。」

「除了昨天晚上你在酒吧的訪問，也就是你在『誰是凶手』部落格的那段影片，你在電視媒體的表現**相當糟糕**。」

「我之所以選擇在平面媒體工作，並非不無道理，」我說。「一看到鏡頭，我整張臉都凝固。」

「沒錯，」貝琪說。「你看起來像是殯葬師，非常僵硬，但是我有一個小撇步，可以改善這種狀況。」

「喝杯小酒？」我問。「昨天晚上接受部落格訪問的時候，酒精派上了用場。」

「這會兒行不通，」貝琪說。她開始架設攝影機。「我想我們不妨先演練一次。我來當莎朗，我來問一些她說不定會提出的問題，你盡量用你平常的樣子回答，這樣一來，我們就知道你出錯到了什麼地步。」她又笑笑。「等等。」她身穿藍色的連身洋裝，手邊擺著一個眞皮大包包，她從皮包裡掏出一串珍珠項鍊，啊，莎朗．薛貝爾一貫的裝扮。「坦納？」

她先生幫她扣緊珍珠項鍊，項鍊戴好之後，貝琪露齒一笑。「我向來做到百分之百眞確，除了我的喬治亞口音之外。噢，還有一點，我是黑人。」

「我只看到莎朗．薛貝爾出現在眼前，」我說。

她啓動攝影機，在我對面坐下，深呼吸一下，把頭低下，然後抬頭一看。「尼克，這個案子有很多矛盾之處，」貝琪模仿莎朗在鏡頭之前的圓潤聲調。「首先，你能不能爲我們的觀眾詳細說明你太太失蹤當天的狀況？」

「關於這個問題，尼克，你只要提一提你們的結婚紀念日早餐就行了，」坦納插嘴。「因爲大家已經知道這事。但是不要提到時間點，也不要討論早餐之前和之後的事情。你只要強調那是你們最後一次共享美好的早餐，好嗎？請繼續。」

「好。」我清清喉嚨。攝影機的紅光一閃一閃；貝琪擺出一副記者探詢的表情。「嗯，大家都曉得，那天是我們結婚五周年紀念日，愛咪早早起床，烹製法式薄餅——」

貝琪的手臂猛然一揮，我的臉頰忽然一陣刺痛。

「搞什麼鬼？」我說，試圖理解剛才怎麼回事。一顆櫻桃紅的水果軟糖掉落在我的大腿上。我舉起軟糖。

「每次你一緊張，每次你那張英俊的臉龐戴上殯葬師的面具，我就丟一顆水果軟糖打你，」貝琪解釋，好像此舉非常合理。

「這樣會讓我比較不緊張？」

「這招相當有用，」坦納說。「她就是用這招指導我，但是我記得她對我丟石頭。」他們交換一個夫妻之間的微笑——啊、你這個傢伙喔！——我看得出來：他們是那種默契十足、似乎總是主演他們自己晨間脫口秀的夫妻。

「好，再來一次，但是多說說法式薄餅，」貝琪說。「它們是不是你的最愛？還是她的最愛？那天早上，當你太太幫你烹製法式薄餅時，你爲她做了什麼？」

「我在睡覺。」

「你幫她買了什麼禮物？」

「我當時尚未購買。」

「噢，我的天啊。」她朝著她先生翻翻白眼。「那麼你就大力稱讚那些薄餅，非常、非常、非常努力稱讚，好嗎？你不妨說一說你那天打算幫她買什麼禮物？因爲啊，我知道你絕對不會空手回到家中。」

我們再來一次，我敘述我們的「法式薄餅傳統」（其實沒這回事），我描述愛咪多麼仔細、多麼精於挑選我們的禮物（另一顆水果軟糖直直打中我的鼻尖，我馬上放鬆下巴），我詳述我這個大笨蛋（「強調自己是個傻呆呆的老公，這點絕對錯不了，」貝琪提出忠告），依然試圖想出某個討她歡心的點子。

「她倒不是特別喜歡昂貴或是花俏的禮物，」我開口，坦納丟了一團紙球打我。

「怎麼了？」

「過去式。提到你太太的時候，不要再用他媽的過去式。」②

「據我所知，你和你太太碰到一些問題，」貝琪繼續。

「過去幾年不太順利，我們兩人都失業。」

「沒錯，好極了！」坦納大聲說。「你們兩人。」

「我們搬回這裡，幫忙照顧我的父母，我爸爸患了阿茲海默症，我媽媽罹患癌症，已經離世，除此之外，我還全心投入我的新工作。」

「好，尼克，很好，」坦納說。

「務必提到你跟你媽媽多麼親密，」貝琪說，即便我根本從來沒有對她提過我老媽。「沒有人會出面否定這事，對不對？沒有任何『惡毒老媽』或是『惡毒老爸』的故事流傳在外？」

「沒有，我媽媽和我感情很好。」

「好，」貝琪說。「那麼你就常常提到她。你跟你妹妹一起經營酒吧，是嗎？提到酒吧的時候，別忘了一併提到你妹妹。如果你自己經營酒吧，你是一個花花公子；如果你跟你親愛的雙胞胎妹妹一起經營，你不過是一個——」

「愛爾蘭人。」

「請繼續。」

「因此，很多事情累積在一起，慢慢醞釀出——」

「不對，」坦納說。「這麼一說，好像暗示醞釀出某樁爆炸性事件。」

「好吧，我們之間有點脫序，但是我把我們的結婚五周年紀念日視爲一個轉機，我打算趁機重新喚起我們的感情——」

「重新對我們的感情許下承諾，」坦納大聲說。「重新喚起，表示感情已經凋零。」

「重新對我們的感情許下承諾——」

「這麼說來，你幹嘛跟一個二十三歲女孩上床？這跟重振你們的婚姻有何關係？」貝琪問道。

坦納朝著她扔了一顆水果軟糖。「小貝，這樣有點不符合妳扮演的角色。」

「男士們，對不起，但我是個女人，那番話聽起來像是鬼扯，八竿子打不上關係的屁話。**重新對感情許下承諾**，拜託喔，愛咪失蹤的時候，那個女孩依然跟你有所牽扯。女士們會憎恨你，尼克，除非你忍氣吞聲，低頭認錯。有話直說，不要拖拖拉拉。你可以順著語氣說下去：**我們丟了工作，我們搬回來，我爸媽來日不多，然後我搞砸了，我真的搞砸了，我忘了自己是誰，很不幸地，失去愛咪之後，我才意識到這一點**。你必須承認自己是個混蛋、一切都是你的錯。」

「嗯，基本而言，每一個男人都應該這麼說，不是嗎？」我說。

貝琪瞪一瞪天花板，一臉不悅。「你這是什麼態度？尼克，上電視的時候，你真的必須非常小心。」

---

① 在喧騰一時的辛普森殺妻案之中，辯方律師請辛普森戴上沾了血的手套，結果發現手套太小，尺寸不合，這一點成了辛普森被判無罪的重要關鍵。

② 原文之中，尼克說：「It wasn't like she even liked expensive or fancy presents.」。

愛咪・艾略特・鄧恩

事發之後九日

我身無分文，而且正在跑路，多麼像是一部他媽的寫實電影。只不過我坐在我的福特嘉年華汽車裡，車子停在一個速食商場的停車場盡頭，商場位居密西西比河畔，面積龐大，食鹽和加工肉品的氣味，飄盪在溫煦的微風之中。現在已是傍晚——我已經浪費了好幾個鐘頭——但我無法行動。我不知道前往何處。時間一個鐘頭接著一個鐘頭過去，車子似乎愈來愈小——我必須像個胎兒一樣縮成一團，不然雙腿會發麻。我今晚肯定無法好好睡一覺。車門上了鎖，但我依然等著有人敲敲車窗，我知道我會偷偷抬頭瞧瞧，窗外要嘛冒出一個牙齒歪斜、甜言蜜語的連續殺人犯（如果我眞的遭到謀殺，豈非相當諷刺？），要嘛就是一個神情嚴肅、命令我出示證件的警察（如果我在停車場被人尋獲，而且看起來像個游民，豈非更加糟糕？）。此地餐廳永遠不熄燈，招牌始終閃閃發光；停車場像是足球場一樣燈火通明——我又想到自殺，監獄之中，犯人若是想要自殺，就會被關到二十四小時燈火通明的囚室觀察，想來眞是可怕。我的油箱只剩下不到四分之一，想來更是可怕：我朝著任何一個方向前進，頂多只能開一個鐘頭，因此，我必須謹愼選擇。朝南是阿肯色州，朝北是愛荷華州，朝西則是回到奧查克，說不定我應該朝東前進，越過大河，進入伊利諾州。我到哪裡都會碰到大河。我追隨著大河，或是大河追隨著我。

忽然之間，我知道我必須怎麼做。

尼克・鄧恩

事發之後十日

受訪當天，我們擠在坦納旅館套房多出來的房間裡，演練我的臺詞，打點我的外貌。貝琪針對我的穿著大作文章，小戈拿起指甲刀修剪我兩耳上方的頭髮，在此同時，貝琪試圖說服我化妝——上一點粉，減少油光。我們全都壓低聲音說話，因爲莎朗的工作小組正在外面打點現場；訪問將在套房的起居室舉行，俯瞰聖路易的拱門。**通往西方的閘道**。這個地標隱隱象徵美國中部，表示**你人在這裡**，除此之外，我不確定它代表什麼意義。

「你最起碼必須上一點粉，尼克，」貝琪終於開口，然後拿著粉餅逼向我。「你一緊張，鼻子就冒汗，尼克森就是因爲鼻子冒汗而輸了大選。」坦納好像指揮一樣監督一切。「那一邊不要剪得太短，小戈，」他大喊。「小貝，仔細上粉，寧願太少，不要太多。」

「你先前應該幫他打一針肉毒桿菌，」她說。除了消除皺紋之外，肉毒桿菌顯然也能防止流汗——他們一些當事人出庭之前，曾在腋下注射肉毒桿菌素，他們也已建議我接受注射。**如果我們上法庭的話**，他們講得相當婉轉，悄悄建議。

「是喔，我太太失蹤了，我卻打肉毒桿菌美容，我們眞的想讓媒體聽到這種風聲嗎？」我說。「喔、對不起，我應該用現在式。」①我知道愛咪尙在人間，但是她離我好遠，跟死了差不了多少。對我而言，這個老婆已是過去式。

「逮到自己說錯話，好極了，」坦納說。「下一次話還沒說出口，你就必須提醒自己不要說錯話。」

下午五點，坦納的電話響了，他看看來電顯示。「邦妮。」他讓電話轉接語音信箱。「我待會兒回電。」他不想得知任何新的資訊、質疑或是謠言，迫使我們重新構思我們的說詞。我同意：此時此刻，我不想讓邦妮盤據我的思緒。

「你確定我們不應該聽一聽她有何要求？」小戈說。

「她想要再惡搞我，」我說。「我們過幾個鐘頭再回電，她可以等。」

我們全都重新變換位置，大家一致行動，再度跟自己保證這通電話不足掛心。整個房間安靜了三十秒鐘。

「我得說啊，有機會跟莎朗．薛貝爾碰面，我倒是出奇興奮，」小戈終於說。「她相當有格調，不像**那個宗毓華。」**

我大笑，正是小戈想要達到的效果。我們老媽非常欣賞莎朗．薛貝爾，極度厭惡宗毓華——她一直無法原諒宗毓華在電視上羞辱金瑞契的母親，我不太記得那個訪問，大概是關於金瑞契咒罵希拉蕊．柯林頓是個婊子，我只記得我們的老媽對此非常不滿②。

下午六點，我們走進起居室，室內擺著兩張椅子，椅子面對面，背景則是聖路易的拱門。時間掐得剛剛好：拱門閃閃發光，但是落地窗不至於散發刺目的落日餘暉。我一生之中最重要的時刻，我心想，卻必須配合陽光的角度。一位我不記得她叫做什麼的製作人，踏著超高的高跟鞋，咚、咚、咚朝著我們走過來。她跟我解釋接下來會有哪些狀況。問題可能重複數次，好讓訪問過程看起來自然流暢，同時也讓攝影機拍攝莎朗．薛貝爾的反應。回答問題之前，我不能跟我的律師交談，我可以重新措辭，但是不可以改變實質內容。這裡有一杯水，讓我們幫你別上麥克風。

我們邁步走向椅子，貝琪輕輕推一下我的手臂。我低頭一看，她秀出一口袋的水果軟糖。「記住喔……」她說，然後伸出手指戳我一下。

套房房門忽然大開，莎朗．薛貝爾走了進來，動作優雅自然，好像被一群天鵝簇擁而入。她長得相當漂亮，說不定看起來始終成熟穩重，說不定鼻子永遠不會冒汗。她一頭濃密的黑髮，一雙褐色的大眼睛，看起來可能柔順脆弱，也可能淘氣惡毒。

「哇，莎朗！」小戈說，她模仿我們的老媽，興奮地低聲說。

莎朗轉向小戈，一臉莊嚴地點點頭，朝著我們走過來。「我是莎朗，」她邊說邊跟我和小戈握手，聲音和善低沉。

「我們的母親以前非常欣賞妳，」小戈說。

「我至感榮幸，」莎朗說，設法保持和善。她轉向我，正要開口跟我說話時，她的製作人就踩著高跟鞋咚咚而至，在她耳邊說些悄悄話。製作人靜待莎朗的反應，然後再一次在她耳邊低語。

「噢，我的天啊，」莎朗說。她再一次轉向我，這回臉上毫無笑意。

---

① 尼克再度口誤，原文是：「…while my wife **was** missing.」。

② 一九九五年，宗毓華訪問金瑞契的母親凱瑟琳，金瑞契當時是眾議院議長，與柯林頓總統不合，宗毓華問金瑞

契老太太有沒有聽過兒子對希拉蕊的看法，金瑞契老太太說有，但是不能在電視上說。宗毓華說：「妳何不悄悄告訴我，只有你知、我知而已。」金瑞契老太太附耳說道：「她是個婊子。」這段訪問引起軒然大波，新聞界指責宗毓華不應該套話，誘使金瑞契老太太失言，宗毓華引導、製造假新聞，成爲新聞倫理的負面教材。

愛咪・艾略特・鄧恩

事發之後十日

我做了決定；我決定打個電話。今天晚上才能碰面——可想而知，目前的狀況有些複雜——因此，我打點門面，梳妝打扮，藉此打發白天的時間。

我在麥當勞的洗手間梳洗——弄濕紙巾，沾上一些綠色的膠狀物——換上一件便宜、單薄的無袖洋裝。我思索我將說些什麼。我出奇地期待此次會面。我已經受夠了這種狗屎日子：大家共用洗衣機，某人濕淋淋的內褲總是捲成一團，纏繞在洗衣機軸心最上端，你必須捏著手指、遲疑不決地把它剝下來；小木屋地氈的各個角落始終潮濕，原因不明；浴室的水龍頭滴滴答答。

五點時，我開車朝北前進，駛向碰面之處，也就是一個名爲「馬蹄鐵胡同」的賭場。開著開著，賭場憑空冒了出來，稀疏的林木之中忽然出現一棟霓虹燈光閃爍的建築物。我靠著僅存的汽油慢慢駛進——我聽過這種老掉牙的說法，卻從來不曾親身體驗——把車停好，觀看眼前的景象：一群老人拄著枴杖和助行器，巍巍顫顫地拖著氧氣筒，好像殘缺的昆蟲一樣匆匆朝向明亮的霓虹燈前進。一群群八十多歲的老先生進出賭場，老先生們看了太多拉斯維加斯的電影，試圖在密蘇里州的林間模仿酷勁的鼠黨，穿著打扮過分講究，渾然不覺自己看起來多麼可笑。

我走過一個閃閃發亮的廣告看板——一個五〇年代的嘟哇樂團重新攜手登臺，而且只演出兩晚！——

進入賭場。賭場裡面密不通風，非常寒冷。吃角子老虎機鏗鏘作響，機器聲聲歡唱，螢幕之前卻是一張張戴著氧氣面罩、叼著香菸、流著口水、表情枯燥的臉孔，兩者極不搭調。投入十分錢、投入十分錢、投入十分錢，叮、叮、叮！投入十分錢、投入十分錢。他們浪費的金錢，全都用來資助經費不足的公立學校，而他們那些百般無聊、惹人討厭的兒孫，正是公立學校的學子。投入十分錢，投入十分錢。一群喝得爛醉的男孩跌跌撞撞地走過，八成是單身漢派對。男孩們灌了一杯杯烈酒，每個人的嘴唇濕答答；他們身強體壯，剪了一頭俐落、層次分明的短髮，根本沒有注意到我。他們講到女孩子，幫我們找幾個女孩過來，但是除了我之外，放眼望去都是上了年紀的黃金女郎。男孩們將不停喝酒，藉由酒精化解心中的失望，然後試圖保持清醒，以免在回家的路上酒醉肇事，撞死其他開車的人。

我依照計畫，坐在賭場入口最左側的酒吧區等候，我看著一個年邁的少年樂團在一大群白髮蒼蒼的觀眾面前表演，觀眾們隨著樂聲捻動手指，拍手喝采，骨節突起的指頭笨拙地翻弄賭場贈送的花生。歌手們骨瘦如柴，身穿花俏到令人眼花撩亂的禮服，看起來無精打采，他們小心翼翼地轉圈，慢慢搖晃動過髖關節置換手術的臀部，跳起垂死之舞。

乍聽之下，賭場似乎是個理想的會面場所——賭場剛好位於公路旁，裡面全是醉鬼和老人，兩者的視力都不佳。但是這會兒我覺得全身發冷，受到圍困。我察覺每個角落都有監視攝影機，每一扇門隨時都可以啪地關上。

「愛咪。」

我正想離開的時候，他就輕鬆地走進來。

我打了電話給忠誠的戴西，請求他的協助（與共謀）。我始終從未完全斷絕跟戴西的聯繫，儘管我和尼克以及我爸媽說過一些話，其實我一點都不怕戴西。戴西也住在密西西比河域，我始終知道他說不定會派上用場。妳最起碼得有另一個男人願意爲你赴湯蹈火，戴西就是那種白馬騎士型的男子。他非常喜歡境遇坎坷的女人。威克夏學苑畢業之後，這些年來我們閒聊時，我問起他最近一任女友，不管是哪一個女孩子，他總是說：「噢，很可惜，她最近不太好。」但我知道戴西交上好運，一點都不可惜，因爲這些女孩患了飲食障礙症、止痛藥成癮，或是重度憂鬱症。戴西生平最快樂的時光，莫過於陪伴在床邊。不是一起上床，而只是端著熱湯和果汁隨侍在側，輕輕地、生硬地說：**可憐的小寶貝**。

這會兒他出現在賭場裡，一身潔白的仲夏西裝，瀟灑自在（戴西按月更換行頭——適合六月分的穿著，到了七月分就不合時宜——我始終非常敬仰這種紀律，柯林斯一家的精準裝扮）。他看起來好極了。我則不然。我太在意我霧濛濛的眼鏡，以及腰間多出的一圈贅肉。

「愛咪。」他摸摸我的臉頰，然後把我拉進懷裡，輕輕擁抱。只是輕擁，而非摟抱，戴西不來這一套。那種感覺比較像是被某種專門爲你設計的東西包圍起來。「甜心，那通電話！妳絕對無法想像我的感覺。我以爲我瘋了，我以爲我憑空想像妳打電話來！我做過這樣的白日夢，在我的夢中，不知怎麼地，妳還活著，然後我就接到妳的電話！妳還好嗎？」

「現在好多了，」我說。「我不害怕了。最近眞是糟糕。」然後我忽然哭了起來，不是假哭，而是眞正掉淚，這不在我的計畫之內，但是哭一哭，我覺得輕鬆多了，況且淚水恰好搭配目前這一刻，充分顯現我允許自己完全鬆懈。過去這一陣子，我戰戰兢兢，切實執行計畫；我戒愼恐懼，生怕事跡敗露；我痛失錢財，遭到背叛，受人擠推；生平第一遭，我孤苦無依，只能依靠自己，心中升起全然的惶恐。此時此刻，所有壓力與恐懼全都悄悄流逝。

哭哭啼啼大約兩分鐘之後，我看起來漂亮極了——若是超過兩分鐘，鼻水開始流個不停，眼睛漸漸浮腫，但是只要不超過兩分鐘，我的雙唇更加豐潤，雙眼更加圓亮，臉頰一片紅潤。我靠在戴西筆挺的肩上哭泣，心中一邊暗數：one Mississippi、two Mississippi①——啊，又是密西西比河——數到一分四十八秒之時，我悄悄制住淚水。

「甜心，我沒辦法早點趕到，眞是抱歉，」戴西說。

「我知道賈桂琳把你的日程排得非常滿，」我躊躇地說。戴西的媽媽是我們兩人之間的敏感話題。他仔細端詳我。「妳看起來非常……不一樣，」他說。「尤其是妳的臉，好圓、好胖。還有妳的頭髮，看起來——」他突然住嘴。「愛咪，我只是想不到自己會如此感恩。告訴我發生了什麼事。」

我陳述一番陰鬱駭人的經歷：先生善妒，脾氣暴躁，中西部飲食單調，天天牛排和馬鈴薯，一成不變，難以下嚥，我足不出戶，成天被關在家裡，受到獸性的支配。霸王硬上弓，避孕藥，烈酒，拳腳相向。尖銳的牛仔靴，肋骨之間挨了幾腳，恐懼和背叛，父母無動於衷，孤立無援。尼克最後還說：「妳永遠不可能離開我，我會殺了妳。不管如何，我都會找到妳。妳屬於我。」

爲了保護我自己和胎中嬰兒的安全，我必須消失，我也非常需要戴西的幫助。戴西，我的救世主。戴西渴求境遇悲慘的女人，我的故事肯定滿足他的渴望。多年以前，我就讀寄宿學校時，我曾經跟他說我爸爸每天晚上潛入我的臥室，我身穿滾邊的粉紅色睡衣，眼睛盯著天花板，直到他完事爲止。自從聽了那個謊言之後，戴西始終愛著我，我知道他想像自己跟我做愛，輕撫我的秀髮、深深進入我的體內之際，他是多麼溫柔、多麼可靠。我也知道他想像我低聲哭泣，把我自己完全交付給他。

「我絕對不能再回頭過著那種日子，戴西。尼克會殺了我，我絕對不會感到安全。但是我不能讓他坐牢。我只想消失，我沒有想到警察會以爲**他殺了我**。」

我嬌媚地瞥視臺上的樂團，那幾位七十幾歲、骨瘦如柴的老先生正在歌頌愛情。離我們桌子不遠之處，一個抬頭挺胸、留了細細八字鬍的男人，把杯子丟向我們附近的垃圾桶，但是失了準頭（我從尼克那裡學到這個字眼）。我但願自己先前選了一個比較像樣的會面之處。男人這會兒看著我，頭歪向一側，一臉誇張、困惑的表情。如果他出現在卡通影片之中，他肯定搔搔頭，假惺惺地發出wiikwiik之聲。不知道爲什麼，我心想：**他看起來像個警察**。我轉身背向他。

「妳絕對不必擔心尼克，」戴西說。「讓我來應付他，我會好好處理。」他伸出他的手，這是昔日的一種姿勢，表示他承接我的憂慮。我們年輕的時候經常這麼做。我假裝把某樣東西交到他的手掌之中，他握起拳頭，緊緊包住，我真的覺得好多了。

「不，我不會出面處理。我希望尼克因爲他對妳做的事情而被處死，」他說。「社會若是明智，他會的。」

「嗯，我們的社會並不明智，因此，我必須繼續躲起來，」我說。「你覺得我這種舉動是不是很可怕？」我已經知道答案。

「甜心，當然不是。妳只是被迫這麼做。妳瘋了才會按兵不動。」

他沒有問到關於懷孕之事。我就知道他不會問。

「只有你知道此事，」我說。

「我會照顧妳。我能做什麼？」

我假裝猶豫了一下，我咬咬下唇，望向遠處，然後再把目光移回戴西身上。「我需要一些錢，讓我再撐一段日子。我想過找份工作，但是——」

「噢，不、不，別這麼做。愛咪，妳無所不在——每一個新聞節目、每一份雜誌都看得到妳。有人會認出妳，即使妳這種」——他摸摸我的頭髮——「全新的運動造型。妳是個漂亮的女人，一個美女想要消失，可不是那麼容易。」

「很不幸地，我覺得你說的沒錯，」我說。「我只是不希望你以為我想占你便宜。我只是不知道還有哪些地方可去——」

一個相貌平凡、卻故作美艷動人的黑髮女服務生走了過來，把我們的飲料放在桌上。我把臉轉開，看到那個留了八字鬍、一臉好奇的男人愈站愈近，帶著若隱若現的笑容看我。我的狀態欠佳。昔日的愛咪絕對不會來這裡。我被健怡可樂和自己的體臭搞得糊里糊塗。

「我幫你點了一杯琴湯尼，」我說。

戴西不落痕跡地面露難色。

「怎麼了？」我問，但是我已經知道答案。

「那是我春天喝的飲料。現在我喝威士忌薑汁。」

「那麼我們就幫你點一杯威士忌薑汁，我來喝你的琴湯尼。」

「不、沒關係，別擔心。」

我眼角一瞥，那個包打聽的男人再一次出現在我的視線當中。「那個……那個留了八字鬍的傢伙——別看他——他瞪著我？」

戴西迅速一瞥，搖搖頭。「他只是看著那幾位……歌手。」他帶著懷疑的語氣說出「歌手」二字。

「妳不只是需要一些現金，妳會受不了這種偽裝。不敢直視大家，跟這些」——他張開手臂，表示涵括整個賭場——「沒有任何相似之處的人一起生活，過著窮酸的日子。」

「我接下來的十年就得過這種日子，直到歲數夠大，這樁事件成為過往雲煙，我可以放心為止。」

「哈！妳願意這樣度過十年？愛咪？」

「噓，別提到那個名字。」

「凱西、珍妮、摩根、或是阿珍阿花。唉，妳別傻了。」女服務生又走過來，戴西遞給她一張二十美金的鈔票，打發了她。她露齒一笑，舉高那張鈔票，好像那是什麼新奇的玩意，笑著走開。我啜飲一口我的雞尾酒。小寶寶不會介意的。

「如果妳回去，我想尼克不會控告妳，」戴西說。

「什麼？」

「他先前過來找我。我覺得他知道這一切都怪他——」

「他找你？什麼時候的事？」

「上個星期，我跟妳講話之前，謝天謝地。」

過去十天以來，尼克對我表現出的興趣，比過去幾年加起來還多。我一直想讓一個男人為我動手——殘忍地、血腥地大幹一架。尼克上門盤問戴西，嗯，這倒是一個很好的開始。

「他說了什麼？」我問。「他看起來如何？」

「他看起來像個超級混蛋。他想要怪罪於我，跟我說了一個瘋狂的故事，他說我以前——」

我始終喜歡謊稱戴西為了我試圖自殺。他的確因為我們分手而心碎，他也確實很煩人、很古怪，成天在校園晃來晃去，希望我跟他復合。我說他為了我試圖自殺，倒也不為過。

「尼克怎麼說我？」

「我覺得他曉得他絕對不可以傷害妳，因為現在全世界都知道妳是誰、關心妳的狀況。他必須讓妳平安返家，妳可以跟他離婚，找個合適的男人再婚。」他啜飲一口。「得償所願。」

「我不能回去，戴西。就算大家完全相信尼克虐待我，大家還是會恨我——畢竟是我欺騙了大家。我會變成全世界最受到鄙視的賤民。」

「妳會是我的賤民，不管如何，我都會愛著妳、保護妳、不讓妳受到任何傷害，」戴西說。「妳絕對不必再面對這一切。」

「我們將永遠不能跟其他任何人交際應酬。」

「如果妳願意，我們可以離開美國，定居西班牙、義大利，或是任何妳想要居住的地方，成天在陽光下大啖芒果，晚晚起床，玩拼字遊戲，懶洋洋地翻閱書刊，在大海中游泳。」

「是喔，等到我離世時，大家一想到我，總會順帶一提：喔，那場滑稽的鬧劇。不，我有我的尊嚴，戴西。」

「我不會讓妳再過著那種拖車屋場的苦日子。我絕對不會。跟我走吧，我們把妳安頓在湖邊的別墅。那裡非常隱密，我會幫妳採買雜貨，妳要什麼都行，我隨時幫妳帶過去。妳可以一個人躲在那裡，直到我們決定怎麼做爲止。」

戴西的湖邊別墅是棟豪宅，所謂的幫妳帶雜貨過去，意思是成爲妳的情人。我可以感覺他心中的渴求像是熱氣一樣奔騰散發。他好想實現他的夢想，看起來有點侷促不安。戴西是個收藏家。他有四部汽車、三棟房子、一屋屋的西裝和鞋子。他想要把我藏放在玻璃櫃裡。對他而言，我宛若白馬騎士的終極夢想：他從悲慘的環境之中，偷偷救出受到虐待的公主，將她安置在自己鍍金的羽翼下，讓她住進只有他能夠到達的城堡。

「我不能這麼做。如果不知怎麼地，警察發現此事，前來搜查呢？」

「愛咪，警察認爲妳已經死了。」

「不，我現在應該自力更生。我可不可以只跟你借一點錢？」

「如果我拒絕呢？」

「那麼我就知道你說你要幫我，其實只是隨口說說。你跟尼克一樣只想控制我，不管用什麼方式控制。」

戴西一語不發，下巴緊繃，嚥下他的雞尾酒。「妳說這話眞是惡毒。」

「你的舉動才是惡毒。」

「我不是惡毒，」他說。「我是擔心妳。試試湖邊的別墅吧，如果妳覺得被我逼得喘不過氣來，如果妳覺得不自在，妳隨時可以離開。妳最糟也不就是休息一下、輕鬆幾天嗎？」

留著八字鬍的傢伙忽然來到我們桌旁，臉上閃過一絲微笑。「這位女士，我想您跟安洛家族沒什麼關係，是嗎？」

「沒錯，」我說，然後把頭轉開。

「對不起，妳看起來像是某位——」

「我們是加拿大人，請不要打擾我們，」戴西厲聲說道，那個傢伙翻翻白眼，喃喃說聲神氣個鬼，慢慢走回吧檯。但是他一直瞄著我。

「我們該走了，」戴西說。「試試湖邊的別墅吧，我現在就帶妳過去。」他站起來。

戴西的湖邊別墅會有一個華麗的廚房，也會有一些我可以悠遊其中的房間——房間是如此寬敞，我可以一邊高唱〈群山充滿生氣〉②，一邊翩然起舞。別墅裡可以無線上網，有線頻道齊備——因應我的掌控所需——還有深深的浴缸、柔軟厚重的浴袍，以及一張不會看似即將倒塌的床鋪。

戴西也會在別墅裡，但是戴西可被駕馭。

那個傢伙依然站在吧檯旁邊盯著我，看起來愈來愈不和善。

我傾身向前，輕輕在戴西的唇上印上一吻。我必須讓他覺得我決定這麼做。「你眞是一個大好人，我很抱歉讓你置身這種處境。」

「我想要置身這種處境，愛咪。」

我們走過一個非常令人沮喪的吧檯，準備離開此地，電視在每個角落嗡嗡作響，就在這時，我看到那個賤女人。

賤女人正在召開記者會。

安蒂看起來嬌弱，沒有惡意。她狀似一位照顧小孩的保母，不是色情電影裡的性感保母，而是住在巷尾、陪伴小孩玩耍的女孩。我知道這不是安蒂的眞面目，因爲我曾經跟蹤眞正的安蒂。眞正的安蒂身穿炫耀本錢的貼身上衣、緊身牛仔褲，長髮自然鬈曲。眞正的安蒂看起來容易上手。

這時她穿著一件滾邊襯衫式洋裝，頭髮塞在耳後，她似乎已經哭了一陣子，你從她眼下輕微的粉紅色浮腫看得出來。她似乎筋疲力竭，神情緊張，但是依然相當漂亮。事實上，她比我先前認爲的更漂亮。我從來沒有這麼近距離看過她。她有雀斑。

「哇，見鬼囉，」一個女人跟她的朋友說，她的朋友一頭紅髮，髮色有如廉價的波爾多紅酒。

「啊，這下糟了，我才剛剛開始同情這個傢伙呢，」她的朋友說。

「這個女孩年紀好輕，我冰在冰箱裡的一些鬼東西，說不定都比她歷史悠久。混帳東西！」

安蒂站在麥克風後面，黑色的眼睫毛低垂，看著手中的聲明，她的雙手發抖，那紙聲明好像樹葉一樣顫動。她的上唇濡濕，鎂光燈一照，上唇閃爍著光澤。她伸出食指，抹去汗珠。「嗯，我的聲明如下：從二〇一一年四月直到今年七月，也就是他太太愛咪．鄧恩失蹤之時，我確實和尼克．鄧恩發生婚外情。尼克曾是我在北卡賽基專科學院的教授，我們變成朋友，然後發生進一步的關係。」

安蒂暫停一下，清清喉嚨，一個站在她後面、年紀跟我相仿的黑髮女子遞給她一杯水，她快快喝了幾口，玻璃杯輕輕顫動。

「我跟已婚男人發生關係，我深深以此爲恥，此舉有違我的價值觀。我曾經眞心以爲自己愛上尼克，」她開始啜泣；她的聲音顫抖——「他也愛上我。他跟我說他跟他太太的關係已經走到盡頭、他們很快就會離婚。我不知道愛咪．鄧恩懷了身孕。現在我配合警方調查愛咪．鄧恩失蹤的案件，我將全力協助警方。」

她的聲音微弱稚嫩。她抬頭看看面前一整排攝影機，似乎嚇了一跳，然後再一次低下頭，圓圓的臉頰冒出蘋果般的紅暈。

「我……我，」她開始抽噎，她媽媽——那個黑髮女子肯定是她的母親，因爲她們兩人的眼睛都像是動漫女郎一樣又圓又大——伸出一隻手臂搭在她的肩上，安蒂繼續朗讀，「我對我做的事情感到非常抱歉、非常羞愧。我造成愛咪家人們的痛苦，在此也跟他們致歉。現在我配合警方調查——喔，我已經說過了。」

她不好意思地淺淺一笑，記者們全都咯咯輕笑，以示鼓舞。

「可憐的小東西，」紅髮女子說。

她是個小賤人，她不值得同情。我不敢相信居然有人爲了安蒂感到遺憾。我眞的拒絕相信。

「我是一個二十三歲的學生，」她繼續說。「我只想請大家給我一些隱私，讓我在這段非常痛苦的日子裡好好療傷。」

「妳別作夢了！」安蒂退開時，我悄悄說，一位警察制止大家提出任何問題，兩人走離攝影機的鏡頭。我發現自己靠向左邊，好像我可以追隨他們的行蹤似地。

「可憐的小東西，」年紀較大的女人說。「她似乎嚇壞了。」

「我猜他果眞是個凶手。」

「他跟她牽扯了一年多。」

「混帳東西。」

戴西用手肘輕輕推我一下，他睜大眼睛，以示詢問：我知道這段婚外情嗎？我還好嗎？我一臉怒容——**可憐的小東西，才怪呢！**——但是我可以假裝因爲遭受背叛而生氣。我點點頭，微弱地笑笑。我沒事。正要離開之時，我看到我爸媽跟往常一樣手牽著手、一前一後走到麥克風之前。我媽媽看起來好像剛剛剪了頭髮。我失蹤了，她卻暫且拋下搜尋，抽空打點個人形象，我不曉得自己該不該感到惱怒。當某人過世、親人們繼續過日子之時，你總是聽到人們說：**某某會希望我們這麼做**。我可不希望如此。

我媽媽開口說話。「我們的聲明相當簡短，發表聲明之後，我們也不打算回答任何問題。首先，謝謝來自各方的支持，我們一家感謝各位的盛情。全世界似乎都跟我們一樣深愛愛咪。愛咪：我們想念妳親切的聲音、妳的幽默感、妳的慧黠，以及妳的慈善。妳確實非常神奇。我們會把妳帶回我們家中。我知道我們會的。第二，直到今天早上，我們才知道我們的女婿尼克．鄧恩發生婚外情。打從這場惡夢一開始，他始終沒有表現他應該表現的模樣，他顯得比較疏離，也比較冷淡。我們把他的行爲歸咎於震驚，姑且信任他。得知這個新的訊息之後，我們不再信任他。因此，我們撤回對於尼克．鄧恩的支持。我們將繼續搜尋，我們只能期盼愛咪回到我們身邊。她的故事必須持續下去。這個世界已經準備迎接新的一章。」

阿門，有人說道。

①美國人數幾秒鐘的時候，習慣說one Mississippi、two Mississippi，意思是一秒、兩秒。

②〈群山充滿生氣〉（The Hills Are So Alive），電影《眞善美》的主題歌曲之一。

尼克・鄧恩

事發之後十日

好戲落幕。安蒂和艾略特夫婦消失在視線之外。莎朗的製作人伸出高跟鞋的鞋尖踢踢開關，關掉電視。室內每個人都看著我，我好像是一個參加派對、剛剛在地上吐了一口痰的賓客，人人等著我做出解釋。莎朗對我露出一個不怎麼高興的微笑，笑容之中帶著怒意，耗盡肉毒桿菌的功效，臉上不該出現皺紋的地方全都蒙上細痕。

「嗯？」她用她那鎮定、圓潤的聲音說。「他媽的怎麼回事？」

坦納出面。「那就是爆炸性的消息。尼克先前已經準備跟妳坦承，一起討論他的行為。他現在也願意全力配合。時機出了差錯，我感到非常抱歉，但是從某方面而言，莎朗，這樣對妳比較有利，因為妳可以訪問尼克，搶先播出他的反應。」

「尼克，你他媽的最好講得出一套有趣的說詞。」她一陣風地走開，邊走邊大聲喊叫：「幫他別上麥克風，我們馬上訪問他，」喊話的對象倒是沒有特定。

結果莎朗・薛貝爾卻是萬分仰慕我。以前住在紐約之時，我一直聽說她自己也曾出軌，最後回到她先生身邊，只有新聞界知道這事，而且大家都不願張揚。那幾乎是十年之前的事，但我認為她說不定依然想要解決內心的衝突。我的想法沒錯。她笑容可掬，萬分關切，婉言哄騙，開開玩笑。她對我噘起豐潤、閃亮的雙唇，纖細的手腕托住下巴，神情真摯懇切，提出那些棘手的問題。就這麼一次，我回答得相當好。愛咪說謊的技巧非常高超，我雖然比不上她，但是當我必須說謊之時，我的表現也不差。我看起來像是一個愛老婆的男人，男人因為自己的不忠而羞愧，也已準備好好彌補。昨天晚上，我心情緊張，毫無睡意，於是我上網看看休葛蘭一九九五年在傑．雷諾的夜間脫口秀之中，為了自己和一名妓女的猥褻之舉，向全國觀眾道歉。他結結巴巴，吞吞吐吐，他不安地蠕動，好像全身的皮膚縮小了兩號。但是他沒有提出藉口：「我想你們都知道一生之中該做什麼好事，以及什麼叫做壞事，我做了壞事……就是這麼一回事。」他媽的，這傢伙眞行——他看起來膽怯、緊張、極度不安，你看了甚至想要握住他的手、輕聲跟他說：兄弟，沒什麼大不了的，不要責怪自己。那正是我想要達到的效果。那段影片我看了好多次，險些裝出一口英國口音。

我是一個極度虛偽的男人：那個愛咪宣稱永遠不會道歉的老公，現在借用一個演員的字句和情感，終於說出對不起。

但是這一招相當管用。莎朗，我做了一件不可原諒的壞事，我不能為了我的行為找藉口，我讓自己失望——我從來沒有想過自己會欺騙太太。此舉不可寬恕，不可原諒，我只要愛咪回家，這樣一來，我才可以盡我餘生之力，好好彌補她，讓她得到應有的待遇。

是喔，我絕對想要讓她得到應有的待遇。

但是，莎朗，重點是：我沒有殺害愛咪。我絕對不會傷害她。最近這些狀況啊，我覺得都是所謂的（輕笑一聲）艾倫．亞波特效應。那種型式的新聞報導不負責任，令人難堪。遭到謀殺的女性被包裝成娛樂事件，我們經常看到這類報導，實在令人作嘔，而在這類報導當中，誰是罪人？始終是先生。因此，我

認爲社會大衆，就某種程度而言，甚至包括警方，一直受到疲勞轟炸，進而相信凶手確實是先生。打從一開始，大家幾乎已經認定我殺了我太太——因爲我們已經一而再、再而三聽到這種故事——這樣不對，從道德的觀點而言，這樣是錯的。我沒有殺害我太太，我要她回家。

我知道莎朗希望逮到機會，把艾倫·亞波特描述成一個聳動人心、追求收視率的娼婦，我也知道至高無上的莎朗，記者生涯長達二十年，曾經訪問阿拉法特、薩科齊、歐巴馬，肯定會對艾倫·亞波特這種記者感到光火。我是個記者，以前待過新聞界，我知道這套常規，因此，當我說出「艾倫·亞波特效應」之時，我看得出莎朗的嘴角猛然一抽，眉毛微微上揚，整張臉亮了起來。一看到那副模樣，你馬上就知道：**我找到了切入點**。

訪問接近尾聲之時，莎朗握住我的雙手——她的雙手冰冷、有點粗硬，我讀過報導說她是個高爾夫球迷——祝福我一切順心。「我會密切注意你的狀況，」她說，然後她親親小戈的臉頰，飛快從我們身邊離去，她的套裝背面七橫八豎地別了一堆裝飾別針，以免前方的布料垂下來。

「你他媽的表現得完美極了，」小戈一邊走向門口，一邊大聲宣布。「你似乎跟以前完全不一樣。掌控全局，但不至於傲慢。就連你的下巴也比較……順眼。」

「我讓我下巴那道凹溝消失了。」

「嗯，幾乎吧。我們家裡見。」她竟然在我肩上捶了一拳，意思是：**冠軍、加油**。

接受莎朗·薛貝爾專訪之後，我又跟兩個媒體簡短交談——一家有線電視臺，一個全國電視網。薛貝爾的訪問將於明天播出，其他報導將會紛紛跟進，歉意與自責也將排山倒海地蜂擁而至。我掌控了局面。我再也不必乖乖扮演一個可能殺害老婆的罪人，或是一個感情疏離、狠心出軌的老公。我是那個大家都認識的傢伙——那個許多男性（以及女性）曾經感同身受的傢伙：**我感情出軌，感覺好糟，我會盡我所能，**

努力彌補這個狀況，因爲我是一個眞正的男子漢。

「目前的狀況不錯，」我們收拾用品時，坦納大聲說：「安蒂那樁事件，多虧莎朗的訪談，應該不會跟原先預計的一樣糟糕。從現在開始，我們只要掌握先機就行了。」

小戈來電，我接起電話，她的聲音細弱而高亢。

「警察帶著搜索令過來搜查木棚……他們也過去老爸的家。他們……我好害怕。」

我們抵達時，小戈在廚房裡抽菸，那個七〇年代的庸俗菸灰缸滿了出來，由此研判，她八成已經抽完一包。一個彆扭、露肩、剪個小平頭的小伙子和一個穿著制服的警察，坐在她旁邊的吧檯高腳椅上。

「這位是泰勒，」她說。「他在田納西州長大，他有一匹叫做卡斯德的馬——」

「卡斯特，」泰勒說。

「噢、卡斯特，而且他對花生過敏。我說的不是馬，而是泰勒。喔，他的肩關節唇撕裂，也就是棒球投手常有的傷害，但是他不確定自己怎麼弄傷的。」她深深吸一口香菸，眼睛濡濕。「他已經在這裡待了好一陣子。」

泰勒試圖冷冷瞪我一眼，結果卻只是低頭看看自己擦得亮晶晶的皮鞋。

邦妮穿過屋後的玻璃拉門，出現在大家面前。「諸位男士，今天可是個大日子，」她說。「我但願你先前花點時間知會我們，尼克，讓我們知道你有個女朋友，那會節省我們大家很多時間。」

「我們樂意跟你們討論此事，還有木棚裡的物品，其實我們剛才正要過去跟你們報告，」坦納說。

「老實說，如果你們客氣一點、事先知會我們關於安蒂之事，許多困擾都得以避免。但是你們必須召開記者會，你們必須爭取媒體曝光。你們就這麼把那個女孩推到記者前面，眞是令人不齒。」

「是喔，」邦妮說。「好，木棚。你們都想跟我一起過去？」她轉身背對我們，帶著大家走過夏末凹凸不平的草地，朝著木棚前進。她的頭髮拖拉著一道蜘蛛網，好像新娘頭紗。一看到我沒有跟過來，她不耐煩地招手示意。「來吧，」她說。「我們不會咬你一口。」

幾盞手提電燈照亮了木棚，看來更加不祥。

「尼克，你最近什麼時候進來這裡？」

「我剛剛來過，我太太的尋寶遊戲把我引到這裡。但是這些東西不是我的，而且我沒有碰任何東西——」

坦納打斷我的話。「我的當事人和我有個爆炸性的新理論——」坦納開口，然後馬上發現自己失當。這種爲了上電視裝出的語氣非常虛假、非常糟糕，而且極不恰當，我們全都訝異地往後一縮。

「哇，爆炸性，多麼令人興奮啊，」邦妮說。

「我們剛才正要知會你們——」

「眞的嗎？時間還眞湊巧，」她說。「拜託一下，別離開。」木門搖搖欲墜，一把壞掉的門鎖懸掛在一側。吉爾賓在裡面將物品分類。

「這些就是你不會用的高爾夫球桿？」吉爾賓一邊說，一邊推擠閃閃發亮的鐵桿。

「沒有一樣東西是我的——我也沒把它們放在這裡。」

「這倒有意思，因爲這裡每一樣物品都符合信用卡的購物單，而你也說信用卡不是你的，」邦妮厲聲說。「這裡像是……嗯、怎麼說來著？男人窩？一個漸漸成形的男人窩，只等著老婆永遠離開家中。尼克，你倒是幫自己找到一些不錯的嗜好。」她搬出三個大紙箱，把箱子擱在我的腳邊。

「這是什麼？」

邦妮用指尖掀開箱子，即使戴著手套，她仍是一臉嫌惡。箱裡擺了成打的色情光碟，封面有各種膚色和環肥燕瘦的女體。

吉爾賓格格一笑。「我不得不佩服你，尼克，我的意思是，男人總是有些需求——」

「男人是視覺性的動物，我逮到我前夫時，他就是這麼說。」

「男人非常重視視覺，但是尼克，這些鬼東西讓人看了臉紅，」吉爾賓說。「其中一些讓我作嘔，而我不是那麼容易感到噁心。」他把幾張光碟一字排開，好像攤開一疊醜惡的撲克牌。大部分的片名帶著暴力意涵：《蠻力肛交》、《粗暴吹簫》、《受辱妓女》、《受虐賤人性愛實錄》、《慘遭輪姦的蕩婦》，還有《蠻幹賤女人》系列，全系列一到十八集，每張光碟的封面都是痛苦扭曲的女人，男人則一臉奸笑，拿著各種物品插入女人體內。

我把臉轉開。

「唷，這下他不好意思了，」吉爾賓咧嘴一笑。

但我之所以不予回應，原因在於我看到小戈被押上一部警車的後座。

一個鐘頭後，我們在警察局碰面。坦納反對前往警局，我卻堅持。坦納自詡打破成規，不按牌理出牌，雖是百萬富豪，卻有著牛仔個性，我訴諸他這種心態，我們打算告訴警方眞相，現在是時候了。

我受得了他們跟我惡搞——但他們不能欺侮我的妹妹。

「尼克，我認爲不管我們怎麼做，你遲早會被逮捕，正因如此，所以我同意前往警局，」他說。「如果我們讓他們知道我們願意談一談，我們說不定能夠多得到一些攸關案情、他們用來跟你作對的消息。在沒有屍體的狀況下，他們非得得到你的告白不可，因此，他們會試圖提出種種證據，令你不知所措，我們說不定可以因而得到足夠的訊息，啓動我們的辯護。」

「我們會把每一件事情都告訴他們，對不對？」我說。「每一則線索，兩個木偶，以及愛咪。」我驚慌失措，急著動身——我可以想像警察在一個光禿禿的電燈泡下，把我的妹妹逼得滿身大汗。

「前提是你讓我主講，」坦納說。「如果由我提到陷害，他們在法庭上就不能拿這事來對抗我們……如果我們採用另一套辯護策略的話。」

我的律師認爲實情如此令人難以置信，我不禁有點擔心。

吉爾賓在警察局的臺階上跟我們碰頭。他手裡拿著一罐可樂，權充遲來的晚餐。當他轉身帶著我們走進去時，我看到他的背部被汗水浸濕。太陽早已下山，但是依然濕熱。他揮動一下手臂，襯衫隨之飄動，但是很快又黏貼在皮膚上。

「還是好熱，」他說。「晚間據說會更熱。」

邦妮在會議室等我們，也就是事發當晚的那個小房間。她把軟趴趴的頭髮編成一條法國辮，拿支髮夾高高夾在後腦勺上，相當礙眼，她還擦了口紅。我心想她是不是跟人有約，那種半夜之後跟你碰面的約會。

「妳有小孩嗎？」我邊問她，邊拉出一張椅子。

她看起來有點訝異，然後舉起一隻指頭。「一個。」她沒說出名字、年紀，或是其他任何資訊。邦妮處於公事公辦的狀態。她等著我們不戰自敗。

「你們先講，」坦納說。「跟我們說一說你們有些什麼證據。」

「當然，」邦妮說。「沒問題。」她按下錄影機，省略寒暄之詞。「據你所言，尼克，你從來沒有購買、或是碰過你妹妹木棚裡的任何物品？」

「沒錯，」坦納替我回答。

「尼克，木棚裡的每一樣物品幾乎都有你的指紋。」

「妳說謊！我沒碰裡面的任何一樣東西，碰都沒碰！我只碰了我的結婚五周年禮物，那個**愛咪留在木棚的禮物。**」

坦納摸摸我的手臂，意思是：**你他媽的閉嘴。**

「尼克，你的指紋出現在色情光碟、高爾夫球桿、裝手錶的盒子上，甚至連電視機上都有你的指紋。」

然後我想通了（愛咪若是得知目前這種狀況，肯定非常開心）：我始終睡得很熟，因而自鳴得意（我經常拿這事跟愛咪逞威風，我堅信只要她放鬆一點、多跟我學學，失眠症就會煙消雲散），殊不知這點卻對我不利。我可以看到愛咪跪下來，我鼾聲大作，鼻息溫熱了她的臉頰，幾個月期間，她這裡按一下，那裡按一下，逐步採納我的指紋。就我所知，她說不定對我下藥。我記得有天早上醒來，整個人迷迷糊糊，口齒不清，她緊盯著我，對我說：「你知道吧，你睡得像是受到詛咒，或是被人下了藥。」我兩者皆是，只不過當時並不知情。

「你要不要解釋一下那些指紋是怎麼回事？」吉爾賓說。

「把剩下的事情告訴我們，」坦納說。

邦妮把一個非常厚重、真皮封面的文件夾擺到桌上，文件夾躺在我們之間，邊緣全都燒得焦黑。「認得這個東西嗎？」

我聳聳肩，搖搖頭。

「這是你太太的日記。」

「嗯、不是，愛咪不寫日記。」

「其實啊，尼克，她寫。她寫了大約七年，」邦妮說。

「好吧。」

禍事即將臨頭。我老婆又耍了聰明。

愛咪・艾略特・鄧恩

事發之後十日

我們把我的車子開過州界，進入伊利諾州，來到某個河邊小鎮。我們把車開到鎮上治安極差的一區，花了一個小時將車子擦拭得乾乾淨淨，然後把車鑰匙插進點火開關，就這麼把車子留在原處。你可將之稱為環環相報：我之前的車主，也就是那對阿肯色州的夫妻，形跡相當可疑；**奧查克愛咪**顯然靠不住；希望某位伊利諾州的潦倒仁兄，也會從這部車子得到一些好處。

然後我們駛過起伏的山丘，回到密蘇里州，最後我終於看到林木之間、閃閃發亮的漢納芬湖。戴西有親戚住在聖路易，因此，他寧可相信這一帶跟東岸一樣歷史悠久，但是他錯了・漢納芬湖的名稱不是來自十九世紀的政治家，或是南北戰爭的英雄，而是一個私人湖泊，二〇〇二年，一個叫做麥克・漢納芬的建商，挖建了這個大湖，結果大家發現麥克・漢納芬兼營非法棄置有毒廢料。社區人士一陣喧擾，急著想為他們的湖泊重新命名。我確信「柯林斯湖」一名已在當地流傳。

因此，儘管湖區規畫完善——幾戶人家享有湖上泛舟的特權，但是禁用水上摩托車——而且戴西的豪宅頗有品味——那是一棟美式規格的瑞士城堡——我依然不為所動。我跟戴西之間始終存在這個問題：不管他是否來自密蘇里州，但是請不要假裝「柯林斯」湖是義大利柯摩湖。

他倚在他的積架轎車上，抬頭專心看著屋子，這樣一來，我也不得不停步鑑賞。

「我媽媽和我曾經下榻布里思茲湖畔的一座小古堡，我們以那座古堡爲藍圖，蓋了這棟房子，」他說。「我們只缺綿延的山脈。」

那可眞是相當嚴重的缺憾，我心想，但是我把手擱在他的手臂上，開口說道：「帶我參觀一下，裡面一定非常棒。」

他帶我四處瞧瞧，同時譏笑「四處瞧瞧」這個用詞。廚房宏偉美觀——全部都是花崗岩和鍍鋼——起居室裡，男主人和女主人各有一個壁爐，壁爐延伸到室外空間（亦即中西部人所謂的「陽臺」），由此可以俯瞰森林和湖泊。娛樂室設在地下樓層，設有撞球桌、飛鏢遊戲、立體環繞音效、調酒櫃桌、以及娛樂中心專屬的戶外空間（亦即中西部人所謂的「另一個陽臺」）。娛樂室旁邊有一套三溫暖設備，再過去則是酒窖。樓上有五間臥房，他把面積次大的那一間交給我使用。

「我已經請人重新粉刷，」他說。「我知道妳喜歡灰玫瑰色。」

我已不再喜歡灰玫瑰色；那是高中時代的事情。「你眞體貼，戴西，謝謝你，」我說，口氣盡量眞誠。跟人道謝時，我的口氣聽起來總是相當勉強。我根本不常跟人道謝。人們盡其本分，做自己該做的事情，而後等著你一再道謝——這就像是販賣霜凍優格的服務生伸出杯子，等著你送上小費。

但是戴西好像一隻受到愛撫的小貓回應我的謝意；他的背部幾乎因爲喜悅而弓起。目前爲止，這種姿態算是適切。

我把背包放在臥室地上，試圖藉此暗示我想要休息了——我得看看大家對於安蒂的告白做出什麼反應、以及尼克是否遭到逮捕——但是我似乎必須繼續道謝。戴西已經確保我將永遠欠他一份人情。他神祕地笑笑，露出那種「我要給妳一個特別驚喜」的表情，他牽起我的手（**我還有東西要給妳看看**），拉著我走回樓下（**我眞的希望妳會喜歡**），來到廚房旁邊的通道上（**這東西花了很多工夫，但是非常值得**）。

「我真的希望妳會喜歡，」他又說了一次，然後推開一扇門。

那是一個玻璃房間，我意識到那是間溫室。室內種滿數百朵各種顏色的鬱金香，七月盛夏之際、戴西的湖畔別墅之中，朵朵鬱金香在專屬的溫室之中，爲了一個非常特別的女孩盛開。

「我知道鬱金香是妳的最愛，但是鬱金香的花季好短，」戴西說。「所以我爲妳修正了這個問題。花朵將全年盛開。」

他伸手攬住我的腰，把我推向面對花朵，這樣一來，我才可以好好欣賞。

「一年到頭都有鬱金香，」我說，試圖擠出幾滴閃亮的淚水。鬱金香是我高中時代最喜歡的花卉。當時每個人都喜歡鬱金香，就像八〇年代後期人人喜愛太陽菊。現在我喜歡蘭花，基本而言，蘭花跟鬱金香是兩種完全不同的花卉。

「尼克可曾想過爲妳做這種事情？」戴西貼在我的耳邊說，在此同時，鬱金香在機械化控制、由上灑灑而下的水簾之中左右搖擺。

「尼克甚至從來不記得我喜歡鬱金香，」我說，這個答案相當正確。

這種表態眞是體貼，甜蜜得不得了。我專屬的花室，好像是個童話故事。但是我覺得有點緊張：我二十四小時之前才打電話給戴西，這些鬱金香卻不是新近種植，臥室聞起來也不像剛剛經過粉刷。這些都讓我心生疑慮：過去這一年來，他信裡的語氣愈來愈悲涼……他想把我帶到這裡，究竟已經想了多久？他認爲我會待多久？久到一年到頭都能夠欣賞盛開的鬱金香？

「我的天啊，戴西，」我說。「這就像是童話故事。」

「妳的童話故事，」他說。「我要妳看看生活可能是何種面貌。」

童話故事當中，始終會有一袋黃金。我等著他給我一疊鈔票、一張扁平的信用卡、某種派得上用場的東西。我們在屋裡繞了一圈，再一次走過每個房間，這樣一來，我才可以大力讚嘆先前漏看的細節，然後我們回到我的臥室，臥室富麗華美、一片粉紅、毛絨絨、軟綿綿，儼然是一間女孩子的房間。凝視窗外之時，我注意到房子四面環繞著高牆。

緊張之餘，我脫口而出：「戴西，你可不可以留一些錢給我？」

他居然假裝訝異。「妳現在不需要錢了，是嗎？」他說。「妳再也不必付房租；房子裡將儲放各種食物。我會幫妳帶幾套新衣服過來。我倒不是不喜歡妳這身粗拙時尚的裝扮。」

「我想我手邊若有一點錢，我會覺得比較安心，你知道的，萬一發生了什麼事，萬一我必須趕快離開這裡。」

他掏出皮夾，拿出兩張二十美金的鈔票，輕輕塞進我的手裡。「來，拿著，」他溺愛地說。

就在那時，我不禁懷疑自己是否犯了一個天大的錯誤。

尼克・鄧恩

事發之後十日

我太過自信，著實是個錯誤。不管日記寫些什麼，它肯定讓我身敗名裂。我已經可以看到那本犯罪紀實小說的封面：我們婚禮當天的黑白照，血紅的底色，書封上寫道：**本書包括十六頁從未曝光的照片、以及愛咪・鄧恩・艾略特的日記實錄——一個來自陰間的聲音……**愛咪嗜讀那些俗媚、散置在家中的犯罪紀實小說，明知不太有品味，卻依然喜愛，我覺得這個嗜好很奇怪，也有點可愛，我以爲她說不定試圖減壓放鬆，放任自己閱讀一些娛樂性質的小說。

才不呢。她只是構思演練。

吉爾賓把一張椅子拉過來，椅背朝前，坐了下來，兩隻手臂交握在胸前，朝我靠過來——那是他的「電影警探」之姿。現在幾乎已經半夜；感覺卻好像更晚。

「跟我們說一說你太太過去這幾個月的病情，」他說。

「病情？愛咪從來不生病。說不定一年患了一次感冒。」

邦妮拿起日記，翻到作了記號的一頁。「上個月你幫愛咪和你自己調了一些飲料，兩人在你們家後面的露臺坐坐，她在這裡寫說飲料甜得不像話，同時描述她認爲是過敏的種種反應：**我的心跳加速，舌頭腫脹，黏貼在口腔底。尼克扶著我上樓之時，我的雙腿發硬。**」她把一隻指頭放低，按住念到的地方，然後抬頭一看，好像我說不定沒有注意聽。「當她隔天醒來之時：**我頭痛，胃裡油膩膩，更奇怪的是，我的指尖變成淡藍色，照鏡子的時候，我看到嘴唇也是淡藍色。在那之後，我兩天沒有小便。我覺得好虛弱。**」

我一臉嫌惡地搖搖頭。我已經十分倚重邦妮；我以爲她不像其他人一樣魯鈍。

「這是你太太的筆跡嗎？」邦妮把日記斜放在我面前，我看到深黑的墨色和愛咪龍飛鳳舞、好像熱度表一樣參差不齊的字跡。

「沒錯，我想是的。」

「筆跡鑑定專家也認爲如此。」

邦妮帶著確切的傲氣說出這話，我意識到一點：這是頭一樁他們兩人必須求助於外界專家的案件。基於案件所需，他們必須聯絡執行各種奇異任務的專業人士，比方筆跡鑑定專家。

「我們把這一頁日記拿給我們的醫學專家過目時，尼克，你知道我們還獲知什麼資訊嗎？」

「下毒，」我未經思索地衝口而出。坦納對我皺皺眉頭，意思是：**鎮定下來**。

一時之間，邦妮張口結舌；這不是我應該提供的資訊。

「沒錯，尼克，謝謝你；防凍劑中毒，」她說。「典型的抗凍劑中毒。她活了下來，算是相當幸運。」

「沒有所謂的活了下來，因爲這事從未發生，」我說。「就像妳說的，那是典型的中毒事件——你可以藉由網路搜尋加以捏造。」

邦妮皺皺眉頭，但是拒絕上鉤。「日記對你的描繪相當負面，尼克，」她繼續說，一隻指頭撫過髮辮。「**施暴**——你對她呼來喚去。**壓迫**——你動不動就發脾氣。兩人的性關係幾乎像是**性侵**。日記寫到最後，她非常怕你，讀了讓人難過。我們都不曉得是怎麼回事的那一把槍？她說她想要一把槍，因爲她很怕你。這是她最後一篇日記：**這個男人說不定會殺了我。這個男人說不定會殺了我**，她親筆所言。」

我的喉頭一緊。我感覺自己說不定會嘔吐。大多是因為恐懼，然後是一股強烈的震怒。X你娘的婊子，X你娘的婊子，賤貨，賤貨，賤貨。

「她用這話作為終結，倒是非常聰明貼切，」我說。坦納伸出一隻手壓住我的手，示意我別說話。

「這會兒你看起來好像想要再一次殺了她，」邦妮說。

「你一直跟我們說謊，尼克，」吉爾賓說。「你說你那天早上在沙灘上，我們訪談過的每個人都說你討厭沙灘。你用你透支的信用卡買了東西，你卻說你不曉得那是怎麼回事。現在我們發現一整個木棚的物品，物品項目完全相符，而且每樣東西上面都布滿你的指紋。這會兒我們還看到你太太似乎抗凍劑中毒，而且在她失蹤之前被人下毒。我的意思是，拜託喔……」他暫不作聲，試圖營造效果。

「還有其他值得注意之事嗎？」坦納問。

「我們可以指認你去了一趟漢尼拔，幾天之後，你太太的皮包在漢尼拔冒了出來，」邦妮說。「我們還掌握了一位鄰居，鄰居說在你太太失蹤之前，無意間聽到你們爭吵。除此之外，你不希望你太太懷孕。你跟你太太借錢開了酒吧，你們若是離婚，酒吧將歸於她的名下。喔，當然別忘了：你有一個偷偷交往了一年多的女朋友。」

「我們現在可以幫你，」吉爾賓說。「一旦你被逮捕，我們就幫不上忙。」

「你們在哪裡找到愛咪的日記？是不是在尼克的爸爸家？」坦納問。

「沒錯，」邦妮說。

坦納跟我點點頭：那正是我們先前沒有找到的東西。「讓我猜猜：有人匿名通報。」

兩位警察都沒說半句話。

「可不可以請問你們在屋裡什麼地方找到日記？」我問。

「暖氣爐裡。我知道你以爲你可以焚毀日記。日記著了火，但是母火太弱，只是悶燒，所以只有邊緣被燒焦，」吉爾賓說。「算我們運氣好。」

暖氣爐——愛咪又用了一個只有我們兩人知道的笑話！她始終宣稱我做不來一些男人應該會做的事情，這一點讓她感到相當有趣。她說出這番話之時，我甚至瞄了瞄我老爸那座舊暖氣爐，爐子又有管線，又有栓頭，我感到畏懼，往後退了一步。

「不是運氣好。你們注定會找到日記，」我說。

邦妮左邊的嘴角微張，淺淺一笑。她往後一靠，靜靜等候，好像冰紅茶廣告的明星一樣悠閒。我一臉氣惱地朝著坦納點點頭：**你說吧**。

「愛咪．艾略特．鄧恩還活著，而且她設計陷害尼克．鄧恩，讓大家以爲他殺害她，」他說。我雙手一握，挺直坐起，試圖擺出任何一種讓人覺得我合情合理的姿態。邦妮瞪著我。我需要一根菸斗，一副我可以快快拿下、增強效果的眼鏡，最好臂彎再夾上一套百科全書。我覺得好荒唐。**不要笑出聲**。

邦妮皺皺眉頭。「你說什麼？」

「愛咪沒死，她活得好好地，而且設計陷害尼克，」我的法律代理人重複一次。

他們互相看一眼，靠向桌子：**你相信這個傢伙居然說出這種話嗎？**

「她爲什麼這麼做？」吉爾賓邊問、邊揉揉眼睛。

「顯然因爲她恨他。他是一個差勁的先生。」

邦妮低頭看看桌面，重重嘆口氣。「這點我絕對同意。」

吉爾賓幾乎同時說道：「喔，你夠了。」

「尼克，她瘋了嗎？」邦妮邊說、邊往前一靠。「你說的事情，聽起來相當瘋狂。你了解我的意思嗎？

你得花六個月，甚至一整年，才能部署這一切。換句話說，**整整**一年來，她恨你，而且想要傷害你——狠心、殘酷、不顧一切地傷害你。你知道如此怨恨一個人，而且恨得如此長久，那是多麼困難的一件事嗎？」

她做得到。愛咪辦得到。

「她爲什麼不乾脆跟你這個混蛋離婚？」邦妮厲聲說。

「因爲這樣不合乎她的……正義感，」我回答。坦納又瞪了我一眼。

「老天爺啊，尼克，你還沒說夠嗎？」吉爾賓說。「我們掌握了你太太的親筆聲明：**我覺得他說不定會殺了我。**」

某個時候，某位仁兄肯定曾經跟他們說：多多稱呼嫌犯的名字，這樣會讓他感到自在、熟稔。行銷業務也可以採用同樣原則。

「尼克，你最近去過你爸爸家裡嗎？」邦妮問。「比方說七月九日。」

他媽的！**那就**是爲什麼愛咪更換警鈴密碼。我心中再度升起對自己的厭惡，百般掙扎：我老婆耍了我兩次。她不但誘使我相信她依然愛我，甚至**迫使我讓自己受到牽連**。好個狡猾、惡毒的女子。我幾乎大笑。老天爺啊，我恨她，但是你不得不佩服這個賤女人。

坦納開口：「愛咪利用一則則尋寶線索，迫使我的當事人前往不同地點，比方說漢尼拔、他爸爸家，而且她在這些地方留下證據，這樣一來，他等於幫自己定罪。我的當事人和我帶了這些證據過來，以示我們的誠意。」

他拿出線索和情書，好像打牌一樣將之排列在兩位警察面前。他們閱讀之時，我汗水直流，運用意志力驅使他們抬頭一看、告訴我眞相終於大白。

「好吧，你說愛咪非常恨你，甚至花了好幾個月陷害你是殺人犯？」邦妮問，她的聲音輕緩、慎重，聽起來像是失望的父母。

我面無表情地看著她。

「尼克，這些看起來不像出自一個憤怒女子之手，」她說。「她煞費苦心跟你道歉，提議兩人重新開始，讓你知道她多麼愛你：**你眞是溫暖。你是我的太陽。你眞是聰穎。你眞是慧黠。**」

「喔，你他媽的拜託喔，」

「尼克，我必須再說一次，對一個無辜的人而言，你這種反應相當奇怪，」邦妮說。「我們大家一起閱讀這些甜蜜的字句，說不定是你太太留給你的最後遺言，你居然看起來怒氣騰騰。我依然記得頭一天晚上：愛咪失蹤，你走進這個小房間，我們請你在這裡待了四十五分鐘，而你看起來一臉無聊。我們從監視器觀察你的舉動，你居然睡著了。」

「那並不表示——」坦納開口。

「我當時試圖保持鎮靜。」

「你當時看起來非常、非常鎮靜，」邦妮說。「從頭到尾，你始終表現得……相當不得體。冷靜淡然。輕率無禮。」

「我就是這種個性，妳看不出來嗎？我不輕易流露感情。內斂到了極點。愛咪知道這一點……她對此感到不滿，她始終說我同情心薄弱、縮回內心深處、沒辦法處理棘手的情緒問題，比方說悲傷、罪惡感等等。她早就曉得，我看起來會非常可疑。他媽的！老天爺啊，拜託你們跟希拉蕊・韓迪談一談，好嗎？還有湯米・歐哈拉。我跟他們談了！他們會跟你們說她是怎樣一個人。」

「我們已經跟他們談了，」吉爾賓說。

「結果呢？」

「自從高中時代，希拉蕊．韓迪已經兩度試圖自殺。湯米．歐哈拉也已兩度進出勒戒所。」

「說不定這都是愛咪造成的。」

「說不定因爲他們兩人都是情緒極不穩定，內心充滿罪惡感，」邦妮說。「讓我們再回到尋寶遊戲。」

吉爾賓故意用呆板的聲調，高聲念出第二條線索：

你帶我來到這裡，讓我聽你閒聊
聊著你的童年歷險：皺巴巴的牛仔褲和遮陽帽
別管其他人怎麼想，在我們眼中，他們全被甩到一旁
讓我們偷偷親吻……假裝我們剛剛結了婚。

「你說愛咪寫出這番話，迫使你去一趟漢尼拔？」邦妮說。

我點點頭。

「這裡完全沒提漢尼拔，」她說。「甚至連個暗示都沒有。」

「遮陽帽，那是只有我們兩人才知道的笑話，我們以前說——」

「啊，只有你們兩人才知道的笑話，」吉爾賓說。

「下一則線索呢？褐色的小屋？」邦妮問。

「那表示我必須過去我爸爸家，」我說。

邦妮的臉色再度凝重。「尼克，你爸爸家是藍色的。」她轉向坦納，翻個白眼：這就是你提供給我的理論？

「我覺得你捏造了這些所謂『只有我們才知道的笑話』，」邦妮說。「我的意思是，我們發現你曾造訪漢尼拔，然後我的天啊，這則線索居然暗示過去漢尼拔一趟，豈不是太便利了嗎？」

「你們看看最後這份禮物，」坦納邊說邊把盒子拉到桌上。「這可不是微妙的暗示。潘趣和茱迪木偶。我相信你們也知道，潘趣殺了茱迪和她的小寶寶。我的當事人發現這兩具木偶。我們想要確定你們收下。」

邦妮把盒子拉過去，戴上乳膠手套，從盒中拿出木偶。「好重，」她說。「相當穩固。」她檢查一下女木偶洋裝的蕾絲和男木偶雜色的衣服。她拿起男木偶，檢查一下厚重的木頭握把把手。

她愣了一下，皺皺眉頭，手中依然握著男木偶。然後她把女木偶上下翻轉，裙子隨之飛揚。

「這個木偶沒有把手。」她轉頭對我說。「這裡以前是不是有個把手？」

「我應該曉得嗎？」

「把手長寬約爲二吋和四吋，非常厚重，握把上有著內建式指槽，方便人們牢牢握住？」她厲聲說。

「好像是一支該死的高爾夫球桿？」

她瞪著我，我看得出她心裡想著：**你眞會耍把戲。你這人毫無良知。你是個殺人凶手。**

愛咪・艾略特・鄧恩

事發之後十一日

尼克接受莎朗・薛貝爾訪問，這個眾所矚目的專訪將於今晚播出。我打算先泡個熱水澡，然後一邊啜飲好酒，一邊收看專訪，收看的同時也將之錄下，這樣一來，我才可以記下他的謊言。我要寫下每一句出自他口中的誇大之語、片面之詞、無傷大雅的謊言、厚顏無恥的論調，這樣一來，我才可以再度醞釀對他的恨意，準備對付他。自從那個部落格的訪問之後——不過是一次隨興、醉醺醺的訪問——我的恨意漸漸消逝，我不能容許這種狀況發生。我不打算軟化。我可不是傻瓜。但是這會兒安蒂背叛了他，我倒是急著聽聽他對安蒂的觀感，看看他如何自圓其說。

我想要獨自收看，但是戴西整天在我身邊晃來晃去，我躲回哪個房間，他就在哪個房間進進出出，好像一朵突然冒出來的烏雲，令人無法躲避。我不能叫他走開，因爲這是他的房子。我已經試圖請他離開，但卻徒然無功。他說他想檢查地下室的排水管，或是他想翻翻冰箱，看看需要採購哪些食品。

這種情況將會持續下去，我心想。我的日子將會如此。他會隨時出現，想待多久，就待多久，他會拖拖拉拉，扯東扯西，然後他會坐下，招招手叫我也坐下，他會開一瓶酒，忽然之間，我們竟然一起用餐，

而且我無法加以制止。

「我真的很累，」我說。

「稍微縱容一下妳的恩人吧，」他回了一句，然後伸出手指輕輕撫過褲管的皺褶。

他知道尼克的專訪將於今晚播出，因此，他離開了一會兒，然後帶回食物：曼徹格起司、松露巧克力，以及一瓶法國松賽爾白酒，全都是我最喜歡吃的東西。他甚至一臉俏皮、眉毛一揚，獻上一包墨西哥辣醬起司口味的玉米片。我以前是**奧查克愛咪**之時，迷上了這種玉米片。他斟酒，我們之間有個沒有說出口的默契，避談種種關於小寶寶的細節。我們都知道我的家族曾有小產的病例，若是必須談到此事，我肯定非常傷心。

「我很想聽聽那個卑鄙的傢伙如何爲自己辯護，」他說。戴西很少用**混蛋**、**混帳東西**之類的字眼；他說**卑鄙的傢伙**，這個字眼出自他口中，聽起來更具惡意。

一個鐘頭之後，我們吃了戴西準備的輕食晚餐，喝了戴西帶來的酒。他讓我吃了一片起司，跟我合吃了一顆松露巧克力。他還多給我十片玉米片，然後悄悄把整包零食藏起來。他不喜歡那個味道；聞了噁心，他說。其實他不喜歡我的體重。這會兒我們並肩坐在沙發上，兩人身上蓋著一條輕軟的毯子。戴西已將冷氣調高，因此，雖是七月，屋裡感覺像是秋天。我覺得他之所以這麼做，原因在於這樣一來，他才可以劈劈啪啪升起小火，迫使我們一起窩在毯子下；他似乎幻想著我們共度十月。他甚至帶來一份禮物——一件混色的天鵝絨高領毛衣，供我穿上——我注意到毯子以及戴西深綠毛衣，兩者搭配高領毛衣，效果皆是相得益彰。

「妳知道的，數十世紀以來，可悲的男人總是傷害那些個性堅強、威脅男性尊嚴的女人，」戴西說。

「他們的心理是如此脆弱，以至於必須控制……」

我心裡想著另一種不同的掌控。我想著披上關心外衣的控制：天氣冷了，**我的甜心，穿上毛衣吧。來，把毛衣穿上，搭配我的想像。**

最起碼尼克不會這麼做。尼克讓我做我想做的事。

我只想請戴西坐定，不要講話。他煩躁不安，緊緊張張，好像他的對手跟我們在同一個房裡。

「噓，」我說，螢幕上出現我漂亮的臉孔，然後一張張照片有如落葉似地湧現，好一幅愛咪拼貼。

「她是那個每一個女孩都心嚮往之的女孩，」莎朗說出旁白。「美麗、聰穎、激勵人心、而且非常富裕。」

「他是那個每一個男人都羨慕的傢伙……」

「我就不羨慕他，」戴西喃喃說。

「……英俊、風趣、聰明、而且迷人。」

「但七月五日、愛咪．艾略特．鄧恩在他們的結婚五周年紀念日失蹤，兩人看似完美的世界隨之崩塌。」

重述，重述，重述。我的照片，安蒂的照片，尼克的照片。驗孕測試，以及未付帳單的圖庫照片。我實在厲害。那種感覺就像一邊繪製壁畫一邊後退觀看，心裡想著：完美極了。

「現在尼克．鄧恩打破沉默，接受我們獨家專訪，他不但談到他太太的失蹤，而且針對關於他出軌的所有謠傳發表意見。」

我心中忽然冒出一股溫情，因爲尼克繫著那條我最喜歡的領帶。領帶是我送給他的禮物，他以前覺得顏色太亮，過度花俏，現在說不定也覺得如此。在亮紫領帶的襯托下，他的雙眼幾乎像是藍絲絨。過去一個月來，這個志得意滿的混蛋瘦了下來：他的鮪魚肚不見了，肉嘟嘟的臉頰變得尖細，下巴那道凹溝看來也比較不明顯。他的頭髮經過修剪，但是沒有剪短——我眼前浮現出一幅景象：尼克快要上電視之前，小戈喀擦喀擦幫他修剪頭髮，她扮演起老媽媽莫琳的角色，一邊繞著他瞎忙，一邊伸出沾了口水的大拇指，擦抹他下巴的一角。他繫著我的領帶，當他舉手比個手勢之時，我看到他戴著我送他的手錶——那只經典寶路華音叉錶是我送給他的三十歲生日禮物。他從來不戴，因爲手錶跟他不搭調，即便手錶與他相得益彰，搭調極了。

「就一個以爲自己太太失蹤了的男人而言，他倒是格外體面，衣冠楚楚，」戴西出言諷刺。「他沒有忘了上美容院修指甲，眞是令人慶幸。」

「尼克才不會上美容院修指甲呢，」我邊說，邊瞄一瞄戴西磨得平滑光整的指甲。

「尼克，我們直接切入正題吧，」莎朗說。「你和你太太的失蹤有沒有任何關係？」

「沒有、沒有、絕對沒有、百分之百沒有，」尼克說，他受到高人指點，講話之時保持目光接觸。

「但是我得說一句，莎朗，我絕對難辭其咎，也絕對稱不上是個好先生。如果不是深怕她受到傷害，我倒覺得從某個角度而言，愛咪的失蹤或許未嘗不是好事——」

「對不起，尼克，但是這會兒你太太失蹤了，我覺得許多人很難相信你居然說出這種話。」

「世間萬般情緒，沒有一種比得上我心中的傷痛與驚慌，而且我非常希望她回家。我只想說這整件事情有如暮鼓晨鐘，重重點醒了我。你不願相信自己是一個如此糟糕的男人，你非得碰到諸如此類的事件，才會跳出自我中心的漩渦，面對現實，坦承自己是全世界最幸運的混蛋。我的意思是，我曾經有幸與一個女人相伴，她是我的另一半，從每個方面而言都比我強，我卻讓種種不安全感——失業、無法供養家庭、年紀愈來愈大等等——蒙蔽了自己。」

「啊、拜託喔——」戴西開口，我噓了一聲，請他安靜。對尼克而言，當著全世界承認自己不是一個好人，無異是小死一回，而且可不是法國人所說的「petite mort」①。

「莎朗，且讓我說一說，且讓我現在就說：我婚姻出軌。我不尊重我太太。我不想成爲現在這副模樣。但是與其激勵自己，我反而選擇一個簡單的方式擺脫困境。我跟一個幾乎不了解我的年輕女孩發生婚外情，這樣一來，我可以假裝自己是個堂堂男子漢。我可以假裝自己是那個我希望成爲的男子漢——聰明、自信、事業有成——因爲這個年輕的女孩子看不出有何不同。她沒有看過我丟了工作、半夜躲在浴室、把頭埋在毛巾裡痛哭。她不知道我所有的怪癖和缺點。我堅信我若是不完美，我太太就不再愛我，這種想法眞是愚蠢。我想成爲愛咪眼中的英雄，而當我失去工作之時，我失去了自尊，再也無法成爲那個英雄。莎朗，我能夠辨別對錯，而我只是——我只是做錯了。」

「如果愛咪置身某處，今天晚上看得到你，也聽得到你說話，你會對你太太說些什麼？」

「我會說：愛咪，我愛妳。我從來不曾結識像妳這麼完美的女人，我絕對配不上妳，如果妳回來，我會用我的下半輩子，全心全力補償妳。我們會想出辦法，把這些可怕的事情全都拋在腦後。我會是全世界對妳最好的男人，愛咪，拜託妳回家，回到我身旁。」

接下來短短的一秒鐘，他把食指第一個指節擱在下巴那道凹溝之間，這是我們之間的密碼，以前我們藉著這個手勢，發誓沒有唬弄對方——那件洋裝眞的很好看，那篇文章眞的言之有物。**此時此刻，我是百分之百、完完全全眞心——我挺你，我絕對不會惡搞你。**

戴西傾身向前，擋在我跟電視螢幕之間，伸手拿取松賽爾白酒。「甜心，再來一些？」他說。

「噓。」

他按下暫停鍵。「愛咪，妳心地善良，我知道妳很容易……被說動。但是他說的每句話都是謊言。」

尼克的話說到我心坎裡，他終於說出我想要聽的話。

戴西繞了一圈，這樣一來，他才可以盯著我的臉龐，完全遮住我的視線。「尼克在作秀，他想讓大家以爲他是一個善良、深知悔改的傢伙，我必須承認他表現得好極了，但這都不是眞的——他甚至沒有提到他對妳動粗，侵犯了妳。我不知道這個傢伙對妳具有哪種魔力，肯定是類似『斯德哥爾摩症候群』的人質情結。」

「我知道，」我說。我完全清楚自己該對戴西說出哪些話。「你說的沒錯，完完全全正確。我已經好久沒有感到如此安全，戴西，但是我依然……我看到他，而我……我在抗拒，但是他傷害我……他傷了我好多年。」

「說不定我們不應該再看下去，」他說，他把玩我的頭髮，靠得太近。

「不，讓節目繼續播放，」我說。「我必須面對他，我必須跟你一起面對他。跟你在一起，我辦得到。」我把手伸到他的手裡。**好，你他媽的給我閉嘴。**

我只希望愛咪回家，這樣一來，我才可以用我的下半輩子補償她，讓她得到應有的待遇。

尼克原諒我——**我欺騙了妳，妳也欺騙了我，讓我們握手言和吧**。如果他眞心誠意打出那個密碼呢？尼克希望我回家。尼克想要我回家，這樣一來，他才可以好好對待我；這樣一來，他的下半輩子才不會虧待我。這話聽起來好極了。我們可以回去紐約。自從我失蹤之後，《神奇的愛咪》童書系列銷售直衝雲霄——三個世代的讀者忽然想起他們是多麼喜歡我。我那貪婪、愚蠢、不負責任的爸媽終於可以償還我的信託基金，而且是連本帶利。

因爲啊，我想要回到往昔的生活。或說，我想要帶著我舊日的錢財以及我嶄新的尼克，回到往昔的生活。我那深情、莊重、百依百順的尼克，說不定他已經學到教訓。說不定他會像是往昔的他。我最近一直大做白日夢——不管受困於奧查克的小木屋、或是戴西的豪宅園邸，我總有很多時間做白日夢，而我始終幻想往昔的尼克。我以爲我會幻想尼克在監獄裡被人雞姦，但是我不常這麼想，最起碼最近不常。我反而幻想當年那段歲月。早些年前，我們經常並肩躺在床上，全身赤裸，只蓋著冰涼的棉毯，他凝視著我，一隻指頭沿著我的下巴勾畫，順勢探向我的耳際，我的耳垂感到微癢，整個人不禁輕輕扭動，然後他愛撫我那形狀有如貝殼的耳朵，探進我的髮中，揪住一縷髮絲，一路拉到髮梢，然後輕扯兩下，好像拉扯鐘鈴，我們頭一次親吻之時，他就是這麼做。他還說：「妳比任何一本故事書更精彩，妳比任何人塑造的任何人物更傳神。」

尼克令我腳踏實地。尼克不像戴西，戴西帶來我想要的東西（比方說鬱金香和白酒），讓我做些他想要我做的事情（比方說愛上他）。尼克只要我快樂，如此而已，就是這麼單純。說不定我錯怪他，將之視爲懶惰。**我只要妳快樂，愛咪**。他曾經說了多少次，我卻將之詮釋爲：**我只要妳快樂，愛咪，因爲這樣我就省了很多事**。但是說不定我有欠公允。嗯，不是有欠公允，而是感到困惑。我愛過的每個人全都另有企圖。因此，我怎麼可能看得清楚？

這是千眞萬確。雖然非得碰到目前這種可怕的狀況，我們才看得清楚，但是尼克和我確爲天作之合。我稍微過於張牙虎爪，而他稍微過於唯唯諾諾。我像是一叢荊棘，由於爸媽過於呵護，所以渾身利刺，氣勢洶洶，而他是一個受到父親冷落、帶著上百萬個小傷口的男人。我的利刺嵌入他的傷口，契合無比。

我必須回家，回到他的身邊。

---

① 法國人稱性高潮爲 la petite mort，譯成英文是：a small death。

尼克・鄧恩

事發之後十四日

我在我妹妹家的沙發上醒來，強烈宿醉，滿心憤怒，而且好想殺了我老婆。警方針對日記、對我進行質詢之後，這幾天當中，我的心中屢次興起這股衝動。我經常想像愛咪躲在西岸某個Spa，躺在一張長沙發上啜飲鳳梨汁，心中的顧忌飄然而逝，緩緩消失在碧藍澄淨的天空之中，而我緊張迫切地開車橫跨美國，又髒又臭地出現在她面前，遮擋住陽光，最後她抬頭一看，我伸出雙手圈住她那稍微凹陷、聲帶與血管俱全的完美頸項，她的脈搏先是緊張地跳動，然後我們緊盯著對方，終於達成某些共識，她的脈搏隨之愈來愈薄弱。

我即將被捕。不是今天，就是明天；不是明天，就是後天。先前警方讓我離開警局，我將之視爲一個好兆頭，但是坦納潑了我一頭冷水：「在沒有屍體的情況下，警方很難定罪。他們只是想要謹愼行事，做到一絲不苟的地步。接下來這幾天，你必須處理什麼事情，你就盡量處理，因爲你一旦被捕，我們就有得忙了。」

我可以聽到窗外的攝影小組嘰嘰嘎嘎的說話聲——那些傢伙互道早安，好像大夥在工廠打卡上班。記者們不停拍攝小戈家的大門，相機卡嚓、卡嚓、卡嚓，有如煩躁不安的知了。有人洩漏消息，媒體已經知道警方在我妹妹的地產上發現我的「男人窩」，裡面擺滿各種物品，我也遲早會被逮捕。小戈和我甚至連窗簾都不敢看一眼。

小戈穿著法蘭絨短褲、以及她高中時代那件「屁眼衝浪客」運動衫走進客廳，臂彎裡夾著她的筆電。

「大家又恨你了，」她說。

「他媽的，三心二意。」

「昨天晚上有人爆料，洩漏關於木棚、愛咪的皮包，以及日記的消息。現在大家莫不異口同聲：**尼克說謊，尼克是凶手，尼克是個說謊的凶手**。莎朗．薛貝爾剛剛發表聲明，宣稱她對於案情的發展感到**非常震驚與失望**。噢，大家也都曉得那些色情光碟，比方說《獵殺賤女人》。」

「《蠻幹賤女人》。」

「噢，抱歉，」她說。「**蠻幹賤女人**。這下**尼克是個說謊**、**性變態的凶手**。艾倫．亞波特肯定他媽的欣喜若狂。她是個反色情的瘋女人。」

「她當然是，」我說。「我確信愛咪非常清楚這一點。」

「尼克？」她用她那種**拜託你清醒一點**的語調說。「這很糟糕。」

「小戈，其他人怎麼想都無所謂，我們必須記住這一點，」我說。「目前最重要的是，愛咪想些什麼、她對我的態度是否正在軟化。」

「尼克，她非常恨你，你眞的認爲她可以在這麼短的時間裡轉變心態、再度愛上你嗎？」

這個問題我們已經討論了五年。

「小戈，我認爲可以。愛咪從來偵測不出別人在鬼扯。如果你說她看起來好漂亮，她就認爲這是實話。如果你說她非常聰明，這話可不是奉承，而是她應得的讚賞。所以囉，是的，我認爲她多半眞的相信我若看得出自己做錯了，我當然會再一次愛上她。因爲啊，我怎麼可能不愛上她？」

「如果她這會兒偵測得出你在鬼扯呢？」

「妳曉得愛咪；她必須占上風。她氣的不是我對她不忠，而是我捨棄了她，選擇另一個女人。光是爲了證明她是贏家，她就會重新接納我。妳不同意嗎？光是看著我苦苦哀求她回來、好讓我徹徹底底崇拜她，她就難以抗拒。妳不也認爲如此嗎？」

「我認爲這個點子還不賴，」她說，但是她的口氣好像但願某人樂透中大獎。

「喂，如果妳有更好的點子，妳他媽的就直說吧。」

我們現在動不動就對彼此發脾氣。我們以前從來不會如此。警方發現木棚之後，他們嚴加盤問小戈，恰如坦納先前的預測：**她知情嗎？她提供協助嗎？**

我原本以爲那天晚上回家之後，她會氣得大罵髒話，但是我只看到她不好意思地笑笑、悄悄走過我身邊、進入她的臥房，而她已經把她家當作抵押，再一次跟銀行貸款，用來支付坦納的律師費。

由於我種種差勁的決定，我的妹妹陷入財務和法律的險境。這整個狀況讓小戈心懷怨懟，我則是充滿罪惡感，對於兩個受困於狹小空間的人而言，怨懟之心加上罪惡感，後果可能不堪設想。

我試圖轉變話題：「我一直想要打電話給安蒂，因爲現在——」

「是喔，你還眞是天才，尼克，你跟她打電話，她就可以再上《艾倫．亞波特現場直擊》——」

「她沒有上《艾倫．亞波特現場直擊》，《艾倫．亞波特現場直擊》播出她召開的記者會，小戈，她不是壞人。」

「她生你的氣，所以召開記者會。我倒是但願你沒有甩了她。」

「說得好。」

「你倒底打算跟她說什麼？」

「我很抱歉。」

「你當然他媽的抱歉，」她喃喃說。

「我只是——我們在那種情況下分手，令人遺憾。」

「你們最後一次見面時，她咬了你，」小戈耐著性子說，聽起來過分容忍。「我認爲你們兩人已經沒有什麼話可說。你是一樁謀殺案的頭號嫌犯，你已經沒有權利要求好好分手。老天爺啊，尼克。」

我們愈來愈受不了彼此，而我從來沒想到可能碰到這種局面。不單只是壓力，也不是因爲我把危機引到小戈家門口。一個星期之前，我打開木栅，期望小戈跟往常一樣看出我的心意，在那十秒鐘之內，小戈卻以爲我殺了我老婆；我無法釋懷，她也忘不了。如今我偶爾逮到她看著我，眼神之中帶著一絲冷峻，就像她以前看著我們老爸一樣：你不過是另一個占據空間的混帳男人。我確定有時我也透過我們老爸可悲的眼神看著她：妳不過是另一個憎恨我的漂亮女人。

我重重嘆口氣，站起來，捏一捏她的手，她也捏一捏我的手。

「我想我應該回家了，」我說，心中湧起一股極度的不快。「我再也無法忍受等著被捕，我受不了。」

她還來不及阻止我，我就抓起鑰匙，用力推開大門。鎂光燈瘋狂大作，人群之中爆發出喊叫聲，群眾的規模甚至比我擔心的更加龐大：**嗨，尼克，你有沒有殺了你太太？嗨，瑪戈，妳有沒有幫妳哥哥隱瞞證據？**

「他媽的混帳東西，」小戈破口大罵。她穿著她那件「屁眼衝浪客」運動衫和短褲站在我身邊，以示團結一致。幾位抗議民眾舉著招牌，一個頭髮細長、戴著太陽眼鏡的金髮女子搖晃一張海報：**尼克，愛咪在哪裡？**

喊叫聲愈來愈高亢激昂，引誘我妹妹開口：瑪戈，妳哥哥是殺妻凶手嗎？尼克有沒有殺了他的太太和小寶寶？瑪戈，妳是嫌犯嗎？尼克有沒有殺了他太太？尼克有沒有殺了他的小寶寶？

我站在原地，試圖堅守立場，拒絕讓自己踏回屋裡。忽然之間，小戈在我後面蹲了下來，扭開臺階附近的水龍頭。她把水量開到最大，拿起水管，好像噴灑動物一樣對著眾人灑水。強勁的水流穩穩噴出，沖射每一個攝影記者、抗議民眾，以及身穿套裝、準備在電視上亮相的漂亮記者。

她爲我提供掩護。我趕快衝進我的車裡，飛速離去，無視草坪上的眾人渾身濕淋淋，小戈在一旁尖聲大笑。

我花了十分鐘把車子從車道開進車庫，我一吋吋地往前移動，從憤怒的群眾之中慢慢擠出一條路——除了攝影小組之外，我家門前最起碼聚集了二十名示威民眾。我的鄰居珍．泰弗爾也是其中之一，她和我互瞪一眼，然後她對著我亮出海報：愛咪在哪裡，尼克？

我終於進入屋裡，車庫的門嗡嗡關上。我坐在熱氣騰騰的水泥車庫裡，氣喘吁吁。

如今每一處感覺都像是監獄——一扇扇門開了又關，關了又開，而我始終感到不安全。

當天剩下的時間，我想像自己打算怎樣殺死愛咪。我只想找個法子結束她的生命，除此之外，我腦海之中容不下其他念頭。我想像自己打爛愛咪那個不停運轉的腦袋。但是，我必須說句公道話：過去幾年來，我或許過得混混沌沌，但是現在我可是清醒得很。我再度感到充滿活力，就像我們新婚之時的感覺。

我想要做點事情，交出一番成績，但是我什麼都不能做。到了深夜，攝影小組已經離去，但我依然不能冒險離開家裡。我想要走一走，不得不在家裡踱步，我的神經已經緊繃到了危險邊緣。

安蒂擺了我一道，瑪莉貝絲對我不理不睬，小戈已經信心大失，邦妮令我陷入困境，愛咪毀了我。我倒了一杯酒，喝一大口，手指緊緊握住酒杯，然後用力把酒杯往牆上一摔，看著玻璃有如煙火般四射飛濺，聽著酒杯破裂的巨響，聞著飄渺的威士忌酒香。五種感官全都沉浸在憤怒之中。**那些他媽的賤女人**。我這輩子始終試圖做一個好男人，一個愛慕女性、尊敬女性、沒有感情包袱的傢伙。此時此刻，我對我的雙胞胎妹妹、我的岳母、我的情婦卻懷藏著可怕的念頭。我甚至想像打碎我老婆的頭蓋骨。

門口傳來敲門聲，有人重重、憤怒地敲門，乓、乓、乓的巨響令人震驚，讓我從種種惡夢般的念頭之中回過神來。

我過去開門，用力把門推開，以憤怒迎戰憤怒。

原來是我老爸。他站在我家的臺階上，好像某個被我的恨意召喚而來的旁觀者。他重重喘氣，全身是汗。他的襯衫衣袖已被扯破，頭髮亂七八糟，但是他黑色的眼睛跟往常一樣流露出警戒，讓他看起來似乎神志健全，隱隱帶著一絲敵意。

「她在這裡嗎？」他厲聲問道。

「誰？爸，你在找誰？」

「你知道是誰。」他把我推開，邁步走向客廳，留下一攤攤汙泥，他雙手握拳，腰彎得厲害，迫使他非得繼續往前走，不然就會往前一傾，臥倒在地。他一邊走，一邊喃喃咒罵**賤人賤人賤人**，他身上帶著薄荷味，不是人工香味，而是真正的薄荷；我看到他的長褲上沾了一道綠色的汙漬，好像他先前用力踏過某人的花園。

小賤人，那個小賤人，他繼續喃喃自語。他穿過飯廳，走進廚房，啪地一聲打開電燈。一隻水蠍沿著牆壁匆匆往上爬。

我跟著他，試圖安撫他。爸、爸，你何不坐下來？爸，你要不要喝杯水？爸……他重重踏步，走到樓下，一團團泥巴從他的鞋子上掉落。我慢慢握拳，這個混蛋當然會出現，把事情搞得更糟。

「爸！他媽的，爸！除了我之外，這裡沒有別人，只有我。」他用力推開客房房門，然後又再度上樓走回客廳，渾然無視我的存在——「爸！」

我不想碰他。我怕我會出手打他。我怕我會哭。

當他試圖走到樓上的臥室之時，我擋住他前進。我一隻手貼在牆上，一隻手擱在樓梯的扶欄上——好個人肉屏障。「爸！看著我。」

他口水四濺，吐出一句句憤怒的話語。「你告訴她，你告訴那個醜八怪的小賤人，這事還沒完。她可沒有比我強，你跟她說。我可不是配不上她。她哪有權利做決定。那個醜八怪的小賤人非得學一學——」

在那麼短短的一秒鐘之間，我發誓我見證了全然的清明。一時之間，我看得清清楚楚，心中不禁一震。就那麼一次，我不再試圖隔絕我老爸的聲音，反倒讓他的話語在我耳邊隆隆作響。我不是他；我不憎恨、也不懼怕每一個女人。我只厭惡一個女人。如果我只鄙視愛咪，如果我把心中全部的憤怒和惡意，專注於一個活該讓我厭惡的女人，這並不表示我跟我老爸一模一樣。這只表示我神志健全。

小賤人小賤人小賤人。

我從來沒有如此憎恨老爸，因爲他讓我衷心喜愛這些字眼。

他媽的賤女人他媽的賤女人。

我緊緊抓著他的手臂，狠狠把他拉進車裡，用力關上車門。開車前往安適山丘安養院的途中，他依然不停咒罵。我把車子慢慢停在入口附近、專爲救護車保留的停車位，然後我走到他那一邊，打開車門，抓著他的手臂，用力把他拉到車外，送他走到大門門口。

然後我轉身，開車回家。

他媽的賤女人他媽的賤女人。

但是除了哀求，我什麼也不能做。我那個潑婦老婆讓我無計可施，窘態畢露，尊嚴盡失，只能苦苦哀求她回家。平面媒體、網路、電視、任何一種媒介都行，我只能希望我老婆看到我扮演好老公、說出她想要我說的話、完完全全豎起白旗：**妳對了，我錯了，始終都是如此。回家吧，回到我的身邊（妳他媽的賤女人）。回家吧，這樣一來，我才可以殺了妳。**

愛咪・艾略特・鄧恩

事發之後二十六日

戴西又過來了。他現在幾乎每天過來別墅，四處閒蕩，癡癡傻笑。他趁著夕陽西下、餘暉照亮他的輪廓之時站在廚房裡，這樣我才可以好好欣賞他的側面。他牽著我的手，拉著我走進鬱金香花房，這樣我才可以再度謝謝他。他還一再提醒我是多麼安全、多麼受到寵愛。

他說我很安全，受到寵愛，但是他不讓我離開，這可不讓我感到安全，受到寵愛。他沒有留下車鑰匙給我，也沒有留下屋裡的鑰匙和入口鐵門的保全密碼。我簡直是個囚犯——入口鐵門高達十五呎，屋裡也沒有梯子（我找過了）。我猜我可以把幾件家具拖到牆邊，一件件疊起來，爬過高牆，跌到牆外的地上，跛行或是爬行逃脫。但這不是重點，重點在於：我是他珍貴、摯愛的客人，而一個客人若想離開，她應該隨時都可以離開。幾天之前，我提到這一點：「如果我必須馬上離開呢？」

「說不定我應該搬進來，」他回了我一句。「然後我可以隨時待在這裡，保護妳的安全。如果發生任何事情，我們可以一起離開。」

「如果你母親起了疑心，過來別墅，發現你把我藏在這裡，那就不妙了。」

他的母親。如果他母親過來這裡，我必死無疑，因爲她會馬上跟警方舉報。那個女人非常討厭我，原因完全在於高中時代那樁意外事件——事隔多年，她卻依然懷恨在心。當年我抓傷自己的臉，告訴戴西她攻擊我。（那個女人占有慾如此強烈，對我如此冷漠，我說她對我動手，倒也不爲過。）母子兩人冷戰了一個月。顯然他們已經握手言和。

「我母親不知道密碼，」他說。「這是我的湖邊別墅。」他暫不作聲，假裝思考。「我眞的應該搬過來這裡。妳一天到晚都是獨自一人，對妳相當不好。」

但我不是獨自一人，我獨處的時間其實不多。僅僅兩個星期，我們已經多多少少建立一套固定的生活模式，而這套模式係經戴西批准認可。戴西——我那位優雅的牢頭、嬌寵的朝臣——一過中午就出現，身上總是飄散出美食的芳香，他肯定剛跟賈桂琳在某個昂貴、鋪著白色亞麻桌布的餐廳大啖午餐，也就是那種我們若搬到希臘、他會帶我去的餐廳。（他說我們可以搬去希臘，這是他經常提到的替代方案。不曉得爲什麼，他堅信希臘的小漁村絕對沒有人認得我，他在希臘度過許多夏季，我也知道他想像我們在希臘飽嘗章魚，一邊啜飲美酒，一邊在夕陽的餘暉之中慵懶地做愛。）走進別墅之時，他飄散出美食的芳香，聞起來像是午餐。他肯定在耳後輕輕拍上少量鵝肝醬。（他媽媽也是如此，聞起來隱隱帶著女陰的氣味——美食與性愛，柯林斯一家散發出這兩股氣味，倒是不錯的戰略。）

他走進來，那股味道讓我流口水。他幫我帶了一些可口的食物，但是比不上他剛剛享用的美食：他打算幫我瘦下來，他始終喜歡他的女伴們輕盈細瘦。因此，他幫我帶來可口青綠的楊桃、尖細的朝鮮薊、以及多腳的螃蟹，每樣食品都花了很多時間調製，但是吃了長不了多少肉。我幾乎回復正常的體重，頭髮也慢慢留長。我用他幫我買的髮帶把頭髮紮起來，而且把頭髮染回金黃色，染劑當然也是他幫我買的。「甜心，我覺得當妳看起來比較像是妳自己，自我感覺會比較良好，」他說。沒錯，一切都是爲了我好，而不是因爲他想讓我看起來跟當年一模一樣。一九八七年的愛咪。

我吃午餐，他在我身邊晃來晃去，等著我發出讚美。（我眞希望永遠不必再說**謝謝**二字。在我的記憶之中，尼克從來不曾講話講到一半停下來，容許我——或是強迫我——跟他道謝。）我用畢午餐，他盡其所能收拾善後。我們都不是那種習慣順手清理的人；這個地方看起來逐漸像個住家——流理臺上冒出奇怪的汙漬，窗臺上積了灰塵。

午餐結束，戴西把玩我的頭髮、我的肌膚、我的衣服、我的思緒，撫弄了一陣子。

「瞧瞧妳喔，」他一邊說，一邊把我的頭髮塞到耳後，恰如他喜歡的模樣。他動手幫我解開另一顆鈕釦，鬆開我的襯衫領口，露出我的脖子，這樣一來，他才可以欣賞我微微凹陷的鎖骨。他把一根指頭擱在凹陷之處，塡補空隙。此舉簡直猥褻，令人憎惡。「尼克怎麼可能傷害妳、不愛妳、對妳不忠？」他說了又說，問了又問，藉由言語戳痛我的傷口。「妳如果忘掉尼克和那可怕的五年、迎接人生下一個階段，豈不是太好了嗎？妳有機會跟一個相配的伴侶，從頭到尾再來一次，多少人能夠這麼說呢？」

我確實想跟我的眞命天子重新開始，而我的眞命天子是**新尼克**。目前的局勢對他相當不利，極爲迫切。只有我能夠解救尼克，將他拉出我的種種部署。但是我卻受困於此。

「如果妳眞的離開此地，而我不知道妳人在哪裡，那麼我就非得報警不可，」他說。「我沒有其他選擇，我必須確定妳平安無事，尼克也沒有……擅自把妳關在某處，侵犯了妳。」

聽來像是關切，其實是個威脅。

如今我看著戴西，心中充滿不屑。有時我感覺自己的肌膚發燙，肯定出於憎惡，或是努力想要隱藏這股憎惡。我忘了他是怎樣一個人。我忘了他擅長操縱，工於心計，不落痕跡地欺凌弱小。他是一個受到內疚與罪惡感撩撥的男人，事情若是不順他的意，他就啓動報復的引擎，著手施展懲罰。最起碼尼克像個男人，找個女人上床。戴西只會伸出光滑、蒼白、細長的手指，一而再、再而三支使，直到我奉上他想要的東西。

我以爲我可以控制戴西，但我沒有辦法。我有種感覺，某件非常不幸的事情即將發生。

尼克・鄧恩

事發之後三十三日

日子散漫而冗長，然後砰地一聲碰壁。八月間的一個早晨，我出去買些日常用品，回家時，我發現坦納、邦妮和吉爾賓都在我的客廳裡。桌上擺著一個塑膠證物袋，袋裡裝著一支厚重的長木棒，握把之上有著精細的指槽，方便人們牢牢握住。

「頭一次進行搜尋時，我們在你家附近的河裡發現這支木棍，」邦妮說。「當時看起來眞的沒什麼特別，只不過是某一件漂流在岸邊的東西，但是我們保留搜尋行動的每一樣物品。你把潘趣和茱迪的木偶拿給我們看之後，一切豁然而解。因此，我們把木棍送到實驗室分析。」

「然後呢？」我說，聲調平板。

邦妮站起來，直直盯著我，聲音聽起來有點難過。「我們在木棍上偵測到愛咪的血跡。這樁事件現在正式被歸爲謀殺案，而且我們相信木棍是凶器。」

「隆妲，拜託喔。」

「是時候了，尼克，」她說。「是時候了。」

下一個階段於焉登場。

愛咪・艾略特・鄧恩

事發之後四十日

我找到了一團舊麻繩和一個空酒瓶，而且最近一直用它們進行我的計畫。當然還有一些苦艾酒。我已準備就緒。

紀律。這個計畫需要紀律與專注。我辦得到。

我打扮成戴西最喜愛的模樣：嬌美柔弱的小花。我的頭髮自然鬈曲，氣味芬芳。我在屋裡待了一個月，膚色變得蒼白。我幾乎沒有上妝：輕刷一下睫毛膏，擦上一點腮紅，塗上透明的亮光唇膏。我穿上他買給我的粉紅貼身洋裝，沒戴胸罩，沒穿襯褲，光著腳丫，即便空調送出陣陣寒意。我升起爐火，香水的清香飄散在空中。午餐過後、他不請而來之時，我愉快地歡迎他。我抱住他的腰，把臉埋在他的頸窩。我貼上他的臉頰，耳鬢廝磨。過去幾個星期，我對他愈來愈溫柔，但是如此黏人、如此親密，倒是第一次。

「怎麼了，甜心？」他訝異地說，他是如此快樂，以至於我幾乎感到羞愧。

「我昨天晚上做了一個好可怕的惡夢，」我輕聲說。「我夢到尼克。我醒來，一心只希望你在我身邊。今天早上……我一整天都盼望你在這裡。」

「我可以一直待在這裡，如果妳要的話。」

「我要你待在這裡，」我說。我抬頭，把臉轉向一側，好讓他吻我。他的吻令我作嘔；他輕輕一啄，猶豫不決，好像親嘴的小魚。戴西藉此表示尊重他那受到性侵、虐待的女伴。他又輕輕一啄，雙唇冰冷濕潤，雙手幾乎碰都沒碰我，我只想讓一切趕快結束，把事情搞定，因此，我把他拉向我，用舌頭頂開他的雙唇。我想咬他一口。

他抽身。「愛咪，」他說。「妳吃了不少苦，這樣太快了，如果妳不願意，如果妳不確定，我不想逼妳這麼快接受我。」

我知道他非得撫摸我的乳房，我也知道他非得進入我的體內。我只想讓一切趕快結束。一想到必須慢慢進行，我幾乎克制不了那股抓他幾下的衝動。

「我確定，」我說。「我想我從我們十六歲的時候就已經確定。當時我只是害怕。」

這話不具任何意義，但我知道他聽了會春心大動。

我又吻他，然後我問他可不可以把我帶進我們的臥室。

在臥室裡，他動手慢慢脫下我的衣服，親吻每一個完全挑不起性慾的部位——我的肩膀、我的耳朵——在此同時，我巧妙地加以導引，讓他不要碰到我的手腕和腳踝。老天爺，趕快上我吧。十分鐘之後，我抓住他的手，強拉著他摸摸我的兩腿之間。

「妳確定嗎？」他邊說，邊從我身旁退開，他滿臉通紅，一圈頭髮垂落在額頭上，跟高中時代一樣。戴西這些年完全沒有長進，此時跟當年在我的宿舍寢室裡，實在沒什麼兩樣。

「我確定，親愛的，」我說，謹慎地探向他的陽具。

又過了十分鐘，他終於擠到我的兩腿之間，慢慢地、輕輕地抽送，慢條斯理地做愛。他不時停下來親吻我、愛撫我，最後我緊緊抓住他的臀部，動手推他。「幹我，」我輕聲說。「用力幹我。」

他停下來。「妳不需要這樣，愛咪，我不是尼克。」

千眞萬確。「我知道，親愛的，我只是要你……塡滿我。我覺得好空虛。」這下他就上鉤了。我靠在他的肩膀上竊笑之時，他又抽送了幾下，然後達到高潮，等我意識到他射了，幾乎已經太遲——喔、喔、喔，他達到高潮的時候，只發出這種可悲的聲音——於是我趕緊作勢，嗚嗚啊啊呻吟了幾聲，好像小貓輕柔地喵喵叫。我試著擠出幾滴眼淚，因爲我知道他想像我第一次跟他上床的時候會哭泣。

「親愛的，妳在哭，」他從我體內抽離的時候說。他親吻一滴淚水。

「我只是好開心，」我說，因爲那些類型的女人就會這麼說。

我說我已經調了一些馬丁尼——戴西喜歡午後享用一杯好酒——當他起身穿上襯衫、準備過去端酒之時，我堅持他待在床上。

「我們變換一下，讓我爲你服務，」我說。

因此，我蹦蹦跳跳衝進廚房，拿了兩個馬丁尼的大酒杯，在我的杯子裡，我倒了琴酒，加上一顆橄欖，在他的杯子裡，我倒了琴酒、橄欖汁、苦艾酒，加上三顆橄欖，還有我手邊最後三顆安眠藥，藥丸碾成細粉，混入酒中。

我端著馬丁尼回到臥室，我們親密依偎，耳鬢廝磨。我啜飲我的琴酒，靜觀事情發展。我的心情過於激奮，非得麻木自己不可。

「你不喜歡我調的馬丁尼嗎？」當他只啜飲一口之時，我問道。「我始終想像我是你的太太，幫你調杯馬丁尼。我知道這種想法很愚蠢。」

我開始擺出不高興的模樣。

「喔，親愛的，一點都不愚蠢。我只是慢慢享受。但是——」他一口喝光杯中的馬丁尼。「如果能讓妳開心一點，我就乾了！」

他輕飄飄，志得意滿。他的陽具攻城掠地，黏膩濕滑。基本上，他和天下所有男人沒什麼兩樣。再過不久，他就會昏昏欲睡，然後鼾聲四起。

我可以動手了。

第三部　男孩追回女孩

（或是女孩追回男孩）

尼克．鄧恩

事發之後四十日

交保在外，等候開庭。我已經歷經種種程序，獲得釋放——進出監獄，感覺自己人格破產，保釋金聽證會，按指紋，拍照片，轉來轉去，互相擠推，搜身檢查；我並沒有因而感覺自己像隻動物，反倒覺得自己像是某件大量產製的物品。他們正在製造的產品是：殺手尼克．鄧恩。還得等上好幾個月，才會開始我的審判。（我的審判——這個字眼依然具有危險性，說不定會讓我完全失控，把我變成一個尖聲傻笑的失心瘋。）我交保在外，應該覺得相當慶幸；先前我遭到逮捕，但我依然乖乖待在原處，因此，法官判定我沒有潛逃的危險。邦妮說不定也幫我美言兩句。因此，我得以在自己家裡多待幾個月，然後再被押到牢裡，遭到州政府處死。

沒錯，我眞是一個非常、非常幸運的男人。

時值八月中旬。現在還是夏天，我經常心想，發生了這麼多事情，居然還沒秋天，怎麼可能？想到這裡，感覺依然相當怪異。天氣熱得要命，套句我老媽的描述，這是「襯衫袖子氣候」，老媽始終關切孩子們穿著是否舒適，而比較不在乎眞正的溫度。襯衫袖子氣候，夾克氣候，外套氣候，大衣氣候——外衣道盡全年。對我而言，今年將是「手銬氣候」，然後說不定是「監獄連身衣氣候」。或許是「葬禮西裝氣候」，因爲我不打算入獄服刑。我會先動手自殺。

坦納派出五人私家偵探小組，試圖追查愛咪的下落，目前爲止，毫無所獲，就像試圖抓取清水。幾個星期以來，我每天盡些該死的義務：我拍攝一段獻給愛咪的影片，貼在蘿貝卡的「誰是凶手」部落格上（最起碼這位年輕的小姐依然忠誠）。在影片當中，我穿上愛咪幫我買的衣服，頭髮梳成她喜歡的模樣，試圖解讀她的心思。我對她的怒意宛如發熱的線路。

大部分的早晨，攝影人員自行停駐在我的草坪上。我們像是敵對的士兵，接連數月駐紮在射擊範圍之內，隔著戰壕之間的眞空地帶監看彼此，建立某種變態的兄弟情誼。有個傢伙的聲音聽起來像是卡通影片的大力士，雖然沒見過面，但我滿喜歡他。他正在跟一個他非常、非常喜歡的女孩子約會。每天早上，當他分析兩人約會之時，話語轟轟隆隆從窗戶傳送進來；他們的感情似乎進展迅速。我想知道這段感情如何收場。

我錄完獻給愛咪的晚間影片。我身穿一件愛咪喜歡看我穿上的綠色襯衫，而且剛剛講述我們初次見面的情景、布魯克林的派對、我那句糟糕的開場白：**但是就只一顆橄欖**。愛咪每次提及，我都覺得不好意思。我講到我們走出熱得冒煙的公寓，手牽著手，踏入冷得牙齒打顫的戶外。我還述說我們在糖粉雲朵中的初吻，那是少數我倆說法一致的故事。我用講述床邊故事的韻律一一道出：輕緩、親密、反覆述說。說到最後，始終加上一句：**愛咪，回到我身邊吧**。

我關掉攝影機，坐回沙發上。（錄製影片之時，我始終坐在她那座咕咕鐘下面的沙發上，因爲我知道如果我不秀出那座惡毒、令人難測的咕咕鐘，她肯定懷疑我是否終於丟掉她的咕咕鐘。過了一會，她將不再懷疑，索性相信我眞的丟掉她的咕咕鐘，然後不管我說出多少甜言蜜語，她都會默默地回我一句：「**但是他扔了我的咕咕鐘**。」）事實上，布穀鳥即將探頭，鏈條開始在我頭頂上嘎拉嘎拉——那個聲音始終令我下巴緊繃——這時，外面的攝影人員同時驚呼，有如驚濤駭浪。有人來了。我聽到幾位女主播發出海鷗般的尖叫聲。

大事不妙，我心想。

門鈴連續響了三聲：尼克！尼克！尼克！

我沒有遲疑。過去一個月以來，我已不再遲疑：若想找麻煩，快快出招。

我打開大門。

那是我老婆。

她回來了。

愛咪．艾略特．鄧恩光腳站在我的臺階上，一件單薄的粉紅色洋裝好像濕了似地緊貼在她身上。她的腳踝套著粗黑的絨繩，一節麻繩懸掛在軟趴趴的手腕上，晃來晃去。她一頭短髮，髮梢參差不齊，好像被人拿把鈍鈍的剪刀胡亂截剪。她的臉上一片青紫，嘴唇腫脹。她正在啜泣。

當她朝向我張開雙臂時，我可以看到她的腹部沾滿乾涸的血跡。她試著說話；她張開嘴巴，一次、兩次，卻是沉默無聲，宛如被沖上岸邊的美人魚。

「尼克！」她終於放聲大喊——高昂哀戚，迴盪在一間間空曠的房屋之間——撲進我的臂彎。

我想殺了她。

我們若是獨處，我的雙手說不定會掐住她的脖子，十指搜尋她頸項優美的凹處，感覺她強勁的脈搏在我的手指下跳動……但是這裡並不是只有我們兩人，我們置身攝影人員之前，他們也已意識到這位奇怪的女子是誰。沒錯，他們絕對像是屋裡的咕咕鐘一樣展現生機，相機喀喀閃了幾下，記者提了幾個問題，然後噪音和鎂光燈有如排山倒海般地湧來。鎂光燈對著我們猛閃，記者們抓著麥克風團團向我們逼近，每個人都大叫愛咪、愛咪，尖叫，百分之百尖叫。因此，我做出適當的反應，我把她拉到懷中，跟著大聲嘶喊：「愛咪！我的天啊！我的天啊！親愛的！」然後把臉埋在她的頸窩，雙手緊緊圈住她，讓攝影機搶盡風頭，大拍特拍。我在她耳邊低語，字字深入她的耳中：「妳他媽的賤貨。」然後，我輕撫她的頭髮，愛憐地把她的臉捧在手掌心，拉著她走進屋裡。

我們的大門外頭，眾人大聲呼喊**愛咪！愛咪！愛咪！**宛如一場要求安可的搖滾演唱會。有人朝著我們的窗戶丟了一把小石頭。**愛咪！愛咪！愛咪！**

我老婆朝向外面的烏合之眾擺擺手，以示不屑，好像她原本就應該招致這些反應，沒什麼大不了。她轉身面對我，臉上帶著疲倦、卻又得意洋洋的微笑——性侵被害者、受虐倖存者、家暴犧牲者都會露出同樣的微笑，一看到這種笑容，我們就曉得那個混帳終於受到應得的制裁，女主角終於可以邁向人生下一個階段。來個特寫吧！

我指指麻繩、剪得亂七八糟的頭髮，以及乾枯的血跡。「好吧，老婆，妳編得出什麼故事？」

「我回來了，」她嗚咽地說。「我好不容易回到你身邊。」她走過來，伸出手臂抱住我，我抽身避開。

「愛咪，妳編得出什麼故事？」

「戴西，」她悄悄說，下唇輕輕顫動。「戴西．柯林斯綁架我。那天早上……我們結婚紀念日的早上……門鈴響了，我以為……我不曉得，我以為你請人送花過來。」

我打了冷顫。她當然找得出法子挑起我的痛處：她爸媽結婚之後，她爸爸每個星期都買花送給她媽媽，我卻幾乎從來沒有送花給她。也就是說，她爸爸送了兩千四百四十四束鮮花給太太，我嘛，四束。

「鮮花或是……某樣東西，」她繼續說。「所以我沒有多想，只是趕緊打開大門。戴西站在門口，臉上帶著決然的表情，好像他從頭到尾都準備動手。我握著把手……茱迪木偶的把手。你找到那兩個木偶了嗎？」她抬頭對我笑笑，眼中閃著淚光，看起來好溫順、好甜美。

「喔，我找到每一樣妳留給我的東西，愛咪。」

「茱迪木偶掉下去，我剛剛找到，開門的時候，我手裡還握著把手。我想用把手打他，我們拉拉扯扯，他拿起把手重重敲我，接下來我只知道……」

「妳誣陷我謀殺，妳把失蹤嫁禍在我頭上。」

「尼克，請你聽我解釋。」

我狠狠瞪了她好久。我看到**那些豔陽下的時光**：我們橫躺在沙灘上，她一隻手懶懶地擱在我的胸前；我看到**那些家庭晚餐**，我們在她爸媽家，瑞德總是不停幫我斟酒，親密地拍拍我的肩膀；我看到我們在我紐約那棟簡陋公寓裡，兩人手腳一**攤躺在地氈**上，一邊聊天，一邊瞪著慢慢旋轉的天花板吊扇；我看到我孩子的母親，以及我曾經爲我倆構思的完美生活。我的心噗通、噗通跳了兩下，在那短暫的兩秒鐘，我衷心企盼她說的是實話，心中不禁一陣刺痛。

「我不認爲妳能夠解釋一切，」我說。「但是我倒想看妳試一試。」

「你這就問問我。」

她試圖牽起我的手，我把她甩開。我從她身邊走開，深深吸口氣，然後轉頭看著她的臉。你隨時都得正視我老婆。

「來吧，尼克，你問我吧。」

「好，當然。爲什麼尋寶遊戲的每一則線索都藏在我跟安蒂……發生關係的地方？」

她嘆了一口氣，低頭看著地板，她的腳踝紅通通。「直到看了電視報導，我才曉得這事，而我當時……被綁在戴西的床上，藏匿在他的湖邊別墅裡。」

「這麼說來，這一切都是……巧合？」

「那些地方對我們都別具意義，」她說，一顆淚珠悄悄滑下她的臉頰。「你的辦公室，你在那裡重新燃起對新聞的熱情。」

我不屑地哼一聲。

「漢尼拔，我在那裡終於了解這一帶對你多麼重要。你爸爸的房子——你在那裡勇敢地面對傷害你至深的父親。你媽媽的房子，現在也就是小戈的家，這兩位女子都幫助你變成一個如此善良的男人。但是……我猜你也想把這些地方和一個」——她稍微低下頭——「你心愛的人分享，這點我毫不訝異，你始終喜歡一再反覆。」

「爲什麼這些地方都藏了線索、暗指我謀殺妳？比方說女人的內褲、妳的皮包、妳的日記。愛咪，妳怎麼解釋那些滿紙謊言的日記？」

她只是笑著搖搖頭，好像爲我感到抱歉。「每一件事情，我可以解釋每一件事情，」她說。

我凝視她那沾滿淚水的甜美臉龐，然後低頭看看那些血跡。「愛咪，戴西在哪裡？」

她又搖搖頭，露出帶著歉意的微笑。

我邁開腳步，準備打電話報警，但是門口傳來重重的敲門聲，我一聽就曉得警察已經上門。

愛咪・艾略特・鄧恩

歸來當晚

我的體內依然存有戴西最近強暴我所留下的精液，因此，驗傷檢測進行順利。我的手腕被麻繩勒出一圈烙印，我的陰道受到損傷，我的身上出現瘀青——我對他們呈現出一個典型性侵受害者的軀體。一個年紀較大的男醫師幫我做骨盆腔檢查，醫師呼吸凝重，手指粗胖，一邊刮抹，一邊喘氣，節奏分明，在此同時，隆妲・邦妮警探在旁握著我的手，我覺得好像被一隻冰冷的鳥爪緊緊抓住，完全沒有達到安撫之效。當她覺得我沒有注意時，她就露齒一笑。她顯然非常高興尼克畢竟不是壞蛋。沒錯，全美國的女性都不約而同鬆了一口氣。

警方已經派人前往戴西的住處，他們在那裡會發現戴西全身赤裸、血色盡失、一臉驚愕、手裡抓著幾撮我的頭髮，我的鮮血浸濕了床鋪。他們也將在床鋪附近的地上發現那把我用來刺殺他、卸除我的繩索的小刀。在那個房間裡，我丟下小刀，迷亂茫然，光著腳走到屋外，我什麼都沒帶走，只是隨手抓了他的汽車和入口鐵門的鑰匙，我爬進他那部經典積架汽車，身上依然沾滿他的鮮血，好像一隻失散已久、忠貞不二的寵物，直接回到家中，投向我先生的懷抱。我已經淪落到像是一隻動物；我只想回到尼克身邊，除此之外，我什麼都不想。

老醫師跟我報告好消息：傷害並非永久性，不需要進行子宮內膜刮除手術——我早已流產。邦妮不停一邊捏捏我的手，一邊喃喃低語：**我的天啊，妳吃了多少苦喔？妳覺得妳有辦法回答幾個問題嗎？**先是表示同情，忽而轉爲厚顏偵訊，變化還眞是迅速。我發現醜陋的女人要嘛過度順從，要嘛極度無禮。

妳是神奇的愛咪，妳是一樁殘酷綁架案的倖存者，而且一再受到侵害。妳殺了綁架妳的男人，好不容易回到那位妳發現對妳不忠的先生身旁。妳：

a）只顧自己，要求一些時間獨處，鎮定心神。

b）再撐一會兒，這樣妳才能協助警方辦案。

c）決定先接受誰的訪問——妳不妨利用這番慘痛的經驗撈到一些好處，比方說簽約著書。

答案：B。神奇的愛咪始終優先考慮別人。

我獲准在醫院的一間私人病房梳洗，然後換上一套尼克幫我搭配好的衣物——一件疊好之後擱了過久、摺痕累累的牛仔褲，還有一件聞起來帶著霉味的漂亮上衣。邦妮和我從醫院開車到警察局，兩人幾乎默不作聲。我微弱地問問我的爸媽好不好。

「他們正在警察局等妳，」邦妮說。「當我告訴他們時，他們喜極而泣，心裡的大石頭落了地。請妳放心，進行偵訊之前，我們會讓他們好好給妳幾個擁抱。」

攝影機已在警察局外面等候。停車場像個燈光過亮、充滿企盼的體育場。警察局沒有地下停車場，所以我們不得不在瘋狂群眾的簇擁下，慢慢停在警察局正前方：我看著每個人口沫橫飛、扯著嗓門問問題，鎂光燈和相機燈光大作，群眾一起推拉，大夥一下子朝右移動，一下子朝左移動，每個人都試圖擠到我跟前。

「我辦不到，」我對邦妮說。一個男人伸出肥厚的手掌重重拍一下車窗，旁邊一位攝影記者試圖保持平衡。我抓住她冰冷的手。「我受不了。」

她拍拍我的手，說了一聲：等一等。警察局各扇大門敞開，局裡每一位警員魚貫而出，沿著階梯徐徐而下，在我的左右兩側排成一列，爲我組成一支阻擋媒體的儀隊。隆妲和我手牽著手，好像一對逆向前進的新婚夫婦，匆匆忙忙跑上警察局階梯，直接衝向我的爸媽。爸媽站在門口相迎，我們緊緊擁抱，我媽媽喃喃說著**乖女孩乖女孩乖女孩**，我爸爸猛烈啜泣，幾乎哽咽，每個人都拍到這一幕。

我又被匆匆帶走，好像先前幾次都不算數似地。我被安置在一個狹小的房間，室內擺了一些舒適但是廉價的辦公室座椅，也就是那種坐墊似乎始終沾了食物殘渣的椅子。一部攝影機在一個角落的上方閃閃發光，沒有窗戶。這裡跟我想像中不一樣，用意並不在於讓我感到安全。

我身旁圍著邦妮、她的辦案夥伴吉爾賓，以及兩位聯邦調查局的探員，探員從聖路易遠道而來，幾乎始終保持沉默。他們幫我倒水，然後邦妮開始提問。

邦妮：好，愛咪，首先我們必須向妳致謝，妳吃了這麼多苦，現在願意跟我們談談，我們眞的感激不盡。在一樁這類的案件中，我們必須趁著記憶猶新，記下每個細節，這一點相當重要，妳絕對無法想像這點多麼重要。因此，現在談一談最好。如果能夠記下這些細節，我們就可以結案，妳和尼克也可以重拾你們的生活。

愛咪：我絕對希望如此。

邦妮：妳受之無愧。好吧，如果妳可以回答問題，我們不妨先談談事件發生的順序：戴西什麼時候來到你們家門口？妳記得嗎？

愛咪：大約早上十點。差不多剛過十點，因爲我記得聽到泰弗爾一家人一邊說話，一邊走向他們的車子前往教堂。

邦妮：當妳開門時，發生了什麼事？

愛咪：我馬上感覺不對勁。首先，戴西始終不斷寫信給我，但是這些年來，他對我的迷戀似乎不像以前那麼強烈。他好像認爲自己只是我的老朋友，既然警方在這方面插不上手，我也只好默默接受。我從來不覺得他會眞的動手傷害我，但是我實在不喜歡跟他離得這麼近。我是說從地理位置而言。他曉得他離我非常近，我想正因如此，所以他走上極端。他走進我家……他冒汗，有點緊張，神情決然。我本來在樓上，正準備燙洋裝，就在那個時候，我注意到茱迪木偶那個巨大的木頭把手掉在地上，八成是從木偶身上滑落。這下糟了，因爲我已經把兩個木偶藏到木棚裡。因此，我抓起把手，開門時，我手裡還握著那個把手。

邦妮：妳的記憶力眞好。

愛咪：謝謝。

邦妮：然後呢？

愛咪：戴西硬闖進來，他在客廳裡踱步，神情相當緊張，有點狂亂。他說：你們的結婚紀念日有何計畫？他居然知道今天是我們的結婚紀念日，讓我好害怕。他似乎很生氣，然後他忽然伸手抓住我的手腕，把我的手腕往後一扭。我們扭打，我奮力抵抗。

邦妮：然後呢？

愛咪：我踢他，暫時逃脫，跑到廚房，我們再度扭打，他又拿起那支茱迪木偶的把手重重打我，我飛奔逃開，他又打了我兩、三下，我記得一時之間，眼前一片烏黑，直冒金星，頭部陣陣抽痛，我試圖奪下把手，他用他隨身攜帶的瑞士刀刺我的手臂，傷疤還在，妳看到了嗎？

邦妮：沒錯，這點已經記錄在驗傷報告之中，妳很幸運，只是皮肉之傷。

愛咪：請相信我，感覺可不像只是皮肉之傷。

邦妮：這麼說來，他刺妳一刀？角度是——

愛咪：我不確定他是否故意動手，還是我自己不小心衝向刀刃——我失去平衡，搖晃得非常厲害。但我記得把手掉在地上，我低頭一看，看到傷口流出的鮮血慢慢淹過把手，我想我那個時候就昏了過去。

邦妮：醒來的時候，妳人在哪裡？

愛咪：醒來時，我發現自己被五花大綁，躺在我家的客廳裡。

邦妮：妳有沒有尖叫、試圖引起鄰居們的注意？

愛咪：我當然尖叫求救，我的意思是，妳沒聽我剛才說些什麼嗎？我被一個男人痛打、刺傷、五花大綁，這人癡戀了我一、二十年，甚至試圖在我宿舍寢室裡自殺。

邦妮：好、好，愛咪，對不起，我絕對無意提出一個好像責備妳的問題；我們只是必須獲知事件的全貌，這樣一來，我們才可以結案，妳也可以繼續過妳的日子。妳想再喝一杯水、咖啡，或是其他東西嗎？

愛咪：可以給我一杯熱飲嗎？我好冷。

邦妮：沒問題。我們可以幫妳倒杯咖啡嗎？好，接下來怎麼了？

愛咪：我想他原本打算制伏我、綁架我、讓一切看起來像是落跑太太，因為當我醒來時，他剛把廚房裡的血跡清理乾淨，正在整理剛才我跑到廚房弄翻的一些古董小擺飾。他已經處理掉那個木頭把手。但是他時間有限，我猜，接下來的發展肯定是：他看到客廳亂七八糟，因此他心想，**保留原狀，讓這裡看起來似乎發生了某件可怕的意外**。所以他用力推開大門，讓門開著，然後踢翻客廳裡的更多東西，推倒椅凳。所以現場看起來非常怪異，半真半假。

邦妮：戴西有沒有在每一個尋寶遊戲的地點，比方說尼克的辦公室、漢尼拔、尼克父親家中，以及小戈家的木棚，布下任何足以定罪的物品？

愛咪：我不清楚妳這話是什麼意思。

邦妮：我們在尼克的辦公室裡發現一件女性內褲，但不是妳的尺寸。

愛咪：我猜內褲八成屬於尼克……約會的那個女孩。

邦妮：不，內褲也不是她的。

愛咪：嗯，這點我就幫不上忙了。說不定他不止跟一個女孩約會。

邦妮：我們在他爸爸家中發現妳的日記，日記部分遭到焚毀，被棄置在暖氣爐裡。

愛咪：你們讀了日記？太糟糕了。我相信尼克確實想要處理掉我的日記——我倒是不怪他，因爲你們很快就把他當作目標。

邦妮：我倒想知道他爲什麼去他爸爸家焚燒日記。

愛咪：妳應該問問他。（暫不作聲。）尼克經常一個人去那裡。他喜歡享有他的個人隱私。因此，我相信他不覺得這有什麼奇怪。我的意思是，他不能在我們家裡焚燒日記，因爲那是犯罪現場——誰曉得你們會不會回到現場，在灰燼之中找到某些東西。在他爸爸家中，他可以自行斟酌。我猜這稱得上是個明智之舉，因爲基本而言，你們當時已經草率將他定罪。

邦妮：日記的內容相當令人關切，日記指控尼克施虐、妳生怕尼克不想要小寶寶、他說不定會殺害妳等等。

愛咪：我眞的但願日記遭到焚毀。（暫不作聲。）我實話實說：日記當中包含過去幾年以來，我跟尼克的一些掙扎，我筆下的尼克和我們的婚姻絕對稱不上完美，但是我必須承認：我通常不記日記，只有非常開心，或是非常難過，想要找個方式發洩，我才會……寫在日記裡。而且啊，如果只有我一個人慢慢想事情，我的心情比較激動。我的意思是，日記當中確實記載許多醜陋的事實——他的確用力推了我一次，他不想要小寶寶，他的財務有些問題。但是我怕他。我得說實話，即使不願意，我也必須坦承，那只是我一時激動的話語。我想問題在於，我被跟蹤過好幾次——人們癡癡地迷戀我，這是我畢生的困擾——因此，我變得有點神經緊張。

邦妮：妳試圖買一把槍。

愛咪：我相當神經緊張，好嗎？我很抱歉。如果妳跟我有著同樣經歷，妳就能夠了解。

邦妮：根據其中一篇日記，妳晚上喝了一杯飲料，隔天出現一些症狀，看起來像是典型的抗凍劑中毒。

愛咪：（好一陣子默不作聲。）這就奇怪了。沒錯，我確實不太舒服。

邦妮：好吧。我們再回到尋寶遊戲。妳確實把潘趣和茱迪木偶藏在木棚裡？

愛咪：是的。

邦妮：辦案過程當中，我們相當關切尼克的債務、他用信用卡買了一些昂貴的物品，以及我們在木棚裡發現那些物品。當妳打開木棚，看到那些東西時，妳心裡怎麼想？

愛咪：當時我在小戈的院子裡，小戈和我不是特別親近，因此，我大多只是感覺自己探頭探腦，過問一些與我無關的事情。我記得當時我心想，這些肯定是小戈在紐約的家當。後來我看到電視新聞——戴西逼我收看所有報導——木棚裡的東西跟尼克購買的物品吻合，而且……我早就知道尼克有些財務問題。他很愛花錢。我認為他說不定覺得不好意思，他沒辦法退掉那些一時衝動之下購買的物品，所以他把東西藏起來，不讓我發現，直到他可以在網路上賣掉為止。

邦妮：潘趣和茱迪木偶，拿它們當作結婚紀念日禮物，似乎有點不吉祥。

愛咪：我了解！我現在知道了。當時我不記得潘趣和茱迪的故事。我只看到先生、太太和小寶寶，他們全是木製的玩偶，而且我懷了身孕。我查了一下網路，看到潘趣的招牌臺詞：**那樣做就對了**，我覺得眞是有趣——我不曉得那是什麼意思。

邦妮：好吧。妳被五花大綁。戴西如何把妳弄到車上？

愛咪：他把車子停到車庫，拉下車庫的門，把我拖進車庫，丟進行李廂，開車離去。

邦妮：當時妳有沒有喊叫？

愛咪：有，我當然放聲尖叫。當時我若曉得，接下來的一個月，戴西將每天晚上強暴我，事後喝杯馬丁尼，緊緊抱著我呼呼大睡，而且在馬丁尼裡加了安眠藥，這樣他才不會被我的哭泣聲吵醒；當時我若曉得，警方將登門訪問他，結果還是沒有線索，毫無幹勁，遲遲沒有採取行動。是喔，當時我若曉得這些事情，我說不定叫得更大聲。沒錯，我說不定他媽的叫得更大聲。

邦妮：容我再次強調，我絕對無意指控妳，眞是抱歉。拜託拿幾張面紙給鄧恩女士，好嗎？還有她的咖啡——謝謝。好，愛咪，接下來你們開往何處？

愛咪：我們駛向聖路易。我記得途中他把車子停在漢尼拔——我聽到汽船的笛聲。我猜他就在那個時候把我的皮包扔到車外，這是他另一項布局，好讓這整件事情看起來像是謀殺。

邦妮：這點非常有趣。這樁案件似乎含括許多有趣的巧合，比方說，尼克遵循妳尋寶遊戲的線索造訪漢尼拔，戴西剛好也把皮包扔在那裡——我們因而判定尼克把皮包棄置在漢尼拔。除此之外，尼克把他偷偷用信用卡購買的東西藏在木棚，妳也剛好把禮物藏在同一個地方。

愛咪：妳眞的認爲如此？老實說，我覺得這一切都稱不上巧合。在我看來，這聽起來像是一批警察一口咬定我先生有罪，如今我活得好好的，我先生顯然無罪，結果警方看起來像是超級大白癡。你們千方百計想要自保，掩飾自己的無能，而不是坦然扛下責任，事實上，如果這個案子交付在你們這群極度無能的混蛋手中，尼克八成等著上電椅，我也將被人用鐵鍊拴在床上，每天遭到強暴，直到我一命嗚呼爲止。

邦妮：對不起，這——

愛咪：我救了我自己，尼克因而得救，也幫你們這群他媽的混蛋解圍。

邦妮：妳說得非常正確，愛咪。對不起，我們非常……我們花了好多時間處理這個案子，我們想要弄清楚每一項錯失的細節，這樣一來，我們才不會犯下同樣錯誤。但妳說的絕對沒錯，我們不夠宏觀，我們沒有看出妳是英雄。妳是百分之百的英雄。

愛咪：謝謝。我很感激妳這麼說。

尼克・鄧恩

歸來當晚

我過去警察局接我老婆，媒體擺出盛大歡迎的陣仗，好像我是搖滾巨星、贏得壓倒性勝利的總統、首位登陸月球的太空人——一位三合一的英雄人物。我必須克制自己，千萬不要雙手舉到頭頂上、十指交握、晃動揮舞、做出眾所皆知的勝利姿態。**我曉得了**，我心想，**這下我們全都假裝是哥兒們**。

我走進警察局，眼前好像一場變調的節慶派對——桌上擱著幾瓶香檳，小小的紙杯散置在酒瓶四周。每一位警員都上前拍拍我的背，恭喜道賀，然後更多歡呼蜂擁而至，這些人昨天還是我的迫害者，今天卻表現得像是沒有這回事，但我必須努力配合，全力逢迎。**喔、沒錯，這會兒我們全都是好兄弟**。

最重要的是愛咪平安無事。我已經一再練習這句臺詞。我必須看起來像是一個寬心、溺愛的老公，直到我曉得事情接下去將會如何。沒錯，我必須耐心等候，直到確定警方識破她那些有如蜘蛛網般的漫天大謊。**直到她遭到逮捕**——沒錯，我會等到那個時候，**直到她遭到逮捕**，然後我可以感覺自己的腦袋轟轟隆隆，收縮伸張，腦海中冒出有如希區考克恐怖片的特效，忽近忽遠，陰森詭譎，心中徐徐浮現出一個想法：**我老婆謀殺了一個男人**。

「她刺了他一刀，」一位年輕的警員說，他被指派爲家屬之間的聯絡人。（我希望今後永遠不必基於任何理由，跟任何一位聯絡人打交道。）這個小伙子就是先前跟小戈喃喃抱怨他養的馬、他肩關節唇撕裂、他對花生過敏的警員。「直接割斷他的頸靜脈。那種傷口啊，他大概六十秒左右就失血致死。」

你若曉得自己邁向死亡，六十秒鐘是一段相當漫長的時間。我可以想像戴西雙手抱住自己的脖子，感覺自己的鮮血隨著脈搏跳動漸漸流失，他愈來愈驚恐，呼吸愈來愈急促，結果卻只是加速……然後一切慢了下來，但是他也知道這樣更糟。從頭到尾，愛咪只是站在一旁，距離剛好讓他碰不到，她帶著責備、憎惡的神情仔細端詳，好像一個高中學生上生物課的時候、碰上一個溼答答的小豬胚胎。她的手中依然握著小小的解剖刀。

「她用一把大大的切菜刀捅了他，」小伙子說道。「那個傢伙曾經跟她一起坐在床上，一刀一刀幫她切肉，**餵她吃下去**。」小伙子似乎覺得這幅畫面拿刀殺人更令人作嘔。「有天，刀子從盤中滑了下來，他始終沒有注意到——」

「如果她一直被綁著，她怎麼可能用刀刺殺他？」

小伙子抬頭看著我，好像我剛剛拿他媽媽開了玩笑。「我不知道，鄧恩先生，我確定他們現在正在詢問所有細節。重點是你太太平安無事。」

哈哈，小伙子偷用了我的臺詞。

我看到瑞德和瑪莉貝絲站在一個房間的門口，六個星期之前，我們曾在那個房間初次召開記者會。他們跟往常一樣靠在對方身上，瑞德在瑪莉貝絲的頭頂印下一吻，瑪莉貝絲愛憐地輕觸他的鼻子，我看在眼裡，心中升起一股強烈的怒意，幾乎想要拿個釘書機丟過去。**你們兩個虔敬、溺愛的混蛋，生養出走廊盡頭那個怪物，放任她縱橫世間**。老天爺啊，好一個完美的怪物！然而，他們是否受到懲罰？不，沒有一個人出面質疑他們的人格；他們只感受到來自四方的關懷和支持，如今愛咪即將回到他們身邊，大家也將更加愛慕她。

我老婆以前就是一個貪得無厭、缺乏良知的變態狂。這下她會變成什麼德性？

小心啊，尼克，你必須步步為營。

瑞德注意到我看著他，招手示意我加入他們。他在幾位特准觀看的記者面前跟我握握手，瑪莉貝絲堅持立場：我依然是那個對她女兒不忠的男人。她勉強跟我點點頭，然後轉過身去。

瑞德靠過來挨著我，我因而聞到他的薄荷口香糖。「我跟你說啊，尼克，愛咪回來了，我們真是鬆了一口氣。我們也得跟你說聲對不起，鄭重跟你致歉。我們會尊重愛咪的看法，讓她決定如何處理你們的婚姻，但是最起碼我想要爲了先前的發展，跟你說聲對不起。你必須了解——」

「我了解，」我說。「我全都了解。」

瑞德還來不及再次致歉、或是多說什麼，坦納和貝琪就一起出現，宛如一對*Vogue*雜誌的跨頁名流——兩人一身俐落的長褲，搭配有如寶石般絢麗的襯衫，再加上光彩奪目的金錶和戒指——坦納靠過來，在我耳邊輕聲說：**讓我觀察一下目前情況如何。**小戈匆匆趕到，眼神充滿疑問和警戒：**這是什麼意思？戴西出了什麼事？她就這麼出現在你家門口？這是什麼意思？你還好嗎？接下來會怎樣？**

這個聚會相當怪異——現場氣氛詭譎，不太像是大團圓，也不像是聚在醫院等候消息，反而像是一場沒有人知道規則的遊戲，有點興高采烈，卻又感到焦慮。在此同時，兩位獲得艾略特夫婦恩准、有幸加入這個神聖小圈圈的記者，不停對我提出問題：**愛咪回來了，你一定非常開心，對不對？你現在的心情如何？尼克，愛咪回家了，你一定鬆了一口氣，對不對？**

我非常快樂、百分之百鬆了一口氣，我喃喃說道，試圖精心呈現我這套陳腐的公關辭令。這時，大門一開，賈桂琳．柯林斯走了進來，她雙唇緊閉，宛如一道鮮紅的傷疤，撲了蜜粉的臉上布滿淚痕。

「她在哪裡？」她對我說。「那個說謊的小賤人，她在哪裡？她殺了我兒子。**我的兒子。**」她開始啜泣，記者們趕緊拍了幾張照片。

妳的兒子涉嫌綁架和性侵，妳感覺如何？一位記者冷冷問道。

「我**感覺如何**？」她厲聲說道。「你這話當眞？大家眞的回答這種問題嗎？那個惡毒、喪心病狂的女孩操控了我兒子一輩子——**你們好好記下這一點**——她操控，她撒謊，現在終於謀殺了他，即使他已經死了，她依然利用他——」

「柯林斯太太，我們是愛咪的爸媽，」瑪莉貝絲率先開口，她試圖拍拍賈桂琳的肩膀，但是賈桂琳一手推開。「妳這麼難過，我眞是遺憾。」

「但是妳並不遺憾我失去兒子。」賈桂琳站起來比瑪莉貝絲整整高一個頭；她狠狠瞪著瑪莉貝絲。

「但是妳並不遺憾我**失去兒子**，」她重複一次，語氣斷然。

「我……我對每一件事情都感到遺憾，」瑪莉貝絲說，然後瑞德站到賈桂琳身邊，他比賈桂琳高一個頭。

「你們打算拿你們的女兒怎麼辦？」賈桂琳問。她轉頭面對我們那位年輕的聯絡人，小伙子試著堅守陣地。「你們打算如何處置愛咪？因爲她說謊，她說我兒子綁架她，簡直是一派胡言。她殺了他，她趁他睡著的時候**謀殺**了他，但是似乎沒有半個人正視這件事。」

「這位女士，我們非常、非常重視此事，」小伙子說。

「柯林斯太太，我可以引述妳的話？」

「我剛剛跟你們說了：**愛咪·艾略特·鄧恩謀殺了我兒子**。那不是自我防衛，她**謀殺他**。」

「妳有證據嗎？」

她當然沒有。

這位記者將仔細描述我這個做先生的看起來多麼疲倦（他一臉憔悴，顯現出太多個夜晚因爲恐懼而難以成眠）、艾略特夫婦是多麼寬慰（父親母親緊緊依靠對方，期待他們唯一的孩子被正式交回兩人身旁）。文中也將探討警方多麼無能（本案頗爲偏頗，充滿僵局和誤判，而且警方一意孤行，堅持將焦點投注在錯誤的對象），至於賈桂琳．柯林斯，記者將三言兩語把她一筆勾銷：賈桂琳．柯林斯怒氣騰騰，宣稱她的兒子無辜，與艾略特夫婦起了衝突之後，她隨即被帶出房間。

賈桂琳確實被帶到另一個房間，警方將在那裡記下她的聲明，接下來的報導當中——神奇的愛咪凱旋歸來——大多都將她排除在外。

愛咪被交回我們身邊之時，一切全都再來一次。拍照、哭泣、相擁、歡笑，全都是爲了那些想要目睹、想要知道的陌生人：愛咪，妳從綁架妳的壞人手中逃脫、回到妳先生身邊，心裡有何感想？尼克，你太太平安歸來，你也重獲自由，這些事情全都同時發生，你的感覺如何？

我大多保持沉默。我思索著我自己的問題，多年以來，這些問題始終縈繞在我的腦海中，一再對我們的婚姻投下陰影：愛咪，妳在想些什麼？妳的感覺如何？妳是誰？我們對彼此做了什麼？我們接下來該怎麼辦？

愛咪想要回家，她想要跟著她那位不忠的先生，一起回到我們的婚姻世界，此舉眞是寬宏大量，有如女王。眾人一致讚許，媒體追著我們跑，好像採訪皇室婚禮，我們兩人快速行經卡賽基霓虹燈閃爍、速食店凌亂散布的街道，回到我們在河邊的巨無霸豪宅。愛咪是多麼優雅、多麼勇敢，宛如童話故事的公主。我當然是那個低聲下氣的先生，終其一生，我都將恭恭敬敬，打躬作揖。直到她遭到逮捕。如果她眞的遭到逮捕。

她居然獲釋，著實令人關切。不單是關切，而是極度震驚。我看著他們一個個走出會議室：兩個頭髮剪得非常短的聯邦調查局探員面無表情；吉爾賓神情滿足，好像剛吃了一頓生平最美味的牛排大餐，只有邦妮緊抿細細的雙唇，稍微皺著眉頭。他們在會議室裡訊問了她四小時，這會兒居然放她走。邦妮走過我的身邊，她眉毛一揚，瞥了我一眼，邁步離去。

然後我們回到家中。太快、太快了。愛咪和我單獨在客廳裡，布里克雙眼閃閃發亮，看著我們。窗簾之外，電視攝影機的燈光依舊通明，我們的客廳籠罩在濃郁、詭譎的橘紅彩光之中。我們看起來好像置身燭光之中，相當浪漫。愛咪漂亮極了。我好恨她。我好怕她。

「我們不可能睡在同一棟屋子裡——」我先開口。

「我要跟你在一起。」她牽起我的手。「我要跟我的老公在一起。我要給你機會，讓你做一個你想要成爲的好老公。我原諒你。」

「妳原諒我？愛咪，妳爲什麼回來？因爲我在專訪裡說的那些話嗎？還有網路上的影片？」

「這不正是你想要的嗎？」她說。「這不就是你拍影片的目的嗎？那些影片棒極了，它們讓我想起我們曾經擁有的一切、以及過去多麼特別。」

「我只是講出妳想要聽的話。」

「我曉得——這正顯示你多麼了解我！」愛咪說。她煥發出愉快的神采，布里克在她兩腿之間繞來繞去，她把小貓抱起來，輕輕愛撫，貓咪高興地咕嚕咕嚕，叫聲震耳欲聾。「你想想，尼克，我們了解彼此，現今的世界上，沒有人比我們更了解彼此。」

沒錯，過去一個月來，當我沒有祈願愛咪倒大楣之時，我也興起相同的念頭。在一些奇怪的時刻，比方說半夜起來小解，或是早上倒一碗玉米穀片，我察覺自己佩服我老婆，不僅佩服，而且愛慕欽慕之情發自胸臆，直衝肝膽。她完全知道我想在那些字條裡讀到什麼，她勸誘我回到她身邊，她甚至有辦法預測我每一個錯誤的舉動……這個女人實在太了解我。她比世上任何人都了解我。過去這段期間，我始終以爲我們形同陌路，結果我們卻是直覺地、打心眼裡、打骨子裡了解彼此。

這樣有點浪漫。糟透了的浪漫。

「我們不能重續前緣，愛咪。」

「不，我們不能承續過去那段關係，」她說。「但是我們可以從現在開始重新出發。現在你愛我，而且永遠不會再做錯事。」

「妳瘋了，如果妳認爲我會待下來，妳就眞的瘋了。妳殺了一個男人，」我說。我轉身背向她，然後我腦海中浮現一個畫面：我違背她的心意，她的嘴唇愈閉愈緊，手中握著一把刀。我趕緊轉過身來。沒錯，你隨時都得正視我的老婆。

「這樣一來，我才可以從他身邊逃脫。」

「妳殺了戴西，這樣一來，妳才可以重新編個故事，返回家中，當個大家心愛的愛咪，而且永遠不必爲妳的行爲負責。愛咪，妳看不出這是多麼諷刺嗎？妳常說我永遠不必爲我的行爲負責，妳不是始終最厭惡這一點嗎？嗯，現在我乖乖承受了後果，妳呢？妳謀殺了一個男人，而我假定那位仁兄愛戀妳、幫助妳，這會兒妳要我取代他的位子，愛戀妳，幫助妳，我……我做不到，我眞的做不到，我不願這麼做。」

「尼克，我想你得到一些負面的資訊，」她說。「我倒是不訝異，因爲謠言滿天飛。但是我們必須把這些鬼話拋在腦後，如果我們打算繼續走下去的話。我們也將繼續走下去，因爲全美民眾都希望我們繼續走下去。此時此刻，世間需要這種故事。你和我的故事。戴西是個壞蛋，沒有人想要看到兩個壞蛋。大家想要喜歡你，尼克，唯有待在我的身邊，你才會再度受到大家喜愛。這是唯一的法子。」

「告訴我發生了什麼事，愛咪。妳從頭到尾都受到戴西的協助嗎？」

聽到這話，她勃然大怒；她不需要男人的協助，即便她顯然得到男人的幫忙。「當然沒有！」她厲聲說道。

「告訴我吧，妳會有什麼損失呢？請妳一五一十地告訴我，因爲我們無法憑藉這套捏造的說詞繼續走下去。我會不停跟妳爭吵。我知道每件事情都在妳的設想之中。我不是試圖讓妳說溜嘴——我已經懶得跟妳鬥智，我絕對鬥不過妳。我只想知道發生了什麼事。先前我只差一點就坐上刑椅，愛咪，妳回來，妳解救了我，對此，我非常感激——妳聽到我說什麼嗎？我說了**謝謝妳**，因此，以後別說我沒跟妳道謝。**謝謝妳**，但是我必須知道，妳曉得我必須知道。」

「把你的衣服脫掉，」她說。

她想要確定我沒有配戴竊聽器。我在她面前脫下每一件衣物，全身赤裸，然後她動手檢查，她伸出一隻手摸過我的下巴和胸膛，沿著背部往下摸索。她把手掌貼在我的臀部，悄悄把手伸到我的兩腿之間，托住我的睪丸，抓住我疲軟的陰莖。她握住陰莖，觀察了一會兒，看看有沒有什麼變化。毫無動靜。

「你很清白，」她說。這話原本是個玩笑、一句詼諧的俏皮話、一句曾經逗得我們大笑的電影臺詞。當我不置一詞之時，她退後一步說：「我以前總是喜歡看你光著身子，我看了開心。」

「沒有一件事情能夠讓妳開心。我可以把衣服穿上嗎？」

「不可以，我不想擔心你把竊聽器藏在袖口或是縫邊。對了，我們也得進去浴室把水打開，以免你在家裡裝了竊聽設備。」

「妳看了太多電影，」我說。

「哈！我可從來沒想過會聽到你說出這話。」

我們站在澡缸裡，扭開蓮蓬頭。清水噴濺在我赤裸的背部，漸漸沾濕愛咪襯衫的前方，直到她扯掉襯衫。她脫下所有衣物，宛如一個歡欣的脫衣舞孃，一件件扔在淋浴間的地上，臉上帶著我們初次相逢之時的輕笑——**我什麼都願意嘗試！**——然後她轉身面向我，我等著她把頭髮甩到肩後，就像當初她跟我調情的時候一樣，但是她的頭髮太短。

「好，現在我們情勢相當，」她說。「只有一方穿著衣服，似乎不太禮貌。」

「我想我們早就不必客套，愛咪。」

單單看著她的眼睛，別碰她，別讓她碰你。

她朝著我移動，一隻手貼在我的胸前，任憑清水流過她的雙乳之間。她舔去上唇的一滴洗澡水，微微一笑。愛咪憎恨飛濺而出的洗澡水。她不喜歡把臉弄濕，也不喜歡水花打在她身上。我曉得這回事，因爲她是我的老婆。我曾經多次趁著沖澡的時候抓住她、逗弄她，但始終遭到回絕。（**我知道這樣似乎很性感，尼克，但其實不是，只有電影才會出現這種情景。**）現在她卻裝出完全相反的模樣，好像忘了我了解她。我逐漸後退。

「一五一十告訴我，愛咪。但是，請妳先跟我說：妳可曾懷孕？」

懷孕是個謊言。這一部分最讓我寒心。我老婆是個殺人犯，想了令人驚恐、憎惡，但是她謊稱懷孕，幾乎令我難以承受。小寶寶是個謊言，害怕看到血也是個謊言——過去一年來，我老婆的一切，大多是個謊言。

「妳如何設計陷害戴西？」

「我在他家地下室的角落找到一些麻繩，我用一把牛排刀把繩子割成四段——」

「他讓妳保留一把刀子？」

「我們是朋友，你忘了嗎？」

她說的沒錯。我想的是她告訴警方的版本，也就是說戴西綁架了她。我的確忘了。她是一個說故事的高手。

「戴西不在的時候，我用繩子綑綁手腕和腳踝，而且盡量綁緊，這樣一來，繩子才會留下勒痕。」

她秀出她的手腕，勒痕清晰可見，好像手環似地。

「我拿了一個酒瓶，每天用酒瓶虐待自己，這樣一來，我的陰道看起來才像……一個強暴受害者。今天，我讓他跟我上床，這樣一來，我的體內才存有他的精液，然後我在他的馬丁尼裡混了一些安眠藥。」

「他讓妳保留安眠藥？」

她嘆了一口氣，意思是：**你還是聽不懂嗎？**

「沒錯，你們是朋友。」

「然後，我——」她比了一個割斷他頸靜脈的手勢。

「還眞容易，是嗎？」

「你只要下定決心動手，然後付諸實行，」她說。「紀律，自制，貫徹到底。任何事情都是如此。你始終不了解這一點。」

我可以感覺她的情緒開始變得陰沉。我對她依然沒有表達足夠的謝意。

「再多說一點，」我說。「跟我說妳如何動手。」

一個鐘頭之後，水變冷了，愛咪中止我們的討論。

「你必須承認我眞是聰明，」她說。

我瞪著她。

「我的意思是，你多少有點佩服吧，」她追問。

「戴西流血致死，整個過程花了多久時間？」

「該睡了，」她說。「但是如果你願意，我們可以明天再談。現在我們應該休息。來，我們一起上床，把事情做個終結，這點相當重要。嗯，其實不是終結，而是重新開始。」

「愛咪，今晚我若離開，肯定引發許多疑問，我不想面對種種問題，所以我會留下來。但是我會睡在樓下。」

她把頭歪到一邊，仔細端詳我。

「尼克，我依然可以對你做出很可怕的事情，你可別忘記。」

「哈！比妳已經對我做出的事情更糟？」

她看來相當訝異。「喔，當然。」

「愛咪，我想不可能吧。」

我邁步走出浴室。

「殺人未遂，」她說。

我停下腳步。

「那是我早先的計畫：我是一個可憐、體弱多病的太太，小毛病不斷，忽然之間病情加劇，後來發現原來是那些她老公幫她調製的雞尾酒……」

「就像那一篇日記的敘述。」

「後來我決定**殺人未遂**未免太便宜你，案情必須更加嚴重。雖然如此，我依然念念不忘那個下毒的點子。你先是怯怯地下手，然後一步步達到謀殺的目的，我想了想，覺得滿好的。因此，我決定貫徹實施。」

「妳指望我會相信妳的說詞？」

「我吐成那樣，眞是嚇人。一個無辜、受到驚嚇的妻子說不定會保存一些嘔吐的穢物，以防萬一。她有點偏執，但你也不能怪她。」她露出滿意的笑容。「你的備用方案也必須有個備胎。」

「妳眞的給自己下毒？」

「尼克，拜託喔，你感到吃驚嗎？我**殺了自己耶**。」

「我需要喝一杯，」我說。我趁她來不及開口之前就走出去。

我幫自己倒了一杯威士忌，坐到客廳的沙發上。窗簾之外，攝影機一盞盞燈泡照亮了院子。再過不久，天色將明。我最近發現早晨令人沮喪，因爲我知道早晨始終一再到來，逃也逃不了。

電話一響，坦納馬上接起。

「她殺了他，」我說。「她殺了戴西，因爲……總歸一句話，她覺得他對她採取高壓姿態，令她感到厭煩，她意識到她可以動手殺了他，藉此回到往日的生活，而且她可以讓他承擔所有過錯。她**謀殺了他**，坦納，她剛剛親口告訴我。**她招了**。」

「我想你八成沒辦法……想出幾招、錄下她說的話？」

「剛才我們脫光了身子，洗澡水嘩嘩直流，而且她輕聲說出一切。」

「我連問都不想問，」他說。「我從來沒有見過比你們兩位更荒唐的神經病，而我專門應付各種狗屁倒灶的角色。」

「警察那邊有何進展？」

他嘆了一口氣。「她的計畫非常周詳，完全沒有漏洞。她的說詞荒謬，但是我們的說詞也差不多。基本而言，愛咪利用了變態狂奉爲至上的準則。」

「什麼準則？」

「愈是瞞天大謊，大家愈是信服。」

「拜託喔，坦納，總會有些漏洞吧。」

我走到樓梯旁邊，確定愛咪不在附近。我們講話非常小聲，但是嘛，我現在必須非常小心。

「我們必須暫且乖乖聽話，尼克。她讓你看起來像個壞人：她說日記的內容全部屬實，木棚裡的東西全是你的，你用那些信用卡買了東西，而你臉皮太薄，不好意思承認。她只是一個嬌生慣養的富家千金，她怎麼曉得如何用先生的名字、偷偷申請信用卡？老天爺啊，更別提那些色情光碟！」

「她跟我說她根本沒有懷孕，她借用諾耶兒的尿液，捏造了一切。」

「你怎麼不早說——這可是個大消息。我們可以倚賴諾耶兒·霍桑的配合。」

「諾耶兒毫不知情。」

我聽到電話另一端傳來沉重的嘆氣聲。坦納甚至懶得追問細節。「我們會保持警戒，繼續搜尋，」他說。「將來一定會出現漏洞。」

「我不能跟那種貨色待在家裡。她威脅要把我冠上——」

「殺人未遂……你是說抗凍劑。沒錯，我聽說那是計畫的一部分。」

「他們不能因此而逮捕我，是嗎？她說她留下一些嘔吐的穢物，做為證據。但是他們眞的可以——」

「我們暫且不要激怒她，好嗎？」他說。「請你暫且保持風度，好嗎？我不想講，我眞的不想講，但是目前我只能給你這個法律忠告：請你保持風度。」

「保持風度？這就是你的忠告？我的最佳一人夢幻法律團隊？**保持風度**？他媽的。」

盛怒之中，我掛了電話。

我會殺了她，我心想。**我會殺了那個該死的賤女人**。

我陷入晦暗的白日夢之中。過去幾年，當愛咪讓我感到一文不値時，我放任自己做出這種白日夢：我想像自己拿著鐵鎚猛敲她的頭，直到她閉嘴、終於不再說出那些深深烙印在我腦海中的字眼：平凡、無趣、庸俗、普通、平庸、沒意思。喔、沒錯，基本而言，在我的腦海中，我拿著鐵鎚狠狠揍她，直到她像個壞掉的玩具，口中喃喃 **un**、**un**、**un**，最後終於咕咕噥噥，不再出聲。然後我覺得不過癮，所以我再來一次，重新想像她完美的模樣，再度動手。這次我十指圈住她的脖子——她始終渴求親密——然後我一捏再捏，她的脈搏——

「尼克？」

我轉身，愛咪穿著睡衣，站在樓梯底，頭歪向一側。

「有風度一點，尼克。」

愛咪・艾略特・鄧恩

歸來當晚

他轉身，一看到我站在那裡，他馬上露出驚恐的神情。這點倒是頗有助益，因爲我還不打算放他走。他或許認爲當他說出那些甜言蜜語、哄騙我回來之時，其實並非眞心。但我可不這麼認爲。我知道尼克說不出那種謊言。我知道當他念誦那些字句時，他意識到自己說的都是事實。砰！因爲像我們如此相愛的兩個人，愛意已經滲入骨髓之中。我們這種愛情或許暫時緩解，但是始終等著再度復發，好像世間最甜蜜的癌症。

你不相信嗎？好吧，聽我道來。他確實說謊。他說出的每一句話都不是眞心。但是，去他的，他表現得好極了，因爲我就是要他做出這種表現。他假扮的那個男人——女人愛的就是那個傢伙。我愛的就是那個傢伙。那就是我要的老公。那就是我想嫁的男人。我値得跟那個男人在一起。

因此，他可以選擇眞心愛我，就像他曾一度爲我癡狂，或者，我可以強迫他就範，讓他成爲那我當初下嫁的男人。我受夠了他的鬼扯。

「有風度一點，」我說。

他看起來像個小孩，一個憤怒的孩童。他握起拳頭。

「不，愛咪。」

「我可以毀了你，尼克。」

「你已經毀了我，愛咪。」他打個哆嗦，我看得出他的臉上閃過一絲怒氣。「妳到底爲什麼還想跟我在一起？我無趣、平凡、呆板、庸俗。我達不到妳的標準。過去幾年來，妳天天跟我這麼說。」

「那只是因爲你放棄嘗試，」我說。「你以前好完美，我們好速配。我們剛開始在一起的時候，一切都好完美。但是你放棄嘗試，你爲什麼放棄？」

「我不再愛妳。」

「爲什麼？」

「妳不再愛我。愛咪，我們好像陷入他媽的莫比斯之環，一再循環，無法跳脫。當初墜入愛河的時候，我們都不是我們自己，當我們回復眞面目——哇！——我們都成了毒藥。我們互補，呈現出的卻是彼此最醜惡、最不堪的一面。妳不是眞的愛我，愛咪，妳甚至不喜歡我。跟我離婚吧。跟我離婚，讓我們試圖找尋屬於自己的快樂。」

「我不會跟你離婚，尼克。我不會的。而且我跟你發誓，如果你試圖離開，我會用盡我一輩子之力，全心全力讓你一輩子過得愁雲慘霧。你很清楚我可以讓你過得非常悲慘。」

他開始像隻被關在籠裡的熊一樣踱步。「愛咪，請妳想想，我們眞的不適合彼此，我們是全世界最自我中心的兩個人，現在卻脫離不了彼此。如果妳不會跟我離婚，那麼就由我提出離婚。」

「眞的嗎？」

「我會跟妳離婚，但是最好由妳提出。因爲啊，愛咪，我已經知道妳怎麼想。妳覺得這樣聽起來不是一個好題材：神奇的愛咪終於殺了綁架她的強暴犯，平安返家，結果居然……逃不出離婚的老套。妳認爲這樣不算凱旋歸來。」

這樣確實不是凱旋歸來。

「但是請妳換個角度想想：妳並不是某個哭哭啼啼、一本正經的倖存者，妳的遭遇也不是某部一九九二年的電視迷你影集。不，妳不是。妳是一個堅強、生氣勃勃、獨立自主的女性。愛咪，妳殺了綁架妳的壞人，然後繼續整頓妳的人生，甩掉那個對妳不忠的白癡老公。女士們肯定爲妳歡呼。妳不是一個驚嚇受怕、可憐兮兮的女孩，而是一個強悍、什麼都不怕、趕盡殺絕的女中豪傑。妳想想吧，妳知道我說得沒錯：以德報怨的時代已經過去了，寬恕一詞已成過去式。妳想想那些女人——政客的妻子，還有女演員——每一個被先生劈腿的公眾女性，全都選擇甩掉老公。現在已經不流行支持妳的愛人，而是休掉那個混帳。」

我感覺心中升起一股對他的恨意，我已經跟他說他休想走出我們的婚姻——而且說了三次——他依然試圖擺脫我。他依然認爲他有權作主。

「如果我不跟你離婚，你還是會跟我離婚？」

「我不想跟一個像你這樣的女人維持婚姻關係。我想要娶一個普通、平凡的女人。」

你這個大混蛋。

「嗯，我明白了，你想要還原爲從前那個軟弱、膽怯、一事無成的尼克？你想要乾脆一走了之？不行！你不准變成某個百般無趣的中產階級，跟著某個百般無趣的鄰家女孩過日子。你已經試過了——我的心肝寶貝，你應該記得吧？就算你想要如此，這下你也辦不到。在大眾的眼中，你將永遠是個拈花惹草、拋棄你那位遭到綁架性侵妻子的混蛋。你以爲哪一個純良女子敢碰你？你只找得到——」

「心理變態狂？心理變態、瘋瘋癲癲的娼婦？」他指指我，手指在空中狂亂揮舞。

「別把我扣上那種帽子。」

「心理變態、瘋瘋癲癲的娼婦？」

他怎麼可以如此輕易就將我一筆勾銷？他以爲他這麼簡單就可以打發我，他想得美喔。

「尼克，我做的每一件事情都有道理，」我說。「每一件事情都需要精密的規畫和紀律。」

「妳是一個漂亮、自私、善於操縱別人、紀律嚴明、心理變態的娼婦——」

「你是一個男人，」我說。「你是一個平庸、懶惰、無趣、怯懦、**懼怕女人**的男人。少了我，你再怎麼也逃脫不了令人作嘔的命運。但是我讓你變成一個男子漢。跟我在一起的時候，你呈現出自己最優秀的一面，你自己也很清楚。你這輩子當中，只有在**假裝**是一個**我說不定會喜歡**的男人之時，你才**喜歡自己**、**欣賞自己**。少了**我啊**？你只不過像是你的老爸。」

「妳不要說這種話，愛咪。」他握起拳頭。

「你以爲他沒有受過女人的傷害，就像你一樣？」我擺出屈尊俯就的姿態，口氣傲慢，好像跟隻小狗說話似地。「你以爲他沒有想過自己應該過著更好的生活，就像你一樣？你眞的以爲你媽媽是他的首選？你想他爲什麼如此憎恨你們每一個人？」

他朝著我走過來。「閉嘴，愛咪。」

「你想想，尼克，你曉得我說的沒錯：就算你找到一個純良、平凡的女孩，你還是會每天**想著我**。跟我說你不會。」

「我不會。」

「一旦覺得我依然愛著你，你多快就忘了平凡的小安蒂？」我裝出可憐兮兮的小女孩聲調，甚至微微噘起下唇。「親愛的，一張浪漫的小紙條？一張、還是兩張濃情蜜意的紙條，然後你就忘了她？我寫了兩張紙條，信誓旦旦表示**我愛你**、我要你**回到我的身邊**、我覺得**你好棒**——你就這麼上鉤了嗎？**你好慧黠**，

你好聰明，你好溫暖。你眞是窩囊。你以爲你眞的可能再度變成一個普通的男人嗎？你會找到一個好女孩，你會依然想著我，你會跟你那個平庸的老婆和兩個普通的小孩，一起困在無趣、平凡的生活當中，百分之百感到厭倦不滿。你會思念我，然後你會看著你的太太，心裡想著：**愚蠢的賤女人**。」

「閉嘴，愛咪，我是說眞的。」

「就像是你的老爸。尼克，我們最終都只是賤女人，對不對？愚蠢的賤女人，心理變態的賤女人。」

他一把抓住我的手臂，猛烈搖晃。

「我是那個讓你變得更優秀的**賤女人**，尼克。」

然後他不再說話。他用盡所有精力，強迫自己把雙手貼在身側。他的雙眼濡濕，淚水汪汪。他全身顫抖。

「我是那個讓你變成男子漢的**賤女人**。」

然後他雙手掐住我的脖子。

尼克・鄧恩

歸來當晚

她的脈搏終於在我的指間抽動，誠如我的想像。我掐得更緊，把她壓到地上。她發出咯咯的哽咽聲，猛抓我的手腕。我們都跪在地上，面對著面，好像祈禱似地，如此持續了十秒鐘。

妳他媽的瘋狂賤女人。

一顆淚珠從我的下巴滑落，滴到地上。

妳這個嗜血成性、操控他人思想、邪惡、瘋狂的賤女人。

愛咪藍色的雙眼目光灼灼，她緊盯著我，眼睛眨也不眨。

然後，一個極爲奇怪的念頭從我腦海深處嘩啦嘩啦出現在眼前，令我頓時不知所措：**如果我殺了愛咪，我會變成什麼樣的人？**

我眼前閃過一道白色的強光。我手一鬆，放開我的老婆，好像她是一塊燙手的鐵砧。

她頹然坐在地上，一邊喘氣，一邊咳嗽。當她喘過氣來時，她的呼吸聲粗嘎，斷斷續續，最後尖聲呻吟，幾乎令人春心蕩漾。

我會變成什麼樣的人？這個問題沒有譴責的意味，我也不指望聽到一些自命清高的答案，比方說，你**會變成一個殺人犯，尼克，你會跟愛咪一樣差勁。你會變得跟大家先前想像的一樣。**不，這個問題相當直截了當，眞切得讓人害怕：少了愛咪跟我交鋒，我會變成什麼樣的人？因爲她說的沒錯：愛上她的那段歲月，我展現出自己最令人折服的一面——就連憎恨她時，我也展現出自己次佳的風貌。我和愛咪雖只相識七年，但我已經無法想像少了她的日子。因爲她說的沒錯：我再也無法重拾平凡的生活。她半句話都不必說，我便了然於心。我已經想像自己跟一個平凡的女子在一起——一個甜美、普通的鄰家女孩——我想像自己跟這位平凡的女子訴說愛咪的故事，細訴愛咪爲了懲罰我、回到我的身邊，花下多少工夫。我已經想像這位平庸、甜美的女子說些**哇**、**啊**、不、**我的天啊**等等無趣的話語，我也已經知道自己多多少少會看著她，心裡想道：**妳絕對不會謀殺我**。**妳絕對不會陷害我**。**妳絕對沒有愛咪那種本事**。**妳永遠不可能如此在乎**。我是一個驕縱、過分依戀母親的小男孩，在這種個性的驅使下，我不可能安安靜靜跟這個平凡的女子過日子，很快地，她將只是平庸無奇，達不到我的標準，然後我老爸的咒罵於焉浮現，接掌一切——**愚蠢的賤女人**。

愛咪說的完全正確。

因此，說不定我得不到好下場。

愛咪是毒藥，但是我無法想像一個愛咪完全銷聲匿跡的世界。如果愛咪就這麼消失了，我將跟誰作伴？世間再也沒有另一個人能夠引起我的興趣。但是她必須受到管束。鋃鐺入獄，愛咪必須落得這種下場。她置身小小的囚室，無法對我造成任何傷害，但我可以探監，不時過去看看她。最起碼我可以想像她身在何方，我的脈搏隨著遠方的她跳動。

我必須把她送進牢房，這是我應盡的義務。愛咪激發出我最佳的一面，她認爲這是她的功勞，而我激發出愛咪心中的瘋狂，我認爲這是我的過錯。世間不乏愛慕她、崇拜她、服從她的男士，上百萬男士將認爲自己是幸運兒，得以愛慕、崇拜、服從愛咪。那些自信、自負、貨眞價實的男子漢不會逼迫她擺出其他面貌，他們只愛眞正的愛咪：那個完美、刻板、苛求、聰明、迷人、貪得無厭、狂妄的女孩。

那些有能力寵愛老婆的男人。

那些有能力讓她保持理智的男人。

愛咪的故事可能朝著上百萬種不同的方向發展，但是她碰到了我，壞事接踵而至。因此，我必須負起責任，出手制止她。

不是殺了她，而是制止她。

把她關進她自己的小小囚室。

愛咪・艾略特・鄧恩

歸來之後五日

我知道。我現在曉得了，我必須多加提防尼克。他不像以前那麼溫馴。他心裡流竄著某種電流：開關已被打開。我覺得滿好的。但是我必須提高警戒。

我需要再增加一個驚人的預防措施。

這個預防措施啊，我得花點時間準備。但是我先前已經做了規畫。在此同時，我們可以致力於重建我們的生活。先從表面工夫做起。我們會讓大家看到我們的婚姻是多麼美滿，就算耗盡他的精力，我也不在乎。

「你必須試著再一次愛上我，」我告訴他。昨天晚上，他幾乎殺了我，今天剛好是尼克三十五歲生日，但我提都不提，我老公已經從我這裡得到夠多禮物。

「我原諒你昨晚的行爲，」我說。「我們兩人都承受極大的壓力，但是這會兒你必須再試一試。」

「我知道。」

「事情必須有所改變。」

「我知道，」他說。

他並不眞正知道，但是他會的。

我爸媽每天來訪。爸爸、媽媽和尼克對我呵護有加。枕頭，每個人都想要幫我拿枕頭：大家神經緊繃，大費周章，似乎認定我歷經性侵和流產，從此將永遠病懨懨、嬌滴滴。我將永遠像隻麻雀一樣脆弱——我必須被捧在手掌心，不然就會斷裂。因此，我把雙腳翹在那張惡名昭彰的椅凳上，輕輕踏過我曾經濺血的廚房地板，大家都得好好照顧我。

但是我發現自己看著尼克跟其他人在一起時，心情格外緊張。他似乎隨時可能突然告白——好像胸肺之中擠滿了話語，字字句句對我都具殺傷力。

我曉得我需要尼克，我眞的需要他輔助我的說詞。我必須遏制他的指控和否認，迫使他承認信用卡、木棚的寶貝物品、以及提高人壽保險金額，全都是他的作爲。不然的話，我將永遠面對一絲不確定。我只有幾件事情尚待解決，而這些還沒有收尾的事情都是人爲因素。比方說警方和聯邦調查局，他們依然仔細過濾我的說詞。我知道邦妮想要逮捕我，但是警方先前搞砸了一切，看起來像一群白癡，除非握有證據，否則他們拿我沒辦法。他們沒有證據，他們只有尼克。尼克矢口否認做出我發誓他做了的事情，他的話不足以構成威脅，但是已經超過我所能容許的範圍。

我甚至做了準備，以防我那兩個奧查克的朋友傑夫和葛芮妲突然出現，四處探詢，要求我的認可或是現金。我已經告訴警方：戴西並未直接把我載到他的家中。連著好幾天，他蒙住我的眼睛，在我嘴裡塞了布條，對我下藥——我覺得似乎是好幾天——我被關在一個房間裡，說不定是旅館？或是公寓？我不確定，一切都好模糊。我好害怕，再加上那些安眠藥。如果醜惡、低劣的傑夫和葛芮妲果眞出現，而且不知怎麼地，他們居然說服警方派遣技術小組前往小木屋採集證據，找到我的指紋或是頭髮，這也只是解決了案情的部分迷點，其餘全是他們的謊言。

因此，眞的只剩下尼克這個問題，而我將很快把他拉回我身旁。我很聰明，我沒有留下其他證據。警方說不定並非全然相信我，但是他們不會採取任何行動。我從邦妮氣惱的口氣當中聽出這一點——從今以後，她將永遠心存憤怒，而她愈是氣惱，大家愈不相信她。她講起話來已經像是那種追求正義、相信陰謀論的瘋子，她倒不如拿張鋁箔紙把頭包起來算了①。

沒錯，調查工作日漸趨緩。但是對於《神奇的愛咪》而言，情況卻是剛好相反。我爸媽的出版商厚顏無恥地央求他們再度提筆，而且他們得到一筆豐厚的稿費。我爸媽再一次大剌剌地騎在我頭上，利用我幫他們賺錢。他們今天早上離開卡賽基，他們說尼克和我需要時間單獨相處，療癒創傷，這對我們相當重要。但我知道實情。他們想要回去工作。他們跟我說，他們正試圖「找到合適的筆調」。**哪種筆調呢？我們的女兒被一個禽獸綁架，屢遭性侵，她還得在他的脖子上猛刺一刀……但是我們可不是藉由此事猛撈一筆。**

我不在乎他們重建他們那個可悲的出版王國，因爲每天都有人打電話給我，請我說出**我的故事**。我的故事：我的、我的、我的故事。我只需要挑選一個條件最優渥的提案，動筆寫作。我只需要尼克跟我口徑一致，這樣一來，我們才會同意這個故事如何快快樂樂地畫下句點。

我知道尼克尚未與我墜入愛河，但是他會的。對此，我絕對有信心。演戲演久了就成真，不是有此一說嗎？目前他表現得像是昔日的尼克，我表現像是昔日的愛咪。昔日我們快快樂樂，昔日我們不像現在這麼看清彼此。昨天，我站在家後的長廊上，看著朝陽在河面上緩緩升起。氣溫偏低，不像是個尋常的八月清晨，當我轉身之時，尼克正透過廚房的窗戶打量我，他舉高一杯咖啡，意思是：**妳要不要來一杯？**我點點頭，不久之後，他站在我身旁，空中帶著青草的芳香，我們一起啜飲咖啡，看著大河，感覺尋常而美好。

他還不肯和我同床共枕。他睡在樓下的客房，而且把門鎖上。但是總有一天，我會耗盡他的意志力，我會趁虛而入，他會失去每晚跟我奮戰的精力，跟我上床。夜半時分，我會轉身面向他，整個人貼在他身上。我會像是攀爬、盤捲的藤葉一樣依附在他身上，直到我進占他的每一個部位，直到他屬於我。

① 在許多科幻作品當中，執迷於陰謀論的人士認爲，如果拿張鋁箔紙把頭包起來，中情局、聯邦調查局、甚至外星人，就無法偵測我們腦海中的想法，這號人物通常被視爲偏執、荒謬、愚蠢，甚至精神失常，大家莫不一笑置之。

尼克・鄧恩

歸來之後三十日

愛咪以爲一切操之在她，但是她大錯特錯。或說：她將大錯特錯。

邦妮、小戈和我攜手合作。警方、聯邦調查局和社會大眾都已失去興趣，但是邦妮昨天忽然打電話給我，當我接起電話，她沒有報上姓名，只是像個老朋友似地直接說：**請你喝杯咖啡吧**？我一把抓住小戈，我們在「鬆餅之家」跟邦妮碰面，我們抵達時，她已經坐在餐廳後頭的一個包廂裡，她站起來，露出帶點倦意的微笑。她最近飽受媒體圍剿。我們輪流跟對方握握手、抱一抱，感覺不太自在。邦妮只是點頭致意。

餐點一端上桌，她最先說的是：「我有一個女兒，今年十三歲，她叫做蜜亞，『蜜亞・漢姆』①的蜜亞。她在我們贏了世界盃足球賽的那一天出生，所以囉，我有個名叫蜜亞的女兒。」

我揚起眉毛，意思是：**多麼有趣啊，跟我多說一點吧**。

「以前你問過我，我沒有……實在失禮。我原本確定你是無辜的，後來……每件事情都顯示並非如此，所以我很火大。我氣自己怎麼如此容易受騙。因此，我甚至不願意在你面前提到我女兒的名字。」她從保溫瓶裡幫我倒了一杯咖啡。

「好，她叫做蜜亞，」她說。

「嗯，謝謝妳告訴我，」我說。

「不，我的意思是……去他的。」她仰頭重重嘆了一口氣，額頭上的瀏海隨之揚起。「我的意思是，我知道愛咪陷害你，我知道她殺了戴西．柯林斯，**我全都知道**。我就是無法證明。」

「妳偵查這個案子的同時，其他人在做些什麼？」小戈問。

「沒有所謂的案子，大家紛紛轉移目標，吉爾賓已經撒手不管，基本而言，我已得到上級的指示：把這個該死的案子**做個了結**，趕快收場。在全國性媒體上，我們看起來像是一群小題大作、沒見過世面的混蛋。除非從你這裡得到某些證據，否則我什麼都不能做，尼克，你有**任何證據**嗎？」

我聳聳肩。「我有的妳都有。她曾經跟我告白，但是——」

「她曾經**告白**？」她說。「我的天啊，尼克，我們來幫你裝個竊聽器。」

「行不通，這樣行不通。她設想周到，每件事情都在她的計畫之中。我的意思是，她非常了解警方的辦案過程。隆妲，她下過工夫研究。」

她倒了一些鐵藍色的糖漿在她的鬆餅上。我把叉子的尖頭刺入圓滾滾的蛋黃之中，攪弄一下，弄糊黃澄澄的蛋黃。

「我不喜歡你叫我『隆妲』，聽了讓我抓狂。」

「她下過工夫研究，邦妮警探女士。」

她又仰頭嘆口氣，瀏海再度隨之飄揚。她吃了一口鬆餅。「反正現在我也沒辦法說服上級在你家裝竊聽器。」

「拜託喔，兩位，我們總能做些什麼吧，」小戈厲聲說。「尼克，如果你沒辦法得到任何證據，你幹嘛還待在那棟房子裡？」

「這事得花些時間，小戈。我必須再度贏得她的信任。如果她隨口告訴我一些事情，而且我倆沒有光著身子，那麼——」

邦妮揉揉眼睛，對著小戈說：「我有必要知道他這話是什麼意思嗎？」

「他們總是趁著沖澡的時候談事情，兩個人光著身子，而且開著洗澡水，」小戈說。「你不能在浴室的某個地方裝上竊聽器嗎？」

「她在我耳邊輕聲說話，更別說洗澡水嘩嘩響，」我說。

「她確實下了工夫研究，」邦妮說。「眞的下了工夫。我檢查她開回來的車子，也就是戴西的那部積架轎車。我請他們查看一下車廂，先前她信誓旦旦，宣稱戴西綁架她時、把她藏在車廂裡，我以爲他們找不到任何證據——這樣一來，我們就逮到她說謊。但是，尼克，她在車廂裡打過滾。警犬聞到她的味道，我們還找到三根長長的金髮。長長的金髮喔，也就是她把頭髮剪短之前的髮絲，她怎麼可能——」

「深謀遠慮，我確定她藏了一整袋長髮，這樣一來，如果她必須把頭髮留在某個地方惡搞我，她就辦得到。」

「老天爺啊，你能想像有這樣一個母親嗎？你絕對沒辦法撒個小謊。她始終搶先你三步，永遠如此。」

「邦妮，妳能想像有這樣一個老婆嗎？」

「她會鬆口，」她說。「到了某個時候，她會鬆口。」

「她不會，」我說。「我不能乾脆作證說明對她不利的證詞嗎？」

「你沒有可信度，」邦妮說。「只有經過愛咪認可，大家才會相信你。她一手挽救了你的聲譽，她也可以一手再度讓你身敗名裂。如果她當眾說出那個抗凍劑事件……」

「我必須找到那些嘔吐的穢物，」我說。「如果我可以處理掉那些穢物，我們就可以揭穿她更多謊言……」

「我們應該檢查一下日記，」小戈說。「她寫了七年的日記？裡面必定有些出入。」

「我們已經請瑞德和瑪莉貝絲從頭到尾讀一讀，看看哪些地方似乎不對勁，」邦妮說。「你可以想像結果如何。我以爲瑪莉貝絲想要把我的眼珠子挖出來。」

「賈桂琳．柯林斯、湯米．歐哈拉，或是希拉蕊．韓迪呢？」小戈說。「他們都知道愛咪的眞面目，我們一定能夠從中得到一些證據吧。」

邦妮搖搖頭。「請相信我，這樣還不夠。他們的可信度全都低於愛咪，我知道這完全是大眾的觀感，但是目前警方只重視民意。」

她說的沒錯。賈桂琳已在幾個有線電視節目露臉，堅稱兒子的無辜。她剛開始總是冷靜自持，但是母愛卻令她失控：很快地，她讓大家覺得她是一個哀傷、非得相信兒子無辜的女人，主持人愈同情她，她愈是氣憤塡膺、尖酸刻薄，愈是爭取不到大家的憐憫。民眾很快就懶得搭理她。湯米．歐哈拉和希拉蕊．韓迪都打了電話給我，他們非常生氣愛咪依然沒有受到懲罰，也都決心說出他們的遭遇，但是沒有人想要聽聽兩位精神不正常的「前室友」和「前男友」說些什麼。**撐著點**，我告訴他們，我們繼續努力當中。希拉蕊、湯米、賈桂琳、邦妮、小戈和我，我們總會等到我們的時機。我告訴自己，我絕對有信心。

「如果我們請安蒂出面作證呢？」我問。「最起碼讓她告訴大家愛咪藏匿線索的每一個地方，全都是……就是我們曾經……嗯、你知道的……歡愛的地方。安蒂值得信賴；大家都喜歡她。」

愛咪歸來之後，安蒂回復從前快樂歡欣的模樣。我之所以知道，純粹是因爲偶爾在八卦雜誌看到她的照片。從這些報導當中，我得知她最近交了一個與她年紀相仿的男朋友，男孩清秀、瘦高、耳機線始終在頸間晃來晃去。他們洋溢著青春健康之氣，看起來相當登對，廣受媒體喜愛。媒體的最佳標題是：**愛神找**

上安蒂・哈迪！這個雙關語出自一部一九三八年、米奇・隆尼主演的電影，大概只有二十個人明瞭②。我傳了一則簡訊給她：**我爲每一件事情跟妳說聲對不起**。我沒有收到回覆。她這麼做很對。我這話是眞心的。

「巧合。」邦妮聳聳肩。「我的意思是，這些巧合確實怪異，但是……不夠深刻，不足以讓我們繼續進行調查，最起碼在目前的氛圍之中行不通。你必須讓你太太告訴你一些我們用得上的事情，尼克，你是我們唯一的希望。」

小戈重重把她的咖啡杯放到桌上。「我不敢相信我們進行這種對話，」她說。「尼克，我不要你再待在那個屋子裡。你不是臥底警察，你知道的，這不是你的職責。你跟一個謀殺犯住在同一個屋簷下。你他媽的趕快離開。我很抱歉這麼說，但是誰在乎她殺了戴西？我不要她**殺了你**。我的意思是，哪天你若把她的烤起司三明治烤焦了，接下來你猜怎麼著？我的電話鈴鈴響，有人來電通報你從屋頂上跌了下來、或是碰上諸如此類的鳥事。**趕快離開吧**。」

「不，我還不能離開。她絕對不會眞的放我走。她太喜歡這個遊戲。」

「那麼你就不要再玩了。」

我辦不到。我愈玩愈上手。我會待在她身旁，直到我可以扳倒她爲止。只剩下我有辦法扳倒她。總有一天，她會說溜嘴，跟我說出某些我用得上的事情。一個星期之前，我搬回我們的臥室。我們沒有做愛，我們幾乎連碰都不碰對方，但是我是先生，她是太太，我們一起躺在婚姻的眠床上，對此，愛咪暫且感到滿意。我輕輕撫摸她的頭髮，指頭和拇指揪住一縷髮絲，一路扯到髮梢，然後用力一拉，好像正在拉扯電鈴，我們兩人都喜歡這麼做，而這正是問題所在。

我們假裝墜入愛河，我們做些當我們相愛之時喜歡做的事情，有些時候，我們幾乎感覺眞的相愛，因爲我們都懂得慢慢來，喚醒當年一絲絲浪漫的記憶。當我忘了的時候——有些時候，我眞的一時忘了我老婆是怎樣的一個人——我居然喜歡跟她廝混。或說那個我老婆假扮的「她」。其實啊，我老婆這個女殺手，有些時候相當風趣。我可以舉個例子嗎？有天晚上，我從外州訂購了龍蝦，就像往年一樣。她假裝抓著龍蝦追我，我假裝躲起來，然後我們兩人不約而同想到電影《安妮霍爾》的一景，彼此追逐，開開玩笑，感覺眞是完美，彷彿一切就應該是如此，以至於我不得不暫時離開廚房，緩和一下情緒③。我的耳中響起隆隆的心跳聲。我必須不斷複誦我的密咒：**愛咪殺了一個男人，如果你不非常、非常小心，她也會殺了你。**如果我惹惱了她，我這位非常風趣、非常漂亮的女煞星老婆，將會出手傷害我。即使在自己家中，我也坐立不安：我說不定只是大白天在廚房做三明治，張開嘴舔去刀上的花生醬，然後我一轉頭，發現愛咪也在廚房裡——她的腳步始終像是貓咪一樣輕盈——整個人不禁渾身哆嗦。我，尼克．鄧恩，一個曾經忽略好多細節的男人，現在居然一而再、再而三回想我倆的對話，藉此確定我沒有冒犯到她、永遠不會惹惱她。我詳細記下她一天之中做了什麼事、她喜歡什麼、她不喜歡什麼，以防她臨時考我。我是一個好老公，因爲我非常怕她說不定會殺了我。

我們從來沒有討論我的心中的驚惶與妄想，因爲我們忙著假裝陷入愛河，我也假裝我不怕她。但是她偶爾一提：**你知道吧，尼克，跟我同床共枕的時候，你可以好好睡一覺，眞的，你可以安心睡一覺，我跟你保證，不會有事的。發生在戴西身上的事情只是特例，閉上眼睛，好好睡吧。**

但我知道我再也不能入眠。跟她在一起時，我不能閉上眼睛。那種感覺就像跟一隻蜘蛛共寢。

① 蜜亞·漢姆（Mia Hamm，1972-），美國知名足球女將。

② 電影片名爲《Love Finds Andy Hardy》，Andy 與 Andie 發音相同，於是媒體下了標題 Love Finds Andie Hardy。

③ 電影《安妮霍爾》當中，伍迪·艾倫和戴安·基頓一起烹煮龍蝦，一隻隻龍蝦從紙袋中脫逃，兩人不知如何是好，戴安·基頓抓著一隻龍蝦追著伍迪·艾倫跑，伍迪·艾倫躲到冰箱旁邊，大喊龍蝦逃到冰箱底下，最後兩人終於把一隻龍蝦丟進熱水裡，這是《安妮霍爾》最令人難忘的場景之一。

愛咪．艾略特．鄧恩

歸來之後八星期

沒有人逮捕我，警方已經停止訊問。我感到安全。再過不久，我將更有安全感。

我的心情好到什麼地步呢？讓我舉個例子。昨天早上，我下樓吃早餐，那個裝了我嘔吐穢物的罐子安然放置在廚房流理臺上，罐子空空如也。尼克——偷偷探尋、四處搜索的尼克——已經處理掉那一點點對他有利的籌碼。我眨眨眼，然後扔掉罐子。

這些現在幾乎都不打緊。

好事紛紛臨門。

我簽了一本書的合約：我正式掌控了我們的故事。這事頗具象徵意義，感覺好極了。婚姻不過是一場漫長的遊戲，老公說這樣，老婆說那樣，雙方各執一詞，每個婚姻不都是如此嗎？嗯，這下老婆開口說話，全世界都將聆聽，尼克也必須面帶微笑，點頭同意。我將把他塑造成我心目中的模樣：浪漫、體貼、而且滿心懺悔，深深爲了那些信用卡、那些購置的物品、以及那間木棚感到悔恨。如果我無法迫使他說出口，那麼我就讓他在我的書裡講出我要他說的話。然後他必須跟著我出席簽書會，一再微笑，一再點頭。

我爲新書取了一個簡單的書名：《神奇》。書名將會引發高度好奇和驚喜，甚至令人震懾，我想啊，概括而言，我的故事正是如此。

尼克・艾略特

歸來之後九星期

我找到了嘔吐的穢物。她把穢物藏在一個罐子裡，罐子擺在一盒球芽甘藍之中，塞到冷凍庫最裡頭。盒子覆滿了冰柱；肯定已經放了好幾個月。我知道這是她跟她自己開的玩笑：**尼克不會乖乖吃蔬菜，尼克絕對不會清空冷凍庫，尼克不會想到查看一下這裡。**

但是尼克知道。

結果尼克知道怎樣清空冷凍庫，尼克甚至知道怎樣解凍：我把那團噁心的東西全都倒進排水管裡，然後把罐子擺在流理臺上，這樣她就會曉得。

她把罐子扔進垃圾桶，始終提都沒提。

事有蹊蹺。我不曉得怎麼回事，但是大事不妙。

我的生活感覺像是一部即將落幕的戲碼。坦納接下一個新案子：一個納許維爾的歌手發現他太太出軌，隔天，他太太的屍體被人發現塞在他們家附近一家速食店的垃圾箱裡，屍體旁邊有把榔頭，上面全是他的指紋。坦納拿我當作答辯：**我曉得情況看起來很糟糕，但是當初尼克・鄧恩的狀況也很糟，而你也曉得結果如何**。我幾乎可以感覺他透過攝影機的鏡頭跟我眨眨眼。我偶爾傳封簡訊給他：你還好吧？或是：

探聽出什麼？

沒有，什麼都沒有。

邦妮、小戈和我依然在「鬆餅之家」偷偷聚會，過濾愛咪種種可鄙的說詞，試圖找出用得上的證據。我們仔細分析日記，認眞搜尋搞錯年代的蛛絲馬跡。我們絕望到在雞蛋裡挑骨頭，比方說：「她在這裡提到達佛大屠殺，那是二〇一〇年的事情嗎？」（沒錯，我們找到一篇剪報，喬治．克隆尼在簡報之中談論此事，時間是二〇〇六年）。或者，我最爲可笑的得意之作：「愛咪二〇〇八年七月提到殺害流浪漢，但是我覺得她到二〇〇九年才喜歡拿死去的游民開玩笑。」邦妮聽了之後回答：「怪胎，把糖漿遞給我。」

人們悄悄脫隊離去，各自繼續過活。邦妮堅持待下，小戈亦然。

然後發生了一件事情。我老爸終於過世。他晚上睡覺的時候走了。一個女人餵他吃了最後一口飯，一個女人幫他最後一次上床安寢，一個女人清理他的遺體，一個女人打電話告訴我這個消息。

「他是個好人，」她說，聲調淡然，帶著一絲義務性的同情。

「不，他不是，」我說，她聽了大笑，好像過去一個月來顯然都沒有如此開心。

老爸從地球上消失，我以爲我的心情會比較舒坦，但我卻感覺心中漸漸浮現巨大、令人害怕的空虛。我花了一輩子拿自己跟老爸比較，現在他走了，只剩下愛咪與我相互抗衡。陰沉、孤寂、冷清的葬禮之後，我沒有隨同小戈一起離去，我跟著愛咪回家，而且緊緊攫住她。那天晚上，我跟著我老婆一起回家。

我必須離開這間屋子，我心想。**我必須一了百了，徹底跟愛咪說聲拜拜**。我必須毀了我倆，這樣一來，我就永遠無法回頭。

少了妳，我會變成什麼樣的人？

我必須找出答案。我必須說出我自己的故事。我想清楚了。

隔天早上，當愛咪在她書房裡敲打鍵盤、盡情書寫、告訴全世界她的神奇故事之時，我拿著我的筆電走到樓下，瞪著閃閃發光的白色螢幕。

我動手撰寫我自己的故事，從第一頁開始寫起。

我是一個不忠、軟弱、懼怕女性的膽小鬼，而且我是書中的英雄。因爲啊，那個受到我欺矇的女人——我的妻子愛咪．艾略特．鄧恩——是一個毫無良知、心理變態的殺人犯。

沒錯，我絕對會想要閱讀這樣的故事。

愛咪・艾略特・鄧恩

歸來之後十星期

尼克依然假裝跟我在一起。我們一起假裝過得快快樂樂、無憂無慮、濃情蜜意。但是我聽到他深夜敲打電腦鍵盤，埋頭寫作。他正在寫下他的說詞，我知道，我**就知道**，我可以從接連不休的打字聲中聽出來。他寫得又急又快，字字句句流瀉而出，鍵盤劈劈啪啪，喀喀噠噠，宛如上百萬隻小小的昆蟲。我試圖趁他睡覺時，駭入他的電腦，（即使他現在睡得不安穩，焦慮緊張，就像我以前一樣，而我倒頭就睡，就跟他以前一樣。）但他已經學到教訓，他知道他再也不是人見人愛、永遠不會受到責備的尼克——他再也不用他的生日、他媽媽的生日，或是布里克的生日作爲密碼。因此，我無法駭入。

但是我聽到他的打字聲，又急又快，毫不間斷。我可以想像他坐在電腦前面，背部微微弓起，肩膀稍微抬高，牙齒咬住舌頭，我知道我做得沒錯：我必須保護自己，我必須有備無患。

因爲他可不是正在撰寫愛的故事。

尼克・艾略特

歸來之後二十星期

我沒有搬出去。我要讓我老婆徹底大吃一驚，而我老婆可是從來不吃驚。我要簽下一紙出書合約，一走了之。臨走之際，我把書稿遞給她，我要讓她知道世界即將一面倒，撻伐之聲即將蜂擁襲來，而她卻束手無策，我要讓她感受這種徐徐而來的驚恐。不，她說不定永遠不會入獄，我們也將永遠各執一詞，莫衷一是，但是我的說詞具有說服力，就算無法導致法律的制裁，最起碼也將引發情感的回響。

因此，讓大家決定支持哪一方吧。尼克一隊。愛咪一隊。讓這樁事件變得更像是遊戲：販售一些他媽的紀念運動衫。

告訴愛咪之時，我的雙腳發軟：我已經不再是她故事的一部分。

我把書稿秀給她看，展現顯眼的書名：《變態娼婦》。這是一個只有我們兩人才了解的笑話。我們都喜歡屬於我倆的玩笑。我等著她猛抓我的臉頰，撕扯我的衣服，狠狠咬我一口。

「喔！真是太湊巧，」她開心地說，對我咧嘴一笑。「我可以讓你看樣東西嗎？」

我叫她在我面前再做一次。我跟她一起蹲在洗手間的地上，她對著驗孕棒撒泡尿，我看著尿液從她體內汩汩流出，滴濺在棒子上，棒子慢慢變色，她懷孕了。

然後我把她架到車裡，開車前往診所，我看著血液從她體內汩汩流出——其實她不怕看到血——我們靜候兩個鐘頭，等待檢驗結果。

愛咪懷孕了。

「孩子顯然不是我的，」我說。

「喔，孩子是你的。」她回以一個微笑，試圖鑽進我的懷裡。「恭喜，你當爸爸囉。」

「愛咪——」我開口說話，因為這不是真的。自從我老婆歸來之後，我就沒有碰過她。然後我曉得了：衛生紙盒，塑膠躺椅，電視機，色情影帶，我的精子儲藏在生育醫學中心某處的冷凍庫之中。當初中心寄來一紙通知，告知精子將被銷毀，我試圖引發她的罪惡感，故意把通知擺在桌上，然後通知消失無蹤，因為我老婆跟以往一樣採取了行動，她可不是銷毀我的精子，而是保留下來，以防萬一。

我感覺心中湧現一股狂喜——我克制不了自己——然後喜悅之情被冷硬的驚恐團團籠罩。

「為了保障我的安全，我得做幾件事情，尼克，」她說。「單單只是因為啊，我不得不這麼說，我幾乎不可能信任你。首先，你顯然必須刪除你的那本書。我們還得把另外一件事情作個了結，我們需要一份切結書，你必須宣誓你買了木棚裡的那些東西，把東西藏在木棚裡，而且你確實曾經認為我陷害你，但是現在你愛我，我也愛你，一切都沒事了。」

「如果我拒絕呢？」

她一隻手擱在她那微微隆起的小腹上，皺皺眉頭。「我覺得結果會不堪設想。」

多年以來，我們為了哪一方應該主導我們的婚姻、我們的愛情故事、我們的生活情事而爭鬥。如今我終於徹徹底底甘拜下風。我撰寫出一份書稿，她創造出一個生命。

我可以爭奪監護權，但是我已經知道我毫無勝算。愛咪肯定樂於與我爭奪監護權——天知道她已經排出哪些陣仗。等到她使出全部招數，我這個做爸爸的說不定甚至爭取不到隔周探視權；我只能在一個陌生的房間裡跟我的孩子互動，旁邊還有個監護人一邊啜飲咖啡，一邊盯視著我。說不定連這樣都辦不到。我可以看到忽然之間冒出各種性侵或是虐待孩童之類的指控，我將永遠見不到我的小寶寶，我的小孩將被遠遠帶離我的身旁，孩子的母親將對著粉紅色的小耳朵輕聲細語，悄悄述說一套又一套謊言。

「對了，那是個男孩，」她說。

我終究是個囚犯。愛咪永遠吃定了我，或說直到她願意放手爲止，因爲我必須拯救我的兒子，我必須試圖化解、減緩、解開愛咪對他做出的每一件事。我會爲了我的孩兒獻出自己生命，而且做得心甘情願。我會把我的兒子扶養成一個正當的男子。

我刪除了我的故事。

電話一響，邦妮馬上接起。

「『鬆餅之家』？二十分鐘之後見？」她說。

「不了。」

我知會邦妮．隆妲我快要做爸爸了，因此，我再也無法協助任何調查活動——事實上，我打算撤銷所有對我太太的不實指控，收回我認爲自己受到她陷害的聲明，我也準備承認我確實申請了那些信用卡。

電話線另一端沉默了許久。「嗯，」她說。「嗯。」

我可以想像邦妮一隻手撥撥她鬆散的頭髮，咬嚼臉頰的內側。

「尼克，好好照顧自己，好嗎？」她終於說。「請你也好好照顧那個小小孩。」然後她笑笑。「至於愛咪，我他媽的一點都不在乎。」

我過去小戈家當面跟她說。我試圖把這事說成是個好消息，小寶寶耶，你怎麼可能不感到開心？你可以憎惡目前的狀況，但是你不能憎惡一個小孩。

我以爲小戈打算動手打我。她站在我面前，距離我好近，我可以聞到她的鼻息。她伸出食指戳戳我。

「你只是需要一個待下來的藉口，」她輕聲說。「你們兩個喔，你們他媽的對彼此上了癮，你們這個小家庭會變成一個不折不扣的『核彈家庭』，你曉得吧？你們會爆炸。你們會他媽的爆炸。你眞的以爲你可能像這樣撐上……嗯……十八年嗎？你覺得她不會殺了你嗎？」

「只要我是那個她當初下嫁的男人，她就不會傷害我。我有一陣子不是，但是我辦得到。」

「你認爲**你不會殺了她**？你想要變成我們老爸嗎？」

「小戈，妳看不出來嗎？在目前這種狀況下，我絕對不會變成我們老爸，因爲我必須是一個全世界最棒的先生和父親。」

小戈聽了放聲大哭——自從我們長大之後，我頭一次看到她大哭。她頹然坐到地上，好像兩隻腳再也撐不住身體。我在她身旁坐下，把頭靠在她的頭上。她終於吞下最後一聲啜泣，轉頭看著我。「尼克，你記不記得我曾經說過，**如果眞有那回事**、我仍然愛你？不管那事有何後果、我仍然愛你？」

「我記得。」

「好，我依然愛你，但是這個消息讓我非常傷心。」她又大聲啜泣，好像小孩一樣大哭。「事情不應該變成這樣。」

「世事確實無常，」我說，試圖淡化氣氛。

「她不會試圖拆散我們，對不對？」

「不會，」我說。「記得嗎？她也正假裝變得比較善良。」

是的，我終於配得上愛咪。有天早上，我在她身旁醒來，我仔細端詳她的後腦勺，試圖閱讀她的思緒。僅只一次，我覺得自己並非瞪視著太陽，因爲我瘋狂的程度足以與我老婆匹比。我可以感覺她再一次改造了我：我曾是個乳臭未乾的小毛頭，如今不管是好是壞，我已是個堂堂男子漢。最起碼我是個英雄。我倆的婚姻是一場永遠不會結束的戰鬥，而在這場戰爭之中，我是値得同情的一方。我可以接受這種情節。去他的，就現階段而言，我無法想像我的故事之中少了愛咪。她是我永遠的敵手。

我們之間長長久久，高潮迭起，萬分驚恐。

愛咪・艾略特・鄧恩

歸來之後十個月兩星期又六天

人們曾跟我說，愛情應該沒有條件。那是一個準則，人人認為如此。但是愛情如果沒有限制、沒有界線、沒有條件，那麼大家幹嘛為所應為？如果我知道不管如何、對方都會愛著我，那麼一來，挑戰性何在？我應該愛著尼克，即便他的缺點甚多；尼克應該愛著我，即便我精靈古怪。但是我們顯然並非如此。因此，我覺得大家錯得離譜，其實愛情需要許多條件。兩個相愛的人，必須永遠呈現自己最好的一面。無條件的愛情等於無紀律的愛情，而誠如我們大家所見，無紀律的愛情代價慘重。

《神奇》一書即將上市！你可以在書中讀到更多我對愛情的看法。

但是我得先談一談媽媽經。預產期是明天。明天也剛好是我們的結婚紀念日。結婚六周年是鐵婚。我曾考慮送給尼克一副手銬，但是他或許還無法領略這種幽默。想來著實奇怪：一年前的今天，我正動手毀滅我的老公。現在我幾乎已經重新打造他。

過去幾個月以來，尼克一有空就忙著在我的腹部塗上一層厚厚的可可油，他還跑出去購買酸黃瓜，按摩我的雙腳，善盡一個優質準爸爸應盡的每一項義務。他溺愛我，他正學著服膺我開出的所有條件，無條件的愛著我。我覺得我們終於邁向幸福之路。我終於搞清楚。

再過一晚，我們即將成為全世界最完美、最聰明的核心家庭。

我們只需維持下去。尼克還不是十全十美。今天早上，他一邊輕撫我的頭髮，一邊詢問還能爲我做些什麼，我說：「天啊，尼克，你爲什麼對我這麼好？」

他應該回答：因爲妳値得。我愛妳。

但是他說：「因爲我覺得妳很可憐。」

「爲什麼？」

「因爲每天早上，妳都必須起床，乖乖做妳這種人。」

眞的，我但願他沒有說出那種話。我一直想著，我停不下來。

我沒有其他任何需要補充之處。我只想確定最後由我發言定奪。我認爲這是我應得的。

作者致謝

首先，我必須向 Stephanie Kip Rostan 致謝，謝謝她聰慧的建議、可靠的意見和幽默感，截至目前爲止，她已經協助我完成三本小說，跟她在一起眞是樂趣無窮。謝謝她這些年來絕佳的指引，同時感謝 Jim Levine、Daniel Greenberg 以及 Levine Greenberg Literary Agency 的每位工作人員。

我的編輯 Lindsay Sagnette 是眾人夢寐以求的編輯。謝謝妳提供專業的指導，稍稍放任我的固執，激勵我更上層樓，在最後階段幫我加油打氣——若不是妳，我的工作進度將永遠停留在「百分之八十二點六完成」的階段。

謝謝 Crown 出版社發行人 Molly Stern 提供回饋、支持、睿智的建議，以及無窮的精力。

謝謝 Annsley Rosner、Christine Kopprasch、Linda Kaplan、Rachel Meier、Jay Sones、Karin Schulze、Cindy Berman、Jill Flaxman 和 E. Beth Thomas。同時感謝 Kirsty Dunseath 和 Orion 的同伴們。

書中許多關於警方辦案和法律程序的問題，我求教於下列專家，謝謝他們慷慨相助。我的法官舅舅 Robert M. Schieber 和 Eemmt B. Helrich 警官，感謝兩位隨時接受我的徵詢。堪薩斯市的辯護律師 Molly Hastings，謝謝妳不急不徐、充滿說服力地解釋妳的工作性質。Overland Park Police Department 的 Craig Enloe 警官，謝謝你在過去兩年之中回覆我寄發的四萬兩千則電子郵件（這還只是保守的估計），而且充滿耐心、幽默，提供恰為我所需要的資訊。若有任何錯誤，責任都歸於我。

基於種種不同的理由，我向下列人士致上誠摯的謝意：Trish and Chris Bauer、Katy Caldwell、Jessica and Ryan Cox、Sarah and Alex Eckert、Wade Elliott、Ryan Enright、Mike and Paula Hawthrone、Mike Hillgamyer、Sean Kelly、Sally Kim、Sarah Knight、Yocunda Lopez、Kameren and Sean Miller、Adam Nevens、Josh Noel、Jess and Jack O'Donnell、Lauren "Fake Patty We're Awesome" Oliver、Brain "Map App" Raftery、Javier Ramirez、Kevin Robinett、Julie Sabo、gg Sakey、Joe Samson、Katie Sigelman、Matt Stearns、Susan and Errol Stone、Deborah Stone、Tessa and Gary Todd、Jenny Williams、Josh Wolk、Bill and Kelly Ye、Chicago's Inner Town Pub（home of the Christmas Morning）、Courtney Maguire。

謝謝我在密蘇里州的家人——Schieber 一家、Welsh 一家、Flynn 一家，以及諸位親朋好友。謝謝大家的關愛、支持、笑聲、酸黃瓜捲和波本小酌……基本而言，謝謝大家讓密蘇里州變成一個——套句尼克的話——「奇妙的地方」。

謝謝幾位讀者提供回饋，這些回饋助益良多，他們也成了我的好友。寫作初期，Marcus Sakey 跟我啜飲啤酒、享用泰國菜，提供許多關於尼克的建議。David MacLean 和 Emily Stone 步入禮堂幾個月之前，特別抽空閱讀《控制》，令我不勝感激。這書完全沒有損及兩位的感情，兩位的協助卻讓這書更上層樓。沒有任何事情能夠阻止你們前往開曼群島！

Scott Brown：謝謝你在我寫作過程中，提供讓我專心工作的休憩場所。我很高興我們終究沒有弄沉腳踏船。謝謝你對我的作品提出極具洞察力的見解，也謝謝你總是忽然冒出來、幫我清楚寫出我想要說的話。你是一個好心的大怪獸，也是一個好朋友。

謝謝我的兄弟 Travis Flynn。他始終伸出援手，為我解惑，讓我了解事情是怎麼回事。同時謝謝 Ruth

Flynn、Brandon Flynn和Holly Bailey。

謝謝我的親家——Cathy and Jim Nolan、Jennifer Nolan、Megan、Pablo和Xavy Marroquin——以及Nolan和Samson所有家族成員。我知道自己非常幸運，與你們結爲親家。謝謝你們爲我做的一切。Cathy，我們自始至終都知道妳的心地非常寬厚，但是過去這一年，我們在許多方面更是深切領悟到這一點。

謝謝我的爸媽Matt and Judith Flynn。你們體貼、風趣、慈愛、具有創造力，你們鼓勵我、支持我，而且結婚四十年之後依然深愛彼此。我始終敬佩你們。謝謝你們對我這麼好，也謝謝你們總是纏著陌生人購買我的作品。謝謝你們如此疼愛小弗琳——光是藉由觀察你們，我就成爲一個比較稱職的母親。

最後，謝謝我的夥伴們。

Roy：乖乖的貓咪。

弗琳：我心愛的小男孩，我好愛你！順帶一提，你必須等到二〇二四年才可以閱讀這本小說，在那之前，你的年紀太小，請你擱下這書，拿起一本法蘭波先生的圖畫書讀一讀。

布萊特：我的老公！我小孩的爸爸！我的舞伴，緊急時刻幫我做一個烤起司三明治的大廚。你懂得選酒，穿起正式禮服非常帥氣，即使是殭屍晚禮服也不例外。你的笑聲爽朗，吹口哨的技術一流。你曉得如何解答我的疑惑，你把我們的小孩逗得咯咯笑，直到他笑得倒在地上。你也我把逗到笑得倒地。你任憑我詢問各種不太恰當、不太禮貌、侵犯隱私權的問題，幫助我了解男子漢的心情。你反覆閱讀，讀了一次又一次，不但提供建議，而且送我一個波本威士忌的應用程式。寶貝，你對我眞好。謝謝你娶了我。

Two words，always。

推薦跋

「若我不是你期待的樣子，你還會愛我嗎？」

周慕姿（心理諮商師）

很開心受邀爲《控制》的十週年再版寫序。原本我就很喜歡電影《控制》，而小說比電影解釋了更多的細節與家庭背景，讓我們更了解：爲什麼愛咪會成爲這樣的一個人。

（以下含有故事情節）

愛咪的父母，是心理學家，也是童書作者，而愛咪的母親，有小產的狀況，因此，在前面流產了「七個小公主」之後，愛咪是第八個孩子，並且小說中讓愛咪自述形容：「我毀了媽媽的子宮——還沒有出生，我就打了一場謝爾曼將軍之役。」於是，愛咪是家裡唯一活下來的小孩，再也沒有小孩可以用一樣的路存活在這個家庭中、在父母的重視裡；她，就是家裡唯一的孩子。

從愛咪這樣的文字，你就會發現：

不管這個個性是先天、還是後天，對愛咪來說，考慮別人的心情與需求，不比她存活下來、「成爲獨特、唯一」來得重要。

「成爲重要他人心中最獨特的、唯一的」這個渴望，成爲她人生的準則，唯有這樣她才可以獲得安全感。或許這和她的父母有關。在「眞實愛咪」的自述中，她的父母感情之好，好到沒有她插入的空間。身爲獨生女，面對這樣的父母，「他們是一國的，而我自己一個人」，其實是很孤單、不安的，這樣的心情，也使得愛咪需要別人時刻將她放在最重要的位置，甚至不能允許母親懷念過往那些她失去的孩子，因爲那個時候，她就不夠重要。

這些孤獨與不安全感的形成，其實跟許多事件有關：

愛咪的出生其實並不被期待、原本父母以爲她也會死去；敏感多疑的愛咪，發現了父母的感情太好，使得他們的注意力會被轉移，不會完全在她身上，或者說，對她來說這樣的關注遠遠不夠……

甚至後來，父母拿她做爲童書題材的發想，寫下《神奇愛咪》這套同名童書，原本愛咪可能只是發想題材，但後來在愛咪看起來，身爲心理學家的父母，就像觀察著自己生出的這個孩子的一舉一動，然後寫下來。

自己就像實驗品一樣。

更甚者，父母或許不直說，但是會把他們的期待，寫在書中。比如當愛咪放棄了什麼，書中的「神奇愛咪」，就會相對地做到、完成什麼。即使父母不說，愛咪也知道父母對自己的期待是什麼，而這些期待，還有別人對自己的想像，就在這套暢銷童書裡，自己跑不掉，也擺脫不了。

這就像《楚門的世界》一樣，但或許更糟糕，因爲在《楚門的世界》，主角是在設定好的場景，被觀察著自己自然的一舉一動；但愛咪不行，她已經被規定好了，她要說什麼、該怎麼做，都得是最完美、最棒的，而所謂的完美，已經有人幫她決定了，怎樣才是愛咪最該呈現的樣子。

偏偏，這樣的設定，還受到社會大眾的喜愛，這套童書的暢銷，也等於打了愛咪一個耳光：

「嘿，醒醒吧，沒有人會喜歡眞實的你，大家都喜歡『神奇愛咪』。」

於是，結合自己內在原本的孤獨與不安全感，對愛咪來說：

「我必須是某種樣子，我才能被愛。」

但對性格執拗的愛咪來說，這樣的思考無非是種羞辱，因此，在她找到自己認定的那個「重要他人」——尼克時，雖然她是用她知道別人會喜歡的樣子接近他，但愛咪內心仍希望，尼克可以喜歡真正的自己。那個挑剔的、很難取悅的、做不到完美的自己。

但愛咪卻沒有發現，自己有著不完美、令人難耐的部分，而對方也是。當自己希望對方能夠愛著連自己都無法接納的自己時，這本身就是一個無法達成的美好與理想狀態。

畢竟，愛咪也無法接納尼可的不完美。

不過，小說之所以驚悚，就在：

人人都會有不完美，都會因爲對方讓自己失望而決定結束感情，但愛咪使用的方式，總是決絕、甚至可怕。

「如果你讓我失望、讓我覺得你不夠重視我，我就要毀了你。」

在小說中，愛咪這樣的模式一再出現。很多人可能會覺得：「這樣的愛咪很可怕，她總覺得自己最好，別人就是得愛她，對吧？」

不過我卻想到我在《羞辱創傷》中提到的：

對於愛咪來說，從小，那種不被重視、真實的自己不被愛的心情實在太痛了，或許她並非沒有懷疑過：「這樣不被愛的自己，是不是不夠好？」而這樣的想法會讓她出現很多負面情緒：羞愧感、憤怒、傷心、憂鬱……

這些情緒對一個自我還沒發展完全、身邊又沒有可靠大人可以依靠來理解自己的孩子來說，實在是太巨大了，就像海嘯一樣會把自己淹沒，因此，她必須找方法來解決：

一方面，她讓自己盡量扮演「完美的小女孩」這個身分，讓自己跟著大家的喜好，成爲自己展現的樣子；但另方面，若她努力的扮演，仍然沒有得到她最想要的重視與愛，她就會把這些痛苦、憂鬱、羞愧……全部丟到對方身上，覺得「是你不好，你怎麼可以這樣對我？」

我這麼好，這麼努力，你怎麼可以這樣對我？

於是，對於這些人極具殺傷力的攻擊，因應而生。

這樣的攻擊，是爲了安撫自己內心對自己的懷疑，還有那個小小的聲音：「會不會，其實眞的是我不好，所以別人不愛我？」

如果愛咪眞的停下來，聽這個聲音，她那個幫自己建築的、如玻璃般易碎的完美自我，將毫不留情地被打破。

所以，「你不讓我滿意，我就攻擊你」，成爲她的生存策略之一。

而或許，最讓她失望的，其實是她的父母。因爲愛咪過著經濟寬裕的生活，所以她沒機會、也不能跟父母說出：「關於愛，你們對我其實是很小氣的，但那是我最想要的東西。」

若愛咪能在一個被尊重自己原本樣貌的家庭成長，愛咪是不是會變得不一樣？

我不知道，但我想，或許「不論自己是什麼樣子，都能夠被接納」，是愛咪一生中，內心最大的渴望吧！

推薦跋

愛的神諭

李桐豪（作家）

此時此刻，二〇二三月，歲次癸卯，兔年。距離總統大選不到三百天，唯恐天下不亂的媒體盤點檯面上可能參選的政治人物，隨著韓國瑜名字再度出現在政論節目，赫然發現韓流捲起驚濤駭浪，已經是五年前的事。

年紀大了這件事，就是回憶的單位都是五年、十年起跳。

那一年，一代狂人李敖過世、《壹週刊》實體雜誌也停刊了。手機指指點點，食衣住行育樂，各色情報訊息應有盡有，爲什麼要看紙本呢？點開YOUTUBE，源源不絕的《康熙來了》、《萬秀豬王》，正是因爲那些片段太常常從螢幕彈出來，彷彿常駐程式，幾乎讓人忘了康熙停播七年，豬哥亮走了六年。年初，《甄嬛傳》新春二十四小時YOUTUBE直播馬拉松再度回歸，網友們姊妹相稱，聚在聊天室說說笑笑，白頭宮女話當年，老影集也能聊出新花樣，端傳媒敬周刊、安妃他命……幾乎讓人忘記首播也是上一個卯兔年的事，瑟瑟其葉，隨風搖記憶，時序輪迴了十二年。

甄嬛問世隔年，吉莉安．弗琳的《控制》在美國出版，熱銷三百萬本，躍升當年《紐約時報》年度暢銷冠軍，因內容奇情詭譎，故事翻轉再反轉，兩年後被好萊塢拍成電影，編劇由原著小說家吉莉安．弗琳操刀，導演則是大衛．芬奇。該片以六千一百萬拍攝成本取得超過三．六九億美元票房，刷新大衛．芬奇電影票房紀錄，芬奇前作是講網路女駭客復仇的《龍紋身的女孩》和臉書發跡《社群網戰》，他監製且導演《紙牌屋》幾乎也在這一段時間完成，在尚不成氣候的NETFLIX播出。其時，大家仍習慣電影院看電影，在報紙、電視讀新聞，在世人的心目中，臉書和網飛就是個流行於年輕人之間時髦玩意兒，五年、十年過去了，世人拿手機在FB、LINE上臧否時事，用平板追劇，網飛、米老鼠家的影片變成社交談資，閱讀紙本人口日趨下降，媒體的一宮主位已經換人了。

既是《控制》電影在網飛隨便點開就有得看了，何以又需要重讀一本書呢？何況那些陰謀詭計我們都知道了——男孩遇見女孩，男孩因爲外遇失去女孩、男孩追回女孩。相愛的男孩與女孩，在教堂互許承諾，無論是順境或是逆境，富有或貧窮，健康或疾病，成了合法伴侶的男孩女孩在婚姻的密室相愛相殺直到地老天荒。感情中之中不被愛的第三者心有不甘，設下種種圈套，折磨丈夫，原來這一切都是犀利人妻的反擊（又是一個十年以上的老劇！）但正是知道怎麼一回事，沒有被那些女孩埋下的詭計攪得七葷八素，也因爲讀的是紙本，不被電影聲光娛樂的干擾，反而能在兩行文字中讀出第三種意圖，原來小說中的大BOSS並非GONE GIRL，而是媒體。

「媒體已經滲透法律每一個層面，網際網路、臉書、YOUTUBE氾濫，你再也找不到一個客觀公正的陪審團員。沒有人是白紙一張。百分之八九十的案件，還沒上法庭之前，命運已經被裁定。」此段文字出自小說中，乃丈夫律師面授法庭生存機宜，律師說大眾喜歡看見犯過錯的人道歉，要他扮乖巧扮斯文，企圖把戰場限縮在法庭裡，那文字至今讀來，對照當今媒體生態相較，其描述鏗鏘有力，一字一句，像一個巴掌，但妻子也非吃素的，她把公審的領域從法院拉到電視新聞，想把戰場提高全民公審，她要看的是血流成河。

好事者把《控制》犀利人妻的陰謀對比謀殺女王阿嘉莎・克莉絲蒂的詭計——一九二六年某個冬天下午，英國警方在某鄉間荒郊發現一輛空車，車子車頭燈亮著，虛掩的車門裡留有一袋衣服與過期的駕照，一調查赫然發現車主正是阿嘉莎．克莉絲蒂，消息一曝光，引起軒然大波，警方投入大量人力尋找失蹤者，也有一萬五千名好心民眾協助搜索，克莉絲蒂失蹤的第十一天，她在北約克郡哈羅蓋特城鎮中的一間小旅館被找到，她戴假髮，換了妝容，改變造型。

報紙記者問她發生什麼事？她解釋因爲母親過世，加上發現了丈夫阿奇．克莉絲蒂外遇，大受打擊短暫失去記憶，她一臉恍惚，看得讀者好心疼，但也有一些人認爲一切都是謀殺女王的自導自演，是大老婆發現丈夫偷腥的反擊。否則她入住旅館怎麼會以尼爾女士的名字辦理入住，尼爾，正是先生外遇對象南西的姓氏。克莉絲蒂失蹤案越過大西洋，成了《紐約時報》頭版新聞，可在當時，所謂社群，可能僅限於英倫鄉間酒吧或者莊園下午茶，無非是十來個人的人際關係，沒有誰被炎上，沒有誰「社會性死亡」（Social death），事件議論紛紛一兩週就被其他的新聞給掩蓋了，兩年後，克莉絲蒂夫妻離異，外遇的先生，事業經營有成，變成成功的生意人，並與外遇的小三結婚，在英國鄉間買了大莊園，從此過著幸福快樂的日子，白頭到老。

時移事往，想一想大S、周揚青、李靚蕾網路上發表的討偷腥夫檄文，再看看汪小非、羅志祥和王力宏的下場，就知道今時今日，偷腥外遇的男人領的劇本就不會是這樣，這並非說克莉絲蒂先生犯的錯誤比較小，而是謀殺女王的復仇詭計少了一樣凶器——媒體的推波助瀾。

在我們的年代裡，報紙週刊日益衰亡，承載新聞的媒介不再是紙本而是手機和平板，網路上新聞的分類不在是頭版、社論、政治、社會、體育、娛樂、家庭和副刊，我們在手機上看到所有的新聞都可以歸納在娛樂新聞。新聞不是以「天」做單位，而是即時更新，我們分分秒秒都需要刺激，小說之中，吉莉安．弗琳藉著外遇男人的嘴這樣說道：「一切了無新意，我們似乎再也無法發掘任何新鮮的事物，整個社會完全缺乏原創性（但是就連這種批判之詞也了無新意）。有史以來，我們看到的一切都是重播再製，而非首度聽聞。我們呆呆看著世界奇景，感到百般乏味。蒙娜麗莎的微笑，埃及金字塔，帝國大廈，叢林猛獸攻擊，上古冰河崩裂，火山爆發，在我的記憶當中，任何一切我直接看到，聽到的奇聞妙事都讓我聯想到電影、電視、或者他媽的廣告，就像是那句聽煩了的陳腔濫調：看……看……看過囉。說眞的，我眞的全都看過了，但最糟糕的是，最令我感到光火的是二手的體驗感覺更佳。影像更清晰、景觀更加敏銳，攝影機的角度和原聲帶操控我的情感，現實再也無法與之匹敵。」

明明是寫於十年前的小說，但那論述彷彿活在當下，彷彿看了一場IG直播，小說家展現了陰謀詭計，也給我們洞察力。活在當下，閱聽者欠缺的不是內容，而是專注力，我們不用去理解一個議題的來龍去脈，只需要一張迷因截圖，或者一個懶人包，我們，對KOL的按讚訂閱分享開啓小鈴鐺取代了自我思考，在我們的時代，人設比人格重要，立場比眞相重要。手指滑過，一切都被遺忘，一切都成了廢墟。

好的小說都値得讀第二次，像是女孩給男孩再一次相愛的機會，第一次讀是娛樂小說，這一次，我們發現它是神諭。

藍小說 334

控制

作　者—吉莉安・弗琳
譯　者—施清真
初版編輯—黃嬿羽
二版編輯—張瑋庭
美術設計—萬向欣
內頁排版—芯澤有限公司
總 編 輯—嘉世強
董 事 長—趙政岷
出 版 者—時報文化出版企業股份有限公司
108019臺北市和平西路三段二四〇號三樓
發行專線—（〇二）二三〇六—六八四二
讀者服務專線—〇八〇〇—二三一—七〇五・（〇二）二三〇四—七一〇三
讀者服務傳真—（〇二）二三〇四—六八五八
郵撥—一九三四四七二四時報文化出版公司
信箱—（一〇八九九）臺北華江橋郵局第九九信箱
時報悅讀網—http://www.readingtimes.com.tw
電子郵件信箱—liter@readingtimes.com.tw
法律顧問—理律法律事務所　陳長文律師、李念祖律師
印　刷—勁達印刷有限公司
初版一刷—二〇一三年四月二十六日
二版一刷—二〇二三年八月十一日
定　價—新臺幣五〇〇元
（缺頁或破損的書，請寄回更換）

時報文化出版公司成立於一九七五年，
並於一九九九年股票上櫃公開發行，於二〇〇八年脫離中時集團非屬旺中，
以「尊重智慧與創意的文化事業」為信念。

控制 / 吉莉安・弗琳（Gillian Flynn）著；施清真譯. -- 二版. -- 臺北市：時報文化, 2023.08
面；　公分. --（藍小說；334）
譯自：Gone girl
ISBN 978-626-374-163-8（平裝）

874.57　　112011924

Gone Girl: A Novel

ISBN 978-626-374-163-8
Printed in Taiwan